中国百年工业文学大系

丛书主编　贾玉民　樊洛平

中篇小说卷Ⅲ

樊洛平　主编

中国工人出版社

本卷主编简介

- 樊洛平，郑州大学文学院二级教授，黄河科技学院特聘教授，中国世界华文文学学会学术工作委员会主任委员，河南省台湾研究会副会长。主持完成国家社科基金项目 3 项，出版个人专著《当代台湾女性小说史论》等 5 部，合著《中国当代戏剧文学史》等多部，发表学术论文 120 余篇，人大复印资料转载 10 余篇。为《20 世纪中国工业文学研究》（国家社科基金项目）副主编，致力于工业文学研究。

顾　问

（按姓氏笔画排序）

何向阳　张　炯　谈　歌

梁晓声　董学文　蒋子龙

出版说明

一、缘起

为庆祝中华全国总工会成立100周年，中国工人出版社特组织编纂《中国百年工业文学大系》丛书。文学作品是社会现实的形象反映。本丛书的编纂，全面整理百年来工业文学作品及相关资料，精选优秀作品，按体裁分类，编成20卷的丛书，生动、形象地呈现百年来中国工业化的历程，呈现中国工人阶级的命运和奋斗历史，呈现中华全国总工会在中国共产党领导下，与工人运动一同发展壮大的图景，有助于讲好中国工人阶级故事、中国工业故事和中国工会故事，为更好继承弘扬革命传统，创造未来提供历史借鉴。

二、编纂团队

本丛书编纂团队由《20世纪中国工业文学史》和《中国工人文学史》的作者为基础，邀请郑州大学、河北师范大学、河北大学、河南师范大学、河南理工大学、中原工学院等院校为合作单位，以研究中国工业文学的专家、学者共同组成编辑团队，分工合作，在中国工人出版社的指导下共同完成编纂工作。

三、选录作品范围

重点选录反映工业生活、描写工业人物、揭示工业领域社会问题的优秀作品，根据中国具体情况，适度收录有关传统手工业、商业、人力车夫、纤夫等生活的作品。兼顾各历史阶段、各阶级、各阶层、各个地域、各种产业、各种体裁作品；兼顾专业作家、工人作家、业余作者。

四、编纂原则

真：选录的作品，基本以初发或初版为准，个别作品使用与初版接近"最佳"版本，使其成为中国工业文学发展史的可靠文献。其中繁体字须改为规范简化字；标点符号改为规范格式；错别字给予纠正，加注说明。原作署名为非通用笔名的，注明其真名或通用笔名。

专：各卷按文学体裁编列，分别为史论卷、报告文学卷、短篇小说卷、中篇小说卷、长篇小说卷、诗歌卷、散文卷、剧本卷、电影文学卷、电视文学卷、资料卷。各卷均有独立性，组合又具统一性、逻辑性。

精：各卷首的"导读"，长篇作品的"提要"、节选作品的"简介"，各篇所加注释，务求内容准确、文字简明。

鸦片战争后，中国近代工业开始萌芽，至今已近200年；从中国工人阶级队伍略具规模，至今也已百年以上。这期间出现的各类工业题材文学创作，虽然赶不上"乡土文学"等传统题材作品数量之多，但也可称数量巨大。我们的编纂工作肯定存在不少缺陷，切望有关作家、专家、学者，广大读者批评。

2025年4月

《中国百年工业文学大系》在编纂过程中，有幸收录了众多作家描绘工业岁月的珍贵作品，这些文字是中国工业发展的重要记忆载体。由于时间跨度长、信息更迭等客观因素，书稿付梓之时仍有部分作者未能取得联系，对此我们深感歉意与遗憾。恳请尚未联系上的作者或家属看到成书后，及时与我们取得联系，以完善作品收录的后续事宜。

总序

深刻反映时代巨变，描绘时代精神图谱
——新时代呼唤工业文学的繁荣

“文化是民族的精神命脉，文艺是时代的号角。”习近平总书记的这一重要论断，深刻揭示了文艺与时代的紧密联系。文艺作为社会生活的镜像与人类精神的诗性表达，始终与时代同频共振、血脉相连。它不仅是时代变迁的见证者，更是时代精神的塑造者和引领者，在为我们展现历史巨变的同时，也将中华民族伟大复兴的壮阔征程熔铸成一幅可触可感的精神图谱。

100多年前，我国近代工业刚刚产生，就陷入帝国主义列强的围堵和封建专制的压迫之下，在其筚路蓝缕的艰辛跋涉中，20世纪上半叶就有茅盾、夏衍等作家描写民族资产阶级“工业救国”梦的破产，描写工人阶级的悲惨处境和觉醒斗争，创作了《子夜》《包身工》等优秀作品。新中国成立后，在大规模经济建设中，更多作家长期深入工矿生活，创作了许多新作，如草明的《乘风破浪》、雷加的《潜力》三部曲、艾芜的《百炼成钢》、艾明之的《火种》等长篇小说以及李季赞颂玉门石油基地的诗歌等，出现了工业文学的初次繁荣。而工人

作家胡万春、万国儒等的崛起，则开了工人写工人的先河。到了改革开放大潮中，反映工业战线生活的作品更如雨后春笋，蒋子龙的《乔厂长上任记》等系列，张洁荣获茅盾文学奖的《沉重的翅膀》、程树臻的报告文学《励精图治》，以及众多作家反映工人生活的中短篇小说、诗歌和剧本等，势如乘风破浪，冲上改革文学的前沿。伴随着改革深化和经济转型，在"新写实"和"现实主义回归"文学潮中，又涌现出一批沉甸甸的作品，如张宏森、肖克凡、谈歌等作家真实反映国企工人经历的转型期阵痛的佳作。而"打工文学"在珠江三角洲等沿海经济特区异军突起，更成为新时期工人写工业文学的一道新风景。

从党的十八大开始，中国特色社会主义进入新时代，进一步强化了工人阶级是国家的领导阶级和主人翁地位。在《关于繁荣发展社会主义文艺的意见》指引下，文艺界克服价值扭曲、娱乐至上、唯市场化等倾向，用现实主义精神和浪漫主义情怀观照生活，歌颂光明、抒发理想，鞭挞丑恶、抵制低俗，给人民以信心和力量，在工业文学方面产生了一批讴歌大国重器、"中国制造"的响当当的作品。同时以"知青文学"而闻名的梁晓声，创作了长篇小说《人世间》，描写知青回城前后几个工人家庭两代人的生活变迁，以其动人肺腑的笔力而荣获茅盾文学奖。一向书写矿山工人生活的刘庆邦，以现实主义笔触展示了不同类型的煤矿工人的人生。不少剧作家也创作或改编了描写工业和工人生活的剧本，搬上屏幕，受到广大观众的欢迎。

百余年来，中国工业文学由小到大，由弱到强，形象地记录了中国工人阶级的发展历程。从百年前郁达夫笔下的女工陈二妹，到蒋光慈小说中的工人形象，从《百炼成钢》的秦德贵到报告文学中真实的英雄孟泰、王崇伦、王进喜、赵梦桃等等，构成了中国工业领域的英雄人物画廊，构成了工人阶级光辉的斗争史和成长史。感谢中国工人出版社和主编本丛书的贾玉民、樊洛平诸位教授学者，经过多年努力，辛勤劳作，为广大读者编成此套规模宏大、内容丰富的选本，自是一项盛举！

如今，中国工业文学作家面前仍然任重而道远。

首先，和我国工业迅速崛起的势头相比，工业文学的反映还远远不够。工业文化，尤其是21世纪以来，极速变化，迅速飞腾，节奏之快，前所未有。这就要求我们身在工业战线、对这种伟大变化有深切感受的工业作家，肩负起历史使命，拿出更多新的好作品来。

其次，和经典作品相比，相当一部分工业文学作品对现实的剖析和人物心理世界的开掘还不够深刻，还少有触及这方面深层次的观念冲突、心理变化和复杂的矛盾斗争的新作。随着城市化的加速，新工人、新市民成亿增加，对工业文学的期待必将日益强烈。

中国实现工业化、现代化，是多少代人的理想和立国之本。新时代呼唤工业文学的繁荣。这既是挑战，更是机遇。工业文学作家和工业战线的文学业余作者，自应把握这个历史机遇，全身心地投入这场新的工业革命，投入由农业文明向工业文明的深刻变革之中，在实践中观察，体验，对工业基础以及高端装备等建设成果努力深切了解，对这场变革中的各种人物表现有更生动把握，从而掌握扎实的生活素材，奠定工业文学更生动更深厚的基础。我们深信，广大读者都会殷切期待作家、艺术家的进一步努力，充分认识所承担的历史重任，开出灿烂的文艺之花。希望广大工业战线的文艺工作者不辜负时代召唤、不辜负人民期待，描绘出中华文明古国在21世纪工业腾飞的足迹，绘出民族的精神图谱，奏出时代的最强音。

张　炯

2025年春于苏州

导言

对于我们这样一个曾经有着几千年自然经济形态的农业国度来说，工业化始终是1840年以来中国必须面对的基本问题之一。它不仅维系着民族工业的萌生与发展、产业工人队伍的成长与聚集、传统社会如何走向时代进步的现代化问题，更与作为工人阶级和中华民族先锋队的中国共产党的使命息息相关，即怎样谋求人民解放和国家独立，在追寻工业现代化的道路中推动和实现中华民族的全面复兴。文学作为时代脉动与社会进程的敏锐感应，它不可能不关注到工业时代生活对于我们民族的政治、经济、文化、世态人心和现实生存所产生的巨大影响，它无时无刻不在追踪着、沉思着、表现着这种时代的递嬗演进，由此成为工业时代生活的真实反映和历史借镜。正是在这种意义上，工业时代生活孕育了中国工业文学的萌生和发展，而工业文学创作也成为中国工业化历史与现实的文学写照。

回眸1900年以来的中国工业文学历史长河，现代意义上具有工业题材辨识度的中篇小说，创作伊始就连接着一部海外华工的血泪史，并随时代变化不断再现了产业工人的抗争史以及民族工业的发展史。五四迄今，从现代文坛上的《短裤党》（蒋光赤）、《沙丁》（巴金）、《饥饿的郭素娥》（路翎），到新中国成立前后的《原动力》（草明）、《为了幸福的明天》（白朗）、《女厂长》（江帆），再到进入改革开放新时期以来的《开拓者》（蒋子龙）、《年轻的朋友们》（郑万隆）、《烦恼人生》（池莉）、《大厂》（谈歌）、《破产》（关仁山）、《最后一个工人》（肖克凡）、《乔师傅的手艺》（李铁）、《那儿》（曹征路）、《女工》（毕淑敏）、《国家订单》（王十月）、《红骆驼》（王松）……这些带有鲜明时代特征的工业题材中篇小说，与其他多种文学作品一起，见证和表现了中国工业化进程风雨坎坷又奋勇拼搏的足迹，共同创造了百年工业文学历史的辉煌。

《中国百年工业文学大系·中篇小说卷》分为三卷，依据其发展脉络，收入了中篇小说 42 部，列入中篇小说存目 53 部，基本上涵盖了 1900 年到 2020 年以来工业文学领域中篇小说的重要作品。有关篇目的编选，我们选录的标准为：一看篇幅，大致以 3—10 万字的小说为中篇；二看社会影响，选入那些经过历史沉淀，能够反映中国工业发展进程、讲好工人故事，对某个时期有代表性的优秀作品；三看学界和读者反应，获得普遍好评或重要获奖的作品。诸如新时期以来入选或列入存目的 70 部作品，其中获国家级等重要中篇小说奖项的有 32 部，约占比 46%。总的来看，百多年来，工业文学的中篇小说数量众多，它来自一代又一代作家无法释怀的工业情感动力和执着坚守的创作投入。这些作品不仅成为感应工业时代生活脉搏和表现工人阶级命运的文学重镇，也以独特的文体优势，展现了工业文学书写的别样风貌与审美观照。

一

中国工业文学的起点，是从清末民初的反美华工禁约运动拉开序幕的；工业题材中篇小说的第一页，即浸染着海外华工的斑斑血泪。

1840 年鸦片战争爆发，外国资本主义的船坚炮利打破了古老中国的闭关锁国，中国从此沦为半封建半殖民地社会。“西方商品的‘重炮’”和资本输出“在华经营近代工业，瓦解着中国小农业和家庭工业牢固结合的生产体，破坏着整个封建的社会经济，使产生资本主义近代工业的前提条件——市场、资本和劳动力加速出现了。”[①] 从鸦片战争结束到中日甲午战争之前，外国资本已在华非法设立工厂100多家，包括英、美、俄、德、法商，总投资约2800万元。[②] 与此同时，西方疯狂夺取廉价劳动力，使华人成为被掠卖的“猪仔”，卷入世界工业化的潮流中。华工在西方的悲惨遭遇，亦进入萌芽期的工业文学书写视野。1903年，佚名的《猪仔记》是最早涉及华人被贩卖到南洋、美洲大陆当“猪仔”悲剧的短篇小说。1905年佚名的《苦社会》、1907年碧荷馆主人的《黄金世界》，皆以中篇小说形式讲述了被掠卖到美国、拉丁美洲的华工悲剧。《苦社会》中阮通甫、鲁吉园、李心纯三位穷苦知识分子被诱骗远赴美洲做华工，在船上，阮通甫受到百般虐待身亡，与许多死亡同胞一起葬身大海；鲁吉园、李心纯和其他华工上岸后，又被带着锁链押赴山上做苦工。华工遭受美国殖民主义者的种种排斥和迫害，其惨状血泪横飞，令人发指。小说主人公虽非现代产业工人，但作为其先声，工业题材中篇小说为他们留下了最初的悲情影像。

五四前夕，中国产业工人约200万人，主要分布在沿海地区与大城市。中国共产党成立之际，就开始谋求马克思主义与工人运动的结合。1921年8月11日，中国劳动组合书记部在上海成立。1925年5月，中华全国总工会宣布成立，规定“本会以团结全国工人，图谋工人福利为宗旨”。20世纪20年代至40年代，随着工人阶级逐步登上政治舞台，反映劳工题材和工人运动的作品不断涌现，并受到革命文学、左翼文学、抗战文艺的多重影响。工业题材中篇小说在世事

① 范西成、陆保珍：《中国近代工业史》（1840—1927），陕西人民出版社，1991年版，第2页。

② 范西成、陆保珍：《中国近代工业史》（1840—1927），陕西人民出版社，1991年版，第41—42页。

动荡的中国现代史背景下，一方面是描写产业工人在资本家残酷压迫下的悲惨人生，如巴金的《沙丁》(1933)、《萌芽》(1933)，草明的《缫丝女工失身记》(1933)、《绝地》(1937)，茅盾的《少年印刷工》(1936)，葛琴的《窑场》(1937)，路翎的《饥饿的郭素娥》(1943)，杨朔的《红石山》(1948)等。另一方面，最早倡导革命文学的蒋光慈，以直接描写上海产业工人武装起义的《短裤党》(1927)，走在了时代的斗争前列；另有龚冰庐的《黎明之前》(1928)，也涉及了上海工人罢工的风起云涌和挫折失败；华汉1930年的《地泉》三部曲(《深入》《转换》《复兴》)，也是革命文学的代表作。《复兴》主要描写上海法租界电车公司工人的罢工斗争，受到当时党内“左”倾盲动主义影响，小说表现出某种狂热冒险的情绪。

上述作品中，一是主人公多以产业工人的身份出现，活跃在矿山、铁路、机械、冶金、纺织厂、窑场等环境，有了工人群体的聚集。二是当时写工业题材中篇小说的作家，多是现代文坛上的著名作家，他们的创作壮大了工业文学的阵势。巴金对那些被迫走向死亡深渊的锡矿矿工命运的揭示；葛琴对奸诈狠毒、剥削成性的窑场老板形象的刻画；路翎讲述的工人张振山以“原始的强力”的反抗故事，以及郭素娥被封建家族恶势力所扼杀的女性悲剧；还有杨朔对红石山矿区工人在日本侵略者掠夺压榨下的生死挣扎写真，都显示出较强的艺术功力。

新中国成立以后，我国于1953年开始大规模的经济建设。第一个五年计划以工业建设为中心，拉开了中国走向工业化火红年代的序幕。作家纷纷深入工厂、矿山、工地体验生活，在20世纪五六十年代文坛推出了一批工业生活的中长篇小说。

描写新中国成立之初的护厂斗争和恢复生产运动、歌颂工人阶级的主人翁精神，是解放区走来的老作家的中篇创作侧重。草明以深入东北镜泊湖水力发电厂的生活体验，1948年率先创作了歌颂工人阶级创造力的中篇小说《原动力》，由此成为新中国工业文学的拓荒者。1954年到1964年，草明与工人群众朝夕相处的“鞍钢十年”，那些代表了17年工业文学高度的长篇小说《火车头》《乘风破浪》，都让她当之无愧地成为“一生写工人的唯一女作家”（贺敬之语）。白朗《为了幸福的明天》（1951），描写青年女工邵玉梅为保护军工厂三次负伤的英雄事迹，特别突出了她从一个逃荒要饭的苦孩子，到新中国的护厂英雄和共产党女儿的女性成长历程。

江帆的《女厂长》（1950）、杜鹏程的《在和平的日子里》（1957）写到的主人公，无论是有着延安革命经历、勇挑女厂长重担的知识分子林苇，还是从炮火硝烟战场转向铁路工地建设的领导干部阎兴、梁建，他们都面临着学习理论、学习经济工作的新任务，面临着开展思想斗争、反对官僚主义、永葆革命青春的和平建设时代的新命题。

从新中国文坛出发的新作家，重在表现工厂生产和劳动竞赛热潮中工人阶级的精神面貌，以及新人新事新风尚的时代变化，诸如左介贻的《红花朵朵开》（1952）、万忆萱的《小组长》（1956）、王黎拓的《春到工地》（1958）、陆俊超的《浪涛滚滚》（1961）、胡万春的《内部问题》（1963）等。陈淼的《劳动姻缘》（1950）描写青年工人的婚礼场面，一副对联“庆祝解放新婚礼，争看劳动自由花”，横批“劳动姻缘”，就鲜活地反映了当时社会的时代氛围，道出了新中国工人在工厂劳动中成就的择偶新标准。

总之，这一时期的工业题材中篇小说，见证和记录了中国工人阶级为改变祖国“一穷二白”面貌的时代奉献，作品风格质朴、明朗，但艺术视野和表现方法还不够丰富，受到“车间文学”不同程度的制约。

1966年至1976年遭遇特殊政治年代，文学的独立品格被打压排斥，工业题材中篇小说也在文坛的一片荒芜中走向低谷，创作几近断裂停顿。

1978年12月党的十一届三中全会的召开，宣告了中国社会进入历史新时期的巨大转折，党的工作重心全面转移到改革开放、实现四个现代化的新征程。曾经荒芜的工业文学在思想解放运动的旗帜下重新启程，适逢“丛刊丛生，中篇复兴”的东风，工业题材中篇小说创作平地崛起，蔚为大观。

20世纪80年代工业改革文学的主旋律，是由蒋子龙的短篇小说《乔厂长上任记》（1979）首先引领的。随着中篇小说《开拓者》（1980）、《赤橙黄绿青蓝紫》（1981）、《锅碗瓢盆交响曲》（1982）等作品的接踵而来，工业改革文学的破冰之旅得以开启。蒋子龙跳出了“车间文学”的框架，更多地思考国家的经济结构和管理体制，特别是大动荡、大变革时代人的精神面貌变化。由此，他改变了新中国成立30年以来的传统的工厂文学形态，创造了充满现代改革意识的全景性社会文学。这是他对当代工业文学做出的具有突破意义的贡献。

纷至沓来的工业中篇小说，汇聚成改革文学的潮流。水运宪轰动一时的《祸起萧墙》（1981），以改革者形象令人震撼的时代轰毁，直面推动工业改革进程的艰难和悲壮。郑万隆透过《年轻的朋友们》（1981），敏锐地感应到新时期价值观念更新、人的改革先行的思想解放命题。陈冲的《厂长今年二十六》（1982）描写工厂经营体制和管理模式革命，在工厂小人物身上寄予对改革新生力量的勇敢期待。《无反馈快速跟踪》（1982）则以超前的科学化思维，形象地表现了科学技术是国防工业改革巨大生产力的新前景。邓刚写《我的兄弟们》（1985）的工厂境遇，呈现出知识改变命运、学习提升人生的时代变动。面对男性改革者风起云涌的文学场景，雪珂《女人的力量》（1985）为工业改革文学人物画廊增添的，是一种别样的色彩。

与这种红红火火的“工业改革题材热”不同，另一类着意表现普通工人现实生活、充满人性色彩和平民精神的工业中篇小说，开始向着真实的“人学”迈进。谭谈的《山道弯弯》（1981）、陈国凯的《工厂姑娘》（1983）、达理的《无声的雨丝》（1983）、肖复兴的《井架上的星》(1985)、冯敬兰的《夏日辉煌》(1985) 等，都写出了普通工人艰辛而温馨的人生情调和精神力量。

周梅森在新时期文坛的跃出，是以《沉沦的土地》为先导，随着《荒郊的凭吊》《庄严的毁灭》《崛起的群山》《喧嚣的旷野》等中篇发表，共同构成了《历史 · 土地 · 人》煤矿系列小说。透过黄河故道上几个煤矿的兴衰荣辱，围绕开矿与土地和人的多重矛盾冲突，在民族资产阶级与古老土地所蕴涵的历史惰性不无残酷的较量中，作品写照了大地和乡民的深重苦难，更寓意深刻地勾勒出从洋务运动到 1940 年代民族矿业风雨多蹇的发展历史。

20 世纪 80 年代后半期，随着作家对现实主义文学精神的新理解，一批反映普通工人生活底蕴与原生状态的作品纷纷问世。以池莉《烦恼人生》(1987) 为代表的新写实小说，一反传统现实主义表现工人生活的典型化路径，作品更着意表现人的生命体验，表现工人在生存困境中的无奈、挣扎与执着。《烦恼人生》追踪普通工人印家厚一天的生活日程，把底层工人生存的艰辛与烦恼、生命的挣扎与耗费全盘拍摄下来，让人从中体味"一日即是百年"的生命流逝状态。

1992 年，邓小平的南方谈话和党的第十四次全国代表大会提出建立社会主义市场经济体制的目标以来，随着计划经济到社会主义市场经济的重大转型，文学开始进入商品经济语境下的创作。"90 年代中期，国有企业面临体制转轨、供需关系变化和对外开放格局演进的严峻考验。"[①] 如何解决传统经济体制下国企历史上遗留的债务重、人员过多、企业办社会问题的三大难题，如何建立"产权清晰、权责明确、政企分开、管理科学"的现代企业制度，特别是如何走出 1997 年的经营状况低谷、实现国企改革三年脱困的目标，都使得工业战线以及工业文学创作充满艰难和挑战。面对国有企业改革的新形

① 陈清泰:《国企改革：过关》，中国经济出版社，2003 年版，第 52 页。

势，那些曾为国家做过重大贡献的国营工厂前景、工人阶级的历史地位和现实命运落差，就成了牵动社会关注的迫切问题。20世纪90年代中期，以谈歌的《大厂》（1996）、关仁山的《破产》（1996）、肖克凡的《最后一个工人》（1996）、徐坤的《沈阳啊沈阳》（1996）、梁晓声的《钳工王》（1997）等为代表的创作，直面国有企业面临的改革境遇，勇敢地触及了当前工业改革中的"雷区"，对文坛和社会形成强烈的"现实主义冲击波"。1995年至1997年这三年，作家们大力推出工业题材中篇小说；仅1996年，谈歌就井喷似的发表了10部中篇小说，其中多以反映工业改革现实生活为主。上述作品着力于表现"壮士断腕"的阵痛和分享时代艰难的总主题，作品在三个层面上依次推进：写现实困境，写困境中的突围，写困境突围中的人格力量、人生调适以及新的伦理道德选择。它把工厂、工人放在整个社会关系的网络中，多角度地揭示了国有大中型企业所面临的困境，将生活中日益突出的金钱与道德、物质与精神、灵魂与肉欲、恶的手段与善的目的之间的矛盾，以生活自身的形式，以更加社会学的方式，同时也以文学的悲剧力量，触目惊心地展示出来。

新世纪初期的文坛上，面对国企改革的深化和城乡经济结构的变动，关注"弱势群体"的底层书写成为突出的文学现象。对"社会底层""弱势群体"这种巨大而艰难的现实的重新发现，触动了20世纪90年代以来有关贫富分化、阶层固化等各种超出人们理解能力的社会现实问题。2004年，曹征路中篇小说《那儿》的发表，引发了文坛和知识界有关"新左翼文学"的讨论，《天涯》杂志专门开辟"底层和底层的表述"专栏。21世纪的"底层文学"，是以反映社会底层群体生存境遇为核心的文学思潮，具有鲜明的现实主义特质与社会批判性。其创作主要沿着三条路线展开。

一是对"下岗潮"中的普通工人群体命运和生存境遇的深层写照。《女工》（毕淑敏）、《且看满城灯火》（榛子）、《蚂蚁上树》（马秋芬)、《一日三餐》(常芳)、《白乌鸦》(杨刚良)等作品，与20世纪90年代文学有关“工厂破产”“工人下岗”等问题的集览性揭示相比，更多了生存困境中的自我拯救，多了底层弱势人群相濡以沫的温情，多了作家人性关怀的悲悯意识。

二是有关“黑色矿难”题材的集中书写。表现煤矿生活见长的刘庆邦，以《神木》(2000)揭开了矿难背后最黑暗的人性博弈，那种图谋金钱而人为制造的生命悲剧令人惊悚，颠覆了无数人的现实认知。迟子建的《世界上所有的夜晚》(2005)、葛水平的《黑脉》(2006)、傅爱毛的《嫁死》(2007)，以女作家描写矿难的悲悯情怀和绵密心路，为作品平添了丰富的情感色彩。

三是“打工文学”中的人生关怀与现实发声。农民务工者的大量进城，带来了当今工人队伍成分的新变化，成为相较于国企工厂工人的一种“新工人”，其主体是作为现代企业雇佣劳动者的“农民工”。他们开始在城市定居生活，但户籍依然在农村，是以“农+民工”而命名的城市劳动者。根据2017年4月28日国家统计局发布的《2016年农民工监测调查报告》，截至2016年，我国农民工总量达到28171万人，其中“80后”新生代农民工逐渐成为主体，占全国总量的49.7%。① 反映打工族这一社会群体人生命运与思想情感的打工文学，既包括作家的书写，也蕴含打工者自身的创作。在中国最早和最大的打工城市深圳，从第一代打工文学作家林坚1984年发表《深夜，海边有一个人》肇始，1988年，深圳宝安县创办了面向打工族的内部刊物《大鹏湾》，真实呈现“我们的命运与遭际”。随着张伟明、周崇贤、郑小琼、王十月、安子、黄秀萍、黎志扬、戴斌等打工文学作家的相继出现，特别是郑小琼诗歌获“人民文学奖”、王十月中篇小说获“鲁迅文学奖”，打工文学得以新的提升。21世纪以来，孙惠芬的

① 《2016年农民工监测调查报告》，国家统计局网，2017-04-28。

《民工》、王十月的《国家订单》、戴斌的《深南大道》、黄秀萍的《江南雪》、马秋芬的《朱大琴，请与本台联系》、熊育群的《无巢》、吴君的《亲爱的深圳》《菊花香》……则从更开阔的视野上反映了农民工问题在当下社会的多重纠葛和现实关注。

2012 年 11 月，党的第十八次全国代表大会明确提出中国特色社会主义进入新时代，标志着我国发展进入了新的历史方位。在全球化背景下的网络信息时代，随着我国工业化的迅速发展，国企改革进一步深化，产业工人队伍得以壮大，工业领域法治建设逐步健全，社会保障体系日趋完善，新时代的工业文学开始弘扬“中国梦·劳动美”的主旋律，追寻工业现代化的色彩。工业题材中篇小说在走向新时代的书写中，如何“增强新时代工人阶级的自豪感和使命感，爱岗敬业、拼搏奉献，大力弘扬劳模精神和工匠精神”（习近平语），反映我国社会从中国制造走向中国智造的现代化前景，理应成为我们感应时代脉动、把握社会前沿信息的文学窗口。

具体而言，一是表现“大国工匠精神”。李铁从《乔师傅的手艺》（2003）开始，经《手工》（2021）、《煞气》（2022）、《雄蚕蛾》（2022）……那种爱厂如家、技术当家的主人翁精神的骄傲，那种一门技艺连缀一个工人的人生乃至一个车间的信仰的历史记忆，那种一门技艺救活一宗产品乃至一座工厂命运的神奇力量，可以说，作为工业产业基础和灵魂的工匠精神，一直是李铁所钟情、所痴迷表现的内容。另一位有着 23 年三线生活经验的川蜀作家凸凹，他所创作的诗集《劳动万岁——为 129 名中国工匠造像》入选 2019 全国十大劳动者文学好书榜，再鲜明不过地凸显了新时代文学创作的一种指向：“有一种精神叫工匠，有一种工匠叫鬼斧神工。”

二是表现科技人员、工人群体在核工业、三线军工业默默奉献的家国情怀与人生命运。从胡破卷的《上善若水》（2009），到凸凹的《球时代》（2013）、张策的《和田玉》（2019），都唤起了人们对三线军工厂历史的遥远记忆。特别是王松荣获第八届鲁迅文学奖的中篇小说《红骆驼》(2019),作为共和国70华诞的献礼之作,它以“青春无悔、事业无悔”的人生主题,致敬扎根在祖国茫茫大漠核工业基地的无名英雄。小说中的母亲在垂暮之年重返“矿区”的执拗旅行与青春懊悔,蕴藏着不为人知的情感世界秘密;女儿陪同母亲前往寻找以生命奉献事业的父亲的墓地,而父亲遗留给她的“红骆驼”石头,则成为一种红色信仰与坚毅品格的传承象征。

当然,在飞速发展的工业化时代,工业题材中篇小说的创作还远未登上文学高原。怎样跟上时代步伐,怎样走在文学前沿,怎样沉入工业第一现场,在作品中营造劳动光荣、技能宝贵、创造伟大的社会氛围,表现产业工人大国工匠的生命历练,关注知识型技能型创新型产业工人队伍的新形象,凸显中国工业现代化的历史记忆和全景图画,这始终是一种时代的职责、文学的使命。

二

工业题材中篇小说以其丰富的创作实绩,带给我们诸多有益的文学启示。

第一,工业题材的中篇小说始终坚守现实主义创作阵地,反映中国不断走向工业化的历史进程和时代脉动,它所勾勒的那些真实生动的时代画幅,成为共和国几代人的工业记忆。

一方面,就其表现内容来看,无论是五四以后中国工业萌生发展的历史记忆,还是解放战争时期工人保护工厂、恢复生产付出的巨大劳动;无论是新中国第一个五年计划开启的重工业建设时代,还是产业工人为改变祖国“一穷二白”面貌的倾情奉献;无论是新时期工业改革的崛起阵势,还是市场经济背景下国企体制转型的阵痛与深化;

特别是进入新时代以来追寻中国工业现代化的奋斗历程……所有这一切，都以真实鲜活的文学画幅历历在目：第一个大油田的开发，第一条大铁路的建设，第一辆“解放”牌汽车驶下生产线，第一颗原子弹升上太空，一座座的新工厂、无数的工业生产线在创造着巨大的社会财富；从轻工业发展到重工业建设，从中国制造到中国智造，从能工巧匠到大国工匠，从传统工业到高科技产业，不断走向工业现代化的进程在改变着一个巨大的传统的农业国度，代表先进生产力的产业工人力量无时无刻不在影响着社会的进步。工业题材中篇小说不仅真实地记录了这种时代巨变，形象化地反映了走向工业时代生活的社会氛围，也以文学的方式参与了工业化建设这一伟大历程。

另一方面，以其创作传统来论，坚持革命现实主义的创作原则，坚持为工人阶级立命、为工业化进程写真的文学路线，弘扬主旋律，这使它在令人眼花缭乱的文坛变化中跃出，立于不败之地。单就21世纪以来的文坛而言，工业题材中篇小说的创作实绩亦可重重书写一笔。掠过那些一味吟哦小情小调花样翻新的所谓“个性化”写作，也不在意那些“批量生产”的文学时尚产品，在某些题材、体裁、手法的写作仿佛无预兆地陷入了“疲软”之际，似乎被“多元化”格局冷落的工业文学领域，反倒是那群执着于工业文学的作家，从蒋子龙、水运宪、梁晓声、刘庆邦，到肖克凡、李铁、曹征路、周梅森、孙少山、王十月、武歆、马秋芬、吴君、榛子、刘建东、翟永刚，还有路内、鬼金、班宇、双雪涛、郑执、侯磊……他们以一种对国家的高度责任感，以对工人群众深厚的阶级感情，拂去生活表层五光十色的浮沫，发掘工业领域深层的、内部的问题症结，探究工人群体的命运故事和精神世界，以现实主义的写作追寻抵达现实生活深度的路径。当读到《工厂上空的雪》《乔师傅的手艺》《最后一座工厂》《那儿》《且看满城灯火》《世界上所有的夜晚》《蚂蚁上树》《窑衣》《国家订单》《老工人谢瑶环》《亲爱的深圳》《慈悲》《贫嘴张大民的幸福生活》《完美的焊缝》《国家工人》《红骆驼》《纺织厂的女儿》《鸡架之城》《父亲和雕像》这些作品时，你不能不为工人群体的悲欢离合而心灵震撼，你不能不为他们所依存的工厂命运变迁而忧患挂牵，你同样不能不为怀着希望艰难前行的工业化前景而鼓舞感动。这就是焕发着现实主义光芒的工业题材中篇小说给予现实的力量所在、希望所在。

第二，工业题材中篇小说始终坚持以“工人”“工厂”和“工会”的“三工”文学写作路线，这使它以不同于其他文学题材的鲜明辨识度，占据属于自身的文学高地。

坚持工业题材的选择，需要勇气，更需要不断的创新和超越。对于我们这样一个有着乡土中国历史的民族来说，乡土题材具有与生俱来的文学优势，被作家世代传承。但若步入工业文学创作领域，必须积累丰富的工厂生活经验，而大工业本身的复杂性，让工业文学作家时时面临创作挑战。比如工业战线行业众多，隔行如隔山，由此带来工业文学创作复杂的特定性；比如工业文学的种种矛盾纠葛多缠绕在生产过程中，可流水线的操作又日复一日的单调平凡；工人的人生和写工人的作品，亦容易囿于“车间文学”的模式。如何立足车间、面向社会，发掘工业建设和工业生产种种错综复杂的人物关系，这些都是工业题材创作必须面对和亟待解决的问题。《井架上的星》（肖复兴）、《夏日辉煌》（冯敬兰）、《红骆驼》（王松）在更开阔的工业建设背景上，别开生面地再现了大油田、核工业基地的劳动场景与精神氛围；而《蚂蚁上树》（马秋芬）、《且看满城灯火》（榛子）、《贫嘴张大民的幸福生活》（刘恒）亦通过看社会的眼睛，体察错综复杂的社会关系、变动不居的世态人心，将普通工人的现实境遇，融入有关工地、工厂、车间以及周遭世界的生活书写之中。这都是作者在长时间工厂生活的观察、体验、思考中，方获得的成功。

回眸工业题材中篇小说的创作历程，有一种特别强烈的感觉，无论我们的作家写了怎样的工业场域，无论中篇小说中的生活故事如何的色彩纷呈，作品的手法和风格怎样求新变异，最能吸引我们目光、让读者为之心动的，是工业时代生活中的“工业人”。他们作为工业小说中的核心和灵魂，连缀了工厂的历史，映现出工业化的图景，维系着工业时代错综复杂的社会关系；透过这些人物形象塑造，你能触摸到特定时代的脉动，感受到那些具有生命温度和精神向度的工厂记忆。事实上，工业题材中篇小说中丰富多彩的人物类型，它所构成的正是一代又一代工人群体的形象谱系，其中蕴含的无疑是一部工人阶级的精神成长史。正如蒋子龙所说：“即便是工业题材，最迷人的地方也不是工业本身，而是人的故事——生命之谜构成小说的魅力。”①

第三，要进一步克服工业文学创作单薄、狭窄的弊病，应该探讨如何从开发工业文化意识入手，为创作注入丰厚的文化底蕴。中国工业文化在发展过程中逐步与农业文化相脱离而形成的特点与传统，当代工人阶级创造的生产方式、思维方式和行为方式为中国工业文化注入的新鲜活力，改革开放时代的工业文化与其他文化形态的多元碰撞，不同地域、不同行业的文化特色，现代社会的企业文化精神，这一切都为工业人的文化生存提供了广阔的背景。关注到这一点，将会改变工业文学的传统思维方式，有利于工业文学新视野的开拓。

第四，中篇小说文体不断走向成熟的过程中，以后来者居上的创作优势，使它在反映工业生活方面拥有了追踪工业时代生活的快捷和表现复杂社会内涵的丰富性。

如果回到历史语境，工业文学最初起步发展的阶段里，与短篇小说等文学体裁相比，中篇小说无论是作家队伍的聚集，还是发表阵地的拥有，并不占据有利地位，创作数量相当有限，在整体上还显得相当滞后和边缘化。

进入历史新时期之后，党的十一届三中全会引领思想解放潮流，

---

① 蒋子龙：《新支点：泛工业题材时代——“新支点长篇小说丛书”·序》，见李肇正：《无言的结局》，百花文艺出版社，1997年版。

大型文学丛刊的创办提供了新的文学阵地，中篇小说平地崛起，可谓“丛刊丛生，中篇复兴”。其中，工业题材的中篇小说创作也占据重要一页。究其原因，可能在于中篇小说文体本身的优势：在当今高速运行的工业时代生活中，它既可以像短篇小说那样追踪生活步伐，又比短篇小说拥有更丰富的社会生活容量；而在故事情节的复杂性、人物形象塑造的丰满度方面，它既融合了长篇小说的优长，又比长篇小说来得迅捷。当然，我们也清醒地意识到，工业题材中篇小说创作的数量和质量都还有更多的提升空间，文学的冲击力还需特别加强。

针对近年中篇小说叙事方法比较守成、艺术创新氛围不够浓厚的情形，工业题材中篇小说怎样以开放的现实主义文学精神，有效地融入新的文学元素和叙事方式，创作出更具生命情感、更具生活鲜活度和艺术魅力的工业文学作品，以期赢得广大读者的喜闻乐见，这也是传递工业文化精神、凸显工业美学特质的一种艺术使命。

总之，在工业发展牵动经济命运、经济问题又成为当今社会多种矛盾焦点的当下，在工业化迅猛发展的信息化时代，中篇小说如何直面现实勇敢回应工业社会生活提出的重大命题，为时代见证，来描绘风雨兼程的工业化历史图景，为工人阶级立言，去发掘他们的时代奉献和命运变迁；如何提供比现实更强大的真实力量，探索文学赋能经济社会发展的有效路径，创作出新时代文坛上追寻中国梦和弘扬劳模精神、劳动精神、工匠精神的精品力作，创造出具有工业文学独特风格和审美价值的经典作品，这应该成为工业题材中篇小说不断追求的创作标高。我们有理由这样相信，我们满怀希望地期待着。

樊洛平

目录

存目

《有泪悄悄流》 齐铁民
原载《春风》2002年第1期

《我们卑微的灵魂》 熊正良
原载《人民文学》2003年第1期
2003年人民文学奖获奖中篇小说

《爱了又爱》 徐站夫
原载《十月》2005年第2期
第六届全国煤炭文学乌金奖(2011)

《世界上所有的晚上》 迟子建
原载《钟山》2005年第3期
第四届鲁迅文学奖中篇小说奖(2004—2006)
第二届“北京文学·中篇小说月报奖”
(2005—2006)
第十二届《小说月报》百花奖中篇小说奖(2007)

《天车》 武 歆
原载《中国作家》2005年第7期

《黑脉》 葛水平
原载《人民文学》2006年第1期

《荒原水站》 曹建川
原载《青海湖文学月刊》2006年第1期
第三届中华铁人文学奖(2009)

《无巢》 熊育群
原载《十月》2007年第1期

《亲爱的深圳》 吴 君
原载《中国作家》(文学版)2007年第14期

《白乌鸦》 杨刚良
原载《北京文学》2009年第7期

《平原上的摩西》 双雪涛
原载《收获》2015年第2期
第十七届百花文学奖·中篇小说奖(2017)

《阅读与欣赏》 刘建东
原载《人民文学》2015年第3期
第十七届百花文学奖·中篇小说奖(2017)

《完美的焊缝》 刘建东
原载《山花》2015年第11期

《国家工人》 刘枢尧
原载《延河》2017年第7期

《江南雪》 黄秀萍
原载《中国作家》2018年第12期

《和田玉》 张 策
原载《小说月报》(原创版)2019年第6期

《纺织厂的女儿》 侯 磊
原载《青年文学》2021年第2期

《手工》 李 铁
原载《长江文艺》2021年第18期

《鸡架之城》 老 藤
原载《北京文学》(中篇小说月报)2022年第2期
《北京文学》2022年度优秀作品奖

《父亲和雕像》 肖克凡
原载《当代》2024年第2期
第二十六届《当代》文学拉力赛
(2024年度)中篇小说奖

神　木

刘庆邦

一

冬天。离旧历新年还有一个多月。天上落着零星小雪。在一个小型火车站唐朝阳和宋金明正物色他们的下一个点子。点子是他们的行话，指的是合适的活人。他们一旦把点子物色好了，就把点子带到地处偏远的小煤窑办掉，然后以点子亲人的名义，拿人命和窑主换钱。这项生意他们已经做得轻车熟路，得心应手，可以说做一项成功一项。他们两个是一对好搭档，互相配合默契，从未出过什么纰漏。按他们的计划，年前再办一个点子就算了，一个点子办下来，每人至少可以挣一万多块。如果运气好的话，也许会突破两万块大关。回老家过个肥年不成问题。

火车站一侧有一家敞篷小饭店、饭店门口的标牌上写着醒目的广告，卖正宗羊肉烩面、保健羊肉汤、烧饼和多种下酒小菜。唐朝阳对保健羊肉汤产生了兴趣，他骂了一句说："现在什么都保健，就差搞野鸡不保健了。"一位端盘子的小姑娘迎出来，称他们"两位大哥"，把他们请进篷子里坐下。他们点了两碗保健羊肉汤和四个烧饼，却说先不要上，他们还要喝点酒。他们的心思也不在酒上，而是在车站广场那些两条腿的动物上。两人漫不经心地呷着白酒，嘴里有味无味地咀嚼着四条腿动物的杂碎，四只眼睛通过三面开口的敞篷，不住地向人群中睃寻。离春节还早，人们的脚步却已显得有些匆忙。有人提着豪华旅行箱、大步流星往车站入口处赶。一个妇女走得太快，把手上扯着的孩子拖倒了，她把孩子提溜起来，照孩子屁股上抽两巴掌，拖起孩子再走。一个穿红皮衣的女人，把电话手机捂在耳朵上，嘴里不停地说话，脚下还不停地走路。人们来来往往，小雪在广场的地上根本存不住，不是被过来的人带走了，就是被过去的人踩化了。待着不动的是一些讨钱的乞丐。一个上年纪的老妇人跪伏呈磕头状，花白的头发在地上披散得如一堆乱草，头前放着一只破旧的白茶缸子，里面扔着几个钢镚子和几张毛票。还有一个年轻女人，坐在水泥地上，腿上放着一个仰躺着的小孩子。小孩子脸色发白闭着双眼，不知是生病了，还是饿坏了。年轻女人面前也放着一只讨钱用的搪瓷茶缸子。人们来去匆匆，看见他们如看不见，很少有人往茶缸里丢钱。唐朝阳和宋金明不明白，元旦也好、春节也罢，只不过都是时间上的说法，又不是人的发情期，那些数不清的男人和女人，干吗为此变得慌里慌张，骚动不安呢？

这二人之所以没有发起出击是因为他们暂时尚未发现明确的目标。他们坐在小饭店里不动，如同狩猎的人在暗处潜伏，等候猎取对象出现，猎取对象一旦出现在他们的视野之内，他们会马上兴奋起来，并不失时机地把猎取对象擒获。他们不要老板，不要干部模样的人，也不要女人，只要那些外出打工的乡下人。如果打工的人成群结帮，他们也会放弃，而是专挑那些单个儿的打工者。一般来说那些单个儿的打工者比较好蒙，在二对一的情况下，用不了多大一会儿工夫，被利诱的打工者就如同脖子上套了绳索一样，不用他们牵，就乖乖地跟他们走了。他们没发现单个儿的打工者，倒是看见三几个单个儿的小姐，在人群中游荡。小姐打扮妖艳，专拣那些大款模样的单行男人搭讪。小姐拦在男人面前嘀嘀咕咕，搔首弄姿，有的还动手扯男人的衣袖，意思让男人随她走。大多数男人态度坚决，置之不理。少数男人趁机把小姐逗一逗，讲一讲价钱。待把小姐的热情逗上来，他却不是真的买账，撇下小姐扬长而去。只有个别男人绷不住劲，迟迟疑疑地跟小姐走了，到不知名的地方去了。唐朝阳和宋金明看得出来，这些小姐都是野鸡，哪个倒霉蛋儿要是被她们领进鸡窝里，就算掉进了黑窟窿，是公鸡也得逼出蛋来。他们跟这些小姐不是同行，不存在争行市的问题。按他们的愿望，希望每个小姐都能赚走一个男人，把那些肚里长满板油的男人好好宰一宰。

端盘子的小姑娘过来问他俩，这会儿上不上羊肉汤。

唐朝阳回过眼来，把小姑娘满眼瞅着，问："你们这里有没有保健野鸡汤？"

宋金明听出唐朝阳肚子里在冒坏汤儿，也盯紧小姑娘的嘴唇，看她怎样回答。小姑娘腰身瘦瘦的，脖子细细的，看样子是刚从乡下雇来的黄毛丫头，还没开过胯，还没经过大阵仗，正是这样的生坯子，用起来才有些意思。女人身上一旦起了软肉，就不再是柴鸡的味道，而是用化学饲料催长的肉鸡的味道。小姑娘好看的嘴唇动了动，说她不知道有没有保健野鸡汤。

"你们饭店里有保健羊肉汤，难道就没有保健野鸡汤吗？野鸡汤本钱也不高，比卖羊肉汤来钱快多了。"唐朝阳说。

小姑娘说她去问一问老板，转身进屋去了。

宋金明朝唐朝阳脚杆子上踢了一下："去你妈的，别想好事儿了，要想弄成事儿，恐怕五百块都说不下来。"

"一千块我也干！"

老板从屋里出来了，是一位少妇。少妇身前身后都起了不少软肉，比小姑娘逊色多了。少妇说："两位大哥真会开玩笑，你们把羊肉汤喝足了，还愁喝不到野鸡汤吗！"少妇把红嘴往旁边的洗头泡脚屋一努，说那里面就有，想喝多久喝多久，口对口喝都没人管。

唐朝阳看出老板娘不是个善茬儿，不再提要野鸡汤的事，说："把羊肉汤端上来吧。"

他俩注意到了，小饭店的左侧是一个挂着黑漆布帘子的放像室，一男一女堵在门口卖票收钱，四块钱放进去一位，时间不限，门口立着一个黑色立体声音箱，以把录像带上的声音同步传播出来作为招徕。音箱里一阵一阵传出来的大都是女人的声音——她们像是被什么东西塞住了音道。发音吐字一点也不清晰。右侧是一家美容美发兼洗头泡脚的小屋门面，门面的大玻璃窗上写着两行红字：“低价消费，到位服务。”这样的小屋唐朝阳和宋金明都进去过，别看小屋门面不大，里面的世界却深得很，往往要七拐八拐，进了旁门，还有左道，有时还要上楼下楼。等到了单间，小姐转出来，一对一的洗和泡就可以进行了，当然了，他们洗的是第二个头，泡的是第三只脚。

小姑娘把保健羊肉汤端上来了。羊肉汤是用砂锅子烧的，大概因为砂锅子太烫手，小姑娘是用一个特制的带手柄的铁圈套住砂锅子，才分两次把热气腾腾的羊肉汤端上桌的。唐朝阳和宋金明一瞅，汤汁子白浓浓的，上面洒了几珠子金黄的麻油，酽酽的老汤子的香气直往鼻腔子里钻。二位拿起调羹，刚要把“保健”的滋味品尝一下，唐朝阳往车站广场瞥了一眼，说声：“有了！”几乎是同时，宋金明也发现了他们所需要的人选，也就是来送死的点子。二人很快地对视了一下，眼里都闪射出欣喜的光芒。这种欣喜是恶毒的。他们不约而同地把调羹放下了。一个点子就是一堆大面值的票子，眼下，票子还带着两条腿，还会到处走动，他们绝不会放过。由于心情激动，他们急于攫取的手稍稍有些发抖，调羹放回碟子时发出了微响，宋金明站起来了说：“我去钓他！”

如同当演员做戏一样，宋金明从敞篷小饭店出来时，没忘了带着他的一套道具，这就是一个用塑料蛇皮袋子装着的铺盖卷儿，一只式样过时的，坏了拉锁的人造革提兜，提兜的上口露出一条毛巾，毛巾脏污得有些发黑，半截在提兜里，半截在兜外耷拉着，这样的道具容易被打工者认同。

二

被宋金明跟踪的目标走过车站广场，向售票厅走去。目标的样子不是很着急，目的性似乎也不太明确。走过车站广场时，他仰起脸往天上看了一会儿，像是看一下天阴到什么程度，估计一下雪会不会下大，看到利用孩子讨钱的那个妇女，他也远远地站着看了一会儿。他没有走近那个妇女，更没有给人家掏钱。目标到售票厅并没有买票，他到半面墙壁大的列车时刻表下看看，到售票窗口转转，就出去了。目标走到门外，有一个人跟他搭话。宋金明顿时警觉起来，他担心有人撬他们的行，把他们选中的点子半路劫走。宋金明紧走两步，想接近目标，听听那人跟他们的目标说什么，以便见机行事，把目标夺过来。宋金明的担心多余了，他还没听见两人说什么，两人就错开了，一人往里，一人往外，各走各的路。

目标下了售票厅门口的水泥台阶，看见脚前扔着一个大红的烟盒，烟盒是硬壳的，看上去完好如新。目标上去一脚，把烟盒踩扁了。他没有马上抬脚，转着脖子左右环顾。大概没发现有人注意他，他才把烟盒捡起来了。他瞪着眼往烟盒里瞅，用两个指头往烟盒里掏。当证实烟盒的确是空纸壳子时，他仍没舍得把烟盒扔掉，而是顺手把烟盒揣进裤子口袋里去了。

这一切，宋金明都看在眼里。目标左右环顾时，他的目光及时回避了，装作什么都没看见。目标定是希望能从烟盒里掏出一卷子钱来，烟盒空空如也，不光没钱，连一根烟卷也不剩，未免让他的可爱的目标失望了。通过这一细节，宋金明无意中完成了对目标的考察，他因此得出判断，这个目标是一个缺钱和急于挣钱的人，这样的人最容易上钩。事不迟疑，他得赶快跟他的目标搭上话。

车站广场一角有一个报刊亭，目标转到那里站下了，往亭子里看着。报刊亭三面的玻璃窗内挂满了各类花里胡哨的杂志，几乎每本杂志封面上都印有一个漂亮的女人。宋金明掏出一支烟，不失时机地贴近目标，说："师傅，借个火。"

目标回过头来，看了宋金明一眼，说他没有火。

既然没有火，宋金明就把烟夹在耳朵上走了，像是找别人借火去了。他当然不会真走，走了几步又折回来了，对目标说："我看着你怎么有点面熟呢？"还没等目标对这个问题做出反应，他的第二个问题跟着就来了，"师傅这是准备回家过年吧？"

目标点点头。

"离过年还有一个多月呢，回家那么早干什么！"

"不回家去哪儿呢？"

"我们联系好了一个矿，准备去那里干一段儿，那里天冷，煤卖得好。那儿回来的人说，在那个矿干一个月，起码可以挣这个数。"说着弯起一个食指勾了一个九。他见目标的眼睛亮了一下，随即把代表钱数的指头收起来了。这时，有个吸烟的人从旁边路过，他过去把火借来了。他又掏出一支烟，让目标也点上。目标没有接，说他不会吸烟。宋金明看出目标心存戒心，没有勉强让他吸，主动与目标拉开距离，退到一旁独自吸烟去了。一旁有一个长方形的花坛，春夏季节，花坛里当有花儿开放，眼下是冬季，花坛里只剩下一些枯枝败叶。这些带刺的枯枝子上挂着随风飘扬的白塑料袋，像招魂幡一样。花坛四周，垒有半腿高的水泥平台。宋金明的铺盖卷儿放在地上，在台面上坐下了。对于钓人，他是有经验的。钓人和钓鱼的情形有相似的地方，你把钓饵上好了，投放了，就要稳坐钓鱼台，耐心等待，目标自会慢慢上钩。你若急于求成，频频地把钓饵往目标嘴边送，很有可能会把目标吓跑。

果然，目标绕着报刊亭转了一圈，磨蹭着向宋金明挨过来。目标向宋金明接近了，眼睛并没有看宋金明，像是无意之中走到宋金明身边去的，宋金明暗喜，心说，这是你自己送上门来找死，可不能怨我。他没有跟目标打招呼。

目标把一直背在肩上的铺盖卷放下来了，他的铺盖卷也是用蛇皮塑料袋子装的。并没人作出规定，可近年来，外出打工的人几乎都是用蛇皮袋子装铺盖。若看见一个人或一群人，背着臃肿的蛇皮袋子在路边行走，不用问，那准是从乡下出来的打工族。蛇皮袋子仿佛成了打工者的一个标志。目标把铺盖卷放得和宋金明的铺盖卷比较接近，而且都是站立的姿势。在别人看来，这两个铺盖卷正好是一对。宋金明注意到了目标的这一举动。他拿铺盖卷作道具，他的道具还没怎么用，有人就跟他的道具攀亲家来了。有那么一瞬间，他产生了一点错觉，仿佛不是他钓人家，而是打了颠倒，是人家来钓他，准备把他钓走当点子换钱。他在心里狠狠打了一个手势，赶紧把错觉赶走了。

目标咳了咳喉咙，问宋金明刚才说的矿在哪里。

宋金明说了一个大致的地方。

目标认为那地方有点远。

“那是的，挣钱的地方都远，近处都是花钱的地方。”

“你是说，去那里一个月能挣九百块？”

“九百块是起码数，多了就不敢说了。”

“你一个人去？”

“不，还有一个伙计，在那边等我。我来买票。”

目标不说话了，低着头，一只脚在地上来回擦。他穿的是一种黑胶和黑帆布黏合而成的棉鞋，这种鞋内膛较大，看上去笨头笨脑。宋金明知道，一些缺乏自信的打工者，都愿意把有限的钱藏在这种棉鞋里。他不知道这个家伙鞋膛里装的是不是钱。宋金明试探似的把目标的棉鞋盯了盯，目标就把脚收回去了，两只脚并在了一处。宋金明看出来了，他选定的目标是一个老实蛋子。在眼下这个世界，是靠头脑和手段挣钱。像这种老实蛋子，虽然也有一把子力气，但到哪里都挣不到什么钱，既养活不了老婆，也养活不了孩子。这样的笨蛋只适合给别人当点子，让别人拿他的人命一次性地换一笔钱花。

目标开始咬钩了，他问宋金明：“我跟你们一块儿去可以吗？”

宋金明没有答应，他还得继续拿钓饵吊目标的胃口，让自愿上钩者把钢钩咬实，他说：“恐怕不行，人家只要两个人，一下子去三个人算怎么回事。”

目标说：“我去了，保证不跟你们争活儿，要是没我的活儿干，我马上回家。我说话算话，你要是不信，我可以赌咒。”

宋金明制止了他的赌咒。赌咒是笨人才用的办法，笨人没办法让别人相信他，只有采取精神自残的赌咒作践自己。赌咒算个狗屁，现在都什么时候了，谁还相信咒语？宋金明说：“这事儿我说了不算，活儿是我那个伙计联系的，只能跟他说一下试试。”

宋金明领着目标往小饭店走。走到那个头一直磕在地上的老妇人跟前，宋金明让目标等等，从口袋里掏出一把钱，抽出一张一块的，丢进老妇人的茶缸里去了，老妇人这才抬起头来，但很快又把头磕下去，说：“好人一路平安，好人一路平安……”宋金明走到那个抱孩子的年轻女人面前，一下子往茶缸里放了两块钱。年轻女人说的话跟老妇人的话是一个模子，也是“好人一路平安”。

跟在宋金明身后的目标想跟宋金明学习，也给乞丐舍点钱，但他的手在口袋里摸索了一会儿，到底没舍得掏出钱来。

唐朝阳看见了宋金明带回的点子，故意装作看不见，只问宋金明买票了没有。

宋金明说：“还没买。这个师傅想跟咱一块儿去干活。”

唐朝阳登时恼了，说：“扯鸡巴蛋，什么师傅！我让你去买票，你带回个人来，这个人是能当票用，还是能当车坐！”

宋金明嗫嚅着，做出理亏的样子，解释说：“我跟他说了不行，他还是想见见你。不信你问问他，我说了不行没有？”

点子说：“不能怨这位师傅，他确实说过不行。我一听他说你们准备去矿上干，就想跟你们搭个伴，去矿上看看。”

“怎么，你在矿上干过？”

“干过。”

唐朝阳和宋金明很快地交换了一下眼神，唐朝阳的口气变得稍微缓和些。他要借机把这个点子调查一下，看他都在哪个地方的矿干过，凡是他去过的矿，就不能再去，以免露出破绽，留下隐患。唐朝阳说：“看不出你还是个挖煤的老把式，你都在什么地方干过？”

点子说了两个矿名。

唐朝阳把两个矿名默记一下，又问点子："这两个矿在哪个省？"

点子说了省名。

调查完毕，唐朝阳还向点子问了一些闲话，比如这两个矿怎么样？能不能挣到钱？点子一一做了回答。这时，唐朝阳还不松口，还在玩欲擒故纵的把戏，他说："不行呀，我看你岁数太大了，我怕人家不要你。"

点子说："我长得老相，显得岁数大。其实我还不到四十岁，虚岁才三十八。"

唐朝阳没有说话，微笑着摇了摇头。

点子不知是计，顿时沮丧起来。他垂下头，眼皮眨巴着，看样子要把眼睛弄湿。

唐朝阳看出点子在作可怜相，真想在点子面门上来一记直拳，把点子捅一个满脸开花。这种人没别的本事，就会他妈的装装可怜相，让人恶心。这种可怜虫生来就是给人作点子的，留着他有什么用，办一个少一个。唐朝阳已经习惯了从办的角度审视他的点子，这好比屠夫习惯一见到屠杀对象就考虑从哪里下刀一样。这个点子戴一顶单帽子，头发不是很厚，估计一石头下去，能把颅顶砸碎，即使砸不碎，也能砸扁。他还看到了点子颈椎上鼓起的一串算盘子儿似的骨头，如果用镐把从那儿猛切下去，点子也会一头栽倒，再也爬不起来。不过，在办的过程中，稳准狠都要做到，一点也不能大意。他同时看出来了，这个点子是一个肯下苦力的人，这种人经过长期的劳动锻炼，都有一股子笨力，生命力也比较强。对这种人下手，必须一家伙打蒙，使他失去反抗能力，然后再往死里办，要是不能做到一家伙打蒙则事情办起来就不会那么顺利。一想到这里，唐朝阳凶歹歹地笑了，骂了一句说："你要是我哥还差不多，我跟人家说说，人家兴许会收下你。"

宋金明赶紧对点子说："当哥还不容易，快答应当我伙计的哥吧。”

点子见事情有了转机，慌乱不知所措，想答应当哥又不敢应承。

“你到底愿意不愿意当我哥？”唐朝阳问。

“愿意，愿意。”

“那你姓什么？叫什么？”

“姓元，叫元清平。”

“还有姓元的，没听说过。那，老元不就是老鳖吗？”

“是的，是老鳖。”

“要当我的哥，你就不能姓元了。我姓唐，你也得姓唐。”

唐朝阳对宋金明说：“宋老弟，你给我哥起个名字。”

宋金明早就准备好了一串名字，但他颇费思索似的说：“我这位老兄叫唐朝阳，这样吧，你就叫唐朝霞吧。”

唐朝阳说：“什么唐朝霞，怎么跟个娘们名字似的。”

宋金明说：“先是朝霞，后有朝阳，他是你哥，叫朝霞怎么不对！”

点子已经认可了，说：“行行，我就叫唐朝霞。”

唐朝阳对宋金明说：“操你妈的，你还挺会起名字，起的名字还有讲头。”他冷不丁地叫了一声，“唐朝霞！”

叫元清平的人一时没反应过来，好像不知道凭空而来的唐朝霞是代表谁，有些愣怔。

“操你妈的，我喊你，你怎么不答应！”

元清平这才愣过神来，“哎哎”地答应了。

“从现在起，那个叫元清平的人已经死了，不存在了，活着的是唐朝霞，记清楚了？”

“记清楚了！”

“哥！”唐朝阳又考验似的喊了一声。

这次改名唐朝霞的人反应过来了，只是他答应得不够气壮，好像还有些羞怯。

唐朝阳认为这还差不多："这一弄，我们成了桃园三结义了。"他招呼端盘子的小姑娘，"来，再上两碗羊肉汤，四个烧饼。"

宋金明知道唐朝阳把刚才要的两碗羊肉汤都用了，却明知故问："你呢？你不吃了？"

唐朝阳说他刚才饿得等不及，已吃过了。这是给他们两个要的。

唐朝霞说他不吃，他刚才吃过饭了。

唐朝阳说："我们既然成了兄弟，你就不要客气。"

"吃也可以，我是当哥的，应该我花钱，请你们吃。"

唐朝阳又翻下脸子，说："你有多少钱，都拿出来！"

唐朝霞没有把钱拿出来。

"再跟我外气，你就不是我哥，你走你的阳关道，我钻我的黑煤窑！"

唐朝霞不敢再外气了。从唐朝阳野蛮的亲切里，他感到自己遇上够哥们的好人了。他哪里知道，喝了保健羊肉汤，一跟人家走，就算踏上了不归之路。

三

他们三人坐了火车坐汽车，坐火车向北，然后坐长途汽车往西扎，一直扎到深山里。山里有了积雪，到处白茫茫的。这里的小煤窑不少，哪里把山开膛破肚，挖出一些黑东西来，堆在雪地里，哪里就是一座小煤窑。一些拉煤的拖拉机喘着粗气在山区路上爬行。路况不太好，拖拉机东倒西歪，像是随时会翻车。但它们没有一辆翻车的，只撒下一些碎煤，就走远了。山里几乎看不见人，也没什么树木。只能看见用木头搭成的三角井架，和矮趴趴的屋顶上伸出的烟筒。还好，每个烟筒都在徐徐冒烟，传达出屋子里面的一些人气。唐朝阳往来路打量了一下，嫌这里还不够偏远，带着宋金明和唐朝霞继续西行。他胸有成竹的样子，说快到了。他们还拦了一辆拉煤的空拖拉机，爬上了后面的拖斗。司机说："小心把你们冻成肉棍子！"唐朝阳说："冻得越硬越好，用的时候就不用吹气了。"他们又往西走了几十里，唐朝阳选了一处窑口堆煤比较少的煤窑，他们才下了路，向小煤窑走去。接近窑口一侧的房子时，唐朝阳让宋金明和唐朝霞在外面等一会儿，他去找窑主接头。

宋金明和唐朝霞找到屋后一个背风的地方，冻得缩着脖，揣着手，来回乱走。按以往的经验，唐朝霞没几天活头了，顶多不会超过一星期。于是，宋金明就想跟唐朝霞说点笑话，让他在有限的日子里活得愉快些。他问："唐朝霞，你老婆长得漂亮吗！"

"不漂亮。"

"怎么不漂亮？"

"大嘴叉子。"

"嘴大了好哇，听人说女人嘴大，下面也大，生孩子利索。你老婆给你生了几个孩子？"

"两个，一个男孩儿，一个女孩儿。"

"男孩儿大女孩儿大？"

"男孩儿大。"

"女孩多大了？"

"十四。"

"让你闺女给我当老婆怎么样，我送给她一万块钱当彩礼。"

唐朝霞恼了，指着宋金明说："你，你……你骂人！"

宋金明乐了，说："操你大爷，跟你说句笑话你就当真了，我老婆成天价在家里闲着，我还娶你闺女干什么。说实话，我现在最担心的就是我老婆跟别人睡，我问你，你长年在外面跑，你老婆会不会跟别的男人干？"

"不会。"

"你怎么敢肯定不会？"

“我们那儿的男人都出来了。”

“噢，原来是这样，拔了萝卜净剩坑了。哎，你给我写个条，我去找嫂子干一盘怎么样？”

这一次唐朝霞没恼，说：“想去你去呗，写条干什么！”

大约有一袋烟的工夫，唐朝阳从窑主屋里出来了，站在门口喊：“哥，哥。”

宋金明和唐朝霞赶紧从屋子后面转出来，向唐朝阳走去，这时窑主也从屋里出来了。窑主上身穿着皮夹克，下身穿着皮裤，脚上还穿着深腰皮鞋，从上到下全用其他动物的皮包装起来。窑主的装束全是黑的，鼓鼓囊囊，闪着漆光。有一种食粪的甲虫，浑身上下就是这般华丽。窑主出来并不说话，嘴里咬着一个长长的琥珀色的烟嘴，烟嘴上安着点燃的香烟。唐朝阳把唐朝霞介绍给窑主，说：“这是我哥。”

窑主瞥了一眼唐朝霞，没有说话。

唐朝霞往唐朝阳身边贴了贴，说：“这是我弟弟，亲弟弟。”

窑主说：“废话！”

唐朝阳又把宋金明介绍给窑主，说：“他是我们的老乡，跟我们一块儿来的。”

窑主把牙上咬着的烟嘴取下来，弹了下烟灰，问：“你们真的下过窑？”

三个人都说真的下过。

“最近在哪儿下的？”

唐朝阳说了一个地方。

“为什么不在那儿下了？”窑主问话的声音并不高，但里面透出步步紧逼的威严，仿佛要给外面闯进山里来的陌生人来一个下马威。

这当然难不住唐朝阳和宋金明，他们有一整套对付窑主的办法，或者说，他们干的营生就是专门从窑主口袋里挖钱，对每一个装腔作势的窑主，他们都从心里发出讥笑。但他们表面上装得很谦卑，甚至有些畏缩，跟没见过任何世面的土包子一样。唐朝霞就是这种样子。不过，他的样子不是装出来的，是真的，他已经被窑主的威严吓住了。

唐朝阳答："那个矿冒了顶，砸死了两个人。"

窑主说："死两个人算什么！吃饭就要拉屎，开矿就要死人，怕死就别到窑上来！"

唐朝阳连连点头称是，他确实很赞成窑主的观点，心里说："你狗日的说得真对，老子就是来给你送死人的，你等着吧！"

宋金明补充说："按说死两个人是不算什么，可是，死人的事不知怎么走漏了消息，上面的人坐着小包车到那个矿上一看，马上宣布停产整顿。"

窑主不爱听这个，他的手挥了一下，说："整顿个蛋，再整顿也挡不住死人！"

宋金明还有话要说，这些话都是经过他精心构思的，是经过实践证明行之有效的。他把这些话说出来，是要刺激一下窑主，让窑主把信息储存在脑子里。这样，就等于为下一步和窑主讲条件时埋下了伏笔，到时他把伏笔稍微利用一下，窑主就得小心着，他就可以牵着窑主的鼻子走。他说："我们在那里等了几天，想跟矿主算一个账，干等长等也见不到矿主的面。后来才知道，矿主也被人家上面的人……"

窑主打断了宋金明的话。他果然受到了刺激，有些沉不住气，说："咱丑话说在前面，我也不能保证我这个矿不死人，有句话说得好，要奋斗就会有牺牲，死人的事是经常发生的，当然了，谁开矿也不希望死人。这样吧，你们干两天我看看。我说行，你们就接着干，我看着不是那么回事，你们马上卷铺盖走人。这两天先不发钱，算是试工。按说我应该收你们的试工费，看你们都是远地方来的，挣点钱不容易，试工费就免了。"

三个人连说："谢谢矿主"。

下窑第一天，唐朝阳和宋金明没有动手消灭代号为唐朝霞的点子，他们把力气暂时用在消灭煤炭上了。他们一到窑底，就起了杀人的心，就想把点子办掉，但窑主要试工，他们就得先忍着。等试工结束，窑主签下一份使用他们的字据，再把点子办掉，窑主就赖不掉账了。唐朝阳和宋金明不时地交换一下眼色，他们的眼睛在黑暗里仍闪闪发光，在他们看来，窑底下太适合杀人了，简直就是天然的杀人场所。把矿灯一熄，窑底下漆黑一团，比最黑暗的夜都黑，在这里出手杀个把人，谁都看不见。别说人看不见，窑底下没有神，没有鬼，离天和地也很远，杀了人可以说神不知，鬼不知，天不知，地不知。就算杀人时会发出一些钝声，被杀者也许会呻吟，但窑底和上面的人间隔着千层岩万仞山，谁会听得见呢！窑底是沉闷的，充满着让人昏昏欲睡的腐朽的死亡气息，人一来到这里，像服用了某种麻醉剂一样，杀人者和被杀者都变得有些麻木。不像在地面的光天化日之下，杀一个人轻易就被渲染成了不得的大事。更主要的是，窑底自然灾害很多，事故频繁，时常有人竖着进来，横着出去。在窑底杀了人，很容易就可以说成天杀，而不是人杀。唐朝阳和宋金明以前就是这么干的，他们很好地利用了窑底下的自然条件，把杀人夺命的事毫无保留地推给了窑下的压力、石头，或木头梁柱。这一次，他们也准备照此办理。

他们三个包了一个采煤掌子，打眼，放炮，用镐刨，把煤放下来，然后支棚子。他们三个人都很能干。特别是唐朝霞，定是为了表现一下自己，以赢得两个伙伴的信任，他冲在放煤前沿，干得满头大汗，一会儿都不闲着。如果单从干活的角度看，点子唐朝霞的确算得上一位挖煤的好把式。可是，挖出的煤再多，卖的钱都让窑主得了，他们才能挣多少一点钱呢！宋金明在心里对他们的点子说，对不起，只好借你的命用用。

负责往外运煤的是另外两个窑工，他们领来一辆骡子拉着的带胶皮轱辘的铁斗子车，装满一车，就向窑口底部拉去。把煤卸在那里，返回来再装再拉。每当空车返回来时，唐朝霞就抄起一把大锹，帮人家装车，当着运煤工的面，唐朝阳愿意表现一下对唐朝霞的亲情，他夺过唐朝霞手中的大锹，说："哥，你歇会儿，我来装。"手中没有了大锹，唐朝霞仍不闲着，用双手搬起大些的煤块往车上扔。唐朝阳对哥的爱护进一步升级，他以生气的口气说："哥，哥，你歇一会儿行不行！你一会儿不磨手，手上也不会长牙！"唐朝霞以为唐朝阳真的在爱护他，也承认唐朝阳是他弟弟，说："老弟，你放心，累不着你哥。"

这一天，全窑比平常日子多出了好几吨煤，窑主感到满意。

第二天，唐朝阳和宋金明仍没有打死点子。兄弟和哥哥的关系似乎更亲密了。窑主到他们所在的采煤掌子悄悄观察时，唐朝阳仿佛长着第三只眼睛，窑主往掌子边一站，他就知道了。但他装作什么也不知道，只是不离唐朝霞身边。左一个哥右一个哥地叫。唐朝霞正用一支铁镐刨煤帮，他一把将唐朝霞拖开了，说："哥，小心片帮！"他抓住哥手中的铁镐，要自己去刨。哥不松铁镐，说："兄弟，没事，片不了帮！"兄弟说："没事也不行，万一出点事就晚了。咱爹对咱们是咋说的，说钱挣多挣少没关系，千万要注意安全！"兄弟一提"咱爹"。当哥的也得随着往"咱爹"上想。当哥的爹已经死了，眼下要重新认一个"咱爹"。他脑子里还得转一个弯子，他转弯子时，手稍有放松，他的好兄弟就把铁镐夺过去了。唐朝阳身手矫健，镐尖刨在煤帮上像雨点一样，而落煤纷纷流泻下来，汇积如雨水。

宋金明心里明镜似的，暗骂唐朝阳真他妈的会演戏，戏越演越熟练了。他的戏演得越熟练，越充满亲情味，点子越死得不明白，窑主也会进到戏里出不来。

窑主说话了："看来你们真在别的矿上干过。"

"是矿主呀，你老人家是不是检查我们的工作来了？"唐朝阳说。

"说不上检查，随便下来看看。什么矿主矿主的，我听着怎么跟称呼地主一样，我姓姚。"

唐朝阳改称他姚矿长。

窑主身边还站着一个人，大概是窑主的随从或保镖一类的人物。窑主到窑下来，牙上还咬着那根琥珀色的长烟嘴，只是烟嘴上没有安烟。窑主把烟嘴取下来指点着他们说："我记住了。你们俩姓唐，是弟兄俩；你姓宋。没错吧？"

"姚矿长真是好记性。怎么样，姚矿长能给我们一碗饭吃吗？"宋金明问。

"吃饭好说，关键是泡妞儿。你们挣那么多钱，泡妞儿不泡？"

对这个突如其来的问题，三个人的反应不尽一致，宋金明的回答是："不泡，泡不起。"唐朝霞不知没听清还是没听懂，他问："泡什么？"唐朝阳理解，窑主这是在跟他们说笑话，透露出对他们的认可，愿意跟他们打成一片，他问："上哪儿泡？"

窑主说："哪儿不能泡！哪儿有水，哪儿就有妞儿，哪儿能洗脚，哪儿就能泡妞儿。"

唐朝阳说："妞儿谁不想泡，人生地不熟的，我们不敢哪。"

窑主笑了，说："那有什么可怕的，见妞儿就泡，替天行道。替天行道你们懂不懂，这是老天爷交给你们的光荣任务。你们要是完不成任务，或者任务完成得不好，老天爷下辈子就把你们的家伙剜掉，把你们变成妞儿，让人家泡你们。"

唐朝阳虚心地说："姚矿长这么一说，我们就懂了，等姚矿长给我们发了饷，我们争取完成任务。"

唐朝霞像是这才把泡妞儿的话听懂了，他嘿嘿地笑着，显得很开心。

这天上了窑，窑主就着人通知他们，试工结束，他们可以在本矿干了，多劳多得，实行计件工资。工资一月一发。希望他们春节期间也不要回家，春节期间工资翻倍。

宋金明和唐朝阳找到窑主，问能不能签一个正式的用工合同。

窑主说："签什么合同，我这里从来不兴签那玩意儿，石头凿的煤窑，流水的窑工。想在我这儿挣钱，就挣。不想挣了，自有人挤着脑袋来挣。”

二人只好作罢。

四

事情不宜再拖，第四天，唐朝阳和宋金明做出决定，在当天把他们领来的点子在窑下办掉。

唐朝阳和宋金明都听说过，不管哪朝哪代，官家在处死犯人之前，都要优待犯人一下，让犯人吃顿好吃的，或给犯人一碗酒喝。以此类推，他们也要请唐朝霞吃喝一顿，好让唐朝霞酒足饭饱地上路。这种送别仪式是在第三天晚上从窑下出来时举行的。他们三个人，乘坐一个往上拉煤的敞口大铁罐从窑底吊上来时，上面正下大雪。冬日天短，他们每天上窑，天都黑透了。今天快升到窑口时，觉得上头有些发白，以为天还没黑透呢。等雪花落在脖子里和脸上，他们才知道下大雪了。宋金明说：“下雪天容易想家，咱们喝点酒吧。”

唐朝阳马上同意：“好，喝点酒，庆贺一下咱们顺利留下来做工的事。咱先说好，今天喝酒我花钱，我请我哥，宋老弟陪着，你们要是不让我花钱，这个酒我就不喝。”

不料唐朝霞坚持他要花钱，他的别劲上来了，说：“要是不让我花钱，我一滴子酒都不尝，我是当哥的，老是让兄弟请我，我还算个人吗！”他说得有些激动，好像还咬了牙，表明他花钱的决心。

唐朝阳看了宋金明一眼，做出让步似的说：

“好好好，今天就让我哥请。长兄比父，我还得听我哥的。反正手心手背都是肉，我弟兄俩谁花钱都是一样。”

他们没有洗澡，带着满身满头满脸的煤粉子，就向离窑口不远的小饭馆走去。窑上没有食堂，窑工们都是在独此一家的小饭馆里吃饭。小饭馆是当地一家三口开的，夫妻俩带着一个女儿，据说小饭馆的女老板是窑主的亲戚。等走到小饭馆门口，他们全身上下就不黑了，雪粉覆盖了煤粉，黑人变成了白人。女老板热情地迎上去，递给他们扫把，让他们扫身上的雪。雪一扫去，他们又成了黑人，只是眼白和牙齿还是白的。唐朝阳让唐朝霞点菜，唐朝霞说他不会点。唐朝阳点了一份猪肉炖粉条，一份白菜煮豆腐，一份拆骨羊头肉，还要了一瓶白酒。唐朝霞让唐朝阳多点几个菜，说吃饱喝饱不想家。点好了菜，唐朝霞说他去趟厕所，出去了，宋金明估计，唐朝霞一定是借上厕所之机，从身上掏钱去了，他的钱不是缝在裤衩上，就是藏在鞋里。宋金明没把他的估计跟唐朝阳说破。

宋金明估计得不错，唐朝霞到屋后的厕所撒了一泡尿，就蹲下身子，把一只鞋脱下来了。鞋舌头是撕开的，里面夹着一个小塑料口袋，唐朝霞从塑料口袋里剥出两张钱来，又把钱口袋塞进棉鞋舌头里去了。

菜上来了，酒倒好了，唐朝霞说喝吧，那二人却不端杯子。唐朝阳看着唐朝霞说："你是当哥的，今天又是你花钱，你不喝谁敢喝。"宋金明附和唐朝阳说："你是朝阳的哥，就等于是我的哥，千里来走窑，这是咱们的缘分哪！大哥，你说两句吧。"

唐朝霞眨巴眨巴黑脸上的眼白，喉咙里吭哧了一会才说："我不会说话呀，我说啥呢，你们两个都是好人，我遇上好人了，天底下还是好人多呀。从今以后，咱弟兄们同甘苦，共患难，来，咱们一块喝，喝起。"唐朝霞把一杯酒喝干了，摇摇头，说他不会喝酒，喝两杯就上头。

唐朝阳和宋金明计划好了要"优待"他们的点子一下，用酒肉给点子送行，他们当然不会放过点子唐朝霞。于是，这两个笑容满面的恶魔，轮番把点子喊成大哥，轮番向点子敬酒。等不到明天这个时候，他们的点子就该上西天去了，他们已提前看到了这一点。在敬酒的时候，他们话后面都有话，像是对活人说的，又像对死人的魂灵说的。一个说："大哥，我敬你一杯，喝了这杯你就舒服了。"另一个说："大哥，我敬你一杯，喝了这杯，你就能睡个踏实觉，就不想家了。"一个说："大哥，我再敬你一杯，喝了这杯，我有什么做得不对的地方，你就可以原谅我了。"另一个说："大哥，我再敬你一杯，我祝你早日脱离苦海，早日成仙。"唐朝霞的舌头已经发硬，他说："喝，死……死我也要喝……"唐朝霞提到了死，跟那两个人心中的阴谋对了点子，两个人不免吃了一惊，互相看了一下。

唐朝阳突然抱住唐朝霞的一只手，很动感情地对唐朝霞说："哥，哥，我对你照顾得不好，我对不起你呀！"

唐朝霞大概受到了感染，加上他喝多了酒，真把唐朝阳当成自己一娘同胞的亲兄弟了，他说：

"兄弟，我看你是喝多了，不是兄弟你对不起哥，是哥对你照顾不周，对不起你呀！"唐朝霞说着，两眼竟流出了泪水。泪水把眼圈的煤粉冲洗掉了，眼肉显得特别红。

女老板和女儿见他们说着外乡话，交谈得这么动感情，站在灶间门里向他们看着。女老板对女儿说："这弟兄俩真够亲的。"

唐朝阳和宋金明把唐朝霞架着拖进作宿舍用的一眼土窑洞里，唐朝霞往铺着谷草垫子的地铺上一瘫软，就睡去了。雪停了，灰白的寒光一阵阵映进窑洞。唐朝阳也睡了。宋金明担心唐朝霞因用酒过度会死过去，那样，他们千里迢迢弄来的点子就作废了，他们就会空喜欢一场。他把点子的脸扭得迎着门口的雪光，用巴掌拍着点子死灰般的脸，说："哎，哥们儿，醒醒，起来脱了衣服睡，你这样会着凉的。"点子没有反应。他顺便把点子看了看，看到了点子脚上穿着的棉鞋。他心生一计，脱下点子的棉鞋试一试，看看点子的钱是不是藏在棉鞋里。他先给点子盖上被子，说："盖上被子睡，来，我帮你把鞋脱掉。"他两手抓住点子的一只鞋刚要往下脱，点子脚一蹬，把他蹬开了。点子嘴里还含糊不清地说了一句什么。宋金明顿时有些激动，他试出来了，点子没有死，更重要的是，点子的钱藏在鞋里是毫无疑问的了。这个秘密他不能让唐朝阳知道，等把点子办掉后，他要相机把点子藏在鞋里的钱取出来，自己独得。这时，唐朝阳说了一句话："睡吧，没事儿。"宋金明的一切念头正在鞋里，唐朝阳猛地一说话，把他吓了一跳。在那一瞬间，他产生了一点错觉，仿佛他正从鞋里往外掏钱，被唐朝阳看见了。为了赶走错觉，他问唐朝阳："你还没睡着吗？"唐朝阳没有吭声。他不能断定，刚才唐朝阳说的是梦话，还是清醒的话。也许唐朝阳在睡梦里，还对他睁着一只眼呢，他对这个阴险而歹毒的家伙还是多加小心才是。

说来他们把点子办掉的过程很简单，从点子还是一个能打能冲的大活人，到办得一口气不剩，最多不过五分钟时间，称得上干脆、利索。

人世间的许多事情都是这样，准备和铺垫花的时间长，费的心机多，结果往往就那么一两下子就完事了。十月怀胎，一朝分娩，说的就是这个意思。

在打死点子之前，他们都网着头干活，彼此之间说话很少。唐朝阳没有再和生命将要走到尽头的点子表示过多的亲热，没有像亲人即将离去时做的那样，问亲人还有什么话要说。他把手里的镐头已经握紧了，对唐朝霞的头颅背了一次又一次。在局外人看来，他们三个哥们儿昨晚把酒喝兴奋了，今天就难免有些压抑和郁闷，这属于正常。

宋金明还是想把心情放松一下，他冒出了一句与办掉点子无关的话，说："我真想逮个女人操一盘！"

前面说过，唐朝阳和宋金明的配合是相当默契的，唐朝阳马上理解了宋金明的用意，配合说："想操女人，想得美！我在煤墙上给你打个眼，你干脆操煤墙得了。要不这么着也行，一会儿等运煤的车过来了，咱瞅瞅拉车的骡子是公还是母，要是母骡子的话，我和我哥把你送进骡子的水门里得了！"

宋金明说："行，我同意，谁要不送，谁就是骡子操的。"

二人一边说笑，一边观察点子，看点子唐朝霞笑不笑。唐朝霞没有笑。今天的唐朝霞，情绪不大对劲，像是有些焦躁，唐朝阳打了一个眼，他竟敢指责唐朝阳把眼打高了，说那样会把天顶的石头崩下来。唐朝阳当然不听他那一套，问他："是你技术高还是我技术高？"

唐朝霞倔头倔脑，说："好好，我不管，弄冒顶了你就不能了。"

"我就是要弄冒顶，砸死你！"唐朝阳说。

宋金明没料到会出现这种局面，唐朝阳这样说话，不是等于露馅了吗？他喝住唐朝阳，质问他："你怎么说话呢？有对自己的哥哥这样说话的吗？你说话知道不知道轻重？不像话！"

唐朝霞赌气退到一边站着去了，嘴里嘟囔着说："砸死我，我不活，行了吧！"

唐朝阳的杀机被点子的话提前激出来了，他向宋金明递了个眼色，意思是他马上就动手。他把铁镐在地上拖着，在向点子身边接近。

宋金明制止了他，说："运煤的车来了。"

唐朝阳听了听，巷道里果然传来了骡子打了铁掌的蹄子踏在地上的声响。亏得宋金明清醒，在办理点子的过程中，要是被运煤的撞见就坏事了。

运煤的车进来后，唐朝霞就不赌气了，抄起大锨帮人家装煤。这是这个人的优点，跟人赌气，不跟活儿赌气，不管怎样生气也不影响干活儿。如此肯干的好劳动力，撞在两个黑了心的人手里，真是可惜了。

骡子的蹄声一消失，两个人就下手了。宋金明装着无意之中把点子头上戴的安全帽和矿灯碰落了。他这是在给唐朝阳创造条件，以便唐朝阳直接把镐头击打在点子脑袋上，一家伙把点子结果掉。唐朝阳心领神会，不失时机，趁点子弯腰低头捡安全帽，他镐起镐落，一下子击在点子的侧后脑上。

他用的不是镐尖，镐尖容易穿成尖锐的伤口，使人怀疑是他杀。他把镐头翻过来，使用镐头的铁库子部分，将镐头变成一把铁锤，这样怎样击打出现的都是钝伤，都可以把责任推给不会说话的石头。当铁镐与点子的头颅接触时，头颅发出的是一声闷响，一点也不好听。

人们形容一些脑子不开窍的人，说闷得敲不响，大概就是指这种声音。别看声音不响亮，效果却很好，点子一头拱在煤窝里了。

点子唐朝霞没有喊叫，也没有发出呻吟，他无声无息地就把嘴巴啃在他刚才刨出的黑煤上了。他尽力想把脸侧转过来，看一看究竟发生了什么事，但他的努力失败了。他的脸像被焊在煤窝里一样，怎么也转不动。还有他的腿，大概想往前爬，但他一蹬，脚尖那儿就一滑，他的腿也帮不上他的忙了。

紧接着，唐朝阳在他“哥哥”头上补充似的击打了第二镐，第三镐，第四镐。当唐朝阳打下第二镐时，唐朝霞竟反弹似的往前蹿了一下，蹿得有一尺多远，可把唐朝阳和宋金明吓坏了。不过他们很快发现，这不过是唐朝霞在垂死挣扎，连第三镐、第四镐都是多余。因为唐朝霞在蹿过之后，腿杆子就哆嗦着往直里伸，当直得不能再直，突然间就不动了。正如平常人们说的，他已经“蹬腿”了。

尽管如此，宋金明还是搬起一块石头，重重地砸在唐朝霞头上了。这一石头，他是在为自己着想，是为下一步的效益平均分配打下更坚实的基础。石头砸下去后，就压在唐朝霞头上没有弹起来，有血从石头底下流出来了，静静地，流得不慌不忙，看样子血的浓度不低，血的颜色一点也不鲜艳，看上去不像是红的，像是黑的。在矿灯的照耀下，血流的表面发出一层蓝幽幽的光。在不通风的采煤掌子，一股腥气迅速弥漫开来。

唐朝阳和宋金明对视了一下，脸上露出胜利的微笑。

这是他们联手办掉的第三个点子。

不知出于何种心理，宋金明上去把压在唐朝霞后脑上的石头用脚蹬开了，并把唐朝霞的身子翻转过来：刚把唐朝霞的身子翻得仰面朝上，宋金明就有些后悔，他看见唐朝霞的双眼是睁着的，睁得比平时更大。他说：“看什么看，再看你也不认识我们。”他抓起煤面子往唐朝霞两只眼上撒。奇怪，煤面子撒在唐朝霞眼上，唐朝霞的眼球不光眨都不眨，好像睁得更大了，唐朝霞的眼睛上好像有一层玻璃质，煤面子一落上去就自动滑脱了。无奈，宋金明只得又把唐朝霞翻得眼睛朝下。

这时，唐朝阳跟宋金明开了一个不合时宜的玩笑，他说："我哥记住你了，小心我哥到阴间跟你算账！"

宋金明骂了唐朝阳一句狠的，还说："闭上你那不长牙的竖嘴！"

为了使事情做得更逼真，他们又往顶板上轰了一炮，轰下许多石头来，让石头埋在唐朝霞身上。这样一制造，不管让谁看，都得承认唐朝霞是死于冒顶事故。

五

运煤的车返回来后，唐朝阳刚听到一点骡子的蹄声，就嘶声贼叫起来："哥，哥，你在哪儿呀……"

宋金明迎着运煤的车跑过去，说："快快，掌子面冒顶了，唐朝阳的哥哥埋进去了！"

两个运煤的窑工二话没说，丢下骡子车，让骡子自己拉着走，他们跑着，随宋金明到掌子面去了。

唐朝阳一边扒石头，一边哭喊："哥，哥，你千万别出事！哥，哥，你听见了吗？你一定要挺住！"

宋金明和两个运煤的窑工也扑上去帮着扒，其中一个窑工安慰唐朝阳说："别哭别哭，你哥哥兴许还有救。"

骡子自己拉着铁斗子车到掌子面来了，到了掌子面它就站下了。骡子似乎对人类之间的小伎俩早就看透了，它不多看，也不屑于看，它目光平静，一副超然的神态。

唐朝霞被扒出来了，唐朝阳把他扶得坐起来，晃着他的膀子喊："哥，你醒醒！哥，你说话呀！哥，我是朝阳，我是你弟弟朝阳呀……"

这趟车没有装煤，他们把喊不应的唐朝霞抬到车斗子里，由唐朝阳怀抱着，向窑口方向拉去，把唐朝霞放进铁罐里往地面上提升时，唐朝阳和宋金明都同时上去了。铁罐提到半道，宋金明捅了唐朝阳的肚子一下，提醒他注意流眼泪。唐朝阳说："去你妈的，你还怪舒服呢！"

铁罐一见天光，唐朝阳复又哭喊起来，他这次喊的是"救命啊，快救命——"在窑上的人听来，像是唐朝阳自己的生命受到了严重威胁。

窑主听见呼救跑过去了，问怎么回事。窑主并不显得十分慌张，手里还拿着烟嘴和烟。

宋金明从铁罐里翻出来了，唐朝阳搂抱着唐朝霞的脖子，一时还没出来。唐朝阳弄得满身是血，脸上也有血。在光天化日之下，血显得比较红了。

唐朝阳没有立即回答窑主的问话，而是把唐朝霞搂得更紧些，哭着对唐朝霞说："哥、你醒醒，矿长来了，救命恩人来了！"他这才对矿长说："我哥受伤了，赶快把我哥送医院，救救我哥的命！"

窑主转身问宋金明怎么回事。

宋金明受冻不过似的全身哆嗦着，嘴唇子苍白得无一点血色，说："掌子面冒顶了，把唐朝霞埋进去了。我和唐朝阳，还有两个运煤工，扒了好大一会儿才把唐朝霞扒出来。我们是一块儿出来的，要是唐朝霞有个好歹，我们怎么办呢！"他声音颤抖着，流出了眼泪。

唐朝阳和宋金明是交叉感染，互相推动。见宋金明流了眼泪，唐朝阳作悲作得更大些，"哥，哥呀，你这是怎么啦？你千万不能走呀，你赶快回来，咱们回去过年，咱不在这儿干了……"他痛哭失声，眼泪流得一塌糊涂。

听见哭声，窑上的其他工作人员，在窑洞里睡觉的窑工，还有小饭馆的一家人，都跑过来了。窑主让人快拿副担架来，把受伤的人抬出来，放到担架上。他挥着手，让别的人都散开，该干什么干什么，这里没什么可看的。围观的人都没有散开，他们退后了一两步，又都站下了。

唐朝霞被放置在担架上之后，唐朝阳还是嚷着赶快把他哥送医院抢救。一个围观的人说："不行了，肯定没救了，头都砸得瘪进去了，再抢救也是白搭。"小饭馆的女老板看见唐朝霞大睁着的眼睛，吓得惊叫一声，急忙掩口，说："哎呀，吓死我了，还不赶快把他的眼皮给他合上。"

窑主猛吸了两口烟，蹲下身子，颇为内行似的给唐朝霞把脉，同时看了看唐朝霞的眼睛。把完脉，看完眼睛，窑主站起来了，说："脉搏一点儿也没有了，瞳孔也放大了，看来人是不行了。"窑主找两个人把死者抬到澡堂后面那间小屋里去。

唐朝阳像是不同意窑主做出的结论，哭嚷着："不，不，我哥昨天还好好的，我们还一块儿喝酒，怎么说不行就不行了呢？"

窑主说："这要问你们自己，你们说自己技术多么高，结果怎么样？刚干几天就冒了顶，就给我捅了这么大的娄子。"

唐朝阳和宋金明都听见了，窑主把他们的说法接过去了，也说事故是冒顶造成的。这说明，他们已经初步把自以为是的窑主蒙住了，窑主没有怀疑唐朝霞的死因。这使他们甚感欣慰和踏实。

宋金明把冒顶的说法又强调了一下，他说："谁愿意让冒顶呢，谁也不愿意让冒顶。矿长对我们不错，我们正想好好干下去，谁想到会出这么大的事呢！"

澡堂后面的小屋是一间空屋，是专门停尸用的，类似医院的太平间。唐朝霞被放在停尸间后，那些围观的人也跟过去了。窑主发了脾气，说："你们谁他妈的不走，我就把谁关进小屋里去，让谁在这里守灵！"那些人这才退走了。

小屋有门无窗，屋前屋后都是雪。门是板皮钉成的，发黑的板皮上写着两个粉笔字：天堂。门口下面也积有一些雪。小屋够冷的，跟冰窖差不多，尸体在这里放几天不成问题。

窑主让一个上岁数的人把死者的眼睛处理一下，帮死者把眼皮合上。那人把两只手掌合在一起快速地搓，手掌搓热后，分别捂在死者的两只眼睛上暖，估计暖得差不多了，就用手往下抿死者的眼皮，那人暖了两次，抿了两次，都没能把死者的眼皮合上……

唐朝阳借机又哭：“我哥这是挂念家里亲人，挂念俺爹俺娘，挂念俺嫂子，还有侄子侄女儿。我哥他死得太惨了，他这是死不瞑目啊！”他对宋金明说，“你快去找地方打个电报，叫俺爹来，俺嫂子来，俺侄子也来。天哪，我怎么跟家里人交代，我真该死啊！”

宋金明答应找地方去打电报，低着头出去了。他没找窑主，他知道窑主会跟在他后面出来的。果然，他刚转过小屋的屋角，窑主就跟出来了，窑主问他准备去哪里打电报。宋金明说他也不知道，窑主说只有到县城才能打电报，县城离这里四十多里呢！宋金明向窑主提了一个要求，矿上能不能派人骑摩托把他送到县城去。他看见一辆大型的红摩托车天天停在窑主办公室门口，窑主没有明确拒绝他的要求，只是说：“哎，咱们能不能商量一下。你看有必要让他们家来那么多人吗？”窑主让宋金明到他办公室去了，宋金明心里明白，他们和窑主关于赔偿金的谈判已正式拉开了序幕。谈判的每一个环节都关系到所得赔偿金的多寡，所以每一句话都要斟酌，他把注意力重新集中了一下，说：“我理解唐朝阳的心情，他主要是想让家里亲人看他哥最后一眼。”

窑主还没记清死者的名字叫什么，问：“唐朝阳的哥哥叫什么来着？”

“唐朝霞。”

“唐朝阳作为唐朝霞的亲弟弟，完全可以代表唐朝霞的亲属处理后事，你说呢？”

“这个事情你别问我，人命关天的事，我说什么都不算，你只能去问唐朝阳。”

说话唐朝阳满脸怒气地进来了，指责宋金明为什么还不快去打电报。

宋金明说："我现在就去。路太远，我想让矿长派摩托车送送我。"

"坐什么摩托，矿长的摩托能是你随便坐的吗！你走着去，我看也走不大你的脚。你还讲不讲老乡的关系，死的不是你亲哥，是不是？"

窑主两手扶了扶唐朝阳的膀子，让唐朝阳坐。唐朝阳不坐，窑主说："小唐，你不要太激动，听我说几句好不好。你的痛苦心情我能理解，这事搁在谁头上都是一样。事故出在本矿，我也感到很痛心。可是，事情已经出了，咱们光悲痛也不是办法，总得想办法尽快处理一下才是。我想，你既然是唐朝霞的亲弟弟，完全可以代表你们家来处理这件事情，我不是反对你们家其他成员来，你想想，这大冷的天，这么远的路，又快该过年了，让你父亲、嫂子来合适吗？再累着冻着他们就不好了。"

唐朝阳当然不会让唐朝霞家里的人来，他连唐朝霞的家具体在哪乡哪村还说不清呢。但这个姿态要做足，在程序上不能违背人之常情。同时，他要拿召集家属前来的事吓唬窑主，给窑主施加压力。他早就把一些窑主的心思吃透了，窑上死了人，他们最怕张扬，最怕把事情闹大。你越是张扬，他们越是捂着盖着，你越是要把事情闹大，他越是害怕，急于把大事化小，小事化了，别看窑主一个个牛气哄哄的，你牵准了他的牛鼻子，他就牛气不起来，就得老老实实跟你走。更重要的是，他们这一闹腾，窑主一跟着他们的思路走，就顾不上深究事故本身的细节了。唐朝阳说："我又没经过这么大的事，不让俺爹俺嫂子来怎么办呢！还有我侄子，他要是跟我要他爹，我这个当叔的怎么说！"唐朝阳又提出一个更厉害的方案，说："不然的话，让我们村的支书来也行。"

窑主当即拒绝："支书跟这事没关系，他来算怎么回事，我从来不认识什么支书不支书！"窑主懂，只要支书一来，就会带一帮子人来，就会说代表一级组织如何如何。不管组织大小，凡事一沾组织，事情就麻烦了。窑主对唐朝阳说："这事你想过没有，你们那里来的人越多，花的路费越多，住宿费，招待费开销越大，这些费用最后都要从抚恤金里面扣除，这样七扣八扣，你们家得的抚恤金就少了。”

唐朝阳说：“我不管这费那费，我只管我哥的命，我哥的命一百万也买不来，我得对得起我哥！”

“你要这么说，咱就不好谈了！”窑主把吸了一半的烟从烟嘴上揪下来，扔在地上，踏上一只脚碾碎，自己到门外站着去了。

唐朝阳没再坚持让宋金明去打电报，他又到停尸的小屋哭去了。他哭的声音很大，还把木门拍得山响，“哥，哥呀，我也不活了，我跟你走。下一辈子，咱俩还做弟兄……”

窑主又回到屋里去了，让宋金明去征求一下唐朝阳的意思，看唐朝阳希望得到多少抚恤金。宋金明去了一会儿，回来对窑主说，唐朝阳希望得到六万。窑主一听就皱起了眉头，说：“不可能、根本不可能，简直是开玩笑，干脆把我的矿全端给他算了。哎，你跟唐朝阳关系怎样？”

“我们是老乡，离得不太远。我们是一块儿出来的。唐朝阳这人挺老实的，说话办事直来直去，他哥更老实。他爹怕他哥在外边受人欺负，就让他哥俩一块儿出来，好互相有个照应。”

“你跟唐朝阳说一下，我可以给他出到两万，希望他能接受。我的矿不大，效益也不好，出两万已经尽到最大能力了。”

宋金明心里骂道：“去你妈的，两万块就想打发我们，没那么便宜！四万块还差不多。”他答应跟唐朝阳说一下试试。宋金明到停尸屋去了一会儿，回来跟窑主说，唐朝阳退了一步，不要六万了，只要五万块，五万块一分也不能少了。窑主还是咬住两万块不涨价，说多一分钱也没有。事情谈不下去，宋金明装作站在窑主的立场上，给窑主出了个主意，他说：“我看这事干脆让县上煤炭局和劳动局的人来处理算了，有上面来的人压着头，唐朝阳就不会多要了，人家说给多少就是多少。”

窑主把宋金明打量了一下说：“要是通过官方处理，唐朝阳连两万也要不到。”

宋金明说：“这话不该我说，让上面的人来处理，给唐朝阳多少，他都没脾气，这样你也省心，不用跟他费口舌了。”

宋金明拿出了谈判的经验，轻轻几句话就打中了窑主的痛处。窑主点点头，没说什么。窑主万万不敢让上面的人知道他这里死了人，上面的人要是一来，他就惨了。九月里，他矿上砸死了一个人，不知怎么走漏了消息，让上面的人知道了。小车来了一辆又一辆，人来了一拨又一拨，又是调查，又是开会，又是罚款，又是发通报，可把他吓坏了。电视台的记者也来了，扛着“大口径冲锋枪”乱扫一气，还把“手榴弹”捣在他嘴前，要让他开口。在哪位来人面前，他都得装孙子，对哪一路神，他都得打点。那次事故处理下来，光现金就花了二十万，还不包括停产造成的损失。临了，县小煤窑整顿办公室的人留下警告性的话，他的矿安全方面如果再出现重大事故，就要封他的窑，炸他的井。警告犹在耳边，这次死人的事若再让上面的人知道，花钱更多不说，恐怕他的矿真得关张了。须知快该过年了，人人都在想办法敛钱。县上的有关人员正愁没地方下蛆，他们要是知道这个矿死了人，无不争先恐后来个大量繁殖才怪。所以窑主做的第一件事就是封锁消息。他给矿上的亲信开了紧急会议，让他们分头把关，在死人的事做出处理之前，任何人不许出这个矿，任何人不得与外界的人发生联系。矿上的煤暂不销售，以免外面来拉煤的司机把死人的消息带出去。特别是对唐朝阳和宋金明，要好好“照顾”他们，让他们吃好喝好，一切免费供应。要的是争取尽快和唐朝阳达成协议，让唐朝阳早一天签字，把唐朝阳哥哥的尸体早一天火化。

六

当晚，唐朝阳和宋金明不断看见有人影在窑洞外面游动，心里十分紧张，大睁着眼，不敢入睡。唐朝阳小声问宋金明：“他们不会对咱俩下毒手吧？”宋金明说：“敢，无法无天了呢！”宋金明这样说，是给唐朝阳壮胆，也是为自己壮胆，其实他自己也很恐惧。他们可以把别人当点子，一无仇二无冤地把无辜的人打死，窑主干吗不可以一不做二不休地把他们灭掉呢！他们打死点子是为了赚钱，窑主灭掉他们是为了保钱，都是为了钱。他们打死点子，说成是冒顶砸死的。窑主灭掉他们，也可以把他们送到窑底过一趟，也说成是冒顶砸死的。要是那样的话，他们可算是遭到报应了。宋金明起来重新检查了一下门，把门从里面插死。窑洞的门也是用板皮钉成的，中间裂着缝子。门脚下面的空子也很大，兔子样的老鼠可以随便钻来钻去，宋金明想找一件顺手的家伙，作为防身武器，瞅来瞅去，窑洞里只有一些垒地铺用的砖头。他抓起一块整砖放在手边，示意唐朝阳也拿了一块。他们把窑洞里的灯拉灭了，这样等于把他们置于暗处，外面倘有人向窑洞接近，他们透过门缝就可以发现。

果然有人来了，勾起指头敲门。唐朝阳和宋金明顿时警觉起来，宋金明问：“谁？”

外面的人说：“姚矿长让我给你们送两条烟，请开门。”

他们没有开门，担心这个人是个前哨，等这个人把门骗开，埋伏在门两边的人会一拥而进，把他们灭在黑暗里。宋金明答话：“我们已经睡下了，我们晚上不吸烟。”

送烟的人摸索着从门脚下面的空子里把烟塞进窑洞里来了。

宋金明爬过去把塞进来的东西摸了摸，的确是两条烟，不是炸药什么的。

停了一会儿，又过来两个黑影敲门，唐朝阳和宋金明同时抄起了砖头。

敲门的其中一人说话了，竟是女声，说：“两位大哥，姚矿长怕你们冷，让我俩给两位大哥送两床褥子来，褥子都是新的，两位大哥铺在身子底下保证软和。”

宋金明不知窑主搞的又是什么名堂，拒绝说："替我们谢谢姚矿长的关心，我们不冷，不要褥子。"二人悄悄起来，蹑足走到门后，透过门缝往外瞅，见门外抱褥子站着的果真是两个女人。两个女人都是肥脸，在夜里仍可以看见她们脸上的一层白。

另一个女人说话了，声音更温柔悦耳："两位大哥，我们姐妹俩知道你们很苦闷，我们来陪你们说说话，给你们散散心，你们想做别的也可以。"

二人明白了，这是窑主对他们搞美人计来了，单从门缝里扑进来的阵阵香气，他们就知道了这两个女人是专门吃男人饭的，要是放她们进来，铺不铺褥子就由不得他们了。宋金明拉了唐朝阳一下，把唐朝阳拉得退回到地铺上，说："你们少来这一套，我们什么都不需要！"

那个说话温柔的女人开始发嗲。一再要求两位大哥开门，说："外面好冷哟，两位大哥怎忍心让我们在外面挨冻呢！"

宋金明扯过唐朝阳的耳朵，对他耳语了几句。

唐朝阳突然哭道："哥，你死得好惨啊！哥，你想进来就从门缝里进来吧，咱哥俩还睡一个屋……"

这一招生效，那两个女人逃跑似的离开了窑洞门口。

夜长梦多，看来这个事情得赶快了结。宋金明和唐朝阳商定，明天把要求赔偿抚恤金的数目退到四万，这个数不能再退了。

第二天双方关于抚恤金的谈判有了进展，唐朝阳忍痛退到了四万，窑主忍痛涨到了两万五，别看从数目上他们是一个进一个退，实际上他们是逐步接近。好比两个人谈恋爱，接近到一定程度，两个人就可以拥抱了。可他们接近一步难得很，这也正如谈恋爱一样，每接近一步都充满试探和较量。到了四万和两万五的时候，唐朝阳和窑主都坚守自己的阵地，再次形成对峙局面，谈判进展不下去，唐朝阳就求救似的到停尸间去哭诉，历数哥死之后，爹娘谁来养老送终，侄子侄女谁来抚养等。功夫下在谈判外，不是谈判，胜似谈判，这是唐朝阳的一贯策略。

第三天，窑主一上来就单独做宋金明的工作，两人进行分化瓦解。窑主把宋金明叫成老弟，让“老弟”帮他做做唐朝阳的工作，今后他和宋金明就是朋友了。宋金明问他怎么做。窑主没有回答，却从口袋里掏出一沓钱来，说：“这是一千，老弟拿着买烟抽。”

宋金明本来坐着，一看窑主给他钱，他害怕似的站起来了：“姚矿长，这可不行，这钱我万万不敢收，要是唐朝阳知道了，他会骂死我的，不是我替唐朝阳说话，你给他两万五抚恤金是少点。你多少再加点儿，我倒可以跟他说说。”

窑主把钱扔在桌子上说：“我给他加点儿是可以，不过加多少跟你也没关系，他不会分给你的，是不是？”

宋金明心里打了个沉，说：“这是他哥的人命钱，就是他分给我，我也不会要。”他问窑主，“你打算给他加到多少？”

窑主伸出三个手指头。说：“这可是天价了。”

宋金明的样子很为难，说：“这个数离唐朝阳的要求还差一万，我估计唐朝阳不会同意。”

窑主笑了笑，说：“要不怎么请老弟帮我说说话呢，我看老弟是个聪明人，唐朝阳也愿意听你的话。”

窑主这样说，让宋金明吃惊不小，窑主怎么看出他是聪明人呢？怎么看出唐朝阳愿意听他的话呢？难道窑主看出了什么破绽不成！他说：“姚矿长的话我可不敢当，看来我应该离这个事远点。要不是唐朝阳非要拽着我等他两天，我前天就走了。”

窑主让宋金明坐下，说：“老弟多心了，我不是那个意思。”

宋金明刚坐下，窑主又从口袋里掏出一沓钱，放在桌子上的钱拿起来合在一块儿，说：“这是两千，是我付给老弟的受惊费和辛苦费，行了吧，我当然不会让唐朝阳知道，也不会让任何人知道，你放心就是了。”说着，扯过宋金明的衣服口袋，把钱塞进宋金明口袋里去了。

这次宋金明没有拒绝。他在肚子里很快地算了一笔账，三万加两千，实际上是三万二,三万他和唐朝阳平均分，每人可得一万五。他多得两千，等于一万七，离预定的两万的目标相差不太远了。让他感到格外欣喜的是，这两千块钱是他的意外收获，唐朝阳连个屁都闻不见。上次他们办掉的一个点子，满打满算一共才得了两万三千块，平均每人才一万多一点，这次赚的钱比上次是大大超额了，宋金明已认同了这个数，但他不能说，勉强答应帮窑主到唐朝阳那里做做工作。

宋金明把唐朝阳的工作做通了，唐朝阳只附加了一个要求，火化前给他哥换一身新衣服，穿西装，打领带，窑主答应得很爽快，说："这没问题。"窑主握了宋金明的手，握得很有力，仿佛他们两个结成了新的同盟。窑主说："谢谢你呀，宋老弟。"宋金明说："姚矿长，我们到这里没作出什么贡献，反而给矿上造成了损失，我们对不起你呀！"

窑主骑上他的大红摩托车到县里银行取现金，唐朝阳和宋金明在窑洞里如坐针毡，生怕再出什么变故。窑主是上午走的，直到下午太阳偏西时才回来，窑主像是喝了酒，脸上黑着，满身酒气。窑主对唐朝阳说："上面为防止年前突击发钱，银行不让取那么多现金。这些钱是我跑了好几个地方跟朋友借来的。"他拿出两捆钱排在桌子上，说："这是两万。"又拿出一沓散开的钱，说："这是八千，请你当面点清。"

唐朝阳把钱摸住，问窑主："不是讲好的三万吗，怎么只给两万八？"

窑主顿时瞪了眼，说："你这个人讲不讲道理？考虑不考虑实际情况？就这些钱还是我借来的，不就是他妈的短两千块钱吗？怎么着，把我的两根手指头剁下来给你添上吧！"说着看了旁边的宋金明一眼。

宋金明一听就知道上了窑主的当了，窑主先拿两千块钱堵了他的嘴，然后又把两千块钱从总数里扣下来了。这个狗日的窑主，真会算小账。宋金明没说话，他说不出什么。

唐朝阳看宋金明，似乎在征求他的意见。

宋金明在心里骂唐朝阳："你他妈的看我干什么！"他把脸别到一边去了。

唐朝阳从口袋里掏出一团脏污的手绢，展开，把钱包起来了。

火化唐朝霞的时候，唐朝阳和宋金明都跟着去了，他们就手把钱卷进被子里，把被子塞进蛇皮袋子里，带上自己的行李，打算从火葬场出来，带上唐朝霞的骨灰盒，就直接回老家去了。

唐朝霞的尸体火化之前，火葬场的工作人员从唐朝霞的口袋里掏出一个透明的小塑料袋，里面放着一照片，隔着塑料袋看，照片上是四个人，后面是唐朝霞两口子，前面是他们的两个孩子，一个男孩儿，一个女孩儿，唐朝阳把照片收起来了。唐朝霞的衣服被全部换下来了，在地上扔着，宋金明只把一双鞋捡起来了，这双鞋他带走吧，作个留念。唐朝阳没说什么。

唐朝阳把唐朝霞的骨灰盒放进提包里，他们二人在这个县城没有稍作停留，当即坐长途汽车奔另一个县城去了，他们没有到县城下车，像是逃避人们的追捕一样，半路下车了。这里还是山区，他们背着行李向山里走去。别人看来，他们跟一般打工没什么两样，他们总是很辛苦，总是在奔波。走到一处报废的矿井旁边，他们看看前后无人，才在一个山洼子里停下了。他们各自坐在自己的行李卷儿上，唐朝阳对宋金明笑笑，宋金明对唐朝阳笑笑。他们笑得有些异样。唐朝阳说："操他妈的，我们又胜利了。"宋金明也承认又胜利了，但他的样子像是有些泄气，打不起精神，唐朝阳问他怎么了。他说："不怎么，这几天精神紧张得很，猛一放松下来，觉得特别累。"唐朝阳说："这属于正常现象，等见了小姐，你的精神头马上就来了。"宋金明说："但愿吧。"

唐朝阳把唐朝霞的骨灰盒从提包里拿出来了，说："去你妈的，你的任务已经彻底完成了，不用再跟着我们了。"他一下子把骨灰盒扔进井口里去了，这个报废的矿井大概相当深，骨灰盒扔下去，半天才传上来一点落底的微响。这一下，这位真名叫元清平的人算是永远消失了，他的冤魂也许千年万年都无人知晓。唐朝阳把那张全家福的照片也掏出来了撕碎了，撕碎之前，宋金明接过去看了一眼，指着照片上的唐朝霞问："这个人姓什么来着？"唐朝阳说："管他呢！"唐朝阳夺过照片撕碎后，扬手在天上撒了一下，碎片飞得不高，很快就落地了。有两个碎片落在唐朝阳身上了，他有些犯忌似的，赶紧把碎片摘下来，还有一样东西没处理，唐朝阳对宋金明说："拿出来吧。"

"什么？"

"你是真糊涂还是装糊涂？"

宋金明摇头。

"我看你小子是装糊涂，那双鞋呀！"

这狗娘养的，他一定也知道了唐朝霞的钱藏在鞋里。宋金明说："操，一双鞋有什么稀罕，你想要就给你，是你哥的遗物嘛。"宋金明从提包里把鞋掏出来，扔在唐朝阳脚前的地上。

唐朝阳说："鞋本身是没什么稀罕，我主要想看看鞋里面有多少货。"他拿起一只鞋，伸手就把鞋舌头中间夹藏的一个小塑料袋抽出来了，对宋金明炫耀说："看见没有，银子在这里面呢！"

宋金明嗤了一下鼻子。

唐朝阳把钱掏出来了，数了数，才二百八十块钱，说："操他奶奶的，才这么一点钱？连搞一次破鞋都不够。"

他问宋金明："你说，这小子怎么就这么一点钱？"

宋金明说："我哪儿知道！"

唐朝阳把钱平均分开，其中一半递给宋金明，宋金明不要，说："这是你哥的钱，你留着自己花吧。"

唐朝阳勃然变色道："你他妈的少来这一套，我不会坏了规矩。"他把一百四十块钱扔进宋金明开着口子的提包里了。"我还纳闷呢，窑主讲好的给咱们三万块，数钱的时候少给两千，这是怎么回事？"

这次轮到宋金明恼了，他盯着唐朝阳骂道："操你妈的，你这是什么意思？你说，你是什么意思？你不说清什么意思，老子跟你没完！"

唐朝阳赖着脸笑了，说："你恼什么，我又没说你什么，我是骂窑主个狗日的说话不算话，拉个屎橛子又坐回去半截儿。"

"你还以为窑主是好东西呢，哪个窑主的心肠不是跟煤窑一样，一黑到底！"

坐了汽车坐火车。两天之后，他们来到了平原上的一座小城。按照原来的计划，他们没有急于找新的点子，但他们也没有马上分头回家，着实在城里享乐了几天。他们没有买新衣服，没有进舞厅，也很少大吃大喝。说他们享乐，主要是指他们喜欢嫖娼，住进小城的当天晚上，他俩就在一家宾馆包了一个双人间。宾馆大厅一角，有桑拿浴室、按摩室和美容美发厅，不用问，里面肯定有娼妇。果然，他们进房间刚打开电视、刚在席梦思床上用屁股墩了墩，试了试弹性，就有电话打进来了，问他们要不要小姐。宋金明在电话里问了行情，跟人家讲了价钱，就让两个小姐到房间里来了，宋金明把房间让给了唐朝阳，自己把另一个小姐领进卫生间里去了。

他们二话没说，就分头摆开了战场。唐朝阳完事了，给小姐付了钱，还不见宋金明出来。他到卫生间门口听了听，听见里面战事正酣，不免有些嫉妒，说："操他妈的，他们怎么干那么长时间？"小姐说："谁让你那么快呢？"唐朝阳一把将小姐揪起来，要求再干。小姐把小手一伸，说再干还要再付一份钱。唐朝阳与小姐拉扯之间，宋金明从卫生间出来了，唐朝阳只得放开小姐，对宋金明说："你小子可以呀！"

宋金明显得颇为谦虚，说："就那么回事，一般化。"

分头回家时，他俩约定，来年正月二十那天在某个小型火车站见面，到时再一块儿合作做生意，他们握了手，还按照流行的说法，互相道了"好人一生平安"。

七

宋金明又坐了一天多长途汽车，七拐八拐才回到了自己的家，他没告诉过唐朝阳自己家里的详细地址，也没有打听过唐朝阳家的具体地址。干他们这一行的，互相都存有戒心，干什么都不可全交底。其实，连宋金明的名字也是假的，回到村里，他才恢复使用了真名。他姓赵，真名叫赵上河，在村头，有人跟他打招呼："上河回来了？"他答着"回来了，回来过年"，赶紧给人家掏烟。每碰见一乡亲，他都要给人家掏烟。不知为什么，他心情有些紧张，脸色发白，脸上出了一层汗。有人吸着他给的烟，指出他脸色不太好，人也没吃胖，他说："是吗？"头上的汗又加了一层。有个妇女在一旁替他解释说："那是的，上河在外面给人家挖煤，成天价不见太阳，脸捂也捂白了。"

赵上河心里抵触了一下，正要否认在外边给人家挖煤，女儿海燕跑着接他来了。海燕喊着"爹，爹"，把爹手里的提包接过去了，海燕刚上小学，个子还不高。提包提不起来，她就两个手上去，身子后仰，把提包贴在两条腿上往前走。赵上河摸了摸女儿的头，说："海燕又长高了。"海燕回头对爹笑笑。她的豁牙还没长齐，笑得有点害羞。赵上河的儿子海成也迎上去接爹。儿子读初中，比女儿力气大些，他接过爹手中的蛇皮袋子装着的铺盖卷儿。很轻松地就提起来了。赵上河说："海成，你小子还没喊我呢！"

儿子不好意思地笑了一下，才说："爹，你回来了？"

赵上河像完成一种仪式似的答道："对，我回来了。有钱没钱，都要回家过年。你娘呢？"赵上河抬头一看，见妻子已站在院门口等他。妻子笑模笑样，两只眼都放出光明来。妻子说："两个孩子这几天一直念叨你，问你怎么还不回来，这不是回来了吗！”

一家来到堂屋里，赵上河打开提包，拿出两个塑料袋，给儿子和女儿分发过年的礼物。他给儿子买了一件黑灰色西装上衣，给女儿买了一件红色的西装上衣。妻子对两个孩子说：“快穿上让你爹看看！”儿子和女儿分别把西装穿上，在爹面前展示，赵上河不禁笑了，他把衣服买大了，儿子女儿穿上都有些旷里旷荡，像摇铃一样。特别是女儿的红西装，衣襟下摆长得几乎遮了膝盖，袖子也长得像戏装上的水袖一样。可赵上河的妻子说：“我看不赖，你们还长呢，一长个儿穿着就合适了。”

赵上河对妻子说：“我还给你买了个小礼物呢。”说着把手伸到提包底部，摸出一个心形的小红盒来。把盒打开，里面的一道红绒布缝里夹着一对小小的金耳环，女儿先看见了，惊喜地说：“耳环、耳环！”妻子想把耳环取出一只看看，又不知如何下手，说：“你买这么贵的东西干什么，我哪只耳朵衬戴这么好的东西？”女儿问：“耳环是金的吗？”赵上河说：“当然是金的，真不溜溜的真金，一点都不带假的。”他又对妻子说，“你在家里够辛苦了，家里活地里活都是你干，还要照顾两个孩子，我想你还从来没戴过金东西呢，就给你买了这对耳环。不算贵，才三百多块钱。”妻子说：“我怕戴不出去，我怕人家说我烧包。”赵上河说：“那怕什么，人家城里的女人金戒指一戴好几个，连脚脖子上都戴着金链子，咱戴对金耳环实在是小意思。”他把一只耳环取出来了，递给妻子，让妻子戴上试试，妻子侧过脸，摸过耳朵，耳环竟穿不进去。她说：“坏了，这还是我当闺女时打的耳朵眼，可能长住了。”她把耳环又放回盒子里去了，说，“耳环我放着，等我闺女长大出门子时，给我闺女做嫁妆。”

门外走进来一位面目黑瘦的中年妇女，按岁数论，赵上河应该把中年妇女叫嫂子。嫂子跟赵上河说了几句话，就提到自己的丈夫赵铁军，问：“你在外边看见过铁军吗？”

赵上河摇头说没见过。

“收完麦他就出去了，眼看半年多了，不见人，不见信儿，也不往家里寄一分钱，不知道他死到哪儿去了。”

赵上河对死的说法是敏感的，遂把眉头皱了一下，觉得嫂子这样说话很不吉利，但他没把不吉利指出来，只说：“可能过几天就回来了。”

“有人说他发了财，在外面养了小老婆，不要家了，也不要孩子了，准备和小老婆另过。”

“这是瞎说，养小老婆没那么容易。”

“我也不相信呢，就赵铁军那样的，三锥子扎不出一个屁来，哪有女人会看上他。你看你多好，多知道顾家，早早地就回来了，一家人团团圆圆的，你铁军哥就是窝囊，窝囊人走到哪儿都是窝囊。”

赵上河的妻子跟嫂子说笑话：“铁军哥才不窝囊呢，你们家的大瓦房不是铁军哥挣钱盖的！铁军哥才几天没回来，看把你想得那样子。”

嫂子笑了，说：“我才不想他呢。”

晚上，赵上河还没打开自己带回的脏污的行李卷，没有急于把挣回的钱给妻子看，先跟妻子睡了一觉。他每次回家，妻子从来不问他挣了多少钱。当他拿出成捆的钱时，妻子高兴之余，总是有些害怕。这次为了不影响妻子的情绪，他没提钱的事，就钻进了妻子为他张开的被窝。妻子的情绪很好，身子贴他贴得很热烈，问他：“你在外面跟别的女人睡过吗？”

他说：“睡过呀。”

“真的？”

“当然真的了，一天睡一个，九九八十一天不重样！”

“我不信。”

“不信你摸摸，家伙都磨秃了。”

妻子一摸，他就乐了，说：“放心吧，好东西都给你攒着呢，一点都舍不得浪费，来，现在就给你。”

完事后，赵上河长长地叹了一口气，妻子问他怎么了，他说："哪儿好也不如自己的家好，谁好也比不上自己的老婆好，回到家往老婆身边一睡，心里才算踏实了。"

妻子说："那，这次回来，就别走了。"

"不走就不走，咱俩天天干。"

"能得你不轻。"

"怎么。你不相信我的能力？"

"相信。行了吧。"

"哎，咱放的钱你看过没有？会不会进潮气？""不会吧，包着两层塑料袋呢。"

"还是应该看看。"

赵上河穿件棉袄，光着下身就下床了。他检查了一下屋门是否上死，就动手拉一个荆条编的粮囤，粮囤里还有半囤小麦，他拉了两下没拉动，妻子下来帮他拉。妻子也未及穿裤衩，只披了一件棉袄。粮囤移开了，赵上河用铁铲子撬起两块整砖，抽出一块木板，把一个盛化肥用的黑塑料袋提溜出来。解廾塑料袋口扎着的绳子，从里面拿出一个小瓦罐。小瓦罐里还有一个白色的塑料袋，这个袋子里放的才是钱。钱一共是两捆，一捆一万。赵上河把钱摸了摸，翻转着看看，还用大拇指把钱抿弯，让钱页子自动弹回，听了听钱页子快速叠加发出的声响，才放心了。赵上河说，他有一天做梦，梦见瓦罐里进了水，钱沤成了半罐子糨糊，再一看还生了蛆，把他气得不行。妻子说："你挂念你的钱，做梦就胡连八扯。"

赵上河说："这些钱都是我一个汗珠子掉在地上摔八瓣儿挣来的，我当然挂念，我敢说，我干活流下的汗一百罐子都装不完。"他这才把铺盖卷儿从蛇皮袋子里掏出来了，一边在床上打开铺盖卷儿，一边说："我这次又带回一点钱，跟上两次带回来的差不多。"他把钱拿出来了，一捆子还零半捆子，都是大票子。

妻子一见"呀"了一下，问："怎么又挣这么多钱？"

赵上河早就准备好了一套话，说："我们这次干的是包工活儿，我一天上两个班，挣这点钱不算多，有人比我挣的还多呢。”他把新拿回的钱放进塑料袋，一切照原样放好，让妻子帮他把粮囤拉回原位，才又上床睡了。不知为什么，他身上有些哆嗦，说：“冷，冷……”妻子不哆嗦，妻子搂紧了他，说：“快，我给你暖暖。”

暖了一会儿，妻子说：“听人家说，现在出去打工挣点钱特别难，你怎么能挣这么多钱？”

赵上河推了妻子一下，把妻子推开了，说：“去你妈的，你嫌我挣钱多了？”

“不是嫌你挣钱多，我是怕……”

“怕什么，你怀疑我？”

“怀疑也说不上，我是说，不管钱多钱少，咱一定得走正道。”

“我怎么不走正道了？我在外面辛辛苦苦干活，一不偷，二不抢，三不赌博，四不搞女人，一块钱都舍不得多花，我容易吗！”赵上河大概触到了心底深藏的恐惧和隐痛，竟哭了，“我累死累活图的什么，还不是为了这个家。连老婆都不相信我，我活着还有啥意思！”

妻子见丈夫哭了，顿时慌了手脚，说：“海成他爹，你怎么了？都怨我，我不会说话，惹你伤了心，你想打我就打我吧！”

“我打你干什么！我不是人。我是坏蛋，我不走正道，让雷劈我，龙抓我，行了吧！”他拒绝妻子搂他，拒绝妻子拉他的手，双手捂脸，只是哭。

妻子把半个身子从被窝里斜出来，用手掌给丈夫擦眼泪，说：“海成他爹，别哭了好不好，别让孩子听见了吓着孩子。我相信你，相信你，你说啥就是啥，还不行吗！一家子都指望你，你出门在外，我也是担惊受怕呀！”妻子也哭了。

两口子哭了一会儿，才又重新搂在一起。在黑暗里，他大睁着眼，突然产生了一个念头，做点子的生意到此为止，不能再干了。

第二天，赵上河备了一条烟两瓶酒，去看望村里的支书。支书没讲客气就把烟和酒收下了。支书是位岁数比较大的人，相信村里的人走再远也出不了他的手心，他问赵上河："这次出去还可以吧？"

赵上河说："马马虎虎，挣几个过年的小钱儿。"

"别人都没挣着什么钱，你还行，看来你的技术是高些。"

赵上河知道，支书所说的技术是指他的挖煤技术，他点头承认了。

支书问："现在外头形势怎么样？听说打闷棍的特别多。"

赵上河心头惊了一下，说："听说过，没碰见过。"

"那是的，要是让你碰上，你就完了。赵铁军，外出半年多了，连个信儿都没有，我估计够呛，说不定让人家打了闷棍了。"

"这个不好说。"

"出外三分险，害人之心不可有，防人之心不可无，以后你们都得小心点儿。"

赵上河表示记住了。

过大年，起五更，赵上河在给老天爷烧香烧纸时，在屋当间的硬地上跪的时间长些，他把头磕了又磕，嘴里唔唔囔囔，谁也听不清他祷告的是什么。在妻子的示意下，儿子上前去拉他，说："爹，起来吧。"他的眼泪呼地就下来了，说："我请老天爷保佑咱们全家平安。"

年初二，那位嫂子又到赵上河家里来了，说："赵铁军还没回来，我看赵铁军这个人是不在了。"嫂子说了不到三句话，就哭起来了。

赵上河说："嫂子你不能说这样的话，不能光往坏处想，大过年的，说这样悲观的话多不好。这样吧，我要是再出去的话，帮你打听打听，要是打听到了，让他马上回来。"赵上河断定，赵铁军十有八九被人当点子办了，永远回不来了。因为做这路生意的不光是他和唐朝阳两个人，肯定还有别的人靠做点子发财致富，他和唐朝阳就是靠别人点拨，才吃上这路食的。有一年冬天，他和唐朝阳在一私家小煤窑干活，意外地碰上一位老乡和另外两个人到这家小煤窑找活干。他和老乡在小饭馆喝酒，劝老乡不要到这家小煤窑干，累死累活，还挣不到钱。他说窑主坏得很，老是拖着不给工人发工资，他在这里干了快三个月了，一次钱也没拿到，弄得进退两难。老乡大口喝着酒，显得非常有把握。老乡说，一物降一物，他有办法把窑主的钱掏出来，窑主就是把钱串在肋巴骨上，到时候狗日的也得乖乖地把钱取下来。他向老乡请教，问老乡有什么高招，连连向老乡敬酒。老乡要他不要问，只睁大两眼跟着看就行了，多一句嘴别怪老乡不客气。一天晚间在窑下干活时，老乡用镐头把跟他同来的其中一个人打死了，还搬起石头把死者的头砸烂，然后哭着喊着，把打死的人叫成叔叔，说冒顶砸死了人，向窑主诈取抚恤金。跟老乡说的一样，窑主捂着盖着，悄悄地跟老乡进行私了，赔给老乡两万两千块钱。目睹这一特殊生产方式的赵上河和唐朝阳，什么力也没掏，老乡却给他们每人分了一千块钱。这件事对赵上河震动极大，可以说给他上了生动的一课。他懂得了，为什么有的人穷，有的人富，原来富起来的人是这么干的。大鱼吃小鱼，小鱼吃蚂虾，蚂虾吃泥巴，这一套话他以前也听说过，只是理解得不太深。通过这件事，他才知道了，自己不过是一只蚂虾，只能吃一吃泥巴。如果连泥巴也不吃，就只能自己变泥巴了。老乡问他怎么样，敢不敢跟老乡一块干。他的脸灰着，说不敢，他是怕老乡换个地方把他也干掉。后来，他和唐朝阳形成一对组合，也学着打起了游击，唐朝阳使用的也是化名，他的真名叫李西民。他们把自己称为地下工作者，每干掉一个点子，每转移到一个新的地方，他们就换一个新的名字。赵上河手上已经有三条人命了。这一点他家埋在地下罐子里那些钱可以做证，那是用三颗破碎的人头换来的。但赵上河可以保证，他打死的没有一个老乡，没有一个熟人，像赵铁军那样的。就是碰在他眼下，他也不会做赵铁军的活儿。这叫兔子不吃窝边草。

嫂子临离开他家时，试着向赵上河提了一个要求："大兄弟，过罢十五，我想让金年跟你一块走，一边找点活儿干，一边打听他爹的下落。"

"你千万不要有这样的想法，金年不是正上学吗，一定让孩子好好上学，上学才是正路。金年上几年级了？"

“高中一年级。”

“一定要支持孩子把学上下来，鼓励孩子考大学。”

“不是怕大兄弟笑话，不行了，上不起了，这一开学又得三四百块，我上哪儿给他寻去。满心指望他挣点钱回来，钱没挣回来，人也不见影儿了。”

赵上河对妻子说：“把咱家的钱先借给嫂子四百块，孩子上学要紧。”

嫂子说：“不不不，我不是来向你们借钱的。”

赵上河面带不悦，说：“嫂子，这你就太外气了，谁家还不遇上一点难事，我们总不能眼看着孩子上不起学不管吧。再说钱是借给你们的，等铁军哥拿回钱来，再还给我们不就结了。”

嫂子说：“你们两口子都是好人哪，我让金年过来给你们磕头。”这才把钱接下了。

八

正月十五一过，村上外出打工的人又纷纷背起行囊，潮流一样向汽车站、火车站拥去。赵上河原想着不外出了，但他的魂儿像是被人勾去了一样，在家里坐卧不安。妻子百般安慰他，他反而对妻子发脾气，说家里就那么一点地，还不够老婆自己种的，把他拴在家里干什么！最终，赵上河还是随着潮流走了。他拒绝和任何人一路同行，仍是一个人独往独来。有不少人找过他，还有人给他送了礼品，希望能跟他搭伴外出，他都想办法拒绝了，实在拒绝不掉的，他就说今年出去不出去还不一定呢，到时候再说吧，他是半夜里摸黑走的。土路两边庄稼地里的残雪还没化完，北风冷飕飕的，他就那么顶着风，把行李卷儿和提包用毛巾系起来搭在背上，大步向镇上走去。到了镇上，他也不打算坐公共汽车，准备自己租一个机动三轮车到县城去，正走着，他转过身来，向他的村庄看了一下。村庄黑沉沉的，看不见一点灯光，也听不见一点声息。又在前走时，他问了自己一句：“你这是干吗呢？偷偷摸摸的，跟做贼一样。”他自己的回答是：“没什么，不是做贼，这样走着清静。”他担心有人听见他的自言自语，就左右乱看，还蹲下身子往路边的一片坟地里观察了一下。他想好了，这次出来不一定再做点子了，做点子挣钱是比挖煤挣钱容易，可万一有个闪失，自己的命就得搭进去。要是唐朝阳实在想做的话，他们顶多再做一个就算了。在他罐子里存的钱是三万五，等存够五万，就不用存了。有五万块钱保着底子，他就不会像过去一样，上面派下来这钱那钱他都得卖粮食，不至于为孩子的学费求爷爷告奶奶地到处借。到那时候，他哪儿都不去了，就在家里守着老婆孩子踏踏实实过日子。

赵上河如约来到那个小型火车站，见唐朝阳已在那里等他。唐朝阳等他的地方还是车站广场一侧那家卖保健羊肉汤的敞篷小饭店。年前，他们就是从这里把一个点子领走办掉的。车站客流很多，他们相信，小饭店的人不会记得他们两个。唐朝阳热情友好地骂了他的大爷，问他怎么才来，是不是又到哪个卫生间玩小姐去了。一个多月不见面，他看唐朝阳也觉得有些亲切。他骂的是唐朝阳的妹子，说卫生间有一面大玻璃镜，他一下子就把唐朝阳的妹子干到玻璃镜里去了。互相表示亲热完毕，他们开始说正经事。唐朝阳说，他花了十块钱，请一个算卦的先生给他起了一个新名字，叫张敦厚，赵上河说，这名字不错。他念了两遍张敦厚，说“越敦越厚”把张敦厚记住了。他告诉张敦厚，他也新得了一个名字，叫王明君。“你知道君是什么意思吗？”张敦厚说：“谁知道你又有什么讲究。”王明君说：“跟你说吧，君就是皇帝，明君就是开明的皇帝，懂了吧？”

“你小子是想当皇帝呀！”

“想当皇帝怎么着？江山轮流坐，枪杆子里出政权，哪个皇帝的江山不是打出来的。”

“我看你当个黑帝还差不多。”

“这个皇不是那个黄，水平太差，朕只能让你当个下臣。张敦厚！”

“臣在！”张敦厚垂首打了个拱。

“行，像那么回事，”王明君遂又端起皇帝架子，命张敦厚，“拿酒来！”

“臣，领旨。”

张敦厚一回头，见一位涂着紫红唇膏的小姐正在一旁站着。小姐微微笑着，及时走上前来，称他们“两位先生”，问他们“用点什么”。张敦厚记得，原来在这儿端盘子服务的是一个黄毛小姑娘，说换就换，小姑娘不知到哪儿高就去了，而眼前这位会利用嘴唇做招徕的小姐，显见得是个见过世面的多面手。张敦厚要了两个小菜和四两酒，二人慢慢地喝。其间老板娘出来了一下，目光空空地看了他们一眼，就干别的事情去了。老板娘大概真的把他们忘记了。在车站广场走动的人多是提着和背着铺盖卷儿的打工者，他们像是昆虫界一些急于寻找食物的蚂蚁，东一头西一头乱爬乱碰。这些打工者都是可被利用的点子资源，就算他们每天办掉一个点子，也不会使打工者减少多少。因为这种资源再生性很强，正所谓取之不尽，用之不竭。

有一个单独行走的打工者很快进入他们的视线，他俩交换了一下眼色，张敦厚说：“我去看看。”这次轮到张敦厚去钓点子，王明君坐镇守候。

王明君说：“你别拉一个女的回来呀！”

张敦厚斜着眼把那个打工者盯紧，小声对王明君说：“这次我专门钓一个女扮男装、花木兰那样的，咱们把她用了，再把她办掉，来个一举两得。”

“钓不到花木兰，你不要回来见我。”

张敦厚提上行李卷儿和提包，迂回着向那个打工者接近，春运高峰还没过去，车站的客流量仍然很大。候车室里装不下候车的人，车站方面把一些车次的候车牌插到了车站广场，让人们在那里排队。那个打工者到一个候车牌前仰着脸看上面的字时，张敦厚也装着过去看车牌上的车次，就近把他将要猎取的对象瞥了一眼，张敦厚没有料到，在他瞥那个对象的同时，对象也在瞥他，他没看清对象的目光是怎样瞥出来的，仿佛对象眼睛后面还长着一只眼。他赶紧把目光收回来了，当他第二次拿眼角的余光瞥被他相中的对象时，真怪了，对象又在瞥他。张敦厚的感觉出来了，这个对象的目光是很硬的，还有一些凛冽的成分。他心里不由得惊悸了一下，他妈的，难道遇上对手了，这家伙也是来钓点子的？他退后几步站下，刚要想一想这是怎么回事，那个打工者凑过来了，问："老乡，你这是准备去哪儿？"

张敦厚说："去哪儿呢？我也不知道。"

"就你一个人吗？"

张敦厚点点头。他决定来个将计就计，判断一下这个家伙究竟是不是钓点子的，看他钓点子有什么高明之处，不妨跟他比试比试。

"吸根烟吧。"对象摸出一盒尚未开封的烟，拆开，自己先叼了一根，用打火机点燃，而后递给张敦厚一根，并给张敦厚把烟点上，"现在外头比较乱，一个人出来不太好，最好还是有个伴儿。"

"我是约了一个老乡在这里碰面，说好的是前天到，我找了两天了，都没见他。"

"这事儿有点麻烦，说不定人家已经走了，你还在这儿瞎转腰子呢。"

"你这是准备去哪儿？"

对象说了一个煤矿。

"那儿怎么样，能挣到钱吗？"

"挣不到钱谁去，不说多，每月至少挣千把块钱吧！"

"那我跟你一块儿去行吗？"

"对不起，我已经有伴儿了。"

这家伙大概在吊他的胃口，张敦厚反吊似的说："那就算了。"

"我们也遇到了一点麻烦，人家说好的要四个人，我们也来了四个人，谁知道呢，一个哥们儿半路生病了，回去了，我们只得再找一个人补上，不过我们得找认识的老乡，生人我们不要。"

“什么生人熟人，一回生，两回熟，咱们到一块儿不就熟了。”

对象作了一会儿难，才说：“这事我一个人说了不算，我带你去见我那两个哥们儿，看他们同意不同意要你。要是愿意要你呢，算你走运，要是不同意，你也别生气。”

张敦厚试出来了，这个家伙果然是他的同行。

也是到这里钓点子的。这个家伙年龄不太大，看上去不过二十五六岁，生着一张娃娃似的脸，五官也很端正。正是这样面貌并不凶恶的家伙，往往是杀人不眨眼的好手。张敦厚心里跳得腾腾的，竟然有些害怕。他想到了，要是跟这个家伙走，出不了几天，他就得变成人家手里的票子，不行，他要揭露这个家伙，不能让这个家伙跟他们争生意。于是他走了几步站下了，说：“我不能跟你走！”

“为什么？”

“我又不认识你们，你们把我弄到煤窑底下，打我的闷棍怎么办？”

那个家伙果然有些惊慌，说：“不去拉鸡巴倒，你胡说八道什么，我还看不上你呢！”

张敦厚笑得冷冷的，说：“你们把我打死，然后说你们是我的亲属，好向窑主要钱，对不对？”

“你是个疯子，越说越没边了。”那家伙撇下张敦厚，快步走了。

张敦厚喊：“哎，哥们儿，别走，咱们再商量商量。”

那家伙转眼就钻进人堆里不见了。

九

张敦厚领回一个中学生模样的小伙子，令王明君大为不悦，王明君一见就说：“不行不行！”鱼鹰捉鱼不捉鱼秧子，弄回一个孩子算怎么回事。他觉得张敦厚这件事办得不够漂亮，或者说有点丢手段。

张敦厚以为王明君的做法跟过去一样，故意拿点子一把，把点子拿牢，就让小伙子快把王明君喊叔，跟叔说点好话。

小伙子怯生生地看了王明君一眼，喊了一声“叔叔”。

王明君没有答应。

张敦厚对小伙子指出：“你不能喊成叔叔，叔叔是普遍性的叫法，得喊叔，把王叔叔当成你亲叔一样。”

小伙子按照张敦厚的指点，把王明君喊了一声叔。

王明君还是没答应，他这次不是配合张敦厚演戏，是真的觉得这未长成的小伙子不行，一点也不像个点子的样子。小伙子个子虽长得不算低，但他脸上的孩子气还未脱掉。他唇上虽然开始长胡子了，但胡子刚长出一层黑黑的绒毛，显然是男孩子的第一茬胡子，还从来没刮过一刀。小伙子的目光固定地瞅着一处，不敢看人，也不敢多说话。这么大的男孩子，在老师面前都是这样的表情。他大概把他们两个当成他的老师了。小伙子的行李也带着中学生的特点。他的铺盖卷儿模仿了外出打工者的做法是不假，也塞进一个盛粮食用的蛇皮袋子里，可他手上没有提提包，肩上却背了一个黄帆布的书包。看他书包里填得方方块块的，往下坠着，说不定里面装的还有课本呢！这小伙子和年龄差不多的男孩子相比，也有不同的地方，就是他的神情很忧郁，眼里老是泪汪汪的。说得不好听一点，好像他刚死了亲爹一样。王明君说小伙子“一看就不像个干活儿的人”，问：“你不是逃学出来的吧？”

小伙子摇摇头。

“你摇头是什么意思，是就说是，不是就说不是。”

小伙子说：“不是。”

“那，我再问你，你出来找活儿干，你家里人知道吗？”

“我娘知道。”

“你爹呢？”

“我爹……”小伙子没说出他爹怎样，眼泪却慢慢地滚下来了。

“怎么回事？”

“我爹出来八个多月了，过年也没回家，一点音信都没有。”

“噢，原来是这样。”王明君与张敦厚对视了一下，眼角露出一些笑意，问，“你爹是不是发了财，在外面娶了小老婆，不要你们了？”

“不知道。”

张敦厚碰了王明君一下，意思让他少说废话，他说：“我看这小伙子挺可怜的，咱们带上他吧，权当是你的亲侄子。”

王明君明白张敦厚的意思，不把张敦厚找来的点子带走，张敦厚不会答应。他对小伙子说：“带上你也不是不可以，只是挖煤那活儿有一定的危险，你怕不怕？”

“不怕，我什么活儿都能干。”

“你今年多大了？”

“虚岁十七。”

“你说虚岁十七可不行，得说周岁十八，不然的话，人家煤矿不让你干。另外，你一会儿去买一把刮胡子刀，到矿上开始刮胡子，胡子越刮越旺，等你的胡子长旺了，就像一个大人了。你以后就喊我二叔。记住了，不论什么人问你，你都说我是你的亲二叔，这样我就可以保护你，别人就不敢欺负你了。你叫一声我听听。”

“二叔。”

“对，就这么叫，你爹是老大，我是老二。哎，你叫什么名字来着？”

“元凤鸣。”

王明君眼珠转了一下说：“你以后别叫这个名字了，我给你改个名字，叫王风吧，风是刮风的风，记住了？”

小伙子说：“记住了，我叫王风。”

就这样，这个点子又找定了。他们一块儿喝了保健羊肉汤，二人就带着叫王风的小点子上路了。上次他们是往北走，这次他们坐上火车再转火车，一直向西北走去，比上次走得更远。王风哪里知道，带他远行的两个人是两个催命的魔鬼，两个魔鬼正带他走向世界的末日。他一路往车窗外面看着，对外面的世界他还觉得很新奇呢，在火车上，王风还对二叔说了他家的情况。他正上高中一年级，妹妹上初中一年级。过了年，他带上被子和够一星期吃的馒头去上学，因带的书本费和学杂费不够，老师不让他上课，让他回家借钱。各种费用加起来需要四百多块钱，而他带去的只有二百多块钱。就这二百多块钱，还是娘到处借来的，老师让他回家借钱，他跟娘一说，娘无论如何也借不到钱了。娘只是流泪。他妹妹也没钱交学费，因为他妹妹学习特别好，是班长，班主任老师就动员全班同学为他妹妹捐学费。他背着馒头，再次到学校，问欠的钱可以不可以缓一缓再交，班主任老师让他去问校长，校长的答复是，不可以，交不齐钱就不要再上学了。于是，他就背着被子和馒头回家了，再也不能去学校读书。一回到家，他就痛哭一场。说到这些情况，王风的眼泪又涌满了眼眶。

王明君说："其实你不应该出来，还是应该想办法借钱上学，你这一出来，学业就中断了。"他亲切地拍了拍王风的肩膀，"我看你这孩子挺聪明的，学习成绩肯定也不错，不上学真是可惜了。"

"没办法，我得出来挣钱供我妹妹上学，不能让我妹妹再失学。我已经大了，应该分担我娘的负担。我还想一边干活儿，一边打听我爹的下落。"

"你爹的下落恐怕不好打听，中国这么大，你到哪儿打听去！"

"村里人让我娘找乡上的派出所，派出所让我娘印寻人启事。我娘一听印寻人启事又要花不少钱，就没印。"

"不印是对的，印了也没用，净白花钱。印寻人启事花一百块，人家让你们家出三百，人家得二百，印了寻人启事，也没地方贴，你贴的不是地方，人家罚款，你们家又得花钱。这叫花了钱又找不到人，两头不得一头。你说二叔说的是不是实话？"

"是实话。二叔，我娘叫我出来一定要小心，你说，社会上是好人多还是坏人多？"

“你说呢？”

“让我看还是好人多，二叔和张叔叔都是好人。”

“我们当然是好人。”张敦厚插了一句，“我们两个要不是好人，现在社会上就没好人了。”

十

来到山区深处的一座小煤窑，由王明君出面和窑主接洽，窑主把他们留下来了，窑主是个岁数比较大的人，自称对安全生产特别重视。窑主把王风上下打量了一下，说：“我看这小伙子不到十八周岁，你不是虚报年龄吧？”王风的脸一下白了，望着王明君。

王明君说：“我侄子老实，说的绝对是实话。”

下窑之前，窑主说是对他们进行一次安全教育，把他们领到灯房后面的一间小屋里去了。小屋后墙的高台上供奉着一尊窑神，窑神白须红脸，身上绘着彩衣。窑神前面摆放着一口大型的香炉，里面满是香灰纸灰，还有成把子的残香没有燃尽，缕缕地冒着余烟。门里一侧的小凳子上坐着一位中年妇女，专卖敬神用的纸和香，她的纸和香都比较贵，但窑主只让买她的。张敦厚和王明君一看就明白了，这位妇女肯定是窑主的人，他们在借神的名义挤窑工的钱。这没有办法，到哪儿都得敬哪儿的神，神敬不到，人家就有可能不给你活儿干，使你想受剥削都受不到。张敦厚买了一份香和纸，王明君也买了一份，该王风买了，他却拿不出钱来，他的钱已经花完了。王明君只得替他买了一份，三人烧香点纸，一齐跪在神像前磕头。窑主要求他们祷告两项内容：“一、你们要向窑神保证，处处注意安全生产，不给矿上添麻烦；二、你们请窑神保佑你们的平安。”王明君心里打了几下鼓，难道有人在这个窑上办过点子了？窑主已经出过血了？不然的话，老窑主为什么老把安全挂在嘴上，看来办点子的事要谨慎从事。

王风一边磕头，一边看着王明君。王明君磕几个，他也磕几个。见王明君站起来，他才敢站起来。

窑主说："不管上白班夜班，你们每天下井前都要先拜窑神，一次都不能落。这事要跟过去的'天天读'一样。你们知道'天天读'吗？"

三个人互相看看，都说不知道。

"连'天天读'都不知道，看来你们是太年轻了。"

窑上给每人发了一顶破旧的胶壳安全帽，也要交钱。这一次，王风不好意思让二叔替他交钱了，问不戴安全帽行不行。发安全帽的人说："你他妈的找死呀！"

王明君立即发挥了保护侄子的作用，说："我侄子不懂这个，你好好跟他说不行吗！"他又对王风说，"下井不戴安全帽绝对不行。没钱就跟二叔说，别不好意思，只要有二叔戴的，就有你戴的。他把自己头上戴的安全帽摘下来，先戴在侄子头上了。"

王风看看二叔，感动得泪花花的。

这个窑的井架不是木头的，是用黑铁焊成的。

井架也不是三角形，是方塔形。井架上方还绑着一杆红旗。不过红旗早就被风刮雨淋得变色了，差不多变成了白旗。其中一根铁井架的根部，拴着一条黑脊背的狼狗。他们三个走近窑口时，狼狗呼地站起来了，目光恶毒地盯着他们，喉咙里发出呜呜的声音。狼狗又肥又高，两边的腮帮子鼓着，头大得跟狮子一样。张敦厚、王明君有些却步，不敢往前走了。王风吓得躲在了王明君身后。张王二人走过许多私家办的煤窑了，还从没见过在井架子上拴大狼狗的，不知这个窑主的用意是什么。这时窑主过来了，把狼狗称为"老希"，把"老希"喝了一声，介绍说："我这个伙计名字叫希特勒，来这里干活儿的必须向它报到，不的话，它就不让你下窑。"窑主抱住狗头，顺着毛捋了两把，说："你们过来，让希特勒闻闻你们的味，它一记住你们的味，对你们就不凶了。"张敦厚迟疑了一会儿，见王明君不肯第一个让希特勒闻，就豁出去似的走到希特勒跟前去了。希特勒伸着鼻子在他身上嗅了嗅，放他过去了。王明君听说狗的鼻子是很厉害的，有很多疑难案件经狗的鼻子一嗅，案就破了。他担心这条叫希特勒的狼狗嗅出他心中的鬼来，一口把他咬住。他身子缩着，心也缩着，故作镇静地走到希特勒面前去了，还好，希特勒没有咬他。希特勒像是有些乏味，它嗅完了王明君，就塌下眼皮，双腿往前一伸，趴下了，当王风把两手藏在裤裆前，侧着身子，小心翼翼地走到希特勒跟前时，希特勒只例行公事似的嗅了一下他的裤腿就放行了。

他们三人乘坐同一个铁罐下窑，铁罐在黑乎乎的井筒里往下落，王风的心在往上提。王风两眼瞪得大大的，蹲在铁罐里一动也不敢动，神情十分紧张。铁罐像是朝无底的梦里坠去，不知坠落了多长时间，当铁罐终于落底时，他的心也差不多提到了嗓子眼，大概因为太紧张了，他刚到窑底，就出了满头大汗。

王明君说："你小子穿得太厚了。"

王风注意到，二叔和张叔叔穿着单衣单裤，外加一件棉坎肩，就到窑下来了。而他原身打扮，穿着毛衣绒裤，秋衣秋裤，还有一身黑灰色的学生装，怪不得这么热呢。

窑底有两个人，在活动，在说话，他们黑头黑脸，一说话露出白厉厉的牙。王风一时有些发蒙，感觉像是掉进了另外一个世界。这个世界跟窑上的人世完全不同，仿佛是一个充满黑暗的鬼魅的世界。正蒙着，一只黑手在他脸上摸了一把，吓得他差点叫出声来。摸他的人嘻嘻笑着，说："脸这么白，怎么跟个娘们儿一样。"王风的两个耳膜使劲往脑袋里面挤，觉得耳膜似乎在变厚，听觉跟窑上也不一样。那个摸他的人在面前跟他说话，他听见声音却来自很远。

王明君对窑底的人说："这是我侄子，请师傅们多担待。"他命王风，"快喊大爷。"

王风就喊了一声大爷。王风听见自己嘴里发出的声音也有些异样，好像不是他在说话，而是他的影子在说话。

在往巷道深处走时，从未下过窑的中学生王风不仅是紧张，简直有些恐怖了。巷道里没有任何照明设备，前后都漆黑一团，矿灯所照之处，巷道又低又窄，脚下也坑洼不平。巷道的支护异常简陋，两帮和头顶的岩石面目狰狞，如同戏台上的牛头马面，如果阎王有令，说不定这些“牛头马面”随时会猛扑下来，捉他们去见阎王。王风面部肌肉僵硬，瞪着恐惧的双眼，紧紧跟定二叔，一会儿低，一会儿弯腰，一步都不敢落下。他很想拉住二叔的后衣襟，又怕二叔小瞧他，就没拉。二叔走得不慌不忙，好像一点也不害怕。他不由得对二叔有些佩服。他开始在心里承认这个半路上遇到的二叔了，并对二叔产生了一些依赖的思想。二叔提醒他注意。他还不知道注意什么，咚的一声，他的脑袋就撞在一处压顶的石头上了，尽管他戴着安全帽，他的头还是闷疼了一下，眼里也直冒碎花。

二叔说：“看看，让你注意，你不注意，撞脑袋了吧？”

王风把手伸进安全帽里搓了两下，眼里又含了泪。

二叔问：“怎么样，这里没有你们学校的操场好玩吧！”

王风脑子里快速闪过学校的操场。操场面积很大，四周栽着钻天的白杨。他不知道同学们这会儿在操场里干什么，而他，却钻进了一个黑暗和可怕的地方。

二叔见他不说话，口气变得有些严厉，说：“我告诉你，窑底下可是要命的地方，死人不当回事。别看人的命在别的地方很皮实，一到窑下就成了薄皮子鸡蛋。鸡蛋在石头缝儿里滚，一步滚不好了，就得淌稀，就得完蛋！”

王明君这样教训王风时，张敦厚正在王风身后站着。张敦厚把镐头平端起来，做出极恶的样子在王风头顶比画了一下，那意思是说，这一镐下去，这小子立马完蛋，王明君知道，张敦厚此刻是不会下手的，点子没喂熟不说，他们还没有赢得窑主的信任。再说了，按照“轮流执政”的原则，这个点子应该由他当二叔的来办，并由他当二叔的哭丧。张敦厚奸猾得很，你就是让他办，让他哭，他也不会干。

张敦厚和王明君要在挖煤方面露一手，以显示他们非同一般的技术，在他们的要求下，矿上的窑师分配给他们在一个独头的掌子面干活儿，所谓独头儿，就像城市中的小胡同一样，是一个此路不通的死胡同。独头掌子面跟死胡同又不同。死胡同上面是通天的，空气是流动的。独头掌子面上下左右和前面都堵得严严实实，它更像一只放倒的瓶子，只有瓶口那儿才能进去。瓶子里爬进了昆虫，若把瓶口一塞，昆虫就会被闷死。独头掌子面的问题是，尽管巷道的进口没被封死，掌子面的空气也出不来，外面的空气也进不去。掌子面的空气是腐朽的，也是死滞的，它是真正的一潭死水。人进去也许会把“死水”搅和得流动一下，但空气会变得更加混浊，更加黏稠，更加难以呼吸。这种没有任何通风设备的独头掌子面，最大的特点就是闷热。煤虽然还没有燃烧，但它本身固有的热量似乎已经开始散发。它散发出来的热量，带着亿万年煤炭生成时那种沼泽的气息，腐殖物的气息，和浮热的气息。一来到掌子面，王风就觉得胸口发闷，眼皮子发沉，汗水流得更欢。

张敦厚说：“操他妈的，上面还是天寒地冻，这里已经是夏天了。”

说着，张叔叔和二叔开始脱衣服，他们脱得光着膀子，只穿一件单裤，二叔对王风说：“愣着干什么，还不把衣服脱掉！”

王风没有脱光膀子，上面还保留着一件高领的红秋衣。

二叔没有让王风马上投入干活儿，要他先看一看，学着点儿。

二叔和张叔叔用镐头刨了一会儿煤，热得把单裤也撕巴下来了，就那么光着身子干活儿。刚脱掉裤子时，他们的下身还是白的，又干了一会儿，煤粉沾满一身，他们就成黑的了，跟煤壁乌黑的背景几乎融为一体。王风不敢把矿灯直接照在他们身上，这种远古般的劳动场景让他震惊。他慢慢地转着脑袋，让头顶的矿灯小心地在煤壁上方移动，那儿都是黑的，除了煤就是石头。这里的石头也是黑的。王风不知道这是在哪里，不知上面有多高，下面有多厚，也不知前面有多远，后边有多深。他想，煤窑要是塌下来的话，他们跑不出去，上面的人也没法救他们，他们只能被活埋，永远被活埋，有那么一刻，他产生了一点幻觉，把刨煤的二叔看成了他爹，爹赤身裸体地正在刨煤，煤窑突然塌了，爹就被埋进去了。这样的幻觉使他不寒而栗，几乎想逃离这里。这时二叔喊他，让他过去刨一下煤试试。他很不情愿，但还是战战兢兢地过去了，煤壁上的煤看上去不太硬，刨起来却感到很硬，镐尖刨在上面，跟刨在石头上一样，震得手腕发麻，也刨不下什么煤来。他刚刨了几下，头上和浑身的大汗就出来了。汗流进眼里，是辣的，汗流进嘴里，是咸的。汗流进脊梁沟里，把衣服溻湿了。汗流进裤裆里，裤裆里湿得跟和泥一样。他流的汗比刨下的煤还多，他落镐处刨不下煤来，上面没落镐的地方却掉下一些碎煤来，碎煤哗啦一响，打在他安全帽上。他以为煤窑要塌，惊呼一声，扔下镐就跑……

二叔喝住了他，骂了他，问他跑什么，瞎叫什么。“你的胆还没老鼠的胆子大呢，像个男人吗？像个挖煤的人吗？要是怕死，你趁早滚蛋！”

王风惊魂未定，委屈也涌上来，他又哭了。

张敦厚打圆场说：“算了算了，谁第一次下窑都害怕，下几次就不怕了。”他怕这个小点子真的走掉。

二叔命王风接着刨，并让他把衣服都扒掉，王风把湿透的秋衣脱下来了。二叔说：“把秋裤也脱掉，小鸡巴孩儿，这儿没有女人，没人咬你的鸡巴！”

王风抓住裤腰犹豫了一下，才把秋裤脱下来了。但他还保留了一件裤衩，没有彻底脱光。裤衩像是他身体上最后的防线，他露出恼怒和坚定的表情，说什么也不放弃这最后的防线了。

一个运煤的窑工到掌子面来了，二叔替下了王风，让王风帮人家装煤，二叔跟运煤工说：“让我侄子帮你装煤吧。”

运煤工说：“不用不用，我自己来。你侄子岁数不大呀。”

“我侄子是不大，还不到二十岁。”

王风看见，运煤工拉来一辆低架子带轱辘的拖车，车架子上放着一只长方形的大荆条筐。他们就是把煤装进荆条筐里。王风还看见，车架子一角挂着一个透明的大塑料瓶子，瓶子里装着大半瓶子水。一看见水，王风感到自己渴了，喉咙里像是在冒火。他很想跟运煤工商量一下，喝一口他的水。但他闭上嘴巴，往肚子里干咽了两下，忍住了。

运煤工问他："小伙子，发过市吗？"

王风眨眨眼皮，不懂运煤工问的是什么意思。张敦厚解释说："他是问你跟女人搞过没有。"王风赶紧摇摇头。

运煤工笑了，说："我看你该发市了，等挣下钱，让你叔带你发发市去。"

王风把发市的意思听懂了，他像是受到了某种羞辱一样，对运煤工颇为不满。

荆条筐装满了，运煤工把拖车的绳襻斜套在肩膀上，拉起沉重的拖车走了。运煤工的腰弯得很低，身子贴向地面，有时两只手还要在地上扒一下。从后面看去，拉拖车的不像是一个人，更像是一匹骡子或是一头驴。

十一

他们上的是夜班。头天下窑时，太阳还没落山；第二天出窑时，太阳已经升起来了。

当王风从窑口出来时，他的感觉像是做了一个长长的噩梦，终于醒过来了。为了证实确实醒过来了，他就四下里看，他看见天觉得亲切，看见地觉得亲切，连窑口拴着的那只狼狗，他看着也不似昨日那么可怕和讨厌了。也许是刚从黑暗里出来阳光刺目的缘故，也许他为窑上的一切所感动，他的两只眼睛都湿得厉害。

窑工从窑里出来，洗个热水澡是必须的。澡堂离窑口不远，只有一间屋子，迎门口支着一口特大号的铁锅。锅台后面，连着锅台的后壁砌着一个长方形的水泥池子。水烧热后，起进水泥池子里，窑工就在里面洗澡，这样的大锅王风见过，他们老家过年时杀猪，就是把吹饱气的猪放进这样的大锅里褪毛，锅底的煤火红通通的，烧得正旺，大铁锅敞着口子，水面上走着缕缕热气。刚到澡堂门口时，由于高高的锅台挡着，王风没看见里面的水泥池子，还以为人直接跳进大锅里洗澡呢！这可不行，人要跳进锅里，不把人煮熟才怪。等他走进澡堂，看见水泥池子，并看见有人正在水泥池子里洗澡，才放心了。

洗澡不脱裤衩是不行了。王风趁人不注意，很快脱掉裤衩，迈进水泥池子里去了。池子里的水已稠稠的，也不够深，王风赶紧蹲下身子，才勉强把下身淹住。他腿裆里刚刚生出一层细毛，细毛不但不能遮羞，反而增添了羞。这个时候的男孩子是最害羞的。比如刚从蛋壳里出来不久的小鸟，只扎出了圆毛，还没长成扁毛，还不会飞，这时的小鸟是最脆弱的，最见不得人的。王风越是不愿意让人看他那个地方，在澡堂里洗澡的那些窑工越愿意看他那个地方。一个窑工说："哥们儿，站起来亮亮，咱俩比比，看谁的帅。"另一个窑工对他说："哥们儿，你的鸟毛还没扎全哪！"还有一个窑工说："这小子还没开过壶吧！"他们这么一逗，王风臊得更不敢露出下身了。他蹲着移到水池一角，面对澡堂的后墙，用手撩着水洗脸搓脖子。

一个窑工向着澡堂外面，大声喊："老马，老马！"

老马答应着过来了，原来是一个年轻媳妇。年轻媳妇说："喊什么喊，这多好的水还埋不住你的腚眼子吗！"

喊老马的窑工说："水都凉了，你再给来点热乎的，让我们也舒服一回。"

"舒服你娘那脚！"年轻媳妇一点也不避讳，说着就进澡堂去了。

那些光着肚子洗澡的窑工更有邪的，见年轻媳妇进来，他们不但不躲避，不遮羞，反而都站起来了，面向年轻媳妇，把阳具的矛头指向年轻媳妇。他们咧着嘴，嘿嘿地笑着，笑得有些傻。只有王风背着身子，躲在那些窑工后面的水里不敢动。他不知道会发生什么样的事。

当年轻媳妇从大锅里起出一桶热水，泼向他们身上时，他们才一起乱叫起来。也许水温有些高，泼在他们身上有点烫；也许水温正好，他们确实感到舒适极了，也许根本就不是水的缘故，而是另有原因，反正他们的确兴奋起来了。他们的叫声像是欢呼，但调子又不够一致。叫声有的长，有的短，有的粗，有的细，而且发的都是没有明确意义的单音。如果单听叫声，人们很难判断出他们是一群人，还是一群别的什么动物。

“瞎叫什么，再叫老娘也没奶给你们吃！”年轻媳妇又起了一桶水，倒进水池里。

一个窑工说：“老马，这里有个没开壶的哥们儿，你帮他开开壶怎么样？”

窑工们往两边让开，把王风暴露出来。

“什么？没开过壶？”老马问。

有人让王风站起来，让老马看看，验证一下。

王风知道众人都在看他，那个女人也在看他，他如芒在背，恨不得把头也埋进水里。

有人动手拉王风的胳膊，有人往后扳王风的肩，还有人把脚伸到王风屁股底下去了，张着螃蟹夹子一样的脚指头，在王风的腿裆里乱夹。

王风恼了，说：“谁再招我，我就骂人！”

二叔说话了：“我侄子害羞，你们饶了他吧。”

年轻媳妇笑了，说：“看来这小子真没开过壶。钻窑门子的老不开壶多亏呀，你们帮他开开壶吧！”

一个窑工说：“我们要是会开壶还找你干什么，我们没工具呀！”

年轻媳妇说：“这话稀罕，我不是把工具借给你了吗？”

那个窑工一时不解，不知年轻媳妇指的是什么。别的窑工也在那个窑工身上乱找，不明白年轻媳妇借给他的工具在哪里。

年轻媳妇把题意点出来了，说：“你们往他鼻子底下找。”

众人恍然大悟似的笑了……

王风睡觉睡得很沉，连午饭都没吃，一觉睡到了半下午。刚醒来时，他没弄清自己在哪里。眨眨眼，他才想起来了，自己睡在窑工宿舍里。这个宿舍是圆形的，半截在地下，半截在地上。进宿舍的时候先要下几级台阶，出宿舍也要先低头，再上台阶。整个宿舍打成了地铺，地铺上铺着碎烂的谷草。宿舍没有窗户，黑暗得跟窑下差不多，所以宿舍里一天到晚开着灯。灯泡上落了一层毛茸茸的东西，也很昏暗。王风看见，二叔和张叔叔也醒了，他们正凑在一起吸烟，没有说话，二位叔叔眉头皱着，他们的表情像是有些苦闷。宿舍还住着另外几个窑工，有的还在大睡，有的捏着大针缝衣服，有的把衣服翻过来在捉虱子。还有一个窑工身子靠在墙壁上，在看一本书：书已经很破旧了，封面磨得起了毛。隐约可以看见，封面上的人物穿的是大红大绿的衣服，好像还有一把闪着光芒的剑。王风估计，那个窑工看的可能是一本武侠小说。

王风欠起身来，把带来的书包拉在手边打开了，他从书包里拿出来的是他的课本，有英语、物理、政治、语文等，每拿出一本，他翻了翻，放下了。翻开语文课本时，他从课本里拿出一张照片看起来，照片是他们家的全家福，后面是他爹和他娘，前面是他和妹妹，看着看着，他就走神了，心思就飞回老家去了。

“王风，看什么呢？”二叔问。

王风抽了一个冷战，说：“照片，我们家的照片。”

“给我看看。”

王风把照片递给了二叔，指着照片上的他爹介绍说：“这个就是我爹。”

二叔虎起脸子，狠瞪了他一眼。

王风急忙掩口。他意识到自己失口了，哪有当弟弟的不认识哥哥的。

二叔说："我知道，这张照片我见过。"说了这句，他意识到自己也失口了，差点露出一个骇人的线索。为了掩饰，他补充了一句："这张照片是在咱们老家照的。"

张敦厚探过头来，把照片看了一下，他只看了一下就不看了，转向看王明君。

王明君也在看他。

两个人同时认定，这张照片跟张敦厚上次撕掉的那张照片一模一样，照片上的那个男人正是他们上次办掉的点子，不用说，这小子就是那个点子的儿子。

二叔把照片还给了王风，说："这张照片太小了，应该放大一张。"王风刚接到照片，他又把照片抽回来了，说，"这样吧，我正好到镇上有点事，顺便给你放大一张。"说着就把照片放进自己口袋里，站起来出门去了。往外走时，他装作无意间碰了张敦厚一下，张敦厚会意，跟在他后面向宿舍外头走去。来到一条山沟里，他们看看前后无人，才停下来了。王明君说："坏了，在火车站这小子一说他姓元，我就觉得不大对劲，怀疑他是上次那个点子的儿子，我就不想要他。看来真是那个点子的儿子。操他妈的，这事儿怎么这么巧呢！"

张敦厚说："这有什么，只要有两条腿的，谁都一样，我只认点子不认人！"

"咱要是把这小子当点子办了，他们家不是绝后了吗！"

"他们家绝后不绝后跟咱有什么关系，反正总得有人绝后。"

"我总觉得这事儿有点奇怪，这小子不是来找咱们报仇的吧？"

"要是那样的话，更得把他办掉了，来个斩草除根！"他的手向王明君一伸，"拿来！"

"什么？"

"照片。"

王明君把照片掏出来了，递给了张敦厚。张敦厚接过照片，连看都不看，就一点一点撕碎了。他撕照片的时候，眼睛却瞅着王明君，仿佛是撕给王明君看的。

王明君没有制止他撕照片，说："你看我干什么？"

"不干什么，你不是要给他放大吗？"

"去你妈的，你以为我真要给他放大呀？我觉得照片是个隐患，那样说是为了把照片从他手里要过来。"

张敦厚把撕碎的照片扔在地上，一只脚踩上去使劲往土里拧。拧不进土里，他就用脚后跟蹬出一些碎土，把照片的碎片埋上了。

十二

第二次从窑里出来。王风有了收获，带到窑上一块煤。煤块像一只蛤蟆那么大，一面印着一片树叶。发现这块带有树叶印记的煤时，王风显得十分欣喜，马上拿给二叔看，说："二叔二叔，你看，这块煤上有一片树叶，这是树叶的化石。"

二叔说："这有什么稀罕的。"

王风说："稀罕着呢，老师给我们讲过，说煤是森林变成的，我们还不相信呢。有了这块带树叶的煤，就可以证明煤确实是亿万年前的森林变成的。"

"煤就是煤，证明不证明有什么要紧，煤是黑的，再证明也变不成白的。好了，扔了吧。"

"不，我要把这块煤带回老家去，给我妹妹看看，给老师看看。"

"你打算什么时候回老家？"

"我也不知道，听二叔您的，您说什么时候回，咱就什么时候回。"

王明君牙齿间冷笑了一下，心说："你小子还惦着回老家呢，过个三两天，你的魂儿回老家去吧。"

王风把煤块拿到宿舍里，又在那里反复看，印在煤上的树叶是扇面形的，叶梗叶脉都十分清晰，王风不知道这是什么树的叶子，也许这样的树早就绝种了。他用手指肚把“扇面”轻轻摸了一下，还捏起两根指头去捏树叶的叶梗。他想，要是能从煤上揭下一片黑色的树叶，那该多好呀。

同宿舍有一位岁数较大的老窑工问他：“小伙子，看什么呢？”

“树叶，长在煤上的树叶。”

“给我看看行吗？”

王风把煤块给老窑工送过去了。老窑工翻转着把煤块端详了一下，以赞赏的口气说：“不错，是树叶。这树叶就是煤的魂哪！”

王风有些惊奇，问：“煤还有魂？”

老窑工说：“这你就不懂了吧，煤当然有魂，以前这地方不把煤叫煤，你知道叫什么吗？”

“不知道。”

“叫神木。”

“神木？”

“对，神木。从前，这里的人并不知道挖煤烧煤。有一年发大水，把煤从河床里冲出来了。人们看见黑家伙身上有木头的纹路，一敲当当响，却不是木头，像石头。人们把黑家伙捞上来，也没当回事，随便扔在院子里，或者搭在厕所的墙头上了。毒太阳一晒，黑家伙冒烟了，这是怎么回事，难道黑家伙能当木头烧锅吗？有人把黑家伙敲下一块，扔进灶膛里去了。你猜怎么着，黑家伙烘烘地着起来了，浑身通红，冒出的火头蓝盈盈的，真是神了。大家突然明白了，这是大树老得变成神了，变成神木了。”

王风听得眼睛亮亮的，说：“我这块煤就是带树叶的神木。”

王明君不想让王风跟别人多说话，以免露了底细，说：“王风，我让你刮胡子你刮了吗？”

“还没刮。”

“你这孩子就是不听话，要是这样的话，下次我就不带你出来了。

马上刮去吧。”

王风从书包里拿出刮胡子刀，开始刮胡子。他把唇上的一层细细的绒毛摸了摸。迟疑着下不了刀子。他这是平生第一次刮胡子，心里不大情愿。他也听说过，胡子越刮长得越旺。他不想让胡子长旺，男同学们都不想让胡子长旺。胡子一长起来，就不像个学生了。可是，二叔让他刮，他不敢不刮。二叔希望他尽快变成一个大人的样子，他不能违背二叔的意志。把刀片的利刃贴在上唇上方，他终于刮下了第一刀。胡子没有发出什么声响，第一茬胡子就细纷纷地落在地铺的谷草上。他是干刮，既没湿水，也没打肥皂。刮过之后，他觉得嘴唇上面有点热辣辣的，像是失去了什么。他不由得生出了几分伤感。

下午睡醒后，王风拿出纸和笔，给家里人写信。他身子靠着墙，把课本搁在膝盖上，信纸垫着课本写。娘不识字，他把信写给妹妹了，他以前没写过信，每写一句都要想一想，想起妹妹，好像是看见了妹妹。问起娘，好像是看到了娘。提到尚未找到的爹，他像是看到了爹。不知怎么留下的印象，他想到哪一位亲人，那位亲人就以一种特定的形象出现在他的脑海里：妹妹是在娘面前哭，怕娘不让她上学；娘是满头草灰，满头大汗地在灶屋里做饭；爹呢，则是背着铺盖卷儿刚从外面回家，亲人的形象在他脑子里闪过，他的鼻子酸了又酸，眼圈红了又红。要不是他揉了好几次眼，他的眼泪几乎打在信纸上了。

张敦厚碰碰王明君，意思让他注意王风的一举一动。王明君看出王风是给家里人写信，故意问道：“王风，给女同学写信呢？”

王风说：“不是，是给我妹妹写。”

“你在学校里跟女同学谈过恋爱吗？”

王风的脸红了，说：“没有。”

“为什么？没有女同学喜欢你吗？”

“老师不准同学们谈恋爱。”

“老师不准的事儿多着呢，你偷偷地谈，别让老师发现不就得了。跟二叔说实话，有没有女同学喜欢过你。”

王风皱起眉想了一下，还是说没有。

“再到学校自己谈一个，那样我和你爹就不用操你的心了。”

王风写完了信，王明君马上把信要过去了，说他要到镇上办点事，捎带着替王风把信送到邮局发走。王风对二叔深信不疑，王明君拿了信，就到附近的一条山沟里去了。张敦厚随后也去了。他们找了一个背风和背人的地方，坐下来看王风的信。王风在信上告诉妹妹，他现在找到了工作，在一个矿上挖煤。等他发了工资，就给家里寄回去，他保证不让妹妹失学。他要妹妹一定要努力学习，说他放弃了上学，正是为了让妹妹好好上学，希望妹妹一定要争气啊！他问娘的身体怎么样，让妹妹告诉娘，不要挂念他。他用了一个词——好男儿志在四方。他也闯一个男儿，不能老靠娘养活，该出来闯一闯了。还说他工作的地方很安全，请娘不要为儿担心。他说，他还没有打听到爹的下落，他会继续打听，走到哪里打听到哪里。有了钱后，他准备到报社去，在报纸上登一个寻人启事。他不相信爹会永远失踪。王明君还没把信看完，张敦厚捅了他一下，让他往山沟上面看。王明君仰起脸往对面山沟的崖头上一看，赶紧把信收起来了。崖头上站着一个居高临下的人，人手里牵着一条居高临下的狗，人和狗都显得比较高大，几乎顶着了天。人是本窑的窑主，狗是窑主的宠信。窑主及其宠信定是观察过他们一会儿了，窑主大声问：“你们两个干什么呢？鬼鬼祟祟的，不是在搞什么特务活动吧？”

狼狗随声附和，冲他们威胁似的低吠了两声。

王明君说：“是矿长呀！我让侄子给家里写了一封信，我给他看看有没有错别字。”

“看信不在宿舍里看，钻到这里干什么！”

“我要把信送走，不知道路，一走就走到这里来了。”

“我告诉你们，要干就老老实实地干，不要给我搞乱！”

狗挣着要往山沟下冲，窑主使劲拽住了它，喝道：“哎，老希，老希，老实点儿！”窑主给老希指定了一个方向，他和老希沿着崖头上沿往前走了。老希在前面挣，窑主在后面拖。老希的劲很大，窑主把铁链子后面的皮绳缠在手上，双腿戗地，使劲往后仰着身子，还是被老希拖得趺趺撞撞，收不住势。

王明君一直等到窑主和狗在崖头上消失，才接着把信看完。王风在信的最后说，他遇到了两个好心人，一个是王叔叔，一个是张叔叔。两个叔叔都对他很关心，像亲叔叔一样。王明君把信捏着，却没有说信的事儿。对窑主的突然出现，他心里还惊惊的，吸了一下牙说："我看这个窑主是个老狐狸，他是不是发现咱们有什么不对劲的地方了。"

张敦厚说："不可能，他是出来遛狗，偶尔碰见我们了。狗不能老拴着，每天都要遛一遛。你不要疑神疑鬼。"

王明君不大同意张敦厚的说法，说："反正我觉得这个窑主不一般，不说别的，你听他给狗起的名字，希特勒，把'希特勒'牵来牵去的人，能是好对付的吗！"

"不好对付怎么的，窑上死了人他照样得出血。你只管把点子办了，我来对付他！"张敦厚把信要过去，看了一遍。他没把信还给王明君，冷笑一下，就把信撕碎了，跟撕照片一样。

王明君不悦："你，怎么回事？"

"我怎么了？"

"我自己不会撕吗！"

"会撕是会撕，我怕你舍不得撕。"

"这是什么意思？"

"什么意思这要问你。你是不是同情那小子了？"

王明君打了一个愣，否认说："我干吗要同情他！我同情他。谁同情我？"

张敦厚说："这就对了，你想想看，这信要是发出去，就等于把商业秘密泄露出去了，咱们的生意就做不成了。就算咱硬把生意做了，这封信捏在人家手里，也是一个祸根。"

“就你他妈的懂，我是傻子，行了吧！我把信要过来为什么，还不是为了随时掌握情况，及时堵塞漏洞，我主要是想着，这小子来到人世走一回，连女人是什么味都没尝过，是不是有点亏？”

“这还不好办，把他领到路边饭店，或者发廊，找个女人让他玩一把不就得了。”

“把这个任务交给你，你带他去玩吧。”

张敦厚不由得往旁边躲了一下，说：“那是你侄子，干吗交给我呀！有那个钱，我自己还想玩呢。再说了，咱们以前办的点子，从来没有这个项目，谁管他日不日女人。”

王明君指着张敦厚：“这就是你的态度？你不合作是不是？”

“谁不合作了？我说不合作了吗？”

“那你为什么斤斤计较，光跟我算小账？”

张敦厚见王明君像是恼了，做出了妥协，说：“得得得，钱你先垫上，等窑主把钱赔下来，咱哥俩平摊还不行吗！”

张敦厚主张当天下午就带王风去开壶，王明君坚持明天再去。两个人在这个问题上又产生了分歧。张敦厚认为，解决点子要趁早，让点子多活一天，就多一天的麻烦。王明君说，今天他累了，没精神，不想去。要去，由张敦厚一个人带点子去。张敦厚向王明君伸手，让王明君借钱给他。王明君在他手上狠抽了一巴掌，说：“借给你一根鸡巴，拿回去给你妹妹用吧！”

不料张敦厚说：“拿来，拿来，鸡巴我也要，我炖炖当狗鞭吃。”

“没有你不要的东西，我看你小子完了，不可救药了。”

十三

这天下班后，他们吃过饭没有睡觉，王明君和张敦厚就带王风到镇上去了。按照昨天的计划，在办掉点子之前，他们要让这个年轻的点子尝一尝女人的滋味，真正当一回男人。

走出煤矿不远，他们就看见路边有一家小饭店。饭店门口的高脚凳子上坐着两个小姐，阳光亮亮的，他们远远地就看见两个小姐穿得花枝招展，脸很白，嘴唇很红，眉毛很黑。张敦厚对王风说："看，鸡。"

王风往饭店门前看了看，说："没有鸡呀。"张敦厚让他再看看。

王风还是没看见，他问："是活鸡还是死鸡？"

张敦厚说："当然是活鸡。"

王风摇头，说："没看见，只有两个女的在那儿嗑瓜子儿。"

"对呀，那两个女的就是鸡。"

王风不解，说："女的是人，怎么能是鸡呢！"张敦厚笑着拍了一下王明君，说："你二叔对鸡很有研究，让你二叔给你讲讲。"

王风求知似的看着二叔。

二叔说："别听你张叔叔瞎说，我也不懂。女人是人，鸡是鸡。鸡可以杀吃，女人又不能杀吃，干吗把人说成鸡呢？"

张敦厚想了想说："谁说女人不能杀吃，只是杀法不太一样，鸡是杀脖子，女人是杀下边。"

这话王风更不懂了，说："怎么能杀人呢？"

杀人的话题比较敏感了，二叔说："你张叔叔净是胡扯。"

王明君本想把这家小饭店越过去，到镇上再说。到了跟前，才知道越过去是不容易的。两位小姐一看见他们，就站起来，笑吟吟地迎上去，叫他们"这几位大哥"，给他们道辛苦，请他们到里面歇息。

王明君说："对不起，我们吃过饭了。"

一位小姐说："吃过饭没关系，可以喝点茶嘛。"

王明君说："我们不渴，不喝茶。我们到前边看看。"

另一位小姐说："怎么会不渴呢，出门在外的，男人家没有一个不渴的。"

张敦厚大概想在这里让点子解决问题，问："你们这里都有什么茶，有花茶吗？”

一位小姐说：“有呀，什么花都有，你们想怎么花就怎么花。”

两位小姐说着就上来了，样子媚媚的，分别推王明君和张敦厚的腰窝。

二人经不起小姐这样推法，嘴当家腿不当家，说着不行不行，腿已经插入饭店的门口里了。饭店里空空的，没有别的客人。

只有王风站在饭店门外没动。他没见过这样的阵势，不知会发生什么事情。

一个小姐回头关照他，说：“这个小哥哥，进来呀，愣着干什么！我们不是老虎，不吃人。”

二叔说：“进来吧，咱们坐一会儿。”

王风这才迟疑着进去了。

他们刚坐定，站在柜台里面的女老板过来了，问他们用点什么。女老板个子高高的，姿色很不错，看样子岁数也不大，不会超过三十岁。关键是女老板笑得很老练，很有一股子抓人的魅力，让人不可抗拒。

王明君问：“你们这里有什么？”

女老板说：“我们这里有小姐呀，只要有小姐，就什么都有了，对不对？”

王明君不由得笑了笑，承认女老板说得很对，但他还是问了一句：“你们这里有按摩服务吗？”

“当然有了，你们想怎么按就怎么按，做爱也可以。”

“啊，做爱！”做爱的说法使张敦厚激动得嘴都张大了，“这个词儿真他妈的好听。”

王风的脸红了，眼不敢看人。他懂得做爱指的是什么。

王明君让女老板跟他到一边去了。他小声跟女老板讨价还价。女老板说做一次二百块。他说一百块。后来一百五成交。女老板说：“你们三个人，我这里只有两个小姐，你们当中的一个人还要等一下。”

王明君把女老板满眼瞅着，说：“加上你不是正好吗，咱俩做怎么样？”

女老板微笑得更加美好，说：“我不是不可以做，不过你至少要出五百块。”

王明君说：“开玩笑开玩笑。”他把王风示意给女老板看，小声说：“那是我侄子，今天我主要是带他来见见世面，开开眼界。”

女老板似乎有些失望。

王明君回过头做王风的思想工作，说：“我看你这孩子力气还没长全，干起活儿来没有劲。今天呢，我请人给你治治。你不用怕，一不给你打针，二不让你吃药，就是给你做一个全身按摩，经过按摩你的肌肉就结实了，骨头就硬了，人就长大了。”

女老板指派一个小姐过来了，小姐对王风说：“跟我来吧。”

王风看着二叔。二叔说：“去吧。”

跟小姐走了两步，王风又退回来了，对二叔说：“我不想按摩，我以后加强锻炼就行。”

二叔说：“锻炼代替不了按摩，去吧，听话。我和张叔叔在这里等你。”

饭店后墙有一个后门，开了后门，现出后面一个小院，小院里有几间平房，小姐把王风领到一间平房里去了。

不大一会儿，王风就跑回来了，他满脸通红，呼吸也很急促。

二叔问：“怎么回事？”

王风说：“她脱我的裤子，还，还……我不按摩了。”

二叔脸子一板，拿出了长辈的威严，说：“浑蛋，不脱裤子怎么按摩。你马上给我回去，好好配合人家的治疗，人家治疗到哪儿，你都得接受。不管人家用什么方法治疗，你都不许反对。再见你跑回来我就不要你了！”

这时那位小姐也跟出来了，在一旁吃吃地笑。

王风极不情愿地向后院走时，王明君却把小姐叫住了，向小姐询问情况。

小姐说："他两手捂着那地方，不让动。"

"他不让动，你就不动了？你是干什么吃的！把你的技术使出来呀！我把丑话说到前面——"说到这里，他看了一眼回到柜台里的老板娘，意思让老板娘也听着，"你要是不把他的东西弄出来，我就不付钱。"

张敦厚趁机把小姐的屁股摸了一把，嘴脸馋得不成样子，说："我这位侄子还是个童男子，一百个男人里边也很难遇到一个，你吸了他的精，我们不跟你要钱就算便宜。"

小姐到后院去了，另一个小姐继续到门外等客，王明君和张敦厚就看着女老板笑。女老板也对他们笑。他们笑意不明，都笑得有些怪。女老板对王明君说："你对你侄子够好的。"

王明君却叹了一口气说："当男人够亏的，拼死拼活挣点钱，你们往床上一仰巴，就把男人的钱弄走了。有一点我就想不通，男人舒适，你们也舒服，男人的损失比你们还大，干吗还让男人掏钱给你们！"

女老板说："这话你别问我，去问老天爷，这是老天爷安排的。"

说话之间，王风回来了。王风低头走到二叔跟前，低头在二叔跟前站下，不说话。他脸色很不好，身上好像还有些抖。

二叔问："怎么，完事儿了？"

王风抬起头来看了看二叔，嘴一瘪咕一瘪咕，突然间就哭起来了，他咧开大嘴，哭得呜呜的，眼泪流得一塌糊涂。他哭着说："二叔，我完了，我变坏了，我成坏人了……"哭着，一下子抱住了二叔，把脸埋在二叔肩膀上，哭得更加悲痛。

二叔冷不防被侄子抱住，吓了一跳。但他很快明白了这是怎么回事，男孩子第一次发生这事，一点也不比女孩子好受。他接住了王风，一只手拍着王风的后背，安慰王风说："没事儿，啊，别哭了，作为一个男人，早晚都要经历这种事儿，经历过这种事儿就算长成人了。你不要想那么多，权当二叔给你娶了一房媳妇。”这样安慰着，他无意中想到了自己的儿子，仿佛怀里搂的不是侄子，而是自己的亲生儿子。他未免有些动感情，情也凄凄的，那位小姐大概被王风的痛哭吓住了，躲在后院不敢出来。女老板摇了摇头，不知在否定什么。张敦厚笑了一下又不笑了，对王风说：“你哭个球呢，痛快完了还有什么不痛快的！”

王风的痛哭还止不住，他说：“二叔，我没脸见人了，我不活了，我死，我……”

二叔一下子把他从怀里推开，训斥说：“死去吧，没出息！我看你怎么死，我看你知不知道一点好歹！”

王风被震住了，不敢再大哭，只抽抽噎噎的。

十四

他们三人回到矿上，见窑主的账房门口跪着两个人，一个大人和一个孩子。大人年龄也不大，看上去不过二十七八岁，他是一个断了一条腿的瘸子，右腿连可弯曲下跪的膝盖都没有了，空裤管打了一个结，断腿就那么直接杵在地上。大概为了保持平衡，他右手扶着一根木拐。孩子是个男孩，五六岁的样子。孩子挺着上身，跪得很直。但他一直耷蒙着眼皮，不敢抬头看人。孩子背上还斜挎着一个脏污的包袱。王明君他们走过去，正要把跪着的两个人看一看，从账房里出来一个人，挥挥手让他们走开，不要瞎看。这个人不是窑主，像是窑主的管家一类的人物。他们往宿舍走时，听见管家呵斥断腿的男人：“不是赔过你们钱了吗，又来干什么！再跪断一条腿也没用，快走！”

断腿男人带着哭腔说：“赔那一点钱够干什么的，连安个假腿都不够。我现在成了废人，老婆也跟我离婚了，我和我儿子怎么过呀，你们可怜可怜我们吧！”

“你老婆和你离不离婚，跟矿上有什么关系。你不是会告状吗，告去吧。实话告诉你，我们把钱给接状纸的人，也不会给你。你告到哪儿也没用！”

“求求你，给我儿子一口饭吃吧，我儿子一天没吃饭了，我给你磕头，我给你磕头……”

他们下进宿舍刚睡下，听见外面人嚷狗叫，还有人大声喊救命，就又跑出来了。别的窑工也都跑出来看究竟。

窑口煤场停着一辆装满煤的汽车，汽车轰轰地响着。两个壮汉把断腿的男人连拖带架，往煤车上装。断腿的人一边使劲扭动，拼命挣扎，一边声嘶力竭地喊：“放开我！放开我！还我的腿，你们还我的腿！我儿子，我儿子！”

儿子哇哇大哭，喊着：“爸爸！爸爸！”

狼狗狂叫着，肥大的身子一立一立的，把铁链子抖得哗哗作响。

两个壮汉像往车上装半布袋煤一样，胡乱把断腿的人扔到煤车顶上去了，然后把他的儿子也弄上去了。汽车往前一蹿开走了。断腿的人抓起碎煤面子往下撒，骂道：“你们都不得好死！”

汽车带风，把小男孩儿头上的棉帽子刮走了，棉帽子落在地上，翻了好几个滚儿才停下。小男孩儿站起来看他的帽子，断腿的人一把把他拉坐下了。

窑主始终没有露面。

回到宿舍，窑工们蔫蔫的，神色都很沉重。那位给王风讲神木的老窑工说：“人要死就死个干脆，千万不能断胳膊少腿。人成了残废，连狗都不待见，一辈子都是麻烦事。”

张敦厚悄悄地对王明君说：“咱要狠狠地治这个窑主一下子。”

王明君明白，张敦厚的言外之意是催他赶快把点子办掉。他没有说话，扭脸看了看王风。王风已经睡着了，脸色显得有些苍白。这孩子大概在梦里还委屈着，他的眼睫毛是湿的，还时不时地在梦里抽一下长气。

下午太阳落山的时候，他们从狼狗面前走过，又下窑去了，这是他们三个在这个私家煤窑干的第五个班，按照惯例，王明君和张敦厚应该把点子办掉了。窑上的人已普遍知道了王风是王明君的侄子，这是一。他们的劳动也得到了窑主的信任，窑主认为他们的技能还可以，这是二。连狼狗也认可了他们，对他们下窑上窑不闻不问，这是三。看来铺垫工作已经完成了，一切条件都成熟了，只差把点子办掉后跟窑主要钱了。

窑下的掌子面当然还是那样隐蔽，氛围还是那样好，很适合杀人。镐头准备好了，石头准备好了，夜幕准备好了，似乎连污浊的空气也准备好了，单等把点子办掉了。可是，时间在一分一秒地过去，运煤的已经运了好几趟煤，王明君仍然没有动手。

张敦厚有些急不可耐，看了王明君一次又一次，用目光示意他赶快动手，他大概觉得用目光示意不够有力，就用矿灯代替目光，往王明君脸上照，还用矿灯灯光的光棒子往下猛劈，用意十分明显。然而王明君好像没领会他的意图，没有往点子身边接近。

张敦厚说："哥们儿，你不办我替你办了！"说着笑了一下。

王明君没有吭声。

张敦厚以为王明君默认了，就把镐头拖在身后，向王风靠近。

王风已经学会刨煤了，他把煤壁观察一下，用手掌摸一摸，找准煤壁的纹路，用镐尖顺着纹路刨。他不知道煤壁上的纹路是怎样形成的，按他自己的想象，既然煤是树木变成的，那些纹路也许是树木的花纹。他顺着纹路把煤壁掏成一个小槽，然后把镐头翻过来，用镐头铁锤一样的后背往煤壁上砸。这样一砸，煤壁就被震松了，再刨起来，煤壁就土崩瓦解似的纷纷落下来，王风身上出了很多汗，细煤一落在他身上，就被他身上的汗水粘住了，把他变成了一个黑人，或者是一块人形的煤。不过，他背上的汗水又把沾在身上的煤粉冲开了，冲成了一道道小溪，如果把王风的脊背放大了看，他的背仿佛是一个浅滩，浅滩上淙淙流淌着不少小溪，黑的地方是小溪的岸，明的地方是溪流中的水。中间那道溪流为什么那样宽呢，像是滩上的主河道。噢，明白了，那是王风的脊梁沟。王风没有像二叔和张叔叔那样脱光衣服，赤裸着身子干活，他还是坚持穿着裤衩干活。很可惜，他的裤衩已经看不出原来的颜色了，变成了黑色的。而且，裤衩后面还烂了一个大口子，他每刨一下煤，大口子就张开一下，仿佛是一个垂死呼吸的鱼嘴。这就是我们的高中一年级的一个男生，他的本名叫元凤鸣，现在的代号叫王风。他本来应该和同学们一起，坐在教室里听老师讲课，听老师讲数学讲语文，也跟老师学音乐学绘画。下课后，他应该和同学们到宽阔的操场上去，打打篮球，玩玩单双杠，或做些别的游戏。可是，由于生活所迫，他却来到了这个不为人知的万丈地底，正面临着生命危险。

张敦厚已经走到了王风身后，他把镐头拿到前面去了，他把镐头在手里顺了顺，他的另一只手也握在镐把上了，眼看他就要把镐头举起来——

这时王明君喊了一声："王风，注意顶板！"

王风应声跳开了，脱离了张敦厚的打击范围。他以为真的是顶板出了问题，用矿灯往顶板上照。

王风跳开后，张敦厚被暴露在一块空地里，握镐的手松垂下来了，镐头拖向地面。尽管他的意图没有暴露，没有被毫无防人之心的王风察觉，他还是有些泄气，进而有些焦躁。他认为王明君喊王风喊得不是时候，不然的话，他一镐下去就把点子办掉了，他甚至认为，王明君故意在关键时候喊了王风一嗓子，意在提醒王风躲避。躲避顶板是假，躲避打击是真。他不明白这是为什么？为什么？难道王明君不愿让他替他下手？难道王明君不想跟他合作了？难道王明君要背叛他？他烦躁不安地在原地转了两圈，就气哼哼地靠在巷道边坐下了。坐下时，他把镐头的镐尖狠狠地往底板上刨去。底板是一块石头，镐尖打在上面，砰地溅出一簇火花，亏得这里瓦斯不是很大，倘是瓦斯大的话，有这簇火花作引子，窑下马上就会发生瓦斯爆炸，在窑底干活的人统统都得完蛋。

张敦厚坐了一会儿，气不但没消，反而越生越大，赌气变成了怒气。他看王风不顺眼，看王明君也不顺眼。他不明白，王风这点子怎么还活着，王明君这狗日的怎么还容许点子活着。点子一刻不死，他就一刻不痛快，好像任务没有完成。王明君迟迟不把点子打死，他隐隐觉得哪里出了毛病，出了障碍，不然的话，这次合作不会如此别扭。王明君让王风歇一会儿，他自己到煤壁前刨煤去了。他刨着煤，还不让王风离开，教王风怎样问顶。说如果顶板一敲当当响，说明顶板没问题。如果顶板发出的声音空空的，就说明上面有了裂缝，一定要加倍小心，他站起来，用镐头的后背把顶板问了问。顶板的回答是空洞的，还有点闷声闷气。王风看看王明君。王明君说，现在问题还不大，不过还是要提高警惕。张敦厚在心里骂道："警惕个屁！"看着王明君对王风那么有耐心，他对他们二人的关系产生了怀疑，难道王明君真把王风当成了自己的亲侄子？难道他们私下里结成了同盟，要联合起来对付他？张敦厚顿时警觉起来，不行，一定要尽快把点子干掉。于是他装出轻松的样子，又拖着镐头向王风走过去。他喉咙里还哼哼着，像是哼一支意义不明的小曲儿。他用小曲迷惑王风，也迷惑王明君。他在身子一侧又把镐头握紧了，看样子他这次不准备用双手握镐把儿了，而是利用单手的甩力把镐头打击出去。以前，他打死点子时，一般都是从点子的天灵盖上往下打，那样万一有人验伤时，可以轻易地把受伤处推给顶板落下的石头。这次他不管不顾了，似乎要把镐头平甩出去，打在王风的耳门上，就在他刚要把镐头抡起来时，王明君再次干扰了他，王明君喊："唐朝阳！"

提起唐朝阳，等于提起张敦厚上次的罪恶，他一愣，仿佛自己头上被人击一镐，自己手里的镐头差点松脱了。他没有答应，却问："你喊谁？谁是唐朝阳？"

王明君没有肯定他就是唐朝阳，过去抓住他的一只胳膊，把他拉到掌子面外头的巷道里去了。张敦厚意识到王明君抓他的胳膊抓得有些狠，他胳膊使劲一甩，从王明君手里挣脱了。他骂了王明君，质问王明君要干什么。

王明君说："咱不能坏了规矩。"

"什么规矩？"

王明君刚要说明什么规矩，王风从掌子面跟出来了，他不知道两个叔叔之间发生了什么事。

王明君厉声喝道："你出来干什么？回去，好好干活！"

王风赶紧回掌子面去了。

王明君说出的规矩是，他们还没有让王风吃一顿好吃的，还没有让王风喝点上路的酒。

张敦厚不以为意，说："小鸡巴孩儿，他又不会喝酒。"

"会不会喝酒是他的事儿，让不让喝酒是咱的事儿，大人小孩儿都是人，规矩对谁都一样。"

张敦厚很不服，但王明君的话占理，他驳不倒王明君。他的头拧了两下，说："明天再不办咋说？"

"明天肯定办。"

"你啃谁的腚？我看没准儿。"

"明天要是办不成，你就办我，行了吧！"

张敦厚没有说话。

这个时候，张敦厚应该表一个态，指出王明君是开玩笑，他不说话是危险的，至少王明君的感觉是这样。

等张敦厚觉出空气沉闷应该开一个玩笑时，他的玩笑又很不得体，他说："你是不是看中那小子了，要留下做你的女婿呀！"

"留下给你当爹！"王明君说。

十五

最后一个班，王明君在掌子面做了一个假顶，所谓假顶，就是上面的石头已经悬空了，王明君用一根点柱支撑住，不让石头落下来。需要石头落下来时，他用镐头把点柱打倒就行了。这个办法类似用木棍支起筛子捉麻雀，当麻雀来到筛子下面时，把木棍拉倒，麻雀就被罩在下面了。不过筛子扣下来时，麻雀还是活的，而石头拍下来时，人十有八九会被拍得稀烂。王明君把他的想法悄悄地跟张敦厚说了，这次谁都不用动手，他要制造一个真正的冒顶，把点子砸死。

张敦厚笑话他，认为他是脱下裤子放屁，多此一举。

王明君把假顶做好了，只等王风进去后，他退到安全地带，把点柱弄倒就完了。那根点柱的作用可谓千钧一发。

在王明君煞费苦心地做假顶时，张敦厚没有帮忙，一直用讥讽的目光旁观他，这让王明君十分恼火。假顶做好后，张敦厚却过去了，把手里的镐头对准点柱的根部说："怎么样，我试试吧？"

王明君正在假顶底下，如果张敦厚一试，他必死无疑。"你干什么？"王明君从假顶下跳出来了，跳出来的同时，镐头阻挡似的朝张敦厚抡了一下子。他用的不是镐头的后背，而是镐头的镐尖，镐尖抡在张敦厚的太阳穴上，竟把张敦厚抡倒了。天天刨煤，王明君的镐尖是相当尖利的，他的镐尖刚脱离张敦厚的太阳穴，成股的鲜血就从张敦厚脑袋一侧冒出来。这一点既出乎张敦厚的意料，也出乎王明君的意料。张敦厚的眼睛瞪得十分骇人，他的嘴张着，像是在质问王明君，却发不出声音。但他挣扎着，抱住了王明君的一只脚，企图把王明君拖到假顶底下，他再把点柱蹬倒……

王明君看出了张敦厚的企图，就使劲抽自己的脚。抽不出脚来，他也急眼了，喊道："王风，快来帮我把这家伙打死，就是他打死了你爹，快来给你爹报仇！"

王风吓得往后退着，说："二叔，不敢……不敢哪，打死人是犯法的。"

指望不上王风，王明君只好自己抡起镐头，在张敦厚头上连砸几下，把张敦厚的头砸烂了。

王风捂着脸哭起来了。

"哭什么，没出息！不许哭，给我听着！"王明君把张敦厚的尸体拖到假顶下面，自己也站到假顶底下去了。

王风不敢哭了。

"我死后，你就说我俩是冒顶砸死的，你一定要跟窑主说我是你的亲二叔，跟窑主要两万块钱，你就回家好好上学，哪儿也不要去了！"

"二叔，二叔，你不要死，我不让你死！"

"不许过来！"

王明君朝点柱上踹了一脚，磐石般的假顶轰然落下，烟尘四起，王明君和张敦厚顿时化为乌有。

王风没有跟窑主说王明君是他的亲二叔，他把在窑底看到的一切都跟窑主说了，说的全部是实话。他还说，他的真名叫元凤鸣。

窑主只给了元凤鸣一点回家的路费，就打发元凤鸣回家去了。

元凤鸣背着铺盖卷儿和书包，在一道荒路茫茫的土梁上走得很犹豫。既没找到父亲，又没挣到钱，他不想回家，可不回家又到哪里去呢？

原载《十月》2000年第3期

荣获第二届老舍文学奖中篇小说优秀奖（2002）

深南大道

戴　斌

1

拉长说："黄小菊你怎么了？"

小菊说："我肚子痛。"

拉长说："真是懒人屎尿多，别人怎么不肚子痛，就你痛？"

小菊低头说："我不知道。"

旁边美美说："报告拉长，我知道。"

拉长说："你知道什么？"

美美站起来，飞快但吐词清楚地说："肚子痛，毛毛动，明天早晨生个竹筒筒（前一个筒字读二声，后一个读四声）。"

美美的话刚落下便砸出一片"嗤嗤"的笑声，就像一个石头砸在水里砸出一片小浪花。

拉长的嘴角也绽开一朵花，但马上花瓣又合上了，拉长说："闭嘴，就你多事。"

小菊一阵晕眩，差点就一头栽在拉上了。美美的话像一粒子弹，击中了她不想也不敢承认的心事。从上个星期五开始，她就肚子痛，隐隐约约的，时断时现的，慢慢地随着发作密度的提高，痛也一步步加剧了，伴随而来的是那怎么也憋不住的尿意，她得往厕所跑个不停。但这是流水线上，她每上一次厕所，对整条拉多少都有一点影响，去多了别人就有闲话了，所以小菊很不想去，她真是恨透了这不听话的肚子，真想找个什么东西塞住那地方，狠狠地塞住，省得它老是这样子漏个不停。

让小菊恨的，还有这痛。当然，仅仅说痛是不准确的，应该说是胀痛，它似乎从盆骨开始，蔓延到整个腹腔，又似乎是从腹腔开始的，一团结结实实的痛沉甸甸地往下坠，大力挤压着盆骨，盆骨因承受不了这巨大的重量，吱吱作响，马上就要断裂了一样。

小菊这时知道真正要生了。她想生掉就好了，这座沉重的大山压得她太难受了，好多次在梦中她把这大山掀开了，高高兴兴地一醒来，山还是这座山，实实在在地压在她的腰椎上，让她不得安生。但这回是真的了，这沉重的大山终于要被掏空了，小菊想，以后的生活就好了，她可以去看深南大道了。

但她不知道到底什么时候生，她又害怕别人知道她要生小孩，要是让别人知道了那还了得？小菊明白这是一桩肮脏而可怕的事，因此，当美美说那儿歌时，她有被人揭穿了的窘迫，气往脑门冲，豆点大的汗珠便密密麻麻冒出来了。

美美是这一条拉四十几个人里最搞笑的一个，最喜欢找由头说笑话，时常在沉寂的工作中忽然冒出一两句话，引得哄堂大笑，让人觉得十二三个小时的工作时间也不至于那么长。所以美美特讨人喜欢，连喜欢骂人的有点神经质的拉长也对她宽容几分。

美美今年十七岁，圆脸爱笑，一双丹凤眼忽闪忽闪的，调皮极了；小菊今年也是十七岁，也是圆脸，但不爱笑，眼睛虽然比美美的要大一些，但没有神采，尤其是那眉毛，因为从没有修过，像是秋天河边的野草，显得特别乱，又黄不拉唧的，哪像美美的眉毛溜青溜青的，又细又长。虽然美美和小菊在同一条拉上工作，但同人不同命，这是谁都看得出来的。

拉长这时拿一张签过字的放行条走到小菊面前，递给她说："好了，好了，去看病吧，不要搞出问题来了，我负责不起。"

"谢谢。"小菊接过放行条，起身往外走，但走两步又折回来，径直去了厕所。

美美嘶嘶嘴说："报告拉长，我也肚子痛。"

美美旁边的阿丽说："美美要生竹筒筒了……"

美美说："神经！看我不……"

拉长说："干吗干吗？这个月的工资不想要了？"

美美坐下来，悄声对阿丽说："下班看我不打你！"

这时，小菊"哇"的一声大哭起来，但她意识到什么，用右手紧紧捂住了嘴巴，外面上班的人只听到半个哇音，待要细听时，什么声音都没有了，所以没有引起她们任何重视。

在厕所里，小菊泪如泉涌，无声地叫着："妈妈呀，我该怎么办呀，妈妈呀……"

小菊这时感到有一瓢一瓢的冷水泼到她的后背，阴森、冰凉，随后两只毛茸茸的大手也从后背伸过来，合拢，将她合在这大手中。小菊怕极了，全身不由自主地战栗着，想喊喊不出，想动动不了，像是家乡传说中晚上睡觉被鬼压住的感觉。不知过了多久，另一个工友上厕所，顺便在小菊的门上踢了一脚，那两只毛茸茸的大手轰然散去，小菊这才惊醒过来，拖着沉重的双腿，像刚泡过水一样，全身湿漉漉地走出车间，走回宿舍。

2

小菊所在的这个厂是个有两千多人的大厂，厂区和宿舍看上去是紧邻着的，但从厂区到宿舍的通道因为被怀疑有人偷东西回宿舍而关闭了，现在必须先走出工厂大门，再从大门旁边的另一个大门走进去，要过两道保安岗，在众多无聊保安员的锐利的眼睛底下经过，要偷东西就不容易了。这工厂既生产皮鞋，又生产玩具，有一些好的皮料和布料，有的工人便将它们缠在腰上带出厂，到外面去卖钱，因此保安员常掀起一些被他们怀疑的工人的衣服检查，后来被多次投诉后，他们才不得不有所收敛。

小菊进这厂三个多月了，只是刚来时被掀开衣服检查过两回，发现她的肚子硬是有那么大，脸蛋又不怎么招人后，便不再检查她了。这次小菊拿着放行条走到大门时，一路上她下意识地佝偻着身子，伸手托住小腹，这姿势引起了保安员的注意。

保安员问："你肚子上有什么？隆隆鼓鼓的。"

小菊说："我肚子痛。"

保安员说："卷起来看看。"

小菊说："我有放行条。"

保安员说："你以为有放行条就行了？很多人偷东西都装肚子痛的。"

小菊犹豫一下，便掀起上衣露出肚皮，里面有一声音说："行了行了，走吧走吧。"

小菊放下衣服要走，听到那声音又说："你们的鼻子没问题吧？有一股恶心的腥味，你们都闻不到？肯定有性病……"

小菊很担心他们看出她的怀孕，但每次他们都没有看出来，一方面这些男女保安都是年轻人，没有过生育经验；另一方面，小菊的肚子的确不大，现在有七个多月了，看上去最多像人家孕妇四五个月的样子。而小菊怀孕五个月时，比这更小，差点就被人看出来了，她才跳槽到这个厂来的。

小菊住在A栋309房3号床下铺，最靠近厕所的那个位置。一进房间，她便关上门，从门边的一个小缺口里伸手到门外，摸到门外的铁栓，将门闩上。因为这是个十二个人的宿舍，谁都无法从内把门闩上，为了防止门被风吹动，也不知道是有意还是巧合，门边就多出一个小缺口来，以便从外面闩门。

小菊关好门后，两步扑到自己的床上，仰面躺下，左右滚动，同时，麻利地解开皮带，三下五下将裤子退掉了。人一放松，喉咙里也忍不住发出声音来。她真想放声高叫，但这显然是不可以的，其他宿舍里上晚班的人还在睡觉呢，她这一叫不是等于告诉别人她在生小孩吗？她站着走着和上班的时候，没有这么痛，现在这一躺倒，剧痛便陡然升了几级，她再也忍不住了，急中生智抓过枕巾放到嘴里咬着，脑子里的反应是：妈妈呀，为什么这么痛呀？

小菊从没有想过生小孩会这么痛，能痛到牙齿缝里去，能痛到手指甲里去，痛得让她忍不住了！尽管是如此的痛，她还是清晰地感觉到小孩子要出生了，他在往下钻，每钻一下，疼痛便像海浪一样高高昂着头铺天盖地拍打过来，小孩子钻个不停，巨浪便拍打不停，每一次都想把她拍打成肉饼。后来，她觉得自己就是家乡舂臼里的年糕，已经成饼了，但那圆滚结实的石头还在往里舂，没完没了……

在小菊原来的印象中，生小孩子会痛，但只像是小时候吃了不洁食品时的肚子痛，她记得那时妈妈会说，去茅房里拉吧，拉完便不痛了。于是她便蹲在茅房里，拉完果然不痛了。现在她明白了是那个印象误导了她，这怎么也拉不下来呀！

事实上，在怀孕的过程中，洗澡时摸到日渐隆起的肚皮，她心里想得最多的是，什么时候把他拉出来就好了。她从没有感觉到她肚子里的是一个生命，一个像她一样的人，她的想象总是在告诉她那只不过是一堆越聚越多的粪便，就像小时候看到的邻家小孩因为肚子里有蛔虫，而肚子越胀越大，后来吃过宝塔糖后，拉了几天便拉完了，肚子也就小回去了。

随着时间的推移，尤其是现在，那种关于粪便的想象有所改变，她有时觉得肚子里更像是一个瘤子。因为粪便是散的稀的，发出臭味，而这个则是紧紧的一大块，有时还会动，用手抚摸肚皮，或者闭目感受他，似乎还能听到他的声音，闻到他发出的香味。漆黑、空茫中还有一股喜悦自天而降，从她的脑门注入，直达内心深处，让她快乐，但一睁开眼睛，看到这个世界，一切又都变了，肚子内使她快乐的那一坨，却如一个疯长着的瘤子，总是令她坐立不安，真想就拿起一把刀，对准肚子戳进去，把它给割了，自此世界就太平无事了。

小菊常悄悄对自己说："我肚子里有一个瘤子。"

过一会儿她又说："我肚子里有个瘤子。"

然后，她自己问："那你不把它割掉呀？"

她再答："它会自己掉下来的。"

又问："它真的会自己掉下来？"

再答："真的，它会自己掉下来的，真的。"

有一天小菊走出工业区时，在牌坊下第二家士多店的水果摊上看到堆放的几个榴梿。她从来没有看到过榴梿，于是驻足观看，想这个绿色的把上又有几块黑色的、包包鼓鼓、刺刺扎扎的丑东西是什么呀？它又那么大，扁不扁圆不圆的，发着一股臭又不是常闻到的臭，香更不是香的从来没有闻到过的奇怪的味道，难看得要命，但又那么傲慢地窝在那里，这丑东西是什么呀？

店里一个穿黄色T恤的小伙子见她傻站在那里，便问："要榴梿吗？"

小菊瞟了眼黄T恤，又让目光掠过榴梿，这时看到在几个榴梿中有一个粉红色的小纸牌，上面写着：榴梿，16元。这么丑的东西还要16元？真是岂有此理。小菊低下头飞快走了，但榴梿这个形状却印在她脑子里了。

有一天上班时，拉长上厕所了，美美问阿丽："你知道拉长今天吃了什么吗？"

阿丽说："吃了饭。"

美美说："神经，你没吃饭吗？"

阿丽说："吃了。"

美美说："我告诉你，拉长今天吃了榴梿。刚才她在我边上站了一下，我就闻到了榴梿味。"

阿丽说："难怪，我还以为什么东西臭臭的呢。"

美美说："你才臭臭的呢，榴梿多香呀，是水果之王，这也不懂。"

阿丽说："哦，我没有吃过。"

美美说："我知道你没吃过，不过，我也没吃过，你知道我怎么不吃吗？我觉得那个东西长得太难看了，好像个树瘤子。”

阿丽说：“什么树瘤子？树也生这个病的吗？”

美美说：“你真是没文化，这瘤子长在人身上叫瘤子，长在树身上就叫树瘤子。你有没有看见过那些打工杂志的封底上的广告，说有个人割了个二十多斤的瘤子，还拍了照片，看上去那瘤子真的很像是个榴梿，想到我就恶心，所以我不敢吃。”

小菊听得毛骨悚然，想到瘤子跟榴梿很像，下意识地摸了一下肚子，难道我肚子里长了个榴梿？小菊吓得有一两分钟喘不过气来，待到喘过气来时，她觉得自己的手心都是湿津津的，无论如何她也不敢相信自己肚子里长着一个榴梿。但榴梿这个意象在她脑子里挥之不去，时间久了，她便认了，觉得自己肚子里就是长了个榴梿，她还有意到那卖榴梿的小店抓起一个榴梿掂了一掂。她甚至觉得自己底裤上慢慢地有了一股榴梿的味道。每次洗澡时，她习惯闻一下底裤，平时没有过榴梿的味道，但随着肚子越来越大，榴梿的气味便越来越真切，最后发展到不洗澡也闻得到，有时在上班的某个时刻，那气味就冒了出来。

小菊很担心被鼻子敏感的美美闻到，但美美对她并不关注，从来没有故意说她什么。当然，其他人也没有说过她，小菊是拉上最默默无闻一群中的一个，老老实实干活，老老实实生活，从不招谁惹谁，但厄运为什么偏偏要降临在她身上呢？小菊不知道，小菊有时看看天，希望天给她一个解释，但天高高在上，什么也不对她说。

3

在A栋309房3号床下铺，小菊痛得要炸开了。

她右手举起，抓着了搭在床头的小梯子，平时上床就踩着这小梯子上下，共有三根横担，焊接在两根竖着的铁条上。虽然不能说是十分坚固，但承载百余斤的身子还是绰绰有余的。小菊从没有想过能把它弄坏，但这时似乎仅仅是一举手间，三根横担竟如草做的一样，全都弯曲脱落了。

在疼痛消失的间隙，小菊发现手里抓着一根小铁条，这才知道把上床的梯子弄坏了，试图想把它们接回去，但没法接回去了。小菊想等下班了上床问起该怎么说呢？这多不好。小菊上床睡的是一个四川妹，搞坏了她的东西可不得了，她会跟人急的。小菊就曾看见过她和另一个室友打架，抓住人家的头发往地上拉，可凶着呢。别看她个子小小的，硬是把人家大个子给拖到地上了。但她对小菊一向还是很客气的，常对她骂5号床下铺。5号床下铺是个湖南妹，她男朋友也在这个厂里上班，晚上常钻到她床上来睡觉，虽然床帘拉得严严的，但总有些声音从里面漏出来，让大家听到，有一天深夜了，四川妹忽然叫了起来，吵死了吵死了，要搞到外面去搞。引起一片窃窃的笑声。湖南妹和她的男朋友躲在里面一声没吭，四川妹又嘟囔了几句，见没声音了，也就睡了。

在这工厂，睡眠是她们最缺少的。从早上八点上班，十二点下班；下午一点上班，六点下班；七点开始加班，一直到晚上十一点，回到宿舍便要到一楼去排队打热水，终于打到水了，洗澡洗衣，做完了这一切，时间也就到了半夜一点，而且一月到头没有星期天，想休息便得请假，那是要扣钱的，这样拼死拼命地做，一月到头也才七八百块钱：谁愿意请假让扣钱，所以她们基本是不休息的。虽然劳动法规定一星期只能工作四十小时，加班不能超过三十六小时，但这只是对其他人说的，也有过辞工后的工仔听信别人的唆使，找劳动站投诉过，但没有听说过谁成功了的，反正工厂从来就没有改变过什么。好在这工厂没有冲床机，所以工伤也不多。

这不像小菊原来那个厂，那厂工伤多得吓死人。小菊记得第一天表姐带她进厂，进了大门，到前台等表姐的一个熟人，那熟人迟迟没来，小菊便四处打量。她看见前台那两个接电话的小姐长得很漂亮，鹅蛋脸特别白嫩，眼珠子漆黑漆黑的，声音更是好听得要命，于是小菊便盯着她们看。看着看着便吓了一跳，那两个前台小姐，一个缺了三个手指，一个缺了一个手指，小菊想不通那么漂亮的小姐怎么就没有了手指头呢？

表妹发现了她的目光，便拉了拉她的衣襟，示意她不要盯着别人看。后来表姐悄悄告诉她："是工伤弄的。"

小菊说："工伤是个什么东西呀，怎么那么厉害？"

表姐笑说："工伤是个铁东西，一不小心便给它咬上了，咬掉一两个指头小意思，有时会把整个手都咬掉呢。"

小菊说："那谁家养的这么厉害的东西，是从动物园跑出来的吗？"

表姐说："是，台湾老板养的，就在这厂里面。"

表姐的话把小菊吓得缩手缩脚，不知如何才好。表姐这才笑嘻嘻地给她解释了，然后安慰她说："我跟方课长说好了，把你放在包装车间，就是把东西放到纸盒里，不会有任何工伤的，知道吗？"

小菊总算松了一口气，为自己的无知红了脸。

想到表姐，小菊难过极了，她把小菊从家乡带到这举目无亲的深圳，然后把她往厂里一丢便走了，说好不久就会来看她的，可是到现在，一年多了，鬼影都没见到她一个，也不知道她到哪里去了，小菊这时多么需要表姐啊，要是表姐在就好了，就是因为一直期待着表姐会来找她，所以小菊才弄成这副模样。

小菊家和表姐家相距一百多里路，从小就来往很少，有一天表姐不知什么事到小菊那里去，顺便去了小菊家，那会儿小菊正在山上割猪草，有人告诉她，小菊你家来了客人。小菊站起来往家里看，看见自己家的烟囱冒烟了，便知道的确是来客人了。但小菊并不喜欢见客人，所以还是不紧不慢地割着猪草，她家没钱，猪很少喂饲料，喂的都是小菊割回去的猪草。看着猪一天天长大，小菊便更勤快割猪草了。但没多久，小菊妈妈托人带口信来，叫小菊快回去。小菊这才回去见到了表姐。

原来表姐从深圳回来，穿着打扮很是洋气，小菊父母便托表姐带小菊去深圳打工，表姐满口答应了，说要看看小菊。

小菊所在的村子只有八户人家，但也有两三个人在外面打工了，小菊小学毕业时没有考取初中，父母便说过两年等小菊大一点时叫她也去打工，这不十六岁刚满，恰巧表姐就来了。

小菊很高兴能去打工，但有点舍不得猪圈里那一双天天见长的猪，便说："那我走了猪怎么办？"

母亲笑说："你就放心跟表姐去打工吧，家里的事我会安排的。"

表姐问："读了多少书？"

小菊说："小学。"

表姐说："那也没关系，到深圳我替你去买一个初中毕业证！"

表姐又问："二十六个英文字母会写吗？"

小菊说："会。"

表姐说："写一遍看看。"

小菊便默写了一遍，其中错了七个，表姐一一纠正好，又叫小菊抄了十遍。

晚上表姐和小菊睡一张床，月亮照到床沿上，表姐说："山里的月亮真亮，深圳就怎么也看不到这样好的月亮。"

小菊说："别人不是说外面的月亮亮一些吗？"

表姐笑说："你是说外国的月亮比中国的亮吧，这是个笑话，事实上最亮的月亮是我们这里的，你看多亮呀。"

表姐说着把手伸向月亮，好像要捉住月亮一样。那晚也许是月亮的原因，表姐很兴奋，给小菊讲深圳。

表姐说："你知道深圳哪里最漂亮吗？"

小菊说："不知道。"

表姐说："是深南大道。深南大道是深圳最漂亮的地方，从南头关进关，一直到火车站，两边全是漂亮得不得了的风景，据说比香港还漂亮呢。”

小菊说：“那有多漂亮呀？”

表姐想了一会儿说：“哎呀，这个我也说不清，你到了深圳一定要到深南大道去看一看，看过了就说明你没有白去深圳，回来后你也不会感到遗憾，人一辈子总要见见世面的，对不？”

表姐又说：“你进了关，沿着马路走，两边都是风景。你不要买票进去，每个地方的门票都很贵的，但里面的风景反倒没有外面的好看，去的时候你要借个照相机去，记住要拍几张照片回来。知道吗？”

小菊点了点头，但表姐并没有看见她点头，自顾自地又说：“我就最喜欢到深南大道走，不开心我就去走，走着走着就开心了。”

小菊说：“那深南大道上都有些什么呀，怎么那么漂亮？”

表姐扭头看了小菊一会儿，说：“深南大道都有些什么呀……什么都有，你去看过了就知道了，反正美得像天堂一样！”

表姐说完哈哈大笑，觉得自己这句也未免太夸张了，但她还是边笑边说：“真是，像天堂一样美！”

深南大道像天堂一样美！

小菊对表姐这句话深信不疑，她虽然不知道天堂有多美，但关于天上的神话书她是看过的，好比牛郎织女，好比七仙女，高高的髻长长的袖，缭绕着云彩轻轻地飞翔，多美呀，她甚至产生一个错觉，一到深南大道她就会飞。

第二天早晨，她决心已下，坚定不移地对表姐说：“我一定要到深南大道去看看！”

表姐说：“当然，到了深圳哪有不去看看深南大道的！”

表姐想起什么，又说：“不要像我们厂的那群傻瓜，到深圳七八年了，关都没有进过，一窝蛆一样只知道围着屎转，还要对别人说三道四的。”

小菊不明白表姐要表达什么，她又对表姐说：“我一定要去看深南大道！”

4

时间一分一秒地过去，309 房 3 号下铺的小菊痛得想死，她想要是这一刻忽然死了该多好，死吧，死吧，她闭上眼睛等死，可死就是不来，来的全是排山倒海式的阵痛，一痛眼睛便睁大了，如何死得了啊！

羊水早就穿了，一直流个不停，弄得满床满身都是，连枕头也湿透了。小菊的床上只垫了一个凉席，凉席下面是床板，床板下面就是床底了。床底放着一只箱子，箱子里是小菊的全部家当，有衣服、存折，还有一个傻瓜相机。这是她花了一百八十块钱买的，平生花钱最多的一次。当然这些都不重要，重要的是，那里面还有一个真正的边防证，尽管已经过期了，但小菊还是当宝一样藏着。在不痛的时候，她还想下床将箱子挪开，不要让这些脏兮兮的水不是水尿不是尿的东西把它泡坏了，但她实在没有力气了，全身软得像一截棉条，连赶走扑在鼻子上的一只苍蝇的力气都没有了。

然而，剧痛一来，她的手脚又能动了，那只赖皮的苍蝇便不敢再来。但她宁肯一千只一万只苍蝇扑在她脸上，将它们的触须插进她的毛孔中，也不想要那剧痛来临。

进厂时，表姐帮她买了被子、席子、水桶等日用品，把她送进厂交给了方课长后便走了。表姐说："你好好干，我会来看你的，听话一点，多做一点也不会少一块肉的，知道吗？"

小菊舍不得表姐，含着眼泪说："知道。你多久会来呀？"

表姐说："不会久的，有事你找方课长，他会帮你的，我都跟他讲好了，他人很好，你放心。"

小菊进厂后，同事们都知道她是方课长介绍进来的，对她都很客气，还真没有人欺负过她，不但没有人欺负她，甚至还有人讨好她，希望托她的关系给自己介绍点人进厂。小菊在那里生活得很好，从别人的嘴中她知道了方课长和表姐有那个关系。别人还告诉她，她表姐原来也在这工厂做普工，和谁谁谁怎么样，后来才出厂，也不知干什么去了。小菊知道她们是在说表姐的坏话，她不还嘴，但也不相信。小菊想你们连深南大道的美都不知道，怎么知道我表姐坏呢？

表姐是小菊的偶像，每当想到表姐那个雪白的小虎牙，小菊心里便分外踏实，多想自己也有一个小虎牙呀。所以表姐走后，小菊便常常想念她，但表姐竟然没有回来过，一年多了，也不知表姐现在好不好？小菊想着想着就不由自主地流泪。小菊想念的还有方课长，小菊进厂三个月的样子，方课长也辞工走了。方课长走后，小菊便觉得自己是大海里的一叶孤舟了，好在这时小菊已有朋友了，那就是邻床的阿珍。此外，她和同房其他的工友关系也可以，像她这样勤快老实的女孩想和她关系不好都难。

一个宿舍十二个人，分为三个存钱的小圈子，她们商定每个月的工资领到后，每人拿一百块存给其中一个人，每个月这样轮流存，四个月一轮回，每人的存折上便多了四百块。不用加班又下雨的星期天，她们还会坐在宿舍嗑着瓜子谈理想。余小红的理想是当个女出租车司机，郑红英想在工厂外摆个麻辣烫摊子，毛美玉想做课长，阿珍想到镇上的市场那边开个服装店……

小菊说：“我想去看深南大道，照好多相。”

“去——”她们同时挥手说，“一条路有什么好看的？”

小菊说：“那条路好漂亮……”

她们又说：“再漂亮还不是条路，你又不能把它搬回家，看什么呀！”

小菊有点急了，说：“我表姐说，深南大道像天堂一样美！”

邓红英说：“美个屁，不就是一条路吗？肯定没有我家门前的那条路漂亮。我家那条路上有桃花、李花、梨花，还有油菜花、紫云英，深南大道有什么？”

小菊说：“什么花都有！”

余小红说：“那有天山雪莲吗？”

小菊说：“有。”

余小红说：“吹牛！天山雪莲只长在天山，深南大道怎么可能有呢？吹牛！”

小菊这时有些急了，说：“反正，我表姐说过，到了深圳没有去看深南大道就等于没来深圳！”

毛美玉说：“那你说我们没有来深圳，那我们现在是在哪儿？”

小菊明白这道理，但此时她不知怎么去说，阿珍替她说了。阿珍说：“你们不要争了，我们都没有去看过，怎么知道深南大道不漂亮？我也听我老乡说过，说深南大道真的很漂亮。有好多好多红的黄的美人蕉，还有世界之窗、锦绣中华和小梅沙，知道吗？”

听阿珍这样一说，大家都不说话了。小菊打心里感激她，又觉得她和自己有同样的认识，并比自己知道得多，自此她们便成了好朋友。

阿珍常鼓励小菊说：“我们一起去看深南大道！”

小菊说：“好哇。”

小菊于是和阿珍常讨论去看深南大道的细节，她们商定首先要去买个照相机，要拍很多照片回来给这伙不相信深南大道好看的人看看。自从那次谈理想后，她们常嘲笑小菊想去看深南大道的理想，搞得全拉的人都知道了，于是全拉的人一看到她就问：“小菊，什么时候去看深南大道？”

或者说：“小菊，深南大道好看吗？”

那天发薪了，小菊和阿珍去镇上逛街，说好去买个照相机，但看过几家都没买，太贵了，最便宜的也要两百多，逛到最后她们终于看到了一台只要一百八十块的。小菊兴冲冲地要买，阿珍还是觉得太贵了，不太想要，但她来时答应过小菊两个人一起买，这让她很为难，半天才说："小菊你先买，我忘记带钱来了，回到厂里我再给你。"

小菊也没多想，说买就买了，同时还买了一个胶卷，请店里的人帮忙装好了。

回到工厂，阿珍说："小菊，我这个月可能没钱了，我家里没钱买化肥了，叫我寄钱回去，我妈妈又病了。我下个月再给你钱，好吗？"

小菊说："没关系，就算我一个人买也没关系，我们一起去就好了。"

阿珍说："不，我会给你钱的。"

又过了几个星期，终于碰到了一个不要加班的星期天了，天又晴朗着，小菊星期六晚上便与阿珍商量，两个人到市场去买边防证。在深圳，一个普通打工妹是没法到派出所办边防证的，尤其是最近几年，边防证更是难办，就算与派出所有关系，也不一定能办到。但是只要肯花五十块钱，便到处可以买到，而且都不是假的。因此，小菊厂的人都知道到哪里去买。那天晚上到了卖边防证的小店，阿珍又舍不得花那五十块了，拉着小菊嘀咕了半天，还是不愿掏钱。

卖边防证的小伙子说："你们到底买不买？"

阿珍说："就这张纸也要五十块钱，你们也赚得太多了吧。"

小伙子说："五十块还多呀，我们拿过来不要钱的呀？"

阿珍说："便宜一点好吗？"

小伙子说："没有价可讲，不买就算了。"

小伙子说着就拿着边防证往抽屉里放，小菊忙说："买，买，我们买。"

阿珍实在不情愿，但还是掏了五十块。回去路上，阿珍还不服气，对小菊说："你算算，五十块，我们要加多少个钟的班呀？一块五一个钟，要三十几个呢！"

5

星期天是个晴朗的好天。

小菊和阿珍一早起床了，梳洗一番便去厂外吃早餐。小菊要了一笼小笼包，蘸着辣椒酱吃；阿珍要了一个肠粉，不加蛋，但她抓过桌子上的辣椒酱瓶，插进筷子搅了搅，然后斜着瓶口，倒了一大坨辣椒酱到肠粉里拌几下便开始吃了，也不知道她是吃肠粉还是吃辣椒酱，

吃完早餐，小菊说："阿珍你知道吗，我昨夜一夜都睡不着。"

阿珍说："我知道，我听见你在说话，嘟嘟哝哝的，一点也听不清楚。"

小菊说："我也不知道，我做了个梦，梦见深南大道成精了，变成了个笑眯眯的小老头。他站在花里面，舌头好长好长，一卷出去，便铺成了深南大道，汽车就在他的舌头上开来开去，他一收舌头，整条路便缩到他嘴里去了。一个晚上，他就在我面前把舌头伸出来缩回去，又伸出来，又缩回去的，搞了一个晚上。"

阿珍笑嘻嘻地说："有没搞错，路也会成精吗？我从来就没有听说过。"

小菊说："树可以成精，花可以成精，蛇也可以成精，为什么路不能成精？"

阿珍说："反正我没有听说过路精，你听说过吗？"

小菊说："我也没有，就是昨夜梦到了。"

阿珍说："那可能是蛇精，我听说有一条蛇精从半空中的云里面，把舌头伸出来垂到地上，变成一部楼梯，人们以为可以爬着这部楼梯上天，都爬上去，结果都爬到蛇精的肚子里去了，被蛇精吃了。"

小菊说："那可能是鳞鳞甲……"

阿珍说："什么鳞鳞甲呀？"

小菊想了一下说："鳞鳞甲就是……就是有很多鳞的甲。"

阿珍说："是不是穿山甲呀？"

小菊说："对了，就是穿山甲。我妈说鳞鳞甲吃自来食，鳞鳞甲常把舌头伸到外面，舌头臭臭的，很多蚊子、苍蝇都伏在它的舌头上，它就一下把舌头缩到嘴里，把蚊子苍蝇全吃掉。"

一到晚上，工业区便会有很多卖书的地摊，卖的都是一些旧书旧杂志。其中一本叫《鬼故事》的杂志常被这些打工妹买回去看，看了便津津有味地讲给大家听。小菊不大看书，但听故事还是蛮喜欢的，尤其是这些神神鬼鬼的故事，当然，阿珍也不例外。她们坐在中巴车上一路说着精呀鬼呀的，谈得很高兴，不知不觉便到了关口。司机将车停下，卖票的就叫："下车过关，下车过关！"

小菊和阿珍迟疑了一下，往窗外望了两眼，只见车多人杂，谁都匆匆忙忙地奔关而去。这样的场面把小菊和阿珍吓了一跳，有些不敢下车了，但卖票的还在吆喝叫人快点下车，她们便跟着别人下了车。她们一下车，中巴车便呼地开走了，她们下意识地跟着车跑了两步，然后眯着眼终于看清前面不远的地方就是边检站，于是，便跟着人群走进一个大门。

这是深圳很多个边检站中的一个，房子不高，但横趴着很宽，过关的槽道有许多个，开放着让人过关的只有几个，好像不让过关队伍排得长长的，那些年轻的武警战士便不够威风似的。小菊和阿珍跟着排在长队伍后面，随着队伍一步步往前移，想到马上就要看到深南大道了，不禁鼻孔张开，呼吸急促起来，似乎是想捕捉空气中那来自深南大道的味道。

一步一步挪过去，终于轮到小菊了，她像其他人一样拿出边防证和身份证从小玻璃窗里塞给坐在里面的武警，武警接过证件，瞄了两眼，又抬头瞄了小菊一眼，站起身走出来，叫小菊过去。小菊一过去，他便马上将栅栏合上，把小菊带到一间小房里，说："你这个边防证是从哪儿来的？”

一进入小房，小菊便感到不对，但一时对武警的问话没有反应过来，傻傻地看着他。

武警有些不耐烦了，厉声问：“你这边防证是从哪儿来的？”

小菊这时明白了什么，说：“是真的。”

武警说：“我不是问是真是假，我问你这边防证从哪来的？”

小菊说：“买来的。”

武警问：“从哪里买来的？”

小菊便一五一十说给那武警听了，听完，武警将边防证撕成两半，“啪”的一声放在桌上，说：“你知道不知道这是违法的？”

小菊说：“不知道。”

武警又问：“你知道违法要怎么处置吗？”

小菊说：“不知道。”

武警火了，又在桌子上拍了一巴掌，说：“罚钱，一百块！”

眼泪早就在小菊的眼眶里旋转了，这时一泻而下，结结巴巴说：“求求你，放了我吧，求求你，求求……”

武警说：“少啰唆，罚款罚款，拿钱来！”

这时小房间又进来了一个武警，问：“怎么回事？”

前一个武警说：“假边证。”

小菊说：“真的。”

前一个武警说：“还说真的，一看就知道是假的，连日期都是小写的，真的边防证哪有小写的。”

小菊买回边防证后，和阿珍一起拿给车间字写得最好的青仔填写的日期，青仔平时也常替别人填写边防证，没有出过什么错，但这回居然一不小心把日期写成小写的了。

后一个武警听了，看了一眼撕成两半的边防证，说：“罚钱罚钱，没什么好说的。”

小菊说：“我没有那么多钱，我只有六十三块钱。”

小菊说着把口袋里包得严严实实的钱拿出来算给两个武警看，边算边说："我一共有七十块钱，早上吃小笼包花了两块，坐车花了五块，就剩六十三块了。"

后一个武警说："好了，那就罚五十吧！"

说完对前一个武警说："叫她快点走，今天上面来检查。"

6

想到那撕成两半的边防证，这时在床上生小孩的小菊多么希望有一个像那武警一样有力的人，把自己撕成两半。小菊想，就一手抓着一只脚，往两边一撕，把肚子里的小孩子抖搂下来，小菊想着就伸手去掰大腿，可是哪里掰得动啊！

小菊长叹一声放下大腿，脑子里电光火花一闪，蹦出一个词：胎位不正！小菊从来没有用过这个词，但这时这词既然蹦出来了，小菊马上便用两手摸着腹部两边，估算着胎位的具体位置，试图将胎位扶正。但她根本就不知道胎位到底正还是不正，于是先往左边扶扶，接着便往右边扶扶。后来因为痛，小心翼翼地扶便变成摇了，像要摇落树杈间结实的榴梿，左一摇右一摇，左一摇右一摇，然后按住腹部往下推。但一阵阵割心似的痛像是抽掉了她的筋，她的手脚全变得不是自己的了，像是篝火堆里的木材，一头燃烧着，一头在火苗外嗞嗞地冒着白色的树浆。

痛啊，妈妈，为什么这样痛呀！妈妈！

为什么我老生不下来？小菊想，该不是被路精缠住了吧。小菊记得小时候邻居大嫂生小孩，也是老生不下，痛得在床上猛叫。后来她老公在外面砍了一枝桃丫回去，在房里到处乱打，边打边骂，过不多久，果然便生了。小菊和一帮小朋友透过门缝往里看，既害怕又好奇，终于等到那哇哇的哭声了，便高高兴兴地洗了手，站在门外，等着房里的老人出来发红蛋。但出来发红蛋的老人却先找男孩子要童子尿，老人捏着一只碗伸到男孩们的胯下，说，谁屙了尿就给谁红蛋。男孩子们于是争先恐后地往碗里屙尿，有的很多，有的只有一两点，他们都得到了红蛋。小菊有尿，但老人不要女孩子的，不过最后老人还是给每个女孩子也发了红蛋。

小菊的记忆在红蛋上一闪而过，长久停留在那枝桃丫上。桃丫压煞、避邪，她自小就知道，当然乡下孩子没有不知道这些的，可是现在到哪里去搞桃丫呢？没有桃丫有铁也行，小菊记得一个人到山里去砍毛柴时，常握着钩刀给自己鼓劲说，手中有了四两铁，不怕鬼打劫。想到铁可以压煞，接着小菊便想到剪刀了。事实上乡下最常见的是将剪刀挂在蚊帐钩上，或者将鞋子一只翻过来，形成一只圣卦，作为不被鬼迷的最简单措施。

小菊想把鞋子翻过来，但无法翻转身子，试了几次都不行，便开始摸索剪刀了。小菊原来买过一把剪刀，就放在床角的席子下面，小菊一摸便摸到了，于是拿在手里，在空中舞了几下，便放下了，她本来想多舞几下的，但实在没有力气，一把小小的剪刀像是有万斤重，她不得不放下。

小菊心里说："路精，路精，我不怕你，你不要找我……"

小菊听过很多鬼神故事，但从没有梦见过什么，就那天莫名地梦见深南大道成精后，脑海中便总有梦中的那个影子：一个笑眯眯的小老头，舌头一伸一缩的，一伸便是一条大路，一缩整条大路便含到他嘴里了。由于这影子总是在她脑海，小菊便深信不疑深南大道确实是成精了，但她一点也不怕那路精，因为他老是对她笑眯眯的，善良而慈祥，特别地亲切。

当然，有时小菊也动摇过，因为她毕竟没有到过深南大道，路精怎么可能找到她呢？

那次小菊交了五十块钱后，武警便放了她。走出关口，她才感觉到膝头发软，走路磕磕绊绊，她一边走一边游目四顾寻找阿珍。但哪有阿珍的人影？她依稀记得她被武警带走时，她后面的那条长长的队伍迅速散去，跑到了其他槽道。阿珍当时就在她身后，犹豫了半刻，转身朝外急急走了。

小菊找了很久找不到阿珍，心里急得要命，眼泪又要流出来了，但她极力忍住。小菊想不如先坐车回去吧，于是走过马路去坐车，一到候车站，阿珍不知从哪里蹦出来了，笑嘻嘻地就站在小菊面前。小菊一把抓住她的手说什么也不肯放开了，一直忍着的泪水这时也打开了闸门。

坐到车上，阿珍说："他们把你怎么了？"小菊说："他们罚了我五十块钱。"

阿珍说："把我吓死了，看见你被抓进去了，我吓得要命，跑又不敢跑，快快地走出大门，一头撞在一个武警身上，嗡的一声，我全身就像个大爆竹炸开了，就要倒，好在那武警把我扶住了，又把我放开了，我跑过马路躲在候车站后面，一动不敢动……你知道我身上怎么了？"

小菊说："怎么了？"阿珍悄悄在小菊耳边说："我裤子都尿湿了。"

通过这次历险后，阿珍说什么也不去看深南大道了，跟她一说到深南大道她就烦。她说："不就是一条路吗？有什么稀奇的，不去看也不会死人呀，有什么好看。"

阿珍又说："不就是一条路吗？去看一下为什么那么难？好像是去外国似的。难道那路上有金子捡？"

阿珍劝小菊说："你也不要去了，我们厂两千多人，有几个去看过？不信去问问，包管没有两百人去看过。"

小菊不死心，还是想去看看，表姐的话给她留下的印象太深了。小菊知道她自己不久就会回到乡下去的，过她的脸朝黄土背朝天的生活。像她母亲那样，一过便是一辈子，再也没有机会出来看一眼深圳了。小菊安于命运的安排，但也想在后半辈子宁静的生活中，当她看着天边的云彩时，有一个回忆，让她想起年轻时的事情。

有了上一次的教训，小菊不敢再到市场去买边防证了，她到派出所去办。星期天她有时间时，派出所的办证员不上班，于是她只好在星期一时请假去办。她曾跟着工友到派出所去领过被抓起来的没有暂住证的老乡。小菊走进大门，手里紧紧捏着厂牌，生怕掉了，她知道如果没有了厂牌，她就会被抓起来的，因为她也没有暂住证。她不知道的是她办暂住证的钱其实厂里每个月都从工资里扣除了，然后将其中大部分钱交到了派出所，派出所便见该厂的厂牌不抓人，未交给派出所的部分自然是厂里有权的人私分了。

小菊走到派出所靠右的玻璃窗前，看到里面坐着一个三十岁左右的女人，知道她是办证的，便说："小姐，我要办个边防证。"

小姐看了小菊一眼没有说话。

小菊又说："小姐，我……"

小姐说："你什么？"

小菊说："我要办个边防证。"

小姐鼻子里冷笑一下，说："你是哪个厂的？"

小菊赶紧将厂牌从小窗口塞进去，厂牌掉在桌子上，小姐歪头看了眼厂牌，说："你要办个边防证干什么？"

小菊说："我……我……我想去看深南大道。"

小姐说："神经，别人去办公事都没有边防证，你看深南大道！真是神经。走吧，边防证办完了，没的办了。"

小菊说："那……"

小姐说："那什么那，没有了，走吧！"

小菊只好伸手进窗去把厂牌捡回来，不敢说什么，低头往回走。走到派出所大门外，一个穿横条T恤的青年男人从里面追上来，对小菊说："小妹，你是要办边防证吗？"

小菊看着他没说话。

T恤青年又说："包在我身上，我替你办，你没看见我从里面出来的吗？我是专门替人办证、取人的，跟派出所的人关系好得不得了。我替你办一百块一个，替别人都是两百块的，可以先办证后交钱。”

小菊好像是在里面见过他，当时他在左边的窗口和里面的人说话。

T恤青年又说：“想起来了吧。你们厂的人有很多找我办过了，我什么人的证都可以办，别说你只是想去看深南大道，有一伙专门在里面做贼的人，他们的证也都是我办的，你知道吗？”

小菊说：“为什么要一百？”

T恤青年说：“假的都要五十，这是真的，真的当然要一百了。”

“我怎么知道是真的？”

T恤青年说：“我带你去找里面的人，他给了你证，你再给我钱，这样不会假了吧？”

T恤青年带小菊进了派出所，在另一栋房子里见着了一个穿警服的男人，男人一见小菊，两眼一亮，说：“骨骼蛮壮实的。”

又伸手捏了捏小菊的胳膊，说：“肌肉也结实。”

小菊的个子比较高大，又长期在乡下劳动，挑一百多斤都不是问题，所以身材是蛮结实的，尤其是那两个圆滚滚的胳膊和粗壮的大腿，看上去就像是个运动员。另外小菊皮肤黝黑，额头窄窄眉毛粗粗的，脸盘虽是圆脸，但圆得有一些扁。因此，厂里就从来没有人打她的主意，小菊也就从没有听到过赞美了。这时一听那警察的话，看着他那想咬她一口的眼光，心里异常舒坦，胸膛里就像是有一壶满满的水在左右摇荡，水花打在心尖上，心尖便痒痒地一跳一跳。小菊定眼看那警察，三十多岁的样子，个子不大，偏瘦，下巴尖尖的，长得虽然不怎么样，但让小菊感觉到很温暖。

7

那警察当时没有给小菊边防证，叫她晚上去拿，而且要她晚上一个人去拿，那警察说人多了影响不好。小菊不懂什么是影响不好，但既然那警察交代了一个人去那就一个人去吧。那天晚上，小菊真的拿到了一张边防证，但失去了一张处女膜。

回到工厂宿舍，小菊不知道该悲还是该喜，好多天过去了，小菊还是不知道该悲还是该喜。于是小菊一声不吭地沉默着，一有空便躲在床帘内悄悄拿着那张边防证仔细揣摩，似乎想从那铁红色的网络纹路里找出一个答案。

小菊第一次拿到工资时，也是躲在床帘内一遍又一遍地拿出来看了又看，闻了又闻，对这些花花绿绿的纸充满了感激和梦想。好不容易睡觉了，半夜上铺的一个翻身，小菊便猛然惊醒，下意识地抱起枕头边的方形月饼盒，打开看里面的钱还在不在，钱没有飞走，小菊于是又睡觉了，做的梦都特别踏实。

小菊知道拿着这张边防证过关，不会再有人把她拦住、撕掉、罚钱，她可以理直气壮地过关去看深南大道，但恍惚间的印象可不是这样，她莫名其妙地觉得自己变轻变扁变薄，变成一只风筝被人拉着过关，深南大道的景色虽好，但她晕高，只好紧紧地闭着眼睛，结果什么也没有看到。

有一个不用加班的晚上，邓红英回到宿舍找人玩，看到小菊的床帘拉合着，便一把掀开，看到小菊斜躺在被子上，眼睛闭着，手里拿着一张边防证，于是悄悄捏住一角，再迅速一抽，将边防证抢了过去。

小菊急了，说："给我！"

邓红英说："黄小菊你未免也太奢侈了吧，你还想去看深南大道呀？"

小菊伸手去抢，被邓红英藏到身后，小菊说："还给我！"

邓红英说："不许你去！"

小菊说："关你什么事，我就是想去嘛。"

邓红英说："不能让你太奢侈了，没事就想看深南大道，边防证办了一张又一张，一条路有什么好看的？你这不是成心想给我们宿舍带坏样儿吗？要是我们宿舍的人都像你这样，那不浪费多少钱呀？有这么多钱，不如去买麻辣烫吃呀！”

四川妹邓红英说话一向很风趣，她胡说八道一大堆，一方面心里的确有点那个，另一方面只是想说到最后叫小菊请吃几串麻辣烫，并没有多少坏心。没想到小菊急了，一扑过去把她给按到床上，抓起她的手，掰开指头，将边防证抢回来了。身材娇小的邓红英哪是小菊的对手，被小菊这样一弄，全身都痛了不要说，心里也难受得很，总觉得小菊用暴力欺负了她。小菊拿到边防证后便回到自己床位去了，邓红英却站在房中说：“好哇，黄小菊，你打我！”

小菊说：“我没打你。”

邓红英说：“还说没有打我，把我都打出血了。”

小菊想我只是抢回我的边防证，我哪里打你了，于是翻身朝床里，不理邓红英。邓红英说：“我去叫我老乡来，打死你。”

邓红英真有那么一帮老乡可以替她出头，但一出门碰到了毛美玉和余小红，两个人一劝她，便没有去叫了，回到宿舍两人问小菊怎么回事，小菊不吭声。本来这两人是不相信小菊会打邓红英的，她们宁可相信邓红英打小菊，但小菊脸朝墙壁谁都不理睬，让她们也有气了，于是三人一起骂小菊。

骂得最毒的当然是邓红英了，她说：“真是不要脸，癞蛤蟆想吃天鹅肉，不撒泡尿照照自己，要去看深南大道！深南大道是给你看的吗？就你这模样，小心警察把你抓起来，告你影响市容……”

余小红说：“真是的，有那个钱去办边防证，你不如寄给家里买农药，买化肥，就是给你老妈买一件新衣也好呀，你要知道你妈五六年没有穿过新衣了。看什么这冤鬼打劫的深南大道！”

小菊听着她们的话，就想起那天晚上那个警察说的话了。她一去，那警察就问：“听说你要边防证去看深南大道？”

小菊点了点头。

那警察说："你真是太有意思了，深圳好多地方好看的，你怎么就想到要去看深南大道？不过深南大道还真不错，全国可能找不出第二条这么漂亮的马路了，也可能找不到第二条花了那么多钱的马路了。你知道反反复复、一次一次地修那条路，累计共花了多少个亿吗？"

小菊说："不知道。"

那警察说："多少个亿，说出来你不理解，因为那是个天文数字，你又不懂天文。打个比方说吧，把所用的钱平均分摊到那里的每一朵花上，那么那里的每一朵花，都比你的一条命要值钱！"

小菊不信，说："他们哪来那么多钱呀？"

那警察说："羊毛出在羊身上，当然是你们赚来的。"

小菊笑："我们？我们哪有钱。"

那警察说："这么多年来，打工妹打工仔像割韭菜似的，一茬一茬地，一茬一茬地拥到深圳，日日夜夜拼死拼命地工作，哪能赚不到那些钱呢？"

小菊说："那为啥我们去看一下深南大道都不行呢？"

那警察说："谁说不行，我这不是开边防证给你嘛，有了边防证，你就可以去开开眼界了，你在深南大道上每走一步，要知道你是踩在一沓一沓的钱上！"

后来那警察便给她写了边防证，再后来那警察便把她占有了。小菊没想到那警察会这样做，但他这样做的时候，小菊不知道该反抗还是不该反抗，还没有等她想透时，她感到一阵痛，像是被黄蜂蜇了一样，随后她便迷迷糊糊了，整个身子飘着，不知道自己在干什么。

当邓红英说她去看深南大道太奢侈了时，小菊心里觉得她说得很对，因为就在她和邓红英吵闹的那天，那个带她去见那警察的T恤青年在厂门口找到她，找她要了一百块钱。这是事先说好的，小菊虽然有些舍不得，但还是没怎么犹豫便给他了。

T恤青年一直嬉皮笑脸地看着她，看得小菊心里有一点发毛，便问他：“你还看什么？钱不是给你了吗？”

T恤青年说：“看一下都不行呀，纯天然的绿色食品。”

小菊说：“你说什么？”

T恤青年说：“你知道吗？有人说你是纯天然的绿色食品。”

小菊知道是那警察说的，她忽然很想知道那警察对她的印象，但不知道该怎么问，下意识地说：“谁？”

T恤青年哈哈大笑，说：“你说呢？还有谁。”

T恤青年说完便骑着一辆小摩托走了，小菊在厂门口发了一阵呆，也回宿舍了。小菊不太明白纯天然的绿色食品是什么意思，但平时从厂外小店的电视广告里好像听到过这话，料想不是什么坏话，当然，重要的这是那个人对她的评价。小菊心里这时发生了一个转变，她觉得那个与自己毫不相干的警察好像与自己有了某种牵连，所以她将那警察改叫为那个人了。那个人的只言片语，那个人的体温气味，那个人的一切一切，像家乡田野里风中的讯息，催着人们追随季节的步伐播种或者收割。小菊觉得两手空空的该做些什么，却又实实在在的无事可干，于是只好心尖痒痒地看着远处发呆。

小菊那时还不知道那个人已在她体内播撒下了一粒痛苦的种子，并且那种子正在悄悄发芽，等待着给她致命一击。

8

小菊是下午两点左右回到宿舍的，现在快五点了。三个小时小菊没有把孩子生下来，小菊这时想，为什么我生不下呢？记得在家乡时，村里的妇女经常夸她会生崽，说她盆骨宽，如果不搞计划生育，生三五个小意思。尤其是一个叫梅大嫂的，常在上山时爱从后面摸她的屁股，说：“你这个屁股蛋子真是爱死人。”

梅大嫂摸得小菊痒痒的，小菊笑着躲开说：“怎么爱死人？”

梅大嫂说：“会生崽呀。”

小菊害羞说：“老不正经，我才不生呢。”

梅大嫂说：“到时候就由不得你喽。男人一放下种子就舒舒服服地缩回去了，千辛万苦就扔给你了。到时候呀，别以为你的屁股大，你还巴不得再大两三倍呢。”

小菊现在想起梅大嫂，多想梅大嫂就在身边教教她，同时也很后悔当时没有多问一下梅大嫂，可一切已经这样了，还有什么办法呢？小菊这时有些习惯了那一阵阵的剧痛，就在这剧痛中居然无师自通地懂得了吸气和呼气，尽管如此，肚子里的东西还是不肯下来。

小菊恨啊，不就是一张边防证吗？为什么要给我这么多痛苦？小菊开始恨那个人，直到这时，小菊才开始恨那个人。小菊想，如果那个人在身边，她要狠狠地打他、骂他、咒他、掐他，他怎么可以把她害得那么惨呢？但如果那个人真在小菊身边，小菊会这样做吗？自从那次过后，小菊只见过那个人一次。

大概是两个多月后吧，小菊有一天下午下班时，到厂区外的小店去买袜子。这段时间她的袜子总是莫名其妙地长出洞来，她隐约感觉这是人为的事故，但她不敢相信真有人这样整她。只好穿有洞的袜子，实在不能穿了才去买新的。那天她走到厂区外，看到一辆白蓝相间的闪着警灯的货车停在路边，几个穿迷彩服的治安员在查暂住证，把没有暂住证的人往警车里送。小菊虽然有厂牌不怕被抓，但看见查暂住证的人她心里还是怵得很，小菊转身回去，但就在转身时也许是无意的一瞥，就看见那个人穿着警服坐在警车里，右手夹着烟，低头在翻一份什么资料。

小菊便立在那里了，一动也不动，目光木木地看着那辆警车远去，一下蹲在地上，忍不住号啕大哭。很多人围拢看她，小菊没有想到要害羞，双手蒙住脸继续哭，这一刻她只知道胸膛内心潮澎湃，泪水汹涌，非要大声哭出来不可。她不知道那次她哭了多久，也许是没有眼泪了，她才站起身子，戚戚然地回去了。那帮围观的人以为她有亲人被抓到派出所了，因为这种事时常会有，所以也没有人细问她什么。

小菊哭过后，感觉心头平顺了许多。她这时明白了原来堵在她心窝让她闷得慌的，只是这样一泡眼泪。

那泡眼泪流完了，小菊对那个人的一切都完了，生活重新回到了正轨上，她甚至主动找邓红英说话，但邓红英对她爱理不理，小菊也不把这个放在心上，遗憾的是邓红英并不知道小菊不把她的不礼貌放在心上。邓红英的本意是要小菊多次找她说话，她才不太情愿地和小菊说话，这样她才觉得有面子。可是小菊是个不爱说话的人，平时一般是别人找她说话她才说，别人不找她说话她便没话可说。因此，邓红英觉得是自己没有完全挽回面子，对小菊更气了，有事没事的总要找话刺她。

阿珍本来与小菊要好，但看见宿舍里的人都找小菊的碴，便也不敢像平时那样亲近小菊了。在没人的时候她悄悄告诉小菊，说宿舍其他的人说只有小菊要去看深南大道，她们都不去，所以说好都不要跟小菊说话，要说就说气她的话。

小菊这时感到从未有过的孤立无援，她不知道去看深南大道有什么错，拿到真正的边防证后，她曾设计过一个晴好的天气去看深南大道，但是那几个月工厂货特多，工人们没日没夜地疯了似的加班，累得闭上眼睛便打鼾，小菊哪有时间。

也就在这时候，小菊洗澡时发现自己的肚皮好像有些变化，在蹲着时感觉特撑，里面有东西顶住似的，她想可能是胖了，便没怎么放在心上。工厂很奇怪，人们常在不停加班时反倒喜欢长肉，这几个月下来，胖了的可不是小菊一个人。常在下班路上听人说谁谁谁胖了，谁谁谁肥了，小菊便下意识地摸一摸肚皮，摸到皮带还是插在原来的眼里时，小菊便安心了。

小菊这时还没有意识到自己怀孕了，意识到的时候大概是四个月后了。那时工厂货赶得差不多了，晚上一般加到九点就下班了，偶尔还会放放星期天。人一闲下来，小菊发现自己的肚皮居然大了许多，足足大了两个皮带眼，而且干呕也有了，一看到酸东西便流涎，馋得不得了。尽管如此，小菊还是没想到自己怀孕了，直到有一天大伙都在宿舍聊天，小菊好端端地忽然从床上弹起，跑到厕所去呕吐。

邓红英看到了，骂道："神经，连坐着都是不安分的。"

毛美玉说："黄小菊是不是怀孕了？这阵子老看见她呕的。"

邓红英哈哈大笑，说："怀个屁，你怀了几次她都不会怀的，你说谁要她呀？"

余小红说："吃错药了呗。"

小菊在厕所里听到她们议论怀孕的事，忽然明白自己是怀孕了，只觉得天旋地转，差一点一屁股坐在地板上。她记得在家乡时，看见过村里的女人怀孕，也听说过怀孕的反应，这都与自己对得上号，只是她从没往这方面想过，这一想，脑袋便炸开花了。

外面她们还在议论，毛美玉说："我原来那个厂的同事阿芳，骚死了，为了加工资跑去和组长睡了觉，又跑去和主任睡觉，结果把肚子搞大了，一上班便呕，后来被厂里知道了，不但工资没加到，反而把她炒掉了。挺惨的。"

邓红英说："什么惨呀，活该，谁叫她那么骚！又骚又贱，我最瞧不起这种女人，不如死了干净。"

余小红说："那黄小菊会不会为了加工资……"

邓红英说："神经病啊你，没看见我们拉长是个女的，主管也是女的吗？"

余小红不好意思地笑笑，说："那你说谁把她的肚子搞大了？"

毛美玉说："是啊，从来没看见过男人来找她。"

邓红英眼珠转动，想起什么来，说："是不是这样的，我听说有的人白天在工厂上班，晚上跑出去做鸡的，她会不会……要不，怎么会大了肚子呢？"

几个女孩子围在一起哈哈大笑，小菊便待在厕所不敢出来了，直到听到她们嬉笑着出门去后，她才从厕所出来，出来后的第一个想法是找根绳子吊死算了。

此后，小菊便有意躲开她们，不但有意躲开她们，她还想躲开所有的人，就像一只老鼠一样，她甚至想躲到没有任何光亮的地方去。但她们并没有放过她，又一晚上，邓红英几个从厂外吃了麻辣烫回来，抽吸舔吹着红红的嘴唇，高声大叫地进了宿舍，看见小菊的床帘拉着，便径直走拢站到一块，由邓红英伸手拉开床帘，对小菊叫："黄小菊，你站起来，让我们看看你到底有没有怀孕？"

小菊惊骇地说："没有，没有！"

邓红英说："没有你站起来。"

说罢，邓红英伸手去拉小菊，小菊一拨，便把邓红英的手撂到一边去了。邓红英说："我们一起上，把她拉起来，好不好？"

余小红和毛美玉想看新鲜，但并不想动手，毕竟小菊没有对不住她们的地方，但邓红英决心已下，不帮又不好，正在犹豫间，阿珍回来了，她看到这情况便说："邓红英，你要干什么？"

邓红英说："看看她有没有怀孕。"

阿珍说："算了，不要欺负她了，没看她多老实，欺负老实人有什么味道。"

余小红和毛美玉马上附和说："算了算了，我们去喝凉茶吧，辣死了。"

邓红英说："算了就算了，反正也会长大的，还怕看不见？"

9

小菊便是在这个时候转厂的，她身材高大，肌肉结实，肚子虽然有近五个月了，看上去一点也不觉得特别，所以这个厂里根本就没有人注意过她。在刚进来分铺时，她本来分在 3 号床上铺，但下铺的女工一看到她这么大一个身板，便笑嘻嘻地提出要和她换。她知道上铺空气好些，也干净一些，集体宿舍的人都喜欢睡上铺的，但肚子大着，爬上爬下的确不太方便，便和她换了。

幸亏和上床换了，小菊这时想，要不这些脏东西流到下铺，把她的床搞脏了那该怎么办？

小菊现在感觉快要生出来了，这个肿瘤，这个榴梿，或者说是这个孩子，已经出来一部分了，她看不到，但她能感觉得到。伴随着这个孩子出来的，还有大量的血，小菊在床上一摸便是一大把的血、散发着浓稠的血腥味。小菊的视觉和嗅觉这时已麻木了，血这个概念似乎从她的脑反应区里抽掉了，她就知道这孩子快要钻出来了，但很显然孩子力气不够，钻出来一些又不动了，小菊想我要帮他一把，于是深深吸气，鼓住往下压，这果真有一些帮助，感觉到他出来了一点，但随着小菊松气他又退回去了。

反复几次后，小菊想起了家乡修路时，四人抬着石夯砸地基，总是要喊号子。她不记得那号子的内容，但节奏依稀记得，于是她便顺着节奏喊：

“一二三，四——呀！”

“一二三，四——呀！”

现在，小菊已经不管别人听得见还是听不见了，她放开喉咙喊着：

“一二三，四——呀！”

“一二三，四——呀！”

下午一点一上班，清洁工曾嫂便到A栋打扫卫生。工厂一共有四栋宿舍楼，每栋八层，她每星期都要打扫一次，每次都是从第八层往下打扫，今天也不例外。与往日不同的是，她今天开始工作不久便闻到一股腥味，开始时她没在意，这种味道是她常闻到的，工厂的这些打工妹大多读书不多，不懂个人卫生，又没有多少私人时间，深夜下班，清早上班，累得够呛，所以总有一些该洗的没洗，不该丢的到处乱丢。她嘟哝了几句，继续她的工作，但是那股腥味围绕着她久久不散，而且随着楼层的降低，这味道便要浓几分，她心里打了个趔趄，她侧耳细听，什么声音也没有，于是又扫她的地了。

曾嫂打扫到四楼时，已是下午五点了，那气味还在，但她什么也没有看到。有一阵子她闻到那气味特别浓，那时她正在小菊所住的309房上面，而小菊也正在喊着她的自编的生崽号子，但此时的小菊因为过于虚弱，声音已相当低微了，仅隔着一层楼板，曾嫂居然什么也没听到。当然，这也有工厂发电机发电时的隆隆声过大的原因。

小菊喊着“一二三四”的号子，喊着喊着，忽然想到边防证已经过期了，而自己还没来得及去看深南大道，心里一急，号子便变词了，但这新的号子更合节拍，无形中似乎有一股新的力量注入，一只大手在帮她。于是她便振作起来，用最后一丝力气喊了：

“深南大道，美——呀！”

“天堂一样，美——呀！”

“深南大道，美——呀！”

“天堂一样，美——呀！”

“深南大道，美——呀！”

“天堂一样，美——呀！”

小菊觉得当她喊到“美”字时，胎儿似乎也受到感应，自己奋力往外挣了。就在这一刻，小菊喉头一甜，一种喜悦气势磅礴地袭击了她，使小菊的心底充满了欢乐。闭上眼睛，小菊觉得自己泡在白色的水里，袅袅的水雾围蒸着她，安定祥和，绵软舒适，又像躺在云里一般，多好睡觉呀。小菊于是便想睡觉，她想生孩子那么痛那么累，不如先休息一下再说。但一想到生小孩，她又醒过来，她想说什么我也应该先把小孩子生下来再说。于是，她又喊号子了：

“深南大道，美——呀！”

“天堂一样，美——呀！”

“深南大道，美——呀！”

“天堂一样，美——呀！”

“深南大道，美——呀！”

“天堂一样，美——呀！”

小菊想这是我最后一丝力气了，如果再不出来，我就要休息一下了。果然，孩子生下来了，孩子生下来了！所有的痛苦顷刻间消失了，世界一片宁静。小菊合上眼睛想，这下我真该休息一下了，于是往那白色的云里倒去，随着那片云飘起来、飘起来；又似乎是沉下去、沉下去……

“不行！”忽然一个声音在她耳边炸响，“我还没有看看孩子呢，孩子怎么没有哭呢？”

小菊一弹而起，头顶差一点碰到上床的床板了。她终于看到了落在血泊中的孩子——瘦小黏腻，有点像家乡红薯藤上蜷缩着的薯藤虫，但又没有薯藤虫那么白；又像是只剥了皮的小狗，但小狗似乎要比孩子干净一点，不会有那么多血浸着……

总之，孩子给小菊的第一印象是很丑，但让小菊觉得不舍和亲切，她伸手将孩子抱起来，这时看到脐带绕在孩子的脖子上，难怪孩子没哭，小菊想。她把孩子放到枕边，在床角找到一把剪刀，想要把孩子脖子上的脐带剪掉，当她拿起剪刀时，那睡意再次向她袭来，她的头往下栽去，但她还是把头挺起来了，她想，说什么我也要把脐带剪掉。

她一只手强撑着身子，一只手握着剪刀向孩子脖子伸去，插入，剪下，她终于将脐带剪掉了。她看了一眼孩子，倒在床上，闭上眼睛，往那舒适的梦里飞去、飞去……

小菊想睡觉多好啊！睡觉多好啊，还有什么比睡觉更让人觉得幸福的呢？小菊睡着了，耳边似乎听到了妈妈的摇篮曲：

“深南大道，美——呀！”

“天堂一样，美——呀！”

“深南大道，美——呀！”

“天堂一样，美——呀！”

“深南大道，美——呀！”

“天堂一样，美——呀！”

小菊不禁笑了，她想，妈妈怎么会唱这样的歌呢。

10

清洁工曾嫂走下四楼时，差不多要下班了，她无心地站在三楼的楼梯口左右瞥了一眼，看到了309房门口流出一大摊血，她怔了一怔，然后快步走过去。

不久，还在车间上班的阿丽听到了救护车的叫声，对身边的美美说：“你听，救火车来了，哪家工厂又烧了？”

美美抬头看了一眼，她们在厂房中间，什么也看不到。美美说：“听声音好像来了我们工厂呢，不会是我们厂起火了吧。”

美美的话引来一阵骚乱，大伙都张眼四望。

拉长从窗口走过来说：“看什么？看什么？告诉你们那不是消防车的叫声，是救护车，这也不懂，真是的。”

拉长原来也不懂，但刚才站在窗前看到有个红十字，并且标志灯闪烁着蓝光，这才懂了，一懂便卖弄了一回，这让拉长很是得意，完全没有想到这车是来救黄小菊的。

救护车在马路上飞奔，很快进了关，往医院驶去。

这时，小菊忽然睁开眼睛，眼珠转了两转，说：“这是深南大道吗？”

坐在她旁边的清洁工曾嫂往外看了一眼说：“我不知道啊，我没有进过市呢。”

医生接着说：“是的，是的。”

小菊瞄了眼医生，头往旁边一歪，嘴角露出一丝笑意，睡去了。

医生伸手拨开她的眼皮看了看说："回光返照。"

医生转头问曾嫂："她说深南大道干吗？"

曾嫂说："我不知道，我是刚刚认识她的。"

医生往窗外看着，像是自言自语说："这不是深南大道，我们没走那边进关。"

曾嫂问："那哪是深南大道？"

医生挥了一下手说："那边。"

曾嫂不知道那边是哪边，但怕露丑，便没再问了。

小菊死了，那小孩子还活着。医生在医院里发现小孩子的喉咙被什么戳破，并且伤口已经感染了。请来了几位专家进行了会诊，专家们一致认为要等小孩的病情稳定下来才能动手术，小孩子终于活了下来。

小菊终究没有看到深南大道。

原载《人民文学》2002 年第 11 期

乔师傅的手艺

李　铁

一

我怎么也没有想到，乔师傅会闯进厂招待所那套最高档的房间去见老板。老板是我们这家合资企业的董事长，是个香港商人，老板的股份占我们这家公司的百分之六十，是说话算数的人物。而乔师傅不过是个已经办理了退休手续的女工。老板和乔师傅之间的距离要多大有多大，我怎么也想不明白乔师傅为什么要去见老板。

这个消息是乔师傅的女儿关琳告诉我的。关琳把电话打进了我的办公室，她说，你知不知道我妈出事了？我妈居然闯进厂招去见老板，她神经错乱了吗？我问乔师傅为什么去见老板，关琳说我要知道她为什么去见老板，就不打电话问你了。关琳气喘吁吁的声音很容易令我联想到乔师傅的脚步声，咚、咚……乔师傅的脚步声脆响在厂招的走廊里，我的心很快便缩紧了。

我知道我必须尽快弄清事情的来龙去脉。挂下电话后我把分厂里的几个干部统统叫到我的办公室，我问他们谁知道这件事，他们迟疑了一下，然后依次都说知道，看来不知道的只有我一个人。我意识到问题的严重性，马上把脸沉下来，叫他们把知道的情况详细地一一说来。

我现在的职务是分厂厂长，这样的职务对三十多岁的我来说得来的并不容易。乔师傅曾是我的师傅，我和乔师傅的关系众所周知，我有足够的理由认为有关乔师傅的事情会影响我的前途。我对此事的重视程度令我手下的几个人皆对此不敢怠慢。

他们尽其所知讲述了事情的全过程。乔师傅第一次去厂招的时候是被老板手下人挡了驾的，他们不让乔师傅进去。但乔师傅并不灰心，她就一个人坐在厂招的大厅里等着，一天没等着，第二天接着等，终于还是把老板等了出来。老板是在总经理等人的陪同下走出来的，乔师傅闯过去，有人想挡已经来不及了，乔师傅在一刹那间就闯到了老板的面前。我有事情要和你谈。乔师傅对老板说。

你是谁？老板问道。

一个退休女工。总经理在一旁说。

靠边靠边，董事长没时间和你谈。有人追过来向一边推乔师傅，乔师傅奋力抵挡着，一个年近六十岁的女人居然没有被几个年轻人推开。

这时老板向手下人挥了挥手，制止了他们的行动。老板说，她想跟我谈一定有她的理由，我可以跟她谈一谈嘛。

老板是把乔师傅叫进房间里谈的话，一共谈了半个多小时。乔师傅从老板的房间里出来时脸上是挂着一抹笑容的，那抹笑容像阳光一样一下子把在大厅里等候的那些人的脸都照白了，他们面面相觑，猜不出乔师傅和老板会谈些什么。

老板是常驻香港的，手里的公司不止一家。老板通常一年只到我们这家厂来一次，而且每次来的日期都选在春节左右，一方面是视察，一方面也带有给职工拜年慰问的意思。但老板这次来是个例外，此时正是盛夏七月，老板这个时候来绝对不是为了到我们这座北方城市来避暑的。

其实老板这次来厂有一个我们大家都知道的原因，那就是厂里刚刚出了一起弯轴事故。但我们同时知道，凭老板的实力，仅仅一起设备事故是不该惊动老板大驾的，老板此行肯定还有另外的原因。对于这另外的原因我们议论颇多，最普遍的版本是我们国有厂的传统痛疾令老板忍无可忍了，这传统痛疾就是浪费。居高不下的生产成本令老板很伤脑筋，他这次破例来厂就是为了解决这个问题的。

据说在厂招那套最高档的房间里，老板对总经理大发了一通脾气，尽管总经理不厌其烦地解释了很多，但老板的脸色始终阴得很厉害。老板曾几次打断总经理的话头，老板说我不想听也听不懂什么理由，我只知道对比，同样规模的企业，为什么生产成本会差得很多？比如某国一家规模相同的厂，一年的生产成本竟比我们少了十余倍。

国情不同，厂情当然也不同。总经理据理力争道。

但钱是相同的。老板说，我没有兴趣研究国情、厂情，出资办厂，我只对利润感兴趣。

可利润是无法和国情、厂情分开来算的。总经理说。

……

老板和总经理的争论显然没有什么结果，总经理是董事会中中方成员，如果没有特殊的理由，老板也无法罢免他。他们就这样带着很不愉快的脸色走出房间。就在这种时候，乔师傅闯了过来。

我们的企业是一家火力发电厂，生产成本一是煤，二就是设备的维护和检修费用。我所在的分厂是负责检修汽轮发电机的，对于时下发电企业的设备检修情况我当然十分了解，所谓检修，不如说是拆装，一个阀门坏了，拆下来再换上一个新的，一台电机坏了，也是拆下来再换上一个新的。至于汽轮机大轴弯曲了，轻的要返生产厂家检修，重的也需要换新的。如此一来，检修的费用就居高不下，检修工也因此成了拆装工，技术水平就大打折扣了。对于这种现状的形成，有许多说不清道不明的原因，说好说坏也是各执一词。比如说换件和修件，以长远的眼光看究竟谁更划算就很难说得清楚，你修件暂时修好了，可用几天又坏了，又修又要费工费时。而换件就少了这种麻烦，新件毕竟要比旧件挺得时日要长。从我个人来说，在修件和换件这个问题上我的心情是矛盾的，我主张具体情况具体对待，有的件修划算就修，有的件换合适就换。可有的时候我们中国人偏偏喜欢一刀切，对此，我这个分厂厂长是无能为力的。

就在关琳告诉我乔师傅去见老板的第二天，公司召开了中层以上干部会议。老板在会上讲了话，老板居然在讲话里提到了乔师傅。老板说，有一位已经办了退休手续的老工人跟我提了一个紧缩检修成本的建议，提得好，我看她对企业的责任心要比在座各位的责任心都强。对于在这起事故中弯了的大轴，她的主张是就地直轴，不要返生产厂家去修了。

老板说到这停顿了一下，他拿起杯子喝了一口水，就在这短暂的停顿中下边的议论声骤然而起。大家都清楚直大轴的难度有多大，若干年前，火力发电厂若出了弯轴事故，几乎采用就地直轴的办法，那时候的检修力量也强大，但能胜任直轴工作的还属凤毛麟角。汽轮机的轴最细的也有一米多粗，要把弯曲的轴矫正到不差毫厘，谈何容易呀！就目前厂里的检修能力，还有人能直这种大轴吗？

老板咳了一声，议论声很快便退潮了。老板擦下水杯接着说，我不用听就知道你们在议论什么，你们说现在厂里不会有人直这种大轴了是不是？我说不是，我说还有人会直这种大轴。比如找我谈话的已退了休的乔师傅就是个直轴高手，据说她还教过一个徒弟，而且这个人就在你们当中。

会场里所有的目光一下子都集中到我的身上，我立即变得明亮扎眼起来。我不知道会有这样的局面出现，更不知道突然浮出水面对我来说是好事还是坏事。我全身的血几乎涌到了脸上，一时间感到有些慌乱。

这个人是谁呀？老板接着说。

我不能不挺身而出了，我站起来冲着老板笑了笑说，是我。

老板也笑了笑，然后问道，乔师傅说过，她只教过你这一个会直大轴的徒弟，她说的是真话吗？

是真话。我说。

那么说，你真的会直大轴了？老板又说。

是的。我鼓足勇气说。

二

我是上个世纪八十年代初入厂的。入厂第一天，是乔师傅把我从分厂厂长的办公室领进班组来的。乔师傅那时候才四十多岁，还是个很有姿色的女人，她的身材结实丰满，面孔却生得清清秀秀，她的头发高高地盘起，上面插了一支银色的发卡。她的眼睛很大也很亮，不笑的时候她的容貌和表情显得很冷，她用那双大而亮的眼睛盯着你，会令你有一种针刺感，很不舒服。她笑的时候情形则完全不同了，眼里的冷光会随着笑声消散得不知去向。她的笑给我留下的印象最深，那是一种爆发般的笑，笑之前她也许正冷着脸，没有一点笑的预兆，笑声是骤然响起来的，又大又爽。她的笑声像急雨，也像阳光，一下子就能把四周都淋湿或者照亮。

我第一次领略乔师傅的笑就是在分厂厂长的办公室里。分厂厂长姓刘，是个视线稍稍有些斜的中年男人，后来我才知道大家都在背后叫他斜眼刘。当他宣布让我跟乔师傅时，我发现乔师傅的脸色很不好看，她用一种近乎厌恶的口气说，怎么分给我这么一个弱秧子？

她的这句话显然令我十分难堪。那时候我确实瘦弱，可再瘦我也是个二十出头的小伙子了，自尊心令我瞪大了眼睛，眉头也拧得紧紧的。

斜眼刘冲着乔师傅嘿嘿地笑了两声，用一种近似讨好的口气说，你别看他瘦，这小子鬼机灵，你看他的眼睛，亮得像两滴油，这样的小伙子才配跟你学徒呢！

乔师傅歪过头来看我的眼睛，像相马的岁口一样看得十分仔细。我觉得受到了侮辱，毅然把脸扭了过去。

你不乐意了？乔师傅问道。

我很不乐意。我咬牙切齿地说。

乔师傅用很大很亮的眼睛盯住我，我也用很大很亮的眼睛盯住她。我们就这样对峙了半分钟左右，乔师傅突然大笑起来，她的笑是炸开的，除了斜眼刘还一副平常表情，在场的其他人都被这爆炸般的笑声吓了一大跳。乔师傅笑的时候是仰着脸的，随着笑声的延续，我看见她脸上的肌肉变形了，我甚至还看见了她牙内侧的黄渍。

乔师傅的笑声是戛然而止的，像炸开时一样依然没有丝毫的预兆，这种笑令我感到惊讶而又无所适从。

这小子挺倔！乔师傅说这话时脸上的笑容已经散尽了，她接着说，这一点倒有点像我，好，跟我走吧。

我就这样跟着乔师傅向班组走去。班组在厂房里，分厂厂长的办公室则在厂房外面，向班组走要路过一条林荫小路，路边的树是杨树，又高又大直冲云霄的那种树。和乔师傅并肩走我感到很不自在，就不时歪头仰着脸看一看树枝树叶，杨树的叶子是浅绿色的，叶片上都有一层水波一般的东西。

这树叶怎么是颤动着的？我随口说。

那是让厂房里的噪音给震的。乔师傅说。

经乔师傅提醒我才注意到噪音，噪音是隔着砖混结构的厂房传出来的，有些像火车经过的声音。不知为什么，听到这种声音我就涌起一种困倦感，就忍不住说，这声音听着怎么叫人犯困呀？

等走进厂房，你就不会困了。乔师傅说。

我们继续朝前走，厂房的大门眼见着就要到了，我以为这之前我和乔师傅不会再有什么话可说了。我没想到的是乔师傅竟说了一句令我十分意外而又不着边际的话。

乔师傅说，你是一个好色的小子。你凭什么这样说我？我几乎有些气愤了。

凭你的眼睛。乔师傅说，你的眼睛虽然是茶色的，但发出的光是幽蓝色的，像有一条蛇伏卧在里面。

我被乔师傅的这种比喻气笑了，我摊摊手说，我还没有谈过对象。

乔师傅说，你虽然还没有真正接触过女人，但我敢保证将来你的生活里绝不仅仅只有一个女人。

我用鼻子哼了一声以示抗议，但我的心里几乎要认同她的预言了。她的话像一根钢针，一下子扎到了我心里一块柔软的地带，我承认，我那个时候虽然还没有碰过女人，但实际上每天都在想着女人，我体内似乎藏着一只不安分的小兽，只要接近美丽的女人，便会有一种强烈的异样的感觉，好像那只小兽随时都会冲破自己二十岁的身体，一下子扑到那些可爱的女人身上。我承认我的好色，但我不明白的是乔师傅怎么会看出我潜意识里的这些东西。那个时候我突然觉得身边走着的乔师傅不是乔师傅了，乔师傅成了一个神秘的女巫。若干年后，在我的身上果然印证了乔师傅的预言，我的的确确成了一个好色的男人。但我始终认为，对于一个真正的男人来说，好色并非什么缺点，世界正因为有了许多好色的男人才变得色彩斑斓起来。

我终于跟乔师傅跨进了厂房，扑面而来的巨大噪音令我感到震惊，此时我才知道世界上居然还有这样一种声音存在。这种声音冲散了我头脑里的杂念，我不得不全神贯注面对里面的一切。

我第一次随乔师傅干活，是抡大锤打一些像铜锣一般大小的螺丝。抡锤打螺丝是男工的活儿，可乔师傅依然要抡一抡给我做一下示范。乔师傅好力气，她把大锤抡成一个扇面，锤头结结实实地落到了螺丝上。轮到我上阵，真的十分紧张，我一咬牙一闭眼，将全身劲使出去，嗨地一家伙，就觉手一滑，大锤竟然脱手飞了出去，正撞在旁边的一截粗管上，溅出了火星儿。旁边有好多工友笑了，乔师傅狠狠地瞪了我一眼，我听见她小声骂了我一句废物。

就因为这件事，班组长老韦要扣我的月奖金，那时候我的月奖金虽然才五元钱，但我学徒一个月的工资才二十元，五元钱对我来说当然不是个小数目。我试探着争辩道，我打锤只是脱了手，又没伤着人……话没说完就被老韦给顶了回来，老韦说没伤着人才扣你五元钱，若伤了人就不是钱不钱的问题了……老韦的话没说完乔师傅就开口了，乔师傅的声音极大，一下子就把老韦的声音给覆盖了。

老韦你要想清楚，他可是头一次抡锤打螺丝，万事开头难，你敢保证你头一次干什么都不出岔吗？乔师傅嚷道。

不能这么说。老韦冲着乔师傅笑了一笑说，我第一次抡锤打螺丝就没出这样的岔。

你吹牛！乔师傅说，别说抡锤，就说第一次上你老婆的身，你就出岔了。新婚之夜你老婆举着拖鞋把你追出屋来是为什么，你敢当众说一说吗？

屋里的人哄地一下都笑了，老韦的脸当时就红成了猪肝色，他顺手拎了自己的工作服就往外走，嘴里还不停地咕哝道，我惹不起我躲得起。乔师傅不依不饶，冲着他遁去的方向吼道，你若敢扣了他的奖金，我就敢扒了你的裤子。

我这个月的奖金到底还是保住了。这件事令我对乔师傅刮目相看，我除了感谢乔师傅的仗义相助，还觉得有一些一时弄不懂的东西诱惑了我，这东西其实是一种疑问，一个月以来，我发现乔师傅在班组里，甚至在全分厂说话都是特有分量的一个人，工友们让着她，班组长老韦也让着她，就连脾气大得吓人的分厂厂长斜眼刘似乎也让着她。这种现象像一个谜一样令我感到十分好奇。

我私下问过一位工友，我说很多人惧怕乔师傅是因为她的手艺好呢，还是因为她太泼辣了？

她的手艺确实好。这位工友说，不过令人发惧的既不是她的手艺，也不是她的泼辣，而是她身后的那个人。

那个人是谁？我疑惑地问。

斜眼刘呗。他说。

你这话是什么意思？我问道。

我这话什么意思难道你听不明白吗？他反问道。

他的话中意思我当然应该听明白了，可把斜眼刘和乔师傅联系到一起我还是觉得有些生硬，斜眼刘虽是分厂厂长，但他的相貌丑得令人反胃，而且那一年斜眼刘已经五十多岁了，乔师傅怎么能和他有那种关系呢？可是乔师傅不和他有那种关系，乔师傅又怎么可能令周围的人畏之如虎呢？我对这位工友的话将信将疑，但它无疑是一根丝线，牵引着我走向一条探寻之路。

这以后，我时常在晚上或者休息日去乔师傅家坐坐。

我去乔师傅家不全是窥私癖使然，说出来有些惭愧，我常去乔师傅家的动力有一大半来源于好色。不是我打乔师傅的主意，打大我二十岁女人的主意对我来说有点太离谱，说出来吧，吸引我的是乔师傅的女儿关琳，那是一个令万物皆能黯然失色的阳光女孩。

那时候关琳还只是个中学生，的的确确还只是个孩子，但她的身体已经发育得很好了，纤长均匀的身高，白净柔嫩的皮肤，清秀而又丰满的脸颊，胸部悄然隆起的乳房，漂亮女孩该有的东西她都有了。更值得一提的是她那双大大的眼睛，看你的时候老带着幻想、询问的眼神，面对这双眼睛，我总觉得我应该不停地说话，可具体说了些什么，过后我又几乎一句记不起来了。

我是在第三次去乔师傅家时才碰上斜眼刘的。那是一个晚上，我先到的，乔师傅和乔师傅的丈夫老关还有关琳都在屋里陪我聊天，聊着聊着斜眼刘就来了。斜眼刘和乔师傅对上眼神的那一刹那，我发现乔师傅的脸唰的一下就鲜艳起来，她那有些期待又有些惊慌的样子很容易令人产生一种暧昧的联想。接着我发现刚才还是笑靥如花的关琳脸色大变，她用凋谢后的笑脸很鲜明地对斜眼刘表示了自己的态度，然后翘起下巴走向另一个房间去。老关则冲着斜眼刘笑了一下，但笑容似乎很僵硬，笑过之后他也走出这间屋子。我立即觉得自己在这个房间里成了一个多余的人，我胡乱编了一个理由，像是与他们有了一种默契一样，也立马从这个房间消失了。

我走在月光如洗的路上，我想象着只剩下乔师傅和斜眼刘两个人的房间里会有什么情况发生，这种想象令我产生了一种厌恶与冲动交织在一起的感觉，这种感觉令我深受折磨。我临出门的时候，乔师傅曾挽留我坐下来陪斜眼刘聊聊天，我婉言谢绝，我知道乔师傅说这话其实只是为了掩饰她的惊慌。

三

无论从哪个方面讲，乔师傅的故事都离不开手艺两个字。乔师傅是在六十年代初入厂的，那时候我还没有出生呢。那是个艰苦奋斗的时代，也是个崇尚技术的时代。那时候的工人手艺不好是会被人看不起的，手艺出众的八级工匠是人们尊敬、羡慕的对象，绝不像时下工人普遍被人看不起。既当了工人，就要学好手艺，这是那时候青工们的信条。乔师傅入厂后就抱定了这个信条，乔师傅那时候还是一个美丽的姑娘，一个姑娘抱定了这样一个信条生活，我和比我更年轻的一代人肯定是无法理解的。

乔师傅刚入厂时是跟一个姓柳的师傅学徒的。柳师傅人蔫，手艺也孬，是个很窝囊的汉子。跟柳师傅学徒，乔师傅要多不乐意有多不乐意。出去干活的路上，徒弟本应该走在师傅身后，可乔师傅受不了柳师傅那慢吞吞的步伐，她总会超过柳师傅，迈开大步以自己的频率走。

一次分厂里举行技术比武赛，比的是抡锤打螺丝，一般的检修工在十锤左右就能打松一个大螺丝，可柳师傅打了二十锤了，螺丝竟然纹丝未动。柳师傅脸红了，额头上的汗也流了下来。他还要继续打，可乔师傅上去夺下了他的锤。乔师傅让柳师傅下去，她要替师傅参赛。这是大家谁都没想到的情况，一时不知道该让她打还是不该让她打，她就在众人好奇而又犹豫中抡开了大锤，这种活一般是不让女工干的，可乔师傅干了，而且是在比赛场上。更令众人想不到的是乔师傅抡锤的技法竟然十分娴熟，她只用了十锤，就把一颗大螺丝打松了。在众人起哄般的欢呼声中，乔师傅像个女英雄一样走下了比武台。

这件事使乔师傅在全分厂出了名，却使柳师傅上火大病了一场。

若干年后，当乔师傅跟我提及这件事的时候，我曾直言不讳地问乔师傅，我说你冲上台去的时候就没替柳师傅想过脸面的问题吗？乔师傅说没想过，我真的没想过，我当时只觉得柳师傅太窝囊了，而我不能窝囊，我就冲上去了。

当时，人们都对一个姑娘有如此大的力气感到惊讶，谁又知道乔师傅已经在暗里偷偷练过好多天了呢？从这一点上就看得出，乔师傅不单单是一个莽撞的人，她还是一个有心计的人。

就在这次“比武”后的第二天，乔师傅找到了当时的分厂厂长，她要求换一个师傅。

这又为什么？分厂厂长问道。

我想学一身好手艺，当然要找一个手艺最棒的人做师傅。乔师傅说。

你已经跟老柳学徒了，这已经不能改变了。分厂厂长很坚定地说。

世界都在变化，换个师傅又有什么不可以呢？乔师傅提高了嗓音。

除非你有充足的理由。分厂厂长说。

我的理由就是要学最好的手艺。乔师傅说，如果不能跟最好的师傅学徒，我宁可辞职退厂。

也许是被乔师傅的倔劲感动了，分厂厂长缓和了一下语气说，要说手艺，当然要数斜眼刘最高了。可是，你敢跟他学徒吗？

他又不是老虎，我凭什么不敢跟他学徒？乔师傅说。

他是头驴。分厂厂长说。

我也不是省油的灯。乔师傅说。

他、他还有个谁都知道的毛病，那就是好色。分厂厂长很严肃地说，你一个姑娘家的，怎么能跟他学徒呢！

乔师傅沉默了，一脸思索状的乔师傅的模样是很好看的，分厂厂长饶有兴趣地盯着她的脸，他想乔师傅一定会退缩的，没有哪个姑娘会主动找一个色鬼为伍。

但很快分厂厂长就知道自己错了，乔师傅没有考虑多久，也就一分钟吧，乔师傅就表了态，打破沉默的乔师傅语气十分坚定，她说，就他了，这个斜眼刘我跟定了。

好、好，你飞蛾扑火，这也怨不得我，你跟他就跟他吧。分厂厂长赌气似的说。

乔师傅就这样跟斜眼刘确定了师徒关系。

斜眼刘在当时就已经是厂里的名人了，他出名一靠手艺，二靠花边新闻。在厂里有关他的传闻不少，有一则很有意思，说有一天上午斜眼刘的老婆从班上回家取什么东西，她到家门口后见门没有上锁，就伸手去推，一推没有推开，她便焦躁了，暗暗地敲了起来。这一敲里面就炸营了，噘哩哗啦一通响，却仍不见有人给她开门。那时候还都住平房，门是木板做的，她举脚往门板踢，门板就嘎吱一声裂开了，她从门板的裂缝处看见有人影一闪，一个女人跃出了窗子。她把门板推开，正见斜眼刘从被褥中狼狈爬出，赤裸的肌肤犹如被扒光了树皮的树干。这是一件无法解释也无须解释的事情，她愣怔片刻，然后从狼藉的被褥中扯出了一条女人穿过的花裤衩，狂笑着走出了家门。斜眼刘的老婆能否如此不顾大局已经无从考证，但她一个妇人举着一面旗帜似的花裤衩走在街上，这种说法无论如何都能博得大家一笑的。

有关斜眼刘的传闻当然不全是乱搞男女关系的，还有一些是有关他的手艺如何如何高超的。斜眼刘工人出身，二十三岁时就已经是厂里独一无二的青年八级工匠了。斜眼刘的大名在整个北方电力系统传得很盛，曾是全省系统内三个直大轴的高手之一。直轴的时候场面十分壮观，为了表示重视，厂各级领导基本会到场助威。直轴需要的人手不少，但成败关键只在指挥者一人身上，那时刻，天车、检修工们各就各位，都准备妥当了，斜眼刘才会在众人的簇拥下走过来。斜眼刘干活时面无表情，指指点点，威风八面。在场众人没有一个不是用敬佩的目光看着他的。

这众人当中就包括乔师傅，直大轴的场面令她震撼而又着迷。

乔师傅跟斜眼刘学徒最初遭到了很多人的反对，这反对显然都是善意的。有好几位工友劝过她，叫她趁早打消这个念头，他们说你一个黄花闺女，跟这样一个有名的色鬼一起工作，你的名声还要不要？你的贞操还要不要？要知道，那是一个把男女关系看得要多重有多重的时代。乔师傅听了这些劝说后总是默不作声，脸上呈一副悲壮的样子。乔师傅这种表情绝不是犹豫而是顽强，她顽强地抵抗着来自方方面面的压力，固执地维护着自己的选择。

即使是在那个年代里，乔师傅也称得上是个怪人。众人劝阻无效，也就不再劝阻，一切由她去了。

第一次随斜眼刘进检修现场，斜眼刘给乔师傅留下的印象不是好色而是凶恶。斜眼刘干活时面部肌肉僵硬，眼睛只盯在机器上，并不腾眼睛看别人。因为他是八级工，所以他用什么工具不需要自己去找，是由别人一件一件递给他的。他干活就像手术室的主刀一样，手一伸，就有护士将器件递过去。乔师傅是徒弟，当然要递工具给斜眼刘。斜眼刘说七寸活扳手，乔师傅就递过去七寸活扳手，斜眼刘说三分梅花扳手，乔师傅就得递过去三分梅花扳手。有一次斜眼刘要七寸扳手乔师傅错把三寸的扳手递了过去，斜眼刘看递错了扳手，头也没回，手一扬就将递错的扳手给甩了出去。要知道他们干活的场地是十米平台，扳手划出一条抛物线，正好砸在零米地面的一个工人头上，幸好那个工人戴着安全帽，可也给砸进了医院。因为这件事，斜眼刘还挨了厂里的一个处分。

这成了乔师傅后来津津乐道的一件事。

四

在相当长的一段时间里，斜眼刘和乔师傅的关系是很纯洁的，是纯粹的教与学。斜眼刘教乔师傅机械识图，教她在薄铁板上画展开图，教她调速系统的检修，等等。这使乔师傅的眼界大开，更觉得做一名技术工人是不能随随便便就做好的。斜眼刘在工作的时候是一本正经的，还从没对她有过什么过格的举动，教她技术则大都在工余的时候进行。在这过程中他的凶退潮了，取而代之的是不厌其烦的耐心，乔师傅学得也很投入，她不懂就问，懂了就微笑着点点头。一种温暖、柔软、舒缓的东西在空气中流淌着，乔师傅觉得这一切真的很美好。

时间在一点一滴地流逝着，乔师傅的手艺也在一点一滴地长进着，但斜眼刘的好色还没有显露出来。莫非那些传闻真的是子虚乌有？这样的疑问像雨夜的闪电一样亮一下也就过去了。乔师傅不是一个天真的人，她固执地认为斜眼刘没对她怎么样是因为时机未到，她相信男人的居心叵测是逃不过她的眼睛的。

后来发生的一切证明了乔师傅的猜测是正确的。

事情终于在一个很平常的夜晚发生了，那是一个加班，干完活从现场返回到班组时已是午夜时分，班组的大屋子里只有斜眼刘和乔师傅两个人，其他的人都已经回家了。乔师傅去水池边洗脸，斜眼刘就在这个时候悄悄凑了过去，乔师傅把水轻泼在脸上，她的长发垂下来，像柳丝一样把那一泼泼水映得美妙无比。乔师傅的胳膊和脖颈都赤裸着，柔软而又芬芳，还夹带了一些机油的奶腥味儿，十分好闻。斜眼刘从乔师傅的背后俯视过去，他从乔师傅的颈项一直往下看，他看见乔师傅的背是越来越细的，可细到令人怜悯的程度时又陡然宽大起来。斜眼刘看着乔师傅翘起的臀部，潜藏已久的那股火一下子就烧出了体外。他猝然出击，从背后抱住了乔师傅。

乔师傅奋力挣开斜眼刘的搂抱，她的脸上并没有流露出太多的惊慌。她对这起突发事端是有预感的，而且有充足的心理准备。但她并没有半推半就，她还是用足了力气甩给斜眼刘一记耳光，这记耳光一下子把斜眼刘打愣住了。

乔师傅用手摇了摇头发，撇着嘴看着斜眼刘，一丝冷笑从她的嘴角水一样渗了出来。

过了好一会儿斜眼刘才返过愣来，他不停地用手揉着正渐红肿的脸，恶狠狠地说，女工要跟我学本领，都得过这一关。

可是，你教我真本领了吗？乔师傅用挑战一般的口气说。

你这是什么话。斜眼刘说，这些日子难道我是在带你玩吗？

不错，你是教了我一些东西，但那算不上真本领。乔师傅说，真的本领你压根儿就没教我。

什么真本领？斜眼刘疑惑了。

直大轴。乔师傅说。

……斜眼刘语塞了，他突然觉得眼前这个姑娘有些陌生起来。直大轴是斜眼刘的看家本领，凭着这个本领他不但可以在本厂技术上做大，就是在全省电力系统的检修行当中同样可以做大。那个时代的手艺人大都保守，他怎么能把这样的本领轻而易举地传授给别人呢？令他意想不到的是，乔师傅年纪轻轻竟然有如此大的野心。

斜眼刘退缩了，对自己手艺的维护战胜了好色。他用鼻子哼了一声，什么也没说，就默默走了出去。

对于这样的结果乔师傅似乎早有心理准备，她不急不躁，以强大的意志力承受着这一切。

这以后的一段日子，乔师傅和斜眼刘的关系相处得十分微妙，他们既相互迎合，又相互对抗。这迎合和对抗既是形式上的，又是心理上的。从乔师傅这方面讲，她心里是很反感斜眼刘的好色的，但斜眼刘高超的手艺诱惑着她，为了学到这手艺，她知道她必须付出很大的代价。她已拿定主意，她要用年轻美丽的身体去击溃斜眼刘对看家本领的防护。那虽然是个崇尚技术的时代，但也是人们把女人的贞操看得比什么都重的时代，但在乔师傅的心里，技术终究战胜了贞操，尽管她总是觉得悲壮。而斜眼刘这方面呢？他心理上的斗争似乎更加激烈，他既想得到送到嘴边的女人，又怕失去赖以做大的本钱，这种既想得又怕失的矛盾心理令他备受折磨。那段日子里，他总是头昏脑涨，疲惫不堪。

在半年时间里斜眼刘曾对乔师傅有过三次侵犯，但都被乔师傅的讨价还价而击退。这种胜利对乔师傅来说显然是种遗憾的胜利。事情过后，她总免不了会掉几滴壮志未酬的泪水。

又过去了半年，斜眼刘居然再没有对乔师傅采取什么过格的举动。乔师傅紧绷的神经慢慢松弛下来，她思前想后，突然对这件事没有了信心，她甚至开始担心斜眼刘对她是否还有兴趣。这种担心像黑夜里在床头上突然竖起的莫名其妙的影子，令乔师傅几乎惊叫起来。

乔师傅显然没有叫出声来，但就在那一时起，一个大胆的计划诞生了。这是一个对乔师傅一生都非常重要的计划，在那样的年代里，它更加显现出了乔师傅的另类和执着。

乔师傅的计划是在一个下雨的午后开始实施的。乔师傅骑着自行车向厂子进发，她的雨衣不停地被风掀起，雨丝扑在她的头上脸上，她浑然不觉。她冰冷地蹬着车子，心里却涌动着一股热流，一种病态的狂热席卷了她，她因此而不能自抑……

雨越下越大，乔师傅将车子骑进厂大门时人已经湿透了，她没有直接去班组，而是去了分厂技术组的一间屋子。那间屋子是斜眼刘的办公室兼休息室，那时斜眼刘虽然还不是干部，但他在分厂里一直享有某种特权，比如单独拨给他自己一间屋子等。乔师傅推门进去时斜眼刘还在午睡，沉重的开门声令他睁开了眼睛，他看见湿漉漉的乔师傅朝他走来，形象怪怪的，像一个移动着的水柱。斜眼刘赶紧从他那张小床上爬起来，一时竟不知如何是好。乔师傅脱去了雨衣，她里面的衣服也已经湿了，湿衣服贴在身上使她的身体锋芒毕露，这使斜眼刘的心为之一动。

那时正是十月份，北方的十月天气已经很凉了，乔师傅穿着湿衣服，两手交错冷得直发抖。她坐到一只板凳上，木制板凳很快被洇湿了，她坐在那柔弱无助地说，我冷，真的很冷。斜眼刘说你换件衣服吧，乔师傅说这里哪有我的衣服，斜眼刘说这里有我的衣服呀。接过斜眼刘递过的衣服，乔师傅就开始脱自己的衣服，她没有让斜眼刘躲开，斜眼刘也就没躲开，她就当着斜眼刘的面脱掉了外衣。她里面穿的是一件圆领的薄秋衣，秋衣也湿了，她几乎没有犹豫就将它脱了，那时她的上身就只剩下一件小背心了，斜眼刘可以清楚地看见她小但丰满的乳房，乳头处尖尖地突起来，仿佛等待着吮吸。本就好色的斜眼刘眼睛直了，至少在那一个时刻，斜眼刘的眼睛不斜了，他直直地盯着乔师傅看，看着看着就扑了上去，几下就把乔师傅的小背心扒了下来。乔师傅被斜眼刘扑倒在地上。斜眼刘咬住乔师傅的小乳头含了一会儿，又突然猛一用力，将乔师傅抱起扔到了床上。然后，他反过身来插上了门。

那件事情终于还是发生了。乔师傅躺在斜眼刘的身下，她先是紧闭着眼睛，她感觉斜眼刘滚烫的身体撞击到她冰冷的身体上时很像一种东西在做机械运动，像什么东西呢？她想着想着想起来了，像直轴，轴是热的，直轴的工具却是冰凉的，但是工具和轴摩擦后就会变热了。这种想象令乔师傅兴奋起来，初时的疼痛一下子转变成了无边的亢奋。她在这亢奋的空隙里睁开眼睛问道，你还教不教我直轴？

教！斜眼刘毫不犹豫地说，然后猛动了一下。

你说话算数？乔师傅又问。

不算数我是狗。斜眼刘又凶狠地动了一下。

事情做完之后，斜眼刘急着穿自己的衣服，可乔师傅却并不急着穿衣服，她就赤裸着身子坐在床上看着斜眼刘穿衣服。看着看着，乔师傅突然从自己的身下抽出了一件白色的衬衣，这衬衣是斜眼刘拿给乔师傅换的，可乔师傅却把它垫在了臀下。这件衣服此时被乔师傅举在手里，它上面洇开的一大片殷红色令斜眼刘倒吸了一口凉气。

乔师傅举着这件衣服像举着一面旗帜，她阴险而又温和地对斜眼刘说，这件衣服我先留着吧，等我学会了直大轴，再还给你。

五

乔师傅跟斜眼刘学会了直大轴的手艺，但乔师傅的名声也坏了，在厂里，一些难听的议论随着乔师傅技术水平的增长而增长着。有人替乔师傅惋惜，说一个水灵灵的姑娘跟了斜眼刘真是可惜了，为了学手艺，找斜眼刘这样的师傅值得吗？也有人干脆把矛头直接对准了乔师傅，说这个姑娘也不是什么好货，骚得很，她主动找斜眼刘学徒就是想投怀送抱。她和他的事情，谁更主动还说不定呢！

乔师傅对这样的议论当然也有所耳闻，她的感觉是疼痛的，却不反悔，不为所动，默不作声地忍受着这种疼痛。固执地把和斜眼刘的这种关系日常地进行下去。

不久，斜眼刘升做了分厂厂长，乔师傅也出徒了，但他们的这种关系没有因此而中断。如果说最初乔师傅还带有一些无奈的话，那么后来她则完全变成了自愿，斜眼刘的身上有一种东西正日渐强烈地吸引着她，她愿意和他靠近，愿意感受那种东西对她的照耀，那种东西就是手艺。由于他们之间的这种关系，乔师傅一下子成了分厂里特殊的工人，工友们偷偷地在背后议论她，却没有人敢当面招惹她，就是班组长和分厂里的副厂长也都会让她几分。这样的地位对乔师傅无疑是一种安慰和补偿，她颐指气使，性格变得越来越泼辣。但这种地位同时也伤害了她，比如恋爱就受到了影响。有乔师傅这种名声的姑娘，厂里还会有哪个小伙子敢追求她，敢于和她谈对象呢？和外单位的小伙子谈，往往是谈了一段后人家就主动告吹了。世上没有不透风的墙，打听出她底细的小伙子没有谁不会被这种状况吓跑的。

随着年龄的增长，乔师傅受到了越来越大的压力，这压力有来自父母的，有来自外界的，也有来自自己心里的。在那段日子里，爱说爱笑的乔师傅变得少言寡语起来，和斜眼刘相会时她也从不给他好脸色，动不动就发脾气。斜眼刘倒是对她谦让有加，碰到这种情况，他就冲着乔师傅嘿嘿地笑两声，然后知趣地躲开。

乔师傅是在二十九岁那年结婚的，从确定关系到结婚只用了短短三个月。乔师傅的丈夫老关也是我们厂的，那是一个老实得近乎木讷的男人，手艺又差，没有哪个班组愿意要他。尽管他的身高、长相都说得过去，但他的呆板和手艺影响了他的择偶，没有哪个姑娘愿意嫁给他。乔师傅和他的关系是斜眼刘给介绍的，听说乔师傅同意，他也就冲着斜眼刘嘿嘿地笑几声，算作同意了。

乔师傅总算有了自己的家，有了正常人应有的生活。新婚之夜，在与新郎的床笫之欢之后，乔师傅从床上爬起来，独自来到了院子里，在清凉的月光下与一个看不见摸不着而又确实存在的朋友做了一番心灵对话。

朋友说，你本是一个出色的姑娘，如果你不和斜眼刘这种人纠缠不清的话，你的生活不会是眼前这个样子，你会找到一个称心如意的小伙子做新郎的。

乔师傅说，我现在很累，懒得想太多的问题。

朋友说，问题挡在你的面前，你是没办法逃避的。

乔师傅沉默了一会儿说，都是为了学手艺才……手艺就是一个工人的尊严呀！

朋友说，那么作为一个人的尊严呢？人的尊严就可以丢掉吗？你首先是人，其次才是工人。

乔师傅说，不，我是人，但更是个工人。

朋友说，你这样做很不值得，有的工人没有那么高的手艺，不是照样活得很好吗?

乔师傅闭上眼睛，她觉得有泪水从眼角流下来，她咬着牙，使劲压抑着不让自己发出抽泣之声。过了好一会儿，乔师傅才又说，值不值得，这是一件永远也说不清楚的事，你走开吧，你不用管我。

朋友的声音消失了，乔师傅觉得这个朋友从此不会再理她了。夜风如水，凉飕飕地漫到了她的胸口，她打了个寒战，然后摇摇头走回了新房。

若干年过去了，身怀直轴技艺的乔师傅却从来没有真正直过大轴。有斜眼刘在，直大轴这么重要的活人们只信任他，只能让他干。后来斜眼刘退休了，乔师傅本该有了大展身手的机会，可是情形却发生了变化，这个时候人们已经不太重视工人的手艺了，工人嘛就是工人，谁比谁能好到哪里呢?厂里的检修观念和检修形式也发生了变化，设备出了小毛病由检修工们修一修，出了大毛病就干脆拆下来换新的装上。如果大轴弯了，也是与生产厂家联系返厂家检修的。乔师傅几乎是在突然之间就没有了用武之地。

此时社会上流行的是经商、做官，企业实行的是厂长经理责任制，工人的饭碗被抓在管理者的手里，谁还把工人放在眼里。工人们自己也普遍不重视手艺了，你手艺再高也不会有人高看你一眼，不会有人多发给你奖金或提拔你当干部，处处能得好处的是那种八面玲珑会搞关系的人，这种人手艺差却能多拿奖金能占显眼的位置，还能被提干，有这样的厂情在，青工们热关系冷手艺也就成了一件自然而然的事了。

乔师傅有一种失落感是毫无疑问的了。

这时候我已经出徒了，可乔师傅对我还像没出徒一样依然总爱指指点点。说心里话我对她这种做法是很反感的，但一想到关琳，我就强迫自己打消这种反感，我知道为了接触关琳，我必须与乔师傅搞好关系。

这时候关琳已经参加工作了，是在一家银行做出纳员。这个时候的关琳出落得更加漂亮了，一想到她我的目光就有些发直，我热切地希望和她在一起，可真的和她在一起时，我又毫无作为。

我与关琳唯一的零距离接触是在本市的小凌河岸边，那是个星期日，我借了辆面包车带着乔师傅一家去河边钓鱼。那天天气非常好，天空是浅蓝色的，几片薄薄的白云飘浮在半空，她的影子在远处的山脊上晃动着，河中水平如镜。乔师傅和老关坐在一起垂钓，我和关琳则坐在一起。我们两对之间隔着一块大石头，这使两边的人正好互相看不见。我一直认为这是老天恰到好处的安排，它使我有了可以掩人耳目的施展空间。

乔师傅那边已经连续钓了五条鱼，欢呼声不断从石头那边传过来，我和关琳的钓竿却毫无动静。关琳的气息在我的周围萦绕着，它像不断扩散的水波纹一样诱惑着我，我认定我会钓上一条大鱼，我的眼睛亮亮地盯着水面，注意力却大都在身边的关琳身上。关琳有一只胳膊闯进我的视野，我虽然盯着水面，实际上是在看关琳的这条胳膊。她的胳膊粗细有致，是一条很优雅的波浪线，波浪在滚动，在阳光的照耀下，她的肌肤和水面的反光一起反射着我的眼睛，我不得不眯起眼睛看。我看见她那只温润如玉的手微微有些发颤，这颤动通过空气一下子就传导到我的身上，我觉得我也颤动起来，一种情绪忽然以不可阻挡之势喷涌而出，我几乎没加任何思考就伸出手去抓住了她的这只胳膊。她似乎并不惊讶，只轻轻甩了甩，没甩开也就不甩了。这对我无疑是一种鼓励，我大胆起来，用了一个猛劲一下子就将关琳拽到了怀里，把我滚热的唇贴到了她的唇上。

六

令我遗憾的是我和关琳并没有恋爱，有了那一拥一吻之后，我本想乘胜进军的，可关琳却退缩了，她明确地告诉我，她已另交男朋友了。

你有男朋友，为什么还接受我的拥吻呢？

这是我在心里向她提出的问题。

但人家不爱我，我又有什么办法呢？这的确是一件无可奈何的事情。

后来，我真的见到了关琳的男朋友。在乔师傅家的门口，那个小伙子骑着摩托车把关琳接走了。

我走进乔师傅的家，我的脸色很难看，乔师傅可能也看出了我不佳的情绪，一个劲儿地让我吃苹果。我苦着脸吃着苹果，一句话也不说，整个晚上几乎是乔师傅在说。她埋怨现在的人懒惰，不学手艺，咒骂现在的企业浮夸、浪费，她说着说着情绪就激动起来，把我失常的表情也不当回事了。

乔师傅说得最多的还是关于直轴的事，她说她为了学这门手艺付出得太多了，她本想有机会一展身手的，可谁想到厂情会有如此变化，弯大轴本来不是常见的事故，可一旦弯了大轴却又不在厂内直了，早知道这样，她当初学它干什么呀？乔师傅说这话时眼睛都红了，但我无动于衷。

你想学直轴吗？乔师傅突然问我。

不想。我没好气地说，学那些用不上的手艺干什么？

艺不压身。乔师傅说。

我依旧不吭声，直到告辞。

这以后，乔师傅又两次主动要教我直大轴，都被我拒绝了。那段时期我的确没有心情学什么手艺，这原因之一是厂里不重视手艺，原因之二是我的魂还没有回到胸腔里，我的魂还系在关琳身上。

而关琳正在和另一个人如火如荼地谈着恋爱。

有一天晚上我从家里刚出来，就被离我家不远的一个广告牌下面露出的一双皮鞋吸引住了。我是从广告牌的背后看过去的，穿这双皮鞋的人则站在广告牌的正面。我所能看到的只是一双鞋和那个穿这双鞋的人的小腿部分，这是一双女式皮鞋，白色瓢形的，脚面上有一条横带，这种样式的皮鞋在当时是十分时髦而又难以买到的，鞋面上各绣着一朵紫色的小花。看到这双皮鞋我的眼睛就一亮，我对这双皮鞋太熟悉了，是关琳，关琳怎么会到这里来呢，莫非她来找我修好？我迫不及待地绕到广告牌的正面去，广告牌前的女人扭过头来，冲我笑了一下，我怎么也没想到这个人竟然是乔师傅，是乔师傅穿了女儿的鞋。

乔师傅，怎么会是你？我脱口说。我找你有事要说。乔师傅说。

怎么不在厂里说呢？我问道。厂里不方便说。乔师傅说。

乔师傅看着我，有一种神秘的东西在她的脸上晃动着，这使我感到困惑。我大张着嘴，一时猜不出乔师傅要说什么。

乔师傅说，你是不是还喜欢着关琳？

乔师傅的这句话令我猝不及防，我一时涨红了脸，我不知道乔师傅为什么明知故问。我咧了咧嘴，不知如何回答才好。

你说呀，是还是不是？乔师傅一脸严肃地催问道。

我本想敷衍着说不是，但我拗不过我的真心，我红着脸说，是。

是就好。乔师傅说，那么，你真想娶关琳为妻吗？

这又是一个令我猝不及防的问题，我喜爱关琳，我当然愿意娶她为妻，可是关琳已有男朋友了。我又咧了咧嘴，说，我愿意又怎样？不愿意又怎样？

我只要你说愿意还是不愿意？乔师傅说。

我叹了口气，依然拗不过自己的真心，说，愿意。

这就好。乔师傅说，如果你能学会我的直轴手艺，我就答应让关琳嫁给你。

这……我说不清此时自己是一种什么感觉，此时天正一点一点地黑下去，四周显得有些模糊，一切都有点像梦。

过后我想这世道真是变了，以前是乔师傅为学这门手艺宁肯舍却自己的身体和爱情，现在乔师傅为了把这门手艺传出去宁肯牺牲自己女儿的身体和爱情，这种变化说明了什么呢？我沉吟难言。

但在当时，我还是很爽快地答应了乔师傅的要求，尽管我知道这只是乔师傅的一厢情愿。关琳是个有主见的女孩，在婚姻这件事上她不可能任由母亲摆布。但这种说法的诱惑力对我是无穷的，我没有办法阻挠自己答应乔师傅的请求。

乔师傅笑了，是无声的笑。这种笑与乔师傅以往惯有的朗声大笑有着明显的不同，这种笑是得意中透着苦涩的，有一些无可奈何的味道。

在这以后的一段日子里，我开始了又一次的“学徒”，但这次学徒失却了以前那种热情，有点被动。乔师傅跟我讲一些要领时我常常走神，乔师傅嘴里的大轴在我的眼里有时会变成关琳柔软的胳膊，乔师傅嘴里的天车则变成了我的一双大手，这双大手一点一点地向着关琳的胳膊靠近，抓住了，抓住了，我抓住她的胳膊使劲往我的怀里拽，她则拼命挣扎，我能拽得过她吗？

我跟乔师傅搞过一次模拟直轴，地点就选在厂房的一个僻静处，时间则是晚上人们都下班后。我们没有一米多粗的大轴可直，就找了一个十多厘米粗的小轴来直。我们一边做着准备工作一边谈着直轴要领，这期间乔师傅笑了几次，都是那种朗声的笑，笑声在暮色和机器噪音的掩护下十分放肆。

接着就到了实际操作阶段，在这个阶段里乔师傅不笑也不说话，她的神态十分投入，看她这个样子我也不好意思说话了，我怕一出声会惹她生气，会破坏她正在营造的一种氛围。

由于只有我们俩，乔师傅既要当指挥又要动手操作，我们用千斤顶、锤和扳子代替直大轴用的天车等大型工具，我们一个动作连着一个动作，配合得相当默契。厂房里的噪音摩擦着我们的耳鼓，发出了瀑布一样的喷发之声。

现场的照明不是很亮，月光从厂房的大玻璃投进来和着灯光一起照到我们身上，我发现乔师傅的脸在这种光线里有一种不可思议的美，她大大的眼睛透着忧郁的气质，她的头发令人想起梅雨季节的雨丝……她的五官和她的表情一起似乎在上演着一场动人的悲剧。这种情形吸引了我，我无声地望着她，感觉身体里有一种东西在涌动，至少在这一个瞬间，我是忘记了关琳，我的心里有了一种想拥抱一下乔师傅的欲望。

啊——乔师傅大叫了一声。

我诧异地看着乔师傅，我看见乔师傅的眼睛瞪圆了，她大张着嘴，声随气出，她此时的表情美中透出一种狰狞。我知道，我们的轴就在乔师傅的一声呐喊中被校直了。我们的模拟直轴成功了。

七

若干年后的今天，直大轴这个议题又一次被摆到了厂级办公会上。老板倾向于将这次事故中弯曲的大轴就地在厂内校直。因为我和乔师傅的关系，我也一下子成了备受老板和全体职工关注的一个人。

老板语重心长地对我说，这一次就看你们师徒如何大展身手了。

老板脸上露出了信任的微笑，这使我在兴奋的同时感到了肩上的压力。

就在当天晚上我去了乔师傅家。

给我开门的是老关，这个容忍了许多别人无法容忍的事情的老实巴交的汉子已年逾花甲，但面相并不显得怎么老，倒是还不足六十岁的乔师傅头发花白，多少显得有些苍老了。我和老关私下聊天的时候也曾涉及乔师傅和斜眼刘的话题，老关总是很大度地说，我得到的终比失去的多，比如我得到了女儿，比如我保住了在班组里的位置，常干些不累的活，等等，我应该满足了。老关这么说，我当然也不能说三道四了。

我进屋的时候乔师傅正在看一个本子，她见我来微微笑了笑，说，这个本子是刘师傅留给我的，里面都是他有关直轴的心得体会。

乔师傅所说的刘师傅就是斜眼刘，这个毁誉参半的能工巧匠早已作古。我盯着已经有些发黄的本子，心里像有波涛滚过一样难以平静。

我把老板要在厂内直轴的事告诉了乔师傅，乔师傅听后毫不掩饰自己的得意，她哈哈哈地笑了几声后说，我不去找老板行吗？不去找行吗？

乔师傅在对我说话，又像是自言自语，她从沙发上站起身来，来回在地上走了好几圈。我盯着她脸上焕发出的光彩提醒她道，乔师傅，直大轴你还有把握吗？

当然有把握。乔师傅说，我虽然很多年没干这些活了，可那一招一式都在我的心里装着呢，你看见我的白头发了吗？它们就像白头发一样附在了我的身体上，剪都剪不光的。

乔师傅的胸有成竹也增加了我的信心，但为了稳妥起见，我还是建议道，乔师傅，我们还像当年那样再来一次模拟练习吧。

你这主意不错。乔师傅说。

两天以后的下午，我和乔师傅的又一次模拟直轴开始了，地点仍旧选在若干年前那一次模拟直轴的地点——厂房的一个僻静处。但氛围与那一次大不相同，那一次只有我和乔师傅两个人，而这一次却有很多人参加，连老板都到场了。

操作的指挥者是乔师傅，一些有关人员各就各位，我和一些厂领导则站在乔师傅的身后。乔师傅戴着安全帽，花白的头发从帽檐处挤出来，随着她的动作轻柔地颤动着。她手里拿着以前斜眼刘直轴时常拿的一把大尺子，表情十分神圣。毫无疑问乔师傅是在指挥直轴，可我怎么看怎么觉得她像一个正在造厨的老妇人，她的白发像是从锅盖的缝隙中渗出来的，正淡淡轻轻地在空气中展开。叮叮咣咣的铁器碰撞声犹如锅碗瓢盆的碰撞声。乔师傅的眼睛紧紧地盯着前面大轴的替代物，那东西虽然是钢铁的，却很像一条已经下锅的大鱼，乔师傅把葱姜蒜酱油料酒一样一样放进去，她好像闻到了它的香味，我发现她不时闭一会眼睛，一副陶醉的表情。只是有一次她闭眼睛的时间太长了，我立即有了一种不妙的预感，这种感觉还没有充分展开，我就看见乔师傅已经慢悠悠地往下倒了。我赶紧奔过去，在乔师傅就要倒地的一刹那将她扶住了。

乔师傅是晕过去的，也许是太紧张，或者厂房太热的缘故吧。我叫人赶快把乔师傅送往职工医院，但我不能离开这里，模拟直轴还要进行下去。

这次模拟直轴最终是在我的指挥下成功的，这为厂里即将做出的决策提供了有力的依据。老板为此很满意，他对我说，你能胜任这项工作我很高兴，你的师傅年纪大了，体力方面有问题，到正式直轴的时候主要还是要靠你呀！

我受宠若惊，立即觉得前途无限美好起来。

下班以后我没有回家，而是直接奔医院去了。乔师傅躺在病床上正在接受输液，她看见我后很勉强地笑了一笑，我问乔师傅你怎么样，她答非所问，我怎么会晕呢？我怎么会晕呢？

乔师傅像在问我又像是在自问，我不知如何回答才好，就把目光从她的脸移到一旁的滴流管上。白色的液体一滴一滴流下来，很像树叶之间淌下来的雨水，这雨水美丽忧伤，每一滴都似乎在叙说着一个故事。我的眼神渐渐有些发直，整个人呈现出一种陷入状态。

是关琳把我从这种状态中拉了出来，关琳有话要到外面和我说。我像从梦中惊醒一样不断地摇动着脑袋，以此来驱赶潜意识。我跟着关琳来到走廊里，我们面对面站着，我知道我们已经好久没有这样站在一起了，尽管我们偶尔也有来往，也产生过一些很亲密的感觉，但偶尔的亲密显然是潜意识的流露，明意识里她断定我不是她爱人的人选。这么多年来她从没向我解释过她为什么不选择我，或者她为什么会对我曾有过一次短暂的亲昵。也许，有些东西压根儿就是弄不清楚的。

关琳对我说，我妈是累晕的，这几天在家里我妈老是看那个发黄的本子，嘴里嘀嘀咕咕像是在念经一般。医生说她也没什么大事是虚脱，补一些液就会好的。但我不明白，我妈已经退休了，她为什么还这么热衷于直什么大轴？

我嘴唇动了动没有出声，关琳不理解母亲，但我理解乔师傅，我知道乔师傅为学这门手艺自己付出得太多了，可学成之后竟一直没有用武之地。现在机会来了，她怎么会不用心把握呢？

虚名对她真的那么有用吗？关琳说。当然有用。我说。

可妈毕竟已经是退休的人了。关琳说。

对乔师傅来说这有用不是物质的，是心理的，是精神的。我说。

关琳沉默了，她看着我，我也看着她，关琳此时已是一个小孩的母亲了，而我也是有老婆有孩子的人了，我们之间似乎不该发生什么了。但看着她依然年轻姣好的脸，我觉得往日的什么东西正在她的脸上浮动着，这使我的心里顿时升起一种脉脉温情之感。我真是一个好色之徒，我对自己的操守莫名地没有信心起来。

你还好吧，关琳？我就这样转移了话题。关琳没有回答，但还是很配合地点了点头。你越来越漂亮了，关琳。我又说。

我发现有一抹红晕掠过了关琳的面颊，但它运行的速度太快了，只片刻就消失得无影无踪了。关琳说，现在谈论这样的话题是不是不太合适呀？

我狡黠地笑了笑说，那么什么时候合适呢？

关琳皱了皱眉头不再说话，一甩头回病房去了。

八

这天夜里我和妻子有了性事。应当承认我和妻子的关系是相当融洽的，可不知为什么，我总是爱想其他的女人，尤其关琳，我总是忘不掉她。我搂着妻子的身体时脑袋里却时常想起关琳。妻子的皮肤光滑如玉，我抓住她的一只胳膊，我发现这只胳膊在昏暗的灯光下像镀了一层银，我被影印其中，我觉得某种记忆在瞬间恢复了。我拼命地亲吻着这只胳膊，我的这个样子令妻子百思不得其解。

有些事情是永远都无法解释的。

有了直轴的事，我又有了常去乔师傅家的理由，并通过乔师傅再次接近关琳。乔师傅是在当天晚上出院的，补过液后她就没什么事了。当第二天晚上我到她家看她时，她的精神状态已经相当不错了。

我说，乔师傅，如果你身体允许的话，我想请你给工人们讲讲课，现在厂里都是青年工人，对直轴应该注意什么都不知道。

好啊。乔师傅很痛快地答应了。

由于发电指标的问题，这台机组一直处于停运状态，所以检修时间非常充裕，也给直轴的准备工作留下了很大的空间。

我和乔师傅聊了很长时间，就在我要告辞的时候，关琳打来一个电话，她对乔师傅说，你们老板通过我们银行汇走了资金一千万元。

乔师傅哼了一声，撂下电话后就把话题又扯到了直轴上。乔师傅显然对汇钱的事不感兴趣，但这件事令我心头一震，我知道，这笔钱是厂里近来的利润。自从合资以后，老板一直号召全体职工过紧日子，因为公司的效益不算很好，已有相当一段时间职工们没有拿到全额奖金了。这笔利润对厂内是不公开的，而老板将它汇走显然也是在偷偷摸摸状态下进行的。如果工人们知道这样的内情又会怎样呢？他们会不会消极怠工，会不会对厂方的管理产生抵触情绪呢？我知道我的担心绝对不是多余的，我对乔师傅说，这件事千万不要外传，这对咱们厂的安定团结不利。

乔师傅不解地问，这为什么？

我摇摇头，没有解释。乔师傅见我不回答也就不再问了。

第二天上午，乔师傅来给我们的工人讲课。乔师傅讲课的内容主要是围绕着直大轴，讲直大轴的辅助工作。乔师傅虽然没有太高的文化，但她的语言表达能力很强，把一项一项的工作讲得条理分明，十分生动。我作为分厂厂长旁听了这一课，我曾注意观察过听课者的表情，我发现这些对手艺并不太感兴趣的青工们好像对乔师傅的讲课很用心听，有的居然还做起了笔记。这无疑使乔师傅很受鼓舞，讲课也越来越生动起来。

对这样的效果我感到十分满意，我知道企业正需要这样的凝聚力，厂子目前还有很多困难，工人们对乔师傅的讲课表现出来的热心让我似乎看到了一种希望。企业的效益提高了，有了足够的利润，工人们的收入也会随之提高的。他们不会不懂这样的道理。可是，他们如果知道老板偷偷拿走了利润，并不给他们多发奖金的时候，他们还会有如此高的工作热情吗？我的心又一次感到不安起来，我坐不住了，起身悄悄走了出去。

我来到外面的一个僻静处，给关琳打了一个电话。关琳正在班上，听到我的声音她即刻紧张起来，连忙问道，我妈又出事了？

你妈没出事，我是怕你出事。我说。

我能出什么事呀？关琳在电话那头说。

也不是你出事，我是怕你说走了嘴，我们厂子就会出事。我直摇脑袋，觉得自己把这句话说得太绕嘴了。

我听不明白你在说什么？关琳抱怨道。

我是指老板把钱汇走的事。我想请你千万别把这件事透露给我们厂的工人们。我说。

这你放心，为用户保密是我们的职责。关琳说。

可你毕竟已经告诉了你妈。我将了她一军。

话筒里出现了一会儿沉默，之后关琳放低声音说，也不知为什么，我昨晚突然有一种把这件事告诉我妈的冲动，我知道我这样做是违反纪律的，可我还是这样做了。如果这件事捅出去，我会受到处分的。

从声音中听得出关琳也有些紧张了，我不再刺激她，关了电话。

当我返回去的时候，乔师傅的讲课正在高潮上，她的声音高亢，并不停地做着手势，很像一位伟人在演讲。讲课结束时大家热烈地鼓起掌来，乔师傅在掌声中从讲台上走下来，她的脸上洋溢着幸福的光芒。走到我跟前时她对我说，有大家这么热心，直轴应该没有不成功的理由了。

我使劲点点头，对此深有同感。

下午，我参加了厂务会。事情就是在这次会上发生变化的，省电力局的调度中心给了我们厂十几天后可以满发一段时间的发电指标，这指标对我们厂显然十分重要。老板都到会了，他的脸自始至终都是紧绷着的，这给这次会议增添了一种凝重的氛围。

对弯轴的处理最终成了会上的焦点议题。以总经理为代表的一部分人依然力主将大轴返生产厂家检修，他们主要的理由是检修的质量问题，虽然返厂直轴的费用要比自己直轴高一些，但风险几乎为零，他们弄砸了是他们的责任，大轴直报废了他们要赔偿新的。而自己直却要承担很大的风险，虽然有乔师傅这样会直轴的人在，但谁都无法保证万无一失，一旦直轴失误大轴报废了，企业的损失将是惨重的。

我们应该有这种检修力量，况且我们应该培养这种力量。老板说。

老板依旧倾向于厂内直轴，他话的分量显然是最重的，有他这么一说立即就有一部分人对返厂检修提出反对意见。

我知道我们的工期只有十几天。十几天后这台机组就要启机发电，如果厂内直轴失手，再返厂检修时间就来不及了。那时候我们的损失可就大了。总经理说。

总经理是我们这家合资公司中方指派的人，他既受老板领导，又受中方主管部门的领导，这种双重身份使他并不十分惧怕老板，所以也就敢于提出反对意见。他的话果然抓到了事情的要害上，工期的确是个大问题，现在北方电力市场的形势很严峻，不是缺电，而是电多了卖不出去。能获得省里拨给的发电指标是不容易的事，人家让你转机你转不起来，那发电指标就会顺理成章地让给别的电厂。老板当然不允许有这样的事情发生，他沉吟了，犹豫了，我的心随着他脸色的变化一点一点地悬了起来。

如果要返生产厂家，就必须立即与人联系，时间不等人呀！总经理又说。

那就返厂吧。老板终于下了决心。

我脑袋轰地一响，立即就有一种被子弹打中的感觉。乔师傅争得的直轴机会就这样溜走了。我不是为自己，而是为乔师傅感到担心和遗憾。

我没有勇气把这个消息告诉乔师傅。散会以后，我给关琳打了个电话，叫她把这个消息婉转地告诉乔师傅。

九

我怎么也没有想到，乔师傅又一次闯进了厂招那套最高档的房间去见老板。在这之前，乔师傅已经找过厂里好几个头儿了，她力陈在厂内直轴的好处，可没一个人理她。她一气之下把他们都骂了，说他们是败家子。有一个头儿被她骂急了，反唇相讥道，你添什么乱呀，你再能耐不也就是一个退休工人吗？你手艺高顶个屁用，工人的手艺早晚会被自动化取代的。他的这句话差点把乔师傅气倒。

乔师傅去见老板的消息仍然是关琳告诉我的，她在电话里气喘吁吁地说，我眼见着我妈进了厂招大门，我当时和她有三十米的距离，我想追过去拦住她，可来不及了。

你妈她能和老板说些什么呢？我问道。

谁知道她能说些什么呀！关琳说。

撂下电话后我的心情久久不能平静，我本来应该猜得出乔师傅找老板会说些什么，但当时我的心乱极了，一时竟不知如何是好。

有关乔师傅又一次找老板谈话的细节是在后来我才知道的。

乔师傅闯进那套高档房间是上午八九点钟的光景，老板刚刚从洗手间洗完脸出来，他还没有来得及换衣服，他就穿着睡衣面对着突然闯进来的乔师傅。

我找你有事要谈。乔师傅说。

什么事？老板皱起眉头，他对这个冒冒失失的闯入者显然有些不耐烦。

直大轴的事不是已经定了吗，为什么又要改成返厂呢？乔师傅问道。

事情都是不断变化的嘛。老板说，这件事是厂务会上决定的。

你不是要节约开支，降低成本吗？乔师傅提高了嗓门。

这和节约开支并不矛盾。老板说。

可是、可是……乔师傅急得有些说不出话来。

你如此关心企业我很感动，但这件事已经决定了，是不能更改的。老板说，你可以回去了。

由于离得太近，乔师傅看见老板说话的时候嘴张得很大，那条暗红色的舌头又肥又厚，在乔师傅的视野里无限放大着，上面的舌苔像显微镜下的图像一样，令人有一种震撼的感觉。

乔师傅觉得喉咙里的东西一下子涌了出来，但不是食物，而是话语。她咬牙切齿地说，你若不更改这个决定，我就把那件事公布于众。

什么事？老板问道。

你把资金偷偷汇走的事。乔师傅说。

你是怎么知道的？老板脱口问道。

你甭管我是怎么知道的。乔师傅说，只要你改变决定，我不会告诉工友们的。

你在威胁我？老板说。

乔师傅没有吭声，而是高高地扬起了下巴。老板盯着她凝然不动的侧影，突然觉得这个老女人像一个女巫一样令人畏惧而又厌恶。他几乎咆哮着说，来人，请她出去！

乔师傅就这样被人家撵出了房间。从厂招出来后乔师傅的脑袋木木的，几乎没有任何知觉。有风刮过，她心头的邪火熊熊燃烧起来，她花白的头发不断被风吹起，像悲凉的烟气一样飘在她的周围。

就在乔师傅走出厂招二十分钟后，我被老板招进了房间。在这个房间的空气里，我依稀能辨别出乔师傅的气息还没有散尽。

老板此时的情绪很坏，他一边在地上走圈一边对我说，你要设法阻止乔师傅把这件事说出去，企业需要的是凝聚力，懂吗？凝聚力。

我看着老板油光光的脸，我没有吭声，我的脸上毫无表情，从老板身上我看到了资本家的无情和冷酷。

临出来的时候，老板拍了拍我的肩头，说，好好干，你会有前途的。

出来后我直接去了乔师傅家。乔师傅家里只有老关一个人。

乔师傅还没有回来。我等了一会儿就坐不住了，告辞出来后，走在大街上我的心很乱，我虽然对老板有看法，但为了自己的前途又必须按着他的要求去做。可是乔师傅能听我的吗？我太了解乔师傅了，我让她不讲她就不讲了，那也太不符合她的性格了。

这种时候我又一次想到关琳，也许只有关琳才能阻止乔师傅的过激行动。我就在大街上给关琳打了个电话，把这件事告诉了她。关琳显然很紧张，这件事传出去对她是很不利的，她说她撂了电话就去找乔师傅。

后来我才知道，关琳撂下电话就请假回家了。她埋怨母亲，劝说母亲，可母亲却一副无动于衷的样子。母亲这个样子着实令她吓了一跳，她不知道母亲会不会用自虐的方式来完成某种夙愿，望着眼前的母亲，她觉得母亲的形象在她的眼里越来越模糊了，她觉得母亲化成了一团火焰，可以毫不费力地吞噬许多东西。这种臆想使她害怕起来。

这天晚上，关琳主动来到我家，恰巧妻子带着孩子回了娘家，这样的时刻我本来是应该有所作为的，但此时的情形显然令我没有这份闲心。

关琳担心她的母亲会不会走火入魔，我说不会的，我说她只是失望和伤心，好不容易争取来的机会就这样说溜走就溜走了，她能不伤心吗？

我表面安慰关琳，心里却也不免紧张起来，如果乔师傅把这件事张扬出去，我该怎么向老板交代，工人们真的消极怠工起来，检修工作又怎么能够如期完成呢？我凝着眉头，面对生动妖媚的关琳，好色劲儿几乎消失得无影无踪。

就在关琳告辞五六分钟后，我的房门又一次被敲响了。我以为关琳落下了什么东西返回来取，或者她忘说了什么话，回头又来说。然而我想错了，当我把房门打开时，我惊讶地发现来人竟然是乔师傅。在灯光的照射下乔师傅的脸显得十分苍白，几天未见她好像瘦了许多，她站在与门板平行的位置时，灯光正好把她的影子投在门板上，那条影子瘦瘦长长，像水滴出的一条细线。

乔师傅。我轻呼了一声，然后竟不知该说些什么。

乔师傅并没有注意到我的惊讶，她此时的注意力显然过度集中于某一件事上。进屋落座后，她仍然没有对周边环境给予关注，甚至对我妻子不在家也没有觉察。她木然而坐，接过我递过去的一杯热茶，用两只手捧着，像是一个很冷的人借此取暖，可此时她的额头上分明挂着一层汗珠。

我心沉重，不知从何开口。

还是乔师傅先开了口，她说，我想为厂节约资金，这有错吗？

没错。我随口应道。

可为什么信不过我的手艺，为什么又要返厂直轴呢？乔师傅的语气加快了。

有些事情不是我们能够左右的。我说。

可是，你是分厂厂长，你也有一定的权力呀！乔师傅用很亮的眼睛盯住我。

我苦笑了一下，没有吭声。

既然我没有错，你就应该站出来支持我。乔师傅又说。

我又苦笑了一下，依然没有吭声。

由你下令，咱们抢先一步先把大轴校直，好不好？乔师傅说。

我皱紧眉头，觉得乔师傅简直是在胡说。

可乔师傅的话依然没有停止，她接着说，生米做成熟饭，老板也拿我们没辙了。

可我承担不了这样的责任。我大声说，我也没有这种权力。

你不用怕，只要大轴直成功了，老板是不会怪罪你的。乔师傅说。

面对眼前的乔师傅，我觉得这个有些苍老的肉体正被一种激情撑得满满的，几乎已经到了不顾一切就要爆裂的程度。她的每一寸皮肤每一缕发丝都在颤动，都在嘎嘎作响。那似乎是一种召唤，是一种来自遥远年代的某种回声。但我的头脑还是清醒的，我知道应该做什么，不应该做什么。我打个寒噤，脱口说了个不字。

真的不行？乔师傅问。

真的不行。我说。

我已经记不清楚乔师傅是怎么走出我家的，她的表情又是如何，事后无数次的回忆都没有找到清晰的答案。说心里话，我对乔师傅的态度是很复杂的，我理解她的难处和痛苦，理解她的任性、倔强和倔强背后的软弱，理解她的功利、自私和执着，理解她的破釜沉舟和不惜一切。我总觉得我应该是世界上最了解她的一个人。但是，我无法帮助她。

第二天上午，我在我的办公室里给属下的班组长们开了个会。预计明天生产厂家的运输车就要抵达这里了，我对大轴的拆卸、装车问题做了必要的部署。

散会后我接到了关琳打来的电话，她告诉我乔师傅回家后就病倒了，乔师傅的头晕得厉害，还发了烧，恐怕几天都起不来床了。我想乔师傅卧床休息几天也好，这样一来她就不能到处乱讲了。我长舒了口气，多少感到轻松了一些。

第二天上午应该是厂家的运输车到达的日子，可是整个上午都没有见到那种加重加长的卡车的影子。快到中午的时候才传来消息，说厂家那边出了点岔头，运输车要三天以后才能到达。

这显然是个至关重要的情况，这三天对我们厂来说就意味着工期。返厂检修的时间延期，运回来的时间也就延期了，再装机，试运，按期启机发电就来不及了。你启不来机，省调就会把发电指标让给别的厂，这样的结果是老板不想看到的。为了赶工期，老板当机立断，改大轴返厂为就地直轴。总经理等一些人也没有了反对的理由。

就这样，直大轴的机会又一次摆到了面前。这机会来得有些令人措手不及，一时间我几乎不知如何是好。

这真是人算不如天算呀！

得到这个消息后，我首先想到的就是还躺在家里的乔师傅，我拿起电话，刚拨了几位数又撂下了，我觉得我应该亲自跑一趟，把这个天赐良机当面告诉她。

我急匆匆赶到了乔师傅的家，此时正是下午，阳光很足，我身上都被汗水湿透了。老关给我开门，说乔师傅她睡着了。我没有理他，而是径直进了卧室。我的脚步声惊醒了乔师傅，她睁着惺忪的眼睛愣愣地看着我，花白的头发像一堆枯草，把那张我熟悉的脸衬得既憔悴又苍老，那样子令人十分伤感。

我把就地直轴的决定告诉了她，她依然呆愣着，好半天没什么表示。我又把话重复了一遍，她才似乎反应过来，问我是不是骗她的。我说不是骗，是真的，我们明天就要直大轴了，乔师傅你的身体怎么样，还能上场吗？

乔师傅这才将此事当真，她一骨碌从床上爬了起来，什么也没说，在屋里来回走了好几圈。再面对我时我发现她出了一头的汗，她的眼睛在湿滋滋的脸上显得愈加明亮起来，她一迭声对我说，我的病好了，真的好了，我这个样子，能上不去场吗?

我发现乔师傅亮晶晶的眼睛里似有泪水游动，那泪水很快变成一条汩汩不息的溪流，柔软而又顽强地汇入她那满脸的汗水里……

十

翌日清晨，当我提前来到检修现场的时候，我发现乔师傅已经候在那里了。此时还没有来几个人，乔师傅一个人站在庞大的汽轮机壳前显得孤单而又弱小。我悄悄走到她的跟前，本想问一下她的身体情况，可当我看见她的脸时，不禁又打消了这种念头。因为我发现乔师傅又有了新的变化，她的脸好像化过了妆，白中透着粉，眉眼之间有一股十足的精气神。她穿着一身崭新的工作服，是用劳动布做的，样式和颜色也和别人的不一样，显然是若干年前的老货了。但这身工作服似乎和她很相配，这使我很容易就联想到了二十年前的那个乔师傅。她的头上戴着和我一样的安全帽，嘴唇仿佛涂了唇膏一样泛着油光。尽管她鬓角的白发和脸上的皱纹是掩盖不住的，但她的整个表情和体态充盈着一种生动和妩媚，这怎么会是一个已经六十岁的老女人呢？这怎么会是一个大病初愈的人呢？面对这样一个乔师傅，我一时竟不知说些什么了。

后来关琳告诉我，乔师傅这天早晨是经过了精心的准备。天还没亮乔师傅就起床了，她坐在镜子前梳头抹脸，很用心地将自己打扮了一番，然后换上了那套收藏很久的工作服。她早餐吃得不多，但临出门的时候喝了一大碗自己为自己熬制的参汤，喝过热汤的她脸红润了，甚至还带着一层光彩，连走路都变得轻盈了许多。

现场的人陆陆续续多了起来，已经有一些工人开始做直轴前的准备工作了。我显然没有更多的时间站在那里陪着乔师傅，我需要到各处走走看看，督促工人们把准备工作做得细致一些。鲜亮的晨光从窗外投进来，使厂房里充满了一种温暖的色调，拆开的汽轮机裸露着内脏，像一幅抽象派的画。而机器的灵魂好像随时都会从那内脏里飞出来，像鸟儿一样向我们诉说些什么。

现场的人越聚越多，除了参加检修的工作人员，还来了许多与此无关的人，他们有其他分厂的干部、工人，甚至还有一些退休的职工。我知道，直大轴对年轻的一代工人来说不过是一个传奇，而对一些老工人来说则是一段回忆，一段对激情年代的回忆。现在，当传奇和回忆就要成为现实一景的时候，他们被深深地诱惑了，并对此表现出了前所未有的热情。但因为有厂规在，他们大都不敢靠前，都只站在远远的地方观望着。

不知过了多久，老板和总经理等人步入了现场。在他们身后跟着一些扛摄像机和举照相机的人，他们是公司管宣传的，他们的到来使这里的氛围显得更为热烈。人们议论纷纷，使现场的声音十分嘈杂。老板看见乔师傅时眼睛里掠过一丝异样的光，我知道在做就地直轴的决定时老板没有提要请乔师傅来，但他也没说不许请乔师傅来，这无疑给我留下了机动的空间。我当然是不能不请乔师傅到场的。老板显得很大度，他还是走过去和乔师傅握了一下手，然后又过来拍了拍我的肩膀，一句多余的话也没说，就退到一边去了。

有人向我报告一切准备就绪，我点点头，对乔师傅说，我们应该开始了。乔师傅说是应该开始了，乔师傅精神抖擞，脸上都放光了，说话的声音好像比年轻时还高亢。我望着乔师傅，我觉得在这幕大剧里主角应该是乔师傅，我不过是个配角，我示意乔师傅到中心的位置来，然后把手中象征指挥权的哨子递给了乔师傅。

人们的议论声消失了，现场一下子静了下来，只有机器的运行声从远处传来，像一支乐队在伴奏。

而人们的目光却都集中在乔师傅的身上，这目光中有尊敬、好奇、怀旧和怀疑。乔师傅望着大轴，目不斜视，似乎已经进入了临战的状态。从窗外投进来的阳光更加明媚了，它和厂房内的灯光一起把一切都照得亮亮的，连犄角旮旯都亮了，亮得发白，亮得扎人的眼睛。大轴躺在机壳里，像一个病人躺在无影灯下等待接受手术。主刀医生上场了，这个人就是乔师傅。此时我发现她的身体似乎在不停地抖动，这种抖一直延伸到地面，令我都有些要跟着她抖了，我不禁为她担心起来。

但我很快知道我的担心是多余的，哨子响起来之后，乔师傅很快进入了状态，她一会儿向别人下指令，一会儿又亲自动手，动作十分协调。用我好色的比喻就是，这场直轴对乔师傅来说，就像一个老处女终于等到了钟爱一生的男人。虽然是初次接触，但她对眼前的一切太熟悉了。积累了一生的热情和欲望，像雨后的太阳喷薄而出，顿时照亮了她生命的全部价值。她花白的头发散发出芝麻油一般香甜的味道，她的汗气像海风把周围的空气都吹得清新而又略带一些腥气，她的身体像过分成熟的果实一碰就会爆裂。是啊，她一生都在等着这个男人。这个男人今天终于来了，就在眼前！这一天如此美妙，为了这一天，过去痛失的、付出的，感到屈辱的、悲伤的……一切的一切都微不足道了。

也有人把直轴的现场比喻为一幅画：阳光、天车、机壳、大轴和众多观望的人。忙碌的乔师傅与画中的一切有种神秘的默契，她随着画面在动，画面也随着她在动……

突然，乔师傅不动了，当我，现在主持直轴的分厂厂长，她昔日的徒弟，走近她想给她打下手时，我的师傅木然不动了。

身体没问题吧？我问道。声音轻得只有咱师徒俩能听到。

乔师傅满脸笑容地对着我，没有吭声。笑容怪怪的，并且凝固起来，变成了一尊雕像。

师傅！我惊叫一声。

乔师傅依然那副样子，一动不动。我慌忙观看她的眼睛，发现她的目光直得吓人，接着又发现一溜口水从她的嘴角淌了下来。一种不祥的感觉促使我伸手去揽她的腰——刚刚触及，整个人就像一面墙那样向后倒去……

原载《青年文学》2003 年第 1 期

且看满城灯火

榛　子

1

叶大生把自己的自行车放好，锁上，晃晃悠悠走出车棚。今天下班难得的不拖泥带水，基本准时到家。他心情舒畅，嘴里哼着小调。走出车棚，拐了一个弯儿，谁知给一个女人拽住了。叶大生平时最忌讳女人跟他拉拉扯扯，他甩一下胳膊，不想那女人瘦是瘦点，手里的劲头还是有，叶大生没能甩开她。

叶大生回头一看，女人面色黑红，怪不得有把子力气。她的脸很脏，衣裳也脏。女人的眼瞳黑汪汪的，定睛看他。她的肩膀斜挎一只木箱，手里抱个木凳，原来是个擦皮鞋的！叶大生当时让她给气乐了。这娘们儿，准是找不着活干逼急了，看这样，我要不答应她，她敢把我摁地上，愣擦我脚上的鞋！

于是叶大生坐在这女人的小板凳上，点上烟，把烟抽进肚肠再慢慢吐出来。他定定心心地看一个陌生女人给他擦皮鞋。说实在的，活儿干得不算地道，还不如叶大生。叶大生擦皮鞋可是厂里有名。女人两只瘦筋筋的手倒是特别有劲，肯定干过力气活儿。要是找得到活干，估计这女人也不会来干这个。

正是下班的时辰，小区里人来人往的，又是在车棚门口。有人就好奇了，跟他打招呼，说："老叶你行啊，家门口擦皮鞋，你，行啊……"

叶大生"啊"了一声算是回应，琢磨他这话很是无聊，什么叫行啊，擦个皮鞋有什么行啊不行的。

有人拍他肩膀。老叶抬头一看，不是别人，是自己的老婆。老婆也下班了。老婆上下班坐公交车。老婆还是那样，下班之前也没忘了在办公室把自己收拾收拾，四十岁的娘们儿了，头发油黑的，脸蛋粉扑扑的，外人准以为要上哪儿赶场子跳舞。老婆走过他身旁，说："好，你想得开，会享受。"说着还朝他竖起大拇指晃晃。叶大生笑了，顺手在她屁股蛋上拍了一把。

女人费老半天劲才擦好一双鞋，还真是亮。叶大生问："几个钱？"女人说："师傅看着给吧。"说完低头收拾家什。叶大生给了她两块钱。叶大生还想看看她那双黑汪汪的眼睛，甚至想教她两招，擦皮鞋怎么省油省劲又好看。可她就是低着头，好像是为刚才的鲁莽道歉。

别说，皮鞋擦得跟新的似的，而且是别人擦的，走起路来感觉就是不一样。上得楼梯进了家，老婆正忙饭呢。叶大生看着菜不少，有凉有热有红有绿的，嘴里就说："喝点啤酒批准不批准啊？"

老婆不说话，劲头十足地忙。

叶大生心里特别满足，他的好老婆就是他最棒的后勤基地。这么些年你听说张三离了李四协议了，谁听说叶大生夫妻有什么闲话了？叶大生换上拖鞋沏上绿茶，坐在餐桌旁。老婆炒完最后一道菜，往手上抹着护手霜，笑眯眯地说："啤酒有得你喝，不过先谈谈心得。怎么样，需要我启发启发吗？"

"不用启发，"叶大生吃了口小菜，痛快地说，"心得有三。第一，是诚惶诚恐。想我叶大生，从小给父亲擦皮鞋，结了婚给老婆擦皮鞋，人到中年呢给女儿擦，突然之间，别人要给我擦皮鞋了，不擦还不行，而且还是个女同志，不适应，诚惶诚恐。"

"哈，态度还算端正。接着说。"老婆给他倒啤酒。

"第二嘛，压力巨大。你不知道她那双手多有劲！这么有劲的手，活活赚不到钱，再不让她擦双鞋，我感觉这女人要发疯。这影响到社会稳定啊。"

“夸大其词！第三呢？”老婆把碗筷摆上，估计女儿快放学了。

“这第三，剥削有功。小时候恨这句话，现在越来越觉得这话有道理。你知道我的理想吗？”叶大生问老婆。

老婆看着他，说：“你的理想不是早就实现了嘛，把那个女护士骗到手。”

叶大生一挥手，赶走她的玩笑。“胸无大志。我现在常想，如果我有钱，一定开一家工厂，让那些流落街头的人有口饭吃。”

还别说，叶大生进厂就是个勤快人，除了学手艺，就是给师傅擦皮鞋，后来擦出名气了，谁的皮鞋脏了都往他跟前一扔，他也不嫌弃，瞅个空就给人家擦了。半年后师傅生病住院，叶大生跟师兄去了一趟医院，在师傅的病房看见了实习护士盛冬梅，就舍不下了。以后三天两日往医院跑。师傅先还没明白过来，高兴得什么似的。很久以后师傅还骂他：“你小子那是看我吗？你是拿我当桥踩啊，鹊桥也是桥啊！”

实习护士盛冬梅跟叶大生谈起了恋爱。叶大生是个颇讲文明的工人。他爱洗澡，常洗衣服，身上带着一股肥皂的香味儿。以后的日子，就像扯日历那么快。有了女儿叶琳琳，小姑娘像日头下的向日葵，见了风都往上蹿。孩子上幼儿园了，念书了，叶大生和盛冬梅也没少折腾自己，读夜大学，业务进修……功夫不负有心人，盛冬梅出息成了护士长，叶大生呢，也当上了车间主任。

2

叶大生的父亲是老资格的工人。他先后养育了四个孩子，分别取名为：大生，大产，大模，大范，合起来就是：生产模范，尽管到退休，他自己也没能当上一回生产模范。叶大生执着地秉承了父亲血液中的国企工人阶级情结，手艺那么好，对生产管理又那么懂行的一个人，基本上没产生过跳槽的念头。他从钳工干起，又当装配工，加上他心灵手巧又好学，车床啊，刨床啊，镗床啊，他都懂，所以他这个车间主任是全能的，谁都服他。叶大生打车间一走过，哪台床子有问题，他一听就有数。只要床子在动，你零件夹得不规范他都听得出来。

本月是季度关键，叶大生也特别上心。他坐在车间办公室，身边几乎没人。谁也不敢闲着，就是闲人也找个地方待着，不敢让他看到。叶大生坐着，跟支部书记凑情况。他俩把议事叫凑情况，就是把车间里行政方面的支部方面的情况理一理，这说明他跟支书老赵挺对把子。老赵给俩人的大茶缸续上热水，坐下想点支烟，忽然发现叶大生不说话了，眯着眼睛在听什么。

老赵就说："怎么了，听到啥了？"

叶大生站起来说："不对啊，车间里怎么没动静了？"

老赵说："不会吧，没听说拉电哪，咱们厂可是挺长时间不交电费了。"

正说着车间调度进来了，黑着脸把图纸往叶大生面前一扔，说："这设计科的活儿是怎么干的，图纸又出错了，还不是一处两处。这不是耽误事儿吗？"

叶大生拿起来一看，真是有问题。他把图纸一抖动，责怪调度员说："你是干啥吃的，图纸有问题早没发现？讲话了，外屋有动静你不上心，色狼上床了才知道叫唤？"

调度不吃他这套："叶大主任，看图纸是我的事吗？"

看图纸还真不是车间调度的事儿。

支书老赵赶紧打圆场，让调度员坐下，给他点上烟，说："你没打电话问问设计科吗？"

调度还不算是难剃的头，当时就婉转了口气，说："怎么没找。几个工程师都不在，上班来点了个卯，出去找外快了。"

叶大生无奈地往下一坐。厂里的工程师找外快，这也不是秘密。

这些家伙给外资企业设计一张图纸，能拿厂里半年的薪水。给私营企业解决一个技术难题，半天就能拿上千。他突然想起自己车间的事，问调度员："车间里那几个技术大拿，这几天老实吗？"

调度犹豫着说还是不说，他也不愿得罪人。可是叶大生和老赵都拿眼睛盯着他，不说也不行啊。他叹了口气说："能老实嘛。一个月就那几个糟钱，车间任务又不够他们吃的，人家还不出去打点野食？轮流出去呗，整不好是给一家人家干活呢。"

这也是叶大生的心病。合资的外资的企业早就盯着车间里这几个技术骨干了，想着法儿地往外勾他们。这些人到外边修个机器排除个故障，几百块钱也就是两个钟点的事儿。

老赵气愤地说："扣他们工资！"

叶大生闷闷地说："那两个钱不经扣的。你给他扣光了，他干脆跳槽了。还是靠活计管人吧。只要有活儿的时候他们能干好，就不错了。"

叶大生扔了手里的烟头，上厂长办公室找厂长。

3

在厂长办公室门口走廊里，叶大生跟设计科郑科长走了个碰面儿。

郑科长一侧身，意思想跟叶大生来个擦肩而过。叶大生把他挡住了。

叶大生说："老郑啊，我也不想找你。可你看，这图纸……"

郑科长两手一摊："我怎么整，我能拴住他们的腿？"

叶大生说："可这图纸一出事就找不着人，这不让我坐蜡吗？"

郑科长说："你那几个人你不是也管不住吗？"他伸出手指制止叶大生，让他别说了，"你别着急，我知道，我马上给你找人解决问题。

我知道你那几台产品等着出厂。”

上星期的行政例会上，叶大生就和郑科长顶了一回牛。郑科长提出要给科技骨干实行年薪制，否则科里留不住人。叶大生等车间干部认为不可行，职工的工资打折还都拖欠，科技人员搞年薪制，车间工人还能干活吗？要想提高科技人员的积极性，可以实行产品开发奖，按项目大小设奖金。当时弄得挺僵，阮厂长也不好表态。

阮厂长正对着小镜子拔稀疏的几根胡子。职工们背后管他叫“软蛋厂长”。见叶大生进来了，忙让他坐。叶大生坐在沙发上。阮厂长坐在他身边，也没话说，低着头，两手捏得“嘎嘎”响。叶大生同情地看着他，心说，你啊，手里没那金刚钻，你揽的什么瓷器活啊。你以为这厂长是那么好当的，谁想干都能干的？

叶大生这厂其实挺有发展，生产数控产品，技术含量高，经过世界银行贷款的技术改造，大型的进口设备，整条的柔性加工流水线，在国内行业颇有名气。可这些年管理上不去，越整越不景气。上级公司也着急，光扔钱不见出产品，就忙着换厂长，最热闹的时候一年换了三个厂长，一个不如一个。走一个厂长带走一辆轿车，来一个厂长再买辆新的。先进的设备闲置不用，眼瞅着成了废铜烂铁，弄得职工人心惶惶。

最近把阮厂长派来了。阮厂长是上级公司一个中层干部，听说跟公司领导关系挺铁。他挺能说，说起来一套一套的，干实事不行，抓不住要害。那天上午开的欢迎会，阮厂长表态，说不搞短期行为。说厂里如果有宿舍，他可以住在厂里。一番话说得厂里的中层干部们心里挺热乎。谁知到了下班的时候，阮厂长没住进厂里宿舍，倒把厂里唯一一辆破丰田开回家了。原来他在公司刚考出驾照，手痒得不行。厂办小车司机老马首先尝到了失落的滋味。

厂里来过这么多的厂长，阮厂长是第一个自己开车的。工人们就说，这国有企业是越整越衰败，国营厂长是越整越现代。

叶大生说：“厂长，那车，车挺好吧？”说完他就后悔了，骂自己，你说点什么不好啊。

阮厂长马上抬起头："车挺好，咱厂效益差，有辆丰田就不错了。"他眼睛一亮，"车间要用车吗？没问题，我给你开。"

叶大生心里感到悲哀，公司让你来开车的吗？他本来想跟阮厂长好好聊聊，现在是什么也不想说了。

阮厂长倒是觉得过意不去，说："刚才老郑找我，还是说年薪制的事，我没答应他。"叶大生想，你还能干点什么呢？

厂办秘书伸进脑袋来："厂长，供电局来三回电话了，咱们再不交电费，人家可就真拉电了。"

阮厂长低头想了想，果断地说："让他们找财务科！"

叶大生失望地走出厂长室。走廊里吵吵嚷嚷进来几个职工，是要求贷款买房的，因为厂里拖欠住房公积金，银行不给贷款。这帮人走过来，问："叶主任，软蛋厂长在不在？"叶大生大声说："我也找他啊，没找着！"

4

快下班了，盛冬梅突然想起一件事，下一楼去找李笑云。一楼是急诊室，走廊里坐满了打点滴的病人。这些日子也不知怎么搞的，感冒发烧挂水的病人特别多，病房里躺不开，就坐到走廊里。走廊里风还挺大，盛冬梅真替医院过意不去。李笑云是她的妯娌，是叶大产的老婆。她在急诊办公室没找着，只能挨屋找。她看看手表，下班时候到了，心想明天再找吧。走过三号病房，突然听到孩子撕心裂肺的哭声，哭得上气不接下气。她有经验，听出这孩子是个小男孩儿，也就一岁多点儿。肯定是护士没经验，打点滴扎不进针头，要真是那样，这孩子遭的罪可就大了。

她拨开人堆走进三号病房，一看果然是这样。可她没想到当班的正是李笑云。孩子的小手小脚都扎成筛子了，渗出点点血斑。孩子的父母摁着孩子，都急出一脑袋汗。孩子的爹心疼孩子带着急，直朝李笑云瞪眼睛。孩子哭得嗓子都哑了。在盛冬梅耳朵里，这是对拙劣医术的血泪控诉。她真恨李笑云哪，当护士这么多年了，连个孩子的点滴都过不了关，怪不得她这护士挂不上长。孩子哭得脑门子青筋暴突。如果有经验，孩子扎针的理想位置就在脑部，可是李笑云没把握，不敢。

盛冬梅拍拍李笑云，叫她让开。盛冬梅让孩子父母放开孩子，然后给孩子轻轻擦汗。等孩子哭声轻了，她给孩子按摩小胳膊小腿，让他放松。孩子完全静下来了，她右手拿着针头和酒精棉球，用棉球擦他的额头。酒精棉球凉，孩子觉得舒服，眯着眼感激地看着她。擦着擦着她左手在额角一按，随着小血管鼓起，右手一穿，针头平平稳稳就进去了，接着用胶布贴住。做完这一切她在孩子脸上亲了一口，仿佛这是操作过程中的一个必要环节。

李笑云红着脸，跟着盛冬梅进了办公室。李笑云平时心里不太服盛冬梅，因为她比盛冬梅漂亮。可今天的事让她心里有愧。盛冬梅边走边脱白大褂，到了办公室把门“砰”地关上，白大褂往桌上一摔，劈脸就问：“笑云你说老实话，你和董大夫是怎么回事？”

董大夫是医院外科第一把刀，长得帅，喜欢跳舞唱卡拉 OK。这两天人们风言风语说李笑云和董大夫那个了，盛冬梅坚决不信。

李笑云的脸刚退了红，现在“唰”一下，红得发紫。盛冬梅心说完了。李笑云业务上笨点，爱虚荣，骨子里还是个老实人，藏不住事儿。盛冬梅一看她的表情，就知道人们不是瞎说。

“笑云，”盛冬梅无比痛心，“你可得当心了，叶大产那个狗脾气，他能饶得了你吗？”

“大姐。”李笑云不知所措，“呜呜”地哭上了。

吃晚饭的时候盛冬梅忍了几忍，没把李笑云的事告诉叶大生。她只是问：“大产最近跟你联系过吗？”叶大生说：“没有，可能挺忙吧，对了，应该是我这当哥的给他打个电话，你这是提醒我吗？”

盛冬梅说：“我也是随便那么一说。”叶大生朝她看了一眼。

盛冬梅知道自己笨了。你和李笑云在一个单位上班儿，叶大产他们家有什么事，李笑云能不跟你说吗？叶大生再笨，也能觉出里面的微妙之处吧。

晚饭后，叶琳琳去学校上晚自习。叶大生坐在客厅里，喝着茶，想看看电视。正左找右找遥控器，听见盛冬梅走到叶琳琳的卧室里。他也放下看电视的念头，跟着走向琳琳的卧室。

小姑娘大了，素质好一点的父母，尽量不去多管她，给她多一点自己的空间。叶大生和盛冬梅就是这样的父母，而且两个人没商量过，彼此心照不宣。可越是这样，女儿的卧室越成了夫妻心目中的圣地，对他们有着纯净的吸引力。叶大生走到门口，见盛冬梅正好奇地翻看琳琳的书包。小姑娘上高一了，晚自习图轻省，只带了相关的书和本子，把大书包留在家里。叶大生看了看屋子里，目光几乎是含情脉脉的，这不是夸张，他简直就是在看自己心爱的女儿一样。因为女儿大了，出落得端庄秀气，已经不习惯让父亲好好地看个够，而叶大生也不好意思用充满爱意的眼神饱饱地看她。他从桌椅看到床，再看了墙壁上贴的卡通贴画，然后咳嗽一声，以此提醒老婆适可而止。

叶大生打开电视，调到新闻节目。盛冬梅“咯咯”笑着走出来了，手里拿着本子，边走边翻，说：“想听听丫头写的什么吗？”

叶大生说：“孩子大了，知道世界上有‘隐私’这东西了，你可别干傻事。”

盛冬梅说：“我懂啊。这不是她的隐私，这丫头写了一个深刻的道理，咱俩想得到，可是说不出来。哎，你听不听？”

电视新闻里正播放有关国企改革的内容，镜头在厂区和车间里扫来扫去，就像一个不称职的清洁工，扫得浮皮潦草。叶大生关了音频，这说明他同样想听听女儿写的是什么。

盛冬梅忍住笑，清了清嗓子，随着电视画面读女儿写的东西："我出生的时候，爸爸是国有企业的工人，他的脸英俊光洁，是个标准的帅哥，怪不得妈妈爱上了他。现在我十六岁了，爸爸也当上了车间主任，再看他的脸，疲惫而衰老。爸爸的那张脸，简直就是国有企业的兴衰史……世界上能有让爸爸的脸再光洁起来的灵丹妙药吗？"

叶大生苦笑了："……这孩子，刻薄。这一点不像你，也不像我。"

盛冬梅见他动了心思，便收了本子，不作声坐着。

叶大生又说："不过孩子说得不错，这厂啊，真是费劲。"

盛冬梅说："这也不是孩子发现的，现在大伙对国企都这看法。整不好也不是你的事，你又不是厂长。"

叶大生干脆关了电视："谁当厂长也整不好。这国企就像破烂的筛子，过去筛下沙子留下金子，现在呢，连金子都留不住啦。"

盛冬梅看出丈夫真是上心了，有点后悔，想找个别的话题。

她说："街上最近新来了皮夹克，有黑的和深棕色的，皮革挺好，价钱也不算贵。我看了，挺适合你穿。咱们上街看看去吧？"

叶大生说："心情不好就购物，这是女人的专利，对老爷们儿不一定管用。"

盛冬梅说："人是衣裳马是鞍，穿件好衣服心情好三分，男女同理。走吧，我换件衣服去，你也快点儿。"

夫妻俩正要出门，电话响了。盛冬梅接的电话，然后递给叶大生："是大产。"

叶大生微皱了一下眉头，还是接过来了。

5

叶大生是那种死读书的人。他把所有的聪明才智都用上了，点灯熬油的，困了凉水冲头，也不过考上个技工学校，毕业后进工厂是理所当然的。叶大产则不然。叶大产是聪明机灵的。念书不上心，可回回考得都挺好。班主任预言，如果叶大产考不上大学，他们班就没一个人能考上。结果呢，叶大产落榜了，他们班有十多个同学考上了大学。

班主任为叶大产痛心疾首，他认为这是他从教以来最大的失败。一个工人阶级的后代，美好前程毁在早恋上。要是放在“文革”之前，这是不可想象的。叶大产落榜完全是为了同班女生李笑云。李笑云把他迷住了，整个高三他就没念进书去。李笑云倒是考上了中专，学的医护专业。还好，她还没甩了叶大产。确切地说，考上中专她还怕叶大产甩了她呢。

叶大产的出路，当然也是进工厂了。父母倒没说什么。老父亲撇着山东腔说：“工人咋的咧，工人阶级光荣！车、钳、铆、电、焊，创造新世界！”叶家的老大老二都进厂当工人了，叶家老夫妻走道儿都挺着腰板儿。等到家里四个孩子全都穿上了工作服，老工人叶国权带领全家下了一回馆子。

那时候下馆子可不是闹着玩儿的，更别说是全家下馆子了。可是叶国权觉得一定要下，这是个值得庆贺的大事。那顿饭花了几十块钱，一家人吃得红光满面的。走出馆子已经是万家灯火。

省城十几年前的夜景就很好看了。一家人站在跃进桥上，看灯火阑珊，车来车往。那时候，街上的大车比小车多多了。那天男人喝白酒，女人喝果酒。叶大模和叶大范，两个女孩子，酒劲儿作怪，诗兴大发。

大模冲着夜晚的城市喊：“且看满城灯火……”大范笑着接上：“敢问谁家天下……”

大生和大产，两个血气方刚的大小伙子，也是借着酒劲儿，跟着喊道：“看我工人阶级！”

一家人爽朗的笑声，在城市河流的夜空上飘荡。

叶大产是个聪明的年轻人，他总是比别人多想一些。等到他拿到三级工证书，师傅的话他也要掰开来琢磨了。他的技术明显超过他的级别。

这样的年轻人，车间主任和支部书记都另眼看待，没跑儿是要当好苗子来培养的。可是叶大产不把这个放在心上。他的活动范围特别大，各厂都有他的朋友，连机关事业单位都有。那时他并不明确自己要干什么，只知道朋友多了好办事。还有就是艺多不压身，有一手好技术到啥时候都饿不着。这一点很像他哥叶大生。

与叶大生不同的是，叶大产满处找私活儿干，凭手艺挣外快。他经常把当天手里的活儿安排好，就骑着自行车开溜了，到这儿那儿给人家解决技术难题，钱是“哗哗”地来，所以他的小家庭建设称得上超前。老爹叶国权对叶大产相当不满，认为他不走正道。叶大生对兄弟比较欣赏，觉得天下之大，兄弟们如果死守一条规矩，那就太没意思了。

到国有企业明显走下坡路的时候，叶大产跳槽了，到一家酒店去做承包人。那家酒店挂靠在事业单位，所处的市口热热闹闹。叶大生为这事跟叶大产谈了一回。经营酒店有风险，好多酒店是靠色情服务挣钱，容易出事儿。叶大生认为叶大产干这个太可惜，毕竟他在工厂工作这么多年，说扔就扔了？而叶大模和叶大范则坚决反对大产去干这个，她们认为这有辱门庭。

叶大产去了不久就发了。一个精壮的工人，眼看着变成了油光满面挺胸腆肚的老板，还特别能喝酒。这以后，叶大生和叶大产就很少见面了，他忙，叶大产比他更忙。

叶大生接过电话：“喂，大产吗？最近怎么样，挺好的吧？”

叶大产在电话里给他道了平安，然后说出来电话的本意。

原来是一家外资企业托他找个工段长，是日本人的厂。人家要懂行的，可靠的，能干的。叶大产就想到了叶大生。叶大生听了心里一暖，这出乎他的意料，他说：“大产哪，这个事儿，让我考虑考虑行吧？”

叶大产在那头儿说："那你得快点儿拿主意。人家等我回话呢。"

电话里的声音发瓮，有点陌生。他想，有多长时间没和兄弟面对面说话了？

叶大生撂下电话，对盛冬梅说："别上街了。老二要我跳槽，咱们商量商量。"

盛冬梅边脱外套边说："好事儿啊，是个机会。什么单位？"

叶大生说："日本人的。妈的我不愿给小鬼子干。"

盛冬梅笑了："你当你是谁啊？啥年代了，你不去有的是人去。"

叶大生也笑了："你说，我们老头儿听了能让吗？"

盛冬梅说："先不跟他说呗。真的，你得当个事儿办。"

叶大生说："真没这个思想准备，给我五天时间，让我好好想想。"

6

下班之前，盛冬梅给叶大生打电话："我和李笑云上街去，我还是想给你买皮夹克。你要是跳槽上外企，更得穿得像样点儿。"

叶大生说："行，你看着买吧。晚饭回来吃不？"

盛冬梅说："我要是不回来，你们爷儿俩怎么办？"

叶大生说："没事，我们可以上外头凑合一顿。"

盛冬梅约李笑云上街，给爷们儿买皮夹克。她劝李笑云给叶大产也买一件。李笑云答应了。两个女人走出医院，打的上了商业街。

商业街霓虹灯闪烁，永远显示着城市繁华的一面，仿佛这个城市有着耗不尽的消费能量。她们看着一个小年轻的，八百块一双的皮鞋，一下就买了两双，那神情，就像她们在小货摊上一口气买两件廉价衬衣，毫不心疼。她们互相看了一眼，用眼神传递着一个意思：真有趁钱的。

商业街可不是她们常来的地方。盛冬梅摇摇头，说："没办法，咱们不行。走吧，该干啥干啥去。”

叶大生和叶大产，在穿衣穿鞋上有共同的审美观，都喜欢咖啡色的皮鞋。本来她们商量好了，就给爷们儿买咖啡色皮夹克。可是到了商场，一件深紫红色的皮夹克吸引了她们的目光。颜色挺有品位，皮质和式样也好，是南方来的货。叶家兄弟长得都不黑，身材也挺拔，穿上一定好。商量一下，决定就买这件。左挑右拣付完了款，走到商场门口，李笑云站住了，说：“我还想给我老爸买一件。”说完脸有些红。

盛冬梅一下猜到，她是要给董大夫买。这女人算是完了，傻到家了。人家谈婚外恋都是男人花钱，可是这李笑云……盛冬梅说：“拉倒吧，你老爸啥岁数啦，穿这么招眼，你还让他消停不？”说着，硬把李笑云拽出商场。

外面已经是满街灯火。她们在街头一家小饭店坐下，把服务员小姐递来的菜单看了又看，最后还是简简单单，要了斤饼和什锦汤。

慢慢儿地吃着，想着自己的心事。一个男人吸引了她们的目光。特别是李笑云，差一点就从椅子上跳起来。盛冬梅瞪她一眼，让她快坐下。

也不怪李笑云如此失态，这男人太像董大夫了。

盛冬梅一边吃一边轻声说：“你可长住心眼。那小子是有名的花心大萝卜，他就是跟你玩玩，你还想怎么的？既然把持不住掉进去了，也就是玩玩呗，你还想怎么的？你真没出息！”

最后一句她简直就是咬牙切齿说的。

李笑云自责地哭了。她放下筷子，说什么也吃不下去。两个女人走在夜晚的街上，李笑云哭着给盛冬梅讲了经过。

李笑云性格开朗，喜欢跳舞，偏偏叶大产最反对她这个爱好。年轻的时候为这事没少干架。从职业上说，叶大产多少有点自卑感。要说李笑云，算是个顾家的好女人，孝敬公婆的好儿媳。自己家的事一手包了，还很想着公公婆婆。可是公婆对她不放心，一是嫌她念书就知道搞对象；二是嫌她喜欢跳舞，这一点更不好。所以老婆婆总在大产耳边吹风。

风流男人说起来名声不好，怪了，反而让女人上心。医院里职工多，李笑云没什么机会和董大夫接触，她只是在背后呆呆地望过他。可是花心男人的心太厉害了，这心里能伸出长长的钻杆，带着锐利的钻头，深深地钻到女人的心里去，探究到其中的隐秘。董大夫约过李笑云，去跳舞，去唱卡拉OK，或是去喝茶，都给她拒绝了。她的拒绝，明显带有怯懦和窃喜。董大夫遭到拒绝并不生气，反而意味深长地一笑。

事情还是怪叶大产自己。他承包了酒店，要把舞厅搞红火，改变了从前不让李笑云跳舞的脾气。他把李笑云带到舞厅，让她教自己跳。李笑云长得好，舞也跳得不错。酒店老板和太太双舞双飞，确实把舞厅的生意带起来了。可是李笑云要倒班，时间长了她吃不消。跳舞再是个消遣，再符合女人的天性，当成任务来完成总要生厌。叶大产也算是灵机一动，生意经上来了，让她往舞厅带医院的人。而李笑云首先想到的就是董大夫，带了他，就可以带来很多人。

董大夫和李笑云跳舞，可就不是一般的快三啦慢四啦。他们跳最时髦最吸引人眼球的“国标”。

以后的事就不用细说了。

盛冬梅沉默着，她没法说什么。谁知道是谁错了呢？这世上越来越多的事，好像都没个因果关系了，或者说因果倒错，纠缠不清。

李笑云气愤地说：“他叶大产也不是好东西，外头有女人。”

盛冬梅问她：“你说这话有根据吗？”

李笑云说：“回家越来越晚，到家身上一股香水味儿。半夜了还有人打他手机。还有，”她停了一下，说，“他有两年不碰我了，还不让我碰他。”

盛冬梅无话可说。她知道叶大产没有坐怀不乱的品性，世道又是这样的潮流，似乎叶大产不这样才不正常。

盛冬梅说："我只是担心你没心没肺的，让他看出来。"

李笑云擦着泪说："他还有心思关心我啊？躲我都来不及。"

7

叶大生刚到厂里，就听到那个坏消息，那台卖给南方某军工企业的加工中心退回来了。东西是昨晚拉回来的，听说对方吵着要退货呢。

那台床子是叶大生的车间生产的，销售价两百多万。当时叶大生就不同意出厂，想再检验一番。可是阮厂长不干。买方按规定预付的三分之一的货款，早就发了工资了。而产品早日到位，买方得马上付清另外的货款。阮厂长还指着这钱给供电局付电费，给职工发工资呢。

叶大生找到销售科，李科长正在。叶大生问他："咋整的，外修科不是派人去检验了吗，咋这么快退回来了？"

"嗨，别提了，直接拉回来倒好了，没这麻烦了。"李科长也是恨得不行，"你知道外修派谁去的？马大龙！"

"马大龙怎么了？他技术不错啊，责任心也有。"叶大生不理解。

"现在的马大龙不是过去那个啦。他上小学的儿子心脏手术住院，借了好几万，厂里应该报销的那部分，一点儿报不了。他跟软蛋吵了好几回了。说啦，当官的吃吃喝喝、车来车去有钱，职工家属看病就没钱？这回上南方，他是存心出厂里的丑啊，当场把床子拆开了。一台新产品，拆成了一堆旧铜烂铁，有的部件外面光滑，内里还有锈呢。人家厂里当场就炸锅了，吵吵着要退货。老叶啊，这回你的娄子大啦，那可是你们车间的产品！"

叶大生心生愧意。这台东西当时再坚持一下，检验一遍，可能就没这麻烦。

李科长说："小毛病还有不少呢。数控箱里头，人家捡出来一把破笤帚，两只破胶鞋，还不是一双。另外你说怎么着，还有几个避孕套！"

李科长说着忍不住哈哈大笑："老叶，你那儿是不是有人白天在车间里干那事啊？真他妈精彩！"

叶大生是多么要脸的一个人，这时候如果在河边，他"扑通"一下就跳下去了。他这么敬业的一个车间主任，车间里的工人能干出这事儿来，说他没责任是不可能的。可问题出在哪了呢？平时他也没少敲打下面啊。

话说回来，现在的工人，再也不是他们这一茬的模样了。过去他们装床子，吊车把部件轻吊轻放，落位相当准确。部件稍有一点差错，哪怕只是感觉上的一点点，也要重吊重放，必须精确到位，一点儿含糊都不能有。现在倒好，部件明显的不到位，装配工拿大锤这边那边"乒乓"一砸，外面看着是到位了，里面的损伤也就埋伏下了，客户使用不了多久，多半会出问题。过去哪怕一些小地方也讲究，比如说上螺丝吧。眼儿钻好了，对着钻孔且吹呢，吹完再擦，直到里头金属屑一点儿都没了，这才上螺丝。现在呢，钻完孔就硬上丝。孔眼儿里有铁屑啊，上到一半，得，里面堵住了，螺丝吃不住劲，拧歪了。怎么办？这在过去不是小事了。现在呢，铁锤的招呼，把歪螺丝一砸，外面掉地下一半，机器里面留一半，完活儿。这些事儿叶大生也管，可是管不过来。有时候为了让产品早日出厂，他也睁一眼闭一眼了，心存侥幸，想，反正还有外修科呢。这回好，天大的事儿，落自己头顶上啦。看来真是不叫我在厂里待啦，他想。

车间里正张罗着拆那台床子。干活的工人没精打采的，好像早上没吃饭。这要在平时，叶大生袖子一挽，早就自己干上了。可是有了大产的那个电话，叶大生自己都没察觉到，心气儿不一样了。他拧着眉头抽烟，思绪飞扬，想象起马大龙在客户厂里大拆机床的热闹场面，那个嘎咕劲，自己都气乐了。

这些小王八蛋！

叶大生走出车间，来到厂区大道，蹲着抽烟。他是个爱琢磨事儿的人。这世道是怎么的了？如今工人对当官儿的那劲儿，比解放前工人对资本家还邪乎。过去资本家管厂，还讲究个人情礼道，知道在工人身上抠钱得讲个方式，因为那是他自己开的厂啊。现在的厂长呢，是上级任命的，好好谋事儿的不多，对工人呢，客气点儿说是顾不上关心吧。可是哪个都知道摆谱，比地方的行政官员都会折腾。叶大生记得拉回来的那台产品，刚开发出来的时候，说是开发，其实就是把人家国外产品图纸搬过来，小改小闹一番，上级公司就美坏啦，来厂里开现场会。就是在这条厂区大道，轿车停了十好几辆。公司的经理副经理，书记副书记，还有这个处长那个主任，都有轿车用。

厂里当时就有人嘲讽开了："这是把大道租给车展大会啦？也行，是个挣钱的办法。"还有的说，"国企改革先把这些轿车改了就行。卖两辆够给咱厂开一个月工资的，卖五辆能救活一个厂。"

正想着，李科长来了，在他身边蹲下，说："老叶，软蛋说了，咋也不能让客户退货啊，必须接待好。"

叶大生说："接待客户是你销售科的事儿啊，你老兄上点儿心吧。"

李科长挤着眼睛："可娄子是你捅的嘛。你说，往哪儿安排他们住？"

叶大生说："市里酒店多了，你问我？过去你是怎么安排的？"

李科长说："按常规接待不行了。军工单位那个供应处处长，听说级别不小呢，跟软蛋拍桌子了，一定要退货。"

叶大生知道这个处长，人高马大的，四川口音，没啥心计。上回来看样品，一顿大酒就让他签了合同和支票。这回怎么就这么蛮横呢？

李科长说："也不怪他，听说因为咱们这台床子，他得降职。他们厂子等着咱们的机床生产呢，那可是生产军工产品哪。你说他能不急吗？"

叶大生说：“这样，你负责陪他喝酒，我负责把床子修好，肯定还快还好，让它没有一丁点儿质量问题。”

李科长说：“你那点活儿好干，我这儿不好对付啊。软蛋让我给他找好玩儿的地方，你说上哪儿安排？”

叶大生说：“我哪知道啊？我又不喝大酒，我又不会玩儿。”

李科长说：“你看你兄弟那儿行不？你给通个路子，关键是要安全保险。”

这可是第一回，有人用叶大产的事儿来呛叶大生的肺管子。叶大生当时就咳嗽上了。叶大产的酒店，已然成了叶大生心里的一块隐病。叶大产那儿的经营内幕，叶大生多少也听到些。为此他不大愿意和大产联系。现在李科长这么一说，当然了，人家也不是存心呛他，但叶大生还是相当恼火。

他说：“这事儿我不管。以后你也别为这种事儿找我。”

说完他上车间去。不管怎么说，这床子得尽早给人家整好，这才是他叶大生的风格。安排客户，谁爱咋整就咋整吧。

8

盛冬梅跟李笑云上街买皮夹克，回来已经不早了，女儿都睡下了。她让叶大生在镜子前穿上试试，别说，真是挺合适，很给她男人提精神。

叶大生累了一天，转眼就“呼呼”大睡。盛冬梅翻来覆去睡不着。刚才她和李笑云走在街上，两人快分手了，她看见路灯下站着个女的，背着个擦鞋箱，手拿个小板凳，在寒风里萎缩着，瞅着真是可怜。她觉得这女人身形好眼熟，仔细一看，差点叫出来，那不是叶大范吗？

她赶紧让李笑云先走了，喊了一声：“路上加小心！”就是这一声惊动了叶大范，她肯定听出了自己的声音，背着箱子转身就钻进了黑暗的小巷。盛冬梅心里隐隐作痛。叶大范是叶家的小女儿，叶大生最心疼的小妹。这些日子不见，她干上这个了，不知家里有多大难处呢。她恨自己这个嫂子没当好。

盛冬梅到底没敢跟爷们儿说这事。她自己抽空上大范家去。

叶大范是老叶家长得最好看的。中溜儿的个头，虽说瘦一点儿，可是整个人看上去圆润。瓜子脸，圆润的肩，圆挺的胸，黑白分明的眼睛。这孩子命不好，有个说不出口的病，癫痫病。家里人说不出口，可病这东西是瞒不住人的。所以结婚的时候嫁了个瘸男人。男人瘸，在菜市场卖个菜啥的，后来又得了类风湿，关节肿大，卖菜也很费劲了，一个月出不了几天的摊儿。大范因为有这个病，进的是街道工厂，当时就算很知足了。十几年过去了，街道工厂比国企还不如呢。大范下岗回家了，一个月的生活费没多少，孩子又得上学。唉，盛冬梅越想越埋怨自己粗心，对大范关心不够。

叶大范家在老城区，破旧的平房，屋里挺挤，也没啥好东西。叶大范不在家，只有她的爷们儿瘸子在家，腿疼出不了摊儿，仰着苍白的脸，看电视呢。那是台十八英寸的破彩电，打从结婚看到现在。

见盛冬梅进来，瘸子感到意外，挪了一下身子，说："嫂子，你咋想着来了呢？"

盛冬梅说："那啥，我办事儿路过，顺便来看看你们。大范呢？"

瘸子说大范上班儿了。盛冬梅很感奇怪，问："在哪儿上班呢？"

瘸子说："在家政公司，也没准儿，有时候有活儿，有时候没事儿干。"

盛冬梅就知道，大范上街擦皮鞋没跟瘸子说。

瘸子其实是个挺内秀的男人，脾气也好。年轻那阵儿虽说瘸点儿，可是写写画画的还行，所以老叶家觉得还没屈了闺女。可是日子过到这份儿上，写写画画能当啥呢？

盛冬梅说："天冷啦，你那腿咋样啊？"

瘸子很感动，说："没啥大事儿，有点疼。过两天好了，我就能出摊儿。"

盛冬梅喉咙一热，眼眶子有点酸。她说："哪天我给你找个好大夫，抓两服药。另外你也得动唤，哪怕在屋里走走也好，不能光坐着，听见没？"

瘸子说："我这刚走了一阵子，身上都挣出汗了。那啥，嫂子你不用找大夫了，过两天就好了，真的。"

盛冬梅知道他是心疼钱，也就不说这事儿了。她问："孩子挺好的不？"

瘸子欣慰地笑了，说："这孩子随我，爱学习写字，班级前三名没跑儿。"

盛冬梅附和着笑笑，心里真不是滋味儿。她打包儿里掏出三百块钱，搁在桌子上，说："那啥，天冷了，这点钱你看着给孩子买件厚衣服。我还有事，走了。对了，你大哥说了，有啥事儿给我们打电话，千万别屈着孩子，听见没？"

瘸子低下头，"嗯"了一声，再也没抬头。

盛冬梅赶紧往外走。她知道瘸子要脸，有啥难处也不跟别人开口。给他三百块钱，等于抽他三个耳刮子。可是不给也不行啊。这日子过得，要想挺起腰板儿做人，真难哪。啥能补钙啊？对穷人来说，钱就是最好的钙。

晚上，叶大产又来电话了。是盛冬梅接的。她本想给大产说说大范的难处，话到嘴边又咽下了，把电话递给叶大生。

叶大生以为弟弟肯定要问跳槽的事儿，谁知道大产上来就说："哥，你们那个阮厂长，真是年轻有为啊。"

叶大生就猜到，李科长到底把客户给领到大产的酒店里了，心里骂了声娘。嘴上还得装糊涂，说："你咋还认识他呢？"

大产说："相见恨晚哪。这小子，能喝酒，也能唱歌。打麻将鬼道。你们那个李科长，那王八犊子，滑蛋一个。"

叶大生真是不爱听这个，嗯嗯啊啊地说：

“啊，他们上你那儿去啦？”

大产说：“来了。挺够意思，有生意能想着你弟弟我。那个什么处长，操，别提了，不是东西。”

叶大生说：“啊，他咋的了，不就一个客户吗？”

大产说：“阮厂长和李科长陪他玩到半夜，走人了。这小子，跟我要小姐……”

叶大生没法儿说话了。他想兄弟可能喝酒了，兴奋，跟他说这个。

叶大产感觉出哥哥不爱听这个，忙说：“哥，那事儿，你考虑得咋样啦？”

叶大生本来还想考虑考虑，刚才听大产说了那么多乱七八糟的，他真是有点烦。下意识里想说“再想想吧”，嘴上却脱口而出：“那啥，咱爸不让去啊。”

叶大产挺不理解：“这事儿你跟他说啥呀？”

叶大生说：“不是我说的。是你嫂子不小心说走嘴了。”他给老婆挤挤眼睛，“那啥，大产哪，要不你看，给我留点儿心，再找找合适的，行不？”

大产说：“也只能这样了。没事儿我挂了，有事儿再联系吧。”

盛冬梅怪他：“你看你，好不容易有这么个机遇，你真是的。你寻思那么好找的吗？”

叶大生虎着脸不理老婆。他想，就我这兄弟，找着了我能去吗？

叶大生本以为，抢时间把那台床子修出来，也就没啥事儿了。可是那个军工企业的供应处处长，真是王八吃秤砣——铁了心了。也可能上边肯定要给他降职，他也破罐子破摔了。大酒喝了。喝完酒一擦抹嘴巴子，就两个字儿：退货！

这么大一单生意，就这么砸了。上级公司非常恼火，阮厂长顶不住，把叶大生弄到生产科，当了个副科长，算是对上头有个交代。

9

星期五下了班儿，盛冬梅又赶到叶大范家。

这回大范在家，忙着做饭呢。见盛冬梅来了，赶紧关上厨房门儿迎出来。盛冬梅知道她怕自己看，猜她也没啥好东西吃。

盛冬梅掏出街上买的酱牛肉和蒜肠，说：

“我看这熟食整得挺好，买了不少，你大哥爱吃这个。我给你留下点儿吧。”

叶大范捋着头发，红着脸，说：“嫂子你坐，看这家整得，连干净地方都没有。”说完给盛冬梅擦椅子。

大范的儿子果果念小学二年级，正趴桌上写作业呢。老叶家两个儿子都养的闺女，两个闺女呢，都生的小子。果果长得清秀，这孩子天性好，啥时候都是乐呵呵的，这脾气随老叶家。

果果抬头亲热地叫了一声：“大舅妈！”接着耸耸鼻子，说，“香，香！”

盛冬梅摸摸他的小脑袋，问他：“作业写完了吗？”

果果说：“写完？今天是没门儿了。大舅妈你不知道，现在老师留的作业，那是虾爬子要回家——海啦！”

盛冬梅笑了，说：“果果，你琳琳姐可想你了。”

果果就低头“嘿儿嘿儿”乐了，说：“现在想我还行。”

盛冬梅觉得这孩子好，真不像个苦孩子，就逗他：“以后想你就不行了？”

果果说：“十八岁以后，就是大男大女了，再想就不好了。”

说得大人哈哈笑。

盛冬梅说：“大范哪，你大哥想果果想得不行，让我接他上家住两天呢。”

大范笑着说：“他想去就去呗。”

果果当时就跳起来，又坐下：“那我的作业咋整呢？”

盛冬梅说：“带上你的书包，上那边儿和你琳琳姐一块儿写。”

果果真是想去，可又舍不得桌上的酱牛肉和蒜肠，直拿眼睛瞅。

盛冬梅给他看手提袋：“你看，大舅妈的包儿里还有呢。走吧？”

果果跟盛冬梅走了，大范和瘸子吃饭。挺香的牛肉和蒜肠，瘸子吃不下去。

刚才盛冬梅在，他没说几句话。现在他黄着脸，对大范说：“我有个事儿，一直想跟你说。”

大范问他：“啥事儿？你说。”

瘸子说：“大范，咱俩离婚吧。瞅我把你拖累的。”

叶大范的眼圈就红了：“瞅你说的啥呀！”

果果一进屋，叶大生可乐坏了。这是盛冬梅带给他的意外惊喜。“哈哈，我们果果来啦！”他把果果一家伙抄起来，举着转了两圈儿。一上手他就觉得这孩子瘦，没啥分量。

他心里真感激盛冬梅。

果果一边摘书包一边说：“大舅，苹果真香。”

苹果在冰箱上放着，他还没看见呢，先闻到了。叶大生就给他洗苹果，然后打皮。果果说：

“大舅，别打皮，苹果皮的营养最丰富。”

叶大生说：“那不行，不干净。”

果果把苹果捧在手上，在心在意地吃。叶大生看着苹果一口一口进了他的小嘴儿，心里特别滋润。他琢磨着，问果果：“你在家吃苹果不打皮儿？”

果果眨着眼睛，像是在回忆久远的事情，点着头说：“嗯。”

叶大生又说：“你，多长时间没吃苹果了？”说完他就觉得，这话说狠了。

果果乐呵呵地说："有半年来的了。"他怕大人心疼，又说，"我爸说了，萝卜的营养价值和苹果一样。"

叶大生到厨房，对老婆说："礼拜天你记着提醒我，买两箱苹果给大范送去。"又问，"你整点啥菜呢？"

盛冬梅说："放心吧，让他待两天呢，咱们好好喂喂他。"

叶大生乐得，在她屁股蛋儿上狠狠攥了一把。

叶琳琳放学到家，看见果果，简直就乐疯了，捧着他的小脸又亲又咬。果果挣着躲着，扯着小嗓门儿喊："不行，这样不行！"

叶琳琳才不管他呢。

双休日叶大范是不能放弃的。因为街上人多，擦皮鞋的人也就多几个。她本来在家政公司干得挺好，不少人家点着名儿要她去。谁知有一回，干着活儿她就抽开风了，抽得眼睛翻白儿，满嘴白沫儿，把主家吓得不行。为这事儿，家政公司再也不敢用她。

叶大范背着箱子转悠，这两天她心事挺重。听说他们这片儿老城区要动迁，过去老百姓盼这个，如今却最怕这个。她想着，这可怎么办呢？按现在的房价，按她家现在的破房，她就是搬到郊区，也买不起房啊。

这女人年轻的时候是很乐天的。虽说有病，可是老天照应，她这癫痫病犯的时候极少，从小到大，有数那么几回。在学校念书那会儿，她功课好，唱歌跳舞啥的也都出众。这些年不行了，生活就像一块粗糙的砂纸，把她打磨成一个心思很重的女人。她又不愿跟别人诉苦。

天冷，擦鞋的人不多。早上对付着吃了点儿东西，现在都下午了，兜里那两个钱，连买个烧饼都舍不得。她脸色发青，真有点儿扛不住了。

转悠至商场里，她只是想暖和暖和。可是服务员小姐往外撵她。刚觉得有点儿暖和，只得往外走。

一个坐在商场里的黑胖子，朝她这边喊："那位大姐，你过来！"

她望过去，吃不准他这是叫谁。黑胖子朝她招招手，又指指自己的鞋。服务员小姐一看，也只得走开了。

叶大范走过去，蹲下，让黑胖子把脚搁她的木箱上，就忙活开了。

黑胖子抽着烟端详她：“大姐，你这么周正这么干净个人儿，怎么干这个呢？”

叶大范不理他，只管擦皮鞋。

黑胖子叹了口气说：“好人没好命啊。大姐你别生气啊，我瞅你半天了。刚才在街上我就看见你了。唉，家里没个难处，谁大冷天的上街干这个？”

叶大范的脸红了。脸一红，人就更受看。

黑胖子说：“人有了难处，就别顾忌那么多啦。大姐，我好好问你，想多挣几个钱不？”

叶大范抬起头，看了他一眼。这人倒不像坏人，就是一张脸长得黑点儿糙点儿。叶大范说：“谁不想多挣两个。”

黑胖子说：“那咱们，处个朋友行不？我老婆死了，孩子在老家跟爷爷奶奶。我也是一个人，不想再结婚了，就想找个伴儿。你放心，我是正经生意人，也没病。你想想吧。”

叶大范不说话，咬着嘴唇干活儿。

黑胖子说：“那啥，你也别急着回答我。我看你也是又冷又饿的，这样，我请你吃顿饭吧，你也暖和暖和。吃完了饭，你要是不愿意呢，你就走。你要是想考虑考虑呢，咱们再联系。走吧，大姐。”

鞋是早就擦好了。叶大范坐在小板凳上，听黑胖子说。黑胖子看她不言不语，就提着她的鞋箱，往外走。

黑胖子的车就停在外面，他把鞋箱放进轿车的后备厢。叶大范到了也没想明白，自己怎么会跟他去吃那顿饭的。

10

生产科原本就有一个科长，一个副科长。叶大生来了，算是第二副科长，明摆的是闲职。养着吧。叶大生不觉得委屈。本来就是自己没整好，那么大一单生意，砸在他手里，不处分他他还不自在呢，过了一阵子他就活泛了。有朋友知道他的处境，就勾他上外边儿干活。科长让他去，说："你去。厂里也没给过你啥好处，现在闲着也是闲着。你头晌去，下班之前回来就行。"

这一去，才明白叶大产当初为啥老干私活儿。钱来得真是快啊。给人修了两回机床，头回拿了七百，第二回拿了八百。叶大生厂里的产品技术含量高，他手上又有活儿，外边觉得挺头疼的难题，他一看就明白毛病在哪儿。他还不敢上手就解决，这儿看一会儿，那儿瞅瞅，抽支烟，然后才慢慢儿下手。要说叶大生，也就这么点儿人生智慧。第三回是给人家数控操作工培训，带现场指导，四个半天拿了两千。他把钱揣兜儿里，一个劲儿咽唾沫。

他给科长买了两条烟，算是意思意思。这么干着，也没人管他。厂里若是有急事找他，科长就打他手机。

叶大生本来人缘就好，再加上他厚道，干活儿不喊价，完活儿了也不计较。这样就形成了良性循环，找他解决难题的人越来越多。这段日子，叶大生才体会到什么叫自由。自由的感觉，真他妈好！自己做了半辈子的敬业职工，也没有这些日子明白的道理多。

这天，叶大产出外办事儿，顺路上厂里找他哥。他不是找他解决技术难题的。大产虽然干上酒店了，可是原来工厂那些朋友也都没断了联系，反而利用酒店交际面广的优势，办了不少的事儿。这回有人托他找个加工点儿，干一批大活儿，是机械加工之类。大产觉得这事儿挺好，交给他哥干放心，上家满意，对他哥也没坏处。他叶大产拿了人家的介绍费心里也踏实。

门卫认得他是叶大生的兄弟，一摆手让他进去了。也没让他办会客手续，也没告诉他叶大生调生产科了。大产直奔车间办公室。

叶大生调走以后，支书老赵当了主管。大产认识老赵，进门儿寒暄几句，就问："我哥呢？"老赵是个非常聪明的人，见大产来车间找他哥，明白叶大生没把厂里的事儿给家里人说，那他也不便说穿吧，忙说："那啥，你哥有点事儿，在生产科，你等着，我打电话叫他来。"

电话打到生产科，正好叶大生出去干活儿了，生产科科长也鬼，说："老叶上外边处理点业务，啥事儿啊？"

老赵说："没啥大事儿。"撂下电话对大产说，"你哥出去办事儿了，你看，真是不巧。"

大产想，这事儿跟老赵说也一样，左不过老赵再跟他哥商量呗，于是就一五一十地说了。老赵当场拍板："这活儿没问题，我们接了！"

这种对外协作的活儿，厂里有个名目，叫作"外协"。厂里是有规定的，所有外协必须由生产科统一安排，利润上缴大头儿。各车间不得私接外活儿，以免利用公家的机器设备、人工、电力挣私钱。可是厂长抓不住，这个规定已经名存实亡，各车间都在接私活儿，反正到时候给厂长整明白就行了。这种盈利，一般都是干活儿的工人拿小头儿，车间主任拿大头。

老赵没敢把这事儿跟叶大生说。他知道，如果叶大生还是这个车间主任，那他肯定要把这活儿交给生产科去办，这是叶大生的风格。老赵不想这么干。他也想整点儿私钱。当了这么多年的支部书记，现在总算来了这么个机会。

老赵抽空去和上家谈生意。叶大产以为他是代表他哥的，也不在意。谈妥了价格，这就干上了。

老赵让上家把来料和取活儿的时间尽可能安排在下班以后。

尽管是暗箱操作，架不住加工量太大，活儿在厂里进进出出的太多，闲话就在厂里传开了。很多人不明真相，传说是叶大生操办的。叶大生自从离开车间，就不愿意回去看看。如果他有空上车间转转，就会发现很多没有生产科签发的加工活儿。

可是生产科科长老大不乐意了，心想，我还是没把这个叶大生看透啊。我还一直认为他是个厚道人呢。叶大生你也太黑点儿了，这边儿私活儿进进出出，完全没把我这生产科科长放在眼里，那边儿还上外头干私活儿，我还蒙在鼓里给你打掩护。叶大生再想出去，他就不痛快了，不是说今天有个会你得参加，就是交给他个小小不然的事儿，拖住叶大生的腿。

叶大生觉得奇怪，厂里的人看他的眼神都不一样了。有个把关系不错的，碰上他就笑，说："老叶，你行，这些日子财没少进啊。"说着还捻捻手指头，做数钱状。叶大生脸红了，他以为人家说他外出干活的事儿。他就有点后悔，心想，不怪科长这些日子想法儿拖住我，敢情是为我好。

生产科科长咽不下这口气，找阮厂长汇报，阮厂长不说话。老赵早把他整明白了。生产科科长还兼着生产支部的书记呢，他就找党委书记。党委书记也不乐意。这些车间主任眼里只有厂长，特别是这个老赵，才当上车间主任几天哪，你也不把我放在眼里了？可是这种事儿，他一个党委书记冲在前头就太掉价儿了。他对生产科科长说："那啥，你找纪委反映一下，让他们处理。"

纪委找叶大生，让他挺不自在。他叶大生啥时候跟保卫科纪检委打过交道？可这回不行了，明摆着是自己老跑外面干私活儿，让人家抓住把柄了。可是也不对啊，上外干私活儿的多啦，怎么单跟我叶大生过不去呢？叶大生平时不太瞧得上这些科室人员，特别是那些干政工的。厂子都发不出工资了，留这些机构干啥？宣传科还行，黑板报厂报还算写写生产进度好人好事儿啥的。纪检委是干啥吃的，厂里那么些乱事儿，他们管得了吗？

可这回纪委就找到他头上了。一坐下，他就不自然。纪委书记挺客气，说，老叶，我们也是例行公事儿，最近职工反映挺大，不找你谈谈说不过去了。

叶大生说："啥事儿啊，我咋不知道呢？最近我外出多点儿，这是事实。给兄弟厂解决技术难题，这也算事儿吗？"

纪委书记笑了："老叶啊，你这是扯小头儿不扯大头儿啊。"要说这也是句荤话，可是叶大生不懂。他说："我没啥大头儿，有大头儿我早扯了。"

纪委书记只得明说了："就是你们车间外加工的事儿。"

叶大生火了："我们车间？我哪个车间？我现在啥职务？哪个车间的事儿你找哪个车间去。"说完就闭上了嘴。纪委书记一想也对，车间的事儿，还得找车间，转两个圈儿回来，我再整治你叶大生。

叶大生出来喘匀了气儿，怪自己太不冷静。纪委肯定是整差了。要说这些同志也不容易，大事儿他们不敢管，碰上小事儿，不使点劲儿也说不过去啊。

纪委就找老赵。老赵是啥人儿啊，说："啊，这件事儿，你让我好好回忆回忆，抽空儿我和你专门汇报。"他知道，这是没把党委书记整明白啊。晚上他就跑党委书记家"专门汇报"去了。

把党委书记一整明白，就啥事儿都没有了。再见着纪委书记，老赵都不正眼看他。

老赵觉得非常对不住叶大生。本来他把叶大生该得的都留着呢，就想啥时候给他送家去，顺便把这事儿说明白，就完了。谁能跟钱过不去呢？

11

这天下了班，叶大生心里真是窝囊。他没回家，骑着自行车转悠，也不饿。不知不觉骑过跃进桥，来到跃进路，这里离大范家就不远了。他下了车，想着，是不是上大范家看看。忽然就听有人叫他：“师傅擦皮鞋不？”

是个女人，声音非常非常熟悉。谁呢？回头一看，是他的小妹妹叶大范！

叶大生顿时就傻啦。他瞪眼看着大范，怎么也接受不了这个现实。

大范也傻了。她哥穿了件紫红的皮夹克，也胖了，她从后面没认出来。

叶大生颤抖着嗓子，说：“大范，家里真是过不去了？”

叶大范想笑一下，可是她扭歪了嘴也笑不出来。她知道这事儿对她大哥的刺激太大了。她强笑着，说：“没啥。这不是闲着嘛，抓两个快钱儿呗。”

叶大生突然意识到，盛冬梅肯定知道大范的难处，只是不好跟他说。

叶大生哆嗦着手，把兜里的钱往外掏，往大范手里塞。“那啥，今天哥没多带，你先拿着。有空我再给你送点儿来。”

叶大范不得不拿着，这样才能平复她哥心中的哀伤。她把钱揣兜里，说：“哥，要不上家吃饭吧。”

叶大生推辞着：“再说吧。我有事儿。我有急事儿。礼拜天我来。”

分手的时候大范还没忘了叮嘱：“哥，别跟爸妈说，怕他们着急。”叶大生说：“我知道。你快回去吧，天这么冷。”

叶大范转身就流泪了。没想到让她哥看见了，伤这么大的心。她走着，想啊想，心说，鞋是不能擦了。为了孩子和这个家，我就把自己舍出去吧。

她在兜里掏出黑胖子留给她的电话号码。

叶大生稀里糊涂地，把车子骑到一条小巷，看看四周没啥人，扔下车子，蹲在地上，他就没皮没脸地哭上了。他哭得像一头大狗熊，嘴里发出“呵呵呵呵”的号叫，一边哭一边甩鼻涕。这时候身边围了些看的人，都以为这男子汉遭遇了什么大事儿。

等他哭差不多了，身边还有好心的怕他寻短见的人。

一个小青年说：“大叔，你是不是让小偷给掏了？”

还有一个警察，岁数也不大，说：“大叔，有啥困难，咱上派出所说吧。”

叶大生恶声恶气地说：“没事儿，我就是想哭一会儿！”

说完，骑上车子就蹬。

到了家叶大生也没缓过来。他盘腿坐在沙发上，大口喝酽红的茶，恶狠狠地抽烟。

盛冬梅小心地问他：“吃饭不？给你热着呢。”

叶大生不理她。盛冬梅凑过来，摸他的额头，不烫啊。

叶大生把半截烟摁了，说：“冬梅啊，有些事儿你应该给我说啊。”

盛冬梅问：“闹心了？啥事儿啊？”

叶大生说：“下班在街上见着大范了。”说着嗓子还有点哽，“这么冷的天，背着个擦鞋的箱子……”他说不下去了。

盛冬梅说：“我那不是怕你着急上火嘛。这事儿咋办呢？要不你跟大产商量商量，给他们想个啥法？”

叶大生没啥说的。当初大产叫大范到他酒家干活儿，可大范不去。大范知道酒家是怎么回事儿。那样乱七八糟的地方，哥哥妹妹在一起方便吗？

可那时候叶大生还觉得小妹有志气呢。

有人按门铃。盛冬梅开门儿一看，是车间的支部书记老赵。

叶大生赶紧下地迎接，嘴上招呼着：“哎哟是老赵，快上屋，这是啥风把你给刮来啦？”

老赵笑呵呵地说：“廉正之风，纪委让我来的。”

叶大生也只得笑：“别扯了，你啥时候调纪委啦？”

老赵说："听说纪委找过你，所以我不来就说不过去啦。这事儿整的，真是对不住你。"

叶大生说："听说你整私活儿了？咋的，你也忍不下去了？"

这时候叶大生还认为车间的事儿跟他没啥关系呢。等到老赵把事情的来龙去脉说了一遍，叶大生才醒悟过来，原来是老赵把他给耍了。

叶大生沉默着，气氛有点儿难堪。说点啥呢？说私接外活儿犯规？人家老赵当了这么多年支部书记，啥道理不懂啊。说老赵心黑？你不是也上外头挣外快吗，谁说谁啊？再说这活儿还是叶大产给牵的线。

如果自己还在车间当主任呢？那没说的，肯定让大产上生产科了。叶大生只靠自己的双手挣钱，不明不白的钱，不能挣。

老赵说："我不是存心把你给套里边儿。我给纪委说了，这里没有你的事儿。"他说，"你那份儿，我给你带来了。"

老赵把一个大信封拍在茶几上："刨去大产那份儿，一共还有四万元的利润，我不贪，咱俩一人一半儿。"

叶大生很是意外，说："我啥活儿没干，这钱我不能拿。"

活儿是车间那帮弟兄们一点儿一点儿干出来的，他们也就拿个加班费啥的。这么大个大头儿，就让几个人给分了。他不能要，这是他叶大生的底线。

老赵脸上有点儿挂不住。盛冬梅抻了爷们儿一下，让他上卧室。

盛冬梅让他收下这钱。"你不要，这四万都是他的，凭啥呀。大产不是冲着你来的吗？你要是不拿着，白背了黑锅！"

叶大生心动了，嘴头子还硬："不要，咱不缺这几个钱。"

盛冬梅点着他的额头："你不缺，大范缺不缺？这钱要是给了大范，那是多大个响动啊？"

正是这句话，把叶大生击溃了。叶大范在寒风里哆哆嗦嗦找人擦皮鞋的情形，在他眼前晃动。

他摆摆手，让老婆出去对付老赵，自己咳嗽一声进了卫生间。

盛冬梅给老赵的茶杯续水。老赵这人多明白啊，站起来告辞，把钱留下了。

12

这天盛冬梅上夜班。她逐个病房检查过来，把该处理的事情都处理好了，坐在办公室里，嗑着瓜子看晚报。屋子里很静，听得见日光灯“咝咝”响，还有走廊里轻轻的脚步声。

有人推门进来，高声大嗓喊：“大嫂！”

原来是叶大模。

叶大模坐下，抓过一把瓜子就嗑。她是老叶家最大大咧咧的一个。大模家的情况也不大好，不过还比大范强。厂子破产以后，两口子蒸馒头带卖报纸。她蒸的馒头好，暄腾有劲儿，掰开来一圈一圈的馒头丝儿，嚼着甜津津的；还有小米粥和芥菜疙瘩丝儿，这就卖火了。每天凌晨两口子起来揉面蒸馒头，馒头熟了天也亮了，男的开张卖馒头，女的就出报摊儿去。男的卖完馒头回家打个盹儿，然后整晌午饭。吃完了把女的换回家。女的吃了饭打个盹儿，收拾晚饭。累一天了晚上还得忙乎，把面发上几大盆子。日子过得忙忙乎乎乱七八糟的，两口子挺知足。

大模家离大范家不远。这些日子，她两次发现有小车送大范回家。车开到街口就停下了，大范下了车，低头往家走。

大模挺疼她这妹妹，帮不上啥大忙，就是隔三岔五地给妹妹送不少馒头。她真担心妹妹出什么事儿。到妹妹家，看大范心事挺重，不好问。她自己心里又搁不下事。跑到盛冬梅这儿，就是为的一吐为快。

两人说着话，叶大模哈哈哈的，很让盛冬梅开心。她想，大范要是这性格就好了。叶大模呢，就是想着怎么跟嫂子说这个事儿。

正说着呢，李笑云也进来了。李笑云的班儿和盛冬梅一样。李笑云脸色不好，蜡黄，眉眼不展。

李笑云和大模不对脾气，见了面话不多。好久不见面了，出于礼貌，李笑云跟大模找几句话说，叶大模哼哼哈哈，嗑了一会儿瓜子，大模说，我得走了，明天一早出摊儿呢。

盛冬梅送走叶大模，关上办公室门，说："笑云，你的气色这么不好。"

李笑云带着决绝的神情，说："我怀孕了。"

盛冬梅吃了一惊："你不是带环儿了吗？"

李笑云说，"我把它拿了。我要给他生个孩子。"

盛冬梅脸都气白了。她知道她说的是董大夫。董大夫老婆不生育，两口子为这事儿感情不好。

盛冬梅说："你这么干，对得起老叶家吗？"

"没啥对不起的，"李笑云咬牙切齿，"我给他们生孩子。我给他们操持家。现在他不理我了。他要是在外头找一个也行，哼，不知有多少呢。"

盛冬梅真是苦口婆心了："可是姓董的要你吗？你赶紧把这孩子给我打掉吧，姑奶奶，这得出多大的事儿啊！"

李笑云说："他说了，他离婚，娶我。这孩子，我生定了！"

盛冬梅只得耐下心来，搜肠刮肚地，给她讲那些始乱终弃的故事。晚报上看来的，电视剧里的，社会上流传的，医院里发生过的。医院里从来就不缺这类例子。李笑云越听越心疼自己，可怜自己，抽抽咽咽地哭上了。

盛冬梅一看有门儿，继续软化她："他这人可是有名的花心大萝卜。你是他第几个了，你数得过来吗？现在他还跟别人呢，你知道吗？"

这话盛冬梅不是没根据的，李笑云气虚了。她也跟董大夫闹过，架不住他三哄两哄，回回输给他。

盛冬梅真是替她着急："过些日子你身子显了，让大产看出来，你怎么办？离婚？你这婚外情的证据都光天化日了，打离婚，财产分割你不吃亏啊。"

"我啥也不要，净身出户。我就要他！"李笑云又上来二百五的劲儿了。

"我告诉你，就怕你这边离了，他那边不要你，我看你咋办！"

盛冬梅真想抽她几个脆生生的大耳刮子。

13

一个消息在厂里流传，厂子要让别的厂吃掉了。流行的说法是：重组。

叶大生的厂是六厂，生产数控机床，是技术密集型企业。要吃掉六厂的七厂，生产普通机床，是劳动密集型企业。前些年，七厂比六厂的情况还要糟糕，让别的厂给"重组"了。七厂的职工痛定思痛，全厂上下抱成了团儿，一方面拖着不迁厂，另一方面开拓市场，提高产量。咬着牙坚持了几年，一步一步走出困境。七厂的厂长因此很受上级公司的器重。六厂呢，虽说产品有前景，可是不争气，好好儿的产品，一年出不来多少，还老有质量官司。上级公司的领导突发灵感，让七厂重组六厂。

消息一经核实，六厂就乱了，各部门突击分发小金库的钱，有路子的就忙着办跳槽。

宣布重组那天，上级公司、局里都来了领导。新班子来了个厂长和常务副厂长。公司领导把局里文件一读，六厂的干部们犹如败军之将，一言不发。会议室里的气氛，十分像殡仪馆。

七厂厂长于大爪子，叶大生认得。其外号源于他有一双大手。前些年他和叶大生一样，也是个车间主任。国企红火的时候，由于参加“世行”贷款技术改造，各厂派业务骨干上美国考察，叶大生还和他住一个屋呢。两人在业务上都是硬手，当时真有点惺惺相惜的意思。回国以后，于大爪子车间里有什么技术难题，总请叶大生去帮忙。

于大爪子是个黑大个子，一只眼睛有点玻璃花儿。这小子当工人的时候就能干。当了厂长也是真干哪，有一次为了迎接上级公司的检查，跟职工一起清扫厂区，抱着重物爬楼梯，脚一打滑，一家伙摔断两条肋骨。

在会上，于大爪子没多说啥。他一直拿眼睛找叶大生。叶大生坐旮旯里抽烟，没心思和他叙旧。

六厂的厂长书记外调。新班子保留六厂的两个副厂级，中层干部基本不动。起初六厂的人还有点儿不服，时常发生点儿冲突，于大爪子处理得挺圆滑。过了一阵子，企业正常了，生产进入正轨。其实大多数敬业的职工不太计较谁重组谁，还是干手里的活儿，拿那些工资，扯啥呀。

也真是时来运转。世界制造业重心向中国转移，这是机床行业的大利好。被重组的六厂眼瞅着好了，车间里忙忙碌碌，场地上，数控产品一台一台地摆开。

叶大生想，真不明白，人还是那些人，设备还是那些设备，产品还是那些产品，怎么换了陌生人管，都听话了，乖乖地干活儿了呢？

他还是生产科副科长，基本闲着。于大爪子忙得脚不点地，也没工夫找他。

在家里，叶大生短不了给老婆说说厂里的事儿。

盛冬梅说：“那时候就差一口气。一念之差，你听老二的话，上外企不就好了？”

叶大生苦笑着，说：“后悔药有啥吃的？你信不信，现在让我当工人，我也是个好工人。你看现在小青年那活儿干的。”

盛冬梅说：“不至于吧，能把你一撸到底？”

叶大生说："现在我这个中层干部，还不如当个工人呢。"

盛冬梅太了解自己的爷们儿了。他就是一个"要我干"型的，绝不是"我要干"那类。可领导要是信任他，他准能干好。

可是她不知道，这些日子叶大生心野了。厂里有两个辞职的，租块场地，整两台旧机床，就能接到机械加工活儿，听说弄得挺不错。看看这机械加工市场的前景，叶大生骨头缝儿都痒。

他对老婆说："冬梅，你还记得我说的理想吗？"

盛冬梅说："不记得。你的理想多了，今天这个明天那个，记不住。"

叶大生试探着对老婆说："我想自己干呢，整个小厂，你看呢？"

盛冬梅说："你不是心血来潮吧？"

叶大生说："不是心血来潮，却是初步设想，等我想好了，给你打个可行性报告，你给我拿拿主意。"

抽着烟想着，他自言自语："给别人打了半辈子工啊，做一回自己吧。"

14

叶大产办公室里边有个小间。他习惯让服务员把菜送进来，喝点儿小酒。他现在是一顿也离不开酒。正有滋有味儿地咂着，电话铃响了。瞅瞅来电显示，不熟悉，他就懒得接。

对方好像猜透他的心思，一直响个不停，把他吵烦了，抄起来："谁啊？"

"二哥，你咋不接电话呢？"是叶大模的声音。

"啊，是大模啊。我这不是，刚进来，赶紧接你的电话，呵呵……"

大模说："二哥，你现在是混得老好了。我都闻着你的酒味儿啦。你管不管你妹妹啦，天天忙啥呢！"

叶大模总是想找个人说说大范的事儿。

叶大产说："咋不管呢？你有啥难处啦，说吧。"

大模说："不是我，我的日子且过得去呢。是大范，这些天她背着箱子在街上转悠，多冷的天哪。"

大产一时还反应不过来："她那是干啥呢？"

"给人擦皮鞋呗！你快上她家看看吧。"大模在那头说。

"啥？"虽说已经不是二十年前的叶大产了，可毕竟是血亲兄妹啊，他的眼珠子差点儿夺眶而出，"你瞅准了吗大模？"

"二哥，啥也别说了，你去看了就知道了。"大模嫌她二哥磨叽，挂了。

老叶家四个孩子，一个比一个小一岁。孩子多，没条件上托儿所，分别寄放在爷爷或姥爷家。那时候，老大大生和老三大模，上爷爷家，老二大产和老四大范，上姥爷家。大范最弱，大产牵着她的小手，穿胡同走巷子去找姥爷，一天一天的，两人之间的感情，应该说最深。

叶大产承包酒店的时候，这一行的名声已经不大好了。所以大产叫大范上他酒店干，大范不去。

大范说："二哥，我不懂这行，整不好给你添麻烦。"

当时叶大产觉得，到底都是大人了，分家另过了，彼此之间有点生分。

以后这些年，他也知道小妹妹日子挺难，也想着给她点帮助。可是一忙，啥都顾及不上了。现在你看，这事儿整的，操！

叶大产开着小车，去看叶大范。

正好大范在家，瘸子也在。大范化了淡妆，看上去挺滋润啊。瘸子前些日子腿疼，大范给他看的中医，抓了几服药，喝了挺见效。瘸子问她哪来的钱，大范说大嫂给垫的。

大范见二哥来了，忙说："二哥，今天咋有空呢？快坐吧。"

大产说："我来有点事儿。"他问瘸子，"最近腿咋样啊，能走不？”

瘸子面对两个大舅子都有点儿自卑，腼腆地说：“好多了，让你们惦着。”

叶大产说：“那啥，我那个办公室主任跳槽了，缺个人手，想让你帮个忙呢，帮我招呼招呼。你看行不？”

瘸子看看叶大范。大范没说不去。她的心态也变了，跨出那难以启齿的一步，她还跟别人计较什么呢？

瘸子对大产说：“我这么个人儿，能干啥呢？”

大产笑着说：“办公室那点儿事，没啥复杂，几天你就懂了。对了，你不是能写能画吗？给我看看哪块墙空着，整点儿东西补上。这样，你这就跟我去吧，先熟悉熟悉再说。”

进了叶大产的酒店，会客厅是一排真皮大沙发。迎面墙上一块铜牌，上有铭文：本酒店守法经营，三陪小姐谢绝入内。时间久了瘸子才知道，后院有一排平房，挂着“服务员休息室”的牌子，这儿才是招徕回头客的地方。

酒店的装潢相当上档次。每个厅都有书画挂墙，幅幅出自本省名家之手笔，啥让他写写画画的，他那两下子往哪儿摆啊。

每天晚上，歌舞厅有歌舞演出，看客爆满。晚七点准时开演，先是本市的小歌星小舞星登台，又是唱又是跳，都是本地人，一开口非得学南方口音，下面乱哄哄的。压轴戏是俄罗斯热舞，那些三围突出的俄罗斯小姐一上场，下面就哄了炸了。衣裳是一层一层地扒，还好，幸亏有叶大产的叮嘱，考虑到中国特色，脱到三点为止。

歌舞厅边上，还有一个卡拉 OK 厅，里面坐满了国产小姐。跟俄罗斯小姐一比，受气的小媳妇似的。也都抹了口红，涂了眼影，拉长了眼睫毛，望过去也是媚眼闪烁的。一会儿客人来了，笑眯眯地，牵着一个小姐的手就走。这就把皮肉生意做得很有情调，极像情人约会。

叶大产就是靠这个搞火的。这些年他挣海了。其间他换过三个酒店。扫黄了，叶大产换个酒店。风头一过，他还是那么干，新接手的酒店又让他整火了。想起来他不免自负。这几年过的，比过去几十年都有收获。人哪，得抓得住机遇，还得敢干。要论手艺，他哥比他强多了；论做人，他哥比他厚道。可是死守在厂里，又怎么样？

不过，这些年也有倒霉的时候。就说那个四川妹吧，有心脏病她自己都不知道。也是太要钱，累着了，心脏病发作，当场死在床上。她家乡的亲戚来了一大帮。叶大产怕出事，给了七万块钱，私下了结了。那个江西妹也挺惨，接了个醉鬼，生把奶头咬下来了，肚皮上血哧呼啦的。叶大产让保安把醉鬼打跑了，给了那小姐一万，也摆平了。

凭良心说，个个都是细皮嫩肉水灵灵的女孩子。

真是天天提心吊胆哪，刀口舔血的钱，是那么好挣的吗？他想过，啥时候自己当真老板了，就合法经营，捐款，做公益，想法儿弄个什么委员，就把自己洗干净啦。

现在叶大产就等着企业改制，他好以资产抵押贷款盘下酒店，真正做老板。

办公室其实有管事儿的，瘸子插不上手。他唯一能做的事，就是核对餐饮部每天买菜的账单，他对菜价熟悉。没事儿他就走动走动，一是活动腿，大夫说过要适当运动；二是想找点力所能及的事儿干。他不能白拿大舅子的钱。

叶大产用瘸子，给酒店员工一个错觉，认为这是老板安插的耳目，大伙都对他恭恭敬敬。本来客房部的活儿干完了，女孩子们凑一起聊聊天，嘻嘻哈哈的挺开心。可是瘸子一拐一拐地过来了，大伙儿一哄而散，弄得瘸子挺没趣。餐饮部也是，大厨们本来没事儿，唠唠嗑儿，放松一下，客人上来了才大显身手呢。想不到瘸子来了，厨师只好散开，装模作样找活儿干。

瘸子感到自己来错了。员工们对他毕恭毕敬，他觉得这是骂他呢。

叶大产也觉得不得劲。把妹夫搁自己的酒店，等于给自己盯上梢了，干啥都有所顾忌，这不是给自己上套儿吗？这事儿整的。

15

于大爪子把厂里那些焦头烂额的事儿处理好了，找来叶大生，想和他好好谈谈。叶大生想，谈吧。你是厂长，找我，我能不给你这面子吗？

仗着老关系，叶大生先说开笑话了。“你行啊，不怪大伙管你叫大爪子，这才几年工夫，你看，生把我们六厂划拉到你手里了。”

于大爪子也不客气：“操，怪谁啊，怪你们自己不争气呗。说真的，我想跟你唠唠厂子怎么整。”

叶大生说：“拉倒吧。败军之将，谈什么战略。有啥事儿你吩咐就是了。”

于大爪子说：“想让你回车间，抓总儿。”叶大生说：“为啥这么安排？”

于大爪子说：“我还不知道你吗。你能干，把你搁科室，瞎了。”

叶大生说：“老于啊，我有一个道理，没整明白。今天你给我说实话。这么多国有企业都整哗啦了，你们厂是怎么整的，越整越好了。现代化企业制度，还是民主管理？”

于大爪子“噗”地笑了：“扯淡呢。咋整，铁腕儿！这市场经济乱哄哄的，对咱们国企冲击多大！你不治住这帮王八犊子，张三拿点儿，李四捞点儿，多大个家业经得起折腾啊？”

“对喽伙计，”叶大生说，“你这是实话。我们那些厂长，就是不敢整治。早就跟他们说了，得管哪，严点管，没用啊。”

于大爪子说："想让你回去，当车间主任。过些日子，划小经济核算单位，你就是分厂厂长，咱俩也实行经济责任承包。"

叶大生说："老于啊，我给人打工够够儿的啦，想换个活法呢。"

于大爪子说："咋的，想自己干？"

叶大生说："你看行不？"

于大爪子说："行倒是行。你咋想的，说来听听。"

叶大生就把自己这些日子的想法说了。他是搞企业出身，方方面面想得挺周到。于大爪子听着直点头，眼睛盯住他，问："你想好了？"

叶大生说："就等老婆批准了。"

于大爪子感叹地说："行，你有魄力。我是早有这想法，下不了决心。不瞒你说，当厂长了，有权啦，有小车坐，也是挺大的诱惑啊。"

话说到这份儿上，于大爪子也没啥说的了。抽着烟，他问叶大生："需要我帮啥忙不？"

"有，就看你帮不帮了。"

"痛快点说，啥事儿？"

"咱厂有不少破机床，多少年不用了，那就是一堆烂铁。我想买两台。"

那些东西其实是宝，它一修就能开起来，出效益赚钱。

于大爪子说："行，我给你地板价。你要啥床子？"地板价就是最低价。

"两台车床，一台数控铣床，都是破旧失修的。"

于大爪子琢磨着，说："这事儿我能给你办。还有啥事儿？"

"咱厂有块飞地，是个破仓库，在跃进路。场地二百来平米吧，空着呢。你能不能租给我？"

"应该没啥问题。盘活存量资产，也包括闲置空地。那早晚得租出去，可以先考虑你。等我上那儿看看，再给你回话。”

叶大生没想到，今天的谈话大有收获。他说：“老于啊，你咋这么痛快呢？”

于大爪子说：“咱们这茬人，谁容易啊。你别看我现在手里有两个厂子，走到哪儿都轰隆轰隆的，公司、局里也拿我当个人。跟你实说吧，这也就是个过渡阶段。你瞅着，用不了多少日子，国企就得转制，不是私有化，就是股份制。那时候我在哪儿呢？说不定给你打工呢，走一步说一步吧。”

叶大生逗他说：“那好啊，再熬些日子，你就是中产阶层啦。现在不是创造一切条件制造中产阶层吗？”

于大爪子一咧嘴：“你这是心理不平衡。你们这些年是混过来的，我们这些年是拼过来的，当年那难处大啦。想想吧，一千来人睁眼儿瞅着你，等着干活开工资养家糊口啊，伙计！”

叶大生抽着烟，也“噗”地乐了。

于大爪子瞪眼儿瞅他：“想啥呢？”

叶大生说：“我服了你了。前些年人家重组你们，你是软磨硬泡地不去；现在你重组我们，瞅你这劲儿足的！”

于大爪子说：“人哪，得有自信。咋的，我有能力！不是吹，那年要是去了，现在那个大厂长也得是我的。”

临分手，于大爪子还没忘了跟他开句玩笑，他半真半假地说：“好好干，再过两年你整大了，可就是民营企业家啦。”

走出厂长室，叶大生心情沉重。想了多少天的事儿，就这么定妥了？开头他跟于大爪子那么说，多少有点拿一把的意思。没想到这小子顺水推舟，把他叶大生逼到这一步。

他有点儿狐疑，这于大爪子，到底是留我还是往外撵我？

不过，回想于大爪子的话，有一句击中他了，那就是“人哪，得有自信”。现在他醒悟了，自己多少有点儿窝囊。

16

于大爪子没有食言。跃进路那个车间租给叶大生了，旧机床也卖给他了。于大爪子叮嘱他，租房的钱可以一年一结，赶紧把买机床的钱到位。

叶大生找了装修的民工，忙了整整一星期，把车间打扫整理粉刷一新。这是他的厂房啊。他花了几个星期修机床，还打厂里找了两个技术骨干做帮手，夜班突击。先修车床，这东西修好了就能干活儿。

叶大生就像个小青年似的，骑着自行车一会儿出去，一会儿进来，买这买那。

趴窝多年的机床修好了，开动起来，发出悦耳的轰鸣。这声音怎么听怎么不一样，跟车间里的机床不一样，听在耳里真是舒服，心快乐得发抖。这是他的机床，属于他叶大生的。这东西一开动起来，就是为他叶大生服务了。

叶大生算了一下，前期投资少说也得二三十万。家里那点积蓄是不够的。借钱？倒也能借得到。叶大生想，有没有别的办法，不把自己整得那么拖累，那么沉重呢？

卖房！叶大生给自己这个想法吓了一跳。房卖了，一家人可就没地住了！

租房住怎么样？行。房租一年也就那些。他算了，只要自己的厂运转起来，也就是三五年，他能买新房子。

四十多岁的人了，砸锅卖铁，重新创业？置之死地而后生？

老婆能同意吗？

盛冬梅开始顾虑挺大。她跟着叶大生到他们的“厂”看了一回，已经挺有模有样的了。场地挺宽敞，车床开动了，两个六厂下岗的车工，让叶大生招来了，正在车零件。这是叶大生联系的第一批业务。叶大生的名字，在行业里就是招牌，就是无形资产。盛冬梅体会不到这点。

叶大生小声说：“这头一笔业务干下来，一个月能盈利一万多。”

盛冬梅表示难以置信：“就凭这两个人？”

叶大生说：“哪能呢，开两班制，还有两个上中班。我也不给他们少开钱啊。”他指着那台数控机床说，“这家伙动起来更挣钱，你瞧好儿吧冬梅。”

他的眼睛熠熠生辉，感染得盛冬梅两腮泛红。

北方女人最可爱的地方，就是护爷们儿。她愿意自己的男人干一番事业。“嫁鸡随鸡，嫁狗随狗，嫁给板凳抱着走”，这绝对说的不是南方女人。

晚上，叶琳琳上晚自习去了。叶大生给老婆提出卖房创业的设想。

他说：“咱俩租房住，让琳琳住校，说啥不能耽误她学习。”

盛冬梅显然想通了，说：“不行就上我妈那儿住吧。”

“那不行，不能和你弟弟他们抢着住。”叶大生不愿意干那种事，让人说三道四。

“我弟弟上礼拜搬新房子了。我妈前两天来电话还说，老两口子空得慌。”

叶大生一听心一落地：“哎呀，那太好啦。琳琳也不用住校了。这样，你们娘儿俩回娘家住。”

盛冬梅说：“那你呢？”

“你没看见吗？咱厂后边有个小屋，挺严整，也干净，我就住那里。”

盛冬梅不乐意这样：“那干啥呀，人为分居。”

“那才好呢。礼拜天我来看老丈人，连和你相会，新婚不如小别，多好。”

盛冬梅说："这样不好，都老头老婆了，还分居。"

叶大生正色道："这是原则问题。我不住你家，说明我对你爸妈的房产没有非分之想，对不对？再说，厂里两班儿倒，我不得照看着点儿？我是总经理呀。"

"你得想着大范点儿啊。"盛冬梅提醒爷们儿。

"那台数控机床，就是给她留的。你不知道，机械行业里面，数控操作技术含量最大，也最能挣钱。"

"她能行吗，能干得了？"

"没问题。大范高中毕业，在街道工厂就是干铣床的，普通铣床，有基础。等我教她学会了数控操作，到哪儿都有饭碗儿。"

盛冬梅含情脉脉地看着她爷们儿，觉得他像是再生一回，浑身是力气。医院里的姐妹们说得真不错，男人有正事干才像个男人。还有一句话说，男人就得让事给折腾着，才没空走邪门歪道。

她想到这，"扑哧"一下乐了。

这天夜里，他们做爱了。好像很久没有了。盛冬梅脸上放光，浑身滚烫。她真满足。这爷们儿，也不知哪来的这么大的蛮劲儿。

男人干事业也能壮阳？她在黑暗中偷偷乐了。叶大生问老婆："嫁给我后悔不？"

盛冬梅抿着嘴乐："后悔，老后悔的啦。"

叶大生支起半个身子，瞅着她："后啥悔呀，你？"

"后悔没给你生个儿子。"

"哈哈哈哈……"叶大生乐坏了，赶紧又说，"可别让琳琳听见，小姐该发臭脾气了。"

17

房子卖了，给于大爪子交清了买机床的钱。叶大生又想法买了一台坏车床，修复以后，再招两个车工。这下，他等于用了六个下岗工人。

公司正式登记注册，叶大生走在街上，感到天高地阔。

公司全称：茂盛机械实业有限公司。

他老叶的公司，就得枝繁叶茂，生机蓬勃。

叶大生的名片是这么印的：

茂盛机械实业有限公司总经理

叶大生高级技师

背面印的是：

经营范围：机械加工机床维修

数控技术咨询数控产品开发

最后一项是他的长远打算。真要走到这一步，只要零部件实现外加工，他的公司就变成装配数控机床的专业户了，那是他的老本行。

叶大生的举动使叶氏家族振奋。叶大产首先表示支持，积极地给他哥联系业务。连七十岁的退休老工人叶国权都在家里待不住了。他跑到茂盛公司一看，对叶大生晚上睡在这里很不满意。

他认为这个打更的角色应该由他来担任。你想啊，儿子的产业，他天天忠心耿耿地守护着，这也是对小辈的呵护啊。

叶大生不让他睡这儿。他说：“爸，你还是看看他们的活儿吧。你当年是多棒的车工啊，快去给他们规范规范。”

老头儿就背着手，在车床那儿转悠。

“还行，”他咳嗽着，“活儿挺地道。”

星期天上老丈人家，叶琳琳搂着他就喊：“亲爱的资本家老爸，你辛苦了！”

夜晚的情景最让他神往。昏黄的灯下，几台床子“哇哇”地转着，在城市的夜里，显得有点孤寂。几个瘦弱的中年人弯腰操作，都是为了养家糊口啊。

叶大生体会到创业的艰辛。

叶大生不办伙食，这样也省个人工。工资之外，一个班给他们五块钱饭贴。他让他们饱饱地吃一顿盒饭。可是这些人，就啃家里带来的干粮，省点儿是点儿。

叶大生找不着大范。他想该让大范来了，别上街擦鞋了。可是电话打去总不在家。瘸子也不在。

叶大产要请叶大生吃顿饭，叶大生欣然答应。这在过去是少见的。

大生的房子卖了，大产的老婆又指不上，在家吃是不可能的了。于是说好在大产的酒店吃。酒店在市里有点名气，叫作“意满楼”。这名字是大产起的，请全省最好的书法家题的款，黑匾，烫金字，相当有气派。做生意嘛，就是讲个情意。意满楼，多好。

大生，大产，盛冬梅，叶琳琳，叶洋洋，一共五个人。在一个极静的小雅间，上的菜都是本店特色，样样正宗精道。

叶大产的本意，一是跟哥哥联络一下感情。他知道，哥哥走了这一步，等于是蛟龙跃到大海里，凭他在行业里的人气，大有生意可做。即使没有他叶大产，活儿也断不了。但是，如果兄弟两个联手来做，工商结合，那是什么劲头？所以，这饭嘛，以后是要经常吃的了。二呢，是想跟嫂子唠唠老婆李笑云。

这李笑云真是让他头疼极了。

他承认，当初是他叶大产把持不住自己，酒肉声色之中昏了头，做了蠢事。所以后来李笑云跟着出轨，他明明知道，也是睁一只眼闭一只眼，大家扯个心理平衡，也就行了吧。谁知这李笑云认死理，非要离婚，要跟那个姓董的结婚。这不是扯淡吗？姓董的大产也打听过，那是比他还花的一头大花狸，能娶李笑云这样一个傻蛋吗？

李笑云住娘家很长时间了，她只跟女儿叶洋洋联系，娘儿俩有时候在外头吃顿饭，说说话。大产知道靠女儿是劝不回她的。他想让大嫂帮忙劝劝。扯情儿是扯情儿，真要伤在姓董的手里，那就不值得了。

那天在街上，碰着一个原单位的同事，过去挺对脾气，好久不见了，那小子劈头就说："大产，那天我上医院，见着你老婆了。你又要当爹啦？好家伙，到底是有钱，不怕罚。"

叶大产脑子快，支支吾吾，说："总得有个儿子，才踏实吧？"

两人哈哈一乐分手了。回来他一琢磨，莫非李笑云怀孕了？要是那样的话，真就不好玩了。怎么办？还得找哥嫂拿个主意。

慢慢儿吃着，先说着让他哥开心的事儿，帮着他哥把办厂子的事好好规划了一通，有用没用的吧，先把席间的气氛挑起来。菜是正经不错，清淡。叶大产不是那种捞不着吃的人，所以他不点那些咸的辣的肥的腻的。

酒是五粮液，他哥好喝口白酒。

叶大生确实喝得挺高兴，咂着嘴说："等我干上半年，请咱全家，一大家子人，上最好的酒店，吃一顿！"

两个女孩子，琳琳和洋洋，吃东西不留嘴，一会儿就饱了。俩人要唱歌。大产说："那啥，让服务台给你俩开个小 K 房，就说我说的，唱去吧。"

18

支开孩子，大人才好说话。

叶大产先以悲情打动人心。他说："哥，嫂，我是人前抬不起头啦。听说她怀孕了，嫂子，是真的吗？我是见不着她啊。"

"咋回事儿？"叶大生丈二和尚摸不着头脑，他见不着李笑云，也没听老婆说过。

盛冬梅还不想说："你听谁说的，可能吗？"

大产苦着脸，说："嫂子，都啥时候了，你还瞒着我。咱是一家人不？"

说着，眼泪都要下来似的。

盛冬梅能说啥呢？叶大生闹明白了，也不好说啥。怪谁？事情弄到这一步，怪谁也没用了。商量着怎么办吧。

大产说："我是不想离婚，不能把这么些财产劈给她吧。她就是把这孩子生下来，我也认了，养着。我让那姓董的看着干着急！"

这酒就没法儿往下喝了。叶大生说："那啥，冬梅，你抓紧劝劝笑云，离啥婚哪，扯淡，洋洋咋办呢？"

吃也没法吃，说也没啥说的了。正发着呆，大模打大生的手机，叶大生告诉她，在你二哥酒店吃饭呢，大模撂下电话，打着车就赶来了。

是大范家出了事儿。

大范家在那一带是最困难的，左邻右舍都挺同情。可是现在瘸子上酒店干了，大范呢，也不用擦鞋了，好像也有些钱了。这就有人看着眼红。要说天南地北，哪儿都不缺扯老婆舌的，不用多，有一个就够呛。这天就有个街坊，把大范的事儿跟瘸子嚼着舌头说了。

瘸子在大产的酒店干着，本来就窝囊得不行，现在一听这事儿，脸是青一阵紫一阵。怪不得这些日子大范有点钱了，不时还化个妆啥的，时常出去，也不知干啥。男人不怪大范，怪自己没能耐，让老婆干这个。他知道大范，不是逼到绝境，她不会走这条路。她得有多难哪。

大范到家的时候，瘸子正一头一头往墙上撞，脑门子上尽是血，墙都染红了。大范惊叫着，拉他，扯他。最后两口子抱一块儿哭，惊动了邻居来劝。大模让爷们儿陪着瘸子上医院，她在家看着大范，怕她出什么事儿。

两个男人听了直咬牙巴骨，恨自己没能给妹子多点儿关心。这是丢老叶家的人哪。盛冬梅也发呆。

叶大生哑着嗓子说：“我想让她上我这儿干，怪不得打电话找不着她。”

大模坐一会儿就要走，临走扔下句话：“大哥二哥，快想个辙吧。”

两个男子汉正想辙呢，来了两个警察，挺客气：“哪位是叶经理？”

大产说：“我是叶大产，有啥事吗？”

“麻烦你，跟我们走一趟吧。”

叶大生这才站起来，问：“啥事儿，在这儿说不行吗？”

两个警察，可能对有钱人的态度看惯了，也没发火，说：“你的酒店涉嫌色情经营。”

叶大生经过见过，也不着急：“你们这是逮捕啊，还是拘留啊？”

“传唤。”警察说着，亮了一下证件。

大产说：“哥，我明天就能回来，没啥大事儿。洋洋托给你们了。”

19

叶大生两口子，正想着把两个女孩子从 K 房叫出来，回家睡觉去，盛冬梅的手机响了，是李笑云打来的。

李笑云哭得上气不接下气，话都说不完整。原来董大夫离婚后又结婚了，谁知新娘不是她。

盛冬梅气得不行，恨她恨得不行。她问：“你在哪儿呢？”

李笑云在新世界商城边上的浪漫咖啡厅。

盛冬梅说：“你在那儿等着，我这就过来。”

盛冬梅上咖啡厅找李笑云。趁这机会，正好劝她回心转意，赶紧把孩子打了吧。叶大生提醒她，千万别把派出所传唤大产的事跟李笑云说。

叶大生把两个女孩儿送到岳父家，还不能马上回公司。

他想上大范家看看。

他拼命蹬车子，心里像塞着一团乱麻，最难的日子里，他也没尝过这滋味。可能是酒劲儿上来了，霓虹灯在他眼里，是白的红的紫的蓝的迷蒙的花。对面的车灯晃得他睁不开眼。

这是咋的了呢？挺好的日子，咋就整得这么糟心呢？

到了大范家才知道，她给瘸子留了张纸条，说，对不起他，没脸回来了。

大模把果果接家去了。瘸子纱布缠头，在屋里站着。他发了个毒誓，大范不回来他就这么站着。

叶大生说了他一句："你快歇着吧，我找她去。"

叶大生在街上乱骑，见着人就跳下车问，有没有看见个单身女人。

见着私人牌照的轿车，他就追着喊："大范，大范！"

酒劲儿还没退，冰冷的北风穿透他的衣服，一点儿都不觉得。

他找啊找啊，可是他上哪儿找啊，这么大个城市。

瞪着迷蒙的眼边喊边找，也不知找了多久。他喘着，扔了车子，蹲下来歇会儿，抽支烟。抬起头，他才发现自己蹲在跃进桥上。跃进桥老了，破了，听说很快就要炸掉啦。西边五百来米的距离，那架新建的斜拉钢拱桥，披灯挂彩耸立在河上，灯光闪烁，它简直就是一座珍珠桥。

迷迷糊糊地，往事涌上眼前。

他看见年轻的兄妹四人，穿着新工作服，在饭馆喝了点酒，跟爸妈一起，来到这桥上。

大模喊着："啊，且看满城灯火……"大范接了句："敢问谁家天下……"

他和大产一齐喊："看我工人阶级……"年轻的四兄妹哈哈笑着……

那时真年轻，真不知愁啊。

他看见爸妈锁上门儿，叮嘱他们赶紧上爷爷姥爷家。兄妹四人调皮，就是不想去了。他们要在自家小院里，和邻居的孩子们玩儿。玩着玩着大范犯病了，胳膊腿儿往一块儿蜷，眼睛翻白，口吐白沫。门锁着进不去家呀。大模守着妹妹哇哇哭，大生和大产往外推邻居孩子，不叫他们看。这边大模哭着看大范抽风，那边哥俩儿与邻居孩子推推搡搡，厮厮打打。

大范醒了，没事了，看着两个哥哥，问："大哥，二哥，你们咋的了？"

大生和大产，用袄袖子擦着鼻子，说："没事，没啥事儿。"

"没事，咋鼻子都出血了呢？"

想到这儿，叶大生的眼泪又要往外流。他咬着牙，不让自己哭，这就把整张脸扭曲得非常难看。酒劲退下去了，他这才感到身上冷。厂里夜班的工人该下班了，可他顾不上回去啦。

他扶起自行车，哐哐踢了两脚，一偏腿儿又骑了上去。

正是冬夜最冷的时候，叶大生骑着他的破车子，在凄清的街上顽强地寻找着……

原载《青年文学》2004 年第 3 期

那　儿

曹征路

一

开头很简单。

某天，半夜两点多了，霓虹灯下的哨兵杜月梅杜师傅顺着工人新村的小马路朝家走，走到公用自来水龙头拐弯的地方，冷不丁蹿出一条狗来。杜月梅妈呀叫了一声，那狗回头看看，也汪汪狂吠两下，然后就往工人东村方向去了。可就是这两声，把杜月梅吓瘫了，站不起来了。开头她还想爬回家的，她不想叫别人看见。但水龙头那儿结冰了，加上害怕和委屈，她居然爬不上台阶。绝望之中她只好喊救命。深更半夜的，惊动了很多邻居，出来好多人看热闹。一看，杜月梅把裙子都尿湿了，就七嘴八舌埋怨，说天寒地冻的你穿什么裙子呀？你他妈的找死啊？

杜师傅是那样一种人，每天早晨六七点就推着一辆小车，上头装着几个暖瓶，几袋面包蛋糕，穿白大褂戴大口罩满大街吆喝：珍珠奶茶，热的！珍珠奶茶，热的！而到了夜里却换上一身时装，浓妆艳抹，十分青春地去霓虹灯下做哨兵。逮住一个可疑分子就笑：先生洗头不洗？不洗？敲敲背吧，舒服，小费才一百！当然这种情形也不常有，主要是缺钱花的时候。干这事瞒得了一时瞒不了永远，谁都知道，可谁也帮不了她。她太穷，太需要钱，也太要强了。

人们把杜月梅抬回家再一看，见一脸的脂粉已经千沟万壑被泪水冲得不成样子了。他们这才知道夹住臭嘴，男的摇头叹气离开了，只剩下些妇女，有几个老娘们还抹起了眼泪。杜月梅捶着床哇哇大哭，说我们家小改后天就开刀了！我要有一点法子我都不会去的呀，我没法子啊！

开头就是这样，小事一桩，可后来居然也弄出七荤八素来。谁都没有想到。

所谓的工人新村其实并不新，只是顺着睡女山搭建的工人宿舍，东边的叫东村，西边的叫西村，中间的叫新村，随便取个名字而已。平时也都三号妈四号妈地叫着，其实全都是矿机厂工人，谁还不了解谁呀。所以到天亮的时候，角角落落都已经传遍了，都在叹息杜月梅命苦，都在骂那只缺德带冒烟的恶狗。

在我们那个地方，邻里纠纷吵嘴打架的事天天都有，但在这样的问题上人们不会有第二种看法。原因很简单，生活越来越难了。生活越难人们对领导的怨气也就越大，这也是常识。这样到了中午，住东村的小舅已经知道了事情的全过程。尽管小舅只是个破工会主席，但大小也是个厂领导（别的领导早搬走了，他算是坚持到了最后），何况那条狗就是他们家的罗蒂。这样他就不得不做出反应。

小舅经过怎样的思考不得而知，反正到了晚上，他趁月月在里屋看电视剧，跟着韩国美女抹眼泪的时候，把罗蒂牵到外头拿一只塑料编织袋套住，然后扛到西村跑个体运输的丁师傅家里，让丁师傅连夜开车出发，拉到两百公里外的芜城才放了生。

此后那几天，小舅就跟傻了似的整日发呆，一天总有五六个小时站在家门口，望着厂区沉默不语，叫他吃就吃一口，不叫他他就那么站着。厂区还有什么可看的？荒草，斜阳，铁疙瘩？小舅妈那几天也在气头上，也不愿管他。那几天的气氛确实不太好。

那条狗叫罗蒂，是条真正的好狗。让它代人受过实在有点不公平。

为了好狗罗蒂，月月跟我哭过两回了。说，捏不住鼻子揪耳朵，算什么本事啊？你心里有气你就怨我们罗蒂啊？

月月是我表妹，在集贤街开鞋店的，别看她读书不行，做生意绝对一流，她要有机会准能当上大老板。她是我们家的先进生产力。可她毕竟是个女孩，犟不过小舅。犟不过就一直哭，一直哭。

罗蒂是在很小很小就跟上月月的。说来也是有缘，考不上大学的月月有一天正无聊着闲逛着，罗蒂就来咬她裤脚，月月到哪儿它就跟到哪儿，躲都躲不开。月月回到家，罗蒂就跟到家，趴在门槛上，眼睛直眨。后来月月给它一点水喝，一点馒头吃，它吃了喝了就爬到一个鞋盒子里睡下了，比人都乖。再后来，月月受到罗蒂的启发就开始卖鞋了，而且越卖越多，成了老板。罗蒂也就跟着越长越大，越长越漂亮。罗蒂的名字是这样来的：这小东西别看它平时不哼不哈，可一旦叫起来嗓门特别洪亮饱满，比那些大狗都厉害。我那时候非常崇拜帕瓦罗蒂，我就主张叫帕瓦罗蒂。月月说，万一它长出一脸脏兮兮的大胡子怎么办？就简称罗蒂吧。罗蒂长到八个月的时候，有个宠物贩子找到月月，愿意出三千块买它，磨了好几天。那月月就能干了吗？月月说你问它自己答应不答应。罗蒂就冲宠物贩子吼了一嗓子，那小子一屁股就坐地上了。后来那小子才说出来，这是一条纯种德国黑背，说跟着你们可惜了。月月说放你妈的屁。而罗蒂自从明确了身份，就越发显得优雅高贵，它目光深沉，神态安详，轻易不作声，可一旦发起威来没有哪条狗敢靠近。特别是罗蒂那身毛皮，黑缎子一样，油乎乎的，闪闪发亮，谁见了都想摸一把，只是不敢。还有罗蒂的额头，在眼睛上方长着两个白点，像黑夜里的星星，显得特别机警。总之那是一种无法言说的高人游侠武士派头，无与伦比。罗蒂好像对什么都满不在乎，只在乎月月。在外面如果月月不发话，任何美味佳肴是休想引诱罗蒂的，它看都不会多看一眼。月月如果说那就吃一点吧，它才会慢腾腾地踱过去，用湿漉漉的鼻子嗅嗅，吃上一点，然后又很快回到月月身边。大多数时候它就蹲在月月身后，成了她的贴身保镖。月月长得不算太漂亮，可她个头高皮肤白，穿得又时髦，在集贤街那种地方自然也是少不了骚扰的。所以有了罗蒂，家里也都放心些。可罗蒂万万没有想到，是月月的老爸骗了它，把它骗进了麻袋。毕竟罗蒂是条狗，不像人那么狡猾。

也是该着罗蒂倒霉，那天月月的鞋铺关门才七点多钟，不知怎么就心血来潮想去看一个老同学，这样就到了湖边。那一带都是高档住宅，自然养狗的人家就多。有一只花皮的母狗见了罗蒂，多老远就把屁股撅起来。开头罗蒂还不为所动，守在人家门口等着月月。后来月月回来时，那只花皮狗就一直跟着，而罗蒂也显得焦躁不安，跑几步就回头看看，又瞧着月月呜呜地叫。这样月月就笑了，说我早就知道你花心了，说你想去你就去吧，记着早点回家。于是罗蒂就领着花皮，不知到哪儿狂欢了几个小时。于是就发生了深夜吓着杜师傅的事。

其实真正吓着的是我小舅。

那天，刮了一夜的风，还夹着冰雹。晚风还挺来劲，风硬硬的，冰尖尖的，电线嘘嘘的，要吃人的样子，可到早晨就化了。那天小舅只讲了一句话：终于下来了。这话是什么意思？谁也猜不透。也许指的是暖冬，该下又不下。也许什么意思都没有。总之，那天小舅站门口看了半天，然后摔上门就走了。

另外在走之前，他和外婆还有几句对话：他说雪化了。外婆说雪化了好。他说外面不冷。外婆说不冷好。他说天暖和穷人就好过了。外婆说穷人好。他说妈，你好生躺着不要下床。外婆说好，好。

这些话是什么意思？雪早就化完了，哪儿哪儿都现了原形，坑坑洼洼，垃圾遍地，还有破鞋烂纸，一踩一脚泥。要是雪不化，表面上还能好看一点，还能平整一点，心里也能素净一点。另外，人穷人富跟天气有什么关系？难道连一床被子都没有的人才能算上穷人？总之他是烦透了，糊涂了。

我妈来电话时我们报社正在传达文件，内容是关于正确掌握突发事件的宣传口径。有人进来说我们楼顶上有一个民工好像要表演跳楼秀，警察已经把这一带封锁了。就在这时我妈来电话说小舅离家出走了。

当时会场就如一幅潦草的铅笔画，主编那张脸比擦脏的橡皮还难看。我的注意力肯定也在跳楼秀上，没怎么在意这事。我看见楼下有人正在给民工加油：跳啊跳啊，想跳就快跳啊，昭仓都跳下来了，你狗日的怎么还不跳？可是警察很快就拿来了充气垫。接着电视转播车也来了，主持人扔掉大衣就开讲，一阵风把她的裙子掀翻过来，露出了里头的红毛线裤。结果那哥们儿错过了时机，又不跳了，楼上楼下全都白为他“激动”一回。后来我们分析，那小子不是真想死，想死他早就跳了，不用等警察。他不过是想讨回三个月工资，三个月也才七百块，想想也不值。于是我们十分悲愤，感到这年头连跳楼都学会造假了。

后来才记起我妈来过电话，说小舅失踪了。我小舅不是小孩子了，过年就五十的人了，这情况怎么说也有点严重。我妈责备我，出了这么大的事你也不说一声？小舅从前对你那么好，你良心叫狗吃了？又问：他们也没怎么大吵，怎么说走就走了呢？怎么走了连电话都不打一个呢？这样的连珠炮显然多余，谁也无法回答。既然是真想离家出走他就不会通知你，既然不通知你他就是不希望你知道，小舅可不是个能造假的人。

我听见手机里小舅妈在那头哭喊：这回你们信了吧？这是他的灵魂大暴露！小舅妈不识几个字，可有一嘴电视剧词汇，一见电视里有第三者就联想丰富义愤填膺。小舅和杜月梅究竟有没有关系谁都说不清，他们那代人在爱情上多多少少都有一点奇怪。依我看他们是没有，否则杜月梅就不会去做那种事。如今下岗女工靠上一个拉边套的并不稀奇，毕竟活下去是第一位的。稀奇的是小舅竟然也玩起离家出走了，这倒是闹出了新意。

然后就是数日不归，也没有任何消息。

我妈天天晚上和小舅妈通电话了解最新动态。但每次说到后来小舅妈就来气，总要强调指出：就是因为罗蒂！罗蒂咬了那个婊子，他心疼了！

然后我妈就骂她，说你昏头了你！这话也能随便说的吗？

在我们那个地方，如今看法已经变了。下岗工人越来越多，人人都有亲戚朋友，骂婊子，被视为不凭良心。你可以骂小姐，可不能骂婊子。小姐都是外来的，她们年轻，一般都在娱乐场所坐台等候顾客上门。而这样的岗位下岗女工是很难参与竞争的，她们只好在霓虹灯下晃来晃去，打一枪换一个地方。谁家没有老婆孩子啊，谁家没有七灾八难啊，谁还不是，为了混口饭吃啊？谁又敢保证自己没有那一天呢？所以她们是被划入好人行列的，她们是没法子才去当哨兵的。至于说小舅是因为心疼杜月梅才离家出走，这话就更加离谱了。所以我妈也每每坚决予以反击，我妈说：弟妹你这话就说岔了，朱卫国对你怎么样你自己心里还能没数吗？几十年夫妻了你这点良心都没有吗？现在人都失踪几天了，你不去找人你还说这种屁话！劈头盖脸一顿臭骂，小舅妈才不敢吭了。其实小舅妈也是个老实人，她也是心里急，说话才不着四六的。

放下电话我妈就流泪了，说：你小舅是心里有事啊，他心里苦又不愿意说啊，他心事太重啊。父亲只好过来劝，说这年头谁没有心事，心事重又能解决什么问题？父亲及时提议把外婆接回来住，说这样小舅妈也用不着一心挂着两头，咱们也可以表现表现。于是我妈这才好过了一点点，商量着天一亮就去接外婆。而我心里想的是，小舅那样的人，怎么会为这点破事想不开呢？为一条狗？

我这样说当然是有为罗蒂抱不平的意思，可这毕竟是年轻人的看法。这点看法在父亲母亲、在小舅舅妈、在矿山机械厂几千名下岗职工看来简直太微不足道了。好人都快活不下去了，都在干那事了，你们还养狗？还放狗出来咬人？他们就是这么看的。所以小舅把罗蒂放生其实还是爱护它。要是留在家里迟早叫人砸死。所以小舅妈再有气也不敢到外头去说。所以月月要死要活要跟她爸拼命也不过是闹腾两天而已。大家冷静下来，都明白当务之急还得把小舅找回来。

可上哪儿去找呢？该汇报的汇报了，该报案的报过了，谁也不知他上哪儿了。最后只剩下领导说的那句话：再等等，再等等。

那天我们并没有把外婆接回来。外婆死活不愿下床，她说，躺着好，大头说躺着好。大头是小舅的小名，大头说过的话就是真理，她就听大头的。我妈把舌条都磨短了，气得眼睛水直喷，等于零。

外婆说好，好，就是不肯下床。你要来硬的，她就哇哇直叫，杀猪的样。

外婆的老年痴呆症其实并不严重。你要跟她聊天，她都能明白你的意思，只是她的反应是一律的好好。你说下雨了她就说下雨好，你说吃饭了她就说吃饭好，你说死人了她就说死人好，她是我们家的好好主义者。清醒的时候她还会唱歌：英——特——纳雄——那——儿就一定要实现……

我们说是英特纳雄耐尔，不是那儿。她说就是那儿，那儿好！一点办法没有。

对于小舅的失踪，她也说好。好，大头是去那儿了，那儿好！

母亲流着泪说：你可不敢瞎说啊妈，不吉利啊。

外婆说，不吉利好，那儿好！

二

回到家我妈一直难过，心口痛。父亲就劝，说老太太是有心灵感应的，她是要在床上等儿子回来呢，还举例说明谁谁家出过的怪事，以证明心灵感应确实是存在的。其实父亲是学理工的，这时也不得不装神弄鬼让我妈睡一会儿。

其实我妈气的是外婆，她对外婆偏爱小儿子一直心存不满。我外公去世早，两个大姨嫁人也早，从前一个家庭的全部重担早早就落在了我妈身上。她做出了巨大牺牲，自认为是家庭的功臣，甚至直到小舅插队回来结婚以后她才松下一口气。可外婆就是和她不亲，就是愿意和小舅过，一点法子都没有。这让母亲觉得很委屈，小舅讲什么外婆都说好，小舅至今住平房也说好，没有厕所也说好，她觉得她把心操烂了外婆也不心疼。我知道她心里最气的是这个，对小舅的事她还没绝望。只是这些琐事在我们这一代人看来，简直太可笑了。

我曾经问过母亲：小舅小时候是不是特别可爱？外婆是不是一直沉浸在过去的快乐里？母亲说才不是呢，你小舅从前特别淘，在家老挨打，上学老挨罚，天天站墙根，是个出了名的逃学大王。你外婆是有病才那样的！

说起来也确实奇怪，小舅是个天才的技工，车钳锻铆焊没一样不精通，年年是厂里的技术能手，可小时候居然也不爱上学，看见书就头痛。小舅说，那时候老师负责任，要是一天不给我板栗子吃（敲脑壳），老师就会觉得那一天没干活，缺了点什么。他说，小时候我耳朵天天都是红的，是让你外婆揪的，还是你妈最疼我，经常给我揉揉。

那时，小舅最爱做的事就是看人家打铁，他看见人家风箱一拉炉口火头一蹿，就浑身发热，血往外直喷，魂都不在身上了。他十来岁就学会给刀口淬火，能做出像样的锻工活。他说他有了这个手艺下乡插队也没吃过苦，他打的镰刀锄头在那一个县都很有名气。

小舅十五岁下乡，十九岁回城，招工单位就是外公干了一辈子的矿山机械厂。谁也没料到，进厂的第二年小舅就出了大名。那年江南造船厂在维修一条外国客轮时遇到了麻烦：有一种推八的铁楔要求手工砸进榫槽里，但作业的场地是个半人高的圆筒，大锤抡不开，小头又力量不够，而且铁楔必须一次到位，否则就报废了。这下可难坏了造船厂，没法子就向我们矿机厂求援。矿机厂就找老师傅们开会，问谁会打“腰锤”？老师傅说，现在什么都靠机械靠设备，这种手艺早就失传多年了。二十四磅的大榔头抡起来不能超过头顶，而且下去要准确够劲，谁都没把握。厂长说，这么个小问题咱都解决不了呀？矿机厂的脸叫你们丢尽了。还八级工呢，狗屎！

其实这问题并不小，人猫着腰，还得使那么大的榔头抡圆了，今天谁有这本事？这时小舅跑进来说，他愿意试试，他说他在乡下打过“腰锤”。老师傅们全都不信，说你小狗日的老鼠舔猫屁股呀，你知道虾子从哪头放屁呀？小舅不服，嘴巴又讲不清，只能翚着脑袋小声嘀咕：试试呗，不信就试试呗，连试都不叫试呀？这样就答应叫他试试，不试不知道虾子从哪头放屁。

厂里模拟了一个半人高的现场，新领了一把二十四磅大锤，砸核桃。要求是，核桃扔到哪儿榔头砸到哪儿，一锤下去核桃拍死，只准流油不准见碎壳。玩过榔头的人都知道，榔头不过顶就意味着重力不垂直，而榔头围着腰甩出弧线又不能见碎壳就必须做到正面落下，既准又狠一锤到位。这不光要技巧，更要一把好力气。那天的结果一些老师傅至今不忘，说是眼珠子都掉下地了：十几颗核桃砸完，居然四周找不到一粒碎渣。

厂长大喜，连夜就拉小舅坐上吉普车，送到芜城。在芜城，小舅更是风光无限，那个大胡子德国佬一再搂着小舅要亲吻，拉小舅照相。他说小舅要是在德国一定能当上议员，他承认自己是成心为难江南厂的，因为他根本不相信中国有这样好的技术工人。报纸电台也来猛吹，说小舅心怀祖国放眼世界苦练硬功什么的。

那年也是凑巧，中央美术学院有一个老师带学生到江南来写生，听说了这件事，就要求小舅光膀子打铁给他们看，看过了个个都叫美。真美，美极了。有个女学生摸着小舅的后背激动得浑身发抖。然后他们集体创作了一幅油画，名字就叫《脊梁》，这幅画今天还在省博物馆收藏着。

八十年代的审美趣味我说不上来，反正那种画搁今天白送人还嫌占地方。我们市百货大楼楼口天天表演内衣秀都没人看。不过小舅打铁的样子我是见过的。他个子高皮肤白身材匀称，身上布满三角形的小块肌肉，榔头在火光中舞动的时候那些肌肉全都会说话，好像全都欢快起来聒噪起来，像一只只跳舞的小老鼠浑身乱窜。那时的小舅也是最快活的，榔头像是敲在编钟上，每一个细胞都在唱歌，整个身心都飞升出去。根本不像现在，一副苦大仇深的样子，额头赛过皮带轮子。

那一年底，小舅评上了省劳模。

照说，那时的小舅稍微会来事一点就能走上另外一条道路。可实际上他并不是一个真正聪明的人，他所有的灵气都表现在手艺上。他不爱说话，也不会说话，嘴巴一张就伤人。所以他即使当了领导也是不讨好的。但是不提拔他好像也说不过去，因为同时期进厂的也都当了干部，何况他还是个劳动模范。

小舅不止一次对我说过：我要不当这个干部就好了，我有手艺我上哪儿混不上饭吃啊？这个问题好像是个宿命，一直在折磨着他。我说，那你现在也可以走啊？听说上海那边就缺高级技工，一个月能挣好几千，你干吗不走？他把眼瞪圆了想半天说，我要是走了这边怎么办？说这话时他的眼睛洞穿出去，似乎看到很远想到很多，很深刻很全面，其实那里头很空洞，什么内容也没有。所以他的悲剧不是当不当干部，也不是有没有手艺，而是他心中有个疙瘩始终解不开。他太认死理了，只有一根筋。

小舅二十八岁才正式谈恋爱，这就足以说明问题。以他当时的条件，漂亮女工随手抓，可就是搞不成。这期间光我妈给他介绍的就不下四五个，没有哪个能处得下去。原因就一条，他不爱说话。不说行，也不说不行，问他什么都哼哼，哪个女的也受不了这个。

小舅到二十五六岁还爱来找我玩，一到星期天就来了。我妈总骂他：他就不能约个谁出去逛逛？跟个小屁孩玩个什么？没出息成这样！可他就愿意跟我玩，一点办法没有，钓鱼抓虾，爬树掏蛋，有什么玩什么。大头大头，下雨不愁，人家有伞，我有大头——这是我少年时代特有的骄傲。小时候我特别胆小，而且我对外界始终保持着足够的警觉，因为小舅没准儿就躲在哪个路口拐角，冷不丁冲出来把我的裤衩往下一拽，让我捂着小鸡满街乱跳。我急了也会骂他：看老子不告外婆收拾你狗日的！他把大拇哥一翘：你告啊，老子要怕你告老子就认你做老子！一直到他结婚，月月出生，小舅和我的友谊才算告一段落。

那时能跟他聊天逗笑的女人就一个，就是他十七岁的徒弟杜月梅。原因是他根本没把杜月梅当女人看，该说的说，该骂的骂，有时候还在屁股上拍一巴掌。小舅有个习惯，就是嘴巴表达不清的时候，喜欢用手，捅你一下或者打你一巴掌。但那时的杜月梅对他实际上是有意思的，很愿意挨他打被他骂。有两件事情可以证明：一件是小舅不爱吃蔬菜，但特别爱吃杜月梅腌的咸菜。那时上班就有保健票，两毛钱的保健票能打一个荤素炒菜，但小舅就怕吃这个，筷子翻翻眉头就皱起来了，什么鸡巴菜！这时杜月梅就跟变魔术似的拿出一缸子咸菜，高梗白腌得黄黄的脆脆的，淋上香麻油，小舅立马咧嘴笑了。所以有一段时间基本上是杜月梅替他买饭，打一个红烧肉或者米粉肉，就她的咸菜。吃完了也是杜月梅去刷饭盒。还有一件事是调工作。按规定干部是没有义务带徒弟的，但小舅坐不惯办公室，所以就带了一个钳工徒弟。可有一次厂长找他找不着，大发其火。后来发现小舅在帮杜月梅磨钩针（那时流行编织，钩针的精巧程度也是女孩的人气指标），就下死命令要杜月梅跟别的师傅做。小舅居然没敢反对，大概是觉得自己理亏。这件事杜月梅嘴上不说，可心里难受，据说眼睛都哭肿了。

那时候的杜月梅还是车间团支书，活泼、快乐，天天还唱着歌——年轻的朋友们，大家来相会，天也美，地也美，春风惹人醉……咱们二十年后再相会！

可惜这段日子并不长，如果长一点也许情况就会不同，两个人也许会认真考虑这个问题。可惜那时家里人太急，我妈还问过他，是不是对那个小徒弟有点意思，小舅张嘴就是：放屁！家里人只好算了。同时也认为杜月梅太小了，要等她能结婚小舅该三十多了，那是不可能的事。其实现在看来两个人心里不是没有，只是不敢承认。小舅对女人太紧张了，紧张到了无话可说，已经分不清喜欢和需要，以致该正视的时候他也不敢面对。而那一年他已经二十八岁了。

那一年，出现一个戏剧性的转折，原因是工人开玩笑。据我看凡有人群的地方都免不了男女关系方面的精神生活，谈不上谁高谁低，只不过工人更直接一点，更有创造性。矿机厂就发生过这样的事：一个平时嘴巴很油、爱占女人便宜的师傅中午睡觉，被女工解开裤带，裆下糊了一大捧黄油。当然他们全是结过婚的，玩了乐了也就忘了，并不当回事。那天也是这样，午休时小舅睡着了，这时来了个库工找他签字。有人就说，朱师傅啊？睡了，你亲他一口能立马就醒！又有人说，咱们朱师傅什么都行就是那玩意儿不行，就缺你这一口了！人们嘻嘻哈哈说着这些，库工并不恼，一个人拿着领料单往里去。可到了小舅身边她愣住了。工人睡觉简单，找一张晒图纸或者旧报纸随便一垫就能睡着。夏天，都穿着单衣，小舅那一身肌肉就显得特别动人，让她有点发呆。

这种表情很奇特，触了电抽了疯一样。这表情立刻被几个女工捕捉到了，几个人一嘀咕，一二三就把库工给拎起来放到小舅身上了。放上了还不能算完，还摁着胯子来回搓上蹾下。小舅就在这种哇哇大叫的集体快慰中坚挺起来。有人喊，硬了，他硬了，谁说他不行的？他硬了！工人们拍着巴掌笑啊跳啊，肚筋都笑断了，认为这是最富创意最过瘾的一次恶作剧。

但事后，库工哭了，骂了流氓。小舅傻了，觉得抬不起头来。再后来，他就决定跟这个库工谈恋爱，再再后来他们就结婚了。这个库工就是我的小舅妈。

当时我妈是不同意的（也没有其他理由，主要是觉得她不太好看），一再跟小舅说，现在改主意还来得及。小舅说，我都那样了，还怎么改？我妈说，哪样了？不就是开个玩笑吗？可小舅坚持说：我都那样了，我都那样了！

那个时代确实很奇特。在小舅看来，他都那样了就等于做出了承诺，他就不能不负责任，否则他就真是流氓了。

这件事我跟月月交流过看法，我认为人的命运确实不可捉摸。人这个东西，我说，真的很偶然，很虚无，很结构，很符号。如果不是那次恶作剧，可能你就不是现在的样子，假定小舅和杜月梅好上了，也许你就是个大美人，一切的一切都要重新改写。

但月月不以为然，她说，你是烧糊涂了吧？即使那样又能怎么样？如果我比现在漂亮，也许我就不开鞋店了，而是直接去当破鞋。那个来钱多快啊。

有一天深夜，十二点多了，小舅突然来了电话，说：我回来了。

我妈抓着电话，一个激灵就坐起来，憋了半天才哭出声，骂：你个死大头啊你死到哪儿去了啊？

小舅说：我去了趟省城。

我妈说：那怎么不招呼一声啊？你要把人急死啊？

小舅解释，主要是跟月月妈干仗，他懒得啰唆。原来他是找老领导告状去了，一家人这才把心放回去。

三

小舅把一条烟放在我面前，又让月月给我沏了一杯好茶，然后一挥手就把月月撵出去，郑重其事地说：请你帮我搞一个材料。我搓着手说这么高的接待规格我不好意思啊真的不好意思！小舅说：应该的，应该的。月月在他身后一个劲儿地撇嘴，我也装着看不见。

搞材料就是写稿子的意思，工厂里把一切文字的东西统统称为材料。小舅知道我喜欢写小说而不是搞材料，但小说都能写了材料还不能写吗？我算是个还有点品位的人，也经常参加一些文学沙龙，只是暂时成就还不明显而已。但我们报社有个笔名叫西门庆的哥们儿，是专门写苦难的，已经很火了，他有一次到前街邮政所拿稿费，把柜台的现金都拿空了。这事在我们那个圈子里已经成为标志性美谈，我在家也吹过。我一直深信，有一天我也能这么爽一把。虽然我明白小舅这是因为看重这个材料，但小舅的庄重本身就说明了对我的承认。这也让我带上了一点神秘激动的想象。

他首先申明：你放心，出了问题一切由我承担。

小舅说，你是我们家的知识分子！

其实事情很简单，他就是要把矿机厂这几年的衰落给领导汇报汇报，把工人现在的处境跟领导反映反映，把造成这种情况的原因给领导分析分析。其实照我看，这些破烂事你不说领导也未必不知道。现在我们那个地方哪家国营企业不是这样？哪个工人日子好过？男的蹬板爷女的搞破鞋领导不知道？那些早年离职下海的反倒好了，有了位置也有了积累。而那些听领导话要以厂为家的，现在满大街都是。分工越来越细，连掏耳朵挠痒痒的都有了。现在谁要能想出一个挣钱的点子，立马就有成百上千学样的，可谁来消费呢？领导不知道？

但小舅不这么看，他坚决要我给他写。他说，不是你想的那样，我们厂落到这个地步是有原因的。别的厂我不了解情况，不好说，可我们厂我是一本清账，我是眼看着他们一步步把厂子整垮的。他说，这是一场严肃的斗争！我要和他们斗争到底！他目光如炬气势如虹，很正义。

他都这样讲了，我也就无话可说，只当陪小舅玩上一把。

小舅告诉我，这一趟去省城他把矿机厂的第一任厂长给找着了。他说这老头是延安时期搞兵工厂的，现在住在干休所。他费吃屎的劲才把这老头给找出来。然后这老头又领着他去见了国资办和总工会的人，现在这些人全都答应帮他告状。他说要是省里告不赢，他就去中央告，非把他们告下来。

说着小舅又拉我到厂里去，他说：眼睛看着我们厂，我才能说清楚。就这样，又陪他在厂区转了大半夜。

其实这个厂我从小玩到大，龙门吊，大行车，车铣刨镗，全都是我熟悉的。这里有我一半的童年欢乐。而今却人去厂空，无比荒凉。小舅就在这荒芜中讲述了他认为不该如此荒芜的历史。冬夜，风很冷，可小舅却讲得满头是汗，把毛衣解开，胸口呼呼冒着热气。这很让我怀疑自己的观察能力。他高大的身影像鬼一样在墙壁上扭动，使他的动机显得宏大而且缥缈。

简单归纳一下就是这样：矿机厂的前身是东北某军工企业，五十年代由国家投资，转战千里来到江南，属于当时国家大型骨干企业中的配套项目，是为周围几家矿山服务的特大机械设备厂。到了七十年代末已经发展成设备总吨位号称江南第一的大厂，拥有三千多工人和五百多工程技术干部。按小舅的说法，除了飞机不能造，他什么都能干。到了八十年代实行价格双轨制的时候，厂里要求分出一部分生产能力开发电冰箱（那时海尔小鸭美菱那些牌子连影子都还没有呢），可上级就是不批准，说是要坚持为矿山服务的方向。好，就为矿山服务。那时厂里每年都有电解铜计划，（当时场上电解铜八千多一吨，而计划价才四千多一吨，谁能批到条子谁就能发财，当时倒腾铜的人比苍蝇都多。）厂里根据这种情况决定自己拉铜钎拉铜线，这样每吨可以卖到两三万，可上级一看又不干了，愣下文件把厂里的拉线车间给砍掉了，眼睁睁看着那些倒爷在厂门口倒卖调拨单。拿到调拨单还不提货，转手又卖给别人。就是活抢啊！小舅说。可领导还要我们维护大局。好，就维护大局。到了九十年代，等人家把市场瓜分完了，原始积累差不多了，领导说你们该下海了，要自己在市场经济中学会游泳了。也行，就自己学游泳。谁怕谁啊？一直到九十年代末，我们厂其实还是能生存的。虽然工人多一点效益差一点，可我们生产的收割机拖拉机还是不错的，农用机械还是有市场的，还是垮不了。好，他看你还不垮，他就给你换领导班子。非把你搞垮不行。他给你换上一帮贪污犯来当领导，看你垮不垮！

我笑起来，我说这也太邪乎了，领导还能是天生的坏蛋？非把你搞垮不可？小舅说：我看就是故意的。原来我也不明白，以为真是什么产业结构调整，什么阵痛，现在想想，就是故意的！我说，那领导图个什么呢？犯罪也要有个动机啊？小舅沉默了半天，说：捞钱呗。你想想，工厂是死的，设备是死的，怎么才能变成现钱？

我没有文化啊，是个猪脑子啊，我现在都后悔死了。小舅说。

我承认想不出这里的道道。但是我认为，这年头捞着了算你走运，捞不着也不用心里痒痒，对老实人而言吃亏是福乃绝对真理。现在出事的贪污犯没有一个是真正狡猾的，我在报社干我还能不精通这个吗？

小舅摇摇头：我说的捞钱没有那么简单，要拐很多道弯呢。他说：我会给你一些资料，那都是有数据的，不是瞎说的。

小舅承认，他犯过两次错误，都是不可饶恕的。第一次是让工人集资买岗位，一个人三千块，不掏钱就下岗。他说这是上一届贪污犯来干的事。他们哄他，你是工会主席，老工人有威信，让他去动员。结果集资款全叫那帮人拿去投资，打了水漂。这帮人调走的调走了坐牢的坐牢了，只有他成了名副其实的猪主席。

第二件事更愚蠢，这一届新班子来了以后，政府牵头引进了一个港商，让厂里跟港商签订协议，由港商整体收购，全员安置，改成私营公司。但干这样的事要开职代会，表决通过才行，结果领导又来哄他，让他做工作。当时他想，工人已经吃了大亏了，港商又愿意拿出几千万建立收购发展基金，逐步偿还工人的集资款，就同意了。但职代会开完了通过了，到实际过户的时候才发现，原来自称资产十几亿的香港公司不见了，却变成了我们本省的一家港龙公司。注册资本金只有三千万，而且公司副总经理居然就是我们厂从前上级主管局的财务处处长（清算时还挂着市中级人民法院破产清算组副组长）！更滑稽的是，他们所谓的注册资金就是以收购矿机厂以后的实有资本来充抵的。空手套白狼啊！

小舅说：我着急的还不是这个，这些都已经过去了。我现在最着急的是眼下，眼下我们一定要想办法保住厂子。所以你一定要帮我把这个材料写好，要有说服力，要能打动人，让人一看就明白，还不能太长！其实小舅已经讲得很清楚了，他在心里一遍一遍想，想过一百遍了，可一写到纸上就不是那么回事。

小舅说：我太笨了，没文化真的不行。

我说，我保证给你好好写。不过小舅你也别太认真了。你写了又能怎么样？现在有多少人还关心这种事？你们厂工人关心吗？反正你也不少拿一分钱。人家爱怎么整就叫他整去，他能把喜马拉雅山搬回家当盆景，咱没意见呀。小舅发愣说：你怎么会这么想？你帮了忙，矿机厂全体工人都会感谢你。他说：现在我已经搞清楚了，这家公司的所有承诺都是放屁，不但拿不出一分钱来实现转产，而且还要职工掏钱集资。当然工人也掏不出钱，有也不可能再掏给他。这样他们就有理由卖厂房卖设备，他们真正的目的是要这片地，他们是搞房地产的！

小舅就是这样的人，他认准的道理是不可拐弯的。可是他在那儿一惊一乍地喊，十分痛苦十分正义，在我看来就二十分可笑。就算他是世界上最后一个把工厂当成自己家的人，又有谁信？就算你把这个事搞成了，又有谁来感谢你？这话我没有讲，我要讲出来他能把我拍死。

我问，他们现在进行到了哪一步了？小舅说：眼下还僵着。我没签字。我不签字就等于少了职代会这一道。我说，那不就结了吗？不签字他就不合法，不合法他还能把你吃了？小舅又摇头：你到底还年轻啊，法律算个什么鸟呀？现在他还对你客气，又要送别墅又要送小姐。你等着吧，不答应好果子还在后头呢。

我阴笑，我琢磨着这才是问题的实质。我问，他真给你送过小姐？他点头，是啊。你没要？是啊。你真的没有一点点私心？他愣住了。

我说：我的意思是，让你下这么大的决心，让你激动成这样，就没有一点点个人的理由？小舅想想说，你是什么意思啊？我说，你太崇高太伟大了，所以让我不太相信。他说：你的意思是我想当厂长？我说一个破厂长能让你这样大动干戈吗？这还不够本质。你就说说为什么非要把罗蒂送走吧，罗蒂妨碍你什么了？你肯定还有别的原因。小舅咧着嘴想想，说你个小兔崽子，你究竟想知道什么？想让我说杜月梅呀，我就给你说了又能怎么样？

小舅证实了我的一个猜想：他确实去过杜月梅家。是杜月梅的处境让他受了刺激，让他决心去上访告状的。小舅妈说得没错，他确实是心疼杜月梅了。

小舅承认，他确实喜欢杜月梅，不过这种喜欢是结婚以后自己才发现的，那时已经有了月月，太迟了。但是他们并没有来往，只是在心里憋着。在厂里碰上了，就多看上两眼，看过了心里就酸酸的。有时候碰不上，他还特意去精工车间转转，转过了心里就好受一点。这种心情持续了好几年，后来岁数大了才渐渐淡了。杜月梅到了二十七岁才结婚（是什么原因他也不清楚），嫁的是厂里的一个司机，当时小舅、舅妈还包了钱去喝过喜酒。但后来杜月梅的命一直不太好，生过女儿以后丈夫又出了车祸，死了。前年，她女儿小改查出有骨髓炎，这以后日子就一天比一天凄惶。下岗以后她卖过血坐过台，但岁数大了连这种生意也不常有。这样小舅就时常会有一些愧疚和感慨，但并不像舅妈说的那样。小舅向我保证绝没有干过那种事。我想这也是一个男人非常正常的心态，算不上什么。

那天，杜月梅被狗吓着以后，小舅揣了点钱去看她（工会救济是不可能了，只能从家里偷点出来）。但没想到的是，杜月梅一见他就破口大骂，能捞着什么就砸什么。说朱卫国你妈了个 ×，你骗我们集资你喝我们血，你害得我们还不够惨啊？小舅本想说点好听话就走的，可遇见她这样就一句话也讲不出来，舌头被老虎钳夹住一样。杜月梅说，你是不是也想嫖啊？这些钱你够嫖几次的，你来啊！小舅吓得掉头就走，可杜月梅把那个钱揉成一团又扔出来。小舅捡起那些钱，可能比他一辈子锻出的铁器分量还要重，那时日头还没下去，空气里弥漫着尘埃，可他眼睛里灰蒙蒙的，什么也看不清。只听见大锤咣咣地在耳朵边上砸。他一犟头又回来了，说，我早想和你好了，我都想二十年了，钱你先收下吧。他的意思是只要你收下钱就行，别的以后再说。谁知这下坏了，杜月梅身子一挺就扑到砧板上，菜刀也抓起来了，说我早知道你就是这么个人，说我就是跟狗睡我也不能叫你侮辱我！……

现在我能体会到，小舅为什么坚决要把罗蒂送走了，其实他也喜欢罗蒂的，但现在罗蒂的每一声叫唤都让他心里滴血。他不杀死罗蒂，他就要去杀人。

现在我也能猜想，一连几天站在家门口的小舅其实并没有想什么，他脑袋里是一片混沌。破败的厂房，昏黄的流云，还有凛冽的北风，都不能让他清醒。在他眼前晃动的只有一个人，那个他从前喜欢过的女人。这个女人从前是那样的快乐那样的单纯，跟在他后面师傅师傅地叫着，咯咯咯咯地笑着，如今为了三十块五十块就能随便跟人睡一下！她没有法子，因为她还是个母亲，她还有一个住在医院里的孩子。可她心里还有尊严还有向往，她不能让小舅看不起她。这些都让小舅很受伤害，他不能不对这个女人，还有跟这个女人一样的工人负起责任。

他都那样了，他就不能不这样！

小舅站在龙门吊上，瞧着墓群一样的车间，眼睛里全是泪。说咱工人不贱啊，咱要求不高啊，咱工人卖的是力气靠的是手艺啊，只要有活儿干咱都能把日子打发得快快活活，咱怕谁个啊？

四

敬爱的 ××× 同志，您好。尊敬的 ××× 首长，您好。此致工人阶级的崇高敬意。×× 市矿机厂工会主席朱卫国。这样的信件我打印了十来份，每份两页纸，可以说有理有据，有情有义把我自己都感动了。然后我又给了小舅一个软盘，告诉他不够了就找一家文具店再打，两块钱。这样小舅就揣着它去了省城。

接下来的日子就像转个不停的陀螺，每天都一样。我发现我也染上了某种宏大的毛病，我的额头也开始像皮带轮子一样深刻起来。我居然相信小舅能带回一点好消息来，居然。

这期间，我还给报社写过几篇小通讯都是反映下岗工人看病难和孩子上学难的。当然，都给毙了。不过我本来就不抱指望，我知道这不符合主编的导向。我们主编操心的都是后现代问题，比如我市有多少人买了第二套房第二辆车，为什么野菜比蔬菜贵，吃骨头比吃肉还养人，死在家里比死在医院更符合人道精神，看谁能勇敢地面对乞丐，等等。但我还是写了这样的东西，惹得主编龙颜不爽要重新考虑我的续聘问题。直到有一天西门庆来拍我肩膀，说要请我去鸿运楼洗澡，说那儿新来的小辣椒特别有味道。他说，你呀你呀，你怎么会犯这样的低级错误？你脖子僵的，快让小辣椒给你暖和暖和。

小舅是半个月以后叫人给领回来的。确切地说，是叫人给押回来的。被领回来的小舅蓬头垢面，满身黑泥，一笑一嘴白牙。不过看上去精神状态还不错，搞成这样是因为他又去了一趟北京。

这趟去省城开头还挺顺利，该见的人都见上了，该递的信都递上去了，总工会还给他介绍了一家便宜的小旅馆。但过了两天就不对劲了，来一个处长找他谈话，自称是美国回来的博士。博士开口就叫他先回去，然后又说一通工人阶级最拥护改革最通情达理最有组织纪律性之类的话。他觉着口风不对，就问，那我们厂的事怎么办呢？博士就笑了，说你是省劳模，又是领导干部，你怕什么呀？省里都有政策的。小舅说不是我怕，我怕谁个？我们厂还有三千多工人啊？三千工人都要吃饭呀。那人脸就沉下来了，说，你这个同志怎么这么不开窍呢？有个人要求你就谈个人要求，不要动不动拿三千人说话，你能代表三千人吗？组织上怕你吓唬吗？小舅说，我没有个人要求，我不想吓唬谁，我就是担心国有资产流失。博士说：很好，既然你提到国有资产，你知道国有资产谁有处置权？是你吗？你连企业法人都不是，你来谈什么国有资产？你不是瞎掰吗？

小舅傻了，心想他上次来，各级领导都很客气，还让他写材料，怎么几天工夫就变卦了呢？这个博士他上次没见到，说话果然有水平，一口咬定他是带着个人目的来的，弄得他浑身是嘴都说不清。小舅就要求见领导，可所有的领导都说没时间不愿见，都传话让他先回去，让他相信组织相信党。小舅心想我要不相信我干吗写材料告状，干吗来找你们呢？小舅觉得委屈死了，跳楼的心都有了。

还是干休所的老头有头脑，说，风向变了小朱啊，他们这是背叛啊。

老头给小舅指了两条路。一，向后转回家去，捏着鼻子不吱声，看他们怎么搞。二，去北京，去国资委，去财政部，去中纪委，去……老头问：你怕不怕死？

小舅当然不怕死。他又不是为自己，他相信组织相信党，他怕谁个？这样小舅就揣着老头写的几封信，上了去北京的火车。

这期间，还发生了一个小插曲，市委办公室的副主任领着矿机厂的两个领导也到了省城。他们是专程来接小舅回家的，在稻香宾馆摆了一桌，上了鱼翅和鱼，还有乱七八糟叫不出名的海鲜。他们知道小舅酒量大，专门备了一箱五粮液。他们说，朱卫国你狗日的今天不喝够，我们回去不好交差。然后就喝酒，一人拿一瓶，亲不亲，一口闷。小舅心想你知道我去上访，还非要来给我送行。上访是我的权利，党纪国法上都写着，你还能把老子鸟咬掉了吗？喝！看哪个狗日的先趴下。然后，那几个狗日的就滑桌肚里了。然后，小舅就摇摇晃晃上了火车。

小舅没钱，也不敢乱花钱，买的是夜间的硬座车。他盘算着上车就睡觉，眼一睁就到北京了，在哪睡不是睡？结果这一觉就睡出问题来了。车过德州的时候，他闻到了扒鸡香。车过天津的时候，他闻到了肉包子香。睡梦中他还记得扒鸡和肉包子都很好吃，只不过这种香甜的感觉很快过去了。等他开眼，天已大亮，这才发现除了手上还捏着一张火车票，他已一无所有。他翻遍了所有的口袋，发现连裤兜里的手纸都没给他剩下。

这样，他头脑就开始盘旋。他相信，这绝不是一般的小偷。于是小舅坚定地认为：这一趟是来对了。不然他们为什么害怕自己上访呢？连一张纸片都不给他留下呢？这说明他们心里有鬼。于是这个小偷反而帮助了他，让他重新评估了此行的意义，让他觉着自己正在做着一件了不起的大事。而他们，并不像嘴巴上说得那么理直气壮。他想，老子一无所有就不能告状了吗？老子偏告给你们看。

这样他走出北京火车站的时候心里一点都不沮丧不胆怯，而是瞄准了有塔吊的地方，直奔了建筑工地。兄弟，有活干吗？兄弟，我是来北京上访的，没钱了，帮个忙吧？这样问到第三家，他找到一个拌浆的活。可是北京的包工头也坏得很，只管饭不给现钱。现在眼看到年底了，更不愿给现钱。小舅对自己说，管他妈的，先吃两顿饱饭再说，就干上了。有了这样的心态，以后什么也没难住他。小舅觉着，这正是一种考验，他要是连这点考验都经受不住，他还跟那帮人斗什么斗？这样想想他的这些磨难就非常合理了，甚至有了些精神提升的意思，再苦再累，再饿再冻，都是应该的。

北京的冬天我知道，我在那上过四年学。那是个屋里屋外两重天的世界，屋里能让你鼻子热得流血，屋外能让你觉得胸膛是个开放的空洞，冷风能从前胸直穿后背。而小舅没有这种感觉，只穿一件毛线衣整天站在寒风里，小舅觉得快活得很。在北京的这几天，他拌过砂浆，打过麻包，在路边修过自行车。他给自己做了个纸牌子：高级技工，只收现金。还真管用，有一家汽车修理厂还想长期聘用他。最走运的一次是，某工地的罐笼卡在钢槽里，他爬几十米高给人修好了，一次就赚到三百元。开头经理还想赖账，小舅一把抓住那人的胳膊，还没开口，那小子身子就矮下来。后来他俩还成了朋友，经理还介绍他到郊区的一个上访村去住，五块钱一晚还管一顿早餐。

有了这样的经历，小舅信心倍增。他一边给自己找活干找饭吃，一边满世界打听那些大机关。上访村的村友也都是各地来的，他们也教给他一些上访的诀窍，比如怎么排队拿号，怎么给关键的人物递材料，等等。这样到了第十天，他给自己买了一套干净外衣，又去理发店修了边幅。

然而最严峻的问题出现了，他没有证件。一个不能证明自己身份的人凭什么走进那些大机关呢？怎么可以让人相信你的上访申诉是可靠的呢？甚至可以进一步推论：一个没有身份证的人是不是一个真实的人？小舅显然没有去作这样的思考，他很容易就接受了别人的建议：花一百元给自己买了一个身份证一个工作证。他想，朱卫国还能是假的吗？他认为这个人是谁并不重要，关键是这些材料真实不真实，严重不严重。他相信组织上一定会来调查的，一查什么都清楚了。

果然，在各个大机关，人家都很客气地接待了他，都对国有资产流失很关注，都表示这个问题很严重，都说要认真对待。在总工会，人家还查了大本子，核对了朱卫国的省劳模称号，还对他的到访表示了感谢。可是有一天晚上拉网，小舅还是被拉进去了。警察眼睛毒得很，一眼就看出了他伪造证件的本质。

在一个大黑屋子里，小舅睡了两天。他太累了，一倒下就睡着了。这个表现让警察都有点疑惑，别人进来都是赶紧打电话托人求情，让人送钱来，六百块放人。可这个人不哼不哈，倒头就睡，连饭也不吃。他们反而担心起来，万一这个人有什么病，死在里头不是麻烦大了吗？于是就找他谈话，交代政策，提供方便，要他和家里联系。小舅说我不联系要联系你们联系，我把嘴磨破了你们都不相信。警察说不联系你就在这儿凉快吧。小舅说凉快就凉快，反正我的事也办完了。说话的时候市政府正派了人满北京城在找他，最后交了罚款才把他领回来。

我不知道在身无分文的情况下我能不能坦然面对，也许被逼到绝境里人都会求生存，但小舅显然不是这种情况，只要他愿意，打一个电话就能解决问题。但他没有这样做。有意思的是，这趟北京历险让小舅开朗了很多，两眼贼亮，话也多起来。好像是去国外旅游了一趟，开阔了眼界，丰富了思想，整个人都长高了一截。他说，你瞧着吧，中央马上就要抓了，上头不会不管的。让他们这样搞下去，还得了？在他看来，咱们这儿的情况还不算最严重的，别处比这还厉害，这就是非抓不可的理由。我问过小舅，你怎么这么有把握呢？中央就听你的？他说：这不明摆着吗？他们让国家吃亏，让工人吃亏，这就是活拉拉抢银行啊。另外他听说，全国总工会正在起新大楼，盖一百多米高的新大楼，这说明什么？他说：这说明咱工人阶级还是有地位呀，工人还是国家的主人公不是？

有一件事我没搞懂，小舅连手纸都让人给偷走了，他拿什么材料向中央机关告状呢？小舅眯着眼笑，说你那个材料我早就背下来了，他就是把我衣服扒了，我光屁股也能进北京，不就是花两个钱找人打印吗？我不信，他就背给我听。我发现三四千字的文稿，几十个数据，只弄错了两个标点符号。

小舅得意地说，咱笨人自有笨办法，老天爷安排好的。

五

工友们，老少爷们儿们，兄弟姐妹们，请你们有空回厂里来看一看，想一想，大家商量商量！小舅提了个电声喇叭，从东村喊到西村，从西村喊到新村。他的意思是，最好能开一个全厂职工大会，把当前的形势说一说。当前的形势是什么？就是有人要出卖咱工人阶级，侵吞咱国有财产，咱眼看就无家可归了。

小舅在厂门口支了张大桌子，上面放了一份倡议书，留了一摞子空白纸给人签名。倡议书是他口述我起草的，本来还有一千个不答应一万个不答应之类的话，我认为这也太“文化大革命”了，就删掉了一些。可小舅认为，就是这样的大白话才来劲，工人一听就懂，一看就明白，大家才能团结起来。现在谁怕咱工人团结？谁是工贼谁害怕！总之他是横下一条心了，要发动工人抵制卖厂。在他想来，只要三千个名字往上一写，吓都把他们吓死。

这期间还发生过一件事，市领导把他找去谈过一次话。

小舅回来后脸青过两天，脸青过之后就让我帮他打倡议书。小舅说：他们也说不出什么道道来！你有理说理嘛，你敢说这不是侵吞？你敢说这不叫贪污？你敢公开包庇他们吗？你们也不敢。你们也说不出道道来！就说我不该上访不该去北京，我不去北京我找你管用吗？我找你找得还少吗？

小舅这一趟出去，明显能说会道了。一个人对着墙壁也能嘀嘀咕咕说个不停，好像一直在跟谁苦辩，好像他一辈子该说的话都积攒在心里，此时阀门才大开。我听不懂他在说什么，却知道他的短发已经白了一片，看上去比我妈都苍老。而在他的脸上，刀刻斧凿的脸上却有一种神性的光辉——目光专注，印堂发亮——我这样说不是赞美，而是实实在在有点害怕。我真怕他支撑不住，走向崩溃。用小舅妈的话说，他这是想上电视了，想当名人了，过瘾！

那天回来我把小舅的情况一说，我妈就愣了。白菜刚撂下锅她也不管了，扔了锅铲就走。见了小舅又拉又推又喊又叫：大头啊，你想哭你就哭一场，啊？你别想不开啊，别吓我们啊！

小舅当然不是想哭，他正亢奋着，问：我干吗要哭？放什么屁呀？

可他的亢奋我妈十万分地不感冒。在她看来，小舅完全是疯了。企业改制，国家转型，是你一个工会主席管得了的事吗？你工资不少拿一分，饭不少吃一碗，别人能过你就不能过了？再说你还是个省劳模副县级干部，怎么改也不能把你改掉了。你操什么心？退一万步说，你就是心疼杜月梅也没啥，悄悄帮她几个不就完了吗？我妈大气磅礴地指出：谁爱贪就叫他们贪去，他能把长江水都喝干吗？咱们安安分分过咱的日子。可惜小舅的回答是不理睬，他认为这比放屁还不如。

我妈说那么多人不出头你为什么要出头？枪打出头鸟你懂不懂？你这是造反啊你知道不知道？古今中外有几个造反派得善终的？“文化大革命”的时候你还小啊，你根本就没见过事啊。你越来越不懂事了！我妈是当小学老师的，革命历史她知道得不少，可她就是不能说服小舅，而且从来没有说服过小舅。说服不了，她就觉得很伤心，一伤心眼睛水就一泻千里。

后来我父亲也赶过来了，僵局这才打破一点。我父亲是个工程师，是搞机电一体化的，对矿机厂也算了解，小舅不敢不尊敬他。按我父亲的看法，写个倡议书还够不上造反，和“文化大革命”挨不上，只是他怀疑这种做法有没有价值。在他看来，当今世界五轴连动的机床都有了，咱们这个矿机厂也确实落后了，能改改不是更好？再说现在是市场经济，资源要向优势企业倾斜，你们硬顶着不是逆市场而动吗？

小舅叫道，它哪是什么优势企业啊？他们一分钱也没有，是空手套白狼啊。而且他们搞的是房地产，连名字都想好了。靠山的这一片叫睡女花园，靠厂区的那一片叫雄风广场。我父亲这才傻了，说，不对吧？我昨天才看的报纸，怎么会这样呢？怎么可能这样呢？小舅说：报纸上要有一句真话我何必去上访呢？他要真能改造矿机厂，别说五轴连动，八轴连动我都想要啊。我父亲经过严肃的思考，还是认为这一切太不可思议，便指着我骂：这就是你办的报纸？

这天晚上，一家人在一起吃了一顿饭。快过年了，有点最后晚餐的意思，虽说气氛沉重，可人总算是聚齐了。我妈也不劝小舅了，倒是一改往常，劝他多喝酒，说：多喝点，喝醉了你就清醒了。

小舅站起来说：姐，那我就谢谢你！又说：我们家往上数几辈都是本本分分的工人，咱本分可咱不是孬种。你们猜我这几天看见谁了？我总能看见咱姥爷，我总能想起他说的那些话。他对外婆大声说，妈，我看见我姥爷了！

外婆答道，好，好，你姥爷好！

我看见母亲脸色一惨，热泪喷了一脸。

他们说的姥爷，就是我外婆的父亲。他老人家死的时候还不到三十岁。他没留下照片，谁也不知他长得什么样，可小舅居然说看见了他。我想小舅看见的应该是一幅素描画，这幅画至今还挂在大连市一座著名的监狱博物馆里。我读大三的时候，我妈和小舅回东北探亲，领着我去参观过。画上的那个人是个工人领袖，他正在驳斥法官的指控。他说：我们从来不隐瞒自己的观点，我们就是反对资本家剥削和欺骗，就是要为工人争福利、争权力，改善工人生活。那个人后来死于一次著名的监狱暴动，身上中了十几枪，肩上居然还扛着一副铁栅栏。……我说小舅脸上的神性，指的就是这种表情。我明白，小舅真的是走火入魔了。

但是事情并不像小舅想象的那样，他振臂一呼，然后应者云集，然后大家同仇敌忾就把厂子保住了。小舅的错误在于，他根本就忘记了这是一个什么样的时代，也忘记了自己的身份。这事我在报社里也谈过，他们都认为这种事早就不稀奇了，连新闻价值都没有。他们说矿机厂要是以一块钱转让那才叫新闻。当然，这种话小舅是听不进去的。

几天过去了，回厂来看热闹的不少，真上来签名的并不多。小舅见人就讲形势严峻，见人就宣传保住工厂就是保护自己，他眼睛充血嗓子喊哑，可人家就是不愿签名。人家说对呀对呀，是这么个理儿呀，朱主席你真是个好人。这年头像你这样的人恐怕已经不多了，可就是不签名。就这样他还不死心，他还要挨家挨户去做思想工作，上门去促膝谈心，掂着电声喇叭一片一片地宣讲形势。小舅说：我以前是犯过错误，大家上过我的当，所以大家不相信我，这我能理解。可我没有贪污过一分钱是真的，我为咱们厂着想为大家着想是真的，这点总可以信吧？请你们相信我，只要工厂还在，只要大家团结起来，厂子还有救……

到了后来，他身后只剩下一帮小孩，他走到哪都有小孩跟在后头喊：厂子还有救，厂子还有救，厂子还有救！

原先跟着签名的都是职代会的代表，还有跟小舅关系特别好的一些老工人。现在看见人气不旺，那些代表又后悔了，还偷偷摸摸把名字擦掉几个。小舅气得眼珠子都要飞溅出来，说，你们怎么孬成这样？滚，怕死的都滚！

这样的结果是小舅完全没有料到的，他不能接受这样的事实。在他看来，他两次出去上访，经历千辛万苦，完全彻底是为了维护工人的合法权益，到头来却是热脸蹭了冷屁股，这怎么可能？他想不通，工人阶级怎么能这么冷漠？这么自私？这么怕死？这还是从前那些老少爷们儿兄弟姐妹吗？

然而真正让小舅伤心的还不是这些，真正令小舅感受到人世间冰寒彻骨的悲哀是一个晚上。那天，他一口气喝掉一瓶大曲酒，正要摔瓶子，家里来了两个老头。老头是他从前的师傅，老头对他说：你随它去吧，孩死娘嫁人，折腾也是瞎折腾。我们是看你可怜，才来跟你说这个话。

小舅哭了，说师傅啊，师傅我真是为大家好啊，我没有半点私心啊。

可老头们说，现在的话都好听得很了，听了也都好过得很了，可谁知道哪句话是真的呢？搞不清啊，真搞不清啊。老头告诉他：你说你为大家好没有用，你算老几呀？就算厂子不卖了，你就能保证搞好吗？到时候不还是人家说了算？

小舅说，那他们也不能这样对我！

老头眼一瞪，说这样对你还是客气的，你坑了咱厂多少人啊？你摸良心想想，工人都拿 128，你拿多少钱？你早就不是工人啦！

小舅这才一屁股坐地上了。在小舅看来，到这时才算真相大白，自以为代表工人说话的他，其实只能代表自己。而那个美国博士说得一点也不错，不要动不动拿三千人说话，你能代表三千人吗？组织上怕你吓唬吗？

就是这天晚上，小舅喝得大醉，瓶子摔了一地。小舅妈气不过，说：过完瘾了？过完瘾就爬到床上去，别在地上耍赖。一会儿你女儿回来还说我怎么着你了！然后嘀嘀咕咕又说了些守活寡之类的话，小舅叫她夹住屁股嘴她也不夹。这样小舅积郁了一冬的怒火终于点燃了，他抄起一把竹笤帚劈面就打。

小舅并不是一个喜欢家庭暴力的人，作为工会主席他还调解过不少暴力纠纷。他和舅妈的感情虽说不大好，舅妈那张嘴巴虽说也有点臭，时常疑神疑鬼说些难听话但真打这还是第一次。小舅真的是气疯了。

当时的情况是这样：小舅妈夺门而逃，嘴巴里大喊杀人了，朱卫国杀人了，朱卫国不要脸，搞不到婊子就打老婆。小舅在后面追，她就在前头喊，从工人东村一直喊到西村。当时晚上九点还不到，几乎全体工人和家属都看到了这一幕。在工人区吵嘴打架并不稀奇，当时也没有人出来拉架，人们只是觉得很惊讶，甚至还有点小快活，觉得很过瘾：朱卫国怎么也是这样的人？也许他们觉得，这才是本色的朱卫国。

正好月月收工回家，愣在小马路上，人都傻掉了。后来她就跪在路中间，抱着小舅的腿哭得撕心裂肺：爸呀，爸呀我求求你呀！你别再闹了啊！

小舅这才站住，然后直挺挺地倒了下去。

六

这是入冬以来少见的一个夜晚，皓月当空，纹风没有，暖得出奇。工人东村背后的睡女山在月色下显出了少有的凄清柔媚冷艳逼人，有点像冰心在乡愁想象里出现的月下青山。当时是十点来钟，一家人都还没睡。小舅被弄到床上呼呼吐着粗气，月月母女俩在堂屋里坐着没话可说，该吵的吵过了该骂的骂过了，相对无言而已。就是这时，她们听见大门上有指甲划动的声响。

月月打个激灵就跳起来，说，是罗蒂！

真的是罗蒂。好汉罗蒂流浪一个多月居然自己找回家来了。它一见月月就呜的一声扑进怀里，两个前爪搭在月月肩上不肯放下来。然后月月也哭了，嘴里喊着罗蒂罗蒂，她们就倒在地上不停打滚。罗蒂没有放声吼叫，而是把声音憋在喉咙里，发出一种奇怪的哭声，好像生怕别人听见，好像生怕再次惹祸，好像它对人世间的一切都已经看透，只是发出那种小心翼翼的呜呜的低号。它一边哭还一边不停地抽搐，让人感受到它从心灵到肉体都经历了怎样的痛苦。

我相信人是无法体验这种痛苦的。芜城离我们那个地方有二百多公里，中间隔着好几条河流和大片的丘陵山地，我想象不出罗蒂是怎么找回来的。这一个多月，罗蒂肯定每一分钟都在寻找，它不会放弃任何一点熟悉的气息。但狡猾的人类把房子和公路都建得差不多，把每一辆汽车都造成轱辘和钢铁的联合体，而且到处是可疑的灯光和讨厌的石油废气。它肯定走过不止一座城市，走过不下几千里，从一点点细微的差别中辨别方向，一个地方一个地方地区别真伪。它还必须忍耐饥饿和疲劳，躲避人类的追捕，因为像它那样的体格和皮毛是无法不让人生出贪婪歹毒之心的。它不敢停下来休息，不敢放松警惕，因为稍有松懈就可能遭到毒手。还有，就是它内心的煎熬，它想月月呀，这种思念每一分钟都在折磨着它呀。它不懂贫穷和富有，也不懂高贵和低贱，更不懂文化和禁忌，它只相信一条，它只有一个家，只有那一种气味才是它需要的，只有那一个人才是它的朋友。也许它还想到了月月的痛苦，也许它认为月月也像自己一样在四处流浪，它不愿意月月也受着同样的煎熬。所以它只有不懈地顽强地寻找，现在它回来了，它怎么能不呜呜地失声痛哭！

后来小舅妈从震惊中清醒过来，说月月你先给它洗洗吧，你看罗蒂都成啥样了？月月这才发现罗蒂形容枯槁，满身污垢，毛发黏合，后胯上还带着一片血迹。月月说罗蒂你先吃饭吧，吃了饭我再给你洗。可是，罗蒂已经瘫在那儿起不来了，嘴角流着白沫，一条腿不住地抽搐。再一细看，有一根小腿骨露在了皮毛外边，已经发黑了。

月月一边流着泪一边给罗蒂擦洗，一边擦洗还一边让罗蒂喝牛奶，一边喝牛奶还一边给它上药、包扎、捆夹板。月月说，罗蒂呀罗蒂呀我对不起你呀，以后我俩再也不分开了好不好？我明天就带你去看腿好不好？罗蒂吃了喝了来精神了，爬起来打个激灵，然后又汪地叫一声表示同意。

月月说，罗蒂你好好睡一觉，明天我带你去买好吃的。罗蒂不动。月月拍它的头说，罗蒂乖罗蒂听话罗蒂你先去睡吧。可罗蒂就是不动。在以前，月月只要发出指令，罗蒂就回它的小窝，她不让罗蒂进她的房间。月月奇怪，四下里看看，院子里也没有别人。月月问，你是不是想到我屋里去？罗蒂不吭，但喘息分明粗重起来，目光变得警觉而且凶狠。

月月不知道，罗蒂一声叫唤，把小舅叫醒了。小舅看见了罗蒂。于是小舅这些日子所有的委屈和怒火都有了发泄口，而且全部集中在罗蒂身上。于是小舅发了疯一样满屋乱窜，后来他抓到了一把榔头。舅妈本来想拦他的，可见到小舅两眼血红一副要吃人的架势也吓呆了，一个字也喊不出来。等月月明白这一切，小舅已经冲到了院子里，罗蒂在月月身后狂吠不已。

小舅骂个不停：你妈了个 ×，看我不砸死你！骂着就撵着罗蒂要砸。

罗蒂开头是要躲闪的，它在月月身后钻来钻去地躲。后来月月喊，爸呀爸呀，你干什么？我求求你呀！

但突然地罗蒂就不躲了，嗷地吼叫一声就站住了，吐出了血红的舌头和尖牙，喉咙里呼噜呼噜喷出热气。小舅被这个动作弄得一愣。

月月知道不好，她扑通一下跪在了地上。她想抱住罗蒂，可罗蒂闪开了。她想抱住小舅的腿，小舅也跳开了。她急得对着地面撞脑袋。她说爸呀爸呀你千万不要砸呀，又说罗蒂罗蒂他是我爸呀你不能咬他呀。

这时小舅妈也冲出来了，对着小舅就一头撞过去，说妈个 × 朱卫国，你把我们娘俩都砸死吧，我们都死了你就省心了。小舅这才清醒了一点。

当时夜已深了，这一家人的喊杀喊打和罗蒂的大嗓门惊动了不少人。也有邻居过来劝架的，劝小舅息怒，犯不着为一点小事动肝火。也有说月月的，说月月不懂事，说这条狗的确不能再留了，留在家迟早是个祸害。

后来有人把丁师傅也叫来了，丁师傅答应这次一定把罗蒂送到江北，他保证是放生，绝不把它卖给任何人。而可怜的罗蒂并不清楚这些，不清楚人们和颜悦色的表面，不过是掩盖谋杀。它只是缩在月月怀里一下一下舔着月月的手。

最后的时刻到来了，人们把塑料编织袋交给了月月。月月想留罗蒂到天亮他们都不能答应。在父亲和罗蒂之间她最终选择了父亲。

然而最不可思议的事情也出现在这一刻：罗蒂一看见那个编织袋就警醒起来，它狂叫不已，后退着躲闪着。月月拢不住它，就流着泪说，罗蒂乖罗蒂听话，罗蒂我给你找一个好人家。可是罗蒂再一次看见编织袋要罩过来的时候，它一口就咬住月月的袖子，月月一抖，被它挣脱了口袋，跑了。月月出去喊，罗蒂罗蒂，你听我说！罗蒂就停下来听她说，它腿瘸着跑得也不快。可是月月一追上，它就看见那只可恶的口袋，然后它就再跑。这样她们从东村一路喊着追着，罗蒂一路听着停着，一直跑到了厂区。在月月身后跟着好几十人，看着这样的奇观，听着这样凄厉的呼喊，他们谁也不觉悟。后来月月再喊它也不听了，它一瘸一瘸地爬上了龙门吊。后来月月实在跑不动了，就趴在铁梯上哭，说罗蒂罗蒂我错了，我跟你走行不行？我不要咱爸了行不行？可是月月忘记了，她手里始终抓着那只编织袋，这种形象她说什么罗蒂都不信。这样，罗蒂最后回过头看了月月一眼，放开嗓门长长地吼了一声，一头栽了下去。

罗蒂是自杀身亡的，这点确凿无疑。当时在场的有好几十人，他们都看得清清楚楚，罗蒂跳下来时是屈着腿，伸着头，而且准确无误，一头扎进道岔铁轨的结合部分。当时人们费好大劲才把它的脑袋从道岔里完整地扒出来。它把自己的天灵盖撞得粉碎。

当时虽是深夜，可月正圆，光正亮，在场的人都看见罗蒂画出了一条几十米长的高空弧线，发出了沉闷的钝响。虽是冬夜，清冷，可那条黑色弧线就像一把刀子，劈空一下就把人的胸膛豁开了，热辣辣地喊疼。虽是人多势众，热闹无比，可那一刻竟都齐齐铆在地下动弹不得，接着就是坟墓一样的长时间的荒寒寂静。

我是第二天中午才得到消息的。月月打电话说，你来看罗蒂一眼吧。我赶到时，月月嗓子已经哭哑了，里外都透着冷漠。后山上聚集了很多人，都是来送罗蒂的。罗蒂躺在月月的五斗柜里。坑已经挖好了，旁边有一块木牌子，写着：义狗罗蒂。我看见月月的毛毯盖在罗蒂身上，它闭着眼，只有额头的两撮白毛还支棱着，像鲜亮的眼睛，像黑夜里的星星，冷峻，高傲，威风不减。

山上风挺大，也冷。人们都是来看这条义狗的，并没有什么话要说。看过了，心事了了，就有人用铁锹铲土。然后那些土就一点一点把罗蒂固定在睡女山上，然后就三三两两地下山。有人轻轻叹息。

而好汉罗蒂已经听不见这些了。它奔跑不止几千几百里，在荒原，在山岭，在冰冷的城市间四处寻觅，不知经历了多少痛苦，不知忍耐了多少残害和阴谋，它遍体鳞伤，还被打断一条腿。它终于回到了家，可是家里人不但不收留它，不可怜它，反而二话没有又要把它撵走。还用一条花里胡哨的编织袋！这些人说尽了好听话最后还是要抛弃它。任何一条有志气有感情有尊严的狗都受不了，何况是罗蒂？它怎么能忍受这样的侮辱？怎么能接受这样的安排？与其再度被冷酷的人类抛弃，它还不如自寻了断，在这个世界里寻求彻底解脱。

那天小舅没有来。他发起了高烧，一个人在家躺着。我猜他心里也不会好受，他的暴行直接伤害了罗蒂，他不会没有一点震动。如果说当时是发酒疯，还情有可原，可现在罗蒂都死了，你还有什么可怨的？小舅是一头犟驴，这是外婆和母亲的一致评价，我小时候常听她们这么骂他。但小舅的悲剧很难用一个字来说明。小舅不小了，出事的这一年整五十了。五十岁不是五十斤，怎一个犟字了得？写到这里我已经很难表达我对小舅的看法，我说过他那一代人的情感我理解不了。

下山时我们碰见了杜月梅。她拿着一束梅花，看样子也是去祭罗蒂的。可迎面碰上了，总还是有点尴尬。杜月梅轻轻喊了一声月月，说我对不起你。小舅妈哼一声就走过去，但月月很大方，叫了声杜姨。后来这两个人凝视了一会儿，就慢慢走近，还搂在了一起。我觉得月月这一点就很不简单，比老一代强。

七

月月从家里搬出去了，搬到集贤街她那个小鞋铺里住去了。她说她受不了了，在家她眼一闭就能看见罗蒂的目光，那种最后回头看她时的目光。她说那就像烧红的烙铁直插进脑袋里一样，眼一闭就痛。

舅妈也受不了家里的冷淡凄清，也回娘家去了，说要过了年才能回来。这样就苦了我们，我妈不能不去照顾外婆，还有躺在床上的小舅，我和父亲只好两头蹭饭吃。

元旦之后，市里突然下文要求所有的国营企业限期改制，先是3号文件，后来又是5号9号文件。我们报纸也公布了国有企业产权制度改革实施细则，好像是突然之间，领导都睡醒了。我们主编说，这次是休克疗法铁腕推进！而且靓女先嫁，把靓女都嫁完了，看你那些丑女还动不动？

三九天，人人都热得不行。先是几家股份有限公司相继宣告成立，走到哪都能闻到鞭炮的硝烟味。广播电视里也都是喜庆气氛，歌词是：看成败，人生豪迈，只不过从头再来。它们从原来的国有独资，一下就变成了国有资本不控股或相对控股。这是几家效益好的企业，通常被认为是市里旱涝保收的铁杆庄稼。此举的引人注目之处还在于通过一次性补偿，置换掉职工的身份。而且来势凶猛动作干脆，要求在十天内走完全部关键程序：员工购股、身份置换、召开首届股东会、员工重新招聘、把企业资产一次性量化分配到人。给人的感觉是，在产权明晰、国退民进的大气候下，无论怎样化公有为私有都可以，鬼子就要进村能捞一点就捞一点，赶紧把家给分了。

那天小舅是出来晒太阳的。他对外面的事情已经完全麻木，也不再感兴趣了。众叛亲离和我妈的强大思想攻势，使他彻底投降认输。他现在唯一的想头就是让月月赶紧回家来叫他一声爸。可月月就是绷着不理他，连我妈也说不动。月月对我解释，这个伤痛是她的永远，看来三五天是不可能修复的。小舅没法子只有求外婆，但外婆是个彻底的好好主义者，拿着电话说了半天好，好。那头月月早挂线了。

几天的高烧让小舅有点飘，明晃晃的日头也让他有点飘，后来他找到一只小板凳，才顺着墙壁慢慢坐下来。坐下来才发现，竹篱笆外头围了一圈人，而且人越来越多。这些全都是厂里的老师傅、他的老兄弟，还有职代会的代表，他们居然不敢进家来，只是隔着篱笆墙跟他笑，想讨他的好：好点啦老朱？你起来啦朱师傅？厂里宣布啦，出大事啦，朱……朱主席？

小舅把眼翻翻，不吭。

那帮人就七嘴八舌说，港龙公司已经进来啦，布告都贴出来啦！

小舅把眼翻翻，还是不吭。

他们问：你不管了？

小舅说：我不管。

他们说，你真不管？

小舅说，我真不管。

他们说，你真不管我们就走了。

小舅说，走吧，走远远的。我要再管我就是你孙子。

后来他们急了，说，那总得有人领个头啊？我们该怎么办？

小舅说，爱怎么办就怎么办。反正你们能过我也能过。

后来又有人骂，说日你妈朱卫国，你把大家都骗了又甩手不管了？

小舅就把眼翻白了，再也不吭声。这样人来人往，僵持到天黑，人们又把他师傅搬出来。俩老头来了也劝不出个道道，只是干叹气，完了，这个厂真的完了！小舅说，不是我不愿管，可我管有什么用？我算老几呀？反正大家能拿128我也能拿128，我不信别人能过我不能过。

我妈对小舅的表现一百二十个满意，在她看来只要小舅能顶住十天半个月，厂里旗号一换，人们再怎么闹腾都没用了。到时候小舅这个省劳模、副县级干部市里不会不考虑的。再说闹有什么用？厂里那么多干部，人家不出头凭什么我们要出头？这年头没有是非只有利益，谁出头谁倒霉。这个信念使她十分兴奋，她决定要把这半个月当作一场战役来打。住在小舅家不走了。她要看住小舅，她要保护小舅，她要为这个家庭在她退休前做一次辉煌的贡献。尽管这个念头在我和我父亲看来是可笑的，可她干得十分认真。当然，在工作方法上她也有所改进，现在以表扬为主。她说：大头哎，你这就对了，听领导的没有错，错了你也没有责任，天塌了有大个儿顶着。

可小舅的回答却是，放屁。然后回屋蒙头大睡。

我妈愣了一会儿，笑了，说，放屁就放屁。然后把围裙拍拍去做饭。

我猜想，我妈那几天是幸福的。如果在自己家里有人胆敢说她放屁，她不大闹几天决不罢休。可她是在小舅家里，小舅骂她放屁她不但不生气，她还笑了。她在小舅家里高声大气：大头你要吃干饭还是稀饭？要不你还是吃疙瘩汤吧，疙瘩汤好消化！我认为这就叫使命感，在这个社会转折的关键时期，她要像老母鸡护小鸡那样把小舅塞在翅膀底下。一个在为最高历史使命奋斗的人，无论有怎样的委屈、怎样的辛苦，她都会很幸福。

由此我推论，小舅那几天是痛苦的，因为小舅也有使命感。尽管我不清楚他脑子里具体想些什么（我的一言一行都受到我妈的监控，甚至我都不能和他通电话），我能想象他那两天的沉默并非心甘情愿。这种沉默实际是在扇自己的脸。不是他不想站出来，而是他毫无办法。

本来他的想法是，通过全厂职工签名，来向上级表明态度，甚至走进法院。因为三千人的声音谁都不能装听不见，因为这样一来谁也不敢再说他不能代表三千人了，他也就不是吓唬谁了。可是来签名的不过一二百人，那他还能有什么话说？还能有什么办法？这个冬天并不冷，可他觉着骨头都冻酥了。

然而事情在起变化。谁都没有料到，轰动一时的“矿机厂员工购股事件”就是在绝望中发生的。这个点子是由一个女人想出来的，这个女人叫杜月梅。

这是一个早晨，好像还下着小雨，很冷，杜月梅穿着白大褂撑着一把伞，从小路上慢慢走过来，她走到篱笆外头喊：朱卫国，朱卫国！

我妈开头一见是杜月梅，还挺高兴，说进来吧，快进来，瞧外头多冷。我妈为什么欢迎杜月梅？这心理很奇特很复杂，也许她觉得这时候小舅特别需要杜月梅，只有杜月梅才能安慰小舅。也许她还有点阴暗心理，觉得反正小舅妈不在家，正好给他们一个机会。总之她非常热情地欢迎了杜月梅。

可是杜月梅没有进来，这个家她是不可能进来的。她说谢谢你大姑，我说几句话就走。这样小舅就隔着窗子和她说了几句话。就是这几句话，让小舅突然站立起来，自此再也没有人能阻拦他。几句话是这样的：

杜月梅：你真的就这么算了？

小舅：不算了又能怎么样？

杜月梅：孬种，朱卫国你真孬！

小舅：不是我孬，是咱厂的工人太孬。

杜月梅：你放屁，咱厂搞成这样是工人造成的吗？

小舅：那是另一回事。

杜月梅：厂门口的公告你看了没有？

小舅：我没看，不看我也知道是怎么回事。

杜月梅：你真该好好看看。员工购股是什么意思？

小舅：还想让工人掏钱呗，现在谁还愿意掏啊，上当还没上够啊？

杜月梅：你说工人成了股东，工人自己说了能算，他们还愿意不愿意掏？

小舅：就是愿意也没用，现在谁还掏得出钱来？

杜月梅：不见得。

说着她从怀里摸出一个红本子来，说：你忘了，咱厂是搞过房改的，谁家没有这个东西？有这个东西，就能上银行，抵押贷款。小舅呆掉了，接着是浑身簌簌地抖。他说：你是说，拼了？

杜月梅眼睛亮着：拼了。

小舅：可是，可是……

杜月梅：可是什么？

小舅：可是你愿意拼，我愿意拼，大家都愿意拼吗？

杜月梅没有回答。她定定地瞧着小舅，瞧了好大一会儿，然后掉头就走。她越走越快，越走越快，然后再也没有回头。

她举着一把小花伞，碎碎的那种小花，在灰蒙蒙的烟雨中越走越远。我相信，那一刻在小舅眼中，这是一团火，而且突然就燃烧起来。

后来我想，这种点子也只有杜月梅才能想得出来。这用信任解释不了，用爱情也解释不了（爱情没有那么伟大）。根本的原因是，这是一种在绝境中求生存的本能。只有一个濒临绝境的人，才会去认真思考、反复盘点自己手中竟还剩下一些什么样的资源。也许在她心里不止一次想到过要拿房产证去换钱，她不止一次抚摸过那个红本子，在她女儿要做手术的时候，在她一次次去霓虹灯下游荡的时候。可最终她没有那样做，可能这就叫天意。

我小舅那一代人从前的工资是非常低的，一个月只有几十元。他们在那个时代被告知这叫低工资高福利，是由国家负责他的医疗、住房和子女教育的。我想这是为了平等，因为集中起来的财富办起了食堂、幼儿园、公费医疗、免费住房。这是低工资换来的，虽然不是很灵活的选择，但毕竟是不花钱的。据说这能最大限度地利用宝贵的资源。但接下来的事就很难解释，有人来说，为了更好的生活出现，我们必须改革，房子要卖给个人，医疗要自己交保险，幼儿园和食堂要交给专门的公司管理。一个工人，忍受了几十年的低收入，他创造的大部分价值已经变成了他的住房、公费医疗和幼儿园，这些东西本来就属于他的。凭什么要他们用嘴巴里一点点抠出来的钱去买回原本就属于自己的东西？又有人来说，已经考虑到你们的贡献，所以一间住房只要一两万块就可以买下来，你们已经占了大便宜了。可是按照当年的承诺，他们本该一分钱不花的啊。但他们还是把钱掏出来了，他们相信这叫阵痛，是必须为将来的好日子付出的代价。而现在，他们期盼的好日子并没有出现，甚至连住房也要舍去了，他们要付出双倍的价钱，买回本来属于自己的工厂，买回属于自己的劳动权利。

我认为小舅当时可能想到了这些，也可能想得不太清楚，他只能用两个字来表达：拼了。我相信小舅当时两眼是冒着火的，它们被一把小花伞点燃了，放出了异样的光彩。小舅就是带着这样的光彩，拉开门冲了出去。

我妈一把没有拉住，然后腿一软就跌坐在地。

她捶着水泥地，喊到了嗓音破碎。大头啊，你是找死啊——

八

我不清楚小舅这一次是怎么发动成功的。几乎是在一夜之间，全厂工人都活过来了，各家各户都在翻箱倒柜找那个小红本子。起码他们都在思考，要不要购买厂里的股权。也许这一次，大家都意识到了个人的危机。也许这一次，大家都觉着比上一次实在。也许股权二字，让人们看到了自己的利益。也许，在限定时间内，允许员工购股是政府的号召。也许是小舅拿着自己家的红本子做出了表率，也许大家觉得连杜月梅都舍得一搏，咱们还不敢搏？总之人人都莫名其妙地兴奋起来，行动起来。

其实在工人心目中，真正的疑虑不是舍不得一搏，而是看不到前途。他们都算准了，上级领导是不会让小舅这样的人当厂长的。他说了不算，所以说什么也等于放屁。谁愿意冒着风险跟着说话放屁的人干呢？他们上当上得还少吗？而现在就不同了，股权二字就意味着权利，意味着他们自己也能说了算，他们想让谁当厂长就让谁当，他们看着谁不顺眼就把他撸下来。所以开大会的那天晚上，要不要以房产为抵押购买工厂的股权已经不成为问题，大部分人已开始有了信心，愿意跟着小舅搏一把。他们更关心的是，你朱卫国究竟有什么点子能让工厂起死回生？头一个问题就是这个。

那天我们报社去了十几个人，毕竟这是本市最震撼的新闻。在这样的时刻有人逆潮流而动，这比人咬狗还来劲。大会是在矿机厂的金砂库开的，密密麻麻站了好几千人。小舅他们几个站在车上，在探照灯下，人看上去渺小得很。

小舅说，我没有什么点子，点子靠大家出。但是我知道咱们厂是怎么一天一天落到这一步的，知道了原因就不难想出办法。另外我还知道咱是工人，咱工人卖的是力气靠的是技术，只要有活干咱就能把日子打发得快快活活。

小舅说，上哪找活干？到市场上去找。我就不相信，咱们厂有这么好的设备，这么好的技术工人，在市场上找不到一口饭吃？搞不过一个街道工厂？搞不过一个乡镇企业？说到天边我都不相信。

小舅说，胡七你们知道吧？他是我徒弟，是个没出息的人。可就是这个没出息的人，开了一个小厂，生产铁葫芦，卖到美国去了。现在他还要生产家用割草机，成了一家大公司。这些破玩意儿咱们生产不出来？

小舅说，我还知道一个窍门：随便找一家外国公司，挂上外企的牌子，不要他真出钱，咱就可以免好多税。如果产品能出口，咱还能退税，缴多少退多少。你们知道为什么外企的员工工资高？那都是咱们缴税给他们开工资啊。他们拿了钱还不感谢咱，还笑咱没有竞争力，不会经营！这他妈 × 还讲理不讲？

我的小舅，从来不是个能言善辩之士，我也从来没听他说过一段完整的囫囵意思。可这会儿他的清晰准确，他的生动犀利，有如神助。他足足讲了半个钟头，一个磕巴都不打。从公司的组织到生产经营，从股东的权利到办事的章程，他似乎早就想好了，他早就在等着这一天，等着这一刻。我甚至有点怀疑，本省又一颗企业家明星就这么升起来了？这样的结果绝对超出想象。

这是个真正激动人心的不眠之夜。几乎没有多少异议，就通过了拿房产证抵押贷款的办法。唯一的疑惑是，这一切好像太容易了。根据以往的经验，太容易的事，往往都隐含着危险。所以有人提出来，大家最好绑在一起共进退，如果出现意外不能控股的话谁都不要出一分钱。小舅说，那怎么可能呢？还给大家解释，这次改制是市政府下的文件，对矿机厂资产评估是财政局下的文件，要求员工在有效期内自愿购股是厂里贴出的公告，而且时间这么紧，不可能说变就变的。

接下来就是登记造册，回家去拿红本本，连夜干。

当然也有不同意见，那就是厂领导和准备入主的港龙公司，但在那样的气氛下他们的声音是微弱的。白纸黑字，覆水难收，他们说了也是白说。他们原先也没有估计到会出现这样的局面。他们认为工人再也拿不出钱了，即使有钱也不敢往外拿了。他们不相信兔子急了也会咬人。实事求是地说，这么大一个矿机厂估价三千万，确实等于白送。但从市政府的角度看，由于国有资本存量太大难以卖掉，就干脆采用“界定”的方式，把企业创建时的初始投资算作国有，而以后的投资和积累都被“界定”为法人资产。他们的想法是能捞回一个是一个。这种改革堪称界定式改革。只是这么一界定，庞大的企业资产便从国家账面上消失并转入内部人手中，再经优惠赎买，余下的国有资产就缩水成了三千万。原来人们心目中的几代人积累起来的国有资产被大笔一挥就这么界定掉了。

这是一个显而易见的漏洞。以矿机厂三千多职工计算，一个人只要拿出几千元就已经取得了绝对控股地位。这样的好事小舅他们也觉得不踏实，所以又连夜派人请律师，后来是委托了省里一家著名的律师事务所来代理所有的公证、贷款事项。这样到了第九天，差不多已经板上钉钉了，连贷款银行都已经来厂实地调查过了，但矿机厂职工集体购股却成了一个事件！

原来的头条新闻变成了绝对机密。

就在这天夜里，市里下发了29号文件。文件提出了本市正在进行的企业改制进程中实行“经营者持大股”的原则，并且强调要确保核心经营者能持大股。文件对股权结构做出了规定：在股本设置时，要向经营层倾斜，鼓励企业经营层多持股、持大股，避免平均持股；鼓励企业法人代表多渠道筹资买断企业法人股，资金不足者，允许他们在三到五年内分期付清，亦可以以未来的红利冲抵；在以个人股本作抵押的前提下，也可将企业的银行短期贷款优先划转到企业经营层个人的名下，实行贷款转股本，引导贷款扩股向企业经营层集中。显然，这就是针对矿机厂来的。他们就是要把矿机厂界定为内部人所有，在内部人中又界定老板拿大头，看你能怎么样？

市里来传达文件的那个人，把文件念完后，还笑着对小舅说，朱卫国同志，根据文件精神，你最少能拿3%啊，你以后就是大老板啦。

小舅跳起来抓过那文件，抖抖地问：那以前说的都是放屁？

那人吓得身子往后一仰，说你这个同志，怎么能这样说话呢？

小舅嗷地大叫了一声，然后人就一点一点矮了下去。他想抓住那人的胳膊没有抓住，然后就跪在了地上。然后他咚咚地给他们磕头，说我求求你们了，无论如何请你们发发慈悲，把工人的房产证退给他们，还给他们，那是他们最后一点东西了。说我求求你们，求求你们了！

那人说，你是个省劳模，还是个领导干部，你看看你现在像个什么样子？你不能文明一点吗？没吃过猪肉还没见过猪跑吗？他后来掉掉袖口放缓了语气：你还是不是共产党员？

小舅号啕大哭。

写到这里，我浑身颤抖，无法打字。我只能用“一指禅”在键盘上乱敲。我不能停下来，停下来我要发疯。我也写不下去，再写下去我也要发疯。

矿机厂事件和29号文件在报社内部传达以后，我们报社也疯了。他们说，这是有屎以来最臭的一泡屎，当今世界上哪去找这么好的投资环境？他们说，工人也太无知了，这帮人也太无耻了，究竟有没有长过牙（齿）啊？他们说，早知道这样，大家都应该到国营企业混，一觉睡过来就是个百万富翁。西门庆说得更绝，他说这就叫君要臣富，臣不得不富；父要子贫，子不得不贫。他托着嘴，拇指恶狠狠地抠进下巴里庄严宣告：宁赠友邦，不予家奴！

我瞧着西门庆那颗硕大的脑袋，发觉那里面真的装满了智慧，就忽然像见到了救苦救难的菩萨。我说，求求你了西门大官人，你写了那么多苦难也给工人写一点吧，为什么不写写我小舅？我小舅真够你写的！西门庆怔着说，你真认为我应该写？我说当然，你是写苦难的高手啊。他说不对吧？我说怎么不对？他说写了你给我发表？我说你都成大作家了，我不就想借你的名气用一下吗？可是他身子一扭就进了厕所。我又跟进去求他，我说我给你磕个头行不行他甩着他的家伙笑起来，说你呀你呀你呀，你小子太现实主义了，太当下了。现在说的苦难都是没有历史内容的苦难，是抽象的人类苦难。你怎么连这个都不懂？那还搞什么纯文学？再说你小舅都那么大岁数了，他还有性能力吗？没有精彩的性狂欢，苦难怎么能被超越呢？不能超越的苦难还能叫苦难吗？

后来我说我听明白了，没事找抽，是挺苦也挺难的。你也能当主编了。

九

我离开报社半年以后的一个早晨，我正坐在工地的一堆钢筋上吸烟，冷不丁看见一个穿白大褂戴大口罩的妇女在路口卖早点。她喊着：珍珠奶茶，热的，珍珠奶茶，热的！

我心里一动，就走过去。杜月梅见是我，也把口罩摘了下来。我说杜姨你还干这个，说完了又有些尴尬。她说，不干这个我能干什么？不过她很快告诉我：那个事我不干了。于是我知道她们家小改已经出院了，失去了一条右腿。我们简单聊了几句就分开了，我还得去干活，也不能耽误她做生意。分手时她突然说：我信教了，现在心里平静得很。

我心里又一动，有点好奇，就问：能不能带我也去看看？她说行。这样就约好晚上见。这样，我又见到了另外一种生活。

杜月梅领着我去了一个居民点，那是教友聚会的一个点。杜月梅告诉我，矿机厂有不少人参加了教会。那天是大家为一个困难教友捐款，领头的一个老太太说，某某姊妹家里出了点事，大家想一想要不要帮她一把？大家说好的呀，要帮的呀。于是就有人把方桌抬到屋子中间，一个人把电灯关了，说，开始吧。然后就听见有人在掏钱。又有人问，好了没有？好了。然后灯又亮了，我看见桌上堆了一些钱。有十块的有五块的，也有二十的五十的。

忽然就有些感动，我说我也捐一点吧。杜月梅赶紧把我拦住，说这样不好，在这儿帮人是用心帮，你这样做反而亵渎了主。然后就把桌子抬开，大家再也不提这件事。然后就唱歌：

为了我们的罪恶，他受伤
为了我们的正义，他挨打
因他受责罚，我们得健康
因他受鞭打，我们得医治
我们是一群迷途的羔羊
各走自己的路
但我们一切的罪过
让主都使他替我们承当
哈里路亚，哈里路亚！

我不知道杜月梅心里除了主还有没有小舅，而我听见这样的歌只能想起小舅。我的眼睛模糊了，眼前飘起了漫天雪花。我不知杜月梅怎么想，只知道自己并没有平静。

从我的住处望出去，巷口就有霓虹灯，灯下有一些女人在游击。我知道杜月梅是退出去了，可又有千百个杜月梅站出来。我记起耶稣在山上的一个故事：众人抓住了一个行淫的妇人，就把她抓去见耶稣，众人都喊着：砸死她，砸死她！耶稣低着头在地上写字，好半天终于抬起头来，说：你们中间谁认为自己是无罪的，谁就可以用石头砸这妇人。众人你看看我，我看看你，最后都走了。

有时我也会思考，比如良知，比如正义比如救赎什么的。当然更多的时候我什么也不想，只是为当天的工钱操心。其实我也想不了什么，比如我都不知道为什么自己还留在这座城市里。

月月说，你不就是想看看人间吗？这就是人间。月月说，富人的快乐都是相似的，穷人的痛苦各有各的不同，而且痛得稀奇古怪。月月不读托尔斯泰，却能说出这么经典的话来，让我很惭愧。

月月有时候也会来看我，来了就带一包卤菜，把我灌得烂醉。有一天她突然小声说，回家吧，我姑眼睛都快哭瞎了。说完就偷偷观察我的脸色。当时心里是刺了一下，可很快就没有了那种感觉。我是下过决心要独立生活的，我顶多有时间回去看看他们。我不可能再回到过去了。

我租的这间小阁楼很好，视野很开阔，只是有点漏，一到下雨就滴答，滴答，好像总在提醒我点什么。提醒我什么呢？

九月的一天，我给老板押车，车过矿机厂的时候心跳忽然加速，颤个不停，我就跳下来了。我看见矿机厂的大铁门是关着的，门下长满了蒿草，只有港龙股份有限公司的铜牌还挂在门外。铜牌上不知让谁屙了一泡屎，是用那种小学生作业纸包着的，于是我就笑了。笑着笑着，我突然明白，我之所以不走，其实就是在等待，我想等着最后一个结果。可是这个结果始终不来。

现在这个港龙公司的牌子虽然还挂着，可他们毕竟退出去了。那几个领导虽然还是领导，可卖厂毕竟不那么容易。因为据说现在上边已经有了明确说法，禁止这种自己定价自己买的内部人交易。也因为小舅虽然不在了，但他的幽灵还在厂里游荡，矿机厂还有三千多双眼睛。也许那些人并没有死心，他们也在等待，等着下一个机会。本市的企业改制依然成绩很大很大，问题很小很小。29 号文件再也没有人提起，就像从来没有发生过一样。事情就是这样僵着。我也这样等着。我相信矿机厂三千多职工也是这样等着。

实际上小舅在那个29号文件宣布的第三天就死了。死得很突然。但他没有白死，他的灵魂一直守在矿机厂里。他死的时候，矿机厂改制领导小组公布的方案刚刚贴出来，还没有干透。在这个方案里，朱卫国的名下写着3%的股权。

我想正是这3%的股权，让小舅彻底孤立了，崩溃了。在他看来，他做的一切不过是彻头彻尾的表演。他唯一想做的事，就是赶紧把房产证还给大家。可是就这一点，他都没有办法做到。他们回答，你不是说员工自愿购股的吗？

他没有办法解释，也没有人再相信任何解释。这是他第三次欺骗了他的老少爷们、兄弟姐妹。除了死，他没有办法证明自己。除了死，他也没有办法让他们良心发现。事不过三啊。

他都已经那样了，他就不能不这样！

小舅自己砸死了自己，他为自己选择了一种最好的方式。躺在空气锤下，怀里抱着脚踏开关，那一刻我猜他没有犹豫。另外，此前他也过了一把瘾：那台空气锤周围，扔了一地的酒瓶子，还有一堆新打的镰刀和斧头。镰刀有长的短的，带齿的带钩的。斧头有宽的窄的，带改锥带撬爪的。我猜他站在火光里，抿上一口酒，然后叮叮当当敲打这些东西的时候，是快乐的。因为那才是他真正热爱的一种生活，那才是他身心舒畅灵魂飞升的舞台。

临死前他有没有想到过罗蒂？也许他至死都不曾想过。其实他的命运罗蒂早就暗示给他了。

在最后一刻，他有没有想到过他的姥爷，我的外爷爷？我猜他是想过的。因为那个素描画上的人一直是他心目中的英雄。他就像那个卖火柴的小女孩，在火光中看到了那个英雄。他向往那种生活。那个人肩上扛着铁栅栏，身上中了十几枪，可还喊叫着，让他的狱友往外冲。

冲啊，冲啊，为了明天，为了下一代，为了……冲啊，冲啊！

我们得到消息已经是早晨九点多了。几乎全厂人到齐了，密密麻麻站了一地，全都挤在车间外面，当时正是大雪飞扬。

当时焦炭炉还没有熄灭，小舅平躺在工作台上，穿着工作服和大围裙，可是他的脑袋已经没了。没有了头颅的身躯并不可怕，只是有点怪。

我妈扑上去喊：大头啊，你怎么这么傻啊？不值啊真的不值啊！

月月抓着小舅的手猛扇自己耳光：爸呀爸呀，我对不起你呀！

那一刻哭声震天，他的徒弟们一个一个扑通扑通跪在雪地里，杜月梅也在他们中间，他们哭着叫着，师傅啊，师傅啊。

只有外婆一个人没有哭。我们告诉她，小舅已经走了，小舅这回真的走了。外婆拉拉小舅的手说：好，走了好。我们跟她解释不清，又不敢给她看小舅没有头颅的躯体。外婆就固执地认为大头是去那儿了，说：走了好，那儿好啊！

那天的雪花出奇地大，一片一片都跟小孩手掌似的。雪花直直地泼下来，不一会儿就把大地给抹平了。那是憋了一冬的雪，所以才格外地激烈和肃穆，格外地庄严和洁白。

两天以后，矿机厂把职工的房产证退还给了大家。五天以后，港龙公司宣布撤出矿机厂。这年年底，也是这么个下雪天，市里忽然放起了炮仗，离过年还好些日子呢，居然噼里啪啦炸了一夜。后来才听说，市头头被抓进去好几个。

矿机厂也来了一个调查组。据说调查组讲了两个“没想到”：一是没想到一个停产几年的工厂能保养得这么好（不知是什么人，居然还去保养设备）；二是没想到矿机厂这支队伍还是这么整齐。

我想，小舅这回该瞑目了吧。

原载《当代》2004 年第 5 期

荣获首届“北京文学·中篇小说月报”奖（2024—2025）

广东省第七届鲁迅文学艺术奖（2006）

女　工

毕淑敏

自习课，高海群对同桌说："浦小提，你家距猪食堂50米。"

浦小提正在写造句，低着头说："不对。"前些年"大跃进"，浦小提的爸在大院猪圈门口，用红油漆写下了"猪食堂"。

高海群不服："从猪圈门到你家门，我一共走了100步，一步是0.5米，你算算，是不是这个数？"有理有据，声儿就壮起来。班长宁夕蓝扭回头看他们，示意轻声，眼光从长长的睫毛丛里滤出来，像夏天的阳光透过树叶。

浦小提写完句号，又端详了一番，就像妈妈钉完纽扣咬断线头。抬起头说："是53米。我用尺量过的。"

宁夕蓝觉得自己的扁桃体一下肿起来了。宁夕蓝的扁桃体经常肿，伴随着恶心。久而久之，宁夕蓝就分不清恶心和真正的扁桃体肿有什么分别了。浦小提简直相当于睡在猪身边，居然还量过，再不向浦小提借尺子用了。

中队长浦小提丝毫也没有察觉到班长的心思，专心做作业。班上考试的优胜者，总是她俩包揽，闹得大家打听考试成绩的时候，常常说，就甭问第一第二是谁了，从第三名说起吧。宁夕蓝的爷爷是教授，每天都对宁夕蓝有所指点。浦小提爷爷是杀猪的，爸爸是养猪的，浦小提一回了家，就从学生改童工了，帮着爸爸到处收泔水。

宁夕蓝和浦小提一道加入少先队，事先登记谁买什么样的红领巾，按价钱收费。宁夕蓝问爷爷，爷爷说，绫罗绸缎，按这个顺序选。没有红绫，宁夕蓝只得选了红绸。绸领巾打出的结细致紧密，仿佛樱桃。垂下的两个角柔软轻盈，像一双飘飘欲飞的红翅，把宁夕蓝苍白的小脸衬托出喜气。浦小提根本就没登记，一入队就像个饱经沧桑的老队员。领巾是超龄退队的姐姐浦大会传下来的，角都洗破了，披头散发地耷拉着，好像被鞭子暴抽过。

放学了，高海群说："宁夕蓝的红领巾那才是烈士的鲜血染成的，烈士肯定刚牺牲，血那叫红。小提，你的红领巾是烈士刷牙时滋出的血染的，白里带红。"

浦小提正在收拾书包，她说："高海群我告诉你，你不能叫我小提，除了我们家的人。"

高海群说："名字起了就是让人叫的。你就可以叫我海群。"

浦小提说："想得美！谁叫你海群，还叫你海带呢！还拍几瓣蒜凉拌呢！"

高海群抓抓圆圆的脑壳说："那我叫你什么呢？"

浦小提说："叫我全名啊。就像钟老师上课提问那样——浦小提，这个问题你回答。"

高海群一激灵，说："别提钟老师好不好？她刚给我判了一个59分，你说我冤不冤啊？她就不能多给我半分吗？来个四舍五入，我不就及格了？她怎么这么狠呢？跟周扒皮似的！"高海群愤愤然。

浦小提说："高海群你别以为自己姓高，就假装高玉宝。自己不好好学，赖谁呀？我不跟你瞎扯了，得帮我爸收泔水去。告诉你，血染不了布。只能放了盐，结成血豆腐。"说完，一溜烟地跑了，姐姐留下的旧书包，带子长，拍在屁股上噗噗响。

这一年夏天来得格外早，苍蝇满世界飞。学校号召人手一拍打苍蝇，每天各班统计打死苍蝇的数字，下午在红领巾广播里，向全校公布战绩。钟怡琴看着大家报上来的数字，心生疑惑。她原是大学助教，反右时说话太冲，虽没被正式划成右派，大学也不敢用她了，下放到小学任教。她双肘支在讲台上，褐色的长衣袖松松垮垮地褪下来，露出瘦骨嶙峋的胳膊，好像一挺旧机关枪的两条腿。她说："打苍蝇的积极性高，这很好。可是不能浮夸，不能以为反正我报上一个数字，你也没法查，没边没沿瞎报。少先队员要老老实实地做人，要对得起自己胸前的红领巾……”

老师一说，孩子们就人人自危起来，纷纷缩减了自己的数字。下课后，劳动委员白二宝找到浦小提，说：“钟老师让我重新核一下数，全班就数你和高海群的死苍蝇多。”

白二宝是附近菜农的孩子，学习虽不好，但会来事。浦小提看看自己名下有 230 只苍蝇，很肯定地说：“就这么多。”

白二宝对浦小提毫不掩饰他的不信任。“你真打死了 230 只？吹牛吧？”

一旁的宁夕蓝，不等白二宝履行职责，忙说：“我打了 100 只……”

白二宝说：“数目不是太大，可你家干净得苍蝇能滑一大马趴，能攒出 100 只来等着让你打吗？”

宁夕蓝低下头，说：“我只打了几只……”

白二宝如获至宝道：“没想到你才是吹牛大王。”他已经开始变声，嗓门沙哑而粗粝，加之特别用力，全班同学都听到了。宁夕蓝尴尬万分，揉搓着红领巾的角说：“我没有打死那么多苍蝇，可的确有那么多的苍蝇死了。”

白二宝讥笑道：“苍蝇分分秒秒都会死，100 只少了，应该写 1 亿只啊！”

宁夕蓝平日成绩太好，各户家长都以宁夕蓝做模具，比量自家的孩子，无形中犯了众怒。大家这会儿得了机会，就起哄道：“也不能把老死病死摔死碰死的苍蝇都算你的功劳啊！”

宁夕蓝窘得几乎哭了，说：“我也没算别人的，只算了我爷爷和我奶奶的苍蝇。为了让我够数，给咱班争光，我奶奶天不亮就到菜市场打苍蝇去了。人家都笑话她，说苍蝇还没起床呢！”

大家不知如何应对，还是白二宝脑筋转得快，说：“宁夕蓝你也不用这么委屈，你爷爷奶奶也不戴红领巾！”

放学了，高海群紧跟在浦小提后面。浦小提说：“你老跟着我干什么？”

高海群说：“我没跟着你。我跟着苍蝇呢！”

这倒是不假。大团的苍蝇向猪食堂方向飞去，猪就要开饭了。

一摊猪屎铺在地上，吮满了苍蝇，像一盘边缘酱紫中心褐绿的小菜。高海群急忙拉住浦小提，如果他再不伸手的话，浦小提就掀起自家的门帘了。高海群问：“浦小提，你说这摊屎上有没有100只苍蝇？”浦小提猛一下被拽住，本来就不结实的白衬衣袖子差点没裂下来，不耐烦地说：“有1000只咧！”

高海群倒是很客观，说：“1000是没有的。100只多不少。浦小提你先不要走，给我做个证人。”浦小提不知道要证什么，就停下脚步，一边心疼地检查着自己的袖口，是不是被高海群扯出了窟窿，一边等着做证。高海群拿出早已准备好的一块石头，狠狠地向地上的猪屎砸下去。石头夹着初夏的燥风，冒着烟地扑向蝇阵。

盛宴中的苍蝇在享乐中并不曾放松了警惕，早在高海群的胳膊开始挥动的时候，它们就识破了阴谋。石头旋转着飞来之时，会餐暂告一段落的苍蝇们轻捷地缩起了爪子，腾空而起，像被击碎的乌云迅速地四下飘去。石头在千疮百孔的猪屎上砸出一个不规则的坑。

高海群傲然地对浦小提说：“看到了吗？”

浦小提大惑不解，说：“看到什么了呀？用石块砸猪屎，我三岁就会干了。”

高海群说：“你刚才都承认了，说这里有100只苍蝇，现在，我已经把它们全部消灭了。明天谁再怀疑我的数字，你要勇敢地站出来。”

高海群说得非常认真，很有气派地挥挥手，神态就像一个将军。浦小提本来是想大肆嘲笑高海群一番的，但对方这个动作，让她感觉到了一种威慑力。高海群的爸爸是个军人，一定经常在家里这样挥手的。浦小提就缓和下来说：“苍蝇是砸不死的，只要你的眼睛一转，苍蝇就猜透了你的心思，半个翅膀就竖起来了。”

高海群不服气地说："苍蝇比钟老师还厉害，我还没动，它们就知道了？我才不信。"

浦小提说："你不信？蹲下来仔细看一看，地上可有一只死苍蝇？"

高海群捂着鼻子头说："地上都是猪屎，臭死了，我才不蹲！"

浦小提说："有那么臭吗？我怎么闻不见？"

高海群说："你家离猪食堂太近，鼻子早就聋了。"

若是别人说这个话，浦小提就生气了，但高海群说，浦小提就原谅他了。浦小提耐心地教导高海群说："我传你一个不臭的法子。"

高海群很高兴，说："快快告诉我。以后上街进公厕，就不用熏得眼泪直流了。"

浦小提说："以后管不管用我不知道，反正这会儿能立马见效，让你闻不到猪屎臭。跟着我做啊，先大抽一口气，就像你饿得不得了，闻到妈妈正在蒸窝头，猛地一揭锅盖，肚子里那么一吸……"

高海群虽然没有这番经历，但听话地猛耸鼻子，登时就让猪屎味呛得猛咳嗽。刚想反驳，浦小提根本就不理他的痛苦反应，随即下了第二道指令："再吸……"高海群不由自主地继续服从。两口浊气涌入，高海群只觉得喉咙成了粪坑。

浦小提说："你试试看，是不是一点都不臭了？"

高海群揉揉鼻子，嘿，天高云淡，一点异味都没有。"神了！"他高兴地跳起来，说，"浦小提，你住在猪食堂附近，是不是经常用这个法子？"

浦小提说："我什么法子都不用。现在你也闻不到臭味了，蹲下来，数数苍蝇吧。"

高海群顺从地趴在地上四处寻找，如同珠宝商寻找洒落的钻石。半天站起身，沮丧地说："真的一只也没有。"浦小提看他难过，就说："你以后别报了就是。以前的，我替你补回来。"

高海群说："你？你的数能让大家信了就不错，还替我补？"

浦小提生气了，看看时间已晚，再也不理高海群，撒腿跑回家。高海群狠狠抽了抽鼻子，真奇怪，他又能闻到呛死人的臭味了。

第二天白二宝统计苍蝇，浦小提报上来的数是 150 只，宁夕蓝是 7 只，高海群是 14 只。按说浦小提的数目已经比前一天减少了 80 只，可因为别人压缩得更甚，反倒更显鹤立鸡群。白二宝说："今天好多同学都实在了，虽说中队整个的数没有以前多了，可这是真实的成绩。"

他说这些话的时候，特别看看浦小提。同学们也都看看浦小提。浦小提就不声不响地打开自己的书包，拿出一个黑色的瓶子。大伙不知道这是什么秘密武器，就围拢过来。高海群的爸爸是侦察英雄，好眼力遗传给了他，他第一个眯缝着眼惊叫起来："都是死苍蝇！"

墨绿色的广口瓶子，周围丝丝缕缕，以前没准装过糨糊吧？瓶口被一块破布盖着，破布又被猴皮筋勒得铁紧，好像古时封酒的坛子。瓶子里黑压压全是蝇尸，淹到瓶颈，看上一眼浑身的皮肤就耸起来。浦小提赶紧把瓶子藏起来，说："我不是非要恶心你们，是怕大家不相信，每打死一只苍蝇，就把它捡到瓶子里，做个证明。验完了，我这就把它们埋了。"

宁夕蓝战战兢兢地问："你……你是用什么……把它们装进瓶里的？"她一边躲闪，一边好奇这个技术性的问题怎样解决。

"用筷子呗！"高海群抢先答道，这是他能想到的最便捷的工具了。

"呸！我们家一人一双筷子，根本就没有富裕的，用了筷子，我用啥吃饭？我用树枝削了两根小棍儿，用完就扔了。"浦小提急急分辩。

"意思差不多。"高海群捍卫自己的思路。

白二宝歪着脑袋说："浦小提，你是把苍蝇都拿来了，可它们是你说的那个数吗？我怎么觉得好像不对啊？"

大家就傻了眼。150 只死苍蝇到底有多大体积，一般人还真没概念，最重要的是浦小提腾地红了脸，支支吾吾地说："反正是够了。不信你们可以数啊。"话虽这样说，手却把广口瓶子捂得紧紧的，一点也没有让人验明正身的意思。钟老师正好走进来，她有洁癖，平日在自己房间看到苍蝇，都是用蝇拍轻轻地把苍蝇赶到窗户跟前，打开纱窗，放走了事。不是她慈悲心怀，放生灵一条生路，而是受不了那份腌臜。这当然有以邻为壑的意思，也只能如此。当然她也不能公开反对打苍蝇，毕竟是四害之一嘛，就一直隐忍着。此刻看到整瓶的死蝇，怒火就中烧了。依她多年当教师的经验，一眼就看出浦小提神色慌张，断定其中有诈，很严厉地说："苍蝇到底是多少只？"

浦小提咬紧牙关说："150只。"

白二宝平日看不顺眼浦小提，觉得她和自己一样是苦孩子，可总是清清爽爽，不似劳动人民的风格，见老师查问浦小提，马上伸手说："给我。"

浦小提说："我没拿你东西啊。"

白二宝说："瓶子。"

浦小提很执拗，说："就不给。我的东西，凭什么给你！"

白二宝说："你报的数不准，我要重新数数。"

同学们立即大哗，钦佩白二宝的勇气，想想看，150只苍蝇一只一只重新数过，这是多么吓人的事！宁夕蓝咬着嘴唇连连退后，决定从明天开始，不，从今天开始，宁可被大家说成清高和骄傲，也不同白二宝和浦小提拉手了。一个把苍蝇夹进瓶子，一个再把它们一只只夹出来，天下还有比这更讨厌的事情吗？

浦小提双手罩在糨糊瓶子上，好像那是她家祖传的宝物，涨红了脸说："爱信不信，随便你报吧，我就是不让你数这里头有多少只苍蝇！"

不知这场苍蝇大战如何收场，大伙儿饶有兴趣地等着看好戏。钟怡琴不干了，不耐烦地说："可真有你们的，居然一只只地数苍蝇，也不怕得霍乱啦！告诉你们，谁也不许学他们的样，谁也不许用手碰苍蝇……”

她心堵得慌，没想到这么小的孩子也被浮夸和大话腌透了，转而可怜起自己。当初从大学被贬到小学，还自我安慰，说整天面对祖国花朵，少有虚伪和阴险，心情也会轻松和快活起来，没想到大学和小学，是乌鸦落在猪背上。花朵们人小鬼大，无师自通地学会了吹牛和炫耀，伤感之外又加怨怒。这一切钟怡琴当然不会对孩子们讲，只是十分烦躁。浦小提看钟老师不再追究，心略略放下。唯有白二宝愤愤不平，觉得自己不怕苦不怕脏，本想出头露脸，不想碰了一鼻子灰。他恨浦小提，对钟老师也是强烈不满。

钟老师一时无法舒畅自己的坏心情，只有靠训斥学生才能让自己渐渐恢复平静：“我从大学到小学来，就像林则徐从京城到了新疆，我想把自己的学识贡献出来，让你们成为有知识有教养的人，没想到你们对苍蝇的兴趣更甚过对……”

话说到这里，校工老姚走了进来。满脸的胡子和一套说灰不蓝的旧衣服，让人猜不透他是 40 岁还是 50 岁了。老姚没敲门，罗圈腿三拐两拐就到了讲台边。钟怡琴不高兴了，她有等级观念，校工就是校工，怎能直闯课堂？还没来得及阻止，老姚就把一句用大葱拌过的话吹到了她薄如白纸的耳朵边。

同学们听不到老姚的话，却能听到钟老师不耐烦地回答：“没看到我正上课呢吗！”

老姚又说了一句什么，大家还是听不见，但看到钟怡琴很快把手中的粉笔投到粉笔盒中，跟着老姚走了。同学们愣愣地坐着，感到有什么事就要发生了，很是高兴。老师上着课，突然一走了之的事，还真是第一次遇到。小孩子总是对新发生的事充满期待。

等了好一阵，钟老师还没回转。白二宝说：“也许是钟老师的家里人死了，来了电报。”白二宝想事比较狠，大家不愿同意他的猜测，可也想不出其他原因。钟老师终于回来了，顺手从粉笔盒里捡出半截粉笔。她上课的习惯，不管用得上用不上，从站上讲台的第一分钟起，就把粉笔捏在手里。这一次，她旋即又把粉笔摔入了盒。钟怡琴不看她的学生，仰着脸，冲着教室里的日光灯说："从今天以后，不用上课了。'文化大革命'开始了。"

大家这个高兴啊！不用做作业了，不用回答问题了，不用考试了，不用扫地擦桌子了……见了老师，先是不用问老师好和敬少先队礼了，紧接着就可以骂老师了。高海群最高兴的是不用打苍蝇了，自从他知道了砖头砸不死苍蝇这一真理之后，他真不知道自己还能打死几只苍蝇。打苍蝇靠的是耐心，他缺乏的就是耐心。如果他富于耐心，劳动委员就是他而不是白二宝了。

钟怡琴以她的经历，敏锐感知到这次革命非同小可。她还怀抱着一丝梦想，周围都是小孩子，翻不起什么大浪。很快，她就知道自己错了。白二宝是最先造反的革命小将。很长时间内，小学生们都无法摆脱对老师的敬畏，批判就处在温暾水状态。造反司令部发出了"中学生返回小学闹革命"的号令，几个早年从小学毕业的孩子杀了回来，白二宝就和他们拉上了关系。白二宝兴奋极了，原来根本就不用努力学习做作业打扫校园什么的，自己出身城市贫民，一好顶千好，骨髓都是红的。自己是最红的红小兵，就要有相应的表现。拿谁开刀呢？他找老姚商量，老姚现在是学校里唯一的劳动人民代表。

老姚说，这还用找？钟怡琴是上等货色。

白二宝愣了，一时想不起钟怡琴是谁。老姚说，就是你们的钟老师。

白二宝明白了，一个重大的变化已经发生，钟老师变成了钟怡琴。就像哥哥活着的时候，白二宝是老二。哥哥得了阑尾炎治晚了病死了，有一天娘突然管他叫"老大"，他知道这表示自己从此代替了哥哥的位置。

白二宝想起钟老师打击自己的往事，就说："姚叔叔，我听您的。"

老姚说："不能叫叔叔，叫司令。也不能说您，资产阶级才那么叫。"

白二宝就说："好，姚司令。从哪儿斗起呢？"

姚司令说："就从她包庇资产阶级的孝子贤孙开始。"

白二宝说："孝子贤孙是谁啊？"

姚司令说："就是你们班的宁夕蓝。她爷爷是反动学术权威，她爸爸留学苏联的时候就成了苏修特务，她每天香气扑鼻到学校，一心想上大学，把臭老九的第三棒传下去……"

白二宝茅塞顿开道："宁夕蓝和我们不是一条心。"

"文化大革命"的风暴一起，宁夕蓝的爷爷和奶奶就被赶回了乡下，父母也住了牛棚，音讯皆无生死未卜。只剩下宁夕蓝和保姆守着风雨飘摇的家，她改口管保姆叫姥姥。造反派让姥姥反戈一击，姥姥就是装聋作哑。逼急了，姥姥就说："我家三代雇农，比贫农还穷一等呢，你们谁有我出身好？我就愿意留在这反动窝子里，和你们里应外合。"

姥姥肚子里自有一盘城池，造反派只得由她住在虎穴里红旗不倒。宁夕蓝虽有姥姥呵护，但以她敏感聪慧的心愫，早已明白自己再不是爷爷奶奶的掌上明珠，如果姥姥哪一天突然倒下，自己就无依无靠成了孤儿，一叶飘零。风暴让宁夕蓝在痛苦中成熟起来，她要为自己寻一个救命的垫子，一旦从天上掉下来，还有一个缓冲。掰着手指算算，所有的亲戚都成了"黑五类"，只有班上的同学可以依靠。高海群的爸爸成了支左的解放军，这自然是最保险的，可高海群有点没心没肺。其次就是浦小提和白二宝。浦小提是首选，她杀猪的爷爷和养猪的爸爸，如今都是工人阶级了。白二宝的爸爸是菜农，这在成色上就略逊一筹。宁夕蓝看起来柔弱不堪，但爷爷多年指导加之她的灵慧，已无师自通地确定了方向。

她把家中以前存下的进口的饼干拿给浦小提吃。浦小提尝了后吐了口咖啡样的唾沫说："一点也不好吃，一股糊豆子的味道。"那可是最好的巧克力饼干啊。宁夕蓝又把一些书借给浦小提看，浦小提说："这还差不多。"但浦小提书看得很慢，还回来的书总是一股馊味。宁夕蓝只好叹口气，把浦小提看过的书专门放在通风的地方，等待着时间让那些书重新芳香起来。

白二宝要比浦小提难对付得多了。她把饼干拿给白二宝，白二宝看都不看，说："你甭想用资产阶级的那一套腐蚀我。肯定是你们家吃不了剩下的，我不稀罕！"她把书借给白二宝，白二宝冷笑着说："我才不看呢！都是才子佳人的破故事，如今是劳动人民的天下了。"

宁夕蓝黔驴技穷，家里再也没有什么好东西，值得进贡给工农的后代了。姥姥看到宁夕蓝发愁，就说："你有什么想不开的事，说给姥姥听。"宁夕蓝就说："姥姥，你算不算是劳动人民呢？"姥姥说："我要是不算，就没人能算了。"宁夕蓝说："劳动人民最喜欢什么呀？"姥姥说："劳动人民最喜欢劳动了。"宁夕蓝说："还有呢？"姥姥说："劳动人民还喜欢打架。看见不平的事就打架。革命就是和坏人打了一大架，现在不是又打起来了吗。"宁夕蓝说："除了打架还喜欢什么呢？比如吃的穿的？"姥姥说："劳动人民喜欢喝酒吃肉，喜欢穿结实的衣服。"

一老一小就这样有一句没一句地聊着，等姥姥做饭去了，宁夕蓝就走到爷爷的橱柜旁边。橱柜上贴着封条，大概是造反派太匆忙和自以为神圣不可侵犯，那盖着红章的白纸粘得很潦草。宁夕蓝小心地把封条揭开一个角，从夹缝里抽出了一瓶外国红酒，再把封条复原。第二天，她把红酒呈送给白二宝。宁夕蓝很怕白二宝说她是糖衣炮弹，但这一回白二宝什么都没说，飞快地把那瓶红酒像手榴弹一样地揣进了衣兜。红宝石一样的颜色诱惑了革命小将。

正当宁夕蓝凭着她从水浒中得到的知识，以为酒能打动她的同学时，白二宝毫不留情地把宁夕蓝揪到台上当了钟怡琴的陪斗，宁夕蓝弯着腰大惑，心想是不是白二宝在回家的路上，把那瓶红酒打碎了，要不然为什么一点不讲情面？

白二宝是那种吃了别人不手软的男孩，他在老姚的示意下，用皮带抽钟老师的时候，有一种回答考卷的快感。当然第一鞭子还是很不熟练的，原本想抽肩膀，不料一下子抽到了钟怡琴的脸上。钟怡琴注视着他，充满了惊讶。这是白二宝从来没有看到过的表情，手就不争气地哆嗦了一下，皮带拐了一个弯儿，暴起的血痕仿佛一个倒插笔的对号。当着姚司令的面，白二宝很不好意思，觉得自己干得不漂亮，便加倍弥补。万事开头难，打人一旦开了头，就像马拉松跑过了极限期，剩下的就是惯性和欢愉了。此后的皮带，白二宝有意识地左一下右一下，就像是一个个巨大的叉号。从前钟老师大笔一挥在白二宝卷子上打叉的时候，一定没想到风水轮流转，当学生的还有这么扬眉吐气的一天。钟怡琴当年用的是红墨水，如今白二宝复制时用的是老师的血。打人如抽烟一般容易上瘾，白二宝长臂挥舞，风声呼呼。钟怡琴只在最初看了一眼她过去的学生，就紧紧拢上了眼皮。她怕的不是疼痛和自己的血，而是无法近距离地观看自己的学生因鞭笞老师而起的亢奋，那笑脸是如此的年轻而鲜艳。老姚看白二宝欲罢不能像个行刑的特务，不得不出来阻止。他先示意宁夕蓝可以下台了，然后对白二宝说："停。"

白二宝擦擦汗说："我不累！"

老姚不客气了："那你也得给别的红小兵留着点啊。"

白二宝这才意识到原来走资派也像窝头中的馒头，要和姐妹们分享，不能吃独食，只得恋恋不舍地罢了手。他对浦小提说："明天该你了。"

台下的浦小提战战兢兢地说："还是……你……"

白二宝说："这是对你的信任。"

浦小提连连甩手说："求求你就别信任我了……"

白二宝很豪迈地说："你是不是害怕了？打人没什么了不起的，就像是掉了一颗牙。你以为会特别疼，其实只麻了一下就过去了。"

白二宝好说歹说上纲上线，浦小提还是坚决不肯。老姚只得出马说："这是革命和不革命和反革命的分水岭。"浦小提只得咬着嘴唇不再拒绝。

钟怡琴一瘸一拐回到宿舍，她30多岁了，还没成家，一是她曲高和寡，左挑右拣，二是别人听说她险些成了右派，也轻易不敢交往。她独住学校的一间平房，僻静得很。歇息了一阵儿，她洗去身上的血迹，看着一盆暗色而浑浊的污水，想着明天还不知有怎样的恶斗，与其再受学生的侮辱，还不如一死了之。决心下了，正思忖着如何死法，不料门开了，老姚走进来说："你辛苦了。"

钟怡琴一言不发，一个立志要死的人，说什么都是多余的了。老姚说："我是贫下中牧出身。"

钟怡琴虽然遍体鳞伤，脑子却还不糊涂，她不知自己被凌辱和老姚的出身有什么关系，就漠然地看着老姚，心想这是自己临死以前见到的最后一个人和最后一个问号了。老姚很快就揭开了谜底，说："你可以做我的老婆，就再也不会挨打了。"

钟怡琴大吃一惊，她从来没有正眼看过老姚，老姚是学校的杂役，负责烧开水和摇静校铃，还有静校之后在校园走来走去看看有无没关的窗户和滴水的龙头。老姚和她，就像活在不同海拔的树。同在一座山上，却是老死不相往来的。运动像一块巨大的橡皮，把界线轻而易举地涂抹干净了。钟怡琴瞪着血红的眼睛说："你打了我，还想娶我。你不怕我杀了你？"

老姚说："不怕。打你是为了让你知道，咱们俩是般配的。"老姚说完，就从容不迫地走到钟怡琴的床旁，一把撕开了钟怡琴的衣裳。钟怡琴没有丝毫的反抗，鞭笞夺去了她所有的气力。况且她知道，纵是把喉咙吼成一把破伞，也没人来帮助她。她仿佛行尸走肉，任由老姚撕扯。

被践踏的灵魂一旦麻木，肉体反倒极端地灵醒。钟怡琴完全不知道她的身体里还潜伏着另外一个自己，当她执意要死之后，那个原始的女人就肆无忌惮地复活了。受凌辱的精神已经全面失守，再也没有可坚持的信念了。她曾寄予希望的花朵已变成了小蛇，世上还有什么神圣值得她献身？残存的本能告诉她，如果她想死，这是最后的机会了。如果她想活下去，这也是最后的机会了。

最惊喜的莫过于老姚了，本来他以为会遇到钟怡琴殊死的反抗，老姚是做好了充分的准备的。谅她一个弱女子，又在一顿暴打之后，气力所剩无几，再说静校之后，她叫天天不应，叫地地不灵，自己只要软硬兼施，不怕她不服服帖帖的。但实际上远没有那般复杂，钟怡琴就像腐朽的大清国面对八国联军的入侵，基本上没有丝毫反抗。刚开始的时候，她冷硬得像是一块棺材板。好在老姚很有耐心，又是揉又是搓，简直像是在对付一坨冻面。真是功夫不负有心人啊，在无数抚弄之下，这块面居然有了一丝丝柔软和热度。老姚吻遍了钟怡琴身上所有的伤痕，一边吻一边说："你知道吗，毒蛇咬人一口，人会怎样？"

钟怡琴毫无反应，老姚自问自答："那人当然是死了。要是人咬了毒蛇一口，你知道蛇会怎样？"

钟怡琴当然还是不吭声，但她的兴趣被吊起了一点点，她从来没想到人会咬蛇，除非那个人疯了。不过，现在的人都疯了，连孩子都疯了。

老姚依旧自问自答："毒蛇就会死。人的毒比蛇的毒大多了。人的口水里有大毒啊。"老姚一边说着，一边用口水舔着钟怡琴身上的鞭痕。钟怡琴第一次回应了他的话说："你要毒死我。"

老姚说："我是为了救你。这些鞭痕发了炎，你就没救了。你要是到了医院，人家一看就知道你是怎么伤的，不会给你好好治的。我这是土方，可灵了……我小时候摔坏了哪儿，我妈都是这么给我治……"

老姚的舌尖带着黏稠的暖意在钟怡琴的身上蜿蜒而过，所到之处，钟怡琴就像被熨斗捋过一样，渐渐暖和平整起来。

第二天，浦小提哆哆嗦嗦地来到学校，不知怎样才能完成革命任务。突然看到老姚从钟老师的宿舍走出来，她第一个反应是钟老师死了。泪水立刻盈满了她的眼眶，噼里啪啦地落下来，好像不是水珠儿是冰雹。但紧接着她就看到活着的钟老师出现了，头发梳得很整齐，在额头打了一个旋，为的是遮住一道鞭痕。衣服也很干净，全然不是昨日失魂落魄的模样，甚至脸上还有一点似笑非笑的表情。

浦小提傻傻地站在那里，比昨天看到钟老师挨打还不可思议。倒是老姚还比较正常，拍了拍浦小提的肩膀说："今天不斗了。你回家闹革命去吧！"

浦小提一阵松快，不管怎么说，今天是不用做革命小将了。但是，明天还要考验她吗？看着浦小提欲言又止的为难样，老姚笑起来说："明天也没你什么事了。"

浦小提鼓起勇气说："那后天呢？大大后天呢？"

老姚说："大大后天的事，我也不知道。你就回家去吧！"

浦小提往家走的路上，遇到了白二宝。白二宝说："浦小提你怎么临阵脱逃？"

浦小提说："老姚说今天不斗钟老师了。"

白二宝说："那不能够。昨天姚司令还说要连斗三天呢！一定要把钟怡琴斗老实了，让她干啥就干啥。"

浦小提说："你怎么不相信人？要不你自己问去！"

白二宝真就甩开两腿一阵风跑了，片刻工夫又一阵风地跑回来了。浦小提说："见到老姚了？"

白二宝垂头丧气地说："见到了。"

浦小提说："老姚是这么说的吧？"

白二宝说："老姚什么也没说。"

浦小提纳闷："老姚什么也没说，你怎么就明白了？"

白二宝说："我看到了。"

浦小提说："你看到什么了？"

白二宝招招手说："你过来，我告诉你。"

浦小提迟疑地把头凑了过去，但身子还向后扳着，她想不通有什么秘密需要这样鬼鬼祟祟地告知。不想白二宝飞快地在浦小提腮帮子上亲了一口说："这下你知道了吧！"

浦小提大恼，使劲抠着自己的脸蛋说："你流氓！"

白二宝振振有词道："你不是问我看到什么了吗？我看到的就是这！姚司令和钟老师在亲嘴，你明白了吧？"说罢蹽开长腿跑了，他刚才从钟怡琴的后窗户看到了这一幕，因为惦记着浦小提，才跑回来告诉她。按说下边还该有更好看的呢，可千万别错过了。

浦小提呆若木鸡地站在那里，只觉得自己的脑子变成一锅猪食，咕嘟咕嘟地冒着酸臭无比的泡儿。

到底发生了什么？本该上学的，现在却什么也学不到了。最初不上课的快活已经逝去，无所事事的烦恼像胖胖的蚕宝宝，噬咬着青春的桑叶。她害怕殴打老师，不是出自正义感和对老师的热爱，只是因为天性胆小。但她更害怕被说成是不革命或是反革命，当她下定决心要做一个革命派的时候，教导她的人，居然又向老师要开了流氓。浦小提知道，这不是普通的流氓，估计他们是会结婚的，那就更加不可思议了。

浦小提茫然地看看周围的世界，她不知不觉地走回家了。大猪小猪公猪母猪都在圈儿里撒欢，睁着大大的特有的双眼皮眼睛和浦小提对视，然后拱拱鼻子颇有深意地哼哼着。浦小提真想变成一只猪。只要不到过春节的时候，做一只猪还是很快活的。

"文化大革命"继续，大量的初高中毕业生不能离校，小学生就不能升入中学。复课闹革命之后，浦小提他们这拨学生就在原来的小学，进入了初中时代，被称为"戴帽"中学生。他们的文化还固守在小学生的水平内，学的外语都是口号，比如"放下武器，缴枪不杀！”“全世界人民团结起来！”等。高海群学得很认真，每天一上街，眼珠子就四下里乱转，特别想碰上一个外国人，然后冲着他高喊一声“打倒帝国主义”。可惜的是街上除了铺天盖地的大字报，从未出现过一个外国鬼子满足他的愿望。浦小提在外语课上回答提问，声音都洪亮到如同在抗美援朝阵地上，对着一大群联合国军在喊话。高海群敬佩地问浦小提说：“你这是怎么练出来的？”浦小提说：“我喂猪的时候，都对着它们说外语。不叫喽喽喽，改说够够够（GO—GO—GO）了。”

宁夕蓝是彻底不行了，从小就跟着爷爷学外语的她，如今的发音比白二宝还差。她低眉顺眼从来不笑，蹑手蹑脚地飘忽着，像一张阳光下的黑白底片。

老姚和钟老师正式结婚了，结了婚以后的钟怡琴好像变了一个人，沉默寡言。她不再挨斗，恢复了一部分的教学任务，对学生也不像以前那样苛刻了。日子就这样过着，直到有一天，学校宣布他们已经算中学毕业，要参加毕业分配了。

他们无可奈何地长大了，就要走入工作的大军。关于他们的分配方案，上面很有争论。一派意见是把他们分配到广阔农村接受贫下中农的再教育，让他们大有作为，同以往历届初高中毕业生一样。另一派意见：城里各个行业已多年没有补充新鲜血液了，人员老化，面临着断档的危险。眼下这批孩子，“文化大革命”开始的时候，都还是小学生，相对比较单纯，可补充到城市各个岗位，让工人阶级教育他们。据说有造反派头头的一对双胞胎恰在这拨孩子中间，反正争论的结果是第二派意见占了上风。于是以老姚为首的领导小组，开始决定革命小将的命运走向。

这是唯一的留城机会，分配单位有着天壤之别。大学图书馆需要人，环卫局也要补充背着篓子的淘粪工。老姚从来没有这般踌躇满志，掌握着生杀予夺的权力。虽不敢说自己是上帝之手，但当了个上帝的指甲肯定绰绰有余。所有的学生见了老姚都毕恭毕敬，只有高海群除外。一是高海群学不会奴颜婢膝，二是他马上就要到父亲老战友的部队当兵，用不着拍这个家伙的马屁。宁夕蓝被老姚叫去单独谈了几次话，每一次谈话的时间，都漫长到钟怡琴在全校扯着嗓子嘶叫寻找。但钟怡琴叫归叫，并不挨门挨户地搜索，老姚许久之后才会从某个犄角旮旯走出来。

“喊什么喊？我在这个学校里，难道还会丢了？”老姚非常不耐烦。

“你跟我的学生谈什么了？”钟怡琴红着眼睛，如同母狮。

“注意，他们不是你的学生，是革命的后代。”老姚严词纠正。

“知道他们是革命的后代就好。你可不要破坏了革命。”钟怡琴恨恨提示。这不单是为了保护学生，也是为了保护自己的婚姻。

“你也配教育我？”老姚鄙夷地说，“没有我，你的骨头都长蛆了。”

话只要一说到这份儿上，钟怡琴就缄口不言了。为了保存自身，她都可以嫁了老姚，还有什么资格来教导别人呢！

老姚把去大学图书馆的名额分给了宁夕蓝之后，又开始找浦小提。只是他一下子闹不清这个脸蛋像红枣一样结实而鲜艳的女孩子，到底想分到哪里去？

“你为什么叫浦小提？”老姚像一个真正的首长那样和蔼可亲地问。

浦小提有点扭捏地回答：“生我的时候，我爸正好提了一个小组长，我爸说是我给他带来了运气，所以就叫小提了。”

老姚觉得这很好笑，就说：“你们家就你一个孩子吗？”

浦小提说：“还有一个姐姐，叫浦大会。生她的时候，正开大会呢。还有一个弟弟，叫浦远程。为什么叫这个名字，我就不知道了。”

老姚笑起来说：“这有什么不知道的。你和你姐姐，都是女娃，胡乱起个名字就是了，弟弟就不同了，是个男娃，所以你爸爸叫他远程，就是前程远大的意思吧。”

浦小提默不作声，她是个聪明孩子，不止一次猜测过弟弟名字的含义，只是不愿说破。如今被人说破了，只有默认。老姚说："其实男娃女娃是一样的，女娃更惹人爱。要说前程，要看你分到一个什么单位，单位分好了，就像爬上了火车，你不想到哪儿都不行，你一定会到的。我这里有一个分到茶叶店的工作名额，我看于你是非常适合的。茶叶店里冬不冷夏不热，不是人享受，是茶叶娇气。到处是茉莉花的香味，小姑娘能在那儿干活，连骨头缝都是香的，在外国，就叫茶花女。"

浦小提读过茶花女，知道不是这个意思，但她不会告诉老姚，只是不由自主地看了看自己的手，心想要真是分到了茶叶店工作，就不能老掏泔水了，那样会坏了买主的茶叶香。老姚看浦小提伸出自己的手看，就把浦小提的手薅了过来，说："来，让我看看你的手。"说着，就用多毛的手指蘸了口水开始抠浦小提的手心。这是他制服女人的前奏，一个女人被抠了手心，不但不恼，还露出舒服享受的神气，勾搭她就有了十分的把握了。当年对付钟怡琴，用不着这么复杂，如今他也是有身份的人了，得顾及点影响，循序渐进嘛！浦小提抽回了自己的手，说："痒痒。"边说边狠狠地甩手，要用风把老姚的口水晾干。

老姚恼了。一个破毛孩子，给你脸还不要，看来猪倌的女儿就是没有教授的后代懂得风情，宁夕蓝就要乖顺得多。浦小提，老子还不宠你了！非让你乖乖地来找我！老姚正色道："分茶叶店的名额只有一个，你要是真想去，三天以内来找我。不然，我就分你去淘粪！"

浦小提走到阳光下，眯缝着眼看了看太阳，太阳强到只能闭起眼睛。浦小提闭着眼睛，四处一片红彤彤。她想，淘粪就淘粪，平日就常拾掇猪粪，人屎和猪屎有什么大不同？不过更臭罢了。臭有什么了不起？反正她有对付臭味的好法子。

当她睁开眼睛的时候，看到高海群站在她面前说："浦小提，你到哪里去了，我到处找你。"

不知为什么，浦小提很想哭，但找不到哭的理由，她就抹抹眼皮说："你找我什么事？"

高海群说："向你告别。我要当兵去了。"

浦小提无限向往地说："当兵多好啊。军队里没有坏人。"

高海群说："军队里是没有坏人，但军队外面是有坏人的。除了打坏人，我不放心的就是你。"

浦小提笑起来说："高海群你不要看不起人，我以前还辅导过你的算术呢。"

高海群说："那就欢迎你以后还辅导我。"

浦小提幽幽地说："那就辅导不了了。你是解放军了，全国学人民解放军。"

高海群说："那你还是工人阶级呢。工人阶级是领导力量。对了，我到了部队就给你写信，我的信寄到哪里呢？"

浦小提本来想说，你寄到大院的猪食堂就成，但不知为什么，她突然不想让家中知道自己和高海群通信的事。她就说："你寄到环卫局淘粪队吧。"

高海群说："你知道自己肯定分到那里吗？"

浦小提说："肯定。"

高海群说："好吧。你就等着我的信吧。小提。"

浦小提刚想对他说"别叫我小提"，但高海群估计到了她要说这句话，就提前跑了。浦小提只有怔怔站着，看着高海群的背影，心想这个影子如果穿上了军装，会变成一个绿影子吗？

学校分配的第一榜上，浦小提果真分到了淘粪队。不料后来事情起了变化，淘粪队（当然人家的正式名称不是这样称呼的，是环卫 × 队）看了学生的有关简介，说，这个 1 米 60 的女生我们不要。空粪桶就有几十斤，满载时就靠百斤了，一个小姑娘还不得被压垮了？老姚说，这可是个好姑娘，吃苦耐劳肯干扎实，最适宜在你们这样的部门工作了。环卫队还是不干，老姚再出身贫下中牧，在真正的工人阶级跟前也得让步三分，最后只好把浦小提换下来，另派他人。

这时分配已近尾声，零星单位已满额，调下来的浦小提被统分到一家重工业工厂。老姚无计可施，只好放她一马。

在工厂欢迎新工人的会上，浦小提看到了白二宝。白二宝很高兴，说："你不是分到环卫局了吗，怎么到了这里？"

浦小提说："我也不知道。我还想上环卫局呢！"

白二宝说："当老大哥多好！工人阶级有力量。"

浦小提默不作声，看着浓烟缭绕的厂区。工厂的代号叫作"C"，叫人一听就生出保密和重要的感觉。新工人各发了一套工作服，还有劳保手套和帽子胶鞋什么的，每人捧着一大堆，如同打土豪分田地般兴奋。忙不迭地穿戴起来，姑娘小伙都焕然一新，像年画上的领导阶层那样光鲜。

白二宝穿着藏蓝色的工作服走到浦小提面前说："我要的是最大号的衣服，你呢？"

浦小提说："我是小号的。"

白二宝说："以后有谁欺负你，就对我说。我保护你。"

浦小提说："这家厂子有几千人呢，谁知道你分到哪里。"

没想到浦小提和白二宝分到了同一个酸洗车间，车间里充满了硫酸的气味，呛得人涕泗滂沱。浦小提试行多年应对气味的法子全线失守，对付猪屎人粪行，对付强酸不灵。你越快速大量地吸入这种仿佛藏着辛辣毛刷的气体，反应就越大，呛咳不止。只有减慢呼吸，让嗓子里分泌出多量的黏液，稀释了酸分子的浓度，喉咙才稍稍好过一些。

白二宝和浦小提同工种，要把酸洗槽子里浸泡的金属板，每隔一段时间翻动一遍，让金属的含量更加纯粹。其中当然还有很复杂的科学道理，但以白二宝和浦小提那样的文化水平，是没办法理解的，好在也不需要他们理解。工作在某种程度上像是农民除草，对金属板的清理搬运，来不得丝毫的遗漏和马虎。没有法子偷懒，每一块金属板都是有生命的，如果你在规定的时间内没有彻底打理照料，那么金属板上就会留下痕迹，而且是不可更改的疵点。你敬业不敬业，你努力不努力，金属板就像是一棵老树的年轮，都记录在案。

给新工人指派了师傅，浦小提的师傅是女的，姓郝，30多岁，头脸不是很胖，依稀保存着年轻时瓜子的形状，但肚囊已有中年妇女的饱满了。

“小提你倒板子的时候，要这样操作，才能避免工伤。你看我，十几岁进厂，到现在只伤过一次小脚趾尖……”郝师傅边比画操作要领边说。

浦小提注意看着，低声道：“只有我们家的人才叫我小提……”

郝师傅大惊小怪：“我还不比你家里人和你亲啊？告诉你吧，从此咱们每天8小时在一块儿，你回家才能待多久啊？还尽是闭着眼睡觉，上班多精神抖擞神采奕奕啊，一朝是师徒，一辈子是父子。大眼瞪小眼的，好些人就这样瞪成了夫妻。后来就改成男的带男的，女的带女的了。”郝师傅说得动情，脸就从黑瓜子变成了红瓜子。浦小提只得接受师傅为亲人，给师傅起了个外号叫“好瓜子”。

白二宝的师傅是个沉默寡言的40多岁汉子，脸色青黄佝偻着腰，白二宝毫不犹豫地管他叫“老病”。厂区是个巨大的方框，车间在顶南端，厂门在北面，要走一段很长的路。下班时，因为跟谁都不熟，浦小提只有和白二宝一道走。白二宝张口闭口“老病”，浦小提说：“小声点，叫人听到了，多不厚道。”

白二宝说：“咱是红卫兵小将，怕谁？”

两人到了厂门口，警卫走过来说：“打开包。”两个人就把背着的草绿军挎打开，警卫仔细翻看。白二宝说：“这是干什么？好像咱们是特务。”

警卫看看他们的新工装，也不恼，说：“这是纪律。厂子里的贵金属，严禁带出大门。”

浦小提对白二宝说：“我往东，你往西，明儿见。”

白二宝吃惊说：“你们家不是也在西面吗，怎么不是一条路？成心要甩掉我是不是？”

浦小提说：“我真的要到东面有事。”

白二宝说：“你有事，我没事。我陪你到东面去。”

浦小提叫苦不迭，但一时也想不出什么合适的借口拒绝白二宝，只好别别扭扭地和白二宝一道往东走。一直走到了环卫局，浦小提说：“你在外面等一会儿，我进去打听个人。”

白二宝这次很听话，不吱声等在外面。浦小提走进去，对传达室的老头甜甜地说：“大爷，跟您打听个事。”

看门老头闲极无聊，一看来个清俊的小姑娘，乐滋滋回话道：“想知道什么事，你尽管问。从大清国的辫子到今天晚上食堂的饭谱，没有我不知道的。说吧。”

浦小提悄声说：“大爷，您这里有一封给浦小提的信吗？”

老头的长寿眉飘了起来，说：“谁？啥小提？浦？这是谁？我们这儿从来就没有这么一号人。姑娘你一定是走错门喽。”

浦小提松了一口气说：“是没有这么个人。可要是来了一封写着这人名字的信，您可千万千万替我收着。”

老人家立刻警觉起来，“你是谁？”在他漫长的门卫生涯中，还没遇到这等稀奇事呢。浦小提说：“我就是浦小提啊。”

老头大不解：“闹了半天，就是你本人啊。你这个小姑娘，看着挺灵秀的，怎么没事找事呢！你是这单位的吗？不是。可你干吗非让人把信给寄到这里呢……”

白二宝在外面等得不耐烦，大声问道：“浦小提，你完事了吗？”

浦小提赶紧走出来。两人一道又复向西。

从此，浦小提和白二宝开始成为工人阶级的一员。车间气势宏伟，如同一眼望不到边的稻田。稻田里的水就是有着强烈腐蚀性的电解液，稻田里的庄稼就是一块块贵金属板。工人们就好比是插秧的农夫，要一趟趟地在田间忙碌，不断调整金属板的位置，让置换反应完成得更彻底。金属板重达几十公斤，还有呛人的挥发气体和极富腐蚀性的电解液。几天下来，新工人们引以为豪的新工作服就面目全非，无数洞穴潜藏在衣服的褶缝里，千疮百孔。要是有喷溅的电解液恰好从破损的窟窿里崩进去，皮肤就会被烧成垩白色。

浦小提欲哭无泪，深感真不如到环卫局扛粪桶。粪桶虽然臭，总还不伤人，在这里长干下去，电解液扑到脸上，就会变成麻子。好在她仔细观察好瓜子的脸庞，虽不甚光滑，却也并不见到明显的坑洼，可见麻子的概率也不是太高。金属板的分量也着实让人吃不消。浦小提觉得每一块都比自己的身体还重，简直就是重如泰山了。在浦小提有限的知识范畴内，泰山就是重量的极致了。

每当她抬起一块金属板，连尾巴骨都在使劲，从周围不断传出的放屁声，就知道大家都不轻松。好瓜子袖手旁观，说：“徒弟，我知道你难，可我不能帮你。你也别恨我，我也是这么过来的。只有你练出了这股劲儿，你才能在这儿干下去。谁让你是工人呢！”

浦小提于是知道了，工人不仅仅是光荣，更是受累流汗的苦活。她咬着牙，埋头苦干。常常是连续搬动几十块金属板连头都不抬。胳膊红肿得发烫，好像两节烧着好煤的烟囱。连脚后跟都疼，浦小提恨自己太不争气，明明是手在做功，怎么小腿都抽筋。问过好瓜子，才知道这是车间里的强酸在作怪。

隐忍着坚持着，浦小提渐渐攒出了一身蛮劲，瘦骨伶仃的一个小姑娘，伸出胳膊。一疙瘩一块的腱子肉，能把皮肤顶透。十个手指，好似练过邪门武功，往金属板上一抓，如同老虎钳子，绝不脱手。

“今后你嫁了哪个男人，他要是欺负你，你就朝他下三路来这么一下子，保管他从此乖乖地再也不敢犯贱。”工间休息时，好瓜子做了一个双龙抢珠的姿势，惹得大家哄堂大笑。浦小提本不明就里，从师傅们暧昧的笑容中恍惚明白了，不由自主地红了脸。她知道绝不能恼，工休的主要娱乐就是这种段子，你要和大家打成一片，你就得适应这种气氛。

大家就向好瓜子起哄，说：“你是不是在家净来这套路数啊？”

好瓜子说：“哪能老来？自己的家伙什，糟坏了还是自家心疼。还得大鱼大肉地滋养着给他补。也就是吓唬一下，叫他知道厉害就是了。”大家就说，看不出好瓜子这么贤惠，懂得“围而不打”。

其实大家这一番话具有考察意味。新来的人都要过这一关，练出一身腱子肉容易，内心里还要和大家伙合群。要是摆出一副正人君子的面孔，坐怀不乱的假正经，大家就得讲话小心，凡事防着点。浦小提虽无大恼，但也未曾喜形于色，看在她是个姑娘的份儿上基本过关。白二宝则不然，很快就成了胡说八道的老手。

“我给大家破个谜语。”

大家就说：“小白子，别太雅，咬文嚼字的不成，咱工人大老粗，猜不出来。”

白二宝一脸坏笑说：“猜得出。男男女女天天都要干的活儿，一猜就中。”

大家听得有趣，就说：“快说，解解闷。”

白二宝清清嗓子说：“我这个谜语是打一日常活动。听好了啊。一头毛毛，一头光光，戳进洞里，冒白汤汤……”

大家一听，就笑弯了腰，好瓜子说：“白二宝你还是个童男子吧，怎么这样浪！”

白二宝说：“郝师傅您说哪儿去了，我是童男子不假，可这事和童男子没关系。除了三岁小儿和八十岁的老头老太太，谁都得干的事。猜着了吧？”

老病说：“好了，工间休息到此为止。谜底猜出来的就在心底搁着，回家给你老婆说去。猜不出来的就烂在肚里。”

大家就笑着散开，白二宝一脸无辜地说：“师傅，您这么一说，好像我小白子开了个荤笑话。其实，不过是刷牙。谁还不刷牙啊！”

大家一回味，还真是这么回事，哈哈大笑。白二宝成了活宝，不过，他跟谁都胡开玩笑，对浦小提不敢。

老病不是普通人，是车间副主任。老病对白二宝很严格，白二宝表面上唯唯诺诺，肚子里可不服。

食堂开饭的时候，几千工人麇集一处，如同兵蚁大战，蔚为壮观。有的窗口专卖包子，有的窗口专卖米饭，各排一队，龙飞蛇舞。遇上好吃的差样的吃食，队伍更是排出十丈远。白二宝不管站在哪儿，只要一见浦小提进了食堂，就张牙舞爪大喊大叫："我在这儿呢，我给你站队了。"工人们一阵哄笑，浦小提不理他，站到队尾。女伴们直往前头推她，说："别这么傻，先填饱肚子再说。"

白二宝下了班，气呼呼地对浦小提说："我给你加塞，你为什么不来？存心让我丢人啊？"

浦小提找借口："你排的是面条，我想吃包子。"

浦小提出了厂门往东，白二宝也不跟着了，独自向西。浦小提到了环卫局，看门人已经换成了一个中年妇女，还没等浦小提开口，就说："我不是告诉你多少遍了吗，没有一个叫浦小提的人，也没有给浦小提的信。"

浦小提彻底绝望了。高海群的父亲已经调走，家也搬了，没人知道他们的下落。浦小提突然很恨高海群，觉得自己太傻，把一句敷衍的话当了真。她再看一眼环卫局的大门。很长一段时间里，她对这门都有异样的亲切，从今天开始，她厌恶这个门了，决定以后再也不来了。

白二宝的工作区域和浦小提紧连，就像两个并肩劳作的农民。臂膀是他们的镰刀，金属板就是成熟的稻子。他们埋头倒动金属板，热汗肆无忌惮地挥洒。刚开工，白二宝和浦小提脚前脚后，相差不到一尺。干着干着，距离就拉开了。浦小提再熬炼吃苦，体力上也赶不上人高马大的白二宝。白二宝拎转金属板，好像抚平一块糖纸。浦小提看得发呆，从心底羡慕白二宝那一身腱子肉。在做出不登环卫局大门的决定之前，浦小提对白二宝的一切殷勤视而不见，现在再看白二宝，反感就减低了。白二宝也敏锐地感到了这种变化，干得更加起劲。中午吃饭的时候，割舍了自己酷爱的面条队，排了包子队，大呼小叫地招呼浦小提。浦小提还是默默地站到了队尾。

饭后上班，又是两人并肩倒动金属板。浦小提翻着翻着，突然发现自己这一行的板子，被人提前翻过了。就像割稻子，人各一垄。割着割着，突然发现自己的田垄越来越窄，原来有好心人帮你提前把稻子放倒了。浦小提昂起酸楚的肩颈，看到白二宝正在前头为自己翻板，须臾间又感动又觉没有面子。擦擦汗说："白二宝，你狗咬耗子。谁求你来了？你赶紧回你工作面去！"

白二宝说："不识好人心，我是心疼你！"

浦小提说："谁要你心疼！管好你自己。"说话的口气不由自主地像上学时的中队长。

浦小提不用这种口气说话还好，此话一出，白二宝立刻抖擞精神，面前的这个小女工，毕竟不是当年颐指气使的好学生了。看着旁人离得还远，白二宝说：

"小提，你是我的阶级姊妹，我不心疼你谁心疼你！"

浦小提说："不许你叫我小提。只有我们家的人才能叫我小提。"

白二宝不屈不挠说："我就不能成为你们家的人了吗？我偏要叫你小提——小提——小提……"

白二宝故意把声音放得很大，引来了当班工人的关注，眼光向这厢扫来。浦小提又急又气，忙放下自己手中的金属板，摘下手套想去堵白二宝的嘴。工作面的通道本来就窄，白二宝一手抓着金属板，又要躲开浦小提的抓挠，一个趔趄，手中一滑，湿漉漉的金属板就直直地滑脱下来，正正地砸在了脚面上。嘶啦一响，工作靴腐蚀出一窝大洞，金属板的犄角猛扎进去，白二宝哎哟一声，跌趴下去。若不是浦小提鼎力相助，白二宝半个身子就栽进了电解池，会被蚀成一套骨架。

车间里一时鸦雀无声。这是最怕发生的事故，人一旦沾上了电解液，不死也得脱层皮。所以，平日里千叮咛万嘱托，就怕出事，还真真就出了事。

好瓜子这会子变成黑瓜子了，跑过来说："还愣着干什么？赶快叫救护车，快送医院！"

老病是当班的负责人，看了看现场，沉稳地说："白二宝，你就是伤了自个儿，也该在你的工作面上，你怎么跑到这边来了？"

大家一看，可不是吗，白二宝倒下的地方，正是浦小提的工作面。白二宝看着师傅，师傅也定定地看着他，白二宝痛得龇牙咧嘴，脑子却还不糊涂，知道这是师傅要救他，马上就坡下驴："小提人小力弱，差点跌到电解池里，我来救她，没想到……"他不停地抽着冷气。

好瓜子说："到底什么原因，回头再说吧。救人要紧。"

老病遇乱不惊："我看顶多是骨折，性命无碍，不必慌张。原因搞清了，后面的事才好办。"

浦小提愣愣地看着，不知如何是好。没有人来问她事故到底是怎样发生的，毕竟人是倒在她的工作面上啊。但是，即使有人来问，她又说什么好呢？

救护车风驰电掣地开走了，一路拉着警笛。重工业厂子，天不怕地不怕，就怕救护车怪叫，意味着一起严重的工伤已经酿成。大家相互打听，越说越悬。到了晚上，流传的版本就成了电解车间的一个小女工差点掉到电解池子里，一名男工奋不顾身拼死相救。结果是小女工全须全尾毫发未损，男工受了重伤。

浦小提沉默无言，现在说什么都晚了。赶到医院去看白二宝，医生说白二宝右脚粉碎性骨折，术后暂不能探视。浦小提眼泪汪汪地说："他的骨头还能长起来吗？"

医生说："这很难说。"

浦小提说："报上都登过了，连人的小手指头扔到垃圾堆里多少个小时捡回来，还能接上，他那么大的一只脚，怎么难说呢！"

医生说："你是他什么人？"

浦小提说："工友。"

医生说："我还以为你是他妹妹呢，那我就不说了。既然是工友，你就该明白，骨头渣子都被强酸泡酥了，我们能有什么法子！"

浦小提失魂落魄地回了家，张口就问妈："人骨头断了，吃什么最好呢？"

妈妈说："吃新鲜的猪蹄子啊。和接骨草一起炖汤，脊梁骨断了都能接起来。"

浦小提找到父亲，说："爸，你就杀一头猪吧。"

老父说："我家小提什么时候变得这么馋了？又不逢年又不过节的，杀的哪门子猪啊。"

浦小提只得实话实说，说车间里有一个工友骨头断了，吃这猪蹄子大补。老父说："这猪又不是咱自家的，是公家的。哪能说杀就杀呢！"

浦小提要开赖，说："不管不管我不管。我只要新鲜猪蹄子，您要是不杀猪，我就自己到圈里砍下一只猪脚。"

老父虽然知道女儿绝无持刀砍猪的能力，但此话一出，知道了小提的决心，也就不再说什么，磨刀去了。当浦小提拎着香气扑鼻的瓦罐子走进病房的时候，前来慰问白二宝的工人们一下子都闪开了。

医生的担忧成了现实。白二宝被强酸腐坏的脚骨拒绝愈合，被酸剥蚀的皮肤也长久地保持溃烂状态。浦小提刚开始还想说明这不是自己的错，但看着白二宝的烂脚掌，觉得什么话都抵不上人能举步如飞。老病在第一时间拿下的口供，对认定事实起了决定性的作用。一个工人受伤，若如实报上，就成了工作时间打闹玩耍。责任自负之外，从上到下都要受到严厉的批评。现在是助人为乐见义勇为，白二宝被断为"工伤"，劳保福利一概享受，还不停地有人提着麦乳精代乳粉之类的营养品慰问。浦小提只要不当班，就到医院帮着白二宝洗脸洗衣。其实白二宝伤的是脚，虽说行动不便，但日常生活并无大碍，只是浦小提生性善良，不如此就觉得良心不安。她总想等白二宝的伤彻底好了，自己的过失也就算赎完了。桥归桥，路归路，咱就井水不犯河水了。

不想白二宝的脚伤好得极慢，时不时地还有恶化趋势。炎症变成了很少见的产气菌感染，整个腿肿得像老树桩，一按直冒泡。医生说万不得已的时候，就要截肢了，要白二宝家里人有个准备。白二宝的妈哭鼻涕抹满了医院的半面墙，他爹说，保命要紧，该咋治就咋治。不过人是叫厂子给闹残的，厂里要一直养到死。

好在最后用了一种进口药，白二宝才算保住了一条囫囵腿。右脚变成了一疙瘩肉球，走道再也使不上劲。出了院后，白二宝特别爱在人前夸张地显示自己的瘸和拐，一来二去的，全厂没有人不认识赫赫有名的瘸勇士。

白二宝终于可以重新上班了，只是干不得重活，在车间里当安全员。浦小提真比白二宝自己还要高兴。觉得自己的有期徒刑算是出狱了。白二宝在厂子的主干道上拦住浦小提说："咱俩啥时候办事？"

浦小提说："啥事？咱俩的事不是都完了吗？你也成了英雄了，我也当了你的护理员了。你的脚也好了。"

白二宝说："可我瘸了。我得娶你做媳妇。"

浦小提说："那我要是不乐意呢？"

白二宝说："那我就说你在医院里伺候我的时候，已经是我的人了。"

浦小提咬牙切齿地说："白二宝你不要脸！你不能胡说！"

白二宝说："脸要不要的不吃劲，媳妇是一定得要。浦小提我特地挑在大马路上跟你说这个事，你看看周围人看咱的眼光，你就知道，我要真那么说了，你甭说跳黄河了，就是跳到电解池子里也洗不清了。"

浦小提朝四下里这么一望，才发觉大伙儿看他俩的目光，真是暧昧不清的。浦小提气得转身就跑，白二宝也不去追。一是他瘸拐着根本就追不上，二是在心中窃笑，浦小提你跑不了。

老病已经当了车间主任，白二宝请老病当红娘。老病说：“二宝你要给我猪头，我才保这个大媒。”白二宝说：“那还不容易吗？我老岳父是养猪的，我住院那会儿，小提天天送猪蹄子，差点把奶汁给催下来。”

老病自己不出马，找到好瓜子。好瓜子说：“一个好姑娘，可惜了。”

老病说：“白二宝是个害群马，要是没有浦小提这样的好姑娘管着他点，备不住会成个祸害。再说啦，他是工伤，瘸着半截腿，以后找不着对象，还不得咱车间里帮着忙活？就朝这个方向努力吧。”好瓜子找到徒弟说：“小提我跟你说个事，你可以同意也可以反对。乐意了，我高兴。不乐意了，我也高兴。总之要你自己拿个主意，甭看我的面子。要是先乐意了，以后又不乐意了，也别怪师傅我张了这个口。”

浦小提说：“师傅，你不必说了。我不乐意。”

浦小提是个很有主意的女子，不管师傅们旁敲侧击说什么，就是不松口。白二宝看出大伙儿都乐意促成这件事，也就百折不挠。每天吃饭时分，饭堂就成了白二宝的舞台，大呼小叫地招呼浦小提，闹得半个食堂的人为之侧目。浦小提就不到食堂吃饭，每天从家里带个饭盒，中午在车间旁开水房的锅炉边热一热，凑合着吃点就是了。她家离厂里挺远的，路上要倒三回车，公交车挤得人仰马翻，饭盒无论怎样横拿竖握，到了厂里，也是汤水狼藉，汁液洒得到处都是，只好免了菜饭，天天带包子饺子之类有馅的面食。虽说少油缺肉素馅为主，白菜韭菜一统天下，但经浦小提的手做出来，就别有风味。吃饭时候，常常有人问：“呦，什么吃食啊，这么香！”浦小提马上从饭盒里夹出一个包子，说：“自己做的，您要是不嫌，就尝尝。”受到邀请的人也不客气，张嘴就吃。家里不宽裕，包子是有限的，浦小提经常半饥半饱。

白二宝一看浦小提不到食堂吃饭了，也改变策略，带饭上班。他三口两口把自己的饭吃完，觍着脸走到浦小提面前，说："人家都说你做的包子好吃，给我也尝尝。"

浦小提赶忙在最后一个包子上咬了半口，说："可惜没了。"

白二宝嬉皮笑脸地指着浦小提放在饭盒里的大半个包子说："这还有嘛！"

浦小提说："对不住，我都咬过了。你要是真想吃，明天我多带一个包子给你吧。"她实在对付不了白二宝的死打烂缠，取个缓兵之计。

白二宝说："别拿明天哄我。我饿，现在就想吃。"

车间大部分人都去食堂了，显得有些冷清。浦小提说："我也不是你们家人，也不欠着你的，你饿不饿的，我管不着。反正包子是没了。"

白二宝说："我就吃这剩包子！"说完，不待浦小提反应，一把抓起浦小提饭盒中的包子，在印着月牙印的包子褶上，狠狠地嘬了一口，把大半个包子以迅雷不及掩耳之势吸入肚中。连声说："好香！"浦小提嗔怪之余，也生出一丝好笑。这个男人像小猪一样憨，别人吃过的东西他非但不嫌，还当成了宝贝。看着他的瘸腿，生出了怜惜之心。

吃饭的人陆续回来了，白二宝也不再说什么，独自舔着嘴唇回味不止，舌头上生出满口津液，酣畅无比。

第二天浦小提果真多带了包子，馅里还掺了肉，把普通粉换成了富强粉，连包子的褶都多捏了几道，浦小提喜欢别人欣赏她的手艺。不想白二宝变得很拘谨，吃饭时根本就没到浦小提这厢来，远远地缩在犄角旮旯里胡乱垫了点什么，然后就不知去向了。浦小提看着饭盒里多出来的包子，恨恨地想，这个人真傻，看我以后还理你！浦小提看了不少文学书，知道愤怒出诗人这句话，此时的她，觉得改成愤怒出胖子肯定更对，她一怒之下，把包子都给吃掉了，看着空空的饭盒，怅然若失。

过后几天都是这样，白二宝好像有很重的心事，避着浦小提。上小夜班，从下午 2 点到晚 10 点。腊月天，天黑得很早，下班的时候简直相当于半夜了。工人们裹着大衣推着自行车急匆匆出大门，警卫统着袖子，缩成一团站在门口，吐出一团团白气。

白二宝推着自行车，跟在浦小提的后面，有一搭没一搭地说着闲话。浦小提说："我多带了包子，你怎么不来吃啊？"

白二宝说："吃，哪能不吃。我想吃一辈子呢。"

闲话中，浦小提走出了厂门。突然听到背后一声断喝："你停一下！"

浦小提吓得一哆嗦，僵立在昏黄的路灯下，不知自己犯了哪条禁令。警卫说："不是说你，是说他呢！"说着，用警棍示意已经走远的白二宝回来。

白二宝一瘸一拐慢慢走回来说："怎么啦？天飘雪粒子了，我腿脚不便，还得赶紧回家呢！"说"腿脚不便"时声儿格外大。

警卫走到白二宝的自行车跟前，说："打开。"

白二宝无辜地反问："什么？"

警卫面无表情地说："饭盒。"

白二宝嘿嘿一笑："饭盒里挺脏的，本来就是剩饭，吃完了又犯懒没洗，别看了吧。"

警卫不为所动，一板一眼地说："打开。要不然我给你打开，就不如你自己打开。"

白二宝急了，说："别呀，哥们儿。您是不是想学雷锋，帮我刷刷饭盒啊？我谢谢您啦。就这么着吧，我走啦！"说着，一偏腿，想飞身上车。警卫森冷地说："你小子别动！少给我来这一套！你跑得了和尚跑得了庙吗？我就不信你明天不到厂里来了！要说别人我可能还认不全，要说白瘸子，谁不认识！"

警卫这一番话很有杀伤力，能在城里找一份工作是非常不容易的，哪能糊里糊涂丢了呢。白二宝只得乖乖地站住了。浦小提在一旁看得直犯迷糊，走到白二宝身旁说："不就是要看看饭盒吗，没洗就没洗，也不是了不起的罪过。打开给人家看看就是了。"说着，浦小提伸手去拿饭盒。不想，看着不大的旧铝质饭盒，如同被焊在了车后架上，纹丝不动。浦小提心往下一沉。她身上平素是有两股劲的，一是普通小女子的劲道，和一般的姑娘家没有什么不同。还有一种，就是车间女工的狠劲。浦小提杏眼圆睁，把在车间巷道里翻动金属板的手劲使出来，哐啷一扳，饭盒应声打开。盒子满满当当，在暗淡的灯光下，反射出柔和的磷光，一眼望去，像是一盒洗净码齐的带鱼段。浦小提立刻认出来了，它们是金属，是车间里通过了电解步骤之后完美纯粹的金属。

这种金属非常昂贵，在世界金属交易所，喊出的都是天价。满满一盒子的纯块，在黑市上最少也要值几千块了。警卫露出得意之色，他是有经验的老手，没有任何密报，只凭着自行车带被压下的幅度，就敏感地觉察到所载并非空饭盒，贼就真让他憋住了。

"怎么回事？"警卫问。明知故问。

"我也不知道。我和她在一块儿吃的晚饭，后来就把空饭盒放在车后头了。再也没动过饭盒。也不知道这是谁，嫁祸于人，把偷来的金属放在我车后面了。真真气死人了！"白二宝振振有词。他们正点下班，因为路远，就压了下班工人的尾巴上，这会儿人都散尽了，几乎没有人看到这一幕。

浦小提默默地站着，一句话也说不出来。她根本就没有和白二宝在一起吃饭，也没有看到白二宝把饭盒夹在车后面，这一切都和她毫无关系。她本来是可以这样说的，但是好像有一块沾满了电解液的毛巾堵住了她的嘴巴，咽喉又呛又苦腐蚀到心，却什么都说不出来。

警卫有些为难，即使他是一个很有经验的警卫，也有些不知所措。是的，这是一饭盒的赃物，但你不能肯定这个人就是小偷。虽然从直觉上，警卫有百分之百的把握认定就是他偷的金属。但没有抓住他的手，你就没法确定说是他。还有一个看起来这么本分的姑娘是他的证人，此事鲁莽不得。警卫换了一个口吻，说："饭盒你是不能拿走了。你写一个东西，押在这里。旁的等着明天再做处理吧。"警卫说完，很熟练地取来了纸和笔。

白二宝把刚才所说写了下来，签了名，还按了一个手印。警卫示意浦小提也签名。浦小提愣了一下，她很想不签，看到白二宝可怜巴巴地望着她，不忍心拒绝。如果她说白二宝干的事和自己无干，依警卫虎视眈眈的眼光，白二宝今天晚上就得蜷在地上冻一宿，回不了家了。浦小提没想更多，只觉得地上很冷。她上了 8 个小时班，白二宝也上了 8 个小时的班，多渴望一张床啊，哪怕是薄被硬枕头，也是天大的福气。如果蹲到天亮，多折磨人啊。浦小提提笔签了字。

"我们都是苦孩子"，这句话在浦小提心底最嫩薄的地方按下了一枚图钉。

第二天，老病找到浦小提，说："你能保证是有人给白二宝栽赃吗？"

浦小提说："我不能保。"

老病说："你既签了字，就是保了。现在，白二宝没什么事了，你也没什么事了。可我有事了。这个金属是谁偷的？厂子里很重视，要咱们查个水落石出。再大的家业，也禁不住这样倒腾啊。再说这金属军工上有用途，要是倒卖到台湾，麻烦可就大了！依我看，这也一定不是咱车间的人干的，许是外头的人干的。这两天，正有几个临时工在附近挖下水道，肯定是他们啦……"

老病这些话是凑在浦小提耳朵旁边说的，浦小提只觉得半边耳朵好像被山火燎了。几天后，他们已经倒成了早班，下午两点下班，浦小提特意等在后头，在厂门外避人处拉住白二宝，说："你给我说实话。饭盒里的金属块是不是你偷的？"

白二宝说："不是。"

浦小提冷冷道："你骗了别人，还骗得了我？告诉你，人家把金属块拿去做了指纹分析，上面除了你的指纹，根本就没有别人动过的痕迹。你还有什么狡辩的？你是个贼！”

白二宝默不作声，半天，突然抽泣起来，属于男人的大颗眼泪像榛子一样结实。他说：“浦小提，别人能说我是贼，你不能！金属块是我偷的，可我为什么要偷？为的是你！”

浦小提惊得紧紧闭着嘴，生怕一张嘴，心就跳出来。关于查出指纹的事，有个朋友在厂部，向她透露了详情。金属块真是送到专门机构检查了，当时没经验，多个警卫把饭盒拿起放下翻看过一番，指纹太杂乱，已没有侦破的价值了。挖下水道的临时工死不承认，已成了悬案。浦小提本想敲山震虎，吓唬吓唬白二宝，没承想他竟招了，居然还胡说八道，说作案动机和自己有关。浦小提大怒道：“白二宝，你不能血口喷人！我什么时候让你偷东西来着？”

白二宝看看周围无人，苦着脸说：“我不是想娶你吗，可我家那么穷，我知道你看不上我。我想让你过好日子，我要给你买新衣服，买好吃的东西，我要提着好多礼物去猪食堂看你爹娘……这些都需要钱，我就……真的，我太糊涂了，我以后再也不敢了……”

白二宝把自己的想法一股脑儿地说出来。它们是鱼儿，在他的脑海中扑腾了无数次。他曾设想各种各样向浦小提求爱的方式，就是没想到让贼的这张渔网捞起了这些小鱼。

浦小提全身又冷又硬，变成了金属。当初她默许了白二宝的假话，以为帮他逃过一劫，就没什么事了，不想却和这个甩不开的白二宝粘得更紧了。浦小提慌乱起来，稳稳神，岔开话题说：“白二宝，你不能信口开河。这一次就算了，厂里没法认定是你，反正金属也没有丢，就不打算追下去了。你以后千万可不能做了。”说完，浦小提转身就走，快快离开这让她担惊受怕的人。

白二宝死死拉住她说：“浦小提，你救人救到底。你嫁给我，我就变成世界上最好最好的男人。我再也不会动歪门邪道的心思，我知道自己不是世上最好的男人，配不上你。可我肯定是世上最爱你的男人。浦小提，你也是穷苦人家的孩子，咱们俩是般配的！”

浦小提轻轻地拨拉开白二宝的手。当手和手相碰的那一瞬，她第一次感到了震惊和亲近。是的，他们都是苦孩子，这句话在浦小提心底最嫩薄的地方按下了一枚图钉，黑暗而疼痛。

“你让我自己走走。”浦小提说完，就头也不回地走了。白二宝没有拉她。

浦小提漫无目的地走着。突然看到了一个熟悉的院落，原来是环卫局。她一点也没打算到这里来，脚是顺风漂荡的竹筏子，自动地把她给驮来了。她认出了这个大门，眼泪模糊了双眼，再也不愿有一分钟的停留，很快地折身走了。

晚上，浦小提跟妈妈说话。妈妈拿着姐姐和弟弟的照片，在昏黄的灯光下落泪。浦大会到陕北插队，已经和当地的农民结了婚。浦远程当兵在西南挖山洞，很长时间没有来信了。浦小提说：“有一个男工追我。”

妈说：“你熬猪蹄子汤是给他喝的吧？”

浦小提说：“是。”

妈又说：“你包了差样的包子，带了一大饭盒，也是为了给他吃吧？”

浦小提百口难辩，只得说：“是，可是……我……”

妈说：“别挑拣了，就是他吧。都是工人，好好过日子吧。”

浦小提和白二宝的婚礼办得很朴素。白二宝倒是很想大办的，整上十个碟子八个碗的，让大伙儿看看，自己虽说瘸了，娶的媳妇可是一等的。浦小提不让，说两家都不富裕，节俭着办事吧。浦大会的孩子天生弱智，姐姐回娘家给孩子治病，猪食堂那边的家就没个角落可以安下这对小夫妇的婚床。白二宝家是菜农，院落虽大人口众多，也没有他们安身立命之地。白二宝就一瘸一拐地在厂长门口晃荡，看在他是工伤的份儿上，厂里给了一间 10 平方米的小房。

浦小提说：“写作文开门见山，咱们是开门见床。”

白二宝说:“见床好啊。结婚不就是合理合法地上床吗!”

浦小提用花花绿绿的布头把自己的小家布置得很温暖。当然到了夏天,“温暖”就成了灾难,就要把花布头换成稀疏的白“豆包布”,才能稍稍显得凉快一点。婚后不久浦小提就怀孕了。白家一直认为是浦小提把白二宝的腿脚整残废的,就不喜欢小提。加上重男轻女,婆婆放出话来,说要是孙子就给帮着带,走到哪儿一掀屁股帘,露出雀儿,当奶奶的气派。要是小丫头片子,对不起,自己拾掇吧。还说要是男孩,就叫白金,要是女孩,爱叫什么就叫什么吧,不管了。浦小提还真有点紧张,不是想讨好公公婆婆,只是如要自己带孩子,实在是太艰难了。怕什么就来什么,第二年生下一个女儿,长得和白二宝一模一样。白二宝给女儿起名“白金”,说别看老爷子没什么文化,却晓得白金比黄金更上档次。白金的大名是“铂”,名贵着呢!白金的爷爷奶奶还不大高兴,说一个小姑娘家,糟蹋了这个贵气的名字。

歇完产假,浦小提抱着孩子上班了。孩子往哺乳室里一搁,依旧去搬动金属板,每 3 个小时有 15 分钟的喂奶时间,急匆匆地赶到哺乳室,乳汁已经将厚厚的工装胸前打湿。白金饿得直哭,一旁看孩子的老女工,只好一个劲儿地给孩子灌糖水,孩子哭累了睡着了,摇晃都不醒。浦小提一看喂奶时间就要过了,只好又是揉耳朵又是抠脚心,把白金折腾起来,赶紧喂奶。到了规定时间,把乳头从孩子嘴里薅出来,掉头跑回车间再投入工作。回到家还要给白二宝做饭洗衣,再也顾不上爱怜自己,面色憔悴鬓发凌乱。白二宝在家横草不拿竖草不沾,谁说穷人无娇儿,白二宝就是个典型。白大宝早夭,白家双倍的爱全部砸到白二宝身上,把个穷小子当成了公子哥来养。

白二宝腿瘸,干不动重活了,就从车间调到了工会,专管发电影票,组织个篮球赛诗歌联唱什么的。那时家里能有电视的人寥寥无几,看电影就成了工人们的主要娱乐活动,电影票虽小也是权力,就有人围着白二宝转。白二宝把好票攥在手里,给亲的热的留着。发奖品的时候,明里暗里地克扣一点,藏起些脸盆茶杯什么的,送亲戚朋友。浦小提顾不上打扮自己，倒把个白二宝拾掇得齐整起来。只要白二宝不张口，冷眼看去，也有个小干部的模样了。

文凭热悄悄地兴起来了，说是几年之内坐办公室的都要知识化。白二宝眼看着自己在工会的安逸椅子不牢靠了，心中犯了嘀咕。

“你说我要是被打回车间去，可怎么办？”白二宝不安。

浦小提披头散发地正忙活着，头也不抬地说：“那你就好好干活呗。你也不是什么金枝玉叶，你爷爷你爸爸还不是土里刨食，轮到你就金贵了？再说，我还不是天天在车间干吗！你怎么就不成？”

白二宝说：“我在工会，好歹也算是个有头脸的人，不定哪一天就转成了正式的国家干部，以后咱白金填出身的时候，就堂堂正正地写上‘革干’。要是我和你一样，一辈子闷在酸臭的车间里，哪有出头的日子啊！”

浦小提说：“别人看不起工人就罢了，咱可不能自己看不起自己。”

白二宝说：“好好，我不跟你争。你看得起工人，你就好好地当自己的工人。我看不起工人，我就想法不当工人。你不要拦着我。”

浦小提把洗完的衣服推到白二宝面前说：“我不拦着你。你先把这衣服给晾出去。白金的衣服都攒在这儿了，要是干不了，孩子明天就光屁股了。”

白二宝斜着眼说：“你干吗不去晾？非等着我？”

浦小提说：“外头扯的铁丝那么高，我够不着。平常我都踩个小板凳，今天你不是在家吗，就不能伸把手？”

白二宝说：“我腿脚不方便，你也不是不知道。”

浦小提说：“你瘸着也比我个儿高，这个家也不是我一个人的。要我晾也行，那你吃饭就得晚点了。”

白二宝只得端着盛满衣服的盆子出了门。回到家来，想起自己很可能要被发配回车间重穿工装，长吁短叹。浦小提边择韭菜边说：“你想当干部，就得上学。”

白二宝垂头丧气道："上学是好事，可我考得上吗？"

浦小提说："你可以学。"

白二宝说："别讽刺人。我知道你自小学习好，可我不行。"

浦小提说："我帮你。"

白二宝眼睛一亮："反正咱俩只能出一个人才，要说从历史上看，你学出来的可能性大点。你甘愿牺牲来成全我，那咱们就一言为定。"

浦小提捏着韭菜，半天没说话。韭菜择得太苦了，辛辣的韭菜叶熏出了她的眼泪。她知道这句承诺像长城砖，把自己上学的道儿砌死了。

真是想什么有什么，白二宝的运气不错。广播电视大学招收自学生，跨进大门不用考试，只要在几年内把若干科目结完，就可毕业。白二宝报了名，花了两个月的工资，抱回来半人高的课本。从此家中一切杂活儿都和他永无干系，浦小提忙得昏天黑地，白二宝都视而不见。浦小提一个人拧不动大床单，叫他搭把手，白二宝说："你没看见我忙着学习呢！"浦小提抹抹头上的汗说："能不用你我绝不用你，可拧床单这件事，一个人干不成啊。"白二宝不耐烦地说："滴答着水晾到院里吧。"

浦小提说："天阴着，不拧干了，会馊的。"

白二宝说："真要馊了，你就再洗一遍呗。娶个女人不就是洗衣做饭带孩子嘛！"

浦小提说："那我还挣钱呢，我有一线高温补贴，有夜班费，加上有害气体补助，比你挣得还多呢！"

白二宝说："浦小提，你什么时候变得这么俗了？我不跟你一般见识，如今我是有文化有修养的人了。"说罢，再也不理浦小提。浦小提只有请邻居帮忙拧干单子。邻居问："当家的不在啊？"

浦小提不会说谎，只好回答："在……"

邻居说："那他不搭把手？"

浦小提说："他读书呢。我不想打扰他。"说着，脸上不由自主露出了自豪神气。

白二宝对浦小提也不是一概不理不睬。每逢考试前后，他就格外哈着浦小提。为什么呢？自学生的学习，除了按时听广播，全靠自己暗中揣摩。没人面对面辅导，犹如盲人摸象。白二宝上学的时候，就不是什么好学生，有老师领着还丢三落四的，自学起来简直两眼一抹黑。

看白二宝魂不守舍，浦小提问清缘由说："你说打算考多少分吧？"

白二宝说："谁还敢提多少分，就一门心思，及格。"

浦小提说："这又有何难呢！"

白二宝嗖地从床上溜到地上，说："浦小提你一个戴帽初中毕业生，不要站着说话不腰疼。高级知识分子不是那么容易修成的，你怎能把我的考试说得这般轻巧？"

浦小提争辩道："我不敢小看你的学问。只是你若考不及格，只怕还要落到戴帽生这档里。我有一个法子，虽不能保你 90 分 100 分，却能让你及格。"

白二宝把哈气吐过来说："好娘子，快快教我。"

浦小提展展酸痛无比的后腰说："课本拿来。"

浦小提的绝门功夫就是抓重点。小时候，她的复习时间被泔水桶挑走，只得放弃面面俱到，有的放矢准备功课。久而久之，她就练出了用最少的时间取得最大成绩的本事。100 分无望，但及格绝无问题。如果时间有富裕，她就精加工一遍，分数就会显著提高。这也是当年她和条件极好的宁夕蓝能有一拼的诀窍。现在，为了丈夫能出人头地，她恍然觉得自己如同佘太君，重新拿起书本披挂出征。孩子睡下，白二宝打起鼾声，浦小提就开始读书。把重点记在一张张裁好的小纸条上，直到深夜。白二宝一起床，就会看到枕头边一沓雪花般的纸片，这是他今天必须记住的问题。白二宝将信将疑，反正没有其他好法子，只好姑妄听之，死马当活马医。

期末考试的成绩出来了，白二宝不但及格了，分数还相当不错。白二宝用最少的付出取得了最大的效益，得意非凡。浦小提非常高兴，对白二宝说："如果是我上学，就好了。"白二宝撇嘴道："没准是瞎猫碰上死耗子。"

下一次考试来临，他们又唱起了双簧。这一次，浦小提更有经验了，给出的小条子更精练。公布分数的时候，白二宝的得分惊动了同学们。考试之前，同学们曾凑钱请了一位老师来辅导，听说此老师和出题的人认识，凡是经他辅导过的学生，及格率特别高。白二宝当然积极踊跃参加，不料上边举行文艺会演，请不下假来，只得忍痛放弃。闹得自学班里负责收费的年轻女生秦翡一脸的不乐意，说："白大哥，你不参加，能不能及格不说，单是少了你这一份钱，大伙儿还得替你背着。"

白二宝可不愿在漂亮女生跟前栽面子，说："这么着吧，课我是肯定听不成了，但这钱我可以交。谁让咱们是同学呢！"

秦翡笑了，说："还是工人阶级有气魄。"

临考试那天，别人都胸有成竹满脸放光，白二宝心中嘀咕，人家是洋枪洋炮，浦小提的纸条是义和团的大刀片。能行吗？卷子发下来了，同学们忍不住挤眉弄眼地笑，钱真是不白花啊，辅导老师基本上把卷面上的大题一网打尽。谁知风云突变，监考老师突然掏出一个小纸卷，说是刚刚接到考试办通知，卷子上从多少题到多少题全部作废，改成如下的考题……说着就用粉笔在黑板上唰唰地写起来。具体原因谁也不知道，但这一改，却让接受辅导的同学山河失色。新题都在框架之外，老师不曾辅导过。按照原来的题目考，白二宝也得不了太高的分数，按照新改过的题目，他还是那个水平。水落船低，白二宝反倒凸显英雄本色。

不及格的秦翡跟在白二宝身后，拉他的袖子："白哥，你有什么诀窍？"

白二宝故作不屑地说："天资聪慧，爹妈给的。你有什么办法？

想不及格都难。”

秦翡说：“我看你临进考场的时候，还摸着小纸条念念有词的。你那些纸条能不能让我瞻仰瞻仰？”

白二宝说：“可以是可以，你拿什么谢我？”

秦翡长得小巧玲珑，在一家技校当校工，极想早日拿了大专文凭改当秘书，无奈基础差，谁要是能在学业上拉她一把，简直就是观世音。秦翡说：“白哥，我请你喝酒！”

白二宝先是用浦小提的纸条换来了若干次的推杯换盏，酒后的白二宝风流倜傥，把秦翡哄得心花怒放。两人同看一张条子，耳鬓厮磨的，渐渐生情。白二宝以复习功课需要补脑为名，工资不再交给浦小提家用，和秦翡下馆子喝小酒，后来干脆找机会到秦翡宿舍偷情。浦小提蒙在鼓里，艰辛的劳作和长期缺乏睡眠，使她像一朵失水的花朵，没有盛开就走向了枯萎。

白二宝终于毕业了，浦小提高兴得热泪盈眶。她对白金说：“将来你上了学，要向爸爸学习。”白二宝这几年读书加之在两个女人之间周旋，精明了许多，淡然一笑说：“我也算是功成名就了，下一步要给腿脚整容。”

浦小提大惊说：“你瘸着腿的时候，我也没嫌弃过你，现在孩子都这么大了，这两年你读书花费大，咱家的日子挺苦的，整容是自费，那得要多少钱？”

白二宝说：“你跟我上街去。”

浦小提说：“上街干什么？要买什么柴米酱醋的，小铺里都有。”

白二宝说：“我要找个能照出全身的镜子。”

家中地方太小，要照全景，就得爬到床上去，所以根本就没配备镜子。

商场楼梯拐弯迎面处，有一面大镜子。浦小提面色萎黄，眼角已罩上了细密的皱纹。

甚至有了丝丝白发，在明亮的灯光下，不屈不挠地从黑发中滋出来，显示着自己的存在。一旁的白二宝，单看上半身，还是很英俊的。

白二宝说："看到了吗？"

浦小提说："看到了。我不怕。"

白二宝说："你不怕，我还怕呢。"

浦小提很感动说："二宝，咱都不怕。人总是要老的，你没看白金一天天大起来了吗？"

白二宝说："你想什么呢？我说的是我的腿，如今，我马上就是我家中祖祖辈辈第一个大学生了，也该买身西服换双好皮鞋了。可骡马光有好掌子不顶事，先得有好蹄子。我打听了，医院能做这个手术……"

白二宝要看皮鞋，浦小提先回了家，从面口袋下面拿出白金的独生子女费，还有自己两次人工流产之后厂子补助的营养费——这是她存下的唯一的私房钱。原本想的是白金大了，一把给了她，也算是父母的心意。白二宝要整容，家中再没其他储蓄，只有动用这钱。

白二宝找了最好的整形医院，手术做得很成功。白二宝回到小屋，反复走给浦小提看，问："看得出来吗？"

"看不出来了。"浦小提忙着家务说。

"你仔细看呢？"白二宝追问。

"细细看，还是能看出来。"浦小提疲惫地说。

"如果我身子朝这面侧一点呢？"

"那就看不出来了。"浦小提说。这其实是一句假话，但她真受不了这番折磨了。

第二天回到家里，浦小提很难过地对白二宝说："今天我远远地看着你，觉得你的手术失败了。不但没比先前好，反倒瘸得更厉害了。二宝，你别难过，我不在乎。"

白二宝笑笑，什么也不说。

过了些日子，厂子开始分房。用的是评分制，工龄一年是一分，有害气体、高温作业、危险工种各加一分。最关键的因素是人口，一人是5分。还有复转军人加分，做了绝育手术加分等等。各类条条框框加起来，像一本小人书。白二宝在工会负责分房的具体事宜，比如造表发榜等等。第一榜出来，白家榜上无名。浦小提半夜里对白二宝说：“看来咱是没戏了。人家老职工沾了工龄的光，分比咱高。只有盼着厂子兴旺发达，以后再盖房子了。”

白二宝说：“你忙什么呀，不是三榜才定案吗！”

浦小提没好气地说：“十榜定案又有什么用！板上钉钉的事，你能改啊？”

白二宝说：“一榜有不算有，住上了房子才算真有。我有一个办法。”

浦小提说：“你有什么法子？”

白二宝说：“你赶紧到医院去做绝育手术，这样咱们就能加分。”

浦小提说：“白金这样小，要是真出个什么事，咱们就没办法补救了。”

白二宝说：“你让我想法子，法子倒是有，把输卵管再接上不就成了。你看着办吧。”说完，蒙头大睡，不理浦小提眼若铜铃地看着墙上雨水画的抽象图案。其实屋里一片漆黑，什么也看不到。但屋里每一寸面积都刻在心里，浦小提在黑夜中洞若观火。

第二天，她到医院要求做绝育手术。医生说：“真怪啊，怎么最近这么多女同志要绝育，好像赶庙会似的。”

手术做完了，第二榜公布了，白家依然榜上无名，因为很多人都有了加分。当浦小提已经不抱任何希望的时候，第三榜公布了，白二宝的名字赫然在目，全场一时大哗，连浦小提都不明白，这是哪块云彩下的雨。半夜里，小心翼翼地问白二宝，谁是他们家的恩人？白二宝说：“告诉你吧，你可要记住了。这个恩人就是我。”

浦小提说：“快说说你用了什么法子上榜？”

白二宝说：“我提了意见，加大了双职工的分值。我说，多一口人就他妈等于老子五年的工龄，这公平吗？这个厂子不是靠那些户口本上有个姓名的闲人养起来的，是工人的血汗喂出来的！”

浦小提说：“哎呀，二宝，你说得可真好！”

白二宝说：“还有好的在后面呢！单是把双职工这一条争上来，还显不出咱家，双职工多了去了。我就瘸着腿在大家面前走了几个来回，说房是厂里出钱盖的，我是为厂里负的伤挂的彩，我是厂里的人，理应加分。加几分，凭良心吧。不给白二宝房子事小，若是因此伤了大伙儿的心，觉得给厂子卖命不值得，不是我吓唬人，那事就大了。”

浦小提听得手心直出冷汗，“大家说啥？”

白二宝说：“大家还能说啥？厂里工伤的人原本不多，我说得通情达理，就一致通过了工伤加3分。这一来，咱就入围了。3分，什么概念？等于阉了你6回。”

浦小提震惊之余生出钦佩。这些年，在自己忙着翻腾金属板和照顾白金的当儿，白二宝已变得颇通谋略。她说：“二宝，你什么时候变得这么老练？”

白二宝说：“这算什么？不过是演习。”

浦小提说：“那你的真刀真枪是什么？”

白二宝说：“别着急，快看到了。”

分给白家的新房子是一楼。浦小提说：“一楼有点潮，要是能换到二楼就好了。”白二宝说：“潮不潮的和你没大关系。你就不必过去了，咱这平房给你。”

浦小提听不懂，说：“场里不是规定了分新就要交旧吗！”

白二宝说：“是有这个规定不假，可那指的一家人。要是两家人，就不在此列了。”

浦小提说：“白二宝，你说话我怎么听不懂？”

白二宝说：“浦小提，我以前觉得你挺聪明的，看来是三天不学习，赶不上我这个高级知识分子了。有句话，我一直不想跟你说，希望你自己能明白，现在你逼着我刺刀见红了。咱俩的差距越来越大，没法在一个屋檐底下过日子了。分了新房子，咱们的事也做个了断……”

二宝说这些话的时候，浦小提正在切菜。听完了白二宝的话，浦小提先把菜刀放下了。再切下去，她必是先切了自己的手，然后再拿菜刀砍了白二宝。但她不会用菜刀刃，只会用菜刀背儿。

浦小提用抹布仔细地擦了自己的手指，好像手指已经沾上了血。当她把手指擦得像葱白一样熨帖之后，说：“白二宝，你是要和我离婚吗？”

白二宝说：“聪明劲又回来了。”

浦小提一字一顿道：“你是要把我们娘儿俩甩了，自己搬到新房子去，是吗？”

白二宝说：“我倒是想把新房子分给你们娘儿俩，离婚后，我还住在旧房子里。可那是厂子照顾我负了工伤，你好意思住吗？除了房子以外，这屋里的所有东西，我不拿一针一线。”

浦小提冷笑道：“这屋里除了针线，还真没有值钱的玩意儿了。白二宝，我知道你的意思了，白金就要放学了，她还得按时吃饭，我得炒菜了。今晚上，你就别回家了。”

白二宝说：“那哪成，我得回家。在这之前，你还是我的老婆，我得和你睡觉。”

浦小提抡起了刀，这一回，是刀刃朝前，咬牙切齿道：“白二宝，你听好了，如果你回来，留神我劈了你！”

白二宝看到浦小提胳膊上的血管绷得像蜿蜒的毒蛇，料想自己虽是男子，但这几年养尊处优，已不是终日劳作的浦小提的对手，知趣地躲了出去。

家中财产十分单纯，分割起来方便得很，当好瓜子和老病得知消息，想来调解劝阻的时候，一切手续已完成。好瓜子说：“徒儿，这么大的事，你也不和师傅商量一下？”

浦小提说："他去意已定，和谁商量也没有用。师傅，你不用可怜我，说真的，他这一走，我心里反倒踏实了许多。"

好瓜子搓着手说："浦小提你要是心里特难受，就哭一场吧。被一个瘸子甩了，谁也咽不下这口气。到底因为什么？"

浦小提说："不知道。"

好瓜子说："你也不问问他？死也要死个明白。"

浦小提说："我不问。无非那么几条，看上别人或是被人讹上了。爱咋样咋样吧。"

好瓜子说："有什么难处，你尽管说。说句话你别不爱听，今后你就是个寡妇了，找别人不方便，师傅我随叫随到。"

白金放学回来，问："我爸上哪儿去了？"

浦小提说："上前头那座新楼里住了。"

白金问："那咱们咋不去？"

浦小提说："你爸和我离婚了。今后，你可以到前楼去，我就不能去了。"

白金说："你们离婚也不问问我。"

浦小提笑了说："我们结婚也没问过你啊。"

白金想想说："也是。那我也管不着了。我爸还会和别人结婚吗？"

浦小提说："这我就说不准了。我也管不着了。"

小小的白金说："我管得着。我去探探。"

浦小提只有发呆的份儿。这个女儿，实在是太像白二宝了。白金探回来说："我爸一看到我，就说，赶紧走，有个阿姨要来了。别让她看到你。我看他就要和这女的结婚了。"

浦小提忍不住问："后来呢？"

白金说："我就躲在一边等。真把那个女的给等着了。"

浦小提装作不感兴趣的样子问："那女的什么样？"

白金说："妈，你可别伤心。她比你年轻，比你好看。"

浦小提说："白金，我打算给你改改名字了。叫浦金吧。"

白金说："我不改。我这个名字挺名贵的。"

浦小提想了想说："好。不改就不改吧。"

浦小提终于没有看到白二宝的新娘。白二宝把房子一分到手，就张罗着和秦翡结婚。秦翡佩服白二宝，庆幸自己的好眼力。那些小纸条的命中率是多么高啊，这不都是才华耀眼的颗粒吗！白二宝本来长得就不算难看，如今腿瘸大幅度地减轻，穿上特制的加高皮鞋，几乎看不出来。一套两居室的房子更是大大的筹码，秦翡就应下了白二宝的求婚。问到白二宝前妻之事，白二宝不屑地说："一个工人妞，除了卖苦力和带孩子，百无一用。"

秦翡说："那她住在哪儿？"

白二宝说："也在厂区里。"

秦翡说："我可不愿和你的前妻孩子抬头不见低头见的，也不希望你老看见她们。"

白二宝说："这却难了。除非我瞎了，对了，光我瞎了，也解决不了你的问题，还得你也瞎了。"

秦翡拧着他的胳膊说："你就没有别的法子？"

白二宝说："没有。"

秦翡说："我倒有一个法子，一是你也是个大专了，不能老窝在工厂里，调个单位重打鼓另开张。"

白二宝说："我何尝不这样想。只是这一走，房子就保不住了。"

秦翡说："这好办。我有个亲戚是你们厂上级单位的，我让他给你们厂打个招呼，让厂里不收你的房，你再把房子调出去。"两个人商量妥当，开始办理，竟是十分的顺利。白二宝成功地调到了其他单位，名正言顺成了干部，房子也换出去了，虽说面积上吃点亏，但从此远离了浦小提和白金。

离了婚的浦小提把头发重新留了起来，用猴皮筋扎成一撮，甩在脑后。这个发式若在年轻姑娘头上，被称为“马尾”，在浦小提这里，就是鹌鹑尾了。浦小提惊讶地发现自己的头发比当姑娘时少了很多，同样的猴皮筋从前只能缠两道，现在却可以缠三四道了。

老病身体不好，调到劳保库管发口罩和手套，厂里提拔浦小提当了车间副主任。好瓜子说：“徒儿要领导师傅了。”浦小提说：“我都带了三茬徒弟了，也熬成婆了。一日为师终身为父，这我忘不了。”好瓜子说：“为母。”

浦小提每天早早起床，把一天的饭菜都做好，然后叫醒白金，自己就去厂里上班。车间主任基本上是正常班，但她总要早早到厂，可以见到上大夜班的工人，有什么事当下就能够了解，处理及时。下班以后，她常常还要在车间里多待会儿，等着和晚班工人一道聊聊天。一天下来，三班倒的工人，她就全看到了，对生产形势和工人家里事都门儿清，车间连续被评为先进集体，浦小提深得爱戴。白金很小就自己照料自己，后来还学着给妈妈做饭了。离婚的时候，浦小提只要了白二宝每月20块钱的抚养费，后来物价上涨，很多早先判了离婚的人，都到法院要求增加抚养费，浦小提却从不往这方面用脑子，过得很清苦。她觉得养得起孩子，不愿让白金觉得自己是个累赘。

等到白金上中学的时候，厂里的生产形势就一天不如一天了。先是供电紧张，时不时拉闸限电，炼了一半的金属冻在了炉子里，等电来了，重新融化，耗费巨大不说，产品纯度得不到保障，废品率猛增。紧接着电价上涨，厂子首次出现了亏损。刚开始还说这是政策性的，让人觉得熬过了这一段，或许还有转机，不想真正的危机才刚刚露头。电解液是高毒物质，排放出去对水域毒性很大，只得压缩生产。这就出现了巨额亏损。危亡在即，总工程师提出了要用新的工艺，有关人员到国外考察，高价买回设备，全是电脑操作。工人们都要考核上岗，浦小提这一拨女工都快40岁了，重学新技术，大呼小叫惊慌不安。浦小提心中坦然，兵来将挡，水来土掩。什么都不说，每天和女儿挤在小桌前，把操作规程背得滚瓜烂熟，以车间第三名的成绩考核过关。

厂里大兴土木，改造厂房，向国际化靠拢。旧车间扒掉那一天，浦小提失魂落魄，好像闺中密友辞世。厂里贷款修建新的厂房，设备安装调试完成后，浦小提上岗。纸上得来终觉浅，一看到那些花花绿绿的按钮，浦小提就觉胸口发堵，只有勤学苦练，终日念念有词，好像中了魔障。外方负责安装的工程师海斯，身高能有2米，每天像大象似的在车间跑前跑后，指导众位工友。

他站在浦小提身后观察她的操作，许久许久，伸出大拇指说：“你——值——”

浦小提悄声问翻译说：“他是什么意思？”

翻译小声说：“海斯说你的劳动和你的工资是匹配的。如果他看到谁不努力工作，他就会说——不值。”

浦小提说：“咱是老工人了，还用他来评判！我当然是值。”

中午，工人们端着饭盒蹲在地上吃饭。海斯走过来，眼珠瞪得溜圆，问翻译，他们吃的这种包着菜的圆形点心叫什么东西？大家就一股劲儿地笑，浦小提说：“这是饺子。”海斯就要用他的西餐换这种点心吃，浦小提说：“我剩下的这些都可以给你吃，但我不要你的西餐。”

翻译把这些话转给了海斯，海斯说：“是一种委婉的拒绝吗？如果我吃了你的午餐，你却不接受我的午餐，交换就不能完成。吃下去肚子会痛。”

浦小提抿嘴一笑道：“好吧。换。”海斯拿着饺子走了，浦小提把面包分给大家。

第二天中午海斯又来了，提着一兜西餐，走到浦小提面前说：“换。”这一回，他不用翻译跟着。

浦小提拍打着自己的饭盒说：“不换。”

海斯不明白，急忙又把翻译招呼来。浦小提说：“凭什么呀？吃一顿是个礼貌，总这么吃，就是要饭的了。”

翻译不敢照直译，就说："这位女士的意思是她做得不够好，以后做得更好了，再请你吃。"

海斯当了真，急赤白脸地说："现在就非常好了，不必更好了。我就喜欢这种包着馅的小面团。"他还是记不住饺子的名字。说完，为了表达自己的诚意，干脆把西餐饭盒堆在浦小提的脚边，抓过饺子就吃起来。

浦小提觉得这像劫匪，没法子，只好从西餐袋里取了个面包充饥，剩下的带回了家。白金晚上放学，看到了西餐包，手都没洗就吃起来。一边吃一边说："你接见我爸了？"

浦小提说："他也没拖欠抚养费，我见他做什么？"

白金说："那你怎么舍得钱买西餐啊？"

浦小提说："这是拿咱家的饺子跟人换的。"

白金被一口火腿噎得直咳嗽，费力地说："……你占大……便宜了……"

看着女儿吃得有声有色，浦小提特地用茴香馅精心包了饺子。第三天是冬瓜馅，第四天是茄子馅……

连着半个月，天天吃到正宗西餐，白金抹着嘴巴上的黄油说："妈，你傍上了个会做西餐的厨子？"

白金渐渐长大，多年母女成姊妹，口无遮拦。

浦小提说："你也忒小瞧你妈了。这是外国工程师给我的。"

白金大喜道："妈，还真看不出你的魅力，连外国人都拜倒了。以后借他的关系，我也能出国留学了。"

浦小提呸了一声说："我们是以物易物，跟原始人似的。"

白金叹了口气说："不等值交换。那个洋鬼子亏了。"

浦小提到街上留神看了看西餐的价格，我的天，单单一个欧式面包的价钱，就抵得上一锅饺子了。第二天，她对换饺子的海斯说："我不换了。"

海斯的汉语突飞猛进，已经可以进行简单的对话了。"为什么？"

他虽已年纪不轻，但睫毛依旧很长，当他聚精会神看着你的时候，就像个少年。

“因为不值。”浦小提指指饺子，又指指海斯的西餐袋。海斯的饮食是厂里专门到饭店定做的，会有人准时送来。

“饺子很昂贵，是吗？”海斯的目光极为真诚。

“不……是面包……”浦小提直摆手，越急越说不清。最近一段时间，只要海斯一出现，工友们就避让了，让浦小提很不舒服。为了让海斯彻底明白，浦小提捂住了自己的饭盒，说：“不换了！这你总该懂了吧？”

“懂了。面包不值。”海斯可怜巴巴地看着自己的西餐袋子。

海斯留着一把大胡子，浦小提总在想，这么大的胡子，要是喝棒子面粥还不抹得到处都是？好在以后除了生产线操作台，再不会有更多交道了。

浦小提无滋无味地吃完了自己的饺子，第二天，她上小夜班。翻译对她说，海斯先生需要和她谈谈。浦小提穿着工作服，和翻译一同走向海斯的宿舍。厂里厚待外国专家，特地把原来幼儿园的一座小楼改成了专家公寓，装修得十分考究。

浦小提局促地站在地当央，她不在意海斯，是这里的宽敞豪华晃花了她的眼。海斯说：“浦，我今天要说的话很重要，所以特地请翻译来。请坐。”

浦小提说：“工作服有油，别脏了您沙发。”

海斯说：“工作的油是珍贵的。”

浦小提点点头坐下，有点紧张。她知道饺子的事让海斯伤心了，可是，有什么法子呢，她可不是爱占小便宜的人。看来，要安抚海斯几句，要不然这洋鬼子在咱的生产线上闹了情绪，厂里的损失就大了。浦小提对翻译说：“请你告诉海斯先生，如果他还想吃我的饺子，就不必用西餐换了。他只要给我一点钱就够了。”说到这里，浦小提换了一种腔调，算是对翻译说的体己话，“其实，我也不是那种小气的人，吃点饺子也没什么。我就是不想让别人说闲话，收个成本就是了。至于手工费，我就免了。”

翻译是个俊俏小伙，把话翻给了海斯。海斯对翻译说了一通很长的话，浦小提木木地看着他们，觉得自己像局外人，几乎想推门走了。

翻译小心翼翼地对浦小提说：“浦师傅，海斯先生说了很多，中心的意思就是他很爱吃你包的饺子。问你能不能永远地为他包饺子吃？”

浦小提一时不明白这话的意思，说：“海斯想雇个保姆做饭？如果领导同意，为了厂里的利益，没问题。”

翻译没有把话翻过去，就对浦小提说：“海斯先生不是这个意思。他的意思是向您求婚。他说他很喜欢东方女性的皮肤颜色，有一种象牙的光泽。他说他爱吃你做的饭，让他的胃无比舒适。他还说你学习操作技术很努力，出乎他的意料。你严谨的工作态度让他很佩服你。对不起，我把顺序说反了，他是先说工作学习，后说的象牙和胃。总之，他很郑重地向你求婚。如果你同意的话，他会办理一切相关的手续。”

浦小提蒙了，她不看海斯，对翻译说：“小伙子，你没听错吧？”

翻译委屈地说：“浦师傅，不信，你可以直接问海斯。”

海斯一直注视着他们，他的听力比他的表达能力要好，不等翻译向他示意，就对浦小提说：“真的。我爱。这就是一切。你能答应我吗？”

浦小提被这猝不及防的打击整得头脑发晕，她对海斯说：“我有孩子。”

海斯说：“我也有孩子。这不是问题。”

浦小提说：“我结过婚。”说完之后，才想到完全是废话，不结婚哪来的孩子啊？但这话对海斯来说，倒不是一句废话，不结婚有孩子的女人多的是。海斯说：“我也结过。”

浦小提急了，她刚才那些话的真实目的是拒绝，海斯用一壶浑水把茶叶沏得变了质。

浦小提不再绕弯子，单刀直入：“我不干！”

海斯更不明白了，真诚地问：“干是什么意思？干活吗？这不需要干活。你只要把饺子的工艺告诉我，我就可以操作了。如果你认为这很辛苦和不平等的话，我干。”

浦小提秀才遇见兵，有理讲不清了。只好大声宣布：“海斯，你听着。不值！”

可惜收不到手起刀落的效果，海斯会用这个词，说：“西餐和饺子不值，你和我，值！”

浦小提没咒念了，对翻译说：“你告诉他，要是没有工作上的事，我就走了。”

说完，不等翻译把话翻完，就走出原来的幼儿园——现在的外国专家公寓。走着走着，浦小提就落下泪来。天边一弯细致的新月，好像一块遗落的金属屑，散发着孤单的眩光。泪水映射，月牙发出丝网状的光芒，温柔和奇异。浦小提在月光下打量着自己，赭色的工装在月光下几近黑色，身影窈窕，走路虎虎生风。她伸出自己的手，手指如同细密的金属棍，结实而灵巧。在叹息无妄之灾的同时，浦小提又有几分欣慰和骄傲。她，一个单薄枯燥的小寡妇，居然还被外国人看上了，说明她还存有几分姿色和魅力。要知道，海斯先生是许多小姑娘追求的偶像呢。海斯平日很严谨，不苟言笑，却在众多女人中看中了自己，这大大增强了浦小提的自信心和小小的虚荣感。

浦小提喜欢被人追求，可不一定嫁给他。洋鬼子工作和人品都不错，但浦小提不想到外国去，语言不通，只靠打手势过活，多寂寞啊。浦小提确信自己不会答应这门婚事，但还是忍不住要和好瓜子商量。这种商量与其说是讨教，不如说是忍不住地展示。

好瓜子实心实意地为她高兴和着急，说：“徒儿，别的事儿上师傅也给你拿不出主意，只是那洋人个子太大，身上的零件也都小不了，要真是成了，你这身子骨恐要受屈。”

浦小提忸怩起来，说：“师傅，您是越老越不正经。我不会答应的。”

好瓜子说：“你傻了。傍上洋人不容易，不是我吓唬你，过了这个村，肯定没有这个店了。你多大岁数了？过几年就要断经，就是想生个小杂毛，也没那个本事了。”

浦小提真的生气了，说：“师傅，我是绝不会嫁给外国人的。我不能老让别人来选我。就为这一条。”

话说到这个份儿上，好瓜子想起了当年为白二宝保媒的事，心中歉然，就说：“好徒儿，我知道你心里的苦。不嫁就不嫁吧，要不以后在国外受了委屈，就是想回娘家诉诉苦，也隔着十万八千里。”

这件事就这么不显山不显水地过去了。海斯再也不换饺子了，每次默默地独自吃西餐，工作倒是依然很负责。后来他得了胃病，外方换了新的工程师，海斯就回国了。浦小提以后包饺子的时候，总是不由自主地多包一些，闹得第二顿第三顿还得吃饺子，直到白金抗议。逢到新鲜的茴香韭菜上市的时候，浦小提总会怔怔地站在小摊面前失一会儿神。

洋机器水土不服，产品报废甚多。工程师说是中方工人操作上不熟练，浦小提他们又被强化训练。这样反复磨合了半年多，生产线才渐渐稳定下来，电脑控制的产品质量过了关，成色非常诱人。正当厂里开了庆功会，浦小提们长出一口气的时候，突然遭到大打击。新生产线耗水惊人，上面指令限产。巨额贷款无力返还，光是利息就成了大包袱。工人们的奖金被取消了，过春节的时候，厂里第一次发不出一分钱的红包，给大伙儿每人一包压缩木耳算是年货。

白金慢慢长大，用钱的地方越来越多。可能是觉得自己比别人少了爸爸，反倒事事争强。手心朝天对浦小提说：“妈，给钱。”

浦小提正为这个月的柴米酱醋盐钱愁呢，不耐烦地说：“学校的钱不是刚交过吗，怎么又要钱？这还叫学校吗，干脆改威虎山得了！”

白金说：“我要钱买卫生巾。”

浦小提说：“干吗非用卫生巾？多少年我就用普通的大便纸，血多的那两天再垫上点脱脂棉，金属板还不是照样拎起来就走？”

白金翻翻和白二宝一样的大眼珠说：“就因为您用大便纸，所以你到现在还得拎金属板。”

浦小提说：“我就不信，几块钱一包的卫生巾一兜，你就成了居里夫人！”

白金呜呜哭起来说：“你有本事别把我生成个女的呀！有本事你别离婚啊！你没钱也不能拿着我当出气筒啊！”

女儿哭哭啼啼地埋怨，让浦小提醒过神来。是啊，工厂不景气，和孩子没关系。她把原准备买电风扇的钱抽出一张来，说：“那咱就把大的换成小的。”

白金说：“卫生巾都一般大。”

浦小提说：“我指电扇。”

她还存着一线希望，希望女儿听到这样的计划之后，依在她身边说：“妈，我就用大便纸凑合了，您还是给咱家买个大电扇吧，这小屋夏天太热了。”

不料白金拿了钱，破涕为笑道：“这还差不多！省得上厕所时人家老笑我寒酸。你知道，学校厕所都没门。”

浦小提索性闭上眼睛，防着眼泪掉下来，这孩子学习上要有这般好胜就好了，可惜，只在草纸上争强。

厂里是越来越不景气了，刚开始是限产，后来干脆就是半停产了。水费电费轮番上调，还有排污污染费，开支水涨船高。乡镇小企业纷纷上马，成本要比大都市便宜很多，虽然质量差，但仍有人购进。浦小提们的手艺日渐精熟，生产线的加工能力也冲到了最高水平，却没有了用武之地。工人们上班签到之后，在光洁鲜亮的生产车间里，成了游手好闲之辈。

厂领导忧心如焚，军工产业的黄金时代已然成为过去，要向民用发展，可重工业产品又不是载着针头线脑的小船，说掉头就能掉得过去。眼看着没几年的工夫，一家红红火火的工厂就冷清下来。再后来，突然就传出厂子要改制，需要精简工人，快够上退休年龄的，可以到医院去搞证明，厂里也睁一只眼闭一只眼，给你办个因病提前退休。要是年龄差得远，就得选择“下岗”或是“买断”工龄。

浦小提傻了。像好瓜子和老病，总算没白熬，闹个内部退休，欢欢喜喜地回家享福去了。但40岁刚刚出头的浦小提们，何去何从？选择下岗，拿着有限的一点保障金，到再就业中心登记，然后等着安排工作。这个年纪的妇女，简直就成了废物的代名词。若是以前干的是轻工业或是服务行业的技术工种，还能吃吃老本。像浦小提这类重工业工厂的工人，离了生产线就一事无成。哪里有要炼金属板的人啊？听说南方的小厂需要这类的工人，厂里的人纷纷前去应聘，可能是人手太多，人家反倒挑剔起来，非要劳动模范。浦小提倒是劳动模范，可人家又说只要男的不要女的。

要是早先，浦小提会去理论，说女的怎么啦？你妈不是女的吗？女的什么都能干，不信咱们拎着金属板遛两圈。但这次，浦小提什么也没说就走出了招工的院子。浦小提看看自己的手，手还是那双手，可大家好像不需要它了。

再一条路就是“买断”。每一年工龄折合千把块钱，还有逢十逢五几道标准，略有不同，总核下来，浦小提可以拿到几万块钱。一个“断”字，真是冷到了骨头缝里。工龄买走了，从此你就和工厂一刀两断了。

浦小提不甘心买断，钱多钱少还在其次，不能想象没有组织没有单位的日子。从她戴上红领巾那时起，她就在一个集体里，现在，突然说没了就什么都没有了，怎么受得了！浦小提情愿选择到再就业中心等候，哪怕是再苦再脏再累的活儿她也能干。

白金高考失利，分数刚刚够了大专的线。依浦小提的意思，大专就大专吧，以后的路还长着呢，一个女孩子，学历太高了，将来还不好嫁呢。不想白金班上有个同学亲戚在外地，说是只要交3万块钱，就可以上本科。白金死活要和同学相跟着，去外地读自费的本科。

这个钱到哪里去凑！白金说："要是你实在无法，我就找我爸爸，听说他离职后开了饭庄，生意还不错。"

浦小提说："不去。"

白金说："他是我亲爹，有这个义务！"

浦小提说："这么多年我都挺过来了，不求他。我有办法。孩子，你既然铁了心要读本科，妈就成全你。收拾东西吧，到了学校以后好好学。别辜负了妈。"

白金见浦小提一脸的悲壮，吓了一大跳，说："妈，你不是去卖血吧？"

浦小提摸摸女儿的脸，脸是蛋清一般的光滑，说："就是妈把全身的血都抽干了，也不够你一个学期的花销。妈才不那么傻呢！"

浦小提到了厂里"买断办公室"，说："谁管买断？我要买断。"

小翻译走过来，他已做了办公室的主任，对浦小提说："浦师傅，你可要想清楚，一旦办了买断，出了这间屋子的门，您就再也没有固定的工资了，也没有劳保了，也没有公费医疗了，就成了社会上的闲散人员。到那时候，你想回来也回不来了。"

浦小提说："谢谢你提醒我，我都想过了，会有法子的。我只想知道，买断之后，多长时间我能拿到钱呢？"

小翻译说："浦师傅，若您急等着用钱，还是先想想别的法子，不到万不得已，别买断。"

浦小提说："我明白你的好意，只是需要的钱不是一个小数字，工友们借不出的。好了，就这样吧。我什么时候来拿钱？"

小翻译劝阻不住，就拿出相关的表格，让浦小提一一填写，说："你到银行去开一个存折，写上您的名字，存上一块钱。再把存折拿到这里来，一旦手续完成了，我们就把钱打到您的折子上。从此，厂子和您就两清了。”

浦小提说：“谢谢厂里，想得这样周到。我本来还以为是自己拿个书包来装钱，心想回去的时候要是被人劫了就惨了。”

小翻译说：“厂里哪能那样对大家啊，多不安全，这是您一辈子的血汗啊。”

浦小提飞快折身走出了买断办。“一辈子”这个词像一把芥末抹进了口鼻。在这儿之前，她也说过这个词，可那大多是闹着玩的，这一次，她实实在在地知道，自己的一辈子结束在这里了。

浦小提以为自己会流泪，但是，没有。眼皮子出奇地干燥，好像沙漠中枯死的树桩。她慢慢地在厂区走过，用眼光抚摸着每一寸土地和上面生长的一草一木一砖一石。长久不开工，有些地段已经荒芜了。以前的车间所在地，简直是废墟了。她看到新建的车间，庞大的骨架好似搁浅的巨鲸，虽然气势还在，却已没了生机。她又走过了幼儿园和食堂，还有劳保库成品库包括她很少去过的废品站……到处是寂寞和荒凉，一个厂子的破败也像一个大家族的衰落，兵败如山倒。

失败的士兵和战场告别。她开始走得很慢很慢，渐渐加快了脚步，最后简直飞奔起来。她不愿让泪水洒下，只有凭借运动，让泪水变成汗水，蒸发在厂区静谧的空气中。

浦小提领回了存折，看着上面的三万零壹元，总是不能相信。她到银行去查，是的，那笔钱就在她的账上，一分不少。她当然不怀疑厂里会蒙骗了她，只是无法相信这就是她和厂子的割袍断义。她把那笔钱取了出来，沉甸甸的票子压在手心，她才确切地感知到了分量——自己和厂子永无干系了。

女儿上学走了。浦小提转来转去，10平方米的小屋是如此阔大。晚上，她下意识地给闹钟上弦，习惯性地想，明天是早班是晚班还是大夜班……手指突然僵在半空，她再也不用给闹钟上弦，再也不用到厂里上班了。这本是她多少年梦寐以求的悠闲日子，现在却无比空虚。浦小提用半生工龄，换来了孩子的学费和第一年的生活费，但以后呢？浦小提得养活自己和一个女大学生。

浦小提依然拧动闹钟，定到了早上六点。她要日出而作，日落而息，自己当自己的工长。浦小提睡得还不错，只是根本没等到闹钟响，就猛然警醒了。一想到再也没有工作等着自己去干，就禁不住酸楚。必须立刻开始自谋生路。但是，干什么呢？不知道。

浦小提打开报纸，这是她头一天特地买下的，细细看来，需要招聘人的单位倒是不少，但都要35岁以下的，她40多岁了，这是一个可怕的年龄。没有任何一个机构需要这个年纪的女人。对学历的要求，天啊，不是大本就是研究生，有的干脆就点明了要博士，浦小提连自卑的力气都没有了。她甚至理解了女儿对于大本的执迷，是啊，没有学历简直就像没有腿，寸步难行。

浦小提不买报纸了，那是给火星人看的。她漫无目的在街上走，看到很多小饭馆都贴着招聘女服务员的告示。一家小店，门脸上横七竖八贴着糙树皮，直往下掉锯末渣子，浦小提壮着胆推开了门，心想如此简陋的商家比较容易录用吧。艳装小姐走过来："几位？"

浦小提说："一位。"马上觉出不妥，改口道，"我不是来吃饭的，是来应聘的。"常年在嘈杂的车间工作，她说话的声音很大，小姐嫌恶地退后。一位中年男子走过来，叼着很短的烟屁股说："谁来应聘？你？让你姑娘来吧。"

浦小提转身就走。她不死心，又进了一家饭店，这家比上一家的门面要大些，浦小提想可能会正规一些吧。浦小提一口气表达了自己的求职意愿，补充道："我当过车间领导，还是劳模，我说这个不是摆什么资本，只说明我不怕吃苦。我能刷碗端盘子……"

这一家的经理倒还认真，说："我相信您能干得好。只是我们这里不缺人，您再到别地儿看看吧。"

浦小提疑惑道："窗玻璃上写着招聘服务员，怎么又说不要人了？不要我可以，做人要实在！"

浦小提高声大嗓引动了食客注意，经理赶紧把浦小提拽到一旁说："这位大姐不要恼，小点声，别坏了我们的买卖。你说我们不实在，食客还以为偷工减料以次充好，这不是败坏我们名声吗！大姐，实话跟您说吧，这个店位置不好，生意不红火，窗玻璃上写的招聘广告，是做给别人看的，聚聚人气，算不得数的。"说着，半推半送把浦小提请出了店铺。

浦小提基本上死心了，知道自己胡乱冲撞，一点胜算也没有。有一位同是下岗女工的姊妹拉她干保险，说是干得好了，一天就能挣一辆桑塔纳。浦小提疑惑："这是干保险还是抢银行啊？"

小姐妹说："真的。现在正在招人，像你这样有工作经验又当过小头目的人，最受欢迎了。"

浦小提半信半疑，好在这是一家国营机构，一切都很正规。只是除了有限的底薪，全看你的业绩如何了。浦小提干了没几天，就发现自己不是干这工作的料。保险是个柔声细气能说会道的活儿，除了专业知识，还要有厚着脸皮百折不挠的韧劲。浦小提喜欢快刀斩乱麻，喜欢干脆利落明朗爽快。可保险就是个钝刀拉肉的磨蹭活儿，讲究的是苦口婆心无微不至，这都不是浦小提的长项。在把自己的亲戚朋友都发展成客户之后，浦小提的业绩就再无起色。倒是那个以往在车间里三脚踹不出个屁来的小姐妹，干得不错，一头扎下根来。浦小提只有退出。

听说有一家公司招人，年龄文化一律好商量，唯有一条——务必是下岗女工。浦小提得知这一信息，感激得几乎落泪。到了招聘地点，是座破败的小楼。浦小提再不敢以貌取人，也不敢挑剔人家的办公条件，只是眼巴巴地问："分给我什么工作？"

"工作吗，很简单，就是打打电话，推销一种酒。"老板是个中年男子，嘴里倒是没有酒气只有烟气。

"可是我不会喝酒啊。"浦小提为难。

"不是让你喝酒，你能让别人喝酒就是成功。"老板不急，笑眯眯地说。

“可我不会喝酒，也说不出这酒的好处，人家怎么能买呢？”浦小提还是不着要领。

老板把浦小提领到一架电话旁，丢过来一本厚厚的企业名录，说：“这就是你的家伙。跟这上面的企业联络，让他们买咱的酒。”说着，递过来一瓶饰有美女图案的酒。

浦小提一摸粗糙的酒瓶子，差点把手指肚剐个口子。心想，酒鬼多男人，画个大美女干什么？问道：“这酒好吗？”

老板说：“好！好极了！壮阳补肾回春返老还童……怎么好你就怎么说嘛！”

浦小提点点头。刚买断那会儿，她性烈，夸大其词胡说八道的话，她才不说呢，现在学精了。鹦鹉学舌，买不买是人家的事，她也管不着。

付酬的办法纯粹是提成。卖出一瓶酒就能拿到相应的回扣，卖不出连饭钱都得自己掏。浦小提按图索骥，辛辛苦苦打了三天电话，嘴角堆起的两粒白沫子都结成了痂，也没卖出一瓶酒。老板走过来，皱着眉听她打电话，待她声嘶力竭放下话筒，老板指教道：“说一千，道一万，有一句最要紧的话，你为什么不说？”

浦小提傻了眼，说：“我都说了呀！您快点告诉我，哪一句我没说？”

老板说：“就是因为这句话你没说，所以你一瓶酒也卖不出去。要是说了，只怕多少箱都扛走了。”

浦小提大惑不解：“这句话有这么大的法力啊？您怎么不早说？这句能值 100 箱酒的话儿究竟是什么？”

老板板起脸说：“你可真够笨的。”

浦小提说：“这您可说对了，我这个人是笨。以前我不觉得自己笨，现在可知道笨死了。对了，关于我笨不笨的事，咱就先不讨论了。您还是先告诉我那句话吧。”

老板正色道："不是我说，是你得说。知道穆桂英吗？"

浦小提说："知道。"

"知道佘太君吗？"老板问。

"知道，她们是一家的，佘太君是穆桂英的婆婆。"浦小提老老实实地回答，不知道卖酒和古代这一家子有什么关系。

老板意犹未尽，继续说："知道十二寡妇出征吗？"

浦小提说："知道。"

老板说："知道就好。我看你穿得这样素淡，想必也是个寡妇了。"

浦小提自从离婚之后，还真没有一个外人直言不讳地称她是"寡妇"，愕然不快。冷眼扫去，老板泰然自若地挖着鼻孔，并不觉得这是冒犯。浦小提求知心切，压下不满，回答："是。"且听他如何分解。

"这不就得了！"老板高兴地一拍大腿，好像那里趴着一只大蚊子。似乎如果浦小提是全和人，就是他的大不幸了。"你要把这些都说出来啊！"

浦小提愕然："让我说什么？"

老板说："说你是下岗女工！说你是寡妇，说你有瘫痪在床的老母，说你有品学兼优没钱上学的孩子！怎么苦你就怎么说！知道不？一千遍一万遍地说，不厌其烦地说。这就是你们这些半老徐娘唯一的优势所在！酒楼当然是指望不上你们了，那是靓女美眉打天下的地盘。你们专给工厂打电话，他们也不配喝什么高档酒，和咱们的产品半斤对八两。恻隐之心人皆有之，你把软心肠开发出来，票子就打着滚地找你来了。工厂的人一听说你是下岗女工，很容易兔死狐悲。你知道兵法上谁最厉害吗？"

浦小提目瞪口呆，回答："不知道……"

"哀兵……懂吗？哀兵必胜！你是一个大大的女哀兵。要向孟姜女学习，孟小姐能哭倒长城 800 里，你还哭不出一瓶酒？一定要在电话里带出性感的哭腔，要让嗓音有蛊惑人心的穿透力，当然了，这不是一天两天就可以练出来的，要有长期锻炼的思想准备。先教你一个速成的法子，平均每隔三句话，就要重复一句——我是下岗女工……我是下岗女工……我是……”老板说得兴起，在破旧的地板革上走来走去，差点没叫卷起来的接缝绊个跟头。

浦小提总算彻头彻尾地明白了。如果说，她平日自嘲愚笨还带有开玩笑的意思，有一点苦中作乐的味道，那么此刻她不折不扣地认定自己是个大笨蛋了。

她默默地开始收拾东西。其实她也没有什么东西，不过是一个破的蓝布包，那还是在早年间纯棉布不值钱的年代，她自己用布头缝的。布包里装着她的饭盒还有瘪瘪的钱包，钱包里有车钱和买菜的一点小钱。还有一支圆珠笔，这笔几乎从来没有派上过用场，但浦小提出门的时候总会摸摸笔在不在。如果在，就算齐全了，如果不在，她会找到它。圆珠笔由于长期不用，笔油干涸了，写不出字来，浦小提就换上一支芯再出门。其实，对她一个买断了工龄的女人来说，那支笔有什么用呢？

浦小提把东西拾掇好，缓缓地站起身来，对吞云吐雾的老板说：“我是下岗女工，这不错。可下岗是不卖的，女工也是不卖的。”说完，她慢慢地走出了这座小楼，听到老板在后面气急败坏地喊：“你个臭娘们还挺狂的！三条腿的蛤蟆难找，两条腿的下岗女工多的是！”

浦小提本已走远，听到这句话，嗖地转身，腾腾折回来，盯着老板：“你敢把你刚才说过的话再说一遍吗？”

老板没想到这个看似柔弱的女工，落荒而走之后居然又杀将回来。按照市井战法，这种时候，她应该装作听不见逃之夭夭是为上策，不想她全不守规则。看她目光发狠，还是不要惹她为好。老板这样想着，叉着腰说：“好话不说二遍，我已经说过了。你听到是你的福气，你没听到，还想再听，我还就不伺候你这一份。”说罢，一口烟朝天吐出，把天花板上的灰串嘘得飘荡。

浦小提说："旧社会有个资本家，也说过类似的话，后来叫工人把脑袋给揪下来了。"说着，浦小提做了一个利索的手势。

老板缄口不言。他不怕浦小提的嘴巴，怕的是浦小提的手。这是个干粗活的女人，手指伤痕累累，指甲毫无光泽，没有丝毫养尊处优的柔嫩和光泽。这女人没准练过九阴白骨掌，可不能跟她一般见识吃眼前亏。老板兀自抽烟，装聋作哑。

浦小提回家后，痛痛快快地大病了一场。浦小提从未这么严重地生过病，不发烧，却衰弱至极。头晕目眩耳朵嗡嗡作响，浑身骨节寸断之感。整整 10 天躺在床上难以行走。当浦小提玉树临风重新出现之后，邻居惊叹道："你吃了什么减肥药？这么见效？"浦小提怅然一笑，并不解释。

躺在床上，她思前想后，为自己的命运哀伤。眼泪把荞麦皮的枕头浸透了，她就把枕头翻一个个儿，畅畅快快地继续流泪，直到另一面枕头也湿透。她的自尊心在暗夜中被击得粉碎，黎明时分又被眼泪黏合起来。她对自己说，浦小提，怨天尤人没有用，你擅长的翻动金属板操纵生产线，现在不需要了。剩下的本事就是洗衣做饭收拾房子买菜打扫卫生。世上专做这些活儿的那个岗位，长期的叫作保姆，短期的叫作小时工。你只有这一条路了。靠双手吃饭，你不丢人。

想妥之后，浦小提穿上一套洁净的素布衣服，到保姆市场找活。也许是她气定神闲的态度，再不就是粗糙的双手让人信任，总之她立刻被几家主顾包围了。最后把她抢到手的是个 20 多岁的小媳妇，活计是照顾病人。

"你到我们家当保姆，那可是福气。单独卧室，管吃管住，洗衣有洗衣机，做饭有煤气灶。干的活就是给老人翻翻身，揉揉背，洗洗澡，没事的时候上街买买菜做做饭……"小媳妇语气轻松，好像她不是来请保姆，而是邀请浦小提去她家享福。突然想起来，问道："你会使洗衣机吧？"

浦小提点点头。以她家小屋逼仄的结构，无法安置一台洗衣机。浦小提对于机器有独到的热爱，愣是在屋子前面搭了一个小厦，接了上下水管，安顿下一台洗衣机。下雨的时候，她打着伞半个身子晾在小厦外头操纵着洗衣机。机器里的衣服是湿的，身上的衣服也是湿的。工友路过笑她："浦师傅，干脆把脏衣服穿上站到雨地里浇吧。"浦小提并不恼，说："我要是能把洗衣粉撒到云彩里，你这个主意还真不错。"

浦小提跟随小媳妇到了她家。一套老式的单元楼，说是三室一厅，厅小到连张饭桌都摆不下。三间房子倒是还算规整，两间紧闭着门，另一间塞满杂物，气味恶劣拥挤不堪。

小媳妇先推开一间房门。一个枯瘦的老汉，躺在床上，脑壳瘪得如同风干了的茄子，五官枯萎，眼皮薄，只剩下一对大眼珠子叽里咕噜地转着。"他是我爸。你的主要工作就是伺候他。"小媳妇说着，掀开了老汉的被子，浦小提这才看到，老汉下体赤裸着，髋骨处生着粉色的褥疮。

当小媳妇做这个动作的时候，老汉脸上毫无表情，眼珠子还是叽里咕噜地乱转。浦小提惊骇地说："他什么都不知道了吗？"

小媳妇说："植物人了。"

浦小提不放心地说："我一个女人家给他按摩换衣服，他也不会害臊？"

小媳妇一撇嘴说："他巴不得呢！"说罢觉不妥，补充道，"他反正人事不知，你就当他是段木头好了。"

看完了病人，小媳妇领着浦小提去见女主人。推开另一扇紧闭的门，浦小提吓了一跳。洁白清新明亮芬芳，一水的白色家具，镂空的窗纱也是白色，轻拂桌面，女主人鬓发银白，拿着放大镜，正在伏案读书。小媳妇说："妈，保姆我找来了，您看看。"

浦小提低眉顺眼地走到老太太跟前。倒不是下人的身份让她如此恭顺，而是老人如此高寿，还在孜孜不倦地读书使她敬佩。"我叫浦小提，以后请您多指教。”

老太太抬起眼帘，上上下下打量了一番，说：“你既然是浦小提，我这里就不能用你了。”

浦小提设想了100种主人对待女佣的开场白，却想不到因了自己的名字，就要砸了饭碗。她说：“我哪儿做得不是了？惹您生气了？”

老太太说：“浦小提，你还认得我吗？”说着，她把脸转了过来，看浦小提茫然的样子，索性站起了身。这个体位的变化是非常重要的，从那虽老迈却竭力挺直的身形，浦小提认出来了，她是钟老师。

“钟老师，您这些年还好吗？”浦小提扑过去握住了老师的手。一种干燥的冰冷传达过来。她不敢用力，怕捏痛了老师的手。

“好不好你都看到了。那边是老姚，我跟他从来就没有共同语言，但早些年，看在孩子的面子上，我一直忍着。心想一生也没有什么幸福可言，为了孩子再付出一次吧。后来孩子大了，我想可以离婚了，老姚坚决不干，就拖了下来，等我下了破釜沉舟的决心，不想他突然脑出血瘫在了床上。我跟他虽没有感情，但就是路上看到有个人神志不清，也得管不是？我开始尽心尽意服侍他，巴望着他早早康复，我就可以和他名正言顺地分手了。不料他一病不起，刚开始还能咿咿呀呀地蹦出点单个的词，挣扎着走几步，后来继发大面积的出血，意识几乎丧失了。从我断定他不能痊愈，再也不能成为一个正常人开始，我不再伺候他了。让孩子去雇人，我从此不理他了。我只能做到这些。我不离婚，是出于人道，可我再也不愿看到他。他那间屋子，我从不进去。我盼着他死，可我不会害他。我会找人照顾他，可这个人不该是你。浦小提，你离开学校这么多年了，没想到咱们师生这样相见，当年的小姑娘，如今都有白发了……”

钟老师平日很少说话，即使是对自己的女儿小媳妇，也不深聊内心。她总觉得小媳妇身上有太多老姚的影子，和自己不是一路人。当年的学生使那个清淡高傲的女教师有了片刻的复活。

浦小提实在没想到，那厢垂垂老矣气息奄奄的老汉，居然是当年不可一世的老姚，心中百感交集。她定定神，说："钟老师，别难过了，让我来为您做这些事吧。"

钟老师说："小提，我知道你一定也不舒心，才出来找这类工作。我不能让你服侍老姚，他做过太多伤天害理的事。宁夕蓝从海外回来了，找到我，说是很想和当年的同学聚聚。我来召集大伙儿，也顺便看看能不能帮你？"

浦小提忙说："老同学好不容易聚一次，是高兴的日子，别因我的事坏了大家的兴致。"

钟老师说："同学的情谊是最深的。你不愿意，我就不说你的事。"

前些年，虽然大部分同学都在这座城市中，但各人都有自己的一摊事。女生忙着孩子和家务，男生忙着创立事业。未见分晓的情形下，彼此来往很少。如今，尘埃落定。事业有成的已经打开了局面，潦倒失意的也放弃了梦想。古人有衣锦还乡之说，没有故乡的今人，只有在幼年的朋友那里收获怀旧之感。落魄者也期望着能和老同学联络感情，看有无实惠的帮助。总之，伙伴们从不同的角度开始热衷于聚会了。

钟老师出面号召，大家从四面八方聚集而来。有几位发达了的同学表示愿意做东，但钟老师坚持要在自己家里。浦小提像小时候完成老师布置的作业一样，把房间收拾清爽，又预备了诸多家常食品。买了几块美丽的布，把不适宜见人的部分遮盖起来。约定的日子到了，浦小提一大早先把老姚的吃喝拉撒拾掇完，紧闭了那间房门，静候着同学们到来。

门铃响起来，浦小提三脚两步跑去开门。一位盛装的女人亭亭玉立，鸽灰色的高腰毛裙，瓦灰色的高筒皮靴，斜披一件圣女果红的羊绒披肩，挽着的手袋和口唇的颜色，也都是纯正的圣女果红。全身上下的用色吝啬到了极点，只有灰红两种，却在单纯中显出逼人的艳丽，不经意中透出卓尔不群的矜贵。

她们几乎是同时叫出了对方的名字。“浦小提！”“宁夕蓝！”

“你这些年是怎么过的？”彼此问话又是如出一辙。

“我……”两个人又是同时回答。钟老师看着这一幕，喉头发热。逝去的岁月如同干花，在甘露浇灌之下恢复了生机。钟怡琴突然察觉到了自己生命的意义。因为有了老姚，她几乎觉得自己的生命是毫无意义的了，但这两个已经不年轻的学生的高声惊叫，让她的青春蓦然苏醒。

钟老师向学生摆摆手，说：“先不忙讲，等一会儿大家都到齐了一块儿讲。”一言九鼎，虽然她已是步履蹒跚的老媪了。

门铃声不停地响起，同学们一一到来。浦小提像个真正的保姆一样扎着围裙招呼着大家，以致有几个同学进门后，相互打着招呼，完全忽略了她。学生年代的浦小提是一颗耀眼的星，岁月洗去了光芒，只剩下杏核儿一样坚硬平凡的心。当他们认出这个端茶倒水的女佣，就是当年的中队长时，十分不好意思，倒是浦小提很坦然，说：“女大十八变，我已经几十变了，认不出来是正常的。”不停地招呼大家嗑瓜子喝可乐。

一位高大的海军军官走进来。大家惊呼：“高海群，你都当上了将军！”浦小提拎着水壶倚着门框，注视着这一幕。其实，从知道了同学们要聚会的那一天，她就在期待着这一刻。她知道钟老师联系上了高海群，但她没有多问一个字。不知道为什么，她要在钟老师面前装得毫不在意。有人认不出她来的时候，她也正中下怀。她就是要打扮成女仆的样子，她就是要让人认不出来。现在，高海群站在大家面前，宁夕蓝扑上去，和高海群一个亲热拥抱，然后噘起圣女果红的嘴唇说：“高海群，你把衣服脱下来。”

高海群微笑着注视着大家，温和地说：“班主席，天寒地冻的，你这个命令，让我执行起来有点困难啊。”

大家就跟着起哄，说：“是啊，脱到哪一层呢？不能让将军只穿衬衣吧？”

宁夕蓝说："你们这是想到哪里去了？我只不过是想看看真正的将军服是什么样子，想摸摸上面的星星。你说，要不是咱们的同学当了将军，谁让你摸将军的衣服啊！"

大家就说："对对！还是班长想得周到。将军，请脱衣！"

高海群就端端正正地把帽子摆到了桌上，然后，开始脱下自己的将军服。就在他展开臂膀褪下袖子的时候，一侧脸，看到了倚着门框的浦小提。他就把衣袖重新套上，迅速把刚才解开的扣子重新系好，甚至把帽子重新戴上了。大家看着纳闷，好像将军刚刚得到了紧急的命令，要从同学聚会的场所撤走，奔赴战场。在大家的目光中，高海群走到了浦小提面前，说："浦小提，真没想到能见到你！我苦苦地寻找你，这次同学聚会，我都不敢问是不是能找到你，没想到真见到你了！小提，你为什么不给我回信？"

他的手握住浦小提的手，很大很温暖，浦小提甚至可以感到一滴滴的汗水从他的手心沁出，像胶水一样把两个人的手粘在一起。

同学们看着他们，不知说什么好。钟老师说："来，大家都坐下。先让他们叙叙家常。"于是宁夕蓝开始讲她留学的经历。

浦小提来到厨房，到处都是人，只有厨房是宁静的。煤气炉上坐着开水，嘶嘶啦啦地鸣叫着，好像不知疲倦的秋虫。高海群把将军服脱下了，只穿一件羊毛保暖衬衣，这使得他的威严之感退去不少，变得年轻而活泼了。

"你不可以叫我小提，要叫我浦小提。"浦小提不知说什么，突然就说了这句。

"好，我就叫你浦小提。浦小提，你为什么不给我写回信？你知道，那时候，我在大海深处的潜艇里，多么希望当我返航的时候，能收到你的信！可是，从来没有！"高海群的激动迅速演变成了愤怒。将军的愤怒虽隐而不发，但颇具力度。

"高海群，我告诉你，这个原因简单极了……"浦小提一边说话，一边习惯性地用手指点着高海群，一眼瞥到高海群脱下的将军服，手指像被滚油迸了似的缩了回来。面前的高海群，可不是那个用砖头砸苍蝇的男孩了，他已是共和国的将军了。

浦小提收起自己的手指，低声说："高海群，这个原因简单极了，就是我从来没有接到过你写的信啊！你让我往哪里回信呢？你总不能让我在信封上写着：寄给大海吧。"

高海群惊骇道："这不可能！你说你会分到环卫局，我就不停地往环卫局写信。你总可以到环卫局去打听到的！"

浦小提立刻明白这之间有巨大的误会，约略猜到了事情的真相。本来想说，我是去过环卫局很多很多次的，但是，从来没有看到过你的信。将军领花上的星光刺痛了她的眼，她突然觉得历史的陈账，还有必要翻动吗？为了让自己不再痛苦，也为了让自己曾经倾心挂念的男生不再痛心，她淡淡地说："那是一句玩笑话。高海群，我分到工厂，和环卫局没关系，我怎么会想到去找你的信呢！"

高海群低下了头，一如当年他明白了砖头是不能砸死苍蝇的。镇定和平静回到了将军的身上，他说："浦小提，我听说你和白二宝结婚了。"

浦小提说："是。"

高海群说："我还听说，你和白二宝又离婚了。"

浦小提说："你听说得还挺周全的。"

正说着，外面传来了白二宝的声音："我说钟老师，你这个螺丝壳里能做多大的道场？我请大家到五星酒店去，一应的开销算在我的账上，也让我有一个还报师恩的机会。"大家纷纷说："白二宝，看来你真是大发了，普度众生的架势。"

离婚之后，浦小提没见过白二宝几面，有事都是白金自己去张罗。在这种境况下遭遇白二宝，对浦小提是个折磨。浦小提早就料到了有这样一个回合，但她强迫自己迎接这个会面。病痛的日子，她大彻大悟。她丢掉了所有的幻想和虚荣，坦然地面对荣辱和起落。她向高海群笑了一下，这个笑是什么意思呢？她也说不清楚。相当于小时候，面对一场突然的考试，向同桌表示自己胸有成竹吧。

浦小提端着茶壶走过去，说："白二宝，天这么冷，喝口热茶暖暖。"

这一刻房间里很安静。如果说白二宝和浦小提的结合曾在同学中引起震动，他们的分手被认为是对白二宝的惩罚的话，那么，此刻见到光鲜帅气的白二宝和暗淡憔悴的浦小提相逢，就有颠倒错乱之感。

浦小提不卑不亢，很自然地擎起了水壶。白二宝心中立刻充盈了复杂的情绪。多年商海历练，他打着哈哈说："中队长的茶，咱是一定要喝啊。"

大家纷纷落座。说是落座实在是美言。每人找个能放下屁股的地方安顿自己就是了。钟怡琴已不像年轻时洁癖，任大家坐下，即使是坐在她一尘不染的床上也无所谓。加上细心的浦小提在房间的各处都不显山不露水地安放了凳子椅子，地上还摆了好些垫子，大家基本上找到了自己的座席。钟怡琴说："今天聚在一起，不容易啊。沧海桑田，我老了，你们长大了。今天早上，我还在想，见了面，能认出你们来吗？没想到，全都认出来了。哪怕你是留了洋，哪怕你是当了将军，可在我眼里，都还是当年的孩子，一举手一投足，都脱不了儿时的坯子。真是三岁看老啊。好了，我不多说了，把时间都留给你们。先把这些年自己的经历讲一讲吧。"

老师的话说完了，先从谁开始呢？宁夕蓝立刻恢复了当年班主席的感觉，一指白二宝说："就从你开始吧。然后顺时针方向，一个个来。"

真奇怪啊，白二宝在别处已是颐指气使，一到了这昔日的同学之中，立刻落回原来的地位，听从安排。他开始介绍自己，工厂的经历一带而过，重点是以后的发家史，唾沫星子乱溅。宁夕蓝不客气地打断他说："好了，白二宝，你后来的日子，你的行头已经代你发言了。打住吧，下面是高海群。"

高海群就站起来，大家说："坐下吧，这里也不是司令部。"

高海群说："习惯了，坐下反倒说不出话来。"

高海群说了自己从海军潜艇的列兵当起，从班长到排长到连长到营长团长……一步步地走过来，成为最年轻的师级干部，以后又上了高级指挥班，毕业出来，经过锻炼，升任了将军，现任舰队的副司令员，又来深造……大家听得咋舌，说："真是一步一个脚印，不对，是一步两个脚印地走过来的。"

从高海群之后发言的人，就都不约而同地站了起来，好像是在回答老师的问题。命运丰富多彩，有上山下乡的，有支援边疆的，有在街道上一直砸洋铁壶的，当然也有读了硕士成了科研骨干的……最后轮到宁夕蓝。宁夕蓝说："我先在图书馆当管理员，和姥姥相依为命。后来姥姥去世了，可惜她没看到我上了大学。家人从牛棚回来之后，我开始读研究生。

毕业之后，在跨国公司工作了两年，就到美国读书去了，先是硕士后是博士，然后又是博士后，反正，书是读到尽头了。拿到了绿卡，又结识了我现在的老公，他是美国人。我们注册了一家贸易公司，他在那边打理，我在这边开拓，难得见面，常常在天上擦肩而过……"

宁夕蓝讲得平淡简要，仍让人觉得啰唆，她用平淡表达了居高临下。大家心知肚明了这份彰显，反倒觉得细节多余。优越，在见面的第一瞬间已暴露无遗。

钟老师眯着眼睛细细地听着，表情没有变化。她不表扬也不批评，他们比她精彩多了，她无权评价他们。待宁夕蓝说完之后，她说："好，很好。不知你们是不是肚子饿了，反正我是饿了。"

大家就说，饿了。钟老师对浦小提说："开饭吧。"

浦小提准备了上百个包子。她头一天亲手包好，用了满满一盆肉馅，剁了三棵大白菜。听得老师令下，赶紧点火加热，不大工夫热腾腾的包子和小米粥端了上来。

大伙儿吃得满嘴流油，一股劲儿地说香，特别是宁夕蓝，也顾不上淑女的仪容了，碗里的还没吃完，筷子上就又扎了一个。白二宝倒还斯文，吃一口停一下，要说最有风度的是将军，只礼仪性地吃了一个。

大家都忘了浦小提还没自我介绍，无论顺时针还是逆时针，浦小提都在厨房里。吃饱喝足之后，有几个人假装不动声色地看表，但手腕子甩动的幅度很大。钟老师说："我知道你们工作都很忙，今天就到这里，我宣布下课了。下次何时上课，就由你们自己商量时间和地点。我若是身体好，一定会去参加。还有一件小事，就是浦小提现在下岗了，谁有能帮得上忙的工作，可以让她试试。同学一场，小提的为人你们是知道的。"

浦小提系着围裙，正在收拾碗筷，钟老师的这番话，给了她个冷不防。她有些不好意思，但老师既然说了，她也就不回避了，说："钟老师说得客气，其实别的工作我也不一定能胜任。如果你们谁家里需要保姆小时工什么的，就跟我说。我保证做得好，而且价钱公道。"

大家一时不知说什么好，浦小提的话是投进深潭的石子，连个涟漪都没有旋起就沉没了。钟老师有经验，课堂上有时提问虽然不难，但太出乎意料，通常的反应就是冷场。钟老师说："想想看，有什么主意，就直接打电话给我。我转告小提。"

半月之后，钟老师打电话给浦小提，说有三位同学需要浦小提帮忙料理家务。他们是白二宝、宁夕蓝和高海群。浦小提满腹狐疑："是不是看着我可怜，成心要给我救援？"

钟老师说："这就是你多心了。人凭劳动挣钱，他们家里也真需要人帮助，两好合一好的事，何乐不为？"

浦小提反思道："还是老师了解我，别太自卑了。能给同学帮忙，该理直气壮。"

钟老师说："当年我就看你聪明，这么多年下来，我没走眼。你屈才了，阴差阳错的，怪不得你。只是这白二宝家，我看就算了吧。”

浦小提说：“我本来也不想去，关系难处。刚才听您一说，我改主意了。既是堂堂正正地凭劳动挣钱，他是雇主，我好好干活就是。我要是过不了这一关，倒真让他小瞧了我。”

钟老师不再说什么。浦小提接着说：“老姚这边，我每天会抽空儿来照料他。您就放心好了。”

钟怡琴正色道：“小提，不必。让他女儿照顾他好了。”

浦小提看老师拒绝得很坚决，也就不坚持了。

浦小提把同学们的住址画了一张图，确定工作顺序是先到宁夕蓝家，再到白二宝家，最后是高海群家。隔三岔五，她还要到钟老师家看一看，帮帮小媳妇。钟老师恪守誓言，不动一根手指头照料老姚。

浦小提在约定时间到了宁夕蓝的家。高档住宅区的中式小院。院墙外，冬青英勇地绿着，花草修剪得很整齐，蓄势待发。浦小提储存好了笑容按了门铃，在以为看到宁夕蓝的时刻，看到了另一张陌生的中年妇女的脸。浦小提疑心找错了地方，对方打招呼道：“您是太太的老同学吧？太太正在等您呢！”

浦小提跟着她往里走，洁净的石板甬道如同一匹洗旧了的蓝布，幽静地伸向花木扶疏的正房。浦小提悄然问：“您是……”

“我是这家的仆人，叫哈妈。”女人拘谨地答道。

宅子中学为体西学为用，外壳古色古香，内里却是一水路易式样的家具。暖气很热，宁夕蓝穿着一套橘色羊绒便装，很惬意地倚靠在香槟色的沙发上，柔软地伸出手说：“浦小提，看到你真高兴。”

浦小提可不想拉家常，她是来工作的。单刀直入：“夕蓝，今天我干些什么？”

宁夕蓝说：“浦小提，你今天的工作，就是陪我聊天。家里的杂活，有哈妈照料已是足够。来，先看看我的房子，你熟悉熟悉情况。”

浦小提机械地跟在宁夕蓝后面，一一参观了富丽堂皇的客厅、卧室还有厨房，包括目前没有花朵开放的小花园。宁夕蓝把摆设的种种名贵之处一一报出，可惜浦小提基本上没记住，只记住了客厅的壁炉里燃烧着真的火焰，不是那种用光和影子折射出的幻景，有带果木香气的微烟为证。还记住了卧室的双人床出奇地大，好像两张乒乓球案子拼到一处。

一圈转下来，浦小提脚后跟发硬，地面全都是进口的地砖，光可鉴人。宁夕蓝对浦小提没有露出叹为观止的神气，略略有点意外。她说："你想到我能有这样的发展吗？"

浦小提真诚地说："除了没想到你嫁的是外国人，剩下的我都想到了。"

宁夕蓝说："我嫁的这个外国人，最喜爱中国文化了，他还会说简单的中文，我们交流起来没有丝毫的问题。"

浦小提说："夕蓝，你还是吩咐我干什么活计吧。总这么说话，我总觉得在剥削你。"

宁夕蓝说："在国外，大学教授和心理医生都是凭着说话挣钱。"

浦小提苦笑道："我可跟他们不能比。再说，咱这也不是外国。"

宁夕蓝在地毯上转来转去，颀长的手指摩挲着，为难地说："小提，如果一定要干活，就请把那天在钟老师家做的包子再蒸一些。我先生快过来了，他可是个中国饮食的爱好者。"

浦小提爽快地说："这好办。"说着撸起袖子，到厨房忙了起来。包子蒸好了，宁夕蓝趁热一尝，比钟老师家的还要精彩，赞叹不已。浦小提面对表扬，说："这也不是我的功劳，你家原料好，面是雪花粉，肉是放养的山猪肉，菜也是用矿泉水种出来的，自然不一样了。"待宁夕蓝用餐巾擦净手指，浦小提避开哈妈，悄声对宁夕蓝说："能把今天的工资算给我吗？"

宁夕蓝不快道："这么立竿见影啊。我本来就要帮你，哪里会赖了你的工钱？"

浦小提说："我不是那个意思，我很穷，需要钱，可我不要施舍和怜悯。你家里已经有保姆了，用不着我。我今天上了班，所以我会拿走今天的工钱，但我以后不会来了。如果你丈夫回国后想吃家常饭，我会再来。那是帮老同学的忙，免费，我不要工钱。”

宁夕蓝像被一枚长长的钉子钉在绵厚的地毯上了。直到这一刻，她才发现在无款无形的素衣包裹之中的浦小提，一点也没有变。像她小时候面对着名贵的巧克力饼干，很直率地说：“不好吃，我不喜欢。”

“好吧，谢谢你。本来以为我帮你，不想却是你帮我。”

宁夕蓝伸出四个手指，拇指后退着，和浦小提碰碰手，算是告别。她表示了淡然还有清高。她自己知道，她只对平等的对手或是盟友表示淡然和清高。如果她有足够的力量能够俯视，表现出的就是仁慈和温柔了。

浦小提来到白二宝家。

白二宝家面积不小，但比起宁夕蓝的花园别墅，还是略逊一筹。浦小提进得门来，目不斜视，有一种宠辱不惊的镇定。白二宝独自在家，穿着名牌西装，还特地打上了领带。他要浦小提看到最好状态的自己，俯首称臣。不想浦小提淡如秋水，既不吃惊，也不艳羡。白二宝烦的就是这种人穷志不短的刚强样儿，人穷就要有穷人的样子，懦弱猥琐，懂得讨好巴结，这才是正理。他指着墙上的钟说：“你来晚了，我老婆秦翡上班去了，留下我给你派活儿。”

浦小提回答：“对不起，我给宁夕蓝家包包子，算是临时任务，你可以扣我的工钱。你说，今天干什么活儿？”

白二宝说：“我不管什么夕蓝夕红的，以后你不能迟到。不然我们都很忙，不能老在家里等着你。把钥匙交给你，又不放心。”白二宝想刺伤浦小提。如今，你是一个下人了，我作为主顾，有权说一是一，说二是二。

浦小提说：“您不放心我，合情合理，以后我一定按时到岗。”浦小提不由自主地用了一个工厂的词汇——“到岗”。白二宝听后一颤，忆起从前光景，道：“浦小提，你看到我今天这个样子，难道没有什么深刻的感想吗？”

浦小提捋捋头发说：“有啊。”

白二宝觉得浦小提从来没有肯定过他，现在，在财富面前，在事实面前，这个女人终于要承认他的价值了。他满怀欣喜地等待着。“讲讲看。”

浦小提说：“白二宝，白金总要找你要教育费，我一直拦着她。现在，我觉得你应该为自己的孩子稍微做点贡献了。这么多年没见，我以为你已经长进了很多，没想到还是老样子。真奇怪，我当初怎么就没看出来呢？”浦小提说得很平静，包括结尾的问句，都是一种历经沧桑之后的追思，而并不要求确切的答案。

白二宝怒火中烧。这个女人，从来就凌驾于他的精神之上，即使是到了这份穷困潦倒的地步，依然不肯服帖。恼恨化为原始的冲动，他猛地扑过来，狞笑着说：“浦小提，你都给人当老妈子了，嘴还这么硬！你觉得跟了我白二宝亏了是不是？可惜你没有收到那个未来的将军给你的信，可惜你只能给我白二宝的孩子当了妈！怎么样，这么些年守寡的滋味不好受吧？我知道你熬不住了，才到我门上当下人，想的就是跟我再睡到一张床上。好，老子今天就成全成全你！”

白二宝说着，把黏糊糊的一张嘴凑了过来。浦小提千思万虑，也没想到白二宝这般下作，她竭力避闪着，一边厉声对白二宝说：“你放尊重些！白二宝，你要干什么？！”

白二宝厚颜无耻地说：“我要干什么，你还不知道啊？装什么蒜啊？你也不是大姑娘，本来就是我的人，现在咱们是复习功课……”说着，不顾一切地在浦小提身上摸索起来，“零件还是原配的好，是不是？”

浦小提抬起手，狠狠地推了白二宝一把。她没用铁掌抽他，觉得那太像弱女子的杀手锏了，不到山穷水尽的地步，她还不屑动用。只一推，白二宝踉跄着倒退三步，墙上的穿衣镜被撞得粉碎。每一块镜子的碎片都像哈哈镜，无数千奇百怪的白二宝出现在镜子里。浦小提一眼瞟到，不禁哈哈大笑起来。

“臭娘们，你还有脸笑？你也不想想，身上的洞洞是谁搞大的？装什么贞节烈女啊？老子今天赏你是给你脸……”从刚才那一推的劲道里，白二宝知道自己在体力上占不了上风，但嘴上仍不示弱，竭尽无耻地侮辱浦小提。

浦小提拍拍手，把刚才接触了白二宝沾染的无形灰尘掸掉，说：“白二宝，你要是再胡说八道，我就打110。”

白二宝露出无赖嘴脸说：“你打110？我还打呢！说你私闯民宅！浦小提，滚回你的烂工棚！”

浦小提把手指捏得咯咯响，冷冷地说：“你说得不错，我是从工棚来。你这么多年养尊处优，愿意和我比试一下手劲吗？”

白二宝抿着嘴，一言不发。浦小提等了一会儿，看白二宝没有应战的勇气，就把门重重地摔合，走了。破碎了的镜片受了强烈的震动，哗啦啦地掉了下来。

浦小提在路上漫无目的地走着，觉得自己像一瓣在砧板上被拍散了的蒜瓣儿，所有的部件都在，只是没有了汁液和完整筋骨。她以前不知行尸走肉这个词的确切意义，现在知道了。也许她真的不应该到白二宝家里去，她不应该好奇，她不应该相信白二宝还有最后的良知，即便是为了白金，也永远不可理会这个流氓。但是转念一想，她又开始钦佩自己，能从这样的困境中挣扎而出，她还有什么不可逾越的哀伤和困苦呢？

漫无目的在街上走着走着，突然想到了自己今天还有最后一份工。她应该到高海群家履行职责。她很矛盾，非常想马上见到高海群，因为她刚才确认了那个谜底，原来是白二宝扣住了高海群的信，才酿成了她一生的悲剧。又极端地不想去，现在来谈这些，还有什么实际的意义呢？犹豫不定中，她给高海群打个电话。高海群一听到她的声音，就着急地问：“你在哪里？我正在等你，怕你出了什么意外。

不会是为了赶着来，叫汽车碰伤了吧？”关切的话语通过电流，夹着高海群的呼吸声传导过来，浦小提根本就没有力量拒绝了。

当她赶到高海群家，那是一座高层楼房。浦小提跨出电梯，手拿纸条核对着门牌号码，找到了那间房，还没有敲门，门就自动开了。高海群身穿黑色便装，笔直地站在门内。浦小提说：“这么巧？”高海群说：“不是巧，这是我第100次开门了。只要一听到点动静，我就打开门。连自己都很奇怪，要知道让一个老兵风声鹤唳的事，可真是不多。”

高海群的家是一套旧式的两室一厅，家具极少，四壁雪白，身无长物。浦小提四处打量了一番，说：“卫生状况极好，我真看不出有什么值得收拾的地方。”

高海群示意她在简易的布沙发上坐下，说：“本来就没有什么可拾掇的。我刚刚把这房子租了下来，人家是打扫一净的。”

浦小提说：“你平日住在哪里？”

高海群说：“我在总部机关学习，那里配有专门的宿舍。”

浦小提说：“那是你的家属要来？”

高海群说：“她和孩子刚刚来探视过。工作很忙，她暂时不会来了。就是来，机关也有很好的接待房。”

浦小提说：“那你租了这房子干什么用呢？”

高海群认真地说：“浦小提，那天我听钟老师说你愿意帮助大家打扫房子做工补贴家用，我就想我需要这样的房子。我还要在这里待很长时间，在这段日子里，就请你到我这里来打扫吧。”

浦小提哭笑不得，说：“那你也不能租一套房子来让我干活啊。”

高海群说：“如果我约你到饭店吃饭，到茶馆饮茶，到咖啡店喝咖啡，你去吗？”

浦小提很干脆地说：“不去。”

高海群说：“对呀，我知道你会这样回答，所以我只有租一套房子让你来干活了。”

两人说到这里，突然就久久地沉默了。这是一套临街的房子，当两个人都不说话的时候，可以听到急刹车时车轮碾地的摩擦音。

浦小提说："你寄给我的那些信，都被白二宝给贪污了。"

高海群说："那时候我望眼欲穿啊。像眼前这种情形，咱俩面对面地站着，我在大海深处想象过无数回，没想到真盼到这么一天，等了几十年。"

浦小提说："过去的事，就不要提了。你饿了吧，我给你去做饭。"说着站起身来。

高海群说："我不能不提。我以为时间会让我忘了你，可那天在钟老师那里一见到你，我就知道说什么时间可以淡忘一切，真是胡说八道。你就像核潜艇，无声无息地完整地潜伏在海底，随时可以浮出海面。"

浦小提说："我还是给咱们做饭吧。就是你不饿，我也不是沉船，我饿了。"

高海群乖乖地闭了嘴，跟随浦小提到了厨房，站在她身后，看她做饭。厨房里一应用品俱全，但是没有围裙。浦小提就从书包里拿出一块镶有带子的白布，说："我估计就会缺这儿少那儿的，预备着呢。"说着把白布围在腰上，让高海群帮她从背后把带子系上。

高海群用两个手指，像捏蝴蝶翅膀一样小心翼翼地在浦小提身后操作着，谨慎地不碰到浦小提的衣服。即便是这样，浦小提还是感到了巨大的撞击。这是一个自己喜爱的男人和自己如此近距离的接触，气息喷溅到自己的后背，引燃了空气。

浦小提压制着自己的激动，借着洗菜之机用冷水猛冲双手，终于把激情平抑下去。半小时之后，四菜一汤摆在了小小的餐桌上。

高海群始终一言不发地看着浦小提做饭，一种略带倦怠的松弛和安宁涌上心头。他突然深切地感到，什么叫幸福？看着自己心爱的女人为自己做饭，这就是最大的幸福了。

两个人默默地吃饭，一如生活了几十年的夫妻。浦小提觉得安全极了，好像这间进入了不到一小时的屋子，已是她今生今世的归宿。

吃完饭，浦小提忙着要去刷碗，高海群说：“不忙，我有重要的事情要同你说。”

浦小提顺从地坐在了沙发上，他们之间隔着一个小小的茶几，茶几上有一个炮弹壳子制作的花瓶，里面插着一枝假梅花。高海群说：“卧室有一张大床。”

浦小提说：“我看到了。”

高海群说：“你累不累？我很想躺在床上休息一下。”

浦小提想到自己这一天的悲欢离合，心想岂止是累，简直是太累了。她无声地点点头，等待着高海群后面要说的话。她甚至连猜测的力气都没有了，像盲人似的跟随他往前走。

高海群平静地说：“要是我们都累了，就躺到那张床上休息一会儿。”

浦小提略带琢磨，高海群的目光清澈而专注，很率真地回望着她。浦小提说：“休息之后会怎么样？”

高海群微微一笑道：“青梅竹马孤男寡女，所有该发生的都有可能发生啊。”

浦小提大惊，惊的不是高海群说出之话的内容，而是他这种开诚布公的方式。浦小提扑哧笑出声来，说：“高海群，你是想图谋不轨吗？”

高海群说：“这可不算阴谋。多少年来，我一直想和你在一起，这是我的美好理想。我一生有很多理想。”

浦小提说：“那你为什么不动手呢？”她有一点挑逗，几乎可以说是挑衅，甚至有一点希望梦想成真。

高海群说：“关于我现在和你讨论的方式，也是我在很多年前就决定了的。我不会用强，这是我的教养和我的身份都不允许的。而且这是对你的不尊重，你是我心中最美好的女孩子。”

浦小提热泪盈眶。她已不年轻，更和梦想和美好这些优雅的词汇无关。一个一无所长的下岗女工，却在一个如此优秀的男人眼里享有这份至高的荣誉，她惊喜到哀伤。她定定地看着高海群的双眸，明澈镇定。他观察大海的时候，一定也是这样的眼神吧？浦小提相信，那些话一定像浪花，在他心中翻涌过无数昼夜。

因为哀伤，浦小提就格外清醒。她倚着卧室的门框，要把一些关键的问题闹清楚，说：“你不怕我赖上你这个将军吗？”

高海群说：“这和将军无关，只和一个男人有关。”

浦小提说：“嗨！将军，你说了刚才那些话，不对你的妻子感到内疚吗？”

高海群摇摇头说：“不，我在认识她之前很久很久，就认识你了。我不会内疚，一个人不会因为梦想而内疚。”

浦小提突然露出洁白的牙齿笑了一下。高海群不解是何意思，说：“你觉得我说的可笑吗？”

浦小提收敛起笑容说：“我觉得像咱们这样坐而论道的中年男女，实在是太少了。”

高海群说：“一名军人，职业习惯就是把一切可能性都最大限度地考虑到计划之内。”

浦小提说：“要是我不愿意呢？你想过吗？”

高海群说：“想过，我想你不会不愿意的。”

浦小提很喜欢这样的讨论，又安全又有趣。她从门框向卧室内望去，淡蓝色的床单，平整洁净。淡蓝色的枕头，松软柔和。在静谧的灯光下，它们发出海水一般波动的光泽，蒸腾着淡淡的诱惑。浦小提多么想放浪形骸出神入化地放松一下啊。但是，不能。当讨论刚刚开始的时候，当高海群说到梦想的时候，她就有了答案。是的，那是一个梦想，既然是梦想，就一定不能让它在现实中降落。浦小提看看天色已经晚了，她用一天的时间，温习了自己的半生。现在，功课应该结束了。她主动握住了高海群的手，她感到将军的手在微微颤抖。

浦小提眉目柔和素雅安详，悄声说："海群，我不会到那张床上去，我要走了，因为我也有一个梦想。我有一个小秘密要告诉你，你知道你为什么总也打不到苍蝇吗？"

高将军悠长地吐出了一口气。他设想过无数的结局，可他没想到当年的中队长会把谈话引到这个方向。他说："我不知道。"

浦小提凑到他的耳边，温暖的气息拂动了将军鬓角的发丝。浦小提说："我告诉你，因为苍蝇起飞时，是先向后飞一下，然后再向前。而我们以为它是一直向前的。"

忆起往事，高海群也活泼起来。往事像一道纱幔，横亘在他们面前，隔开了火热的激情。高海群说："我一直想问问你，当年，你的瓶子里到底有多少只苍蝇？"

浦小提说："苍蝇数不是150只，要多好些呢。因为我要帮你把苍蝇数补回来。"

将军默默不语，童年的苍蝇都是那么可爱。

浦小提说："你以后可以叫我小提。"

浦小提走了，走在繁华的街道上。她回头望望那座高楼的14层，凝视着那扇窗户。窗户黑着，但她断定将军在高楼之上眺望着她渐行渐小。她要自己和他都保留一个永远的梦境。玲珑少年苦涩豆蔻，一个美丽清贫的女孩的身影，在一个她最尊崇的男人心中悄然而立。

浦小提炒了头两个主顾——宁夕蓝和白二宝的鱿鱼，也不再光顾将军精心筑起的小巢。她开始寻找新的工作。需要保姆的人很多，特别是城市籍的下岗女工，很受欢迎。比起不谙世事的乡下妹子，雇主更喜欢人到中年的女性。觉得她们受过失业的煎熬，更懂得珍惜来之不易的工作，对于家用电器，也精通和爱护些。

浦小提手脚麻利，做事井井有条且一丝不苟。她善用工具，街上最新出现的强化洗涤剂玻璃清洁剂油污净地板精，都被她一网打尽。她会寻找出最物美价廉的牌子，推荐给主顾用。主顾一一采纳，她就去批发，小小的房间堆满了瓶瓶罐罐，如同仓库，从中也可小赚一笔。浦小提干活不惜力，特别是第一次，她会趴进床铺下，扫出蒲公英一般的尘絮，她会搬开暖气罩子，找到装修工人遗留下的破袜子，在女主人惊呼当中，把犄角旮旯收拾得干干净净。新官上任三把火，新的小时工上工，也要一个下马威。浦小提不偷懒不耍滑，口碑鹊起，不几天找她干活的人就排得满满的。刚开始雇她打扫卫生，很快她的业务就扩展到买菜做饭。浦小提总是有言在先，她只在超市买净菜，这主要是为了雇主的健康，绿色无污染，再说她也没法到自由市场讨价还价。私心里还有另一个原因，就是怕雇主怀疑她克扣菜金。小贩那里的菜没个谱，今天便宜了，明天就贵了，谁也说不准。超市的菜都是明码标价，浦小提会把所有菜价的标签都整整齐齐地贴在一张纸上，雇主对于这样的安排都很满意。浦小提很快就以她精湛的家常厨艺赢得了更多的主顾，后来，她索性不再接普通的小时工的活儿，专司做饭，收入成倍地增加。

白金离家读书，常常给母亲来电话，比过去懂事多了，只是时不时地还发一些昏话。听到妈妈给人家做饭挣的钱比较多，白金就说："给人看小孩子挣钱是不是更多呢？"浦小提说："你先把电话放下吧，我打给你。"

白金不解："干什么？"

浦小提说："傻孩子，这不是给你省点电话费吗！"

白金只好放下电话，等重新接通之后，白金说："你还没回答我的问题呢？"

浦小提说："什么问题？我还真忘了。"

白金说："就是看小孩的事。"

浦小提说："我没打听过。也许会更多吧？只是那活儿可不好干。"

白金说："正因为不好干，您才得提前积攒点经验呢！"

浦小提警惕起来说："提什么前？我为什么要积攒经验？孩子是

活物，如有个闪失，不比饭煳了盘子摔了，人命关天啊。”

白金说：“所以您得先拿别人家的孩子练练手，以后才好给我看孩子啊！妈，我现在处了一个男孩，挺好的，我们会早早结婚，我们才不离婚呢！听说现在规定变了，双方都是独生子女，可以生两个孩子了。成了家，我们会要两个孩子。别像我们小时候，一个人孤孤单单的。”

浦小提说：“想得还挺远。好好学习吧，等你生孩子的时候，妈还不知在不在呢！”

浦小提放下了电话有些伤感。她在电话里没敢告诉白金，姥爷被诊为疑似肝癌。老父 80 岁了，按说也是高寿，但癌症常常剧痛而死，浦小提加紧做工，想多攒一些钱，给老父准备止痛药。

唯一的安慰是高海群常常打电话来。比见到那个威武的将军，浦小提更愿意和他在电话里交谈。声音像钻石一样，能抵抗岁月的打磨。在电话里，他们谈得很快乐，好像要把几十年未及讲述的大事小事，都一一说完。

一天深夜，钟家的护理员突然打电话来，说钟老师不行了，请浦小提快去。浦小提三脚并作两步，以为看到的是生离死别的场景，不想钟老师倚在床上，脸色与床单一般惨白，头发梳得根根不乱，精神还不错。

护理员在门边拉住她说：“这是回光返照，没多久时间了。她一直不让惊动别人，女儿到外地出差，正往回赶呢。她说你是她的亲人。”

浦小提一阵鼻子发酸，赶快走到钟老师身边。垂垂老矣的妇人，已像一片半融的雪花，瞬忽间就要消失。浦小提不想让老师伤感，做出笑脸道：“钟老师，我来看您了。”

钟怡琴已无力说更多的话，叹息着说：“有……一事……托付你。我不放心老姚……没有人会管他……在所有的人里，我思来想去，只有你了……我知道你恨他，我也恨他，可我还是把他托付给你了……如果他万一醒了，千万不要让他再站起来祸害别人，紧紧地按住他的腿……”

钟怡琴说完，等不及听到浦小提的回答，就闭上了眼睛。也许，作为一个深谙学生心理的老教师，她不用听就知道答案了。

不知道钟老师这次昏迷过去，还能不能再次醒来。作为学生，浦小提已交上了答好的卷子。

厂房被夷为平地，要在这里建起一座优美的经济适用房小区。职工宿舍在拆迁之列，浦小提会得到一笔补偿费，略加添补，就可以在原地买到一套一居室。父亲住院化疗，浦小提晚上服侍父亲，白天就到钟家照顾老姚。

老姚更傻了，眼珠旋转的速度，也比以前慢了许多。当浦小提为他收拾粪便，按摩褥疮的时候，他会凝然不动地注视着浦小提，好像在思索什么。浦小提忙过之后，也会盯着老姚看两眼。她不由自主地抚摸自己的手，手指像箭镞般坚硬有力。如果老姚醒来，她能在第一时间按住他的膝盖骨，让他丝毫无法活动。浦小提有时会很奇怪地想到，这个老姚和以前那个老姚，是一个人吗？墙上相框中有钟怡琴微笑的脸庞，好像在说，浦小提，站起来，这个问题你回答……

原载《北京文学》2004 年第 8 期

荣获第四届北京市文学艺术奖中篇小说奖（2004）

梦想工厂

李　铁

一

赵吉是个普通得不能再普通的中年男人，他中等身材，人虽然不是很胖，但下腹部微微地翘了起来。他的五官分明，笑的时候嘴角稍稍有些歪，眼睛不小，却是单眼皮，不讲话的时候总爱眯起眼睛，神态中便会有一种若有若无的迷茫。走在人来人往的大街上他是很难让人分拣出来的那种人，不过这并不妨碍赵吉在小的时候就是一个富于幻想的孩子，仰望广阔而又寒冷的星空他会想到神仙们的寂寞，看到赶马车和坐马车的人他会想到平等与公平。他常常不无道理地想，都是人，为什么有的要费力地赶车而有的却是悠闲地坐车呢？他曾十分郑重地把这个问题提给了他的父亲，父亲用当时很时尚的语言对他说，革命工作分工不同，没有什么公平不公平之说。父亲的回答显然不能令他满意，而诸如此类的幻想却像他的身高一样，在有冷有热有苦有甜的日子里茁壮地成长着。

尽管大多数疑问自生自灭，但总有一些疑问顽固地保留下来，并在日常生活中演变成另一种形式来陪伴赵吉。这另一种形式大多数是富有喜剧色彩的，令人忍俊不禁之后是更强烈的心酸和压抑。都知道艺术是有风格和流派的，其实做人也是有风格和流派的，赵吉的风格是超现实主义，说是黑色幽默也许更贴切一些。上小学的时候，班级里有一个叫光棍的男孩子在同学之中搞独裁，这光棍人高马大，在同龄孩子中力气超群，和他打架，常常是三两下便会被他打得满地找牙。同学们都怕他，就都听他的指挥，紧密地团结在他的周围。下课以后他要大家都去打仗玩大家就得都去打仗玩，他要同学们每人交一个玻璃球给他，同学们就得从家拿来一个玻璃球给他，不交的难免要挨他的一顿暴打。赵吉不服，他就暗中联络了一批男孩子，策划了一起颠覆活动。当光棍向赵吉要玻璃球的时候，赵吉把一颗玻璃球在光棍眼前晃了晃，轻蔑而又自信地说，玻璃球我带了，但不能给你。光棍问为什么，赵吉说从现在开始，你在班级里称王称霸的日子结束了。光棍瞪起眼睛说，难道你想找打？赵吉笑道，我一个人打不过你，难道我们一群人还打不过你吗？赵吉说罢把这颗玻璃球往地上一扔，朝着身后的一堆人一挥手说，大家一起上，给我狠狠揍他一顿。那伙孩子果然一拥而上，但揍的不是光棍而是赵吉。他们在这一瞬间都被光棍的目光给震慑住了，一种惯性的力量令他们轻而易举地违背了诺言，为了避免失败挨打，最可靠的办法就是将赵吉痛打一顿。

在赵吉近乎传奇的经历中并不都是吃亏的事，好像占便宜的事还要多一些。讲一段赵吉青年时代的故事吧，青年赵吉是一家发电厂的工人，家庭背景一般，貌不出众，才不压人，想找一个称心如意的对象绝不是一件很容易的事情。在我要讲的这个故事之前，赵吉曾主动追过六个姑娘，可每次均以他的惨败而告终。受了伤害的赵吉在无法安眠的夜里常常失声叹息，那种声音足以像强大的自然灾害一样，令一个青年的生活暗无天日。

好在还有幻想，赵吉是个能够充分利用幻想的人，恰到好处的幻想是可以令他阴郁不欢的心情豁然开朗起来的。在那个值得纪念的夜晚，漫无目标地走在厂区林荫小道上的赵吉就是被一种幻想牵引着，把本很苦恼的路走得渐有情趣起来。赵吉是抱着消愁的态度出来散步的，夕阳西沉，空气中充满了一种黄昏才有的那种休闲的味道，天渐渐黑下来，初升的月亮投下来的光芒像烟雾在毛茸茸的树叶间缓缓游动。赵吉想，如果我有一个女朋友该有多好呀，她也许正站在这条路的尽头等候他的到来，她的长发被温柔的月色镀上了一层金边，她的目光迷离，在她的目光中走近她就像是接受她的抚摸。

赵吉走过那座正在建设之中的水泥厂的厂房时，他好像听到了里面传出了什么值得注意的声响，于是他来了个左转弯，信步走进了工地。这个时间建筑工人们都下班了，里面空空荡荡不会有人的影子。奇迹就是在这个时候诞生的，当赵吉走进一个小房间时，一个轻如烟气一样的声音冲着他飘了过来。

你来了。那个声音说。

那是一个很好听的女声，由于光线太暗，他只看得见有一个人站在里面，她的脸部隐藏在神秘的黑色里，而这黑色则支持了他的某种幻想。于是，他大着胆子朝里面走去。

事实上赵吉也来不及多想，他和里面的人就有了身体接触，或者说是里面的人投入了他的怀抱。一股年轻女性的香味吞噬了他，使他有些眩晕。

你怎么才来？她娇嗔道。

赵吉原本是想推开她的，但这种念头像棉花一样柔软无力，无法正常地支配他的行动。也可以说是潜意识里有一个更强大的念头在与正常的思维做着对抗。女性的香味越来越浓，一种软如淤泥似的东西挨上了他的嘴唇，赵吉情不自禁地像女性那样闭上了眼睛。这是一次意味深长的接吻，要不是窗户那边突然斜射进来一束来历不明的光线，他们也许会把这吻持续得更长。

这束光线很短暂，但还是使这两个人彼此看清了对方。两个人像触电似的倏地分开身体，女方甚至失声尖叫起来。

女方说怎么会是你。

我、我也不知道是怎么回事。赵吉声音颤抖，他的确也回答不出是怎么一回事。

女方一捂脸就跑开了。赵吉也迅速离开这里。两个人显然彼此认识，女的是一个姑娘，是厂里化学分厂的一名化验员，叫钱丽，人生的虽然算不上花容月貌，但五官清秀，体型苗条，曾是许多男青年追求的目标呢！这显然是一次偶发事件，或者说是带有喜剧色彩的一个误会，当时钱丽正在和厂里的一个小伙子谈恋爱，两个人定于晚上在这个建筑工地约会，由于房间里太黑，钱丽就误把赵吉当成了那个小伙子。客观地讲，当钱丽扑到赵吉的怀里时，赵吉也知道这肯定是一场误会，但他终究没有斗过潜意识里的欲望，竟然明知故犯地将这个误会进行下去。

你真可恶！后来钱丽曾这样骂过赵吉。

我接着讲这个故事，那天晚上，钱丽逃出工地的时候他的恋人正好赶到了，在那条林荫小道上，钱丽一下子扑到小伙子怀里，嗷的一声哭起来，哭够了才把这件事情讲出来。这件事为两个人关系的发展埋下了一颗定时炸弹，小伙子耿耿于怀，时常拿这件事敲打钱丽，终于有一天，两个人都炸了，愤然分手。钱丽以讨伐的姿态去找赵吉，她当着赵吉班组里所有人的面把赵吉骂了一顿，骂够了，要转身离去的时候，赵吉半开玩笑半认真地说了一句话，居然令情绪恶劣的钱丽眼睛一亮。

赵吉说，没有他，还有我呢！

这是一句对钱丽和赵吉的人生都至关重要的话，正是从这开始，钱丽和赵吉开始了一种崭新的关系。不久，他们就结婚了。

厂里人议论这件事的时候，都说赵吉捡了个大便宜。

我必须提到的是钱丽的父亲也在这家厂工作，而且还是重要分厂的厂长。赵吉和钱丽结婚的第三个年头上，一件令赵吉自己都意想不到的事情发生了。当时新上任的总厂厂长要把厂里的中层干部调整一番，老钱快六十岁的人了，厂长便想劝其提前退休，想在这个位置上安排自己的新生力量。老钱最初不同意，拖延了一段时间后觉得胳膊终究拗不过大腿，退是大势所趋，但退得退出点样子来，要显示出自己的分量。于是老钱主动找到厂长，说我退可以，但退之前有一个请求，我要向厂长举荐一个人。举贤不避亲，我就实话实说，这个人是我的姑爷儿，大学毕业后入厂十来年了，能力不错，一直没得过重用。我退休后能不能考虑一下他的提拔问题。厂长此时一则想快点让其挪窝，二则觉得老钱的姑爷儿条件不错，就爽快地答应了。老钱将自己姑爷儿的名字写在一张纸条上交给了厂长，厂长顺手塞进了上衣口袋。

故事继续发展，第二天厂长把厂组织部部长叫到自己的办公室。厂长一边看着组织部部长一边摸自己的口袋，可摸来摸去除了一包香烟什么也没摸出来，那张至关重要的纸条显然被弄丢了。厂长用双手揉揉太阳穴，然后无可奈何地摇了摇头。

你知道老钱的姑爷儿是谁吗？厂长问道。

是……组织部部长迟疑了一下，但还是很快说出了赵吉的名字。

组织部部长是个乒乓球爱好者，在文体活动室里经常和赵吉在一起练球。听人说过，他就是老钱的姑爷儿。

听说，这个赵吉的能力不错。厂长接着说。

组织部部长点了点头，他努力地猜测着厂长的用意，他是个谨小慎微的人，他知道自己只能点头而不能乱讲什么。

就提这个赵吉当他们分厂的副厂长吧。厂长说。

赵吉就这样被提了干。可老钱听到这个消息后并未像人们想象的那样露出欣慰的笑容，而是露出一副苦相长叹了一口气。

原因是这样的，赵吉是老钱的姑爷儿一点不错，但此姑爷儿不是彼姑爷儿，老钱推荐的是他的大姑爷儿，而赵吉则是他的小姑爷儿。命运和他们爷仨开了一个玩笑。老钱虽不情愿有这样的结果，但赵吉毕竟也是他的姑爷儿，他也不好再去找厂长更正了。

二

讲赵吉的故事不能不讲一讲这家火力发电厂，这是一家特大型的发电企业，紧跟时代步伐，现在不叫厂叫公司了。赵吉走在公司大院里那条曾经令他改变命运的林阴小道上，上午鲜亮的阳光有些令他睁不开眼睛。

此时赵吉怎么也不会想到，就在这个阳光不错的上午，公司里发生了一件与他命运有关的事情。

对一家大型企业来说，这也许算不上一件大事，但人命关天，死了一个人总该算一件大事。死的人是公司的工会主席老尤，才五十岁出头，身体棒得在公司领导班子里是数第一的，掰腕角力小伙子都不是他的对手。可说死就死了，连一点预兆都没有。上午八点多钟老尤还参加了公司一对年轻人的婚礼，他是证婚人。十点多钟的时候回公司，他没进办公室先去了一趟厕所，他是哼着小曲进去的，这说明他的心情和他的身体都没有出现异常。可谁会想到他进去就没有出来，等有人发现时他早已咽了气。

公司为老尤举行了隆重的葬礼，赵吉没有去参加葬礼，那一天他去探望了一位因工伤住院的青年工人。他买了一束花，还买了一个水果篮。水果篮是由一个叫老白的工人帮着提去的，路上老白曾问赵吉为什么不去参加葬礼，赵吉说公司的中层以上干部都去了，缺我一个算不得什么。我是这个受伤的工人的分厂厂长，我不去看他，他一定会感到缺少了什么。赵吉的话令老白很是感动。

就在赵吉坐在医院病房里的时候，参加完葬礼的公司一把手孙总回到了自己宽大的办公室。他脸色阴沉地坐在皮转椅里，老尤的猝死破坏了他的心情，或者因为老尤的死，令他对人生生发出一些前所未有的感慨。他吧嗒吧嗒地抽着烟，烟雾在阳光中丝丝絮絮地升腾，为他的那张脸增添了许多点缀。

不知过了多久，孙总把半个身体从转椅里挺起来，他开始伏案考虑一些实际问题了，比如让谁接任工会主席，工会主席在他的心目中虽然不是很重要的位置，但也绝不是随便叫谁都能坐的。孙总拿起笔在纸上写下了一个名字，很快又被他给勾掉了，过一会儿又写了一个，可还是被他给勾掉了。就在这时，电话铃响了起来。

电话是省公司的副总裁老焦打来的，焦副总裁有一件事情需要他帮忙，由于有些迟疑，他回答得就不是很爽快。为了掩饰尴尬，他有意提起了老尤的事，焦副总裁就顺嘴问道，你打算让谁来接替老尤的职务呢？孙总说我还没有想好。焦副总裁接着说，工会主席是个特殊的职务，是介于企业管理者和工人之间这么一个干部，让谁来当，你可以听一听工人们的意见。

撂下电话后，孙总不由自主地小声骂了一句，但骂归骂，焦副总裁的忙他还是要帮的，省内的发电企业都归省公司管辖，得罪了焦副总裁他的日子不会好过。这个焦副总裁曾在他们这家企业当过厂长，所以很自然地把这个厂当成了自己的自留地，好事坏事都会想到这个厂。孙总以前受过他的提拔，所以对他的话基本上言听计从。但孙总也是一个个性很强的人，焦副总裁说的话大部分都被他在心里定义为废话，不过，关于老尤继任者的问题他觉得焦副总裁的话倒是不无道理，也许，他真该听一听工人们的意见。

讲到这我不得不提一下这家公司的干群关系问题。随着市场经济的发展和企业改革的深入，公司的经济效益是显著提高了，但干群之间的矛盾也随着经济效益的提高而水涨船高。近几年公司一直在搞减人增效，已经有几百人下岗回家了，这几百人怨气冲天，没少在社会上说公司坏话。现在公司搞的是层层承包制，总经理定中层干部的岗，各分厂的厂长定各个班组长的岗，班组长定每个工人的岗。在岗的工人上班来一个个如履薄冰，见了大大小小的头儿都一副小心谨慎的样子，可背地里哪一个不是在骂娘。工人与企业管理者之间的收入差距越拉越大，这差距有工资表上的，更多则是隐形的。孙总就不止一次在公司的干部会上讲，企业里就是要有竞争，就是要拉开白领和蓝领的收入档次来。台下掌声雷动，大大小小的头头们都受到了有形的刺激，一个个都像上足了化肥的植物一样茁壮地挺起了胸脯。当然孙总不是傻子，公司里潜在的矛盾他是看得出来的。

这种时候听一听工人们的意见，也许是一种明智之举。几天以后，几个工人代表被请进了公司办公室的小会议室。值得一提的是赵吉分厂里的老白也在其中，老白虽然算不上这个故事里的主要人物，却是不可或缺的，在他正式出场之前我有必要多说他几句。老白是个长满少白头的壮年汉子，他姓于，但人们都不叫他老于而叫他老白，老白对这样的称呼采取了逆来顺受的态度，这显然不符合老白的性格，老白是个敢想敢做受不得屈的人，他的这种态度说明了他对这种称呼并不反感。老白在工人当中颇有名气，他一向以爱管闲事著称，工人代表中就顺理成章地有他的位置了。

这应该算是一个座谈会，孙总开门见山地把主题一说，老白就迫不及待地要求发言了。孙总说今天咱们畅所欲言，你想说什么就说什么吧。老白很响亮地清了清嗓子，阳光照在他的头上，使他的头发显得愈加白亮了。老白说，我今天讲一句公道话，工会主席这个官由我们分厂厂长赵吉做最合适了，现在还能替我们工人说几句好话的干部不多了，赵吉是不可多得的一个，孙总你要不信可以下去调查一下，看还有没有比赵吉更有人缘的中层干部。

孙总的眼睛真的亮了一下，老白的话虽然并不很入耳，但还是起到了一种提醒作用。这好比一间光线幽暗的房子，老白的话就是一只手，这手在开关上轻轻一按，灯就亮了，该看到的景致就清清楚楚地出现在眼前。孙总知道赵吉，这是一个重要分厂的一把手，更重要的是赵吉是个办事让人放心的人，公司领导层对他的印象都不错，他的群众关系也一如老白所说，非常好。就时下这情形，已很难在工人们嘴里听到说谁是好干部，但赵吉是个例外，有许多工人讲他的好话，这就使他在公司的中层干部中显得有些与众不同。赵吉也许的确是个理想的工会主席人选。

除了人缘好，他还有什么优势呢？孙总问道。

不用其他优势了，我看这已经足够了。老白激动地说，心里没有我们工人的人是当不好工会主席的，但赵吉有，有一次他和我们一帮工人在一起喝酒，他说他要是有权力的话，就在咱们厂里再建一个厂……

再建一个厂？孙总疑惑地问了一句。

对，再建一个厂，把下岗职工都招到这个厂里上班去。老白说。

这可能吗？有人插了一句。

不管可能不可能，这足以说明赵吉的心里装着大家。老白说。

孙总的眼睛又亮了一下，亮得十分地特别。

接着，其他几个代表也讲了不少赵吉的好话。当然也不是所有的代表都提赵吉，还有几个代表提了其他的人选。

几天以后公司的决定就下来了，被任命为工会代理主席的果然就是赵吉。

公司为此特意开了一次职工大会，赵吉是继孙总和两位副总之后第四个在众目睽睽之下走上大会主席台的。走在这个位置上的赵吉起初还有些不习惯，他的头像坠着一块铅一样有些不由自主地向前耷。赵吉边走边想，按党政工的顺序，孙总是总经理兼党委书记，走在第一位没错，而现在的他走在这个位置上也是没错的，现在不习惯以后也就慢慢习惯了，以后习惯了不走在这个位置反而会不习惯的。当走到座位上时他的头已经高高地昂了起来，也就是说，他在极短的时间内已经完成了角色转换，变不习惯为习惯了。

这是赵吉第一次以代理工会主席身份参加公司开的大会。所谓代，只是一种形式，按工会章程，工会主席应由职工代表大会选举产生。其实谁都明白，那不过是一种过场，人选都是由一把手定的，由职代会通过一下罢了。赵吉目前的这个代字也会在以后的职代会上被顺理成章地取消的。

孙总让赵吉讲几句话，面对台下黑压压一片脑袋，想想自己是由职工代表们推举上来的，赵吉就血往上涌，感觉到自己受到了某种召唤，激动得说话声音都有些颤抖了。

我非常感谢工人弟兄们对我的信任。赵吉停顿片刻，接着说，我就是要代表职工们的利益，尽心尽力为职工们办事。

台下的掌声很热烈。

散会后孙总找赵吉谈话。在孙总宽大的办公室里，赵吉突然感觉到自己在大会上的讲话似乎缺少了点什么，这也许是显而易见的，赵吉觉得有必要补救一下，就不等孙总开口，自己抢先说，我很感激孙总对我的信任，以后有什么工作，你就尽管吩咐。孙总说以后你是代表公司做工人们的工作，这个代表的分量可不轻呀！赵吉点头称是，他一边点头一边想，面对老总我应该代表工人，面对工人我又应该代表老总，我是谁呀？也许我什么都应该代表，也许我什么也代表不了。

三

你这人天生命好呀！钱丽一边收拾碗筷一边说。

我怎么命好了？赵吉穿上外衣，朝着窗外大好的阳光看了一眼，顺嘴问道。

稀里糊涂你就得了一个老婆，然后又稀里糊涂被提了干，这回又稀里糊涂当上了工会主席，副总级呢！钱丽说，我爸干了一辈子才是个分厂级的干部，你不是命好是什么？

赵吉嘎巴嘎巴嘴，也觉得钱丽说得不无道理，就得意地说，我这人心好，然后才是命好，老天爷也偏向心地善良的人！

你的心怎么好了，我怎么没看出来？钱丽说。

就拿我的那个梦想来说吧，心不好的人怎么会有那样的想法呢？赵吉说。

快别提你那个所谓的梦想了，我都听腻了。钱丽说罢就躲进了厨房里。

赵吉只好把已经涌到嗓子眼的话又咽了回去，然后走出家门。街上阳光明媚，车流如织，赵吉是骑自行车上班的，公司里的中层干部已经没几个没有私家车的了，赵吉就是这为数不多的几个人之一。公司级领导坐的是公司配给的公车，中层干部比如分厂厂长，收入是很高的，是绝对有能力买私家车的，赵吉也不是买不起，但他总觉得开私家车上班影响不好，全厂几千名工人有几个能买起私家车的，收入差距的拉大已使干群关系十分紧张，他不想图排场和舒服而遭来骂声，况且骑自行车上班还可以锻炼身体呢！

半个小时之后，赵吉坐到老尤生前的办公室里了。昨天，他已经叫人把这里彻底打扫了一遍，并且把老尤用过的东西都搬了出去。他倒不是忌讳什么，他只是想新官上任有个新的气象。老尤是个很圆滑的工会主席，没给公司添过什么麻烦，可也没给工人解决过什么实际困难。赵吉不想当老尤那样的工会主席，那要当什么样的工会主席呢？赵吉皱起眉头，他的确需要好好思量一番。

赵吉点燃了一支烟，在烟雾里思考问题是赵吉的一个习惯，不一会儿，烟雾就营造得具有相当规模了。赵吉思来想去，要想的东西始终没有形成一个形状，相反，那个早晨他跟钱丽提起过的所谓梦想却总是出现在他的脑海里，不合时宜地在其中占据着一定的位置。这是一个什么样的梦想呢？我现在不想说，总之它是一个超出常规的想法，我告诉过你，赵吉是个经常会有奇思异想的人。

不知过了多长时间，一阵嘈杂的声音从走廊里传进来，起初赵吉有意不去听它，但这种声音显然更加顽固，他的注意力最终还是被吸引过去。赵吉无奈地摇摇头，站起来推开了办公室的门。

走廊里三五成群，竟有好几堆人在热烈地议论着什么。原来昨天晚上机分厂厂长老张的“本田”轿车被人给砸了，老张认定这事一定是他们分厂里的工人干的，他已经报了警，并且在厂里扬言，如果谁能提供有用的线索，他将拿出一万元钱来奖励。重赏之下必有勇夫，老张说只要和这事有牵连的工人，不管他是谁，这饭碗是丢定了。

赵吉的脸色很不好看，他不是在替老张气愤，而是在为老张的言行感到担忧。都曾是分厂级的干部，赵吉熟悉老张其人，工作能力没得说，只是作风霸道得很，在中层干部中素以管理严格著称。在机分厂他说一不二，工人出事故的要下岗，活干得不好的要下岗，卫生打扫得不合格的要下岗，背后讲过他坏话被他知道的也要下岗。减人增效一直是公司的一项改革措施，这项工作显然难度极大，做起来不太顺手。但在机分厂开展得十分顺利，短短一年时间，老张就成功地把人数减到了最低标准。他手下的工人对他是又恨又怕，表面上都是顺民，可背地里呢？这个砸汽车事件足以说明问题的严重性。也就是说，干群之间的矛盾越来越激烈了。

赵吉说大家都回屋吧，这样吵吵嚷嚷的影响不好。等大家都散去了，他才回到自己的办公室。

再一次坐下来的时候，他感觉脑袋里的分量明显增加了，他知道他已经找到了工作的切入点。他想应该找孙总好好谈一谈。

几天以后，就在孙总的办公室里，赵吉谈了自己的工作构想，他建议成立一个隶属于工会的组织，暂且叫干部监督委员会，成员由工人们自己选出的代表担任。这个委员会的职责是对全公司的干部实施必要的监督，对群众不信任的干部有权向总经理提出罢免。这样一来，干群关系将得到改善，干部们也会因此更加自律。孙总听罢一个劲儿地摇头，说这样一搞公司非乱套不可，搞管理，还得充分信任干部，这样的民主要不得。

见孙总否决得十分干脆，赵吉就有些不知说什么好了。他一屁股坐下去，开始掏烟。

沉默了一会儿，孙总率先开口，他说那些下岗回家的职工经常回厂来闹事，这个问题你有办法解决吗？

如果都让他们工作，他们就不会闹事了。赵吉顺嘴说道。

你有岗位安排他们工作吗？孙总用一种怪异的眼神凝视着他。

我、我怎么会有呢？赵吉苦笑了一声，就在这时那个梦想又涌了上来，他真想一吐为快，但显然他不会那样做的，梦想毕竟是梦想，是不能随便和别人说的。

四

不能和别人说，总可以和老婆说，赵吉吃过晚饭后又和钱丽提起了他的那个梦想。他说钱丽你知道吗，白天我差点就把自己的那个梦想跟孙总说了，可是我咬咬牙还是忍住了。钱丽说你忍得好，你还是不要和别人说。赵吉说可我的心里真的憋得慌，真的想找一个人说一说心里话。钱丽说我都不愿听，别人就更不会愿意听了。说罢钱丽干脆躲到儿子的房间，看着儿子做作业去了。

老婆的态度令赵吉有些失落，他找出烟来，情绪不好的时候他就想抽烟。他将烟点燃的同时走过去把窗子打开了，外面的天刚刚黑下来，由于有雾气飘浮，平时所能见到的景致都没有看到，赵吉的心情就愈加沉重了一些。人的一生是应该有个说心里话的朋友，赵吉想我的这个朋友在哪里呢？我的那些老婆都不想听的话又能说给谁听呢？这时候，赵吉并不知道一个愿意听他梦想的人将很快向他走来。

翌日，赵吉在办公室推开窗子的时候，一个走在公司大院里的女子就闯进了他的视野。

这是一个长相俊俏的年轻女子，她的出现令烦躁不安的赵吉即刻眼睛一亮，尽管她步履匆匆，大院里不断有汽车通过挡住视线，赵吉还是死死地盯住了那个身影。不知为什么，这时他竟想起了十多年前厂里的那条林荫小道，他甚至预感到这个女子的出现会对他今后的生活有着某种不同寻常的意义。

这个女子叫马尼丝，有点像外国名，却是十足的中国人。以前曾是公司工会的宣传干事，几年前公司搞减人增效的时候她主动辞职了，据说是下海经商。赵吉曾与她有过一次一闪而过的接触，那时马尼丝还在工会，而赵吉是分厂厂长。那也是一个阳光明媚的上午，躲在办公室里的赵吉正在思考什么问题，猝然炸响起来的电话铃声一下子就将这个问题炸得无影无踪。赵吉拿起听筒，电话是马尼丝打来的，以急切而又无助的口气求他快快带一辆车来救她，她摔在离他们分厂不远的一堆废铁上了。赵吉以往与马尼丝只是彼此知道对方是谁而已，他们甚至从来没有打过招呼，这个意外的来路不明的求救电话说明了什么呢？赵吉难免因此而想入非非。他是自己亲自开着分厂里的一辆客货两用车赶去的，看见马尼丝果然跌坐在一截碗口粗的铁管上，那张经常令一些男人产生非分之想的俊脸因疼痛而变得有些苍白。赵吉急忙走过去，他发现马尼丝的腿不停地抖动，有几丝血从她的腿上渗出来。赵吉试着想将她扶起，她痛得立即发出一串尖叫，身体动了动没有爬起来。赵吉迟疑了一下，一咬牙勇敢地将马尼丝抱了起来，一步步艰难而又暧昧地走向了那辆车子。马尼丝柔滑的肌肤曾令赵吉身上泛起一阵阵波浪，他嗓子发干，这一刻不知自己都想了些什么。在这里我必须强调一点，赵吉其实是一个本分的男人，但毕竟是男人，面对如马尼丝这样如花似玉的年轻女子，他的身心怎会没有一些波动呢！

这件事已经过去好几年了，令赵吉难免失望的是此后马尼丝除了打过一个感谢电话，竟再也没有和他联系过。而他也似乎没有主动和她联系的理由。马尼丝就像大街上那些擦肩而过的美女一样，除了留下一缕值得回味的香味，其他的什么也没留下。

每个人一生中都会有一些值得回味的东西擦肩而过。

这时门突然一响，工会副主席老贾推门走了进来。赵吉急忙转过身，脸上掠过一丝不易为人察觉的慌乱。

有个事情我应该跟你汇报一下。老贾说。

赵吉说汇报吧。

机分厂的老张怀疑手下的三个工人与砸车事件有关，已勒令他们下岗了，他们不服，就去找孙总，孙总支持老张的决定，他们就找到工会，要我们工会替他们讨公道。老贾说。

怎么讨公道，让我们去找孙总评理吗？赵吉说。

都知道赵主席是最同情工人了，他们显然是指望你替他们讨公道呢！老贾说。

赵吉没有吭声，他觉得老贾的脸上有一种幸灾乐祸的成分。赵吉当主席挡了老贾的升迁道路，老贾当然对他有抵触情绪。这个老贾一向以精明著称，对人情世故颇为精通，现在他显然在用这件事将赵吉的军。赵吉知道自己不能随便乱说，想了想，就用其他话把这事给岔开了。

赵吉问现在工会都有什么活动。

老贾说也就是一些文体活动呗，我们想搞一次全公司职工的篮球赛。

这件事你就全权负责，一些细节不用跟我汇报了。赵吉说。

好的。老贾说罢就出去了。老贾还是很满意赵吉对比赛的态度的，文体活动是惹眼的工作，他很想在这方面干出一番成绩来。

老贾出去后赵吉本想再到窗边去看一看，他刚从椅子上挺起身体敲门声就又响了起来，赵吉有些不耐烦地问了声谁，外面的人没有回答，而是一推门自己走了进来。赵吉抬头一看，他怎么也没想到进来的人竟然会是马尼丝。

是你？赵吉脱口而出。是我。马尼丝说。

赵主席还记得那次救我上医院的事情吗？马尼丝落座后开口就这样说。

赵吉莞尔一笑算是回答，他一时实在想不出比不回答更合适的回答方式了。对于那件事他一直深感蹊跷，他觉得马尼丝可以给比他更合适的许多人打这个求救电话，而她为什么偏偏选择他呢？赵吉一度还担心他们之间会因此发生一些什么事，但事实上平安无事。赵吉倒是和其他职工一样，断断续续地听到了一些马尼丝与厂里的重要人物有暧昧关系的传闻。

毕竟是男人，男人是很难抗拒美丽女性有形或无形的诱惑的。赵吉有时候很理解那些重要人物。而此时同样成为公司重要人物的自己会不会与眼前这个美丽女人发生什么事情呢？赵吉下意识地摇摇头，觉得自己的想法未免滑稽与低级，是需要自觉抵制的。

你不会是来怀旧的吧？赵吉说。

我当然不是来怀旧的。马尼丝说，我是来展望未来的。

这未来是什么呢？赵吉问。

你想这未来是什么那就是什么。马尼丝说到这见赵吉面露疑惑，就又微笑着补充了一句，说，咱俩不妨都说一个自己的愿望，就算是做一个游戏好了。

游戏？赵吉笑了笑说，好吧你先说。

我先说就我先说。马尼丝目不转睛地盯住赵吉说，我公司正在经销一批体育器材，我现在的愿望就是能顺利地把它脱手。

赵吉的嘴角不觉露出一丝轻蔑的笑容，说，你大概是想叫我们工会购买这批体育器材吧？

先不忙谈生意，我们还是把游戏做下去。现在轮到你说愿望了。马尼丝不慌不忙地说。

我的愿望嘛……赵吉不禁拉长了腔调，要说愿望，他应该有很多愿望，目前对他来说，那个潜藏在心里的所谓梦想其实是他最大的愿望。尽管不切合实际，但他还是时常有一吐为快的冲动。可是跟谁吐呢？连钱丽都不愿听，就更不能指望别人会愿意听，何况他也不会对别人那样冒失地讲话。赵吉迟疑片刻，他突然觉得这也许是他讲出这个梦想的最佳时机了，毕竟是游戏，毕竟是带有戏谑成分的谈话，说什么也不算为过的。想到这，赵吉就说，我的愿望就是建一座工厂，这座工厂与我们现在任何一座工厂都不一样，不一样的管理方式，不一样的氛围。在这座工厂里没有高低贵贱之分，革命工作人人平等，厂长的收入不会比一线工人高，也没有权力让某个工人下岗回家，这里没有歧视，没有独裁，重大决策由大家投票民主地做出决定。这里甚至没有竞争，大家都在一种平和的无忧无虑的状态下工作着……

马尼丝哈哈大笑，说，现在还会有这样的工厂？

赵吉说，有没有并不重要，重要的是我有这个愿望。

五

我也许能帮助你实现这个愿望呢！马尼丝说。

赵吉不以为意地咧了咧嘴。

马尼丝似乎并没有在意赵吉的这种表情，她居然一本正经地说下去，她说我有一条很重要的信息，省公司的多经部门引进了一条水泥厂的生产线。

赵吉依然保持着那种表情，他一时想不出水泥厂会与自己的愿望有什么联系。

马尼丝接着说，据我所知，咱厂还闲着一处水泥厂的厂房呢！

尽管马尼丝的声音不大，但对赵吉来说这句话绝对具有炸雷一样的效果。同样这句话对我能顺利地讲完这个故事也是至关重要的。赵吉脸上的表情倏地一下就变了，马尼丝的这句话的确起到了一种提醒作用，它使赵吉由水泥厂的厂房想到了许多东西。在那条曾经令他时来运转的林荫小道旁，在那个幸福像一块馅饼一样落在他头上的厂房旧址，会发生什么新的传奇吗？

赵吉知道，那个水泥厂房是当年想利用燃煤烧过的灰渣而建起来的，发电厂是烧煤大户，有取之不尽用之不完的煤渣，煤渣再利用一直是许多发电厂要做的文章。由于种种原因这个项目后来流产了，那个厂房就一直闲置着。如果利用这个厂房再配上一套设备，就会迅速建起一座具有相当规模的水泥厂。那样的话，几百名下岗工人的工作问题不但会解决，还能稳定其他在岗工人的心。而更重要的是，他的那个梦想居然也有了实现的机会。这是下岗工人们的机会，也是他的机会。经验和灵感告诉他，他不应该放弃这样的机会。

赵主席以为如何？马尼丝微笑着问。

这的确是一件可以考虑的事情。赵吉说。

可以给我这个提供信息的人一点回报吧？马尼丝说。

当然，如果我们要购置体育器材的话，一定优先考虑你们。赵吉说。

马尼丝告辞后，赵吉的兴奋感却消失了。想办工厂谈何容易，水泥厂是个不小的项目，需要一大笔资金才能上马，电力企业虽然效益不错，也有一定实力，可出这么大一笔资金也绝非易事。况且他刚当工会主席，这种急于干一番事业的做法能够让人理解吗？这样一想，赵吉的心就有些凉了。

晚上下班，赵吉把这种矛盾的心情带回了家，吃饭的时候话很少，总是一副若有所思的样子。按常情，像他这种身份的人是应该很晚才回家的，总会有许多饭局在等着他。但他总是尽量推，能不在外面吃就不在外面吃，做分厂厂长的时候就是这样。他不是怕钱丽怪他，而是怕影响不好，毕竟有那么多工人在关注着他呢！钱丽问他想什么呢，他说想我的那个梦想，钱丽说我劝你最好还是少想一点，实现不了的事想多了会得精神病的。赵吉说得精神病也是一种享受，瞧那些精神病人整天乐呵呵的，什么愁事都没有了。

吃完饭赵吉躲进卧室继续想他的心事，不知过了多长时间，钱丽裹着一股洗发液的味道走了进来。赵吉一眼就看出来她是想做爱，她穿着色彩柔和的睡衣，刚洗完澡，眼神有些迷离。赵吉还知道她的睡衣里面一定再没有一点布丝，细算一下，他们好像有一个多星期没有性事了，今天难得钱丽有此好心情。赵吉抬头看着她，觉得应该积极配合，可情绪却一时调整不上来，所以他就那样傻傻地看着她，斜倚在床上没有动弹。

早点睡吧。钱丽用肩膀撞了赵吉一下，开始铺床。

儿子还没睡呢。赵吉只好拿出儿子来搪塞。

儿子都十多岁了，做完作业他就会自己睡的，我已把他安排好了。钱丽说罢抛给赵吉一个平时并不多见的媚眼。

床很快就铺好了，双人被上的红花图案像一张血盆大口，但即使是血盆大口，赵吉想，他也该跳的，不然就太让钱丽失望了。于是，他只好脱掉衣服，然后把钱丽的睡衣轻轻一拉，果然就露出了她凹凸有致的胴体。两个人搅在一起的时候赵吉的激情依然没有澎湃起来，一是他有心事，二也是他对这个胴体熟悉到了左手摸右手的程度。为了尽快激情起来，他就开始想一些更能刺激他的女人，比如马尼丝。一想马尼丝他就来劲了，他狠狠地把钱丽压下去，惊天动地地开始发挥。

第二天，赵吉已经基本放弃了重建水泥厂的梦想。也许有些事情只能是梦想，真做起来就不是那回事了。可没想到他不想找孙总，孙总却主动来找他，孙总一进门就高声嚷道，那些下了岗的职工昨天又来找我闹了，这很不好，已影响了我正常的工作。

那你就严肃地处理他们。赵吉说。

这话跟没说一样。孙总的脸色更不好看了，他盯住赵吉的脸说，在岗的我可以严肃处理，可已经回家的我怎么处理呢？我来是想问问你，你有什么办法没有？

下岗职工的问题就是饭碗的问题，赵吉说，饭碗问题解决了，他们的问题也就解决了。

这话还是跟没说一样。孙总站到赵吉的对面，咧着嘴说，好不容易减下去的人，我总不能再让他们回来吧？再说，现在公司里的各个岗位都不缺人。

如果我们再建一个厂就好了。赵吉脱口而出。

再建什么厂？孙总问。

水泥厂。赵吉说。

话出口，赵吉才意识到自己已经不由自主地说出了这个已经被他归类为梦想的事情。既然说出口了，赵吉反而没有了顾虑，他索性继续说下去，我们不是闲置着一处水泥厂的厂房吗？当年也是投了不小的资，闲着太可惜了，我们何不利用起来。

赵吉发现孙总的眼睛好像亮了一下。

赵吉接着说，听说省公司引进了一套水泥厂的设备，如果我们把这套设备要过来，一座新的工厂不就诞生了吗？这些下了岗的工人也就有了安置的地方。

要过来，谈何容易。那是要钱的。孙总说，公司里哪有那么多资金呀？

省公司引进这套设备就是为了搞三产，让他们给咱点优惠，咱们只出一部分钱，这问题不就解决了。赵吉说。

孙总低下头，样子显得有些矛盾，赵吉对此还是持理解态度的，毕竟是这么大的项目，又不是公司的主产，对孙总来说应该是关键的成败得失。孙总是没有理由不慎重的。这么一想，赵吉反倒觉得自己有些冒失。

我看难度不小。孙总沉吟了一会儿才说，还是让我好好想想吧。

孙总出去后，赵吉陷入了一种兴奋与紧张交织在一起的感觉中。过了好一阵才算清醒一些。事至如此，他还是要大胆地走下去。第二天，他主动去找孙总，可孙总说这几天忙得不可开交，要他等两天再议这件事。两天以后他又去孙总的办公室，正赶上孙总夹着皮包要出去，就又没研究成。赵吉不免有些失望，心想我为谁呀，你不着急我急什么。

就在赵吉也不想急了的时候，马尼丝打来了电话。马尼丝的声音像骤然而至的灯光一下子照亮了赵吉越来越暗的心房。

据我所知，孙总已经答应了。马尼丝的声音很欢快。

答应什么？赵吉顺嘴问道。

还有什么呀？水泥厂的投资呗。

赵吉没有理由不兴奋了，但他依然强作镇静，或者说他对此还存有明显的疑虑。

还是你厉害。赵吉说。

不是我厉害，是你的真诚打动了孙总，孙总才下此决心。马尼丝说到这似乎觉得应该补充一些什么，就又说，刚才我和孙总在一个酒桌喝酒，所以就趁机问了这件事。

六

这一天是个阳光灿烂的日子，而这一天无论对赵吉还是对这个故事都是至关重要的。赵吉披着鲜亮的阳光一走进办公楼，就被孙总叫去了。孙总说他已经同意上水泥厂的项目了，不知为什么赵吉反应有些迟钝，他凝视着孙总粗糙的脸，却不自觉地想起了马尼丝的那张美丽的脸，两张反差甚大的脸重叠在一起令赵吉的视觉有些模糊。

孙总告诉赵吉公司准备出资的数目，孙总说是把准备装修招待所和文化宫的钱都挪过来了，也才这么多。离购这套设备还差三百万元呢，怎么解决？

三百万元不是个小数目，可也算不上高不可攀。赵吉血往上涌，提出了一个大胆的方案，这些钱由下岗职工自己集资解决。

孙总当然没有不同意这个方案的理由，他只是有些担心钱是否能集上来。

赵吉倒是信心十足，取之于下岗职工，用之于下岗职工，大家应该是能够理解的。

说干就干，赵吉把工会的工作人员都动员起来，叫大家分头去做下岗工人们的工作。几天以后消息就反馈回来，下岗工人们说上水泥厂这个项目好是好，但目前还是没有把握的事，我们本来就下岗了，不想冒这个风险掏自己腰包。

赵吉的眉头一下子皱紧了，心想我们的工人觉悟怎么这样低呀，集资是为了给你们解决工作问题，你们却怕三怕四，连点钱也舍不得出。三百万元，三百名下岗职工每人出一万元就够了。大家都是才下岗不久，以前厂里的工资不低，一万元都还是出得起的。但怨归怨，工作还得做。从何处入手呢？赵吉绞尽脑汁，终于想出了办法。

这天下班后赵吉没有回家，而是去了老白的家。前面我提起过老白，他也应该算赵吉当上工会主席的功臣吧。老白现在虽只是个工人，却不是一个普通的工人。他二十多岁的时候曾做过厂里的团委书记。年轻的老白少年得志，有一股狂傲劲。老白的文笔不错，能写一手好文章。老白的组织能力也不错，不然也不会被提拔到团委书记这样的岗位上来。但老白有个致命的弱点，那就是人缘不怎么好，都说他在团委搞一言堂，听不得别人意见，是个十足的独裁者。后来团代会搞换届选举，代表们硬是把他给选了下来。当了工人的老白开始破罐子破摔，看什么都不顺眼，平时牢骚满腹，常常对公司里的不正之风和官僚主义骂骂咧咧。没想到这一来竟在工人当中混出个好人缘来。工人们的一些自发活动常常是由老白牵头。日积月累，老白的威信就在工人当中上去了。赵吉想到了老白，心里就有了些谱。

赵吉赶到老白家时老白正捏着酒盅修理一个炸鸡架。赵吉平时没有去过老白家，但都住一个家属区，他还能知道老白家的门朝哪个方向开。老白见赵吉来了，感到突然又感到不突然。他冲着厨房里的老婆喊，再弄一个鸡架来，接着就给赵吉斟上酒。赵吉对老白的鸡架和酒本不感兴趣，但此时又不能不吃不喝，只有吃了喝了才能体现出他的平易近人，才能让老白觉得他赵吉没拿他当外人。

赵吉刚喝一口酒，老白就开始表白，他说那天孙总找我们几个去讨论工会主席的人选，我愣都没打就提了你，我说我们工人就信任你这样的干部，结果怎么样，你还真当选了。

赵吉敷衍道，所以呢，饮水思源，有事我首先就想到了你。这不，我今天就是有重要事和你商量。

什么事？老白瞪大了眼睛。

近来下岗工人们常来厂里闹事，是不是你组织的？赵吉压低声音问。

老白愣了一下，说我又没下岗，怎么会是我组织的。

赵吉冷笑一声，说，你老白的为人谁不知道，路见不平拔刀相助。这人多嘴杂，早有人把你的一些言论汇报上去了。

老白又迟疑了一下，然后挺起胸脯说，是我鼓动的又能把我怎么样？

赵吉说，孙总对你很不满意的。

对我不满又能怎样？老白扯开嗓子嚷道，他要让我在厂里下岗我就让他在地球上下岗！

我知道你天不怕地不怕。赵吉故意顿了顿，然后做出一副神秘相说，但现在情形不同了，你需要孙总的支持才行。

老白眼睛有些发直，一副糊涂的模样。

赵吉接着说，你热心推荐我我非常感激，人心都是肉长的，反过来我能不举荐你吗？

赵吉发现老白眨了眨眼睛，然后那双眼睛就变得有些发绿了。赵吉暗暗发笑，心想人的特点就是想往高处走，老白虽然嘴上强硬，但显然不能免俗。赵吉表面依然做得很严肃，他正色说，下岗工人的问题不外乎就是工作问题，你把他们的工作问题解决了，他们就不会闹事了。现在我正在积极活动，准备引进一个水泥厂的项目，这事如果成了，几百人的工作问题就解决了。而这个水泥厂的厂长，我觉得老白你是比较合适的人选。

老白神情大变，一改刚才天不怕地不怕的样子，瞪着一双绿眼静听下文。

赵吉说，为了购进设备，公司准备倾囊而出，可资金还是差了三百万元。这是关系下岗职工长远利益的大事，三百万，不外乎就是三百名职工每人出一万元。你说说，他们出得起还是出不起？

我看出得起。老白说。

老白的口气显然起了变化，而这变化正是赵吉所需要的。

赵吉接着说，我这次来就是想请你出山，凭你在群众中的威信，这工作一定能做好。如果这样的话，孙总也会改变对你的看法，你这厂长也就当定了。

老白有些激动，赵吉主动来家里说了这么些知心话，对自己又如此抬举，他当然不能无动于衷的。他拍着胸脯表态说，赵主席你放心，这事再难，我老白也要把它拿下。

赵吉很高兴，和老白干了一大杯酒。

几天以后，下岗职工们果真都交了集资款。

集资成功给赵吉的鼓励是巨大的，这以后，他又搞了一次全公司规模的集资活动。他的宣传口号是，水泥厂就是大家的保险公司，在主厂下岗的职工都可以到水泥厂来上班。这个口号几乎感动了每一个工人，大家群情振奋，集资再次获得成功。

七

在庆祝水泥厂开工的宴会上赵吉喝了过量的酒，晚上回到家时摇摇晃晃的，刺鼻的酒味差点没把钱丽呛个跟头。钱丽问他到底喝了多少酒，他大着舌头说，喝多少我也不知道，反正你敬一杯他敬一杯的我都喝了，这么高兴的日子，喝醉了也值。钱丽说你是工会主席，喝成这个样子影响不好。赵吉说什么影响不影响的，我不在乎，说罢一屁股摔坐到沙发上。

那你在乎什么？钱丽有一搭没一搭地问。

我在乎我居然会有那么一个梦想，而那个梦想居然又能与现实接轨，看来所有的梦想都不是梦想，都有可能在某一天变成现实的。赵吉摇头晃脑地说。

变成现实的梦想并不见得都是好事。钱丽咕哝道。

你为什么这样讲，你是在嫉妒我吗？赵吉瞪起眼睛说。

来得太容易的事十有八九不是什么好事。钱丽说。

你这是屁话。赵吉恶狠狠地说，我能得到你是不是好事？可来得就那么容易；我能被提干是不是好事？可也来得那么容易；我当工会主席是不是好事？它同样来得容易。我是谁呀，是大吉大利的赵吉，走在大街上都会有一块馅饼吧嗒一下砸到我的头上。这怎么就不是好事呢？这些年在工人们身上发生的不公道的事情太多了，我想给他们找一个梦想之地有什么错，你凭什么说三道四的！

钱丽见他情绪恶劣，就不再理他。他则谈兴正浓，岂肯就此闭嘴，接着说，水泥厂是我一手搞起来的，说白了水泥厂的事我要说了算。我要把它建成和现在所有的工厂都不同的一个厂，我要把待遇、奖金向一线工人倾斜，干部是管理者也是后勤，是给工人和生产服务的，奖金要比工人低一个档次，并且不搞特殊化。每一个职工都要参加到企业的管理中来，我要建一个民管会，大家不信任的干部可以弹劾他。这里人人平等，这里是工人的乐园……他一个人叨叨咕咕说了好一阵，之后竟然在沙发上睡着了。

第二天早晨，醒了酒的赵吉问钱丽他昨晚上都说了些什么，钱丽说我怎么会用心去记一个酒鬼的话呢，记不得了，真的记不得了。赵吉也不追问，他的精力毕竟有限，他还有许多重要的事情要做呢！

公司成立了以赵吉为主任的水泥厂筹委会，老白被任命为副主任。做了副主任的老白精神面貌焕然一新，走路轻盈得像踩着棉花，衣服敞着怀，浑身散发着热气。赵吉一上班，老白就来找他，说安装公司的人手太少，这样下去进度太慢了。赵吉知道，和安装公司签合同的时候说得很清楚，对方主要出技术，劳工是要由自己出的，这样一来会节省一大笔开支。他也曾和孙总要过人手，可孙总说生产现场一个萝卜一个坑，抽不出人来。赵吉为此十分头疼。

老白说，我有一个想法，我想让下岗职工都回来参加水泥厂的建设。

可工钱怎么办？赵吉说，咱们可没有这一笔开支呀！

水泥厂是为下岗工人们建的，他们回来参加义务劳动也是应该的嘛。老白说，我去做他们的思想工作，估计他们会理解的。赵吉说那当然再好不过了。

令赵吉没想到的是，老白的工作做得十分顺利，第二天，就有二百多名下岗职工来到了水泥厂的建设工地。空中被老白领人悬挂起写有鼓舞士气的口号条幅，大家干起活来十分踊跃，厂房里出现了近年来少有的大干场面。这可是不要工钱的义务劳动呀！在一切向钱看的今天，这样的场面没法不令人感动。

赵吉抽空回了一趟工会，这些天都忙水泥厂的事了，工会工作他倒没做多少。赵吉坐回自己的办公室，但人不由自主地依然沉浸在水泥厂工地的热烈气氛中，满屋子的阳光无疑增添了这种喜庆的感觉。赵吉抽着烟，澎湃的血液使他无法安静下来。

不知过了多久，赵吉打电话把老贾叫了过来。他想了解一下这些天工会的日常工作。

主要是文体活动。老贾说，都在按部就班地开展之中。

看着老贾有些阴沉的面孔，赵吉想起文体活动已经全权交给人家老贾搞了，自己没必要再插上一手。赵吉摊摊手说，我不是问文体活动，我是问有没有其他的事情。

其他的嘛？老贾想了想说，对了，机分厂的老张来工会提过意见，他反对水泥厂是职工保险公司这种说法，说这样一来他就不好管理了，下岗了还有水泥厂呢，工人们谁还怕他呀？

赵吉笑了笑说，他的意见不予考虑，还有其他的事情吗？

其他……老贾正要说话，水泥厂筹委会里主管技术的工程师老牛风风火火闯进来。老牛的脸色很不好看，赵吉顾不得听老贾说话了，急忙问老牛发生了什么事情。

赵主席，我看这设备好像有些问题。老牛气喘吁吁地说。

什么问题？赵吉问。

这套设备好像不适合用煤灰做原料，也就是说这不是我们需要的那种设备。老牛说。

什么好像？是与不是赶快查清楚。赵吉急了，大声吼道。因为这的确事关重大，事前他还真没考虑过这个问题，总以为水泥厂的设备都是适合用煤灰做原料的。

可是安装工作已经开始了。老牛喃喃说，这套设备资料不全，等我们彻底查清，拿出可靠的证据时，设备怕已经是安装完了。

赵吉的神经绷紧了，如果设备不对，等于这一大笔投资白搭了，这还了得吗？

赵吉噌地站起来，他先对老贾说，工会的事还是你多管吧，我得去水泥厂。老贾点点头，脸上掠过一丝不易被人察觉的讥笑。

在随后的几天里，赵吉一直跟在老牛身后研究设备情况。他们请专家，下现场，很快就得出了结论，这套设备的确不适合以煤灰做原料进行生产。赵吉傻眼了，他慌忙下令停止安装。轰轰烈烈的现场就像被定格了一样，登时安静下来。

赵吉急忙找到孙总，忐忑地汇报了情况。孙总并没有责备赵吉，只是露出一副苦相说，生米做成熟饭了，还能有什么办法呢？

赵吉说，我们只有索赔和退货了。

孙总说，这设备是由省公司里引进的，又不是从厂家进的货，你找谁退去？

赵吉说谁引进的谁就应该负责退货。

孙总说这是由焦副总裁引进的，你难道要焦副总裁退货吗？

赵吉说，这里面可是有下岗工人的集资款呀！

孙总有些不耐烦了，他挥挥手说，我不管集资款不集资款，总之你不能找焦副总裁给我添乱。要知现在，何必当初，还是多从自己身上找原因吧。

八

这真应了钱丽说过的那句话，来得容易的都不是什么好事。赵吉从孙总那里出来就开始给马尼丝打电话，他先是把电话打到她的公司，后又打到她的家里，可都没有找到她。打她的手机又总是关机，气得赵吉差点没把手机摔了。

赵吉颓然而坐，他其实心里十分明白，找到马尼丝又能怎么样呢？责怪她不该把这条信息告诉他，这样的责怪显然毫无意义，左思右想，他觉得还是应该去找省公司讨个说法。

赵吉把电话打到了省公司多经办公室，和一位主任通了话。这个主任的态度很强硬，他说你们是主动买下这条生产线的，当初你们并没有提出必须用煤灰做原料。

这还用特意提出吗？赵吉一听就火了，说，咱们系统内建水泥厂不就是为了利用废煤灰吗？

电话那边停顿了片刻，这位主任才换了一副腔调说，这件事比较复杂，我看你还是算了吧。

赵吉大声吼道，你们引进错了就应该负责退换，怎么能说算就算了呢？

上哪去换？那位主任也提高声调说，那家贸易公司早就解体了。

解体了你们就应该负责，设备不换就给我们退钱。赵吉寸步不让。

主任又放慢语调说，设备和钱我们都没有。告诉你吧，这设备是由焦副总裁亲自引进的，你愿找就去找他吧。

赵吉决定亲自去省城一趟，他真的要去找焦副总裁。去之前，他到孙总的办公室来请假，孙总一听他要去找焦副总裁，脸色立即就变了，他一字一句地说，引进这个项目，从一开始就是错误的。

赵吉瞪大眼睛看着孙总。

孙总说，我不想责怪你，要是事先知道错误，谁也不会去犯错误了。

赵吉依然瞪着眼睛困惑地看着孙总。

孙总接着说，但是，我也不希望你再给我添乱。

赵吉说，这明显是省公司的错误，后果怎么能由我们来承担呢？

孙总叹了口气。

赵吉说，引进水泥厂设备的建议是我提出来的，我一定负责追究，必要的时候可以诉诸法律。

你去和谁弄法，和焦副总裁吗？孙总涨红了脸说，我看你还不如去告我，告公司领导班子。

这……赵吉用疑惑的目光盯住孙总，他一时不明白孙总为什么会这样说话。

孙总继续说，引进设备是经由公司总经理办公会和党委会研究通过的，要说责任，我应该负主要的责任。

赵吉的眼睛有些发直。

孙总放低声音说，这事说起来焦副总裁当初是有责任的，可由我们去追究，领导会怎么想？我这个总经理是省公司聘任的，为了当好这个家，我何时睡过一次安生觉。你去找副总裁的麻烦，就等于在拉我下马呀！

孙总说到这真的动了感情，声音竟有些哽咽了。话到这里赵吉才似乎明白了什么，找副总裁的麻烦等于拉孙总下马，拉孙总下马也就等于拉自己下马，并不愚笨的赵吉岂不明白这里面的道理。可是，公司投进去的一大笔资金不管，下岗职工的集资款不能不管呀？他们已经下岗了，那是他们安身立命的本钱呀！赵吉的脊梁骨上渗出一层冷汗了。

孙总走过来居然轻轻拍了拍赵吉的肩膀，意味深长地说，我觉得你不是个爱冲动的人，你应该把精力投入到补救工作上去。

赵吉的脑袋里轰轰山响，衬衣被孙总的手拍得粘住了身子，汗水则从额头上滚滚而下，他真的觉得自己快要虚脱了。

九

水泥厂工程搁浅的事在公司里影响很大，职工们议论纷纷，说什么的都有。一向在群众中人缘很好的赵吉破天荒成了人们攻击和诋毁的目标。他们说，这个老赵，不当工会主席的时候还把咱们工人当人看，当了工会主席怎就不把咱们工人当人看了？集资款泡了汤，这不等于谋财害命吗！

这些话当然都是在背后说的，可赵吉还是觉得自己亲耳听到了。这是心灵感应，也是他应该听到的话，他没有办法逃脱和拒绝。

这些日子工会的日常工作仍然由老贾操持着，水泥厂虽然暂时下马了，但赵吉还不时会到那里转一转，与光杆副主任老白碰一碰面。老白对此事的结果感到无可奈何，他一边骂天骂地骂人，一边又劝赵吉想开些，说时下这样的事情并不少见，咱碰上算咱倒霉也就是了。

这天夜里赵吉失眠了，在钱丽的鼾声伴奏下他想了很多事情。窗外响起了沙沙的声音，赵吉翻身下床来到窗前，他将窗帘拉开一些，看见天下雨了，雨不大，但他发现他所熟悉的景致在细雨迷蒙的夜里仿佛变了一个样子。挨得很近的楼房在湿漉漉的夜幕下变得陌生而遥远，一股阴森森的冷风从窗缝挤进来，令他打了一个寒战。

重新躺下来的赵吉又想起了马尼丝，那个漂亮可人的形象在这个雨夜里没有表现出丝毫的吸引力，相反令赵吉感到厌恶和恐惧，自己目前的处境怎么说怎么都与她有关，他隐隐约约有一种感觉，觉得自己似乎是在冥冥之中受到了一种嘲弄。

第二天上午九点多钟的时候，太阳从云层中挤出半张脸来，把万物照得橘黄色。雨仍在不紧不慢地下，半边阳光与细雨交织在一起，给人平添了一种幻象之感。赵吉坐在办公室里，正挖空心思地找着补救之法，门一响，马尼丝竟意想不到地出现了。

是你？赵吉没好气地用鼻子哼了一声，眉头一下子蹙得更紧。

马尼丝一声没吭，默默地坐到一边的长沙发上。赵吉这才注意到马尼丝的表情，那种抑郁不欢的神色与往日的神采飞扬大相径庭。这引起了赵吉的好奇心，怨恨情绪在这一刻反而退居其次了。

马小姐居然会有不快乐的时候吗？赵吉用一种嘲讽的语气说。

马尼丝依然没有吭声，她眼帘低垂，里面似有泪花滚动，这令赵吉愈加大惑不解。

赵吉摇了摇头，他下意识地站了起来，走到窗前，他看见外面的雨丝在难得的阳光照耀下像镶了金色的光边，地上积了一层雨水，偶有行人走过，便会蹚起一串串的水花来。

赵主席，你恨我吗？马尼丝终于开口了。谈不上恨，你毕竟不了解情况。赵吉说。

看来你是被蒙在鼓里。马尼丝的声音发飘起来，这样的话，我就更不应该瞒你了。

赵吉有些糊涂，他不知道马尼丝葫芦里卖的什么药。

我实话实说吧。马尼丝说，或者换一种说法也可以，我要向你坦白交代。

交代什么？赵吉说，这个词用得太严重了吧。

交代心灵。马尼丝恰到好处地停顿了一下，然后一脸真诚地说，这个词用得一点都不严重，也许只有这样，我的心才会安宁一些。赵主席，你是个聪明人；此事的内情你是应该能想象得出来的。焦副总裁错引进了一条生产线，它已经闲置很长时间了。这件事引起了有关方面的注意，正欲追究责任，就在这时，你们却主动要求买下了这条生产线，焦副总裁因此得以解脱。

赵吉瞪着眼睛，一时说不出话来。

马尼丝继续说，孙总想替焦副总裁消灾，可自己又不便主动张罗，就委托我和他演了一出戏，结果你果然上钩了。

赵吉恍然大悟，他全明白了，孙总拿他当猴子耍了。而他呢？却把几百名下岗职工给坑了。他不由怒火中烧，脱口骂道，卑鄙！

骂归骂，他还是要和马尼丝继续谈下去的，因为还有一些疑问比愤怒更折磨他。

你为什么会把这个秘密告诉我呢？赵吉问。

因为我也是个有良心的人，当初这么做我并没有意识到问题的严重性，现在看见你和下岗工人们都被套了进去，我的心就不安了，只有告诉你我才能得以解脱。马尼丝说。

看来你还是个好人。赵吉脱口而出。马尼丝用手帕擦了擦眼睛。

令赵吉更有感触的则是世道的险恶。他咬着牙说，我一定得向姓孙的讨个公道。

我劝你还是装糊涂为好，如果你和孙总闹翻了，这个工会主席你也当不成了。马尼丝说。

主席可以不当，真理不能不要。赵吉说。

你不当主席了，这集资款怎么办，下岗职工的利益谁来维护？马尼丝放低声音耐心地说，我看你不如把重点放在补救工作上。

怎么补救，我上哪去要这笔钱呀？赵吉叹气说。

我想告诉你一个补救的办法。马尼丝的声音又变得神秘起来。

赵吉困惑地看着马尼丝的脸。

马尼丝说下去，梅县准备投资建一座水泥厂，他们的水泥厂不是用煤灰做原料的，你们不妨把这套设备卖给他们，然后拿这笔钱再换一套合适的设备，问题不就都解决了。

赵吉的眼睛一亮，但片刻又灰暗了，一种惯性思维令他不得不有所警觉，这会不会又是一个骗局呢？

马尼丝说，难道你不相信？

如果马尼丝不如此坦白的话，赵吉或许不会对马尼丝提供的任何信息感兴趣了。但马尼丝的坦白令他感动，看来她还是一个良知未泯的女人。赵吉迟疑了一下说，人家会买咱们的二手设备吗？

事在人为嘛。马尼丝说，梅县主管此事的李副县长是我的朋友，我愿穿针引线以弥补我的过失。

十

几天以后，赵吉和马尼丝一起去了一趟梅县。两个人坐在一辆轿车里，话却说得不多，大部分时间赵吉都在思考问题，他不断告诫自己再也不能上当了。

车到梅县，马尼丝吩咐司机将车直接开到“望海楼”酒家。两人下车，马尼丝叫赵吉在酒店大厅里稍坐，自己则拿出手机打了一通电话。工夫不长，就听门一响，走进五六个挺胸凸肚的主儿，见了马尼丝就围过去寒暄，十分亲热的样子。赵吉被晾在一边好一阵，马尼丝才脱身给大家介绍。第一个过来与赵吉握手的是李副县长。李副县长颤着赵吉的手说，马经理早就跟我提过赵主席的大名，幸会幸会。

众人嘻嘻哈哈地进了雅间，落座后李副县长给赵吉介绍其他几个人，有县工业局的一位局长，剩下几个都是县里的煤矿矿主。老赵暗自嘀咕，我来是研究水泥厂设备转让的事情，和煤矿有什么关系呢？

服务小姐开瓶斟酒，马尼丝就势抢过酒瓶，她要亲自给众人斟上，众人就都一脸的受宠若惊。马尼丝出手不凡，倒酒的技艺十分精湛，就见瓶口倾出一条不绝如缕的细流，刚好平了杯口，却满而不溢，显示出酒场上的老道。待李副县长敬过开杯酒后，马尼丝抢在赵吉之前端起酒杯说，我今天在赵主席之前敬酒，表明我对这次交易的迫切性，望李县长首先看在我的面子上，多多关照！说罢一仰脖就将一杯酒干了。

爽快！李副县长和手下人齐声赞叹，然后也都干了杯中酒。

马尼丝又说，我们的合作会互利互惠的，如果贵县能买下我们的这套设备，以后我们也会对贵县的经济建设助一臂之力的。

马尼丝的这种姿态多少令赵吉有些感动，他觉得该是自己说话的时候了，于是就起身端了一杯酒说，我代表我们厂的几百名下岗职工感谢李县长和各位了，我这先饮为敬。说罢将酒一饮而尽。

敬过几轮酒之后，李副县长才开口表态说，这套设备我们可以买下来，并愿以这次合作为开始，拉开我们合作的序幕。

赵吉连忙表示感谢。

李副县长突然话锋一转，问道，听说发电厂是每日燃煤一万五千吨的用煤大户？

赵吉说，那当然，不然怎么被称作煤老虎呢！

赵吉的语调中很自然地流露出一份大企业中人的自豪，在座都啧啧称奇，一脸艳羡表情。

李副县长接着说，发电厂能不能用一些我们县的这些小窑煤呢？

赵吉即刻有一种恍然大悟之感，原来关子卖在这里，买设备显然是有条件的，你买我设备，我买你的煤。可是，梅县的煤发热量极低，烧这种煤是会影响生产质量的。赵吉迟疑了一下，但还是说，贵县生产的这种煤不大适合我们，我们大多用的是山西煤。

赵吉此话一出，酒桌上顿时就安静下来，气氛就显得有些尴尬。沉默片刻，李副县长说，据我所知，你们以前也不是没烧过小窑煤。

可是……赵吉话刚出口，就被马尼丝用眼光制止了。赵吉思忖了一下，便改口道，李副县长说得没错，以前是烧过小窑煤。这件事我回去一定和老总沟通，争取合作成功。

气氛这才又热烈起来，李副县长又露出笑容，他夹了一口菜，边嚼边说，咱们是共同前进嘛，只要购煤合同一签，我们立即会买下水泥厂的设备。

话说得再明朗不过了，赵吉也不好再讲什么，他强作笑容，酒喝得很艰苦。

酒席散时外面的天已经黑透了，赵吉张罗着要回去，李副县长说天黑了路又太远行车危险，我已经吩咐人给你们定了房间。赵吉只好表示感谢，和马尼丝一起热热闹闹送走了众人。

赵吉的房间在三楼，马尼丝的房间在四楼，走到三楼时赵吉下意识地看了看马尼丝的脸，马尼丝的脸上有一种小姑娘才有的羞赧神色，那双眼睛看着他，瞳仁深不见底。

我到你屋里坐一会儿可以吗？马尼丝说。

赵吉没有说行也没有说不行，马尼丝像他身上的酒气一样尾随而入。

这是一个标准间，有两个沙发和一个茶几，一张双人床很夸张地横在那里，极容易令人想起男女之间的那些事情。两个人在沙发上坐下，由于离得太近，赵吉闻得见马尼丝身上散发出的那种漂亮女人特有的香味，赵吉还注意到她解开了外衣的扣子，她里面穿着的内衫领口开得很低，一对饱满的乳房像欲放的花蕾一样就要爆裂的样子，他甚至看见了乳房上部白皙的肌肤边缘。

如果我说此时的赵吉不动心那似乎不太符合实际，但我绝对有充足的理由化解赵吉心里的骚动。即使赵吉再不聪明，也会因此对马尼丝重生疑心的，此次来梅县很可能是又落入了一个陷阱，本能的警觉是可以抵消肉体的欲望的。

现在要办成一件事有多难呀！马尼丝感慨道。

赵吉没有接她的话头，而是忍不住问道，他们要卖煤为什么不直接找你，而非得拐个弯和我做交易呢？

马尼丝说，我事先也不知道他们要卖煤，我这次没骗你。

赵吉说，你认为我会相信吗？

马尼丝说，信不信由你，不管怎么说，帮你卖出这套设备我就算完成任务了。

赵吉凝视着她，不知该说些什么。

还是马尼丝转移了话题，她说我们还是聊一些轻松的吧。

什么会是轻松的呢？赵吉说。

比如艳遇，你和嫂子的婚姻不就是一场最大的艳遇吗？马尼丝说。

赵吉还是忍不住笑了一下，这个时候他是有理由预测些什么的，他甚至想起了那次抱马尼丝上汽车时的感受，马尼丝的气息和肌肤是很容易令人产生非分之想的。

马尼丝从沙发上站起身来，她沏了两杯茶，然后坐到床沿与赵吉相对的位置，突然仰起下巴说，我的眼睛里好像有一粒沙子，你能帮我弄出来吗？

马尼丝闭上眼睛，灯光把她映得十分柔美，神态更是摄人魂魄。马尼丝的挑逗意味已是十分明显，或者说一种突破的机会已经近在眼前，赵吉虽然是个男人，别的男人有的弱点他也不会没有，但此时对他来说毕竟是非常时期，况且还有那么多下岗工人等着他的消息，这种时候能做这种事吗？他霍地站起身来，准备回自己的房间，可就在他要迈步的时候意识里突然出现了连自己都吃惊的变化，在马尼丝微醺的脸上他似乎看见了孙总的脸，他甚至还看见了阴谋和欺骗。他突然变得凶恶起来，他没有出去，而是一步一步走近了马尼丝。

赵吉扑倒了马尼丝，开始了他的报复行动。做的时候赵吉的动作十分凶狠，他每动一下都像是在讨债，或讨公平。但令他不免失望的是，他越凶狠，马尼丝就越欢快，复仇与快感之间的矛盾令赵吉格外痛苦。

十一

从梅县返回厂区的时候正是上午九点多钟，阳光灿烂得令人有些睁不开眼睛。赵吉在办公大楼前下车，回头看了看车里的马尼丝，心里不知是种什么滋味。马尼丝很随便地朝他来了个飞吻，车子便一个漂亮的拐弯，开走了。赵吉知道，他们的一夜情也和这辆车子一样永远地消失了，只留下一道并不显眼的却是真实的痕迹。

赵吉径直去找孙总，把梅县的经历如实汇报，当然一夜情的事他是不会讲的，这个错误只能留给自己的良心来审判。孙总听罢皱起眉头说，这拒购劣质煤是我在公司提出来的，我总不能自食其言吧。赵吉说我们不购他们的煤，他们就不买我们的设备。这个补救的机会就会溜走的。孙总面露难色，沉吟了好一会儿才说，老赵，我知道你是个实在人，你为了谁呀？还不是为了职工们吗！好，这个购煤合同我签了。

赵吉本应该高兴地跳起脚来，可事实上他一点都没高兴起来。

赵吉和梅县那边通了电话，把事情敲定的消息告诉了他们。梅县那边反应很快，第二天上午，就有人过来签合同了。是两个合同一起签的，一个是煤合同，一个是水泥厂设备的合同。这件事办得效率极高，只一个星期，水泥厂的设备就被梅县那边拉走了，梅县的煤也运进了厂院。几天过去了，资金却并没有打过来，赵吉一查问才知道，梅县的资金居然直接打到了马尼丝的公司账号上。赵吉没办法，只好又和马尼丝联系，马尼丝说，你们需要的是能用煤灰做原料的水泥厂设备，你放心好了，我已经给你们订购了一条先进的生产线，几天以后就会给你们运去。赵吉说我已经被骗怕了，你不会再骗我吧？马尼丝笑道，我们都什么关系了，我还会骗你吗？赵吉没有吭声，有了一种吞食苍蝇一样的感觉。

马尼丝这次并没有失言，几天以后，新的设备果然拉进了厂。于是，水泥厂的厂房里又一次热闹起来，下岗职工们又回来参加安装，赵吉和老白等筹委会成员也都扑在水泥厂，一时间忙得不可开交。

水泥厂的设备是在隆冬季节安装完毕的，就在设备开始调试的时候，省公司的一个调查组来了。孙总和调查组的人谈过话之后马上找到赵吉，对他说，调查组是冲着烧劣质煤的事情来的，一定是公司内部有人把这件事捅了上去。要知道，省公司对购煤的事情是有严格规定的。孙总叹了口气，说，既然购劣质煤是我同意的，这责任就由我承担吧。

可这是为了下岗工人才这样做的呀？赵吉说。

孙总用双手揉起太阳穴，接着叹气。

赵吉盯住孙总的脸，他突然明白了，孙总嘴上说由他来承担，其实却是说不应该由他来承担，并不愚蠢的赵吉怎会不明白呢。

于是赵吉就说，孙总你放心，这事情是由我引起的，我知道我应该怎么做。孙总就意味深长地笑了。

调查组找赵吉谈话时赵吉主动承担了责任，他说这件事是我催孙总办的，为了转让水泥厂这套设备，不得不买人家一些煤。

帮助下岗职工解决工作问题这没有错，但不能因此牺牲企业利益。调查组的人说。

这也谈不上牺牲企业利益。赵吉说，劣煤掺在优质煤里混着烧，这在系统内是相当普遍的现象，而且我们并没有弄虚作假。

对于这件事我们会深入调查的。调查组的人说。

其实调查组在厂里只待了三天，第三天头上，调查组还没有工作，就听见窗外人声滚滚，几个人奔到窗前一看就傻眼了，但见院子里黑压压挤着好些人，他们一个个踮着脚，仰着脖，眼睛全盯住这个窗口。这使调查组的人十分吃惊。

赵吉就在这个时候恰到好处地走了进来，调查组人问他窗外是怎么回事，他瞥了一下窗外苦笑着说，下岗工人们听说要调查孙总，全都给他请命来了。

请什么命？有人不解地问。

同意购劣煤是为了换水泥厂的设备，是为了解决他们的饭碗问题。赵吉有些激动地说，现在孙总因此遭了调查，他们能袖手旁观吗？

屋里正说着话，屋外就已响起杂沓的脚步声。紧接着有人破门而入，冲着调查组的人吼了起来。走在最前面的就是老白，他凶着脸吼道，你们凭什么调查呀？孙总和赵主席都是好人，就说咱赵主席吧，他费尽心机办水泥厂还不是为了我们下岗工人嘛！

你别说我，别说我呀。赵吉说。

我不说你我说谁？老白来了犟劲，越说声音越大，谁对我们好我们就说谁。

调查组的人对眼前的情况显然感到有些措手不及，他们知道下岗工人的情绪都很恶劣，他们不想招惹这些人。好不容易把大家哄走，调查组的人对赵吉说，你们确实有你们的难处，我们心里都有数了，回去后一定和领导详细汇报。工作你们还得大胆地做。

这请你们放心，我们怎么会因此就不好好工作了呢？老赵说完，脸上露出了得意的笑容。下岗工人们来厂是他一手策划的，这一招果然管用，当天下午调查组就撤走了。

十二

入冬以来，天气好像一直没有认真地冷过，昨天夜里下了一场小雪，经上午的日头一照，就化得如刚刚下过一场小雨一般。一路走来的孙总对身边的赵吉说，这哪像东北的天气，这种天气怎么能冻死细菌呢？

赵吉附和着说，不然怎么会有流感流行呢！

孙总擤了擤鼻子，没有吭声。

两个人是从水泥厂的厂房里出来往办公楼走，孙总刚刚在赵吉的陪同下视察了设备安装情况。孙总对这一切似乎很满意，走了一会儿，他突然想起了什么，就歪过头对赵吉说，快开职代会了，你要着手准备一下。

赵吉点点头，乘机说，水泥厂眼看就要投产了，这厂长由谁来当呢?

我看就由你兼任。孙总说。

赵吉笑了，他等的就是孙总的这句话。

回到办公室后赵吉把老贾叫了过来，和他商量开职代会的事。老贾把胸脯一拍说，赵主席你放心，你就忙你的去吧，这事就交给我。

赵吉看着老贾的脸，怎么看怎么觉得有些不大对劲儿。心想我忙我的，我忙什么?职代会是工会工作中最重要的一项，我不管谁管?但转念一想，自己上任以来工会的日常工作都交给老贾了，这职代会的组织工作老贾大包大揽也是惯性使然，也许不该怪罪人家。赵吉就没有露出不悦的神色。

老贾走后赵吉想安静地坐一会儿，他点燃了一支烟，干燥的空气中即刻弥漫起一股呛人的烟味。赵吉的屁股不住地动，凳子像长出了钉子，他觉得自己怎么也坐不牢。于是也就不坐了，他站起身，准备到工会下属的几个部门走走。

先去的是工会的组织与民管部，这里只有部长和干事两个人，他们见赵吉来了，都局促地站起身来。赵吉挥挥手让他们坐下，自己也坐下来与他们聊天。可聊了一阵赵吉发现他们只是嗯啊敷衍，仍然很放不开的样子，心里就很不是滋味。看来，自己和他们之间显然还很生疏，这可不是他的工作作风。想过去他是靠着和下属打成一片来开展工作的，才会有好的群众关系。可此时的情况令赵吉有些担忧。

赵吉又去了宣教部和生产部，结果都和组织部的境遇差不多。

晚上，赵吉躺在床上把这个情况跟钱丽讲了。赵吉最初的升迁毕竟借了她娘家不小的光，所以在一些事情上他很重视老婆的意见。钱丽在他的怀里嗔怪道，当初你弄这个水泥厂我就不同意，你一个工会主席管那些杂事干什么，你那不是不务正业吗?

缓解干群矛盾，替下岗工人解决饭碗问题是不务正业吗?赵吉说。

你现在嘴硬，等吃亏时你就硬不起来了。钱丽说。

我吃什么亏呀？我的梦想都快变成现实了，我就是要在这块土地上建一座到处都是净土的工厂给大家看看。赵吉说着说着就激动起来。

小心所谓的净土把你给埋了。钱丽没好气地说，我要睡觉了。

赵吉只好闭上嘴巴，但满腔的激情憋得慌怎么办？赵吉想用做爱来释放，就把嘴巴凑近了钱丽。自从和马尼丝有过那么一夜后他总觉得对不住钱丽，于是就想补偿，这补偿有心理上的，也有行动上的，所谓行动上的就是做爱，钱丽一直闹不明白，天过午般的赵吉何以会变得性亢奋了呢？

十三

职代会是在春暖花开的时候召开的。在这样的季节里，人们总会期盼发生一些新鲜的事情。发生在我讲的这个故事里的新鲜事就是职代会上的选举结果。工会主席人选赵吉被代表们否决掉了，候补人选老贾递补一级，被选为工会主席。这样的结果对赵吉来说有些措手不及，那一瞬间，赵吉觉得满堂阳光顿时失去了光彩。

散会后，赵吉来到孙总的办公室。孙总递给他一支烟，并破天荒地亲自为他点燃，两个人坐下来一起吸烟，好半天没说一句话。

丝丝絮絮的烟雾淡化了许多东西，赵吉觉得沉默很好，比听一些大道理好受多了。

一支烟吸完了，孙总还是要说话的。孙总说你的工作问题我已经想好了，我觉得你是个搞多经的人才，你为这个水泥厂操了很多心，全公司职工会慢慢理解你的。现在我想叫你去水泥厂做专职的头儿。你有什么意见吗？

赵吉苦笑道，事到如此，我还能有什么意见呢？

我对你老赵是寄予很大希望的。孙总语重心长地说，希望你带领下岗职工们闯出一番新天地来。

赵吉心里虽然不舒服，嘴上也只能表态好好干。

几天以后，水泥厂正式挂牌，大名是“建筑材料有限公司”，赵吉是总经理兼书记，老白是副总经理，老牛则是总工程师。

赵吉在新办公室刚刚落座，马尼丝的电话就打来了，向他这个总经理表示祝贺。赵吉苦笑了一下说，我是落配的凤凰，有什么好祝贺的。

马尼丝说，你不是有一套自己梦想的工厂管理方法吗，现在就要实现了，你难道不高兴吗？

马尼丝的话里虽然有一些讥讽的味道，但对赵吉起到了一种提醒作用，也许马尼丝的话不无道理。

我们还会有很多合作机会的，你不要忘了我呀！马尼丝笑道。

我怎么会忘了你呢，能走到今天这一步，没有你能行吗？赵吉说。

当然不行，我是专门帮助人实现梦想的呀！马尼丝说罢朗声大笑起来。

撂下电话后，赵吉的心慢慢地安静下来。他推开办公室的窗户，看着水泥厂高大而又沉重的厂房，心想工会主席虽然当不成了，可水泥厂的位置却是实的，这个看似不起眼的位置也许正是他实现梦想的地方呢！

于是赵吉的心情就晴朗多了，他看见春天的阳光大片大片地投洒到厂房的水泥墙壁上，厂房下面的草丛瓦砾废铁也被阳光照得亮亮的，显得新鲜而富有激情。赵吉坐回到办公桌边，开始一边抽烟一边构思以后的工作。这时门一响，老白走了进来。

老白递给赵吉一沓打印纸，说，这是我整理的一套现代企业的管理方法，里面有如何合理使用人才，如何增强职工的竞争意识，还有如何竞争上岗如何裁员等等，你看行不行？

不行。赵吉脱口而出。为什么不行？老白问。

赵吉嘴唇动了动一时没有说出话来，他知道要想让别人接受他的那套梦幻管理办法，还需要慢慢来。

赵吉很苦恼，苦恼的还不完全在于他的办法是行得通还是行不通，更苦恼的是有这么一个梦想老是折磨着他。

原载《清明》2006 年第 3 期

嫁 死

傅爱毛

1

米香和米夏，做姑娘的时候好得就跟亲姐妹似的。米香先嫁了出去，一年多以后，在寨子里给米夏说了一门亲，两个人就成了一个寨子里的媳妇。米香和米夏各方面的条件都差不多，说不上俊俏，也说不上丑，一般般的人而已。嫁的男人和家境也都差不多。可是，几年过去，两个人的日子却是天上地下一般的差别了。如今，米夏坐着小轿车，住着小洋楼。而米香却是一日三餐都难以为继了。寨子里人人都知道：米夏的好日子是从丈夫德昌死掉以后开始的。

德昌是三年头里死的。死在豫西一家小煤窑里。那一次，小煤窑上一共死了十九个人，惊动了上头，每个人赔了二十多万块。米夏有了二十多万,一下子就成了寨子里的暴发户。在县城里买了小洋楼，置了全套的家当，改嫁给了一个开车的，日子过得要咋滋润有咋滋润，一村子的人都妒忌得眼里冒火。这可真真叫作因祸得福呢。

德昌死了三个月以后，村里一个叫新良的男人也死在了豫西的煤窑上，新良的媳妇也得了一大笔钱。半年以后，村里死了第三个下窑的汉子。当死到第五个男人的时候，赔偿金已经增加到了三十多万。情况特殊的还能拿到四十万。四十万，在村里人看来，差不多就是一座金山了。死了五个男人，富了五个寡妇。这时候，寨子里的女人就开始打“嫁死”的主意了。

不过，这条路也不是好走的。寨子里接二连三地在矿难中死了几个男人以后，就很少有人敢去豫西下窑了。拿命换来的钱，再多也没人愿意去挣。女人想要发这个赔命财，就得嫁给豫西的矿工去；豫西在千里之遥的河南，是个产煤的地方。那里常年聚集着成群成群的矿工。这些矿工们来自全国各地、四面八方，大都是贫困地区一些走投无路、无法生存的穷汉子。这些汉子们大部分是因为穷而讨不上女人，指望着能靠下窑挖煤挣几个钱，回家修房盖屋娶媳妇。他们往往老大不小了，还不曾沾过女人的边。见了女人很容易眼馋的，三哄两不哄的，就上钩了。女人们瞅准这个时机，来到煤矿附近，想办法取得他们某一个的信任，然后嫁过去。等那人死了，就可以以妻子的身份得到一大笔钱了。反正矿工当中总有一部分倒霉蛋要死在矿井下的，这几乎是避免不了的现实。

不过，“嫁死”的日子也不好过。背井离乡、千里迢迢地来到一个完全陌生的地方，嫁给一个不称心也不如意的死鬼男人，身边连一个亲人都没有。那个艰辛简直不能提。再说了，生死由天。俗话说得好：会下窑的下一辈儿，不会下窑的下一会儿。有的人下了一辈子的窑也平安无事，有的人刚刚下了不到一班却死掉了。这种事，没个准头呢。即便真的嫁了外地的矿工，那人也未必很快就能在矿难中死掉；死不了，女人就拿不到钱。拿不到钱就得侍候着人家把日子往下过。那样的日子，简直煎熬死个人。来“嫁死”的女人们都把下煤窑的男人叫作“煤黑子”。但凡是娶了外地女人做媳妇的煤黑子，差不多是歪瓜裂枣、又老又丑、身无分文的穷棒子。穷棒子外加煤黑子，那日子会有好过头？

米香还是决定走这条路。儿子天生是个傻子，丈夫又抛下他们母子两个走了。若是不想办法，也只能守在寨子里煎熬一辈子了。同样是煎熬，何不豁出去赌它一把呢？兴许能熬出头来呢。

米香就这样来到豫西一个叫作瓦房沟的小村子里，做了农民矿工王驼子的媳妇。

2

王驼子是个无父无母的光棍汉。五官长得丑不说，脊背上还突出了一个肉疙瘩，如同随身背着一个大包袱似的，走起路来腰弯得像驼鸟。四十出头的人了，还没娶下媳妇哩。认识他的人都叫他“驼子”，日子久了，也没人知道他的本名了。

米香带着儿子皮娃子刚来的时候，在瓦房沟煤矿附近摆了一个卖豆花的小摊子。豆花是她家乡阿坝的一种川味小吃。白白嫩嫩的盛在小碗里，上面放上红的辣椒丝，绿的香菜，黄的炒豆瓣，单是看上一看就叫人眼馋呢。价钱也不贵，一块钱一碗。不过，那东西稀稀薄薄的，尝尝鲜还可以，顶不了饥也解不了渴。矿工们都不爱吃。米香的小摊子一天也卖不了几碗出去。不过，米香不怎么在意，有一搭没一搭地坐着。有人来吃就做生意，没人来便织毛线。驼子不知道是真的喜欢吃豆花，还是看上了卖豆花的米香；得了空儿便去吃。吃过了一碗，再吃第二碗。一小勺、一小勺，像鸡啄米一样，吃得慢吞吞的，一小碗豆花要足足吃上一袋烟的工夫。吃完了第二碗还舍不得走，总要坐着抽完了一袋烟才起身。起了身却也并不马上就离开，还要跟米香的儿子耍玩一会子。他没话找话地搭讪着问米香道：这孩子叫什么来着？

米香笑笑，脆生生地回答：皮娃子。

他嘴里重复着：“皮袜子”“皮袜子”。低头看看，孩子的脚却是光光的。不仅没有穿皮袜子，连布袜子也没有。于是，下一次再来吃豆花的时候，就真的带了一双布袜子过来给孩子。孩子得了布袜子，自然满心的喜欢，便冲着他咧嘴直笑。看着孩子憨憨傻傻的笑脸，他便也笑了。忽然就觉得活着挺好的。能够有人对他笑，他也可以对人笑；以前，他是一个月也难得笑一回的。不笑不知道，笑过了以后才晓得：笑的感觉真的是很受用啊。为了多看一回孩子的笑脸儿，他吃豆花时，隔三岔五地就会带一个小把戏来给孩子玩耍。一只气球，一只小鼠仔，或是一只瘸了腿的小猫咪。孩子每一次见了都喜不自胜，于是，两个人渐渐地成了朋友。

在他一边吃着豆花，一边开心地笑着的时候，他一点都没想到，米香的那个卖豆花的小摊子是醉翁之意不在酒，只是摆个招牌而已。她的目的是找到一个合适的矿工、把自己嫁出去，然后等着拿赔命钱。米香的条件很简单；只要是没有父母兄弟的单身矿工就好。至于长相、年龄、身高什么的，对她来说通通都不相干。有直系亲人的则绝对不行，到时候会有人来跟她分财产。她可不想到手的肥肉再给别人瓜分了去。她打定了主意，要吃就吃独食。不然的话，枉走了“嫁死”这条路。

矿上开饭馆的马大嫂见王驼子一天不落地来吃米香的豆花，一坐到豆花摊子前便磨磨蹭蹭的，老半天不肯抬屁股。就说：驼子，你那么喜吃豆花，干脆让他们娘儿俩搬回家去，搭帮过日子得了。王驼子正有此意，只是不敢贸然开口而已。米香呢，已经摸清了王驼子的底细，知道他是光杆司令一个，正合自己的条件，自然也不反对。

王驼子的家穷得叮当作响，除了两孔砖垒的破窑洞，便什么都没有了。米香也不计较。不过，在搬过来以前，米香还是坚持去乡政府注册登记，领了结婚证。不领证便没有名分，没有名分便拿不到赔偿金，这一点米香的心里十二分的清楚。因此，丝毫不肯含糊的。

米香愿意跟自己正式登记结婚，是王驼子没有想到的。王驼子四十出头，比米香大了十几岁。能正经八百娶一房媳妇过日子，王驼子求之不得呢。以前，王驼子曾经有过一个女人，也是外地的。没法子，像他这样又穷又丑的男人，在本地是寻不下女人的。只有比他更穷的外地女人，才会看上他。那个外地女人跟他稀里糊涂地过了半年多，趁他不在家的时候，卷了他存下的几千块钱，像鸟一样飞走了。他照着那个女人告诉他的地址找了去，结果，根本没有那个人。那女人从头到尾都在蒙他。以后，他就再也不敢招惹那些外地女人了。但到底是个男人家，好了伤疤忘了疼。久不沾荤腥，见了有机可乘的鱼儿就走不动了。

他原本想，米香可能也是个“放鸽子的”。吃一堑，长一智。自己需得处处提防，过一天便是一天，左右不过搭个帮而已。谁知，米香却是不肯将就的。自己提出来，要跟他正式登记结婚才肯搬过去，而且把随身携带的身份证、户口本都拿了出来。证件齐全，来历分明。明媒正娶，手续完备。他心里的石头才一下子落了地，心说：人家是真心实意要跟自己过日子哩。将心比心，以心换心，自己万万不可亏待了人家娘儿俩。

注了册，登了记，请饭馆的马大嫂喝了一杯薄酒，婚事就算是办了。虽然简单，却是输戏不输过场儿，该有的程序一道都不少，该盖的公章也一个都不缺。日子就这样开张了。

以前，王驼子孤身一人，自己吃饱了，全家不饥。现在，一下子添了两口人，有了老婆，还有了儿子，他觉得既紧张又兴奋。没等米香开口，自己把手头存的几个钱全部拿出来，先给皮娃子买了一张小床。床虽然小，却是席梦思的，软得像棉花包。皮娃子从生下来长到现在九岁半，还没有睡过这么软和的床呢，一躺上去就不愿意起来了。每天都要妈妈揭掉被子亮出光屁股才肯睁眼，活脱脱就像一只小懒猫儿。

米香呢，也不去摆摊子卖豆花了。不是她不愿意卖，是王驼子不让她再卖。王驼子想：既然自己娶得起老婆，就应该养得起老婆。自己好歹是个爷儿们家，若是再让自己的女人辛辛苦苦去卖豆花，挣可怜的几个小钱，人家要笑话自己哩。再说了，即使别人不笑话，自己也舍不得米香再去辛苦劳累。他从心眼儿里疼自己的女人。这女人是自己明媒正娶的老婆呢。怕自己上班去的时候米香在家里寂寞，他咬咬牙买了一台彩电回来给米香看。不过，米香天天守在电视机前，却还是不开心。米香是四川人，别的节目她都不爱看，单只爱看川剧。

变脸儿、滚灯、吐火，这些她都百看不厌。可是，电视里好多天也不演一回。越不演米香便越想看，想得心烦意乱。为了让米香开心，王驼子特意坐几个小时的车进了一趟城，买了一大堆川剧碟子，当然也顺带着买了一个放碟子的机器。这样，他手头存的那点钱就花得差不多了。为了多挣钱，他干得更加卖力了，有时候甚至打连班下窑。一班是八个钟头，连班干的话就是十六个钟头。从矿下出窑升井时，人累得像一摊子烂泥。不过，他一点怨言都没有。自己现在是个有妻儿、有家室的男人，肩膀上挑着担子哩。自己不下死力气干活，难道让女人和孩子去干不成？想到自己的女人和孩子，王驼子的心里就热乎乎、软绵绵的，像米香做的豆花一样。

米香是个极聪慧的女人。虽是生长在南方，做出来的北方饭菜却又香甜、又可口。擀面条、包水饺、烙葱油饼、漏面鱼儿，没怎么学就上手了。王驼子什么时候回到家里，都有热菜热饭等着自己。虽是粗茶淡饭，却也有滋有味。看着热腾腾的饭菜，再怎么累，王驼子的心里都是受用的。还有皮娃子。在豆花摊子上他已经跟王驼子混熟了，现在进了一家门，成了一家人，跟王驼子更加亲近了。虽然痴痴呆呆、傻头傻脑的，却知道叫爹。每一次，王驼子还没有进门，他就奔出屋子来，一边“爸爸”“爸爸”地叫着，一边就扑到了怀里。王驼子若是晚回来了一会子，他就会像一只小狗一样蹲在门口等着，直到王驼子回来才肯进屋。摸着那孩子的头，王驼子的心就酥得像芝麻糖一样了。

他只知道，登了记注了册，领了结婚证，就是贴心贴肉的一家人。却不晓得，米香有米香的算盘哩。

3

说实在话，米香从头到尾都没有看上过王驼子。

又老又丑，比自己大十几岁不说，腰弯得还像虾米一样。一个没人要的破落户。自己年纪轻轻的，日子才刚刚开始，怎么会守着这个死驼子过一辈子呢？她看中的只是王驼子无父无母、少兄弟无姐妹的单身汉身份而已。这样王驼子一旦死了，她才可以独吞他的赔命钱。心里头藏着一百个不情愿，表面上却痕迹不露，还要装作恩恩爱爱的样子，那滋味甭提有多么别扭了。做饭、洗衣这些家务活米香都不在意，让她难以忍受的是床笫之事。她觉得，那对她来说简直就是在遭罪。每一次被驼子压在身下，她都紧紧地闭了眼睛，如同一只任人宰割的羔羊。但，为了儿子，她只得让自己咬牙坚持着。

是的，一切都是为了儿子。

米香做梦都没有想到过，自己会生下一个痴呆儿来。若不是这样，丈夫也不会抛下她们母子的吧？无论怎么傻，皮娃子也是从她身上掉下来的一块肉。自己没有办法不疼他。皮娃子不能像别的孩子那样上学念书，长大了也不会谋生。自己必须替他挣下一份像样的家业来，最好为他讨得一房媳妇。不然的话，他怎么活下去呢？自己老不中用的时候，又有谁来照顾他呢？一想到自己死了以后，皮娃子要一个人孤零零地活在世界上，不是饿死，便是冻死，米香就感到心痛欲绝。她想，若是不把皮娃子的一生安置好，自己怕是死也不会瞑目的。

可是，哪家的姑娘肯嫁给一个傻子做媳妇哩？除非自己像米夏那样，拥有万贯家私。想到儿子漫长而又凄惶无助的一生，米香便觉得，一切的苦自己都吃得，所有的罪自己也都受得。只要能够为儿子弄到一大笔财产，使儿子将来的生活有个依靠和着落。

日子一天一天地往下挨着。大半年过去了，米香所期待的事情却还是迟迟地不肯发生，甚至连一点迹象都没有。王驼子每天该上班的时候就走了，该下班的时候安然无恙地就回来了。差不多像钟表一样准时。这让米香既着急，又失望。她想不明白：为什么王驼子做工的瓦房沟煤矿这么久都不出事故。她没有多少文化，却每天都看电视新闻。一看到有关矿难事故的报道，她便兴奋得浑身打战，连气儿都喘不匀活了。她发现，全国各地的矿难事故差不多隔三岔五就会发生，每一次矿难都要或多或少地死掉一些男人。有时候是三个五个，有时候是十个八个，有时候一死就是几十上百个。人死如灯灭，好比滚水泼糖雪。亲人们不管怎么哭、怎么闹，死去的人都不会再复活了。她们哭来闹去，也无非想多得几个赔命钱而已。拿到了钱，要不了多久，她们就会忘了那死去的人，该怎么过还怎么过。

米香原本对煤矿的事情一无所知，现在却了解了很多。她知道，煤矿上的事故是各种各样的：有时候是塌方，有时候是透水，有时候是瓦斯爆炸。还有的时候是一些说不来名堂的事故。这些事故隐患就像藏在窑底的怪兽，不知道什么时候就会出其不意地钻出来，吞没掉一些人的性命。可是，王驼子所在的瓦房沟煤矿却好端端的，一点事情都没有。

米香一边焦急地等待着，一边安慰自己说：久打河边过，不能不湿脚。淹死的都是会水的，摔死的都是爬高的。她不相信王驼子会永远吉星高照。在她的家乡有一种迷信的说法，认为女人的经血是最不吉利的东西，谁沾上了都要倒霉。谁若是跟哪家结了仇怨，便偷偷地把沾了女人经血的卫生纸埋在哪家的地界里，那家里就或迟或早一定要倒霉了。米香相信这种做法是灵验的。她偷偷地包了一条自己用过的卫生巾，趁人不注意的时候，摸黑来到驼子做工的煤矿上，把那东西悄悄地埋在了煤堆里。

做过了这件事情以后，米香的心里有好一阵子无法安宁。每一天驼子要去煤矿上班的时候她就想：这个弯腰驼背的丑男人可能不会再回来了吧？想想看，一个人，钻到地下一百多米深的黑洞里去挖煤，要送命还不是一时三刻的事情？想到驼子要去见阎罗王，米香的心里就会禁不住一阵发抖。不知道是什么感觉、什么滋味。

不过，就像一阵风掠过一样，她很快就定了心，稳了神，并安慰自己说：生死有命，富贵在天。为什么皮娃子天生就是傻子？为什么自己的男人会离开自己？为什么米夏会过上好日子？为什么王驼子生来会是驼子？为什么自己偏偏找了王驼子来嫁死而不是别个男人？这些全是天意。天意不可违。驼子若是死在矿井下，那一定是他命该如此，跟自己无干。自己不拿他的赔命钱，他也照样要死的。这样想着，米香的心就平静了许多。那种罪恶感也减轻了许多。不过，驼子要去上班时，她还是烧了好吃的饭菜侍候他，并劝驼子多吃。

她嘴里说着：多吃些，多吃些。吃饱了力气足。心里想的却是：吃了这一回，还不知有没有下一回哩。多吃一口是一口吧。在她的眼里，驼子差不多已经是个死鬼了。夜里上了床，她甚至不愿意挨他，也不敢挨他。驼子要跟她行夫妻之事，她总是想方设法地敷衍、推诿。有时候说身体不舒服，有时候又说是心情不好。驼子呢，也不敢违拗她。依着顺着还怕她不高兴哩，哪里还敢忤逆？回到家里，有女人的说话声，有孩子的笑闹声，还有热饭热菜，对驼子来说已经是天大的满足了。于是，老老实实地躺在女人的身边睡着了。做梦都在笑呢。

驼子睡着了，米香却还醒着。许是心里藏着事的缘故吧，自从嫁给了这个弯腰驼背的丑男人以后，米香就落下了一个失眠的毛病。半宿半宿地睡不着，睡不着便胡思乱想。不过，想得最多的还是驼子的死。在她的假想中，驼子已经死过一百回了。有时候被淹死，有时候被炸死，有时候被瓦斯毒死。许多的时候是被煤块砸死。无论怎么着，反正不是好死。由于死得横，那样貌看上去便特别地凶。米香简直不敢去想，也不敢去看。可是，越不敢看，却越是想看。

于是，每当驼子睡着以后，米香就会忍不住偷偷打量他的睡相。令米香感到吃惊的是驼子睡着的时候眼睛却是半睁着的，嘴巴也半张着。真像是死人一般。第一次看到驼子的睡相，米香被吓得直打哆嗦，三魂六魄都吓跑了。直着嗓子喊：驼子！驼子！驼子干了一天的重体力活，睡得比猪猡还沉。米香喊了几声他也不应。米香着了慌，觉得他真的死了，便握了拳头往他的脑袋上捶，他总算醒过来了。以为是米香生了病，便问：米香，你怎么了？是不是心口疼？自从前夫抛下他们娘儿俩以后，米香就落下了心口疼的毛病。不过，此刻她不是心口疼，而是被驼子的睡相吓坏了。于是，责骂道：

挨千刀的，你睡着了怎么还睁着一双眼？吓死人了！

驼子腼腆地笑笑说：我是看家眼，闭不上的。你莫要见怪。

米香不依。责令道：闭不上也得闭。你睁着眼睛睡觉，我看了害怕！于是，驼子便努力地把眼睛闭上。不过，他实在是太累了。刚刚闭上眼睛就又睡着了。一睡着，他的眼睛便又睁了开来。米香忍不住去看他，看了一会子就不敢再看了。心里觉得，怎么看那驼子都像个死人。于是，只好翻过身去，背对了驼子。挨到快天明的时候，才好不容易睡着了。刚睡着，就梦见驼子死了，矿上赔了自己一大捆子钞票。米香欣喜若狂，开始一张一张地数那些钞票。可是，怎么数都数不清爽，越数越糊涂。米香只好从头再开始数，数到最后，却发现那些钞票变成了冥币。米香抱着那堆冥币哭了起来，就把自己哭醒了。

哭醒了以后，再去看驼子的脸，发现驼子睡着的时候比醒着的时候更丑。丑得狰狞，丑得可怖，丑得叫人愤怒！米香便忍不住在心里说：这样的一个弯腰驼背的丑人儿，为什么就这么结实长寿哩？

4

冬去春来。一年过去了，又几个月过去了。驼子却还是好端端的，连根汗毛都没伤着。米香的心情便一天比一天地糟起来，像重庆的天空一样，雾气沉沉的，没有个放晴的时候。

米香就想：自己千里迢迢的，来到这个陌生的北方小村子里，难道就是为了守着这个老不死的驼子受煎熬吗？若是王驼子永远都不出事，自己怎么办呢？无论如何不能落得个两手空空吧？于是，她开始偷偷地攒钱。王驼子的工资不高，一个月干满了也就是千把块钱，有时候还会再少一些。除掉三口人的吃穿用度，一共也剩不下几个来。不过，米香尽量地节省，每日只粗茶淡饭、精打细算地过日子。把省下的钱都悄悄藏在衣服夹层里。偶尔买些好吃的，她总是放起来，等王驼子上班去了，偷偷地烧给皮娃子吃。皮娃子吃剩下的，她自己吃。驼子连一点边都沾不上。有时候实在瞒不过去，米香也会留下一点来给驼子吃。一块腊肉，或是一条鸡腿什么的。驼子呢，却是不肯吃。每一次都说：我老胳膊老腿了，吃了能到哪里？给孩子吃吧。孩子正长身体哩。于是，那腊肉和鸡腿便进了孩子的口。

皮娃子已经十来岁了，除了知道吃，别的便不晓得了。驼子虽然对他没有什么外心外意，却也暗暗地发愁。心想，自己已经是越过四十奔五十的人了。等自己老得做不动了，这一家三口怎么办呢？米香若是能替自己再生下一个孩子来就好了。孩子长大了，可以挣钱来养活他们一家子。养儿防老，养儿防老，还是古话说得有道理啊。然而，一年多的时间过去了，米香的肚子却是一点子动静都没有。永远都是瘪瘪的、扁扁的，像一条没有装粮食的空口袋。这到底是怎么回事呢？驼子有几次想问问米香，话到嘴边又都咽了回去。有一天，他实在憋不住了，趁着把工资刚刚交到米香的手上，米香的心情正好着的时候，驼子壮了胆，试试探探地问道：米香啊，我们再生一个儿子好不好？

米香听了先是一怔，随即抽抽搭搭地哭了起来。

米香一哭，驼子就着了慌，搓着双手问道：这是怎么的？算我说错了还不成吗？

米香哭足哭够了才道：他王大哥，我对不住你。实话告诉你吧，生下皮娃子以后，我的子宫上就长了一个瘤子。为了保命，只好把子宫切掉了。哪里还会再生儿子呢？连老鼠仔也生不成了。都怪我结婚的时候没有跟你讲清爽。你若是嫌弃俺娘儿俩，咱现在就离婚。我米香怎么来的还怎么走，一根线也不会拿你的。谁让俺不会生孩子哩！米香说着，又号啕大哭起来，仿佛受了天大的委屈似的。

米香把话说到这个份儿上，驼子还能怎么着呢？他抡起胳膊来，一边抽自己的嘴巴子，一边说：是我说错了话。我王驼子若是有半点嫌弃你们娘儿俩的意思，就让我不得好死！从此以后，王驼子再也不提生孩子的事情了。只把皮娃子当作自己的亲骨肉。心想：好歹有个人叫爹，总归比什么都没有的强。

他不知道：米香在跟他结婚以前，早就偷偷地戴上了节育环。寨子里那些“嫁死”的女人们，都是这么做的。既是来嫁死，哪里还能让自己怀孕生子呢？“嫁死”“嫁死”，嫁过去男人就死，那才是福气。现在，王驼子迟迟地不死，米香只得一边等待，一边零零碎碎地攒下一些小钱。米香自己不会挣钱，要攒钱呢，还得从王驼子的工资中克扣。

有时候，王驼子刚刚把工资交到她的手里，还没过几天哩，她就说钱没了，都给自己买药吃掉了。反正她常年总是有病。不是心口疼，就是胸闷，要么就是头晕。几乎没有断过药。既是买药吃了，王驼子自然不会有意见。怕米香心疼药钱，他劝慰米香说：有了病就得吃药，身体比什么都要紧呢。钱是王八蛋，用完咱再赚。话是这么说，他自己有个头疼脑热的，却总是硬挺着，连一片药也舍不得吃。把每一分钱都省下来给米香，唯恐米香和孩子受委屈。

米香来嫁死，图的是几十万的大钱。王驼子挣的那几个工资，远远地不能满足她的胃口。为了多攒下几个钱，她差不多到了变本加厉的程度。有时候刚刚拿到驼子给她的工资，第二天她就说没了。派不来别的用场，她干脆说是买东西的时候被小偷偷去了。为了不使王驼子起疑心，她故意把衣服口袋用刀子割破，伪装成被偷了的样子。而且，脸上还带了泪痕，一副伤心欲绝的表情。王驼子见不得她伤心的样子，于是，便打连班下窑，加倍地挣钱，以补偿小偷带来的损失。可是，王驼子毕竟是一个下苦力的驼子，拿出吃奶的力气来，也挣不了几个钱。

王驼子拼尽了全力，米香还是觉得，攒下的钱太少了，速度也太慢了。照这个样子，什么时候才能为儿子挣下一份家业呢？米香急得嘴上出了燎泡，饭也吃不下去了。心口疼、胸闷还有头晕的毛病，都一时齐发，折磨得米香连床都爬不起来了。

王驼子见米香病倒在床上，心疼得恨不得割下自己身上的肉来给她吃。可是，米香却是什么都吃不下，闭了双眼，躺在床上，一句话都懒得说。王驼子要带她去看医生她不肯，王驼子要留在家里照顾她，她更是不肯。耽误挣钱的事，她怎么会肯呢？

王驼子无奈，只得装作去上班，找了个工友顶替自己，瞒着米香，偷偷请假进了城。他要到城里去为米香买一些稀罕物来吃。人是铁，饭是钢。不吃东西怎么能行呢？然而，就在王驼子进城的时候，他所在的瓦房沟煤矿却出了事。由于巷道塌方，一下子埋在里面六个人。其中一个就是顶替王驼子的工友。不过，米香却并不知道王驼子请假进了城。矿上的许多人也都不知道。他们都只当是王驼子也被埋在了矿井里，所以也通知了米香。

一听说矿上出了事，米香霍地一下就从床上跳了下来，连衣服扣子都没有来得及扣严实，披头散发地就跑到了矿上。其他几个工友的家属也都赶到了。虽然营救工作正在进行，但是，根据既往的惯例和经验，大家都知道，那六个矿工已经没有生还的可能了。他们被埋在里面已经几个小时，单是闷也被闷死了，哪里还有救呢？工友们的家属都在呼天抢地地哭号。米香也想哭，却是哭不出来。她等待这一天已经等得太久了。当这一天突然到来的时候，她反而有些不知所措了。不过，她非常清楚地知道：自己得哭。必须哭。哭得愈伤心愈好。想到即将到手的大笔钞票，想到皮娃子的一生终于有了依靠，她到底还是没有能够哭出来。只是像傻了一样跌坐在地上，直愣愣地看着周围忙碌而又热闹的人群，看着那些号哭不止的女人们。

后来，那些被埋的矿工终于一个一个被从井下带了上来。下去的时候是欢蹦乱跳的大活人，出来的时候却是一具具僵硬的尸体了。有两个女人哭得晕厥了过去。然而，令米香意想不到的是，六个遇难的矿工全部带上来了，却不见驼子的尸体。

她疯了一样地大喊大叫着：驼子呢？我家驼子呢？你们一定要找到他啊。我不能活不见人，死不见尸啊！她嘴上这么说着，心里想的却是若是找不到驼子的尸体，矿上肯不肯赔钱呢？矿上若是硬赖账的话怎么办呢？他们会不会故意把驼子的尸体藏匿在井下哪个地方呢？反正，少死一个人，矿上就会少赔一份钱。那一刻，她真想亲自下去把驼子的尸体拎出矿井来啊。

然而，就在这个时候，驼子却出现了。驼子是刚刚从城里赶回来的。一听说矿上出了事，他连家门都没有来得及进就跑到矿上来了。米香正病着，几天都没好好吃东西了。他担心米香遭受过度的惊吓和刺激病情加重。他要尽快地赶到米香的面前，让米香知道，他好好地活着。一点事情都没有。

刚刚看到驼子的时候，米香有些不敢相信自己的眼睛。她以为自己是活见了鬼。当确信无疑面前站着的大活人就是驼子的时候，她终于哇的一声哭了出来。哭得气噎声塞，仿佛连五脏六腑都泣出血来了。驼子看到自己的女人哭死哭活，像个泪人似的，眼睛便也湿润了。心想：能够有个女人为自己这般地伤心痛哭，哪怕是死，也值了。

然而，他竟然是好端端地活着，没有死。

驼子觉得：他这一次能够逃生，完全是米香的功劳。若是米香不生病，自己怎么会平白无故地去县城买东西给她吃呢？他若是不去县城，怎么会请假不上班呢？他若是去上了班，哪里还有活着的道理呢？米香真真是自己的救命恩人啊！

原本该着王驼子死的，就因为他进了一趟城，硬是躲过了那场灾难。米香对这件事情恨得咬牙切齿。那死掉的六个矿工，每个人的家属都得到了近三十万元的赔偿，包括那个顶替驼子下井的工友。米香便觉得，那三十万原本应该是自己的，是该死的驼子把她的三十万偷走了。驼子简直就是个挨千刀的贼。她在心里一遍一遍地悲叹着：三十万啊，三十万！三十万啊，三十万！眼见得到手的三十万，愣是泡了汤。这让米香捶胸顿足，简直无法面对。而这一切都是该死的驼子造成的。好长一段时间里，米香简直见不得驼子在她的眼前出现。一见到驼子她就气不打一处来，却又无从发作。于是，便忍不住一遍遍地责问他：

那一天，你到城里去做什么？差一点没把我吓死！

驼子虽然已经回答过她好几次了，还是老老实实地再一次回答：

你几天没正经吃东西了。我心疼得慌。想着你是南方人，喜食个鲜物，就去给你买了两只柚子。

驼子没有撒谎。他确确实实为米香买了两只柚子回来。那两只柚子就放在米香面前的桌子上。

碗口那么大，青青绿绿的，像两只生瓜蛋子。米香常常半晌半晌地盯着那两只柚子发呆。她总是想：若不是这两只柚子的话，三十万块就到手了。算下来，一只柚子值十五万呢。十五万一只柚子啊，老天爷！她一想起来就要发疯。一发起疯来就坐卧不宁、寝食难安。

白白地错过了三十万，米香是真的不甘心啊。如果没有出现这次事故，她也许对“嫁死”这条路已经不抱信心了。现在，三十万与她迎面相逢而又擦肩而过，使她又一次看到了希望的曙光。

5

她想：瓦房沟煤矿那么久都没有出事，自己刚刚在煤堆里埋了一条卫生巾就出了事。可见，这种做法是非常灵验的。于是，在一个没有月亮的晚上，她趁着漆黑的夜色又一次来到了煤矿上。煤矿上很安静，除了井口上吊着几只矿灯，四周围黑乎乎的。她悄悄地把带来的卫生巾埋进煤堆里，然后猫了腰从煤场上退出来，准备往回返。刚刚走出煤场几百米，忽然发现两个人不紧不慢地走来，一看就知道是煤矿的管理人员。她做贼心虚，急忙闪身躲到了一棵大树后面。等那两个人走远了以后，她才慌慌忙忙地走了出来。然而，就在她走出来的一刹那，一辆拉煤车出其不意地开了过来，她还没弄明白是怎么回事哩，已经被裹在车轮下面了。

米香被直接送到了医院的手术室。刚从手术室出来的时候她还不明白自己在哪里。看到穿白大褂的大夫，再看看床前站着的驼子，她才记起来了几个小时以前刚刚发生的事情。驼子见她醒了过来，一边淌着泪，一边连连地说着：好了，好了，已经没事了。养一段时间我们就可以回家了。米香却是闭了眼睛，除了默默流泪，一句话、半个字都不肯说。

米香伤得并不算太重，断了一条腿而已。在米香住院治疗的日子里，驼子没有再去煤矿上班。

他在医院里照料了米香，再回家去给皮娃子烧饭，忙得团团打转。看着忙忙碌碌、跑来跑去的驼子，米香的心里说不出来是什么滋味儿。她想：这是老天在惩罚自己哩。驼子一心一意地对待她们娘儿俩，自己却盼着他死。老天看不过眼了，才让自己断了一条腿。俗话说：防人之心不可无，害人之心不可有。想害别人，反倒给自己招来祸患，这是活该。然而，让她想不通的是老天为什么要让自己生一个脑壳子坏掉的痴傻儿呢？以前，她从来没有对谁存过歪心眼儿啊！

米香想些什么，驼子无从知道。他只晓得，米香是自己的女人，他要照顾好她。米香想吃甜的，他便做甜的。米香想吃咸的，他便做咸的。米香的腿酸了，他替米香揉腿。米香的背痛了，他替米香捶背。夜里，米香睡在床上，驼子则搬只小凳子坐在床前。实在是太困了，便趴在床边打一会子盹儿。差不多一个月没有脱过衣服。一天夜里，米香睡了一觉醒来，无意间一抬眼，看见驼子把头伏在床边上，双手搂了她的一只脚，把自己的脸贴在她的脚面上睡得正甜呢。看他那神态，仿佛他抱着的不是一只臭脚丫子，而是一只稀罕的香饽饽。

米香直愣愣地看着这个抱着自己脚丫子的丑男人，忽然间禁不住泪如雨下。她活了这么大，还没有一个人这样抱过她的脚呢！她担心惊扰了驼子的睡眠，一动都不敢动，就那么直直地僵着身子。她知道，驼子已经好多天没有正经睡过觉，他太困了。心想，就让他这么好好地睡一觉吧。然而，驼子到底还是被惊醒了。他抬起头来，米香看到他的脸上被硌出了半拉子脚印，便嗔怪道：睡便睡吧，抱着个脚丫子做什么哩？

驼子腼腆地笑笑说：我怕睡得太死，你醒了我不知道。把你的脚抱在脸上，你稍有动静，我就会察觉到。

米香看着驼子那双布满了血丝的眼睛，忽然觉得，这个男人看上去其实并不是太丑。五官虽然不算端正，却也慈眉善目。不管腰有多弯，背有多驼，也是人家爹妈十月怀胎养下的一个宝贝蛋子呢。自己却一心地盼着他死，等着拿人家的赔命钱，这不是坏良心吗？不过，她什么都没有说。她闭上眼睛装作睡着了。她知道：只有自己睡着了，驼子才肯伏在床边歇息。她想让驼子多歇息一会子。

两三个月以后，米香出院了。还跟先前一样，做饭、洗衣，什么都能做。只是，走起路来左腿稍微有些瘸。不过，如果不仔细端详的话，几乎看不出来。

米香在医院里躺了两三个月，皮娃子还像她在家时一样，吃得饱饱的，穿得暖暖的，身上的衣服也干干净净。看上去，驼子没有让他遭受一丁点委屈。看到妈妈回来，皮娃子高兴地哇哇直叫。米香发现，皮娃子不仅白胖了一些，而且多了一个小伙伴。他的伙伴是一只白色的小羊羔。小羊羔看上去很可爱：耳朵尖尖的，眼睛黑亮亮、毛茸茸的。米香看着它，它也看着米香。米香抬手摸了一下它的头，它便“咩”地叫了一声。听上去稚声稚气的，又柔弱、又娇嫩，像一个吃奶的孩子见到了妈妈一样。米香的心禁不住地抽动了一下。她问驼子：哪来的小羊羔？

驼子告诉米香，羊羔是自己从村外的野地里捡回来的。当时，它可能是生了病，快要死了，被人扔到了路边的草丛里。自己见到它的时候，它还在喘息，肚皮一鼓一鼓的。自己看它可怜，心想，好歹是条性命儿，便抱回家里，天天熬小米稀饭来给它喝，它渐渐地就活了过来。然后，就成了皮娃子形影不离的好伙伴。皮娃子走到哪里，小羊羔便跟到哪里。

看到小羊羔那么乖顺地跟在皮娃子的身后，米香感到一阵安慰。由于脑壳子不好使，村里的孩子们都不愿意跟皮娃子做朋友。偶尔跟哪个孩子在一起玩耍，皮娃子也是个受气包。不是被打骂，便是被捉弄。受的欺负多了，皮娃子便再也不愿意跟别的孩子玩了。现在，皮娃子有个小羊羔做朋友，米香总算是放了心。

小羊羔不会欺负皮娃子，而且很听皮娃子的话。皮娃子由于脑壳子坏掉了，所以不明白自己是个人，而小羊羔只是一只小动物。他从内心里把小羊羔当作了自己的同类。所以，他给小羊羔取了个名字叫作“小弟弟”。他呢，当然就是小羊羔的哥哥。只要听到小羊羔“咩”地一叫，他便问：你饿了吗小弟弟？哥哥给你拿好东西来吃。皮娃子藏了很多小羊羔爱吃的东西：胡萝卜、白菜叶子、红薯梗。这些都是皮娃子从外面寻来的。不过，小羊羔最爱吃的东西却是苹果。苹果很甜，皮娃子也爱吃。于是，皮娃子便拿来一把小刀，把苹果切成许多碎块。他吃一块，小羊羔吃一块，这两位亲密得真像是小哥儿俩似的。

皮娃子已经十来岁了，智力却永远停留在了三岁孩子的水平上。看看皮娃子，再看看小羊羔，米香便觉得：皮娃子其实也是一只小羊羔。既然上帝给了他一条性命，他便有权利在这个世界上活下去。她是多么希望皮娃子能像一只小羊羔那样，安恬自在、无忧无虑地活一辈子啊。可是，自己老了以后，他靠什么活下去呢？她必须在自己老掉以前，为皮娃子攒下足够多的一笔钱来。这样他的生活才有保障。可是，要攒下钱来却又谈何容易呢？

6

米香从医院里回来以后，驼子就不能再去煤矿上班了。不知道是由于几个月以来休息不好，还是营养不够，在窑底挖八个小时的煤，他感到比以前吃力了许多。每一次从井下上来，他都觉得仿佛要虚脱了似的。体力不够，挖的煤就没有别人多。而工人们的工资是按产量来平均分配的，别人便觉得吃了亏，不愿意再跟他搭班了。再说，他自己也感到心里发怵，不想再下窑了。那一次，如果不是他进城为米香买柚子，小命早就搭进去了。以前，他无牵无挂，死了也就死了。现在，他拖家带口的。自己死了，大不了丢掉一条命，米香和皮娃子怎么办呢？他是真的舍不得米香他们娘儿俩啊。孤儿寡母的，千里迢迢地从外地来这里讨生计，既是投靠了自己，自己就得对人家负起责任来。

挖不了煤，驼子便在耐火材料厂里找了个做杂工的活儿。工资不高，也就是几百块钱的样子。

虽然勉强可以维持一家三口人的吃喝，想要攒下钱来却是不可能了。

就这么跟着驼子过一辈子吗？

米香有些打不定主意。驼子的心眼儿不坏，人也是个本分的好人。对她们娘儿俩更是没的说。

但，不攒下一些钱来，将来皮娃子怎么办呢？皮娃子自从出生就成了米香的一块心病。他虽说是憨憨傻傻，到底是条性命哩。在他很小的时候，丈夫曾经主张把他送出去。比如街头，比如路边。寨子里有些人家就是这么处置残障儿的。趁着夜深人静的时候把孩子送到某一个地方，至于孩子的命运如何，就全看他自个儿的造化了。有人发现并抱养走了，是他命好。没人发现，或者冻死，或者饿死，顺其自然。一切听天由命。寨子里的人大都能够接受这种处置方法。他们认为，孩子是老天给的，再让老天拿走，合情合理。

米香却是无论如何不忍心那么做。她生下的孩子，她要看着他长大。她觉得，皮娃子就是她生命里不可分割的一部分。放弃皮娃子跟放弃她的生命差不多。寨子是个穷山恶水的地方，日子过起来凄惶难将就。谁家摊上一个残障儿，便如同一头栽进了穷窟窿里，一辈子都难熬出个头绪来了。

前夫就是因此而抛下他们母子的吧？驼子心肠好，不讨嫌皮娃子是个吃货。但，驼子已经四十多岁的人了，现在一个月挣几百块钱，勉强顾住他们一家三口的嚼头儿。有一天驼子老了，做不动了，皮娃子还不是一样没着没落吗？

米香越想越发愁。谁知，就在她愁苦不堪、不知何去何从的时候，皮娃子竟然丢了。

那一天，皮娃子说是要带小羊羔去滩地里吃草，米香就让他去了。滩地不远，离家也就是两三里地的模样。皮娃子也不是去了一两回了。可是，黄昏的时候，却还不见皮娃子回来，米香便去找。到了滩地里，小羊羔还在吃草，却没了皮娃子的踪影。米香的头“轰”地一下就蒙了。皮娃子和小羊羔一向是如影随形、从不分离的。现在，小羊羔还在，说明皮娃子一定是出了事。

米香一边疯了一样大声地叫着皮娃子的名字，一边去找驼子。驼子回来，一听说孩子丢了，便直接去了派出所。然后，就和派出所的人一起去找孩子了，留下米香一个人在家里等信儿。米香哪里坐得住？驼子他们走了，她便开始四处寻找。凡是她可能想到的地方，她都一一地寻了个遍。河沟旁、枯井底，破窑洞里、悬崖下。哪里都寻了，哪里都没有皮娃子的影子。

皮娃子在的时候，米香只觉得是块心病。现在，皮娃子不见了，米香觉得仿佛整个天都塌了似的。矿上开饭馆的马大嫂见米香着急得整个人都脱了形，便劝慰她说：米香啊，孩子若是真寻不回来，你也甭太伤心了。一个傻孩子，你老了也得不着他什么济。索性跟驼子再生一个得了。米香听了，睬也没睬她。心说：傻子怎么了？傻子就不是孩子了？傻子像一只小羊羔一样，安分守己地活着，不伤人，也不害人，谁若是存心谋害一个傻子，简直天理不容！

谢天谢地。几天后，孩子和驼子总算是一起回来了。孩子还是原来那个模样，驼子却是整整瘦掉了一圈，连头发都白了一绺子。听派出所的人说：驼子每到一个车站，便进行地毯式的搜索。几天的时间，他饿了啃一个烧饼，渴了喝几口自来水，几乎没有合过眼睛。大家谁都没有想到，他根本不是那傻孩子的亲爹。

孩子找回来以后，村里村外的人背地里都说驼子是个死心眼子。一个傻子，养在身边早晚都是个累赘，丢了正好可以省心，干吗要千方百计地舍命去寻找呢。米香见了孩子，恨不得跪下给驼子磕个响头。派出所的人告诉米香：孩子能够顺利找回来，还是驼子提供的线索。

原来，驼子刚刚把米香母子两个领进家门，就有个二流子跟驼子商量，想让驼子偷偷地把皮娃子骗出来卖给他。驼子问他买个傻孩子回家做什么？他诡秘地说：孩子的脑壳子虽然不管用，但身体的其他器官却好端端的，取出身上的任何一个器官来卖，比如肾，比如肝，都会发一笔大财，一辈子吃喝不尽。即使不卖器官，也可以把他圈起来抽血来卖。卖了钱，他们二一添作五，俩人平分。

驼子一听，气得头皮都炸了。他没有想到，人会丧尽天良到如此地步，当即把那人骂了个狗血喷头，并给了他一记耳光。那人灰溜溜地走了。驼子想，走了就完了，也没跟米香提起过这事，怕米香听了心里难过。这一次，一听说孩子丢了，他立刻想到了那个二流子。末了，果真是那人把皮娃子拐走的。幸亏找得及时，孩子才没有遭殃。

米香知道了事情的原委，惊得几天没有合眼。一想到孩子差一点被人挖心掏肝，她就噩梦连篇。不过，最折磨她的还是自责和愧疚。

她想：那个人打皮娃子的主意，跟她打驼子的主意，其实都是一样的丧尽天良。只不过那个人亲自动手了，而自己只是被动等待罢了。实质上没有多大的区别。皮娃子如果这一次真的遭了殃，那一定是老天爷在惩罚她。是她给孩子招来了祸患，她才是真正的罪魁祸首。以前，她从来不相信“报应”这一说。现在，她完完全全地相信了。她想：自己在煤堆里埋了一条卫生巾，老天就让她断了一条腿。她想得到驼子的赔命钱，老天就派一个歹人去索皮娃子的命，自己这是遭了“天谴”。

被深重的罪恶感日夜折磨着，米香却不敢向驼子透露半点内心的想法，怕驼子知道了不肯原谅她。于是，只好一遍一遍地对驼子说着：驼子，我们以后再也不下窑挖煤了。

驼子答：不挖了。

米香道：哪怕是饿死，也不挖了。

驼子答：米香，你放心吧。你和孩子既是跟了我，我哪怕是死，也不会叫你们娘儿俩挨饿。我驼子好歹也是个男人哩。

7

驼子不知道打的什么主意，从耐火材料厂里下了班以后便去几里外的岭坡上开荒种树。岭坡是驼子村里的一座荒山。土少石头多，又没有水。种不成庄稼，也派不上别的用场，一直荒在那里。现在，驼子只要一得闲，就背着把镢头上山了。上了山以后，又是挖又是刨的。挖成一个坑，又从山下吃力地挑上土来，填在里面。然后种上树。种上树以后，还要再从山下担水来浇。种活一棵树，不知道要耗费多少体力和心血。

米香见驼子一有空就弓着腰往山上跑，累得吭哧吭哧的，便不解地问他：种那些个树做什么呢？

不知道几时才能成材。

驼子看看米香，又看看皮娃子，沉默了好久，才说：皮娃子现在才十来岁。再过一二十年，等皮娃子成人了，这些树就差不多成材了。卖了树，就可以给皮娃子讨媳妇了。我一个月能种两棵树，一年就能种二十四棵。我今年四十来岁，若是再种二十年的话，就能种下将近五百棵树。有这几百棵树，将来就算是我死了，你和皮娃子也都吃喝不愁了。我栽下的都是上好的树种，成材以后，一棵能卖上千块钱呢。

米香看着驼子弯得像虾米一样的腰，心里一热，眼角就湿了，觉得自己简直不是个人。一心地盼着他死，等着来拿他的赔命钱。他却一个心眼儿想的全是她和皮娃子。于是就决定，索性就跟着这个男人过下去吧。走一步，说一步，将来的事情将来再说。既然是安下心来要跟着驼子过日子了，米香重又在煤矿附近摆了一个豆花摊子。虽说本小利薄，生意也不怎么样，好歹能挣下几个零花钱，多少能减轻一些驼子的负担。然而，驼子的树却是种不下去了。

他越来越感到自己体力不支，胸部也隐隐地作痛，像是有一团小火在里面灼烧着似的。以前痛得不怎么厉害，咬咬牙就忍过去了。现在，却是越来越忍不下去了。一痛起来，弄得他满头满脸都是汗，怎么努力都无法把一担水或是两筐土担上山去了。怕米香知道了着急上火，驼子也没告诉她。趁着下班后的时间，自己偷偷去了一趟县城的医院。他原本想，买几片止痛药吃下，只要能忍受得住，不耽误干活就行。谁知，大夫询问了情况以后，又是验血，又是拍片子的，弄得驼子都有些不耐烦了。他没有想到，看一个病居然会这般麻烦。折腾了老半天，大夫问他：你是一个人来的，还是和家属一起来的？驼子答：一个人来的。大夫沉默了好一阵子，最后躲闪着眼光对他说：你的病暂时还诊断不清，等明天让你的家属来取结果吧。驼子看看大夫的神色，再听听大夫的口气，就感到了不对劲。于是，壮壮胆子道：大夫，我是光棍一条，家里没有别的亲人。有什么话，你尽管说吧。生死由天，我王驼子什么都不怕。大夫看他一副大大咧咧、无所顾忌的样子，沉吟了一会儿，说道：你患的是肝癌。晚期。驼子望着大夫，良久没有吭声。足足一袋烟的工夫以后，才问道：没治了吧？大夫怜悯地看了他一眼，没有再说话。驼子知道，不说话就是默认。也就是说：自己已经给判了死刑。大夫要驼子住院，驼子拒绝了。大夫要给驼子开药，驼子也拒绝了。既然注定了要死，还糟蹋那个钱做什么哩？驼子一片药也没有买，就走出了医院的大门。走出来以后忽然想：自己虽然被判处了死刑，但，具体什么时候执行，他还不清楚，于是，又拐回去找到大夫说：大夫，我虽说是光棍一条，有些事情还是需要安排一下。你得告诉我，我还有多长时间，也叫我心里有数。大夫道：三个月。驼子点点头，向大夫道了谢，就走出了医院大门。

从医院里出来，驼子坐在街边的一个花池旁，就开始盘算了起来。他对自己说：王驼子啊王驼子，你的命不算坏。讨了房女人做媳妇，还有个白胖小子叫你爹。这一辈子不亏了！想到米香和皮娃子，驼子禁不住落下了两滴泪。这女人带着个傻孩子，千里迢迢地来到自己家里，虽说是吃苦受穷，到底没有挨饿受冻。自己撒手一去，撇下他们孤儿寡母，怎么煎熬下去呢？

驼子算了算，自己一共在山上种下了十八棵树，还都是小孩子胳膊那般粗细的树苗子。十八棵树苗子能顶上什么用场呢？顶不上用场就得想别的法子了。反正是，左右高低不能让米香他们娘儿俩作难。登过记，扯过了结婚证，就是自己的女人。叫过了爹，喊过了爸，就是自己的儿子。自己虽说弯腰驼背，孬好也算是个男人哩。既然是个男人，就无论如何不能撂下自己的女人和儿子不管。

自己若是活着，任凭累得吐血，也要让娘儿俩吃饱穿暖。现在，自己却只有三个月的时间了。在三个月的时间里，怎么才能给米香他们娘儿俩挣下一笔足够生活一辈子的钱来呢？这着着实实是件令人为难的事情哩。

驼子这么想着，就犯起了愁。一犯起愁来就感到胸部疼痛得更厉害了，像是有一条小蛇盘踞在里面，一口一口、默不作声地啮咬着自己似的。他一边拿手摩挲着胸部，一边恨恨地说：咬吧，咬吧。反正已经报废了，再咬也是白搭。

驼子在街边又坐了一阵子，看天色已近黄昏，就开始往回赶。到村里的时候太阳已经落山了。四周围黑咕隆咚的，只有各家各户的窗子里透出昏黄的微光，看上去暖暖的、柔柔的，如同嫩嫩的蛋黄一样，叫人看上一眼就受用到心里去了。直愣愣地盯着自家窗子里透出的亮光，驼子忍不住又掉下了泪。他站着喘了几口气，把脸上的泪痕擦干，然后，加快了步子往家里走去。走到离门口十来步的距离，只听“咩”的一声叫，皮娃子和小羊羔就一齐奔了过来。皮娃子叫一声“爹”，小羊羔叫一声“咩”，两个好伙伴都兴奋地手舞足蹈。驼子摸摸皮娃子的头，再摸摸小羊羔的耳朵，带着他们两个一起走进屋子里。

饭早早就做好了，放在炉子后面煨着，单等着驼子一回来就吃呢。见他们进来，米香便开始盛饭。饭是家常便饭：一盘鸡蛋炒韭菜，一盘醋腌红萝卜丝，还有一小碟四川泡菜。馍是米香亲手蒸的红薯面卷糕，汤是小米稀粥煮地瓜。这些饭菜驼子已经吃过一千回了，此刻吃到嘴里，他却觉得比以往任何时候都香、都甜、都可口。他是真想一辈子都这么吃下去，直吃到七老八十，直吃到地老天荒啊。可是，他知道，自己没有这个福分。这饭是吃一顿少一顿了。

想到再有三个月就再也见不到米香，见不到皮娃子，也见不到小羊羔了，驼子的心里感到一阵锥心刺骨、扯心扯肺的疼痛。他强忍着没有让泪水从眼里涌出来，转身来到了院子里。

院子的窝棚下放着他下窑时穿过的厚帆布工作服，还有挖煤时用过的铁镐。他一遍一遍地抚摸着衣服和铁镐，心里暗暗地打定了一个主意。

8

第二天，驼子对米香说：我还想去下窑。

米香道：不是说好了，再也不去下窑挖煤了吗？

驼子说：我想多挣几个钱，好给皮娃子盖一所房子来。有了房子，将来皮娃子就不愁定媳妇了。

米香还是有些顾虑，问他：你的身体能行吗？

驼子说：将息了这几个月，感觉好了许多。我看能撑下来。

米香沉默了。她是下了决心要跟着驼子把日子过下去哩。她早已把“嫁死”的念头丢到了一边。现在，驼子忽然又要去井下挖煤，她有些惴惴不安。她觉得，她和孩子的命运已经与这个弯腰驼背的男人紧紧地连在了一起。她也已经习惯了这个男人的呵护和关爱。她不能够想象，失去了这个男人，她的心能不能承受。想到那些从煤窑里抬上来的一具一具的尸体，米香不由自主地战栗了一下，坚决地说道：驼子，我不要你去挖煤！

驼子软软地叫了一声：米香。

米香忽然就流了泪。她哽咽着说道：驼子，再苦再穷的日子我和孩子都能过。我们一家人平平安安地厮守在一起，比什么都好。我不要你去挣那个卖命钱！我要你好好地陪着我和孩子过日子。说出这些话来，米香已是泣不成声了。

如果米香不说这些话，驼子可能还有些动摇。现在，他更加坚定地知道自己要怎么做了。

接下来，驼子像往常那样：该去耐火材料厂上班还去上班，下了班便去种树。他知道，他不能像预期的那样种下几百棵树留给米香她们娘儿俩了。不过，能多种一棵总比少一棵强。他一边种树一边盘算着：至多再种一个月。越往后拖，他的身体越糟糕。到时候躺到床上爬不起来就什么都完了。一个月过去，驼子又种下了整整六棵树。算起来一共是二十四棵了。驼子知道，他不能再种下去了。他得去下窑。不然的话，就来不及了。

时令已经进入农历十一月，说是暖冬，天气却贼冷贼冷的，煤价像疯了一样地往上涨。打煤窑的矿主一个一个都日进斗金、大发横财。他们都想趁着这个销煤旺季大大地捞上一把。为了提高产量，他们差不多已经不顾一切了。驼子没有再去瓦房沟煤矿下窑。他联系了另一家叫作杨家洼的煤矿。一说就成了。哪个矿主不想趁着这个时节多一个人干活，多挖几吨煤出来呢？谁还怕钱咬手不成？这个新矿主名字叫杨有成，长得又矮又瘦，一脸穷相，却腰缠几千万，单是女人就养了好几个，而且一个比一个年轻漂亮。哪个女人一年不花他三五十万能过得去呢？他那么有钱，对工人却又刻薄又狠毒，大家都不乐意去他的矿上干活。驼子愿意去，他自然欢迎。

驼子是瞒着米香去下窑的。米香说过了不让他再下窑，他也答应了米香。他不想让米香跟着担惊受怕。从井下上来，洗了澡、换了衣服他才回家，所以米香一点都不知道，以为他还在耐火材料厂做杂工呢。

由于体力的缘故，驼子只能两天上一班。尽管如此，下到第六班的时候，他还是感到再也吃不消了。他知道，自己必须行动，不行动的话就来不及了。不过，在行动以前，他要提前给米香过个生日。米香的生日在来年的春天，还有好几个月，他等不到那个时候了。

这一天，他趁着休班的时候到集镇上去了一趟，买了二斤羊肉，一只猪耳朵，一条猪尾巴，还有一只米香最爱吃的漳州烤鸭。买了吃的，又给米香和皮娃子各自买了一身过年穿的新衣裳。摸摸兜里还有钱，又买了一把玩具手枪，一只拴了红缨子的小铃铛，一瓶葡萄酒。拎着东西回家的时候，驼子想：这岂止是过生日？简直跟过大年差不多呢。一家人团聚在一起过年的感觉真是好啊！

一路往回走着的时候，驼子仿佛已经嗅到了饺子的香味。米香包的羊肉饺子香死个人，只要吃上一回就叫人一辈子也忘不掉了。掂着一包子东西回到家，米香有些大惑不解，问他：不年不节的，花这些个钱做什么？驼子骗她说：厂里发了一小笔奖金。我一高兴，就赶了趟集。驼子要米香和皮娃子都换上他买的新衣裳，米香却是不愿意。说是忙这忙那的，怕弄脏。驼子一听就有些恼了，说道：衣服买回来就是给人穿的，怎么能怕弄脏而不穿呢？脏了怕什么？脏了咱再买。听他那口气，仿佛他王驼子是个腰缠万贯的大富翁似的。米香偷偷地笑笑，心说：发了几个奖金就不认得自己是谁了。若是挣上几十万；尾巴还不翘上了天？不过，为了让驼子高兴，她还是顺从地给自己和皮娃子都换上了新衣裳。衣裳呢，都是廉价的地摊货，虽说不值钱，穿上倒也合体。驼子不错眼珠地看着穿了新衣裳的娘儿俩，仿佛怎么看都看不够似的。看得米香有些不好意思了，便躲到厨房里包起饺子来。驼子把玩具手枪拿出来给皮娃子，皮娃子立刻高兴地跳了起来。他最喜欢摆弄的玩具就是手枪，得了一把新手枪在手里，他怎么会不高兴哩？他一高兴，便抱着小羊羔直打转转。小羊羔“咩咩”地叫着，仿佛也在替皮娃子高兴哩。驼子忽然想起来，自己也替小羊羔买了礼物。礼物呢，就是那只拴了红缨子的小铜铃铛。驼子把铃铛拴在小羊羔的脖子上，小羊羔每走一步，铃铛便欢快地响一声，听上去又清脆又悦耳，叫人怎么听都听不够呢。

米香是个手脚麻利的女人。仿佛只是一袋烟的工夫，她就把热腾腾的饺子端上了桌。一家人围坐在一起，一边就着猪耳朵吃饺子，一边喝着葡萄酒。皮娃子最爱吃猪尾巴。驼子把猪尾巴给他，他却举起来塞进驼子的嘴里，非要驼子先咬一口他才肯吃。驼子的心里也不知道是个啥滋味，只一个劲儿地埋头吃饺子。吃了满满一盘子还不够，又吃了第二盘。不过，吃第二盘的时候，他的速度放慢了许多。盘子里的饺子仿佛不是饺子，而是金元宝。他每吃下一个都有些恋恋不舍。眼看上班的钟点就要到了，他还磨磨蹭蹭地坐在饭桌旁，一口一口地啜着葡萄酒。米香看他坐在那里不想挪窝，便说：累了就休一班算了，以后日子长着哩。

驼子沉默了一阵子，站起身来，就往门外走去。走出了几丈来远，又回头看了一眼。他看到：米香正弯了腰收拾碗筷，皮娃子则拿了一根萝卜缨子在喂小羊羔。小羊羔吃一口萝卜缨子摇晃一下脑袋，它脖子上的铃铛便清脆地响一声。那响声伴着微风的吹送，像一根细丝线一样摇曳在驼子的身后，抽得驼子的心生疼生疼的。驼子强忍着不让自己再回头，然后，大踏步地往杨家洼煤矿走去。

9

换了衣服，和工友们一起走进罐笼里，一米一米地往地下挺进的时候，驼子的心也像绳子一样，一阵紧似一阵地抽搐着。他咬了牙，闭了眼，不让自己往上面看，也不让自己往别处想。

下到井底，从掌子面上往里走，就进了巷道。进了巷道，工友们便四散开来开始干活。驼子故意紧走了几步，与工友们拉开距离，一个人独自在一个比较小的工作面上挖起煤来。一边挖，一边观察着工作面的地势。这个工作面他已经留意过好几回了。他早已选择好了一个角度。他知道，照着那个方向挖，不到一个时辰的工夫，他就会挖出一个洞来。那里的煤层又虚又厚，松松地浮在那里。把身子钻进洞里，只要拿煤镐在洞顶上随便扒拉那么几下子，他就会被不露痕迹地埋进煤堆里了。然后，按照通常的进度，再过一个时辰，等工友们把煤吃到这个地方的时候，就会发现他。到那时候，他肯定已经命归西天了。把他的尸体带出井外，米香就会得到一大笔赔偿金。靠着这笔钱，她就会带着皮娃子把日子过下去了。

他知道这样做对矿主来说有些缺德。但，不这样做他又能如何呢？他是真的不想丢下米香她们母子两个不管啊！

驼子一边按照预期的方案挖着洞，一边想着米香和皮娃子。他知道，此刻，米香正坐在灯下一针一针地织着毛线衣。皮娃子一定在摆弄他的新手枪。小羊羔呢，肯定正卧在皮娃子的身旁咀嚼萝卜缨子哩。它每动一下，脖子上的铃铛肯定会清脆地响一声。驼子真想再听一次那响声，再看一眼她们母子啊。可是，他是真的没有那个福分了！他的肝部生了癌，他的躯壳已经是一堆废物了。此刻，在他挖着煤的时候，他感到胸部一阵紧似一阵的疼痛。那疼痛使得他双腿发软，两手颤抖。他勉强地撑持着往里挖。每挖一下，米香和皮娃子的影子都会交替地在他的眼前出现一次。在想象中，他们的面孔亲切而又安详，姣好如天上的圆月。他叫一声米香，挖一镐煤。再叫一声米香，再挖一镐煤。一个多时辰以后，那个预期中的洞已经基本成形了。他把身子钻进洞里试了一下，不深不浅恰恰好。如果洞顶的煤按照设想的方案往下落，刚刚可以掩埋住他的头和胸部而暴露出他的腿脚，这样工友们就可以顺利地拖出他的尸体来了。

不过，在进行最后一个动作以前，他还是犹豫了好一阵子。他是真的不想死在这黑暗幽深的井底之下啊。他想穿上米香织的毛线衣，死在米香温暖的怀抱里。可是，想到米香和皮娃子的后半生，他还是狠狠地咬了一下牙。

在这最后的时刻里，他还想到了矿主杨有成。他知道，自己死了以后，杨有成无论如何都要破费一笔钱了。他在心里说：杨矿长，我王驼子对不住你了。你就权当自己多养了个女人吧。我王驼子来生再替你干活！

时辰已经差不多了。王驼子环顾一下四周，在心里最后叫了一声米香！然后就举起铁镐在洞顶扒拉起来。洞顶的煤原本就虚虚地支撑在那里，王驼子的镐头刚一触到它们，洞顶便坍塌了。大块大块的煤核和着煤面子排山倒海一般轰然而下，眨眼的工夫就把王驼子掩埋住了。

米香做梦都没有想到：王驼子到底还是死在了矿井下。

王驼子上班走了以后，米香忽然意识到，他有些怪怪的，似乎哪里有些不对劲儿。不年不节的，他却买了一大堆吃的穿的回来。吃饭的时候，神态看上去心事重重。临出门的时候，更是神色恍惚。莫不是有什么事情瞒着自己不成？

米香这样想着就开始翻他的东西。翻了半天，终于在他的一件衬衣口袋里翻出了驼子的诊断书。知道驼子得了绝症，米香一屁股跌坐在床上，整整几个时辰没有动弹。

她是铁了心要跟驼子过日子的，为什么这日子偏偏就过不成了呢？驼子可真是个苦命的人啊！等干完了这一班回来，再也不让他去耐火材料厂上班，也不让他再去种树了。自己要热茶热饭，好好地侍候侍候他。他对他们娘儿俩真的是不薄啊。为什么好人总是得不到好报呢？米香一边想着，一边哭着。不知道什么时候歪倒在床上睡着了。

第二天早上，天还没有透亮，就传来了驼子的死讯。得知驼子死在了矿井下，而且这次事故只死了驼子一个人，米香的心里便明镜似的，什么都明白了。她知道，驼子临死还在替她和皮娃子作打算呢。驼子可真是个难得的好丈夫啊。自己这一辈子怕是再难遇到这样的男人了。能够跟驼子夫妻一场，也算值了。遗憾的是，自己没能替他生下个一男半女来。在这一刻里，米香恨死了自己。

但，一切都无可挽回了。

按照米香的意见，王驼子的尸体被埋葬在几里外的岭坡上。岭坡上有王驼子为他们娘儿俩种下的二十四棵树。那些树已经有扁担那么粗了。一棵棵青枝绿叶的。

王驼子“百天”的时候，米香包了一大盘子羊肉饺子，来给王驼子上坟。饺子摆在王驼子的坟前，像一个一个金元宝。皮娃子看看盘子里的饺子，再看看米香，问道：妈，我爹躲在土里做什么？

米香答：他累了。在睡觉。

皮娃子说：爹，吃饭啦。

然后，便拿起饺子来，把它们一个一个地种在坟堆上。坟堆上的土还是新的，有嫩嫩的小草芽冒出来，像驼子脸上新长出的胡茬儿。那些饺子看上去又像是土里长出来的耳朵一样。驼子生前种下的那些树肃立在坟堆旁，仿佛也在为驼子默默地志哀。微风拂过，树叶子细微地颤动着，发出瑟瑟的低吟，仿佛是驼子在轻轻地叫着：米香，米香。米香一手揽着皮娃子，一手牵着小羊羔。小羊羔已经长大了许多，它一边晃动着脖子上的铃铛，一边伸出嫩嫩的舌头来，轻轻地舔着树干。米香忽然就觉得：小羊羔和这些树都是有灵性的。它们都是她和驼子的孩子。她对树说：你们好好守着驼子吧。我得走了。

几天以后，米香带着皮娃子和小羊羔回她的家乡去了。杨家洼煤矿赔了驼子二十六万元，她一分都没有去领取。那笔钱便一直挂在煤矿的账上。

原载《长城》2006 年第 3 期

荣获第十二届《小说月报》百花奖中篇小说奖（2007）

蚂蚁上树

马秋芬

一

廖珍还记得，乡下人吴顺手刚来沈阳城时，正晕头转向呢，竟一脚先踩出个乐子。

那乐子出自工地停电。

绿灯盏工号自打3月开工，轰轰隆隆疯干了仨月，一时半刻都没歇过。这天让电业局拉了一下闸，几百号让水泥砂浆沤得像群泥猴似的民工们，竟乐坏了！第一次得以喘口气，直直腰。其实民工们也只喘了一口气，直了一下腰，然后鬼撵似的洗了把头脸，就呼啦一下都散了。谁让绿灯盏工号就在中街的把头儿上呢。而这中街，哪里是平常的一条街？这是沈阳城乃至全东北最著名最繁华的商业街。平日里，在封闭的工号里没白没黑地干活，却时时刻刻被墙外喧嚣的气浪烘烤和引诱着，心里痒痒得都快熬不住了。这天虽不是周日，那商业街上促销的锣鼓和电声音乐，也把风震跑了，云震稀了，震出个日光灿灿的大晴天儿。出了一身又一身臭汗的外地民工，不花一分钱，一步跨出去，就走进城里最具代表性的灯红酒绿中，这是在庄稼院里做梦都梦不到的景色，谁能不过去凑回热闹？所以工号里的人，就像一把沙子扬出去，一下就没影儿了。

电停了，人没了，开锅似的工地一下子像睡着了。刚开上升降机的廖珍，却是工地上为数不多的逛着中街长大的沈阳城里人。她用不着像那些土老帽儿那样急着出去开洋荤，她巴不得闲出身子到范保管的库房里，像工地上那些过了小半辈子的民工夫妻那样，抓点儿闲空两人就用小电锅煮点啥、炖点儿啥。或者不用小锅煮炖，干脆双双挤在临时搭起的小板床上互相煮煮炖炖一番。可刚进了范保管的库房，就听外面喧天喧地闹哄起来。

工地大门是用建筑编织布围出来的一个豁口，旁边支个帐篷算是门卫室。因为进入工地得有胸卡，新来的民工被保安挡在外面，这本是常有的事。那天被挡在外边的民工，就扯个破锣嗓子在那儿争辩。

范保管的库房就在门卫室旁边，所以这样的光景范保管见多了，听见跟没听见一样。廖珍刚把库房的窗帘一把拉上，就听外面保安大声叫她："范嫂子！范嫂子！出来一下？"

廖珍嘟囔着："嫂子、嫂子、嫂子你个脚！"有几分不情愿地对范保管说："老范，外头又吆喝魂儿了，理还是不理他们？"

范保管是面瓜似的一个人，对谁都是一副惹不起的样儿。他面乎乎地说："那些臭无赖，等会儿还得闹，先出去看看吧！"

廖珍推门刚探出个头，保安就指着那个糙脸糙皮的瘦男人对她说："这老乡非吵着要进工地，范嫂子，你能不能找个人来为他签保单？"

廖珍对小保安说："别老嫂子、嫂子的，忒俗。不是告诉过你吗？叫我姐，廖姐！"

小保安应声道："哎，廖姐。"

这糙皮糙脸的男人，立马转向廖珍，自我介绍说他叫吴顺手，是辽西建平羊栏寨的人，他的本家和屯亲在这打工混事的不老少，有堂兄吴顺坡、本家侄吴青苗、二外甥小豁嘴子，还有孙喜松、孙喜来哥儿俩，前院的二拴子、后街的张狗子、旺桩子……

廖珍整天和民工们泡在一起，这些名字她大体能对上号，说："知道，是猴爬杆儿那档子人吧！"

吴顺手一听就明白："猴爬杆儿……对，对，爬杆儿的架子工！吃工匠这碗饭的行当，全是属地瓜土豆儿的，沾亲带故，一窝一窝的。土山子那边出瓦匠，桑林子那边出木匠，大窑那边出力工。他们不少人也都在这个T工号上混饭呢！你能不能给我找个熟人来签保单！”

廖珍说：“你来得可真寸，仨月没歇一天工，一个个还没见着沈阳城啥样，都憋坏了。今儿个一窝蜂都逛中街去了，中街上有促销的文艺表演，我看都得后半夜回来！”说完转身回范保管的库房去了。

找不到恰当人到门口为吴顺手签保单，小保安就让他一边待着去。

吴顺手就冲着范保管的库房门一阵范嫂子、范嫂子地大呼小叫，这破锣嗓子无意间喊在廖珍的禁忌处，让她听起来扎心扎肝的，她只得救火似的跑出来，又救火似的为他四处找人。

找来的是虾米腰胡领班。胡领班的手指头让钢钎子穿了，正躺在铺上犯迷糊。

吴顺手一听口音就知道胡领班准是建平县的老乡。一问，这人果然是建平来的。吴顺手就又将堂兄、侄子、外甥、猫猫狗狗的一串名字跟胡领班重扯一遍。胡领班将他从头看到脚，说，最近工地上老是出些丢工具、丢电线之类的盗窃案子，你是啥顺手不顺手，我也弄不清，工地上零零碎碎不老少，就怕被谁顺了手，你还是等等你们羊栏寨的人来担保你吧。

胡领班迈着鹅步刚要走，吴顺手急了，略一思忖就大声问：“我说哥，知道鲁煤窑不？”

胡领班站定，说：“咱建平的那个鲁煤窑？鲁本田？那谁不知道？靠开煤窑发家的大款，脖子上挂个拴狗绳那样粗的金链子，手丫缝哗哗漏钱像下大雨一样。——你是他本家亲戚？”

吴顺手说：“×，谁跟他是亲戚？我是问你知道他的……二窑婆不？”

胡领班眼睛亮了一亮说：“咋不知道？！鲁煤窑的小饼二窑婆子，知名人士！不光我知道，地球人都知道！你是二窑婆的……哥？姐夫？妹夫？还是侄女婿？”

吴顺手赶了一天路又饥又渴，急着快进去讨一口吃喝，就一跺脚冲胡领班气急败坏地说：“什么呀！我是鲁煤窑二婆子孙彩霞的前夫！这能证明咱正经身份不？这能证明咱不偷不抢不？”

胡领班眼睛又亮了一亮，道：“啥？啥？孙彩霞的前……”

吴顺手噎了一下，说：“听不懂啊？！她是我以前的媳妇儿，我上这来打工，养活让她扔下的没娘的小崽儿！”

胡领班嗨嗨嗨笑着，打量他好一阵儿，道：“你是她老公？真的吗？！就你？人家鲁煤窑的二婆子，那妖精可不是一般战士，小腚扭扭的，奶子颤颤的，浪不丢儿的，盘子有多亮！你小子有皮相，没骨相的，整个一只抽抽鸡儿，还跟鲁煤窑二婆子一个被窝睡过觉？！扯吧！”说着对廖珍和小保安说：“他说的二窑婆子，可是个人物！跟局长、县长喝酒，都把他们一律喝桌子底下去！那么个美人坯子，他愣说是他前妻，逗不？”

廖珍想走开，却让这新来的男人求救似的拦住了。廖珍只得说：“你拿不出身份证明，我有啥办法？！”

吴顺手从衣兜里摸出一张小相片，指着上面三个豆粒大的小人头给胡领班看：“你瞅瞅，这是一家三口儿。这个系领带的是我不是我？这个头发像卷毛狗儿似的，是那贱货不是？这豁牙露齿的小崽儿，就是我和她生的宝贝疙瘩，属牛的，叫吴牛，今年十三了。咋样？我是她原装撒种机，他鲁煤窑只是个二炮手！这是蒙你吗？！这是不是有根有据的正经身份？！”

胡领班仔细看罢照片，肩膀笑得抖抖的，又将相片递给廖珍看。廖珍看不清那个被称为二窑婆的女人有多妖艳，却只见得那三个小人头搂着扯着，一副亲不够的黏糊样儿。心想，反目为仇的一家子，也有亲不够儿的时候，看来世上许多光景，原来都是靠不住的！

“啊！真的！没错，没错！你是原装撒种机！”胡领班笑得跌跌扑扑，说：“你这撒种机也太抽抽了点儿，人家二炮手多老硬，不端你老窝端谁！”

“胡领班，瞅他也怪可怜的，既然你们是一个县的老乡，你就先替他保一下，快签吧！”廖珍不住地替吴顺手说情，其实也不是真说情，只是想快点摆脱。她到工号这些天来，觉得乡下男人们最乐意将裤腰带以下的身体细节挂在嘴边上，猝不及防听在当面，心里总是不自在。这俩男人一通胡嘞嘞，她就听着不得劲儿。

胡领班抬起那只肿得像馒头似的伤手，为吴顺手签了保单，引他进工棚去了。廖珍这才舒了口气。

第二天，在廖珍的升降机里，这撒种机的乐子，就成了民工们磨牙的保留节目。

这时的吴顺手，已不是昨天的吴顺手。他现在已是工地上的架子工了，领了黄色安全帽，屁股后头悠荡着固定架子用的卡扣板子和小工具。他一进货梯，两眼就盯着廖珍笑，熟头巴脑地大声招呼着：“范嫂子，忙着呢？！”

他这么高声大气，有点儿向旁边的老乡炫耀的架门儿。果然货梯里男人们的眼里都闪出些艳羡：开升降机的女人虽然岁数大了点儿，可岁数再大也是女人。在这几乎清一水儿的男人世界里，不管啥样女人，都是金贵物儿，更何况还是城里女人。这小子，跟女人套近乎到底有一套。

天气有点热了，可廖珍却捂着大口罩。她以前不捂口罩，开货梯的头一天，头拨上来的推砂浆的小工，都是乐颠颠冲上来的。这一冲，一个小车轮子就冲到了另一个小工的脚上。那小工就将脚一挣，说：“×！你压着我啦！”推车的小工却不以为然地说：“纸糊的？还不经压？！”被压脚的小工马上还击：“我哪经压？经压的是你老婆！”他们一递一接地这样斗嘴，使一车人都开心大笑。一拨下去了，又一拨上来，一张嘴还是荤素一勺烩。她禁不住清了一通嗓子，擤了一通鼻涕，像患了重感冒。本来她抵触乡下人的龌龊话，应该找东西把耳朵堵上的，或找东西把对方嘴罩上；可她不堵自己耳朵，不罩对方嘴，情急之下却先罩上了自己的嘴。而罩上了自己的嘴，虽然闷了点，但廖珍在这荤素一勺烩的话语包围圈里，却闷出一个隔离的感觉来。

戴口罩的廖珍此刻就哐当一声开动了货梯，像以前对别人那样，对吴顺手更正了一句："别喊嫂子，喊廖姐。"吴顺手却上鼻子上脸地说："对，彼此单论显得近乎！往后就喊你姐啦！"

一些人嗓子眼儿里发出些声响，涌出些妒意。眯眯眼儿孙喜松忍不住，说："四姐夫谁都认识啦！"他在羊栏寨和吴顺手是小学同学，从二窑婆孙彩霞那边论，他俩还是远支儿姐夫小舅子。

吴顺手得意地说："我一到工号就遇上了廖姐。廖姐心肠热乎，真心真意地帮我，跟亲姐似的！"

廖珍不冷不热地说："你这人倒是个话痨！"

货梯里的人都幸灾乐祸地笑起来。

孙喜松冲吴顺手笑嘻嘻地说："四姐夫真冲！一进工地就踩个响雷，成名人啦！满工地谁都知道建平来了个顺手的撒种机，你挺神！"

吴顺手为成为谈笑中心，心里美着呢。他故意反唇相讥："喜松子，你就知道乐，不怕大风闪了你舌头！你媳妇秀萍子还让我给你捎话，你家那20亩地等着上复合肥呢！一亩7块钱，总计140块。赶紧张罗钱吧，让你不知愁！"

这句话一出口，孙喜松脸上的嬉笑就僵住了，心也迅疾坠入羊栏寨那间泛着柴火味的破草房里。他紧蹙双眉顾自喃喃着："工地开饷还早呢，这老娘们儿多死性，咋不卖猪呢……"

吴顺手接道："你家壳郎猪才狗那么大，你媳妇要是去卖猪，除非她脑袋让门挤了！"

说话间，哐当一声到站了，上料的独轮车，一个跟一个下去了，走在后边的吴顺手，越过颤悠悠的跳板桥刚要钻过砖茬洞口，廖珍大声冲他说："走在最后的关上安全门！"

吴顺手左右看看，全是光腚的砖茬墙，哪有什么门？正这时里边传来吆喝声："吴撒种儿，磨蹭啥呢？"他赶紧对廖姐说："姐，那边催命呢！端人家碗，看人家脸，我得赶紧走呢……”说完快跑几步领活儿去了，后边廖姐还在喊啥，他也没顾上听。

当天吃晚饭的时候，工地跟往常一样，民工们在食堂里打来饭菜，三五成群在露天地吃，廖姐就在货梯里吃。吴顺手端着饭盒蹲在廖姐的对面砖垛上。廖姐吃饭也不抬头，吃完就将口罩一戴，大半张脸就没了。

胡领班用一根筷子穿着俩馒头，一边吃一边朝吴顺手走过来：“我说吴撒种儿，早上你刚签了安全协议书，才屁大工夫你咋就违约？”

吴顺手不在意地说：“胡领班，你放心，兄弟不会给你脸上抹狗屎！”

胡领班扑哧一声笑了：“吴撒种儿！看来我给你作保，脸上沾屎沾尿还真躲不过了，只是你自己一家伙攮进去罚款20块，值吗？”

“什么？什么？”吴顺手一下跳起来，饭盒盖都跌到砖垛上了：“我一溜小跑地扛杆子、登高绑架子，凭哪条罚我？”

胡领班说：“你在协议上都按手印了，你还不知道凭哪条？《安全协议》上说，不戴安全帽罚5块，不系安全带罚20块，喝酒作业罚30块，不关安全门罚20块……你犯的是不关安全门那一条！”

早上吴顺手在好几个协议上按了手印，一堆乱七八糟的纸片子，他弄不清都是些啥，只想快点把手印按上，也没仔细看看。他隐约想起廖姐喊过关啥安全门，就懵懂地问：“什么安全门？在哪儿有门？”

胡领班用筷子朝上指指戳戳地说：“看见升降机停靠每层的洞口没？每个洞口不都有两扇钢筋焊的挡头吗？挡头要是不合上，洞茬口就成了悬崖峭壁，从里头出来一脚迈空就栽下去了。所以按规定升降机一走，下车的人必须把挡头合上。《安全协议》上签得明明白白，谁不合，罚谁，不信问廖姐，罚单上的证人是廖姐给签的字！”

听了这话，吴顺手眼圈都红了。从离开羊栏寨那一刻起，他心里就惦着个钱字，可还没碰着个钱边儿，倒先欠了债。欠得多冤屈。升降机里那个女人也挺阴，你替关一下不也没这事？他转过脸看廖珍，她脸上的口罩太大，将所有的表情都遮盖了。吴顺手正是缺钱的时候，20元不仅让他心头一疼，更多的还是气恼。他大喊了一声："范嫂子！"这一声断喝，不仅把廖珍吓一跳，把他自己也吓一跳。他也斜着眼想，城里人真生分！跟她姐呀妹的套近乎有啥用？你不过是个家属工，叫你"范嫂子"就算恰当了！他气哼哼地说："我说范嫂子，你怎么整丢我20元？"

不知怎么，他这一句话，就像往货梯里扔了个手雷那样，把货梯里的廖珍炸着了。她一个高蹦儿下来，揭下口罩，贼似的看了一圈，说："吴师傅，你听我解释——"

吴顺手麻着眼说："你这个范嫂子！钱都在账上扣了，还解释啥！"

在一圈大眼瞪小眼的观战目光里，廖珍很难堪，她用手揉搓着口罩，不知说啥好。吴顺手的气可是越喘越粗，他就是觉得这钱丢得冤。

廖珍犹豫了好一刻，终于说出憋了半天的话："你能不能不叫我范嫂子，还是叫我廖姐好了！"

吴顺手心里窝火，出口就是四楞子话："你不是范保管的家属吗？不叫你范嫂子，叫你张王李赵嫂子能行？真是的！"

按理，对安全责任处罚有异议，你找安全员说理去，跟旁人不相干。可这人偏偏点她是家属工，还喊她范嫂子，喊得她心惊肉跳，像要出啥事。她本来并没瞧得起这个土老帽儿的，现在看来没瞧得起也得赔着小心瞧，她得控制事态。她先笑了笑，从地上替他捡起饭盒盖，还将一团怜惜堆在脸上，"让你喊姐，就有喊姐的原因。当姐的哪有不管弟弟之理？今晚你还有夜班跟着，这一个馒头，半盒汤，快吃了，要不我怎么忍心跟你说事儿……"

这知冷知热的话，吴顺手有些时候没听过了，心里竟猛地有点儿痒酥酥的。他左右看看，那帮像上架鸡一样各处蹲着吃饭的泥腿子，都擎着饭盒看热闹呢。他心里有几分受用，咕哝着：吃就吃呗，便赌气将半盒汤灌进肚，大馒头一撕两半，先往嘴里塞一块，还没吞下，下一块又塞进去，噎个两眼翻白。

廖珍虽见不得这干噎相，却从中看出这是个经不得两句哄的人。耐心等他咽利索了，她才说：“咱绿灯盏工地从开工到现在，今天头一回赶上安全大检查。那个检查组是甲方的几个小头头，事先也没下点儿毛毛雨，说来就来了。他们眼睛都是带钩儿的，专门找碴儿，一个个特横。你没关上安全门，他们在底下就盯上了。五六个检查员呼啦一下围上我，让我做证签字，不签人家当场就辞退咱。虽说我不签不行，但签了我还觉得欠你的。你放心，你这个罚款亏空我早晚给你补回来。”

话说到这个份儿上，吴顺手还能较啥劲，心里反倒挺领情。

后来廖珍拿来两盒烟。这烟本是范保管为工程监理老高修理摩托车赚来的人情烟。范保管也是个烟鬼，可这么好的香烟，他不享用，却摆供似的放在隔板最高层，当工艺品欣赏。廖珍不通知主人，熟门熟路地一踮脚够到手，回来当众撂到吴顺手怀里，还谎说是特意到烟摊上买的：“吴师傅，消消气压压惊！”

吴顺手是铁打的心肠，见热就软。他咕哝着：“姐，你看你！花这钱干啥？”

那帮子架上鸡一样的民工们，嬉皮笑脸凑过来，夺过一盒撕开口，这个抠一支叼嘴上，那个抠一支夹耳丫上，三抠两抠，一盒就瘪了。吴顺手低头一看骂道：“×！这群狼！”遂将另一盒迅疾紧抓手上，看看牌子，心里一惊，是精装熊猫，一盒就是18块呢！

二

绿灯盏工号的地基是在头年完成的。那时廖珍还在家里闲着。闲着也没真闲着，倒是忙得晕头转向。工厂解体十年，她就在家钩了差不多十年的毛活。起先是给外贸公司钩手工。钩过台布、披肩一类，又钩童装系列，领什么单子就钩什么。后来随着编织品外贸萎缩，她又给个体户钩了几年家居套装：电视罩、电话套、手机套、拖鞋什么的。虽然一件只有几角的手工费，但她的手已练成了一只机器手，速度飞快，技术又好，一个月下来的收入，打点自己和女儿的日子是过得去的。可是近一个时期市场销路不好，她时不时就得走几回空单。领了空单，就是真正的闲人了。她的派活点设在中街，闲下来就得常到中街等派单。

就因为等派单，她才发现了绿灯盏工号。

那天廖珍没领到派单，没领到，脚步就慢下来。中街的人流像干饭那样厚，日渐浓厚的物质欲望和闲适情调，在人隙间铺张地弥漫，将干饭似的人坨，兑成了一街什锦的稠粥。夹在这样的人缝里，想走快都办不到。她就是在这时看到了东头由建筑隔离板围成的一个新工号，上面矗起的大字块是“绿灯盏”。廖珍当时想，这个名字起得绝，说不定要冒出个什么灯具总汇之类？她这半年来等派单，单子没等来多少，倒长了不少中街的见识。这街上的店，大多是很有些年月的老店。跨入了21世纪，店的概念也在那一跨之间就跨出了质变。廖珍原先熟悉的那些一百、二百、沈服、沈纺、一副、二副之类老掉渣儿的店名，全不见了。中街现如今的店，名字如同那一个个大门脸儿的款式，花里胡哨、稀奇古怪的，叫成了北方银狐、热闹大家庭、哆来咪、世纪风；叫成沃尔玛、普尔斯玛特、新玛特、每家玛、派克森；叫成商业城、裤子城、袜子城、鞋城、装饰城、图书城；叫成泛欧广场、电子广场、家居广场、女人广场、BOBY广场……一个比一个叫得玄，叫得大，叫得一头雾水。一条历经了几百年的老街巷子，仿佛在店名的七变八变之间就跟世界接上轨了。廖珍看着“绿灯盏”这三个字，觉得这名字属云山雾罩一类，是用迷里巴登来抢风头。

回家时，她见工号隔离板有个缝儿，就钻进去看看。里面的地基坑太大了，大得如同一个干涸的水库，底下几个掘土机，如同电动玩具，民工像一群蠕动的蚂蚁。她正看着，一个戴黄袖章，手里拿着锤子、板子，看样子是看护现场的一个男人向她走来。那人示意让她退出去。廖珍正想退，却见那人有几分面熟，细一看，原来是她先前在厂里工作时同一车间的维修工范志军。

十多年没见，老范还是原来那个老蔫儿样，眼神也没变，不正面看人，闪电般瞭上一眼半眼，又闪电般躲开，如果彼此不是老熟人，还以为他藏了偷窥的心。他一边补钉隔离板上的缝子，一边聊着闲话，全是不咸不淡的话题。三两下补好漏缝，老范的下班时间就到了，廖珍就和推着自行车的老范一起往回走。聊了一路，还是老厂那点儿事。1993 年厂子破产后，七千多职工就散了。偶尔谁谁遇见了，互相一打听，日子也都大同小异，挨饿的不多，暴发的也不多。反正一个个都在挣命，挺忙挺累的。

在路口分手的时候，廖珍除了知道绿灯盏工号是个集餐饮、宾馆、购物等多种功能于一身的 23 层五星级特大项目，她还知道范志军在这个工号当保管，他老婆田丽丹在一家小饭店打零工，儿子范小强也上了高中；范保管也知道了廖珍和那个部队转业的司机罗大个儿打着、闹着没正经过几年就离了，以后一直单身守着现在已上初中的女儿小琬过。两人见面没有多少惊喜，告别也没有多少留恋，分手就分手了。

过了一个冬天。

这一个冬天廖珍过得心里发毛，毛活派单越来越少，有时整月吃空单。这十年她只会用一支钩针挽来挽去，从她手上顺过去的毛线、丝线、蜡线、珠光线，聚一起，得用轮船载；她钩出的物件，归成堆，得用火车拉。可是一旦闲下，她凭一支钩针还能干什么呢？

柳树返青的时候，她还是到中街等派单。每领一次空单，她的心都要缩紧一次。她从派活点的台阶上一下来，流淌在中街上购物的什锦人粥，一下就将她舔了进去，把她拥得东倒西歪。她看着人们拎着花花绿绿的物品，心想自己的钩针大概再也没用了。就在那一刻，她不再想等派单，洗手不干了。

她又来到绿灯盏工号。从围板上找到一条缝，又钻了进去。

一个冬天过去，工号变化很大。楼座子已经拱出地面一人多高，像一截一眼望不到边沿的砖城。在隆隆的搅拌机声中，上百号民工正上灰、砌砖、绑钢筋，一概忙得蹿火冒烟儿。她想找范志军，范志军竟又拎着锤子、板子走过来。

范志军走到她跟前，两人相对一笑。廖珍就说钩毛活没法干了，大半时间走空单，她想看看工号有没有适合她的位置。老范一听，又摇头又摆手。他指指工地说，泥里水里的活儿哪是女人干的？好样男人都不上工号！廖珍退出来后想，托人也不该托老范，他哪是能办事的人？

没想到过了一个多月，范志军淌着一脸油汗来敲廖珍的家门。门刚欠缝，他就忙不迭地将一个硬皮小本递到眼前，廖珍不解地翻看，却见是一个写着廖珍名字的升降机准驾证。

范志军急不可耐地说："小廖，明儿上班吧，到工号开升降机去，每月饷钱和我一样，就是钟点长些，24 个小时大倒班，不另给休息日。"廖珍不敢相信自己的耳朵，她忘了倒水和让座，反反复复地问："什么？什么？"范志军说："你挺走运，就招几个女工，你偏就赶上了！"廖珍忙问："我不会开呀，这证件是……"范志军说："那不算技术活，是人就会摆弄。证是暗地买的，你没参加培训，也考不了，时间也来不及！"廖珍赶紧掏兜："花了多少？我给你！"范志军直摆手："钱不重要，钱不重要！"廖珍紧紧攥着那个证，说："范师傅，到底还是从一个厂出来的，你这么想着我。以后日子长呢，我一定报答你！"

范志军没了语言信号，脸颊憋得红红的，眼神飘里飘忽的。廖珍熟悉范志军那飘里飘忽的眼神，多少年就是那样，生人见了，没事儿也像藏着事儿。可她现在还是感到里边有啥难言的隐情。

第二天早起，廖珍到工号去上班，令她没想到的是，工号的人一见她就喊范嫂子。老范一把将廖珍拉进库房，嘴笨得半天没解释清，她也没听明白。她没听明白倒是猜明白的：这升降机一经支上大架，工地人事部就发出聘人通知，升降机操纵手担负着运送工料的重任，是个劳动量不大，却熬钟点的工种，拟聘女工，从方便女工夜班角度考虑，招聘范围从本工号务工人员的女家属中选拔。老范忽然想到廖珍，工地用人只要保人，不搞外调，这个空子是可钻的。他花几百元先买个准驾证，又暗地里为廖珍填个表递上去一试。填写与本人关系一栏时，他写了个“家属”，人事部一看，以为用词不准，一笔就给改成个“妻子”，这一改还真就录用了。廖珍得知这层关系，真有点傻了。可其中的实惠大大超出了这份“傻”，所以她并不想捅破，只得这样扛着。毕竟这份工作太难得啦！

她第一次听人喊她范嫂子时，她不应声也不纠正，只暧昧地一笑，以为打一个马虎眼就过去了。没想到的是从这个马虎眼开了头，工地上就一条声地喊她范嫂子。虽说工号里的人员是一个拼凑起来的临时集体，可她还是被这个称呼折磨个够呛。应了不是，不应也不是，硬是咬牙扛着。扛下来，倒觉得一个孤身女人，夹在一群男光棍当中，范嫂子这称呼还算给了她许多好处，至少让她额外赚了不少安全感。

升降机离库房有一段距离，但她还是能找出许多零碎时间到库房去。她和范保管在一起，假夫妻的关系本身就有种暗示，再加上那天两人在一起吃饭，他给她一个鸡蛋，她给他夹点自己的咸菜，虽不多说什么，这气氛就酝酿着亲昵。于是他们就有了第一次的皮肉接触。其实从躺下的那一刻起，廖珍就是在咬牙坚持，她的抗拒心非常强大，但感恩心更强大。当后一个强大终于战胜了前一个强大之后，她像完成了一件棘手的事一样，心里轻松了许多。可没想到的是，有了第一回，接下来还会进行一次次复制。她不知道自己为什么接受他，接受着他像一个无耻的淫棍那样肆意地摆布自己。他们每回都不用什么铺垫，只要这个老蔫儿把她往木板床方向一拥、一碰，她就鬼魂附体一般与之全程合作，弄得木床嘎吱有声。她无意中已走进“范嫂子”的角色。

工程已经有了模样，站在工号的任何一点展眼望去，那甩手无边的浩大效果，都会让人眼睛一时没着没落。要是赶上刚卸完楼层模板，就会出现一个足球场似的大平面。卸了模板，紧跟着还要往高起架子。架子已起到七八层了，廖珍一面运管子，一面看架子工干活。吴顺手单腿在立管上别了一个麻花劲儿，两手也不扶着，只管拧着丝扣，真正一副猴爬杆的样子。底下他那个本家侄吴青苗，离他有二层楼远，时而向他扔着卡扣或小工具。卡扣和工具都有一定分量，翻翻滚滚地朝他飞去，上边的吴顺手单手一接，如同在腿边空气里抓着个果子，总是一抓一个准儿。他抓了一阵，腾出手来又卷了一支喇叭烟，一手夹着烟，另一只手继续在空气里抓果子那样接卡扣。廖珍在货梯上见吴顺手只靠一条腿盘在杆上，身上的安全带也没系，可她不敢出声，生怕扰了他，就向胡领班示意。胡领班却不管那个，走过去哐哐一顿敲管子：“吴撒种儿，你身上的安全带留着背孩子用啊?！你不锁在管子上，再罚你一回，让你几袋子尿素钱打水漂！”吴顺手不情愿地锁上安全带，廖珍这才跟他说：“你不上锁，都不敢招呼你，怕你一走神出了差池！”她等运砂浆的小工将斗车推下货梯，才欠身从小窗口递出一封信来，说：“这是门口保安带给你的信！”

离她近些的吴青苗伸手接过一看，说：“吴牛子写的！”他将信插进一个套管里，一扬手扔上去，吴顺手摘瓜一样接住。他眼睛四下里飞来瞟去，动作很大地撕开信，张扬地说：“这小子，屁大个事儿，就动笔头子！瞧瞧，又整这么一大篇子！”大凡工号的民工，早没人动笔写信了。一脚迈进城里，都花百八十块钱，购置一部二手手机，像成功人士那样佩在后腰上，隔三岔五往家打个电话。而家里那边正好相反，各家即便也都安上了电话座机，但那仅是个接听的工具而已，很少有人舍得花长途电话费，往这边打过来。传递信息，大多还靠写信。吴顺手的儿子吴牛，虽然才上小学六年级，因为作文好，自然成了写信高手。从家里来过三两封信后，里外名声就大了。现在各家娘们儿，凡有大事小情，自己懒得动笔，都托小牛子写信时捎儿句要紧的话。这样，在工地上，逢到吴牛来信，这信就成了一份公开发行的小报。吴顺手将封口一撕，乡邻们就纷纷支棱起耳朵。久而久之，小牛子的每封来信，除了带来各家的信息，肯定还会换来另外一番啧啧的赞叹："瞧人家顺手家，祖坟冒青烟，白屋出公卿呢！小牛子日后准能成大学生！"吴顺手为此也大为长脸。

吴顺手盘在杆子上，擎着信又如往常那样扬声念道："亲爱的爸爸：您好！和您在一起的大爷、叔叔、哥哥们好！……"念到这，他对周围那些支棱耳朵的乡邻说："听见没？招呼你们呢！这小崽儿，还他妈的挺懂礼数！"人们松动一下脸容，都慈眉善目地龇牙笑笑，算是应了。吴顺手一字一顿地高声朗读："那天接过您的电话后，奶奶哭了——"这句念出口，他自己先愣住了。喉头一下像塞了东西，咽了咽，念不下去了。底下的吴青苗，噌噌爬到他跟前，接过信，继续念道："那天接过你的电话后，奶奶哭了，她说她这是高兴。你说，你们盖的大楼可大了，奶奶说，一准儿比鲁煤窑家的楼还大！让你好生盖着，气死他……"众人都笑了，吴顺手不笑，只用扳手不停地拧螺丝。吴青苗继续念："咱家的母兔下崽了，下了 7 只。奶奶说，最大的那只留到老秋，等你回来好吃肉；那 6 只等长到够个儿了就到集上去卖掉。我没应奶奶，我想把最小的那只也留着，因为它长了一身花花毛，和大白母兔不一样，让你回来时看看奇怪不奇怪！奶奶说她的腿病好些了。其实这是因为奶奶新近拄了棍。她说拄上棍，就多了一条腿，就能走到大井沿去洗衣服和洗菜。可是菜园子还得二姑来收拾。下面，是别人家要捎的话——"吴青苗看看左右，扬扬信纸说："下边的事儿是大伙的，听好了：1. 旺桩子家的事：你媳妇说家里的苞米地马上就得上除草剂'早天乐'了，因为卖鸡蛋的钱得攒着给小玉交学费。所以旺桩子见信后还得汇 180 元，用作买除草剂和雇小四轮子的工钱。2. 吴顺坡三大爷家的事：三大娘说，你买的'金丹 3 号'玉米种子是假种，地里缺了四成苗，那 8 亩瞎苗地全都得毁了重种，她准备买新种'富有一号'20 斤，加上人工费需用 200 元，过了芒种就不能抢种了，现在就等你寄钱来了！3. 吴青苗家的事——”吴青苗念到这一顿，不出声了，往下默念了几句，竟扑哧一笑，说：“是说我那小孽种犯浑的事，没脸念了！”他把信又塞进一个套管里，一扬手抛给杆子上的吴顺手。吴顺手心情已平和了，展开信接着念：“3. 吴青苗家的事——桂珍嫂说，你儿子小宝刚上了小学后，还像先前那么淘，前天往后院四奶家的酱缸里滋了一泡尿，让四奶当场逮住，拎小鸡那样拎给桂珍。桂珍把自己家的一大缸新酱，换回那缸滋进尿的陈酱。她让你快打个电话家去，修理修理这个小混蛋。”吴青苗在众人的笑声里，自我解嘲地说：“这败家小兔崽子！现在跟他吃屎尿，长大还不跟他吃官司！”

信念完，在满处的钢筋水泥当中，仿佛又掺上了庄稼院的鸡零狗碎。刚才信里瓜扯到的人，心里装进了些烦忧，闷头酝酿着晚饭后在电话里给家那头一个啥样的交代。只有吴顺手脸上有光有亮的，那是儿子带来的。

廖珍在车上也听了那边念信，没想到吴顺手家还能长出这么个小人精！就对他说：“你儿子倒是个秀才料子，长大了准能成气候！”

吴顺手得意地说：“廖姐，小孩靠管不靠喊。从小我就让他练脑子。我有书，一本本的，上面都是启智题。我给他出一道：世界上先有男人，还是先有女人？他答不出，我就告诉他：先生、先生嘛，所以答案应该是先有男人！慢慢地他也会给我出道题：世界上什么海是最大的，同时又是最小的？我也答不出，他就告诉我：脑海嘛！一点点地，小脑瓜子就练出来啦！”

廖珍听了，笑个前仰后合。

吴顺手话题一转说：“廖姐，你儿子作文怎么样？我看他戴个眼镜，也是个斯文苗子！”

廖珍说：“我是女儿。我女儿是数学脑瓜，作文写不好，半天憋不出几个词儿！”

吴顺手问：“原来你有一儿一女啊！中午我看见你儿子了，在范保管的门口，他来找他爸取家门钥匙。”

廖珍有点发蒙，嘴也开始发瓢，她知道自己刚才说走了嘴。

吴顺手倒没觉出什么，顾自地说：“我一眼就看出他是你和范保管的儿子，那眉眼像从你们脸上描下来似的。我上去就问他：你是范保管的儿子？他说是。我问他叫啥名？他说叫范小强。我说，没到你妈那看看去？你妈在一号梯上呢！他还没明白，愣头愣脑地说，我妈在哪儿？我拍拍他说，一号升降机呗！你这个小四眼儿，是小书呆子吧，你妈在哪儿你都不知道？！往那边看，你妈不正在那个货梯里吗？！你儿子还说：我妈哪能在这开货梯呢？正说着，范保管就过来了，把他领库房去了。”

底下又在敲管子叫货梯，她得救般地快速沉下去，心里有点儿像吞了苍蝇！

三

从捏根钩针坐在家里钩毛活儿，到走进大工号，操纵一个将爬升几十米高度的升降机，廖珍曾惶怵得有点儿失控。

她第一次戴上安全帽，坐在斗子里的铁椅上时，手抖得差点痉挛，那颗心跳得就像要从嗓子眼儿里蹦出来。升降机内外的电机、大线、配电箱什么的，她一见着就蒙了。操作斗和上料梯又是隔开的，操作斗被透明的有机玻璃封闭着，单独悬在料梯的外边，就像烫伤的脸上鼓出的一个水泡。这个鼓出的水泡，不停地上上下下，谁乍坐进去都会顿生一脚踩空的恐惧。水泡似的斗子又太小，坐在里边，蛋壳包小鸡那样，胳膊腿都得蜷着，仿佛伸个懒腰都能把壳子挣破几瓣。那天廖珍兜里揣着买来的准驾证，窝进水泡里，一想到要担负建筑这座大厦的工料运送，就觉得这不光是拿一个大工号开玩笑，也是拿自己的命开玩笑。其实，试车时货梯里并没有运料的民工瞅她，只有机修工小炳在调试，外加范保管陪着。小炳叼着范保管给他的香烟，眼睛在袅袅的青烟里眯缝着，一会儿拧拧这，一会儿调调那，压根儿就没发现窝在透明斗子里的这位“嫂子”正筛糠。他简明扼要地向她进行操作交代：将手柄往前推是上升，往后拉是下降，松在中间，咯噔一声就停车。廖珍战战兢兢地试了一下，手柄果然特别灵敏。于是小炳的调试就算完成了。他一拍范保管的肩膀说，你再陪嫂子空车遛两趟，就可以上料了，说完挎上工具包就撤了。老范早发现她瑟瑟筛糠，可他不安慰也不鼓劲，只是比小炳更细致入微地给她上技术课。干过工厂机修的老范，由于对机械原理的触类旁通，再加上他私下买了证后，就有意地跟着小炳熟悉这架机器，心里早已有谱。他倚着斗子的门框，一再念叨着一开一停的程序，训练廖珍操作：把住手柄，往前推，上升；往后拉，下降；松在中间，停车，几次上上下下过后，她的手和心稍稍稳当下来。老范指着斗子外边那根黑大辫子似的粗电缆说，这根大线是升降机正常运行的保证，你只要看管好大辫子别跳出那个环形的线圈，以免被什么刮碰，就没问题。他陪她空梯跑了半个钟点，廖珍觉得能独立了，这才放老范离开。几天下来，她已觉得运行自如了，甚至在众多民工那颇带几分谦敬和艳羡的眼神里，坐在斗子里的她竟品出几分风光和过瘾。从货梯上下来去打饭，脚下还像年轻人那样蹿跳几下。就是在脚下忍不住蹿哒的那个时候，她和范保管就有了亲密的第一次。

大楼长多高，升降机就随着长多高。升降机长高，本应由厂家专业人员来接升降轨。但工号承建方为了降低工程成本，就自行安装。每节都由架子工先在机轨外围搭架子，再由机修工小炳他们一节一节地接轨道。升降轨不停地向上延伸，架子就得不断地往起搭。所以那些猴爬杆儿就老是在廖珍的跟前忙活。

升降轨往八楼延伸的时候，正赶上旺桩子和吴顺坡搭架子。旺桩子和吴顺坡都怀着一肚子心思，一个想着除草剂，一个想着假种子，虽然手在插架子管儿、拧销子，心思都在家那头。精力不集中，架子起得就不顺，该拉网的地方没及时拉，该拧卡扣也不及时拧。活干得不规范，一个松在那儿的架子管儿就脱了裤儿，从上面掉下来，当的一声正飞在廖珍的斗子顶上，吓了她一大跳。廖珍停车将头探出小拉窗，朝上叫道："谁呀？差点把顶棚砸漏，吓死个人！"小炳不高兴地对他俩摆摆手说："下来下来吧，一早儿起就见你俩像哑巴痨子似的。接升降轨马虎不得，弄不好会出大事，机毁人亡知道不？！得得，我找你们工头换人去！"小炳撵走了他俩，换来的是吴顺手和吴青苗。

俩人一上一下盘在杆儿上，吴顺手对廖珍说，我和青苗子搭帮儿干，保你一百个安全！廖珍对架子上的两个男人说，我怎么觉得，到了工号里，你们算是进城了，我倒是下乡了。整天就听你们絮叨张家种子假了，李家化肥缺了；东头狗咬人了，西头鸭子丢了，好像工号里冒出个小羊栏寨，都让青稞子味和柴火味呛着了！两个男人不知这是好话还是坏话，一时翻着眼不知说啥好。

升降轨接上去了，中街的人海就蓦地闯进眼底。这本来再熟不过的一条街，一经看到它沉在自己的鼻子底下，廖珍竟觉得这街怎么变得不真实了：人挤人，人挨人的图景，像电脑制作的一样。这电脑制作般的人流，带着细细碎碎的人喧声，向两旁一涌一涌，涌得一溜楼脚也像电脑制作的动画那样，晃晃荡荡。随着楼层的长高，她一会儿蹿上半空，五红六绿的街景裹着通明瓦亮的光感，唰地晃疼两眼；一会儿又沉落谷底，泥海沙山的工区又让她面前顿时一黑，上去和下来在感官上的反差越来越大，这种一明一暗地不停转换，感觉有点儿像做梦。

吴顺手在高处看到这街景，就一遍一遍地问：

"廖姐，今儿个又是啥日子，人咋又厚成这样？"

这个话题能引来廖珍的许多话。廖珍从小就是逛着中街长大的。年少时，因为爱摩登而爱中街，因为爱热闹而爱中街。后来，因为生计而爱中街，有些时候还因为无聊而爱中街。那个光陆电影院是她和罗大个儿第一次看电影的地方，那个长江照相馆，是她和罗大个儿照结婚相的地方，那个肯德基是给女儿买过炸鸡腿的地方，还有买过金戒指的地方，给父亲买过寿衣的地方，丢过钱包的地方，与人吵架的地方，抢购便宜货的地方，一遍遍等过派单的地方……许多地方和她的年轮叠印在一起，给了她无数快乐的记忆，也给了她无数痛的记忆。可是在外乡人面前，快乐与痛她都包在心里。中街是沈阳人拥有的，她只像亮自家的家底似的述说中街一贯的繁华与兴旺。这是她的档次，与外乡人不同的标志。

吴顺手很羡慕城里人。可这大工号虽在这么热闹的中街上，眼前却除了乡下人还是乡下人，他们只是听到中街的声息，却一点都摸不着碰不着。只有廖珍才是中街的主人。因此在吴顺手的眼里廖珍就是“城里”。她大热天戴口罩很城里，搬手柄的手腕上环着珠链很城里，称他为“吴师傅”，称小豁嘴子为“小孙”很城里，有时她在货梯上一惊一乍的，在他看来都很城里。他看了一眼廖珍，她头上不知什么时候换了一顶红色安全帽，眼睛被刺了一下，这颜色也百分之百的城里！

而他的帽子却是黄色的，上面还炸了几条裂纹。他脸上现出些不悦的神情，还长吁短叹一番。他最近对头上的安全帽厌恶到了极点，要不是不戴安全帽就有罚款跟着，他早就把它撇了。不管别人的话题顺不顺道，他一杠子插进去，三拐两拐就扯到安全帽上，好像得了瘾症似的：“廖姐，你看我这顶帽子，质量太差，三碰两碰就裂成这样！我想弄顶你那样的，你得帮我这个忙！”

廖珍知道他的意思。在工地上，人人都戴安全帽，可帽子和帽子却不同。首先那帽子的颜色就不同，红、黄、蓝、白、紫各色帽子，不仅标志甲乙两方，还标志着不同的工种。一眼望过去，民工黑压压一大片，谁是干啥的，人不说话，帽子却会说话。看颜色，大体就能一目了然谁是吃哪路饭的。在众多的颜色里，黄帽子最多，质量也最差。这种帽子用手一掂就知是糊弄人的玩意儿，又薄又轻，经不得磕碰，帽子里边也没布衬，戴着它，硌得头皮疼。黄帽子都戴在搬石头、运砂浆一类的力工头上，哪儿有粗活，哪儿就黄亮亮的一片。物随人贱，黄帽子成了工地草根层的象征。架子工人数少，占不上单独的颜色，工头派帽子时就只得让架子工屈就了力工的黄帽子。红色帽子的情形就大不同，因为它是甲方员工使用的颜色。帽子的硬韧度好，帽体的棱棱角角都透着精致，里边还带一圈海绵厚衬和帆布帽托儿，戴在头上通风透气，松紧可人。凡碰到西装革履的管理层到工地视察，头上都是清一色的红安全帽。就凭这些，红帽子的档次不言而喻。有次小吴牛来了信，他们等不到下工，吴青苗就给大家读起了信，正听得聚精会神，一顶红帽子在旁边一晃，就像油锅里崩进了水星，几个头扣头听信的人，都吓炸了。可仔细一看，这人竟是更馆褚胖子。老褚笑嘻嘻地说他不过借了顶红帽子，混进来要点散水泥，回家堵耗子洞，倒把几个老乡吓成了耗子炸营儿。红色安全帽连着权贵和地位。即便你是一个小工，一旦你捞着一顶红帽子戴，也会被认为你有过硬的门路，会另眼相待。

红黄两色分属两个阶级，吴顺手却是从一次随地便溺中得到进一步领悟的。那天，吴顺手在架子上让尿憋急了，又懒得去公厕，从杆子上下来，就三绕两绕，找个堆模板的屋角去解决。还没解决彻底，突然跳过来一个人，吼道："你他妈长眼没？拎个破胶皮管子给你家菜园子灌溉呢？你看你把什么给污染了？"他这才看见模板空当里放着一箱啤酒和五六个盒饭。他见对方戴的是红帽子，说明他是甲方的人。他自知理短，却嘴硬："哥们儿，你们那啤酒也不漏气，还怕渗进脏物啊？！再说喝酒作业属违章，我不揭发你们不就扯平了吗？！"红帽子一听火了，一把将他的黄色安全帽揭下来掼到地上，不屑地说："你这土鳖，头上顶个黄巴拉叽的屎帽子，你还敢嘴贫？！"吴顺手捡起帽子一看，这不争气的玩意儿已被磕得四裂八瓣的。他哈腰拾帽子那一瞬，就什么人格尊严都没了！吴顺手这个气！他心想，在楼里屙屎撒尿的人多啦，他要也戴顶红帽子，即便让别人抓个现行，也未必敢朝他吆五喝六！现在他的帽子上又多了裂纹，往头上一扣，就扣出了许多的憋屈。

见廖珍也戴上红安全帽，一张脸都变得红彤彤的了，吴顺手心里多少有些发痒。她本该得到的颜色是白的，可是他知道红安全帽作为甲方的劳保用品，就贮存在范保管的库房里，廖珍换成个红色的那是别人眼气不得的。他一把掀下自己的帽子向廖珍展示了一下裂纹，说廖姐你可真有个好老公，红帽子都戴上了，你看我这顶成啥样了，反正你家姐夫的大库里存货有的是，这个后门我是走定了，谁让姐夫掌权了?!

不料廖珍脸色大变，将挂在耳郭上的口罩又一捂，囔囔咕咕地说，一会儿嫂子，一会儿姐夫的，总拴什么对儿啊?别跟我说这事!我管不着!她带股气将货梯开跑了。

她这股火让吴顺手莫名其妙，也大失所望。

6月一过，雨季就近了。雨未来风先到，地面上常常是冷不丁就起个旋儿，沙尘和纸屑被卷进旋涡里，三旋两旋后，嗖地冲天而起，将已拔得老高的升降机钢架子吹得骤然间像一条竖起的弹簧弓子，摇来摆去，令高悬在斗子里的廖珍总是将心提到嗓子眼儿。别说她一个生手，就是常登高上料的小工，在货梯上也被闪个趺趺撞撞，小推车里的砂浆也时常晃出来，洒了一地，也吓得变颜变色。毕竟楼体已起到了十几层，同步拔高的升降机架子，没风都有一定的摆幅，怎经得起大风吹它几吹?廖珍这边吓得叫出声，那边杆子上的吴顺手准哑着嗓子哼唱。呀呼嘿，咿呼嘿的，也没唱出个究竟，一串乐滋滋的虚词虚调，其实这是专为廖姐的惊恐作伴奏的。廖珍知道他这是故意气她，便一声也不吭。刮起风来，不仅半空的斗子晃荡，脚手架子也晃荡，而且还吱呀嘎呀地乱响，可是盘在杆子上的吴顺手不怕这个，头不晕，腿不软，扛根管子在杆子上像走钢丝那样，十二分的快意。要是风雨太大，廖珍开着货梯一溜烟地下去躲避，往往刚到地面，上边就当当地猛砸架子叫车，成心别扭你。廖珍只得心惊胆战地再开上来。这种时候叫车的差不多就是吴顺手，他叫来了货梯，却在架杆上磨蹭着不过来，单等着风大、雨大，电闪雷鸣，眼见得小斗子里的廖珍被蹂躏得一脸苦相，他过足了心瘾，才一个高蹦进货梯，心满意足地返回地面。

随着货梯负载加大，升降机的小毛病也不断出现。这天 14 层上正在打梁，本来供料都来不及，货梯运行又一抖一顿的，像个噎了食的泼孩子，一路蹦跳还一路打嗝。廖珍探出小窗叫来胡领班，让他用步话机快喊小炳。小炳平时不见踪影，可步话机一喊，他就像天兵天将一样，说到就到。小炳一个鹞子翻身窜到货梯外面，站到顶子上去检修。可 14 层上的瓦匠急等混凝土，架子被砸得哐哐山响。小炳看看机械和电路，故障不算太大，他蹲在顶子上对廖珍说，你照开你的，我能在货梯运行中检修。廖珍战战兢兢地开了几个来回，小炳就始终在顶子上鼓鼓捣捣。因为上边没遮没挡地站个大活人，廖珍开着货梯，大气都不敢喘一下，生怕上边的小炳有什么闪失，要是脚下一滑，或被什么刮着……她头皮发麻，不敢多想，立马将货梯停在半空，朝上大叫着小炳你快下来。小炳正好已给大轴上完油，换好了几个易损件，顺势从顶子上翻进货梯里。廖珍伸出两手让他看，掌心上都吓出了汗。她说小炳我浑身都是麻的，你再不下来，我就辞职不干了！小炳搓着两手机油说，这大晴天你怕啥呀？要是有雷电我才不敢呢，高处最容易遭雷击。他说着向她举了一些工地升降梯遭雷击的案例，哪哪一个炸雷将大线击冒烟了，哪哪一个炸雷将斗子里的人劈焦了……廖珍赶紧止住他说，小炳你安的什么心？你是不是让我现在就回家去？小炳笑说，这不是为了让你增强避险意识嘛！

小炳的话把廖珍心里的隐忧瞬间给点破了。廖珍早已感到雷电和自己越来越近，常常不知所措。碰到阴雨天，一个闪电划过，悬在高空中的她就觉得一根触目的光鞭，凌厉地向她抽来，鞭梢仿佛掠麻了自己的脸；一个炸雷当空响过，耳膜就疼得像穿了孔。可是经历了几次电闪雷鸣之后，脸麻过，耳疼过，斗子还是原来的斗子，人还是原来的人，她就见惯不惊了。可不惊是不惊，下一次炸雷再响在头顶，那种不一般的脸麻和耳疼，还是让她觉得天地之间有种莫名的不祥……

那个下午没有征兆，天空骤然就暗下来了，暗得如同被施了魔法似的一下跌进了黑洞。廖珍刚把一拨民工送上16层，这霎时的黑暗让她来不及惊惧，一个大雷就猛地在头上炸响，她本能地搬动手柄想快速下降，电箱上却嘭地爆出一团巨大的火球。廖珍差点儿被那团浓艳的火球舔进去！随即货梯一颤就开不动了！黑暗中，她仿佛看见一个光灿的厉鬼，向她迅疾地绽放了一个诡谲而绚烂的狞笑，蓦地化作一缕青烟，旋升天穹。当她恢复了视力，浓重的焦煳气味弥漫在左右。升降机已搁浅在15至16层之间了。上不去，下不来，又被大风吹得悠来荡去，让她的心揪作一团。天穹如同凿出了无数个破洞，如注的大雨，铺天盖地袭来，世界霎时陷入漆黑的混沌之中。密雨砸在斗子顶上，如同一万个鼓槌击打着一面西洋鼓。她惊恐地从摇晃的斗子里冲进货梯，头发和全身一下湿个精透。而货梯架已成了茫茫大海中船的桅杆，她紧紧抱住边上的立杆，一动也不敢动，迈错半步就会跌进万丈深渊。她大声呼喊求救，风雨立时将她的喊声撕碎，又抛还给了她。凭着感觉，黑暗的楼体里，干活的人已在纷乱中摸索着楼梯下去了。当又一个闪电划过时，里面已空无一人了！

突然，她觉出立杆抖得厉害，这抖动细密凌乱，不像风吹的。她警觉起来，没等辨清什么，大风送过来一阵叫声："廖姐！别害怕——"廖珍借着闪电望去，一个被雨水浇亮了的黑影正顺着杆子往上爬，这黑影距离她还有好几层楼远，仿佛是一条细亮的钻天水蛇。她一下子竟哭出声来："天哪！吴顺手？！"

已爬到与货梯齐平高度的黑影，朝货梯这边一节一节地移着、跨着，廖珍吓得不敢看，又忍不住要看，心提到嗓子眼儿。黑影终于拉住了货梯的边杆，一跃扑进了货梯。

廖珍扯住边杆，惊恐地问："怎么这样啦？"

看不清面目的吴顺手气喘吁吁地说，工号的总变压器让雷击了，全工地都停电了。他正在地面上清理管子，暴风雨就来了。他一见楼里的人都撤光了，抬头一看升降机停在半空，他想把吊在半空的她引下来。对于架子工来说，从堆满建筑垃圾的楼道里登上十几层，还不如顺杆子爬上去来得痛快。杆子搭得再高，那也是他亲手架起的，杆子的关节和走向都在他心里。吴顺手想都没细想，顺杆就往上爬，没想到的是雨中的杆子太滑，又有旋风捣乱，他爬到半路小腿就让卡扣划出口子。吴顺手按按小腿，黏糊糊的感觉告诉他伤得不轻。他却毫不在意腿，只急燎燎地说："廖姐，快！跟我往楼里撤！"

货梯停在两个楼层中间，无论进入 15 层，还是进入 16 层，都得在货梯以外找准位置作搭脚，往上或往下爬过半层楼，才能抵达楼体的洞口。半层楼的架杆，吴顺手一蹿高就上去了，可廖珍刚有攀缘的想法，浑身先就酥软了，她只得死抱着边杆蹲下。吴顺手冒雨骑在她头顶的杆上，伸出手拉她，廖珍哪敢够那只手，她要稍有闪失，两人就得一起折翻下去！

蹲缩在货梯角里等雨停，这是廖珍现在唯一可做的。吴顺手没办法，只得又从杆子上滑下来。他不知打哪儿掩进一块编织布，让廖珍披在身上，披在身上也挡不了多少风雨，可她还是觉得好受了一些，她这才看清些吴顺手，他已是浑身泥浆，面目全非。想到他攀爬的架杆都是金属的，很容易遭受雷击，心里又害怕又感激。

在霹雷闪电里一分一秒地苦挨着，终于听到了哐当哐当的砸架子声。两人腾地站起来，底下有人扯嗓子喊廖珍，是范保管和小炳！他俩便赶紧扯嗓子应答。

四

经过两个小时的风雨折腾，廖珍以为小来小去地病一场，肯定是躲不过了。可是一觉醒来，竟连一点事儿都没有。

这一夜她睡在范志军的库房里。不要说那晚上雨太大，就是多好的晴天，当她一推开库房门，那股碰鼻子打脸温热的气浪，也会一下绊住她的腿。她自己的家就缺这个。开升降机实行的24小时大倒班，使女儿小琬的生活成了问题。她只好让小琬寄宿大姨家。没有女儿在家，廖珍每回一推开家门，扑面而来的就是冷寂。她每迈一步，这冷寂就放大一倍。即使夏天的天气闷热，那无处不在的冷寂，也沁入她的骨髓，令她的心立时缩成一坨。她这才懂得小琬在自己的生活中是有热度的。范志军雨夜库房里的气浪，还夹杂着一股喷香的米饭和炸酱味。她惧怕回家的冷寂，所以这喷香的米饭和炸酱味，一下子就让她慵懒地瘫下来，一动都不想动了。

范保管脚下带着小跑，一会儿为她扒掉身上透湿的衣服，一会儿将热水倒在盆里。等她洗完换毕，桌上热乎乎的两菜一汤已摆上了。廖珍是饿坏了，喝蛋汤都发出咕咚咕咚的打腔子声。当胃里钻出了饱嗝，她撂下桌上的一片狼藉，一个仰儿就倒在小床上。她眼皮发黏地看着范志军忙碌的身影，拖着长声有一搭无一搭地问："老范，你在你们家里也这么模范吗？"

老范端着盆，将洗衣水泼到外边，咕哝着："对。"

"你对你老婆——田丽丹，也这么模范吗？"

老范将廖珍的鞋刷好摆在窗台上，又咕哝着："对。"

廖珍声调陡地扬起来，还蛮声蛮气地："好哇！原来你是两头蒙骗！你到底有没有点儿真格儿的？"

范志军手里的活儿停顿了一下："瞎说啥？看你都啥样了，快躺下吧！今晚我不动你！"

廖珍浑身像触了电一样，手脚一顿舞舞咋咋："呸，你个姓范的！你动谁呀？你个穷酸样，你还包上便宜二奶啦？！"

范志军头也不抬地去洗碗，擦桌子，嘴里却在小声嘀咕："对你好也不行，那你说咋办？"

廖珍不知是怎么睡去的，天放亮的时候，她和他谁也不搭话，不搭话却都变成出蛰的蛹子，一点点蠕动着，最后两个人就绞成了一个人。绞成一个人的那一刻，廖珍想就这样凝固算了，或就这样死去算了！可她到底还是想起紧要的事来了，她赶紧坐起来，求老范给吴顺手弄一顶红色安全帽。老范当即就从库里取出一顶半新不旧的机动用帽交给廖珍，只是得让吴顺手补张借条来。

这顶帽子到了吴顺手手上时，就变成了一块通红的烙铁，把他两手烫的，左手倒进右手，右手又倒进左手，又戴戴摘摘三五遍，才摸出一条卷烟纸，端端正正地写了张欠条："我不属于红帽子阶层，特借红帽子一顶，人走必还。——吴顺手"。他忘了说谢，快步就往人多的地方去扎堆儿，嘴里哼着浪不丢儿的二人转小调儿："张廷秀迈步走上更衣亭嗨，更衣亭上嗨，我就把衣更来嗨……"他一步三摇，有意将头上那顶红帽子弄得瑟瑟抖抖，像戏台上丑角身上耍出的花活儿，弄得廖珍哭笑不得。

因为那场大雨，也因为一顶安全帽，廖珍再怎么防着吴顺手，到底两人的关系还是比原先近了一层。近了一层，吴顺手就要将心里全部的郁闷向廖姐倾吐。他有时像个不知好歹的光腚孩子，跟廖姐叨叨咕咕。他心里堆积的东西太多了，太多的东西纠缠着一个结，那结就是前妻孙彩霞。霞子是他的荣耀，霞子是他的耻辱；霞子是一囤粮食，发了酵，酿了酒，曾令他神醉魂销，也生出比酒更多的糟粕子，让他落魄碎心……

孙彩霞是吴顺手买来的。

在羊栏寨，最穷的人家是彩霞子的娘家。一位批字先生说，这人家受穷的根由，全怪彩霞子是花妖托生的。这丫头生得水葱儿般的鲜亮，她见人一笑，粉嫩的圆唇里露出整齐的糯米牙，瓷白瓷白的；她往哪儿一瞅，蓝瓦瓦的瞳仁一下就能电着谁。据说当年批字先生收了她妈四捆黄烟，便与她妈打了好一阵儿耳语，那女人听罢脸色大变。以后的日子，真就应了那先生的断言：一家子真是命途多舛。先是彩霞子16岁的哥在水库里淹死，隔年身壮如牛的爹，又在一次惊马翻车中压折了腰，瘫痪在炕。一家的日子彻底就衰了。彩霞妈相信闺女妨人的命相，就放出话：谁出3000元彩礼，闺女就归了谁。

所有的大小光棍都眼馋霞子，却都拿不出钱来。只有吴顺手听了，立马背个狗蛋大的行李就到城西下煤窑去了。城西煤窑是鲁本田开的，地脉容易塌方，工钱比别处厚。他一天十几个小时在洞子里爬着背煤，足足背了六个月，挣够了3000块，就赶紧回村。他把一沓票子往孙彩霞家炕席上一撂，18岁的孙彩霞当时就成了他媳妇!

他涎着脸，和水葱般的俊媳妇，手拉手又来到鲁煤窑的小矿上。他下洞子，媳妇在伙房帮厨，第二年又添了小牛子。添了小牛子，这女人腰照样细，脸照样白，蓝瓦瓦的瞳仁照样放电。放电也没电着谁，倒是炖菜的手艺让窑上的黑脸汉子们都叫好。谁叫好也出不了什么岔儿，单是鲁煤窑叫好就出了岔儿。鲁煤窑喜好打麻将，窑上设个局儿，一打到天亮。原先半夜里每人用一盒康师傅方便面打尖。后来改成彩霞子上灶，一锅乱炖。炖也没白炖，有偿服务，二三百元的小费就时常揣家来了。吴顺手只顾半夜三更地不停数票子，却没防备彩霞子不光土豆茄子一锅乱炖，还和鲁煤窑炖一条炕上了。媳妇和别人好成一个人了，这才把吴顺手气疯了，他哭过闹过，跳脚发狠，扬言非把姓鲁的宰了，把小妖精废了，再一把火把煤窑烧了。可他说都白说了，倒伸手接了鲁煤窑一个信封，里面装着6000元，条件是马上和霞子办离婚。他仔细想想，这钱倒是比当年给彩霞子妈的3000元翻番了。他忍着心疼一跺脚，也罢，这花妖克男人，鲁煤窑你算死定了！他这样想着，心里宽慰了许多，当晚自己下了一次小馆，喝了一瓶白干，吃了一斤好肉。

下头场雪那天，吴顺手又背个狗蛋大的行李回到羊栏寨，与走时不同的是，身边少了个女人，背上多了个小人芽子……

在工号里吴顺手每提一次彩霞子，都要经验性地缀上一句："还是咱廖姐好人哪！"廖姐听了不受用，可他却没看出来。他一心希望能为廖姐再做点儿什么，每当雷电一闪，吴顺手就巴不得一个雷再将设备击坏，停电停工，使胆小的廖姐再度半空搁浅，他将再度大显身手，为廖姐救驾。他走进货梯，见廖姐早不捂大口罩了，两腮现出了日头色，身上换上了肥大的迷彩服，臂兜上插个小手电。梯子一上人，她就成了高音喇叭："往里走、往里走、往里走！"一到站，她也是喇叭高音："安全门、安全门、关安全门！"有几次大风超过六级，按升降机操作守则规定，遇六级以上风，就有权拒绝开梯。她不管那个，在飞沙走石的击打下，照样将货梯开成了钻天的火箭。还有几回，夜班遇上不大不小的供电障碍，吊在十几层的她，一个人打着小电筒，不一刻就从楼梯板上的残土堆上滑下来，这让吴顺手多少有些遗憾，也好生纳闷。

开二号梯的小娥子和廖珍同一个时段当班。两部货梯离得挺老远，可只要一开到同一层楼，两人就够着脖儿搭茬说话。

"娥子哎——热不热？"

"妈呀——都烤成鱼干儿啦！廖姐哎——你困不困哪？"

"困哪！刚才还打个盹儿，梦见……"

"梦见你闺女小琬啦？"

"哈哈，亏你一猜一个准儿！娥子哎——蚊子咬你不？我可浑身都是大脓包！"

小娥子就让廖珍快过去取盒清凉油。

廖珍钻出斗子，在外墙跳板上抄了近路。娥子见她在十几层高的外墙上小跑，一步一颤，就叹道："我的姐！燕子钻天哪？！你啥时练成个贼大胆！"

廖珍一愣神儿停在半道，她垂直望下去，底下人都成了玩具变形金刚，还打着倒立。而自己头也不晕，腿也不软。还一使劲儿跨过一截空当，跳板随即弹出一弯大弧："姐姐我是枪林弹雨过来的人哪！"娥子应和道："对吨！我姐老兵油子啦！"

大倒班不怕累，就怕熬。廖珍下班后进家鞋一甩，倒头便睡，往往是睡醒了原窝坐在那，不吃不喝，不梳不洗，脑里空空的，僵坐片刻后，再一摊稀泥那样原窝瘫倒，再睡个晨昏颠倒，死猪半炕。可就这样，轮到当班入夜时，这颗头就又大得擎不住了，只要上下眼皮一碰，呼噜声就大肆响起。开头她能被自己的呼噜声吓醒，到后来竟然当着货梯里一帮子大老爷们儿的面，将呼噜打得花样翻新。寻乐儿的男人们就向她描述，说她打呼噜有时像拉警笛，有时像拖拉机，有时像牛倒嚼。那不堪的描述，并没让廖珍收敛，她脸不红不白的，嘴上功夫也上了档次，你贫我也贫。

楼升高了，货梯的来回路程抻长了，廖珍能看到沈阳城的全景，能把闹哄哄的中街一把扯近些，再一把抛远些。到了晚上，中街就是光明城里的一条火龙。炫人眼目的霓虹灯，串成串，连成片，成了火龙身上珠光宝气的鳞衣。廖珍向上升，火龙就摇曳着一身的灿烂，悠悠沉入谷底；廖珍下降，火龙就迸放着通体的辉煌，呼呼腾上高空。看着、看着，就能把这条龙看游了，看动了，看飞了！飞飞动动，一头扎到她鼻梁骨上，将一身鳞片撞个稀碎，眼前爆开金粼粼的光斑……她在惊天动地的砸梯子声中睁开惺忪的两眼，发现嘴边口涎吊起老长，如潮的睡意挥也挥不去！

大楼封顶那天，混凝土用量太大，连架子工、钢筋工都来上砂浆。几台振捣器一起作业，弄得满处都是浆浆水水。穿个大水靴的胡领班，一会儿接听手上的步话机，一会儿又忙着叫人、叫料。他见廖珍头上顶块湿毛巾，脚边还备了一塑料桶水，就说："这法子好，花草润水还支棱儿呢，今晚你可千万别拉警笛！"

廖珍白他一眼："说屁话呢？！"不知从何时起，她说话学会了夹脏字。夹进脏字又爽口又过瘾，往往一个脏字出来，不是一把将你拉近，就是一脚将你踢远。这不，她话音刚落，胡领班脸上笑纹就成了盛开的菊花："怕你开蹿出去，把这帮弟兄当成肉弹放了，都拉家带口的不容易！"

虽是笑闹，廖珍还是知道这话的分量。可是临近午夜，眼睛还是黏得不行。她喝醋，嚼蒜，往头上浇水，睁大眼睛看着红油写的楼层号……19、20、21、22、23，这货梯，像一艘发射升天的火箭那样，呼呼呼不停地上升，眼前光影不断地变幻，如流萤嗡嗡嘤嘤。白炽灯是白色的萤火，楼层的标志是红色的萤火，天上的星月是黄色的萤火，小车里的砂浆是青色的萤火；各色萤火交织碰撞，化作满天五光十色的流星雨……只听惊天动地的一声巨响，廖珍的头撞在斗子顶上，她迷瞪着眼一看，斗子门弹开了，吴顺手正死死地扳住手柄，货梯里的上料工，哎哟啊呀地撞在一起，几车砂浆都甩飞了！

廖珍彻底醒了，才知一个盹儿打深了，把货梯照直开上去了，幸好轨道顶端有一截叫"限位"的横梁挡着，也幸好手疾眼快的吴顺手搂住手柄刹车。假如"限位"失控又不刹车，货梯就会像冲出弹道的炮弹一样，蹿到天上，把一车人放了肉弹！

廖珍用湿毛巾擦擦脸，满脸歉疚地坐回到原来的位置上。民工们受了惊吓，有的被甩了一身砂浆，有的被冲过去的小车轱辘压疼了脚，可是他们拍拍跺跺，哎哟了一阵，也没说什么就下去了。剩下廖珍一个人，暗自头皮发麻。

工地的晚上，也不总是玩命折腾。见缝插针捞仨俩钟点的空当儿眯一觉，也是常有的事。这种时候廖珍和小娥子绝不窝在底下喂蚊子。工地管楼顶叫露面。她俩约好了一起上到露面，一个又风凉又绝无蚊虫小咬的大广场，就属于她俩了。抬头看看天，星星也是胖的，月亮也是肥的，夜空都是湛青透明的。放眼看看四围的万家灯火，天地连为一体，闪烁而又浩渺。两人总是凝望着这条流金流火的中街，指指戳戳，哪儿是新玛特购物中心，哪儿是金银首饰楼，哪儿是堡狮龙、班尼路、圣玛田、佐丹奴一类的品牌店……然后她俩就要抓紧抢一觉。露面上收拾得相当干净，她们在设备间里藏着两条马凳。马凳是用一根横木方，两个人字腿钉的。这种马凳躺不住人，可她俩却能将身子直挺挺地绷成一根棍儿，两手在脑后托成个枕头。这躺法很技术，睡姿天天不变。

这天小娥子躺下，肚子上就鼓出个瓜。廖珍说，你两口儿多好，一起做伴进城打工，钱也挣了，孩子也有了。小娥子一下来了精神，求廖珍给相看一下怀的是男是女。两人翻身起来，廖珍装模作样地围她转了一圈，不看她肚子，专看她后腰。又按按拍拍了一通才得出结论：屁股打坠儿，胯骨横宽，一副懒丫头相！小娥子又在马凳上躺成一根棍儿，说生丫头就丫头，二胎再换个带把儿的。就像廖姐一样，一个小强，一个小琬，有儿有女的。廖珍一听不敢再接话，假装睡去。哪承想小娥子由生儿育女的话头，进行了进一步的引申："廖姐，肚里揣上了瓜纽子，晚上还能让男人碰不？"廖珍还在装睡，一动不动。小娥子自顾自地问："廖姐，你跟我坦白，你揣孩子那会儿，范保管碰不碰你？"廖珍心里警觉着，嘴里却故意咕咕哝哝地打岔，声调像呓语："睡觉！睡觉！"

五

一连两天吴顺手没来上班。本来他有了红帽子后，在工号上欢实了好一阵子。一些上料、支模、打板，跟他不沾边的活路，好坏快慢，他都挤进去指手画脚；在楼里没人的地方，要是逮着个屙屎撒尿的，他就冲过去，吆五喝六地能把人家折腾半死；排队打饭时，他也动不动就把饭盆倒背在身后，朝队伍喊两嗓子："排好啦！排好啦！"别人也不服他，断不了扔出几句招惹他："哟，吴老总（肿）？！没搬块土坯照照脸，老肿啦！""瞧，王小二屙屎，平地冒出个尖塔来！"吴顺手听了也不生气，回道："×！一群跟屁股亲嘴的傻帽儿，香臭不分！"

有几天吴顺手没来上班，一向喧腾的工号上就寡味了许多。有人说这小子也得了多眠症，正趴在工棚里烀猪头。胡领班率先来到工棚，果然见他正在铺上大睡。工棚里通风不好，又是大通铺，民工的破鞋烂袜子随处都是，大白天闷得暑气逼人，馊味刺鼻。吴顺手通体淌着油汗，几只蝇子哼唱着，围着他飞飞落落。胡领班抬起脚刚要蹬他一下，又停住了。他发现这人脚掌心上咋还用墨笔写着字？胡领班蹲下来，研究了好一会儿。见一只脚上写了个“5”，而另一只脚上写了个“10”。他没琢磨明白，重又扬起他的脚，一下一下踹他：“起来！起来！大白天挺什么尸？！”

吴顺手这才不情愿地爬起来，到外边水龙头冲了把头脸，把安全帽使劲往头上一戴。他一戴上红安全帽，就来了精气神儿，因为他瞥了胡领班帽子一眼。晨光下那帽子焦黄的扣了一头鸡屎似的。

“吴撒种儿，你脚掌上那是什么鬼画符？”胡领班盯问。

“我想画朵花，碍着你啦？！”吴顺手没好气地说。

架子工都在杆子上做楼角的造型，吴顺手爬上去。不一刻，那上边就传来一阵阵大笑。胡领班一旁也笑，说：“花子跌倒零碎儿多！吴撒种儿就是有乐子！”

那些民工见廖珍的货梯上来了，就笑得更没形状。廖珍早习惯工地上这些乡下男人的寻乐儿方式。他们笑声的每一个音符里，都带着性欲、带着淫荡、带着肉感、带着活力四射的虚妄想象。廖珍厌恶，廖珍喜欢；廖珍一百遍开快车逃离这笑声，廖珍也一百遍开快车扑奔这笑声；廖珍是这笑声的灭火器，廖珍也是这笑声的助燃器。比方现在，廖珍一来，这笑声里裹着的热气，就呼地一下蹿起多高的火苗。

笑声的火苗里，吴顺手的声音送了过来：“……那个公园的旮旯里，耍心情的汉子不老少，可一把岁数的居多。我这个年纪是最青嫩的，咱占绝对优势！”

有人耐不住性子，打断他道：“故事讲得皮儿太厚，你是去逗鸡，也不是找老婆！拣关键的说，到底逗上没逗上？！”

吴顺手却卖着关子：“急啥，买萝卜白菜还要论论成色，讲讲价钱呢，何况包俩儿钟点女人……”

旺桩子在一旁故意激他：“我顺手叔最小抠儿，一分钱都能攥出水来，那是烧钱的地方，你也就痛快痛快眼睛，痛快不着身子！”

吴顺手吐了他一口，也不卖关子了，忙不迭地自曝老底：城北有座荒凉的小公园，那是个底层游妓活动的暗点。一些当地的老鳏夫和外来流民，是光顾这里的常客。游人椅上有些灰头土脸的老男人，虽悠荡着二郎腿没事人一样，细看脚底板上写有 5 元、10 元的字迹，若隐若现地往外亮。吴顺手初来乍到，一见这局面，就悟出其中的隐情：这是给出的饵钱。他便也坐那装傻充愣，学人家的样子先在左脚底写个 5 元，先试试水深水浅。可过来个咬钩的"鱼"，年纪已大半把了，老脸虽也经过描眉画鬓的修饰，却掩不住日子的腌臜，已呈橘皮状了。他扬扬手，把她打发了。又在另一只脚上写上了 10 元。饵钱翻了一倍，可过来咬钩的"鱼"，成色却没翻倍。脸是鲜嫩了些，可有条腿显然短了一截。吴顺手又扬扬手，放过去了。狠狠心又在手心上写了个 30 元，他像个太极拳新手，时不时向外推一个云龙掌。这下有戏了，粉嫩的胚子就来了，杨柳细腰的一个瓜子脸，眉上生颗美人痣……

民工们听了兴奋地哄起来："噢，来喽！来喽！端她炮楼哇！"

在哄声里，吴顺手像个征战中的将军，将手豪气地朝前一劈："端！咱挣他妈城市的血汗钱；别以为土老鳖不会花，咱打杆枪突突他妈的！端！"

民工们变成一群士气高涨的冲锋者，血红着眼睛大吼："端！端！"

在一片期待的目光下，吴顺手却突然缄口不语，只顾低头拧卡扣。有人急了，快说你到底端没端？他这才咕哝着说："本来也包了床，想一举拿下的，可不争气呀！一举没举起来，二举也没举起来，没举起来子弹倒先打飞了，节骨眼上脱靶了！七零八落、一塌糊涂，急了我一头大汗呢！"

士气高涨的冲锋者都愣了，然后纷纷发出恨其不争的惋惜和辱骂："完蛋！算个屎撒种机，关键时刻败下来，纯是赖瘪子嘛！"

这股激愤竟使吴顺手找到点受宠的感觉，一丝狡黠便在眼里闪过："靶子没打成，可我也没亏着——我对美人痣说，只有达到全程消费才能付全款，咱充其量属半程消费，打对折才是。起先那美人痣还不依呢，说你瞅也瞅了，碰也碰了，这不是全程消费是什么？！就算咱双方找到‘消协’那里去，人家也肯定替女方维权。我说，上什么‘消协’呀？老妹子，哥看你挺有档次，想跟你做个永久性的朋友。永久了，咱俩还不双赢？那美人痣想想，也觉得有理，就让我留下地址，这才说对折就对折吧……”

激愤的人群听了倒闷住了，不知说什么才好。旋即脸上现出鄙薄和不屑，纷纷摇头说没劲、没劲。吴顺手遭到别人轻辱，是横竖咽不下去的，立即就去揭别人的疮痂：“咋没劲？我这人是说出来，做出来，养活孩子抱出来，敞敞亮亮的。不像你们，动不动钻胡同泡澡堂子，说是讲卫生去了，其实你在小黑屋里让谁搓洗了，让谁按摩了？你自己知道！”

汉子们这才松动了脸容，嬉笑着辩解自己的清白，骂吴顺手往别人头上倒扣屎盆子。

虽然要着贫嘴，一个楼角的造型架子已经搭得差不多。吴顺手背了一大堆废网子要下去，他一走进货梯，廖珍就把口罩捂脸上了，吴顺手笑说：都入伏了，也不怕捂出痱子来？廖珍说空气太差，怪埋汰的。然后她冲他拍拍升降手柄，说货梯出故障了，到那边用小娥子的货梯吧。吴顺手只好下来。两部货梯离了二三十米，他想抄近路从楼外的大跳上过去，可背上的网子拖泥带水，直往腿上缠。走了几步只得退回楼里。在楼里走，就得钻墙洞。他钻过三四个洞，却听身后有人叫梯，他回身望见廖珍已将货梯开走接人。吴顺手看那梯子哪里有什么故障？上边的廖姐一离开，就扯下了口罩。他心里顶出一丝不悦：这娘们儿，咋要人呢？！以后两人碰面，吴顺手也不招呼，头一扬，两眼望天。廖珍瞧他这德行，知道他生气了，也懒得理他。其实她是没有额外的精力去与别人周旋。随着温度升高，透明罩子里的小斗，热得像一个小桑拿浴房，尽管廖珍将能晒着的地方都用报纸遮上，斗里还是一只热笼屉。她把汗湿的头发用皮筋束着，安全帽里搭着一条湿毛巾，一张脸潮红。她时时都能嗅到从领口里钻出来的热气，这热气带足了自己身上酸馊的汗味，自己将自己熏蒸得昏昏欲睡。在一天一夜的当班中，她无数遍地上升和下降，千篇一律的动作，再怎么有血有肉，也会变成了一个机器人，脑袋灌了铅一样又沉又木，恍惚间都不知自己身在何处。

这一天干到半夜时分，次日垒间壁墙的用料就提前备完了。廖珍和小娥子见一时没人叫梯，就相跟着开上露面。两人互看了一眼，一人先打个哈欠，传染给另一人，两人张圆了大嘴像两把对吹的大号。她们乏得蔫头蔫脑，不想说什么；中街上灿若星河的光影，她们看也不看，就各自在马凳上放了挺儿。放了挺儿，鼾声即刻就起来了，一高一低，一长一短；像草窠里一大一小的两只蛐蛐，不紧不慢地在争斗着。

争斗中的两只蛐蛐，忽然有一只败下来，一点儿声息也没有了，原来是廖珍一激灵先醒了。她看看表才四点多钟，但不知为什么就醒了。而小娥子的呼噜居然带着哨音，睡得正酣呢。

天光已经白亮，廖珍起身第一眼就看到了这条空巷，她差点没认出这是哪儿。但意识马上得到纠正：这确实是中街，是喧沸过后静态的中街。而她从小到大，却从未见过中街静下来的模样。夜灯刚刚熄灭，由于是步行街，没有行人，这街就在这一刻凝固了。廖珍惊讶就惊讶在，凝固状的中街怎么像一条砧板上的死鱼，一条开了膛破了肚的死鱼，张开空阔的肚腹，失去了生命。可是昨天的中街，那是一条什么样的街呀？想到昨天，她才忽然明白，她大概是因为昨天的中街才惊醒的。

去中街是因为接了女儿小琬的一个电话。自从她在工号大倒班，就很少见到小琬。小琬在电话里一开头态度就十分蛮横，鼻腔抽动的声音，证明她正泪流满面：“妈，你差劲透了！今天运动会都开完了，你也没把白鞋买来，老师把我从仪仗队里刷下来了！你算什么破妈？太不像话啦！”廖珍刚要说话，电话里就发出了嘟嘟嘟的忙音。她呆呆地擎着电话，仿佛看见怨气冲天的女儿，从电话亭呜咽着飞身跑远的身影。廖珍想起了女儿关于买鞋的再三嘱托，而她竟给忘了。虽然运动会已经开过，她也要马上把白鞋买来，弥补自己的过失。中午她没吃饭，一阵风出了工号，上了中街，午休只有一小时，这么点时间，“逛”是不够用的，她得跑去跑回。中街人流的稠密一如既往，别人扯着手、挽着臂，她哪顾得上绕过人家，不管不顾地冲过来、撞过去，捯着碎步一路疾跑。中街上的人步态无一不涣散、悠闲，突然间冒出她这么一位跑步的，一路把旁人撞得一个趔趄跟着一个趔趄，谁都会认为这女人准是摊上事儿了！廖珍直奔金足广场，因为她听说那个店正搞“爱脚日”，宣传单上的广告说：“呵护您的脚，就是呵护您的生命，为了您的脚，全场两折起献爱心！”就为了这个爱脚的两折优惠，她就捯着碎步一路疾跑，一些路人就犯了猜疑：这人被偷了？被抢了？还是……跑过炸肉串的玻璃档口时，里面正炸肉串的张静兰都看见她了。十年前她们曾在一个车间里工作，工厂散伙后，张静兰一直在这炸肉串。她的皮肉和头发里，一概透着烟火、孜然和肉香的混合味，洗不净、搓不掉，已将她自己变成了一块活动的卤肉。张静兰探出油脂麻花的半个身子，朝她大呼小叫：我的妈！这不是廖珍？！鬼撵你咋的？！廖珍回过身应承一声，说回来再说话！等张静兰炸好一托盘肉串，廖珍就返身跑回来了，手里拎上一个鞋盒子。在爱脚日的金足广场里，满地都是两折优惠的鞋。她不费劲就选了一双打折鞋，还是个小名牌。张静兰一面忙不迭地给顾客付货，一面数落着廖珍：“你眼睛长脑瓜顶上啦？！开个货梯一会儿上天一会儿入地，看把你能的！”廖珍问：“你能看见我？”张静兰一指东头说：“咳，不光我看见，全中街都能看见你。不过，看见可是看见，你那是蚂蚁上树，大树看得真亮，蚂蚁可看不真亮。”廖珍不禁也往东头看了看，绿灯盏工号真如一棵参天大树，楼体外面罩着的绿网，像树干上的一层青苔。从这里看那货梯真如一只小小的蚂蚁。这蚂蚁悠悠地往上爬，爬爬停停，停停爬爬。别说，张静兰的比喻还挺贴谱儿，可不活脱是个蚂蚁上树！而张静兰在这里实际上只能看到这一只蚂蚁，而这只蚂蚁也只是个背了壳的蚂蚁。确切地说，她看到的也仅是一个包着蚂蚁的壳壳而已。而这棵树上到底有多少蚂蚁，到底是怎样的蚂蚁群、蚂蚁阵、蚂蚁大世界，谁能知道？一层胎衣似的薄网，就将铺天盖地的蚂蚁群、蚂蚁阵、蚂蚁大世界给隐匿了，离开才这么几步，就什么也看不见了。廖珍转过脸笑说，你算说得对，我就是蚂蚁上树，没完没了地爬，爬也爬不到头，就连女儿参加运动会的事都给忘了。张静兰腾出空，擦擦手来看廖珍买的鞋。这一看不要紧，两人几乎是同时发现了问题：两只鞋怎么竟一只大一只小？她们赶紧翻看鞋底找号码，号码果然不一样，一只是 37 码，另一只是 38 码！廖珍立时没了谈话的心情，想马上回去换鞋，可时间又来不及了。张静兰将鞋盒一扣说："当今的事都奇了，爱脚日爱出个鸳鸯脚！廖珍你只管上班去，换鞋的事包在我身上，那些卖鞋的谁不吃我的肉串，敢不给换？换好给你送到工号去！"

此刻在露面上的廖珍，望着这即将苏醒的中街，心里隐隐地有些嫉恨。这嫉恨一点点放大，吞噬了原有的一切情感。她转而惦着那双鸳鸯脚的鞋换没换成，也惦着女儿在大姨家的不合群，一丝莫名的心痛翻涌上来，她眼里湿了又湿。

一阵猛烈的砸管子声，将露面上的两个女人惊动，上早班的时间到了。人到货梯就得到，两人忙三火四地上了各自的货梯快速下降。廖珍开到一半就听到地面上吵吵嚷嚷，好像和自己有关，她就半道刹车看个究竟。

地面上一群等货梯的民工正围着一个胖女人，那女人拎着鞋盒子，正在起劲儿地讲着什么。吴顺手挤到她近前比比画画，只听他指着半空的货梯，拉着长声说，"咱一直把人家当成女佛恭敬着呢，原来佛爷打碎倒也是一包土哇！"然后扬头喊道，"廖姐，又出来一个范嫂子，要找你呢！你快下来，当面对对茬口！"

廖珍心里一惊，这女人准是范保管的媳妇田丽丹！

升降机降到地面时，民工们蜂拥而上，廖珍在斗里并不出来，那女人就昂首阔步上来了，她拉开了斗子的门，站在廖珍的面前。货梯没法开了，一车的男人都屏住了呼吸看着她们。那胖女人慢悠悠地打量着廖珍，用眼光将她折磨够了，才拉着长声说："听说你是范嫂子？范志军媳妇？"廖珍别着脸不吱声。那女人嗬嗬笑了两声，说："对了，如果我没找错人，就先跟你办公事，然后再办私事！"她将手里的鞋盒叭的一声丢在廖珍的脚下。

廖珍心里多少明白了什么，也不捡鞋盒，说："请你下去，我要开车了！"

胖女人脸一阴，不由分说就扇了廖珍个耳刮子："好你个范嫂子！好你个臭婊子！"民工们赶紧过来拉架，她挣扎着向货梯里的人哭诉："我儿子小强说一号梯上出了个野妈，我还不信！原来偷汉子的破鞋就是这个黄脸婆！"她拍着胸脯哭叫着，"我嫁给范志军那杂种18年了，一窝吃、一窝屙，养活孩子都16啦，我当了大半辈子范嫂子，怎么在这王八窟窿里又钻出个冒名顶替的烂骚货？！"哭喊声将工号搅翻天了。甲方办公室也来了人，大声喝道："谁的家属？赶快离场！搞得什么名堂？查清了一律罚款！干活、快干活！"急急赶来的范志军，从货梯里一把拖出那女人，女人冲他骂着狗杂种，又撞又咬。老范骂不还口，打不还手，自顾自拖着她朝外走去。

满工号的人都有些傻眼！一向好端端的老范两口子，咋一下子弄出个三口子？傻眼其实也就傻了一刻，旋即人们嘴角上都浮出别有意味的笑意，待到一个个从货梯上下来时，都发出一阵长吁短叹："这年头哇！""人哪人！""唉，天下事说不清的！"然后散去干活。

只有廖珍盯着脚边的鞋盒子发呆。突然她的手机响了，吓她一跳，她打开接听，里边传来张静兰脆快的声音："廖珍呀！我碰到田丽丹啦！该着我省事，那鞋我让田丽丹转给范师傅捎给你……"里面的张静兰还热情奔放地说个不停，廖珍一句话也没说就合上了手机。

六

起秋凉的时候，绿灯盏主体工程已完成，由于没装上窗扇，万千个洞口就招来八面的来风，仿佛有万千个冷硬的飞刀，嗖嗖嗖，在楼间往返穿梭，随便往哪一站，心都会被那飞刀刺得不住哆嗦。

廖珍和小娥子再也不能到楼顶“露面”去放挺儿了。她们就在各自的货梯就近，间壁个避风的小屋。工地上灰头垢脸的民工咋看也不起眼，可就是各有各的手艺。廖珍在四层选好位置后，是让木匠冻秋子梨给封闭成小屋的。工号上的很多民工都有外号。这个河南籍的木匠，本是个赤红面子，不知咋得了这么个外号。冻秋子梨用破板子将窗户洞拍死，墙角搭起一张大床，门边支上条桌，随着冻秋子梨叮当山响的锤起锤落，一扇板门也开合自如了。虽然用的都是沾满水泥的粗材废料，但板门一合上，就顿时拢出暖意。其实真正的暖意，还是电工给的。他先用电刨子在一块轻体保温砖上旋了个锅底坑，在坑壁上刮出一圈圈的凹槽，然后沿槽盘满电阻丝，一个电炉子就做成了。插上电源，电阻丝由青变红，小屋就成了一个暖房。

一个暖房和一个细心女人合起来，一份属于大众的温情就在这工号里不期而至了。那床上当然有了被褥，水泥板上当然有了锅碗瓢盆，案桌上当然有了油盐酱醋，隔架上当然有了香皂和护肤霜，沙灰墙上贴上了废挂历，一张是港星张曼玉，一张是美国歌星麦当娜，还有一张是走猫步的时装模特儿。门边还挂上一面让民工们不忍看、还偏想看的心形小镜子。廖珍原来是想独享这小屋，现在看来压根儿就办不到。

廖珍原以为被田丽丹当众揭丑之后，天就会塌下来了，她就成了工号上一个没人理的贱货，她甚至第二天都不想来了。可是她咬着牙来上班，心里打好底谱，反正死猪不怕开水烫。可是工地上一切照旧，跟什么事也没发生一样。事实上，人事部还是找范志军谈了话，让他写了一份事情的经过。至于有没有罚款跟着，廖珍一时还无法弄清。因为胖女人田丽丹时不时出现在库房外头，她屁股一扭一扭地骑着自行车来，停下后就大呼小叫地叫着老范，不是送咸菜，就是送雨衣。等有人喊过她一通范嫂子后，这才骑车走人。她运用自己的大呼小叫和一扭一扭的屁股，在工号里营造出一个老范老婆的符号。这符号充塞在范保管四周的空气里，使廖珍再不能朝他走近半步。而老范却总是颠着小步，在小心侍候着他老婆的同时，也尽量小心地侍候着廖珍。他无声地为廖珍擦拭自行车和打气；无声地将鸡蛋、西红柿一类的吃食撂在小屋的案桌上；也无声地朝她所处的方向遥遥张望，而廖珍却再不敢跟老范搭腔。

廖珍虽然再不能去库房，可有了搭着板床、贴着一溜大美人的小屋，生活也就换了滋味。确切地说是因为有了电炉子，才有了新滋味。闲时，廖珍可以熬锅粥，煮碗挂面，甩个蛋汤什么的。即便不做吃的，只把炉子通上电干烘着，屋里也会漾开一波一波的温暖，在深秋的工号里，人人都感受到绿灯盏这只大灯，经过一春一夏的旺点，已该歇歇了。工号里随处的坚硬，浩荡的冰冷，使原本一条条硬汉民工，都一个个变得缩脖抱膀、鼻涕巴拉的，五尺身高也都立时矮下半截。于是小屋粗鄙的板门刚一欠缝，那丝丝粥味、面味、汤味，裹着一拨一拨的暖意，朝四外稍一弥散，几乎所有的鼻子都捕捉到了。捕捉到了，就压不住那点儿想头，便涎着脸皮不请自来。一个个袖着手、口里吐着一团一团白气，瑟缩着闪进门后，往往先烤烤手，再往罩着花格褥单子的行李卷上靠一靠，然后就要得寸进尺地揭揭锅。若是锅里正冒热气，有的还会寡廉鲜耻地盛上一碗，热咕嘟地吸溜进肚，哎呀，这真有点儿接近老婆孩子热炕头的味道啦！

其实在工号上使用电炉子，是被明令禁止的。甲方企管部的人偶尔也下来检查。一有风吹草动，不管廖珍知不知道，小屋里可能被认为的可疑物件，眨眼间就会被藏匿得踪影不见；风声一过，一切又摆放如初。民工们的这种责任心和机敏的行动，使廖珍既感动又惊诧。

小屋被男人保卫着，男人小来小去地造次，也就在所难免。廖珍经过一场两口子变成三口子的闹剧后，猛然间又变回到一口子，无形中就使这些离家多时的汉子们，放大了胆子。比方，吴青苗就敢于拿一件破衣服让廖姐补。廖姐说你算老几，让我侍候？把衣服又扔回去。吴青苗马上又扔回来，还刁蛮地说，就愿意让你侍候！廖姐也没招，还是给他补了；那个山东的小瓦工崽子，下小雨那天进来烤电炉，他敢跟廖姐挤坐一个小窄板凳上不算，烤着烤着还睡着了，居然干脆把头趴在廖姐的大腿上；冻秋子梨觉得为小屋搭床搭桌的有功，进屋就爱揭锅揭碗，有一回廖姐一碗粥喝了一半，他夺过碗，一仰脖喝了那半碗……廖珍就骂他们臭不要脸！远点煽着！可是越骂臭不要脸，他们就越臭不要脸；越骂远点煽着，他们就越不远点煽着。廖珍一点儿办法也没有。

倒是吴顺手安分多了。他虽然也进小屋偎行李卷、烤火，可他却发蔫儿。冻秋子梨冲着廖珍耳边，喷着难闻的大蒜味说：这小子跟那个美人痣早拴上对儿啦！隔五隔六就得会一次，为了会美人痣他欠下债了！那娘们儿家里还有个卧床的病秧子男人，是个填不满的穷坑。廖珍听了没说什么。有一天，小屋里只有吴顺手和廖珍两个人。廖珍盛了一碗枣粥递给他。他接过碗没喝，只是沉个头，半晌，眼泪一串一串流下来："廖姐，你是好人，是世上最好的人！别嫌你兄弟，你兄弟乱糟透了！"廖珍也不问什么，只轻声说："喝吧，趁热。"不知怎么，她的鼻子酸得厉害，眼泪也顺着鼻沟淌下来。他们就那么对坐着，都流着泪，都不说话。

那天晌饭时，小屋坐满了端着饭盒来凑热闹的人。小豁嘴子带进一封吴牛子的信，递给吴顺手。吴顺手看完装进口袋里。青苗子过来掏那封信，吴顺手一把挡住他，恹恹地说："没啥大事，还不是说铁石矿抢水的事。抢水抢了一夏了，你们又不是不知道？！"这年在羊栏寨附近，新开起的小铁石矿有几十家了，山上被掘得大窟窿小眼子的。开小铁石矿，靠的是长流水来筛选矿粉。天又大旱，地下水被小矿们抽得都快枯了。家边上的二龙水库是几百里内最大的水库，像海一样。他们过去都在那里走过船、网过鱼、洗过澡。可今年这水库都干了，见底啦！好几十年头一回见底！吴顺手不让看信，只用嘴叨咕内容：青苗子你家住在高冈上，井里打不出水啦，你媳妇桂珍用小驴车到下冈子去买水，装一缸 5 块钱；庄稼地旱得七裂八瓣的，粮食减产一半，白忙活了一年。各家都让你们领了饷钱快回家去，羊栏寨活命的水脉快断了，得赶紧写状子，到县上跟那些抢水的矿主找地方说理去……

春天愁种子化肥；夏天愁天旱水枯；秋天愁歉收赔本；冬天还没到，就开始提前愁无法避免的一场抢水官司。羊栏寨的几个老乡同时都拧紧了眉头。

吴青苗端详着吴顺手的蔫巴样说："你还藏掖着啥事吧？看你精神头不对？"吴顺手一笑，说："就是小牛子忒逞强，要参加县里啥作文竞赛！"有人不满地说："你这只家鸽子抱出个金凤凰，还烧包呢！"吴顺手搪塞道："不是怕耽误学习嘛。"

突然一阵奇诡的笑声响起，大家已经熟悉了这个声音，这是吴顺手的手机响了。这手机响声怪，它不是音乐，也不是铃声，而是一个婴孩奶声奶味地一顿爆笑。那爆笑是一个小人芽子被抓了痒痒肉，踢蹬着滚圆的四腿，妖魔缠身那样翻身打滚，上气不接下气地笑，带着三分孩气七分鬼气，有点瘆人，谁乍一听都吓一激灵。吴顺手起先接这电话，半点不避人，总是哼呀哈呀一顿废话："干啥呢？吃没？吃的啥？别舍不得，身板要紧！看电视呢？对对，长知识！逛街呢？买啥啦？过马路瞅着点……"合上电话，总是漾出一脸的幸福。和他通话的全是一个人，就是那个美人痣。这哼呀哈呀的幸福电话，当众说了一个夏天。随着天气转冷，那脸上的幸福也冻住了。当三分孩气、七分鬼气的电话再响起的时候，吴顺手就避出老远去通话，脸上布满阴云。

吴顺手又避出去接电话，小屋的板门不隔音，吴顺手沙哑的话声，就时断时续地送进来："老妹儿，你就是性急……你掐着我一大把欠款条，总计有六七千了吧？还押着我身份证，那你怕啥……不是跟你说过多少回吗，你到建平一打听我吴煤窑，谁都知道……等我把这个值几十万的煤窑卖掉，我不什么都有了……又说骗你？脸黑不像老板……鸡肥不下蛋，奶子大没汁水，开煤窑的哪个脸不黑？等哥倒出钱来，就……"

老实厚道的吴顺坡是他堂兄，他一听吴顺手又瞎吹自己有钱，就过去拦他，吴顺手一扭身躲了。

大楼快竣工了，开始一层一层卸架子，别人卸架管子一根一根往下扔，横躺竖卧的管子，散乱一地。吴顺手卸架管子就能一根一根往地上扎。架管子有小树干那般粗细，可他站在十几层楼上往下扎，掷标枪那样，使管子带着追风的哨音，飞落而下。有了重力和速度，这小树粗的管子就变成了一根根钢针，噗的一声，一根根笔直笔直地扎戳在泥地上。不一会儿底下就扎出一片铁树林。他的那些本家、乡邻架子工们，心里都佩服他手上的灵气。他不光手上灵，哪都灵，也许就是因为太灵，做事就出了格，离了谱，用他堂兄吴顺坡的话来评价，就是当菜吃嫌老，当瓢使嫌嫩。

不管你当菜当瓢，也总得管自己的老妈吧。头天晚上，老实人吴顺坡跟家里通电话，这才得知半个月前吴顺手的老妈，也就是自己的二婶娘，到大井沿去抢水，腿脚不灵绊倒了，大腿摔成了严重骨折。老太太的腿肿成了压面的小碾子粗，得赶紧去住院接腿，治晚了，这腿就废了。小牛子一封接一封地来信要钱，吴顺手这边一点动静都没有。吴顺坡放下电话，一把拉上吴顺手，要陪他找包工头支钱去。吴顺手却说啥也不去。逼急了，他才把他堂兄领到没人处，和盘说出实情——

他说三哥呀，可别逼我啦！我拿着小牛子的来信，都以给老妈治腿的名义，支过5000块了。可是都让美人痣拿走了。我要给我妈留一份治腿，没想到，她身后钻出个她的流氓弟弟。那活驴拔出刀来在我眼前晃了又晃，说这点儿钱还不够呢！赶紧再弄钱去！美人痣拦都拦不住。我原想美人痣的病秧子老公一死，就和她凑成一家过日子，本来这一个长夏，两厢处得好好的。我不在煤窑上混过嘛，一张嘴，就说差了音儿。差也没大差，只把下煤窑说成个开煤窑，开一个小不丁点儿的窑。男人谈对象，哪个不往脸上贴点金？可她弟弟那个小流氓硬说我诈骗，要我赔他姐一夏天的精神损失费，一开价好几万，还逼我写欠条。我一看这姐俩哪是过日子人，就想快点了断。可没想到处上一个女人难，了断一个女人更难！了断就得豁上票子，可我浑身是铁能打几个钉？老妈的腿折了我能不惦记吗？可我只能肚疼肚知，心疼心知。挨一天算一天……吴顺坡听他这通话，气得七窍生烟。他本来就嘴拙，这会儿更说不出圆囫囵话，抬手就想抽他。吴顺手见势不妙，一猫腰就逃脱了。直到后半夜，在满工棚一片高高低低的鼾声中，吴顺手才喷着酒气，蔫狗似的闪进来，摸到自己肮脏的铺位，和衣倒下。

第二天，架杆上的吴顺坡，听见正插铁树林的吴顺手腰上电话响起，又是那个鬼孩子四脚踢蹬的爆笑。吴顺手看了看号码没有接，脸色变得异常难看。他从怀里摸出一个小瓶子，咕咕灌了几大口。吴顺坡昨天的气本来还没消，一看他还在架子上喝酒，就对他说："你还敢来这个，是不是想把剩的工钱都罚进去？"吴顺手像没听见，又喝了几大口。吴顺坡就放下活，顺杆子移过去。吴顺手一见，解下后腰上安全带挂钩就飞快地逃。翻一根"单杠"，走一段"钢丝"，迈一截"跨栏"，他嗖嗖嗖地移动着，身轻如燕，攀缘如猿，就像一个高空演员的技巧表演。突然，脚下一个趔趄，身子在杆上挽了一个花，谁也没看清他是被什么绊了，还是一脚踏空了，他整个身子飞了！开着货梯上升的廖珍，一抬眼看见高层架子上摔下人来，她腾地停了车，大叫一声："不好！掉下人啦！"她在斗子里，眼睁睁地看着那个人，像一片叶子，像一件棉袄，像一只折断翅膀的鸟，翻着滚儿，飞快地向地面垂落！噗的一声趴在那片吴顺手自己营造的铁树林里，人已面目全非……

吴顺手的后事，是他的两个妹子来处理的。那天陪她俩去太平间看遗体的，除了甲乙双方的代表，还有廖珍、范保管、胡领班和工号里他的本家和屯亲。睡在白单子底下的吴顺手还戴着借来的红色安全帽。而甲方代表却将吴顺手借帽子的欠条，轻轻地放还在他身上。上面是他亲笔写的歪歪扭扭的一行字："我不属于红帽子阶层，特借红帽子一顶，人走必还。"

在两个妹子的抽泣声中，大家静静地站了一刻。末了，一个妹子在遗体前掏出一张小报，说："哥呀，小牛子的作文《我的爸爸》得奖了，县报登出来了，还发了奖状和100元奖金……"女人抽动着鼻子沉默着，报纸在手上窸窸窣窣不停地抖动。廖珍接过小报，冲着吴顺手的遗体，低声地读道："《我的爸爸》——我从未去过沈阳，但我的爸爸却正在建设沈阳。因为他是一位建筑工程师，假如你看到沈阳最高的大厦，那里就有他的身影……"廖珍读不下去了。

所有的人都咬紧嘴唇，一声不吭。

七

在绿灯盏项目竣工典礼的前一周，工号全体民工的工资，已全部发放到人头上了。一连几天里，都能见到蘸着唾沫将到手的一沓票子数了又数的人。等一双双糙手，将数了又数的票子，放进妈或媳妇事先就在胸襟、裤腰缝好的内袋里，捂过一日半日之后，再拿出其中已带足体温的大数，从邮局寄回家去；剩了小数，在各自隐秘的地方藏好，一个个才像兔子那样，四散到街上。到了街上，就已觉得跨出工号老远，离家仅一步之遥了，脑袋里已挤满了让自己鼻子发酸、心发热的面容：爹妈、女人、小崽儿或侄、外甥一类的三亲六故，他们都一改往常抠抠搜搜的派头，一通疯狂采买。当然再疯狂，捡到手里的也是些便宜货。说到底，东西不在贵贱，意思到了要紧。然后他们就将有着五红六绿包装的物品，与脏兮兮的行李，一股脑儿地捆扎成结实的一坨儿，专拣离现在最近的一班车次，火燎屁股般地打票奔家，半分钟也不想在城里耽搁。

廖珍的油盐酱醋和盆碗一类的物什，早些时候已陆续撤走。她今天本可以不来了，可是她还像往常那样骑着车来到工号。因为竣工典礼大会正在筹备，楼前广场已焕然一新。楼体悬垂着数十条彩色巨幅贺联，楼前新搭的典礼台上，正在铺设大红地毯、摆放高大的花篮。廖珍看见范志军正在那拉电线。因为库房物资要稍后迁移的原因，范保管还得保管一阵子。他没看见她，还像输进程序的机器人，还像过去给她刷鞋和洗裤子那样，专心致志地闷着头干活，有板有眼而又不歇不停。她知道他的心一点也不机械，她还相信他另有一双眼睛，雷达似的眼睛，早就捕捉到了她的气息。她的口袋里装着小吴牛子的得奖作文。她从那个来吊丧的女人手里，复印了这篇小报上的文章，就一直藏在口袋里。她从没敢掏出来从头至尾看一遍，而手指尖却一遍遍地触到它，每一触到它，心里都会尖厉地疼一次。

一些背着大包小裹的民工正在陆续撤离，她与相熟的人打着招呼道别。

不一刻，她就在人流里看见了小娥子和秦大眼。小娥子肚子大得已如同扣了一口小锅。她穿得簇新而鲜艳，手上一嘟噜一串的东西也簇新而鲜艳。她丈夫秦大眼像个挑夫似的将两人的大件行李包裹用担子挑着。小娥子见了廖珍，放下手里的一嘟噜一串，两人一下抱住了。她们将头埋在对方的肩膀上，一句话也说不出来。许久，廖珍抬起头，眼睛不停地在大楼上搜寻。她看着和小娥子睡过觉、观过景的顶层“露面”，看着贴过大美人、搁过油盐酱醋的小屋窗户，看着吴顺手陪她淋过大雨的15层半……她忽然想起张静兰说过的蚂蚁上树。心里不觉竟掠过一丝温情：多么令人留恋的蚂蚁上树！曾经的蚂蚁群、蚂蚁阵、蚂蚁大世界，现在一下子变成了蚂蚁搬家。廖珍不免有几分失落，嘴里喃喃着：蚂蚁搬家了！她问她明年还来不来？小娥子摸着肚子说，谁能知道明年？！小娥子问廖珍：你呢？廖珍心里很空，她不禁想，蚂蚁搬了家，还是个爬，逢坡爬坡，遇树上树，谁知道前边会碰到什么呢？正不知怎么回答，却被庆典台上调试麦克风的声音打断了："喂喂喂……喂喂喂……"那声音太大太噪，她们就不再说什么。廖珍越发紧密地拥抱着小娥子，连同她肚里还没睡醒的孩子。忽然，她感觉出她肚里那小东西，欢欢地冲她顶了两顶，看样子她怀的还是个人来疯儿呢，廖珍的心一下酥软得不行，眼泪顿时流了出来。

原载《芒种》2006年第6期

荣获《小说选刊》全国优秀小说奖（2006）

窑衣

翟永刚

一

清晨，石井煤矿工会主席何自知，一边用舌尖剔着牙缝，一边大声清着嗓音，急匆匆向矿上走。数九寒天，鼻子嘴巴喷出热气，头发后边滚动着热气。走不多远他便把棉衣纽扣解开了，身体热耳朵冷，双手捂着耳朵仍是大步流星。

他早上翻遍冰箱馍筐也没有找到吃的，连挂面也没有。昨晚喝酒喝多了，荤腥不想见，便下起了面鱼儿。面鱼儿好做他也爱吃。先做好白菜汤，然后把搅成糊状的面一条条拨到翻滚的汤锅里，吃起来筋道，就着自家腌制的咸菜，拌些辣椒丝和香油，真是一种美的享受。吃得他兴致勃发，鼻尖出汗。这时上班的妻子鹿云凤呼地推门进来了。妻子在矿井口服务公司，干些缝补洗窑衣的工作。她跑得脸红扑扑的，四十七八岁的人，倒显出几分妩媚。他问道："这么早就下班了？"她急急道："陈矿长找你，我早来半小时给你说一声。"何自知道："急吗？我给他打个电话。"鹿云凤道："你跑一趟嘛。"何自知把碗一推："剩下的你吃吧。"走在路上直犯嘀咕，矿长找我有什么事呢，他习惯性地检查自己的工作，并无差错呀。工会的工作无非是送温暖，民意调查，做好思想政治工作，严格说也不归矿长管呀。他忽然想到，是不是星光大酒店的事？前几天矿上下来企业改制文件，要求各单位把国有资产见底，包括有账无物或有物无账的都分别登记造册。星光大酒店虽说是以工会"三产"名义办的，但是资产不知落在哪儿，被神秘人物经营着。他如果问这个，应该如何回答呢？何自知这样想着，路过工会小院也未进，径直朝办公楼走去。

石井煤矿坐落在石井镇上。石井镇四面环山，万绿丛中的山窝里竖起高大的井架，井架上一面红旗迎风招展，甚是醒目；一座突兀的矸石与之相伴。石井煤矿是座核定年产 34 万吨原煤、一千六百余人的中型煤矿，开采已有三十多年历史，在全局七个煤矿中属于中等，但是储量很大，有两亿吨呢，局里正在做着改造提升能力的打算。

其实，何自知在工会只是正科级副主席，工会主席让纪委书记兼着，纪委书记基本不过问工会的事，令何自知气愤却说不出口的是，工会主席和纪委书记都是副矿级，拿着十几万元的年薪，而何自知却不享受这个待遇，工作都是自己干，矿上这么不看重自己？何自知知道自己 50 岁了，再不往上挪挪，怕过这个村就没这个店了。这样工作起来更不敢大意，唯恐有了闪失连这一点希望也失去了。妻子也知道他的苦衷，不断提醒他注意与领导搞好关系，她也打听到陈矿长在他任用上不置可否的态度，以及在这件事上的分量。尽管矿长年轻，才 38 岁，有权哪。矿办秘书小姚上下打量他一眼，注意到他身上冒着热气，但未作声。已经习惯他常常是上班第一件事就是到办公楼来请示汇报。何自知堆上笑脸问道，陈矿长呢？小姚摇摇头，他又问陈矿长昨晚回家了吗，小姚说没有，昨天陈矿长在办公室看文件看到夜里一点，我一直陪着他的。

何自知知道陈矿长家在市内，有几次他开过调度会才去吃早饭的。找到食堂，膳食科副科长兼工会主席陶萍无言地向他微笑，美丽的大眼睛含情脉脉。他看看四下无人，手掌卡了一下她的脖子，陶萍直叫凉。他不愿这样找下去了，便打陈矿长手机。他一般不打领导手机，都是亲自去。陈矿长手机竟关着。他关机的情况很少见，难道真遇到什么大事？他忽然想起还有一个地方未去到，于是直奔矿招待所而去。

矿招待所是独门独院。青草和塔松依然葱绿，喷水池内结了冰。院内停着两辆奥迪车。僻静处的会议室内灯火通明，透过洁白的窗帘看见荷花吊灯和壁灯发出炫目的光亮。何自知敲敲门，里边戛然无声了，他又推推门，门闩上的。他轻声叫着办公室主任，他估计办公室主任会在里面。门无声地开了，开门的却是改制办熊主任，他把头伸出来，长发遮住半个脸，手里拿着钢笔，一脸的迷茫。他用身体堵住门，没有放他进去的意思。何自知把门缝挤得大一些，果然看见了陈矿长：

“陈矿长，你找我？”

陈正东38岁，名牌矿业大学毕业。戴一副近视眼镜，镜片后面的目光十分犀利，他会定定地看着你，把你的目光逼退。他说话干脆利落，透着当家做主的气势。他抬起正看笔记本的眼睛，皱眉道：“谁找你了？”他朝外一撩手道，“也亏你能找到这儿来！”

何自知心里堵得慌，年轻矿长对他从来都是这个态度，要知道比你大十多岁呢。妻子为什么捉弄我呢？不会开这个玩笑吧？尽管遭到奚落，他还是很有礼貌地向会议室里点点头，这才看见会议室里坐着七八个人，有三个人不认识。这仨人都很年轻，白白净净的。一位女士漂亮的大眼睛向他射来探究的目光。他折回身刚走几步，熊主任叫住他道：“陈矿长叫你站住。”

何自知站住了，原处转回身来。陈正东从会议室里走出来道：“职校王校长的父亲昨夜去世了，你代我办一下吧。”他诺诺应着。这时他明白了。妻子的心意他领了，她常常一边洗衣补衣一边谛听人来人往的谈话，为他争取每一次替领导办事的机会，为了啥？还不是为了他！

二

何自知回到工会，进了院子面孔自然就板紧了。办公室已经打扫过，刷过的茶杯摆在办公桌右上角。工会工作人员有九人，会计兼内勤小刘30岁，去年刚休过产假。她很勤快，善解人意。他先到小刘办公室，小刘桌上摆着几本文件夹和账簿，忙着东扒扒西写写，正在做资产登记的工作。虽然陈正东没有问，但星光大酒店始终是他的一块心病。

在市内翠华山下，有一座建筑面积四百多平方米的小楼，名为星光大酒店，因地理位置、环境俱佳，生意一直很好。何自知任工会副主席十几年了，也不知它的确切手续情况。现已退休的刘矿长大约在十年前向他透露过，这饭店是工会入股由别人经营的。可是他们工会既未得利，也无权过问。也不知谁经营的。果然，小刘见到他就问道："何主席，星光大酒店还登记不登记？"

"先忙急的，你叫上老曹去王校长家烧纸。"

工会内部掌握办事的尺度，矿级干部直系亲属死亡的，矿送花圈，工会代领导付烧纸钱；中层干部直系亲属死亡的，工会送花圈，代领导付烧纸钱。其他的视情况由工会或退管会送花圈，不烧纸。之所以定规矩，是因为闹过不愉快的事。说是规矩，其实靠人掌握，送与不送，烧纸不烧纸，都有理由。上次一位中层干部的母亲死了，何自知讨厌那人，没送花圈，那人找上门来，何自知道："你那是什么母亲？养母，不在其列。""养母不是母？"那人问。何自知理直气壮道："上次你母亲老了我们送没送，你说送没送？"那人气愤地说："政策在你手里，你想怎么执行就怎么执行吧。"何自知扬起胳膊画了一大圈："全中国还不都是这样。"

何自知打党委书记冯希泉的手机，冯希泉正在外地，能听见公路上的汽车喇叭声。一问他果真正往回赶，要赶回来参加春节劳模座谈会。当说到王校长家的丧事时，冯希泉说按惯例办吧。何自知又给几位副职领导打过招呼，几方诸侯都得罪不起；都说你代办吧。他放下电话自嘲道："我成了何代办了。"

天很冷，空气潮湿，路边水沟冒着热气，流淌着抽上来的地下水，沟洼包着白色的冰坨。何自知带着小刘和老曹去奔丧。先在街上买花圈，老曹没戴手套，只好倒换着手拿着。王校长家已经搭起了灵棚。小镇有几家"丧事大全"经营者，一个电话打过去，马上来人，从灵棚、白布、孝鞋甚至扑墓鸡等全套准备齐了，比前几年求人借雨布搭棚等方便多了。灵棚前已经有几个人正忙活着，老曹扭头一笑道："又是那几个人。"

吕四、大疤等人是近邻纺织厂下岗工人，几年后成了镇上的小混混，著名的闲人。热衷于掺和红白喜事，没有红白喜事就帮助管管菜市场，顺带干些街东买街西卖的事，赚个差价。找到白事，20元烧纸钱上账，跟着忙几天，吃几天饭喝几天酒。找到喜事，帮着放炮招呼人就餐，陪着新娘新郎敬酒，趁人不注意装几盒烟，完事挨桌折半瓶酒，提着雪碧瓶扬长而去。穷急了。要什么脸面嘛。

早有人通报给正在屋里的王校长，王校长迎出老远，一身孝衣迎面跪倒磕孝子头。他们送的是第一个花圈，王校长很感激。何自知事务性地打听死者情况，王校长说父亲身体一直很好，昨晚吃过饭还去矿外麦地转了几圈，谁知半夜死在床上。其父睡觉时打呼噜很响，王校长起夜没有听到父亲的鼾声，以为父亲没睡呢，一看父亲平静地躺着，一摸身子已经凉了。半夜叫来救护车，拉到医院也没抢救便送殡仪馆了。何自知叹口气，安慰道："也好，没受罪，这是老人心疼你们呢。"王校长连连点头说只能这样理解了。

那边小刘代付烧纸钱，看见吕四几人已经上过账了，都是20元。这就是几天的饭票。她为书记矿长每人付100元，几位副职和何自知每人50元，又从衣兜里单抽出50元，那是自己的。老曹看她记完了，也只好从衣兜里抽出50元递过去。他也清楚小刘那是蒙她的，单抽出的钱就是自己的？何自知站着和王校长说话，问告别仪式定在哪一天，王校长说单日死双日埋，大后天吧。何自知说如果能抽出时间我去参加，又补充一句，不过年底够忙的。王校长便知道他是不准备去了，便说你看情况吧。刚要告辞，纺织厂工会主席老刘和几个人来了。王校长的爱人在纺织厂，老刘自然奔她来的。两家单位近邻，何自知和老刘搞过两家单位联谊舞会等活动，不便马上离开。只好陪着老刘听了一遍王校长关于父亲死亡经过的叙述。孝子的重复讲述会贯穿丧事期间和以后一段时间。这时听见远处传来妇女的哭声，估计亲戚来了。王校长连忙出去接待她们。何自知和老刘闲谈，无非年底工作忙，工会干的就是这类事的感慨。王校长安顿好来人又过来了，有送客的意思。他们刚要告辞，吕四过来对王校长道："饭店说好了，就在'庆丰'，60元的标准，他还要80元，我说给我20元的面子。老板是'不外的弟们'。"他把弟兄们简说成弟们，以示关系非同一般。王校长便接话茬儿邀两单位工会同志在这儿吃个便餐，何自知十分不情愿吃这顿饭。一是昨晚喝得高些，今天还不舒服。二是自己家不远，吃过饭能歇一会儿。再说烧一次纸吃人家一顿饭也太那个，忙说有事有事。不料老刘说既然王校长有意，又到中午了，吃个便饭说说话吧。他不好推托了。他哪里知道吃这一顿饭，给他的生命埋下了祸根，这是后话。

小镇庆丰饭店是沿街民居改造的，旧门破窗，四壁透风，白茬方桌油渍斑斑。何自知抄手耸肩坐着，其余人焐着茶杯暖手。先上来四个凉菜，猪耳、牛肉、花生米、藕片。冰凉酒对冰凉菜，喝得牙齿碰上酒杯嘚嘚响。吃上热菜再喝上几杯酒后，身子才暖和一些了。话题先是漫无边际，先说了去年发生的"9·11"事件，惊叹拉登的大手笔。老刘叹道那才是千古绝唱。又说起前几年某地发生的几起经济案件，传播了百姓口头流传的"吃也公、喝也公、上吊也公"的民谣，说的是某市一位干部上吊自杀，市里发的讣告为因公死亡。接着便开始了几年来百姓离不开的话题：探问对方单位效益和个人收入情况。

老刘说："我的收入和以前差不多，好也好不到哪里去。"何自知问道："你厂不是改制了吗，改制后效益会提高呢。"这话引起了老刘的怨气："我们工会人减少了，工作量增加了，还增加了年销售多少万元一项，奖励项目兑现不了，扣减项目项项硬的。七扣八扣，扣到比原来还低的水平。工人更毁了，以前是主人，现在是员工，无任何发言权，说是签三年合同，找个碴儿就辞了。已经辞了一百多人了。你没看我们厂，一色的从农村招来的十七八岁的孩子，三四百元工钱，把老工人辞了用他们。干部自己倒拿得多，年薪50万也打不住。唉，我无所谓，工人惨了，没地位了。不是有段子吗，说是‘下岗女工别流泪，敞开你的胸，露出你的背，勇敢地走进夜总会，陪吃陪喝又陪睡’……嗨，真有去的，不止一个两个。35岁就退了，再大就没人要了。”

何自知好容易才插上嘴，问道：“工人也自认倒霉？方案当初不是征求工人意见了吗？”“说起来是个笑话，职代会开了，方案读了，主持人问：‘这个方案违背不违背上级政策？’有人抢着大声喊：‘不违背。’安排好的嘛。主持人说：‘认为不违背的举手。’许多人都举手了。他们认为还要举手通过方案呢，其实这就算通过了，骗人嘛。一亿多资产，评估为6000万，厂领导买了5000万，持大股，工人不兴持股了，说是人人持股等于都没持股，调动不了积极性。有人找到工会，问还管不管，老何，你说咱工会怎么管，管得了吗？有人到市里反映，官官相护啊。再说改制是大势所趋。效益是比原来高了，该怎么说就怎么说。我们厂还好些，市里有几家，说是引进战略投资者，也是那一套。不说了不说了，越说越气。你矿呢？”

何自知道：“正要改呢，咋治？”“咋治”是他的口头禅，有无奈无助之意。

三

下午，何自知提包里装着烧纸的凭证——白手帕，分别给领导送去，也有表功之意。从纪委书记办公室出来，无意中向走廊尽头望去，冯希泉办公室竟亮着灯。心里想他这么快就回来了？莫不是打扫卫生的或送水的开的灯？但也过去敲敲门，屋里响起冯希泉浑厚的嗓音。何自知进门就堆起笑脸，故作轻松地说：“书记真是好榜样，出差一下车就来上班。”说着把白手帕递过去。冯希泉没有接，他只好放在一边的报纸上。手帕挺起一个尖，像宝塔一样半立着。

冯希泉50岁，中等身材，膀大腰圆，说话嗡嗡响，一脸疙瘩，外形孔武有力，内心却纤细如丝。他是本矿从基层一级级提拔上来的。他自参加工作，除了中间一次调到外矿一年零三个月，都在本矿干。有人说他是坐地虎。他是本镇冯家林子人，他笑着说小时候多次爬墙头进矿偷炭。早年征地入矿，从一名掘进头的扒装工干到头发斑白的党委书记。当然也培植了许多亲信。亲家于强是保卫科科长，于科长与小镇知名人士都有千丝万缕的联系，妹夫是财务科副科长，弟弟的连襟是纪检员，这些岗位在一个单位至关重要。他曾经在矿如鱼得水，连小镇的事也能当半个家。可是自从陈正东当矿长，他才感到行动不顺，说话办事需要三思而后行了。

矿山被乡村包围着，最难处理的就是矿乡矛盾。一年不被农民堵几次矿门，那就反而感觉不正常了。堵矿门的多是妇女儿童和六七十岁的老人。征地、青苗、水沟淹地等都能成为堵矿门的理由。有几次并没有这些外部原因，细心人一想，冯希泉被从重要岗位调到次要岗位，几年没有升为正职仍是以副代正，怕是这些原因吧。于是局里把他调到另一个矿仍当副书记，结果当年堵矿门的次数出奇的多，几乎月月发生，结果又把他调回来。这就是他履历表中在外矿的一年零三个月。组织部门找他谈话，他表示不愿意回石井矿，说乡里乡亲有些问题不好处理。组织部门暗示他不久就转正，他才像是不情愿似的回来了。不久和陈正东一起转正。

陈正东和他同属相，同属小龙，不过比他小一轮。陈正东大学毕业分配到矿，仕途出奇的顺。十几年来技术员、副区长、区长、副老总、副矿长、矿长。一二年称呼变一次。他精明能干，没有知识分子的傲气，对哪位领导都言听计从，民意测验往往满票，不显山不露水赢得群众拥护。可是一转正，冯希泉就知道他城府之深了。

他先把生产和安全机构调整，成立安全生产委员会，级别是副矿级，自任主任。定下几项严格的规章制度，不久借故处理了几个功名赫赫的顶梁柱区长，一下子全矿人的眼睛都觑觑的了。他在处理违章事故会上说："工人的命比天还重，再说了，一起死亡事故要花多少钱呀。"说得工人直点头。他每天都下井到现场，井下的情况瞒不了他。他精力充沛，你刚在办公楼见到他，再到调度室又见到他正坐在牌板前，真以为见到鬼了。更让冯希泉惧怕的是，一个夏天冯家林子农民因矿排水沟淹了农田而堵住了矿门。冯希泉得知后连忙下井去了，等着有人请他出面做工作。晚饭后上井也没有人找他说这事。一打听，县公安局直接插手抓了几个砸大门的半老头子，村民见动真格的了，吓得四散奔逃。一个人还硬气，大叫道："你们不能抓我，我是党员。"警察说道："你以为党员能'挡'一下吗？"冯希泉事后得知陈正东以警民共建为由，送给县公安局3万元和20吨原煤。此后县公安局买平价煤等事基本能满足。冯希泉不得不十分当心了。暗中命令亲家和妹夫，煤炭和建筑材料出门要问清去向，资金划出要有理由，一有情况就报告。陈正东毕竟年轻，许多事情想当然，例如要在井下搞标准化工作面，开大会职工要整队出席等，都是虎头蛇尾，传为笑谈。冯希泉知道自己在其中功不可没。

何自知见冯希泉久未作声，要退回去也觉尴尬，便像每次见到领导那样，只要一冷场便汇报工作。他便说劳模座谈会和棋牌、美术、书法比赛的通知已下发，正着手准备走访慰问工作。冯希泉仍未作声。何自知见他手托双腮似乎在打瞌睡，心想他出差太累了，便悄悄往后退，想退出去再掩门走掉。刚退到门口，冷不丁听到冯希泉"嗯"了一声，便站住了。

"那些工作固然重要，职代会可是你职权范围内的事，你要做好周密的准备。"冯希泉说道。

何自知听到"职权"二字，心有灵犀，知道他话里有话，便走回来关上门。

冯希泉又道："要通过几个重要文件，会完了你也完了，怕是最后一次职代会喽。"说罢往后背一靠。

何自知知道改制企业“新三会”代替“老三会”的事，自嘲道：“我这一生可算丰富，没白过，学习时碰上‘文革’，工作时碰上插队，结婚时碰上只生一个，不是下井不让要二胎；提干时碰上要文凭，退休时碰上要结算回家。”

冯希泉道：“我不也一样吗，除了你插队我是回乡罢了。我这个党委书记怕也干到头了，陈正东能用我？他董事长一当，他弟弟来当总经理，他恨不得都赶回家，一个月花几百元雇一个小工干，到时候咱俩一块开饭店去吧。”

何自知笑道：“多悲观不是，饭店是那么好开的？你见过哪个饭店能开长久，都是年把二年就关门了，再说房租、税也不少。”

“你工会不是有‘星光’吗？”

“说是工会的，我真不知道是谁的。”

“就是你的。不能让陈正东都搜去了，他恨不得一星一点都要去，这点要记住。还有，去年秋天义务劳动累得贼死放出来的105工作面，几百万吨储量，今年采今年挣大钱，全矿每个人一年多发几千元，他不干，什么意思，你想去吧。”

何自知想，他说饭店是我的究竟是什么意思，真是无主的？真有个饭店在那风景区是个福气。不说经营，光出租也够吃的了。要想办法去土地、房产部门查，说不定真是无主房呢。但是这念头一闪就过去了。没有人这么傻，这几年都正常经营，冯希泉定是知情人。他说的不能让陈正东搜去是什么意思？明显不让工会登记。竟连他说的什么上百万吨储量煤的事没往心里去。

回到工会他开始登记上午烧纸的账。他有一个黑皮硬壳本，记载着送花圈烧纸的流水账。在过去的2001年，共给26人烧纸，7个矿领导加自己8人共208人次，送花圈32个。医院探视病人82人次。每次购买礼品50元至150元不等。2002年已有4次烧纸，送花圈5个，探视病人6人次。他一边登记一边摇头，工会就光干这些事吧。这本账和小刘的账还有出入，他也只好睁只眼闭只眼了，关键是这些钱还挂着账。去年行政补了 6000 元，又以救济名义冲掉几千元，还挂着几千元呢。

这时电话响了，何自知抄起来，即刻换上笑脸："陈矿长，好，我这就去。"

陈正东办公室在二楼楼梯西边。东西两个尽头的朝阳三间屋连成一体，大间作会议室，小间作办公室。这是二楼东头冯希泉的办公格局。而陈正东却把小间作卧室，大间作办公室，在办公室角落里布置了能容纳七八个人的小会议空间，把走廊北面档案室挪到三楼，那儿作了会议室，走廊中间垒道墙，成了一大块独立办公空间。在走廊垒墙的时候，冯希泉就端着茶杯站在旁边看，心里骂这个婊孙子真不讲究。也想把自己这边堵上，又觉得有点东施效颦，怕成为谈资而作罢。

陈正东正在电脑上查找资料，翻眼看看何自知仍继续敲键盘。何自知走到会议桌看着陈正东，陈正东旁若无人地看电脑，何自知却不坐，站着翻报纸，也就只看见几条大标题。好一会儿陈正东才对着电脑说道："何主席你坐。"何自知就搬过一把折椅坐到他对面来。

陈正东一推键盘道："你真是越来越……你怎么就知道我早上找你？"何自知谦恭地笑了："领导有什么吩咐当兵的能不知道？"陈正东呵呵笑道："你还当过我的领导呢。"

陈正东在掘进工区当技术员时当过基层工会主席，每月到矿工会开一次例会，报报救济领领奖品。那时候何自知对他不冷不热的，他总觉得这小伙子味道不正。起先说不清味道不正表现在哪儿，一次陈正东给他送来几条鱼，何自知不收，他说是自己钓的，何自知只好收下。妻子鹿云凤买菜回来说见到陈正东买鱼，说他一个单身汉不定上谁家吃饭去。何自知心里就很不舒服。有一次领奖品回去，何自知与他结伴而行，陈正东忽然说我还有事便退回工会，何自知看见当时的一把手刘矿长正迎面走来。陈正东是在避嫌哩。而今他竟然当上了大权在握的一把手矿长，这个矿山没有他要躲避的人了。据说他到市里局里依然十分谨慎：市里局里来人，连个小科员他都去作陪，逢年过节送上一份小礼物。他们评价他“太讲究”。

“找你来问件事。你说说星光大酒店产权归属和历史沿革，我想了解一下。”

他果然关注的是这个，何自知只好实话实说：“你就没想到要查清楚？”

“查过，都说不知道。反正有个神秘人物经营着。”

“不知道就充公了，充到矿上。”

“充，省得我们背黑锅，别人还不知道我们得多少利呢。”

其实对星光大酒店的情况，何自知多少还是有些觉察，并且间或得到些好处。有时老婆孩子去市里就在那里落脚，一年两个节饭店也送来几张免费餐券。他估计经营者一年能赚几十万，几张餐券才值几个钱？并且打着工会“三产”的名义，所以心里一直不舒服。他觉察冯希泉的四弟是它的后台老板，但没有真凭实据，不敢乱说。就他而言，宁愿不要那几张餐券，也不愿别人贪得太多。陈正东又是朝他撩撩手，他知趣地走了。

回到工会，小刘又问星光大酒店登记不登记的事，何自知道：“你要登记就把房证、土地证、营业执照找齐，你有吗？”

“那就不登了？”

何自知没有作声。陷入了深思。

四

何自知躺在沙发上，把身体放成个“大”字。从早上被妻子催赶出家门就一直没闲着，工作太费劲，夹着尾巴做人太憋屈。上次同学聚会，有人说“何自知你脾气变化大了”，何自知掩饰道：“那时咋样这时还是咋样。”同学笑道：“你那时犟得一根筋，咬屎橛子跟人家硬挣，非到人家不作声才算完。”“现在呢？”何自知故意问。“现在咬屎橛子叫你咽你也咽下去了。”何自知听罢哈哈大笑。心里有句话没有说出口：“不当孙子咋配当爷？”

何自知当官的诀窍只有两个字：顺从。或曰官从顺从来。要想当官就要把个人尊严收起来。妻子鹿云凤有一次点着他额头嗔怪道：“你说你这官是谁给的？”何自知道：“群众。”“再说。”妻子又点了他额头一下。何自知又说：“领导。”“再说。”何自知便嘟哝道：“领导任命的嘛。”妻子点着自己鼻子：“我给的。”何自知笑道：“你是领导嘛。”何自知想想这话也有一定道理。所以每次和陶萍调情时便觉得对不起妻子，做了对不起领导的事。

鹿云凤培养他首先从祛火气入手。何自知刚入矿在采煤面挖煤，鹿云凤干家属工，在井口把煤车里的矸石拣出来。新媳妇鹿云凤面容姣好，身材俊俏，大眼睛，两只酒窝，工作帽一戴，工作服的两只手脖扎起来，有股英姿飒爽的味儿。何自知高高大大，虽然脸黑一些，吹拉弹唱都行。就是脾气太犟，说话粗声粗气，事事要跟人家论个曲曲直直。其实许多事情是没有反正的，非要弄出个反正来，人家就会说你犟。鹿云凤家乡有句话，叫作人犟损才，牛犟损力。他见过犟牛，牛车翻沟里，犟牛硬往上拉，气得原地打转转。他插队那庄有个犟人，做饭时灶火熏得他流泪，他竟然头趴在灶口道：“我叫你熏，我叫你熏够。”婚后何自知脾气改了一些。鹿云凤道：“你火气太盛，要祛火气。”有一次做完爱，何自知自我解嘲道：“这火气也祛了一半。”鹿云凤咯咯笑了。她有时也拿这个开玩笑，搂着他进被窝祛火气。这火气祛得并不长远，隔几天就要祛一次，有时天天要祛。何自知笑道：“莫非要骟了蛋才行？”其实骟了蛋只能去掉雄性，而去不了火气的。鹿云凤道：“当干部就得是蔫巴人。你别不信。”

改性格的过程是艰难的。开始时是强忍，他掐虎口，掐大腿，甚至掐过卵子。有一次明明是他对，而领导却不留情面地批评他，还叫他当众检查。他检查完回家气得哭，骂这不是人过的日子。有一次工会组织奇石盆景比赛。一位工人端来一盆松树盆景，苍劲有力的枝干竟弯成曲折盘旋上下翻飞的形状。他好奇地问这是怎么做的。那人说，用钢筋做成骨架，把还是柔嫩的枝条一点点固定住，它慢慢长成这样了。他要来骨架，放在办公室，遇事时便看看它。久而久之他变了，对领导更是百依百顺，有人说他变成蔫巴人来了。

好脾气只是前提条件，蔫巴人多了，当干部哪能轮到你？为领导办事是关键。只要真心学，也不难。儿子也犟，他就用事实教育他。先用当干部的好处引导他，要想当干部就得先委屈自己。当孙子当爷有个先后，先当孙子的后来都当了爷，坐小车住别墅；先当爷的一直是孙子，干重活低工资下岗离婚的都是他们。有一次他醉酒后回家，听儿子说他和主任吵架了，哭着劝道："我当副职时给正职端过饭，端过尿盆子。你现在当爷威武，就一辈子当个下岗的爷吧。"

鹿云凤是个有心计的女人，她把触角伸到矿山的各个角落，把每个信息都和丈夫的升迁荣辱联系起来。婚后不久的一个夏天，傍晚，她拉起何自知又去抱起孩子说："咱去图书馆。"她从门后布兜里取出一把笛子，何自知问道："拿那干什么？"鹿云凤问道："笛子膜呢？"何自知道："别贴了，我早就不吹了。"何自知二胡笛子都来得，并且水平可以，参加过县知青会演。鹿云凤贴上笛子膜道："有这本事就要让人知道。"何自知边走边悠闲地吹。走到图书馆，当时的工会主席老管走出门来，探着头左右寻找："咦，这是你吹的？你是哪单位的？"鹿云凤忙道："管主席，小何跟你拎包你要不要？"没多久何自知就借调到工会，参加了局里会演。后来正式调入工会。原来，鹿云凤那天洗澡时听见工会女工委员说局里要会演，矿山正在物色人选。此后她不断地把诸如谁与谁关系好与坏，谁要升迁谁要调动等信息带到家里来，帮助他采取相应的行动，避免可能出现的危机。鹿云凤心地善良，不是过河拆桥那种人。冯希泉调走时她说过，他虽然调走了，咱不能疏远他，铁打的衙门流水的官，说不定啥时又调回来呢。冯希泉没搬家，何自知在他回来时常去看他，带一些工会仓库里存放的肥皂、雨披等小礼品。没想到冯希泉真的回来了。这调出的一年他可分出谁是真心对他好了。他回矿的第一件事是把何自知的副科级转正，把纪委书记兼工会主席把着的财权让给了何自知。何自知有了财权感觉不一样了。遗憾的是享受副矿级和年薪的事还未办妥。鹿云凤每年都在家里腌制咸菜。腊菜疙瘩腌好，老汤用文火煨好，甚是好吃。她主动给冯希泉、陈正东等人送。吃惯了大鱼大肉的人，十分爱吃。喝酒时有句笑谈，叫作“出门老婆有交代，少喝酒多吃菜，够不着站起来”“听老婆话跟党走”，别人当作笑谈而已，何自知却是发自内心的。矿上每年选贤内助，他说道：“你们这些人呀一般化，我那口子，啧，啧……”

真是个好女人。

还有一个女人在温暖着他，她就是陶萍。

陶萍三十七八岁，高鼻梁深眼窝薄嘴唇，有几分穆斯林相貌。婀娜多姿的中上等身材，胸脯饱满，说话有摄人心魄的磁性嗓音。何自知很爱听她讲话，更爱和她跳舞唱歌。跳舞时她胸脯贴在他胸膛上，含情脉脉地看着他，让他心猿意马。她丈夫在井下牺牲五年了，带着女儿寡居。她在膳食科当副科长兼工会主席，膳食科有几个单房间供对外接待和区队业务往来。劳模座谈会是工会节前最重要的一项工作。节前的活动最省事的是书法绘画赛，定下日期交稿，最低有个纪念品；最操心的是篮球赛，小伙子都血气方刚，弄不好会打起架来；这几年职工年龄结构老化，已组织不起篮球赛了，最担心的是劳模座谈会。

当年的功臣们现在虎威不倒怨气冲天，闹职称闹职级闹待遇，就差没说卸磨杀驴了。有个劳模平时走路好好儿的，开座谈会却拄着双拐来了，说是在井下砸伤的脚伤又复发了。都知道一年一度的会议对于他们十分重要，准备了一年的话题要倾诉。平时说根本没有人听。劳模座谈会一般要求书记矿长都参加，直接给他们反映，看他们怎么说。怎么说？一是拖，二是装糊涂。给你解决几件屁大的事，然后一年就混过来了。后来出了劳模集体罢会的事，劳模说你就是走形式吗，让你连个形式也走不成。罢会就罢会，反正天轮正常转，工会连找也不找。劳模们白别了一回马腿，工会总结也没少写上“召开了劳模、退伍军人……座谈会”字样。劳模们认为这样做也不行，第二年又都齐齐地来了，摆问题提要求质问领导，完全不顾冯希泉开场白给他们戴的高帽：“你们是矿山的功臣，希望你们继续保持和发扬……”他们说，我们捡白菜帮子吃还能保持什么，你们在市里住别墅我们还能发扬什么？他们用拐杖敲得地板咚咚响，说话嘴唇哆嗦着，真怕出现意外。会后照例聚餐，二两酒下肚，有的老泪纵横，有的伤残者悔恨交加，有的大骂贪官，指桑骂槐。简直无法收拾。陈正东接着手机走了，冯希泉去趟厕所再未回来。

今年的座谈会开不开？何自知请示冯希泉，冯希泉说不开能行吗？何自知说那就租辆车带他们去市里观光游览，中午吃顿饭。冯希泉说道：“也行，要吃就去星光大酒店，控制住别借酒蒙脸骂人砸东西。我再跟陈矿长商量一下吧。”何自知道：“有些事吧能给他们解决就解决几项，省得老被动。”冯希泉说道：“职称怎么解决，职务怎么解决，这些劳模多是干出来的，签自己的名都歪歪扭扭，只能干不能管理，怎么当干部？”带劳模出去游览的主意是陶萍出的。她是劳模中不提意见不发牢骚帮助领导做劝解工作的少数几个人之一。

“这两天把走访的事提前吧，反正早晚得干。一些重点户你亲自去，听说困难户今年情绪比较大。”冯希泉这样交代。

走访慰问本是送温暖做好事，近两年却也成了心理的负担。感激的话越来越少，冷嘲热讽指桑骂槐的话越来越露骨了。有的接过钱说一年要有十二个年才好，有的说这才几个钱，你们都开多少？人这是怎么了？官不打送礼的，狗不咬拉屎的，送给他东西再招骂，世界真是翻了个个儿。何自知吩咐今年走访要换装，把皮衣羽绒服脱下来，缩小与困难户的差距。

走访第一户就碰上尴尬事。工会的老曹和老罗合抬一袋 10 公斤的面粉，何自知跟在后面。只听一阵急促的脚步声由远而近，有人大喊："截住截住。"何自知正待回头，一个矮小的身影游鱼一般从身边滑过去了。那是个十一二岁的孩子。眨眼间孩子"咚"地一声撞开门，又"咣"地从里面插上了。保卫科巡逻队员和工会送温暖人员一同被挡在门外。巡逻队员累得双手撑着膝盖大口喘气。门敲不开，双方人员只好离开。

何自知问道："那孩子犯什么事了？"

"偷炭，从小就损公肥私。"

何自知知道，这是采煤工小王家。他父母年老多病，他爹的胃病说动手术就能好，因没钱就这么硬撑着。数九寒天家里生不起火，液化气不能开着取暖。肯定是孙子看爷爷冻得胃疼，拿着蛇皮袋到矿里煤堆装了煤，正碰上巡逻队。孩子小，不知往哪里跑，认为家里最安全，家里人能保护他。

何自知听到损公肥私时，心脏一紧，像被咬了一口。心想国家财产进到个人腰包，这稀罕吗？他就亲自经手给刚装修好房子的陈正东送去灵璧石。连石头加木座花去公款三千多元。装修队是为矿上装修会议室的那拨人，到底用了矿上多少水泥、黄沙、工钱，只有天知道了。说也巧，那天送灵璧石开车回来，看见门岗围着一群人，一个工人在自行车后座夹着六根钢筋，用报纸包着的，家里做窗棂防盗用的，被门岗查获。后来他了解到，那小伙子大会检查，三个月只发生活费。共扣罚了三千多元，正是那块石头钱。

来到另一家，何自知不知该不该送上慰问金了。屋里除了家人，还有两个民间借贷公司的催款人。他们知道今天来送温暖，等着来收这二三百元善款！让何自知气愤的是，上午在三家碰上他们。

来到另外一家又碰上伤心事。这家门前停着一辆客货车，车上装着洗衣机、电冰箱等，两个小伙子正抬着电视机出门来。走近才看见车门上写着繁体的"当"字。小镇去年底开了一家当铺，生意一度很红火。一个四五岁的女孩拉着小伙子的裤子，哭着说："我要看动画片。"她奶奶大声斥责道："这就去换大的！"他已经不敢问这家到底碰上什么难事了。

这时，手机响了，矿办通知改革改制领导小组成员下午开会。原定两天的走访必须加快进度，出了门他就说去东工房。

东工房的秦师傅家他必须去。他对带他下井采煤的秦师傅始终抱有敬重的感情，每年都亲自登门，另送两瓶好酒。原计划明天去的，所以酒没拿来，便在路上买了两瓶郎酒。早年秦师傅好酒，何自知就是跟他学会喝酒的。秦师傅说下窑的不会喝酒哪行，要去寒气祛湿气。喝晕了蒙头一睡到上班。他多次和工友光临这座寒舍，昏黄灯光下，拍条黄瓜，炝碗白菜，炒盘花生米，有滋有味地喝起来，酒香人情重，好温馨啊。何自知眼睛有些发热。

这儿那儿响起几声零碎的鞭炮声和“砰砰”剁饺子馅声，渐渐有了过年的味道了。到秦师傅家不像到其他人家那样，是老曹老罗走在前敲门，他随后；这次他走在前，手里提着两瓶酒。工房已经相当破旧了。青砖破烂不堪，成片成角地缺损，砖缝老深，墙根有老高青苔的痕迹。外边由于逐年垫炉渣，窗户台已是抬脚可上了。年年报危房大修年年不修。二十多年过去了，人老了，房屋也破烂了。

只要是下过煤窑的，谁没有面临死亡的经历？工友之间谁没有救过谁或是被谁救过的经历？几秒钟之差，有的丧失生命，有的躲避了死亡。这和战场差不多，而仗不能天天打，井却要天天下，天天面对凶险，天天面对死亡。漆黑的井下，四面石头夹块肉，埋了没死，唯有手挽手互相照应着躲避死亡，逃避凶险。遇有凶险，老师傅母鸡护仔一样护着年轻矿工，或者说，你不懂，我去。或者说，你是童男子，还没见过荤腥哩，后边去。何自知刚下井那年，他和秦师傅被堵在煤洞里，好在那天中午带着饭，秦师傅几乎没有吃，说你年轻，这些饭你能等到活着被救出去我就值了。四天三夜两人才获救。我的情深义重的师傅啊。何自知眼睛湿润了。

何自知敲着门轻声唤道：“秦师傅，秦师傅。”叫了几声，听到屋里有应声，他迟疑一下轻轻推开门，屋里漆黑，地面像坑一样深，没想到身后涌来一股狂风，像是井下打开了风门，门对面的窗户咣当一声大开，房屋成了通风道。屋里滴水成冰，盆架上的毛巾硬邦邦的。老罗老曹连忙关门关窗。窗棂已经腐朽，原来用塑料绳系着两只把手，塑料绳被挣断了。被窝顶得老高，在蠕动，头先探出来，花白头发，有些秃顶。何自知连忙走上前道："秦师傅，你……"

秦师傅翻过身来，他刚才是跪伏在床上的，何自知帮助他靠着床背半坐着，伸手拉亮电灯，秦师傅道："病还是那病，喘不上气，别踩着那炉灰。"何自知看见床前有一堆炉灰，炉灰上有痰迹。何自知把酒放在桌上。秦师傅道："我哪还能喝酒，要死的人了。"说话时上气不接下气，别人都替他费劲。

"大嫂呢？"何自知问道。

秦师傅叹口气道："出去了。"

"买菜去了？"

秦师傅没作声。

当年秦师傅剽悍异常，百多斤重的水泥柱子别人两人抬一根，他两只胳膊夹两根，竟健步如飞。打起钻来他的大手一搭上去，电钻声就呜咽了，甚至停钻。跟他下井心就踏实，就有勇气。他干活太不惜力了，太图爽快了，一进采煤面就赤膊上阵，落下哮喘病和老寒腿，强壮汉子彻底被疾病打倒了。

"还忙？"秦师傅拉起被角捂住嘴问道。

"闲不着。"何自知摘下床头挂着的口罩给他戴上道。

"还下井吗？"

"不大下，义务劳动或偶尔陪人下去看看。光跑那路累得第二天还腰酸腿疼呢。"

"几年没去矿了，夏天想去看看，顺带洗个澡，门岗不让进。我说我干了几十年不让进？还是不让进。"

"下次你就说找我的，要不打个电话我去门岗接你。"何自知道。

秦师傅叹口气道："我入矿时哪有屋，都是席棚子，一干就是几个班。一块下窑的死得没剩几个了。矿山不认咱了。可是我还认它。"

何自知听得心里酸酸的，心里想有必要订个制度，接老矿工进矿看看，洗个澡。忽然心里一沉，改制后还不知自己去向呢。这个想法就没敢说。这时秦师傅忽然眼睛一亮，话音也郑重起来。

"自知，我问你，矿是不是要卖给私人了？"

"卖给谁？没听说。"

"你在矿上当主席能不知道？你怕犯纪律，外面说得有鼻子有眼，说是陈矿长要买走。"

"你说的是改制吧。"

"不知是什么名义，反正要归个人了。这是老子们打下的江山，几个钱就买了，成了私人的了？"

何自知的确没有听说矿山要卖给私人，只是听说矿长持大股，绝对控股，但方案还未定。便安慰道："改制是大势所趋，是深化企业改革，提高生产效率……"

"别说那些。"秦师傅一声断喝，"矿山从小到大死了多少人，那就成了冤死的鬼了，要知是这个结局谁愿去死？我没死也只剩半条命。"老人说到这里双眼射出道道寒光，何自知不敢对视，低下了头。秦师傅叹息道："我还不如早死了，眼不见心不烦。"

何自知道："咱矿不会这样吧。"

"不会？那纺织厂不这样了吗？你是工会主席，工会是工人的家，能看着这样？"

何自知笑道："咋治，工会能当什么家？"

秦师傅连连咳嗽，何自知连忙给他捶背，轻轻的柔柔的。屋里一阵沉默。为打破僵局，何自知问道："大嫂还没回来？"秦师傅道："你就别等她了。"何自知道："真想在这儿喝几杯，吃她的醋炝白菜。"他再次四下打量破旧的房屋，深叹一口气。秦师傅道："我也真想喝，可是不能喝了。一喝更喘不上气，炒两个菜看你喝？"何自知转过脸去，用手指抹去眼窝的泪水，只好告辞了。走到门口被叫住了。何自知刚才问过有什么事要他办，秦师傅说没有，这时想他果真有事，便示意罗、曹二人先出门去，走回到他床头。

“自知，你给我找套窑衣，我穿。”

“行。等等我给你送来。”

“别黏糊。”

“不黏糊。”

“新的。”

“行。”

“没人穿过的。”

“当然了。”

秦师傅从未向他要求过什么，仅仅一套工作服，这事不难办。回到矿上打电话给工资科负责批发劳保材料的老郑，不一会儿，仓库保管员小李打来电话，问要几号的，何自知回答要大号的，小李问都是大号的？何自知没听明白。不一刻小李送来了两套工作服。原来会办事的老郑认为给领导办事要讲究，要一套不能只送一套。何自知让老罗晚上下班给秦师傅捎去一套。第二天老罗对他说，秦师傅的老伴捡废纸去了，无怪乎没见到她。何自知打算抽时间去看望。而老罗不知道的是，他走后，秦师傅轻抚着带有霉味的窑衣，老泪纵横，喃喃自语：“看来我死是天意啊。”

五

改制会议十分简短。先由改制办熊主任汇报了前一阶段工作进展情况和今后工作计划：一是进行了资产评估，主要资产基本见底；二是人员状况正在见底，工资科正在加紧做这项工作；三是职工的改制意识有所提高，普遍认识到国有企业改制是大势所趋，提高了承受能力。下一步工作，一是主要抓好改制费用的测算；二是编制改制方案和人员安置分流方案；三是在适当时机召开职代会。汇报是大而化之的，资产、人员等无基本数字，似乎一切都在朦胧和保密状态。与会人员心不在焉地听，有人只记下一步重点工作。接着冯希泉讲了要教育职工提高对改制的认识，仅泛泛而谈。最后陈正东作小结，他提出要配合好评估机构的工作，单位提供的资产数据要真实可靠，不能隐瞒不报了；要求具体单位如工资、财务等负责人一律不得外出；外出的由派出人立即召回；并说争取三月中旬召开职代会。

翌日，何自知在临近中午时分接到陈正东的电话，让他和陶萍马上到县城富豪大酒店，说是走访县委领导。何自知觉得蹊跷，陈正东外出从来不让何自知陪。一是何自知年龄大，二是何自知高高大大，自己相对矮小像个随从，闹过这样的笑话。人家抢着和何自知握手，把他晾在一边。再说陈正东从来不认为何自知和自己贴心，还怕他走漏消息呢。他倒经常带陶萍出去，一是年龄相仿，陶萍还显得年轻几岁，她会察言观色，说话得体；二是她突出的特点是好酒量。真是半斤八两漱漱口。说是她漏酒，喝酒时脚底和腋下都出汗。不知底细的往往被她“咱来个大的”，看着她端起茶杯，足有三两酒而吓住了。自恃好酒量的说来就来，她说“一同喝”。对方边慢喝边拿眼瞥她，只要她一停顿自己就搁杯。却见她徐徐喝下去了，也只好喝下去。她会问“再来一个？”对方不敢应战了。

何自知正组织棋牌比赛，自己也参加了比赛。书法绘画作品已有人交来，还是往常那些人，水平也无长进，图个喜庆吧。棋牌赛是统一组织分散实施，抽完签各自约好时间找个地方打，家里宿舍马路边都行。淘汰制，赢家交棋或牌，抽签进入下一轮比赛。原来是集中比赛，会议室布下几十张方桌，一声开始便都起牌，场面甚是壮观，拍照片登报也很好看。陈正东当矿长就改了，看不出气氛和组织者的成绩了。冯希泉当着陈正东面笑道：“陈矿长要当奥委会主席怕把比赛都给改了。”何自知参加扑克比赛，手气太差，一直摇头说“咋治”，眼看要输掉，接到陈正东的电话，连忙要车约好陶萍往县城赶。

何自知在公开场合和陶萍不苟言笑，公事公办的样子，他唤她小陶，她称他何主席，不似有的人，没抓住狐狸反惹一身臊。而在背地里他叫她萍萍，她叫他自知哥，听了让人头皮发麻。他让她坐副驾座，自己坐后排，只是上车时捏了她胳膊一下，陶萍狐媚地瞅了他一眼。两人一路无话。

富豪大酒店是县城唯一星级酒店，三星级，集餐饮住宿洗浴娱乐于一体。在这个刚刚脱贫的县已显得十分豪华气派。门厅高大宽敞亮丽，巨大枝形吊灯从高大的屋顶垂下，真似火树银花，喷泉假山瀑布，俨然人间瑶池仙境。

因堵车晚到半小时，主客竟都未入席。在座的有县长、县委副书记、县政法委书记、公安局局长，这些人不止一次到过矿上，都算熟人，只有两三人面生。客人都很年轻，白白净净的算得上几分英俊，不知相貌是否纳入干部选拔范围；西装革履，与往日的县、乡干部不可同日而语了。看到他们朝气蓬勃十分精干的神态，何自知简直是老态龙钟了。他身材臃肿，花白头发染黑，发根儿一层白楂儿；天天在野地里吹，皮肤粗糙，除了个子比人家高，那气质差远了。

所谓走访就是沟通感情，送上礼物，感谢过去一年的支持和帮助，主要为了今后有事再找他们方便。不然他们会想，过年都不来看我，这时候来了，会不高兴的。原来这类走访矿长书记带着办公室主任，或负责矿乡关系的副矿长来，今天陈正东独自来了，行动诡秘。例行拜会，送上红包，稍坐片刻，给个别人说说悄悄话。他来到县房地产管理局拜访，想了解星光大酒店的事。他第一次来这儿，对方很不热情。他便想用县领导压对方。临时决定在富豪大酒店设午宴款待县领导等一干人。公安局局长老靳笑道："你那个接待科科长小陶来了吗？她不来我不去。"陈正东才让陶萍来，又想到星光大酒店的事，便让何自知一同来。

从房间、餐具就可看出这一桌酒水的分量。房间是大套间，大小间有雕花木栏隔开，并设洗手间，顺墙摆着真皮沙发，大屏幕彩电。餐具金光闪闪和银光闪闪，细瓷口杯，烟灰缸也是雕花细瓷，滑腻如玉。10个凉菜已摆好，据说是从广州空运来的海参、蛇肉等名贵菜，何自知见所未见。酒是五粮液，先上来4瓶，何自知知道这酒的价格，市场价330，酒店价430也不止。两位勤快的酒店小姐，个个貌若天仙，高挑身材，着天蓝色丝绒旗袍，微笑着侍立两旁，软声细语地斟酒。酒过三巡后分别介绍宾主，何自知才知道陪坐末席的是房地产管理局刘局长，便使劲向他点点头，心想今后真要向他咨询星光大酒店的来龙去脉。

此地酒风剽悍，在互相碰过杯后，"治一杯"便开始上演了。"治一杯"就是治酒人先自治，即用玻璃茶杯斟满酒，足有三两多酒，双手举杯齐眉，转着身子让众人看看，然后一口气干了。再给对方阵营的每人斟相同的酒或稍少些，让你干了。酒量小的哀告连连，敬酒人站你身边举着酒杯不为所动。这是酒席上最为激动人心的时刻。伴随被治人哀告声和其艰难饮酒全过程的是叫好声和掌声。要是有人再这么治一杯，那真是骂阵也无人敢应了。一般担任"治一杯"的是营垒中的小角色。果然，房产局刘局长主动将玻璃杯斟满酒，站起身来道：

"新年佳节到，警民齐欢笑。为了表达我们的心意，我敬治一杯。"有人笑他昨天去公安局走访还没醒过酒来。他在众目睽睽之下把满上的酒喝下去了。他斟满酒恭恭敬敬走向陈正东。刚才县长打电话让他来，他一看阵势就紧张了。

"陈矿长，刚才忙得有些怠慢了，这是小弟赔礼酒，祝老兄兴旺发达，全家幸福。"

陈正东站起来："刘局长，我们市属小煤矿借贵方一块宝地谋生，还望多照应。这酒我是喝不下，徐县长、李书记知道的，我就喝一半吧。"有人起哄，说不能破了规矩，陈正东又道，"规矩我不敢破，内部消化吧。"他那半杯酒没给陶萍，而是给了何自知。又有人起哄，何自知一咬牙喝下去了，起哄声平息了。

刘局长认为能为领导代酒的都是好酒量，斟得比陈正东满，何自知不去接，示意折去一些。他知道这儿的酒规，早有防备，刚才喝过酒就用手帕擦擦嘴，把酒吐到手帕里。此刻心想只要折去一些，还有能力喝下去。谁知刘局长不通融，把对陈正东的不满用到他身上，丝毫不让。何自知烦了，一狠心“咕咕”喝下去了。紧接着就是陶萍，有人在抿着嘴笑。

刘局长见是位女士，便动了恻隐之心，只斟了大半杯。陶萍像所有女士一样声称自己不善用酒，但口气不是很坚定。而知情者并不披露真相。刘局长则半信半疑。陶萍道：“你治我一圈儿我可要治你两圈儿。”刘局长以为她是推托喝酒，便朗声道：“你喝下去我让你治。”陶萍说道：“你说话算数。”靳局长道：“小刘向来硬得跟橛子一样。”先替他把事情定死了。

陶萍徐徐喝下去了，喝得从从容容，像是在尽情享受酒的甘甜。刘局长很吃惊，心想，今天可碰上酒家了，信心有些动摇。她斟满酒道：“我代表陈矿长何主席，祝贵县各位领导新的一年大吉大利，心想事成。”说罢她喝下去了。接着按职务大小一一敬到，当然她并未斟满，而是有的半杯，有的浅浅一点。走到刘局长跟前，微笑着斟了满满一杯，刘局长脸色变了，哭丧着脸，嘴角耷拉着，双手在桌下直搓。又有人起哄道：“小陶你刚才只喝大半杯，你把那半杯补上刘局长就喝了。”陶萍道：“刚才是刚才，刘局长喝下去我再喝个满的，让他喝个半杯。”有人劝刘局长道：“这你没啥说的了吧。”有人责怪刘局长：“你站起来，咋没礼貌呢。”众人齐声叫好。刘局长愣愣站起来，靳局长一撇嘴：“一个大男子汉，还没碰就软了，硬起来。”刘局长这时想明白了，从那个年轻矿长不让这个女的代酒，阴谋就开始了。心一横，咕嘟嘟像喝凉水般喝下去了。喝完还机械地把酒杯口朝下，果真滴酒不剩。众人齐声叫好。陈正东笑道：“是条汉子呀。”

有人仍不罢休，撺掇陶萍喝掉一杯刘局长再喝半杯。陶萍笑着看刘局长，刘局长傻笑着已是没有反应，看热闹的陈正东心想坏了，原来打算酒后问星光大酒店的事，看来要有人送他回家。果然不一会儿刘局长便趴下了。

热菜一直在上，已呈叠床架屋之势。龙虾一尺多长，鲟鱼有二斤，海螺有拳大，通红的大海蟹，而此刻已无人吃菜。最后上的是蟹黄汤包，众人只是咬一口便放下了。走到大厅，陈正东碰上吕四等镇上的几位闲人正吃饭，那几人冲着陈正东站起来，陈正东笑道："账我给结了。"何自知去结账，共四千一百多元。差不多是自己半年的工资了。

六

矿门头挂上了红灯笼，路两边插上了彩旗，春节在无声地延续着。

春节已经类似于星期日，没有太火爆的场面了。温情和喜庆却固定在何自知儿时的记忆中。勤俭持家的母亲会给儿女做上一件新衣。新衣往往做得大一些，裤脚要挽一道，那是他们身材的提前量。实在挤不出钱来只好买双新袜子，心意啊。年三十晚上家人边听广播边包大年初一吃的素馅饺子，祈祷家人今生今世素素净净，平平安安。父母已作古多年，每念及此，何自知便会生出千般柔情万般感慨。几天前让妻子给乡下的岳父寄去300元过节钱，由此他想到也得有个节，不然岂不太平淡了？尤其春节和中秋节，是儿女表达孝心的时候，没有节卡着，有的儿女哪里还想着父母哟。每年春节千里万里外的儿女，往家赶的洪流甚是壮观，没有什么困难能够阻挡回家的脚步。奔的是家庭的温馨亲人的团圆。这样看来，春节就是非同一般的星期日了。

何自知给岳父送节礼，也没忘给干部们送购物卡。近年来，春节、中秋节对于干部们有了不一般的意义。他听有人戏剧性地说某干部，一年两个节中间死了爹，他不富谁富？他又想到送礼实际上是最便宜的事。干部会给你多大的实惠呀。要是提拔一级干部，比你送的礼要多得多。有人还想不开哩，爱面子图虚荣不送礼才是活受罪。其实干部对给他送礼的看法是，不在于你送多少，而在于你心里有他。送礼的多了，他记不住了，却记得谁没送，这真是一件太可怕的事情了。何自知对送礼向来看得透，从20年前进工会时就送。那时送的东西今天看来十分可笑，二斤饼干二斤桃酥。干部家也穷，早有孩子舔着手指看桃酥了。要是现在，不说你送不出去，送去了他会认为你捉弄他。后来有了权便可以拿公家东西送了。搞活动发的礼品、外出办班发的纪念品存起来，到时往外送。当然别人也能看出来，那也比不送强。再后来就有人给他送了。有价值的就转送出去。再后来有了财权就方便多了。买活动用品时夹带些礼品，再往后就是做假账提出钱来，现在是大大方方送购物卡了。真是与时俱进。可就难为死了不善此道硬要学此道还没有钱的一根筋了。

春节历来显得过得快。这感觉他从小就有，不知不觉过了初五。初五称为小年，小年一过节日气氛就淡了。他突然听到一个令他大吃一惊的消息：秦师傅自杀了！

秦师傅早就有死的打算了。十几年哮喘病折磨得他骨瘦如柴，一过立秋就喘不上气，成夜跪伏着，要靠安眠药才能入眠。到了冬天简直进了鬼门关。一年比一年重，看不到丝毫好转的曙光。每年要住一次医院，今年已经住了一个月了，欠费了只好出院。大儿子玉柱在采煤工区当班长，职代会代表还是何自知利用职权搞上的；二儿子下岗后再就业了，两个儿媳都在镇办企业，工作正常但工资不正常。老伴给人家当过保姆，只干几天人家嫌她耳聋，辞退了。别的干不了，只好背个蛇皮袋去捡废纸。老太婆爱面子，只到几里外捡，直接卖了才回家。儿子儿媳对他长年患病住院早已失去耐心，大年三十每家送来50元钱就走了，老两口过了一个冷冷淡淡的年。初四他突然发烧，医生让他立即住院。上次欠的医疗费还未还完，再说这病也治不好，日子已经没有盼头了。艰难地度过小年便服了安眠药，静静地走向了另一个世界。老伴下黑影时才回家，竟闻到满屋呛人的酒气，心想老头七八年不沾酒了，咋又喝上了？只见空酒瓶敞着口放在桌上，旁边饭碗里还剩半碗酒，老头手握安眠药瓶仰面而卧，分明是他就着酒吞下了安眠药。这算他过足了酒瘾，不枉在世上潇洒走了一回。

何自知听到这消息是在初六晚上。他连忙放下刚端起的饭碗往外走。狂风呼啸，他打一个寒噤，又回屋戴上棉帽穿上棉大衣。鹿云凤道："你先去我随后到。"她知道这师徒俩的关系。他见到一条棉被平展地铺在床上，棉被白里子朝外。秦师傅老伴坐在地上痛哭，两个儿子无言地站在床前流泪。他走过去掀开棉被一角，只觉得头皮一麻，只见秦师傅整整齐齐地穿着他年前送来的窑衣。吃药喝的酒也是他年前送来的。他暗骂自己，我这办的什么事呀。

老伴双肩几乎伏地，边哭边诉："他是心疼钱呀，前天一听住院就回家来了，上次住院的钱还没还清呀，你走了倒省心了，我怎么过呀？不如跟你一块走吧。"何自知安慰完她又问秦师傅两个儿子打算怎么办。秦师傅两个儿子说还能咋办，火化呗。何自知道："那就快送殡仪馆，我联系。"两个儿子一商量，对他说："何叔，这天放家里也行，屋里比冰柜差不哪去。"何自知知道存在殡仪馆要花钱，便问道："你娘看着不伤心？"玉柱看看已坐到板凳上正用衣襟抹泪的娘说："没事，一说送走要花钱，她就理解了。"

屋里太冷，何自知搓搓手道："商量一下怎么办。要穿寿衣吧？"两个儿子齐声道："这不也好吗，他咋还存着这身新衣服？买顶呢子帽就行。"何自知道："这些你们当家，亲朋好友由退管办通知，告别仪式我去。有些事要和你娘商量好再办。我同意从简。"看他两人连连点头，又道："但也要对得起你爹，他一辈子不易呀。"他哽咽了。两个儿子也啜泣不止。

好大一会儿，何自知张口要说什么，却又犹豫了。玉柱道："何叔你有什么话就说嘛。"何自知道："咋连看病的钱都没有？还欠着上次的钱。他有退休工资，你兄弟俩也有工作，你们的媳妇也都上班，咋就凑不上住院的钱？”

玉柱道：“何叔我说你算算。”他说了兄弟二人的收入和支出，何自知听出没有大的水分，玉柱又道：“要是以前一家人都有工作，生活肯定没说的，现在，嘿，都工作就有钱？一个干部顶十几个几十个工人的工资，现在是没有理说了。”旁边有人直点头，还有人骂出声来。

吕四几位专业人士陆续赶来了。何自知道：“你们消息真快。”吕四道：“就是吃这碗饭的。有什么要求我来安排。”何自知把他拉到一边，说了丧事的大体日程和死者家的经济情况。吕四沉吟片刻：“那就不安排饭店了？”何自知道：“我找个人来做饭。你说该干什么吧。”吕四掰着指头问请不请喇叭，搞不搞路祭，破不破孝等；何自知都否定了，说撕几个孝帽子儿子儿媳孙子戴就行了，其余人都没有。说着从身上掏出一千元钱递给玉柱道：“按咱商量的办，这钱差不多够了。”见两个儿媳妇在旁边，便问道：“孩子没带来？”玉柱媳妇说孩子在家做作业，二儿媳说孩子小别吓着。何自知郑重道：“火化时一定要去，让他们见爷爷最后一面。”儿子儿媳四人一起点头答应了。

鹿云凤赶到了，她与老嫂子抱头一阵痛哭。几个人把被单挂墙上，找来纸、笔、墨，何自知写个大大的“奠”字贴上。把身体已经僵硬的秦师傅安顿在小床上，灵堂就算做成了。二儿子敲开小商店的门，买来几刀火纸烧了，一时间屋里烟尘滚滚，哭声此起彼伏。何自知对鹿云凤说你请几天假，不好请我去打个招呼，来这儿陪陪嫂子，剪剪纸，做饭管烟酒。又交代吕四道：“你们该怎么忙就怎么忙，但是别乱忙，我记着了，事后我找你们。”吕四连连点头道：“按你何主席说的办。要是在别地儿，也不能光听事主的，都是听我们安排，这次破例了。我们跟事主都是混穷的，理解万岁。”

秦师傅遗体告别仪式何自知没有去成。他本来打算即使遇到天大的事也要去见秦师傅最后一面的。可是这天上午要听评估机构的评估报告，会议要出“纪要”，陈正东要求每个成员准时出席，并说评估知识你可以不懂，但你不能不表态。何自知知道自己财务资产方面的知识甚少，但工会资产中有无星光大酒店是需要了解的，如果不出席，会后是无从打听的，便在一大早提着两瓶酒赶到秦师傅家，先帮着把花圈装上客货车。花圈不多，算上何自知送一个、工会送一个只有七八个，显得有些寒酸。何自知想，如果他子女中有干部，情况就好得多。又去抬遗体。他不由得掀开棉被看看秦师傅，蓝呢子帽遮住花白头发，像睡着一样十分安详。他喃喃道：“秦师傅，一路走好吧，咱兄弟俩只有在阴间见面了，你可别不认得我。”说着流下了热泪。他出面借的大客车开来了。听说买了一块最便宜的墓地。何自知把两瓶酒交给玉柱道：“把这摆到墓穴里，你爹一生好酒，有了酒他就不孤单了。”

七

何自知踩着钟点进了会议室。改制领导小组成员已经到齐。还有三位陌生人，二男一女，都很年轻。这应该是评估机构的人了。他这才想起半个多月前找陈正东，在招待所小会议室见过他们。陈正东先介绍评估机构人员、姓名、职务、职称，都是高级会计师，审计师，有一位副所长。接着一位头发稀疏的中年人介绍评估情况。他先代表评估机构感谢石井矿的信任，又介绍评估原则和方法，何自知听得云山雾罩不明就里。看看表，估算秦师傅告别仪式进展到哪一步了。只见工资、财务人员在低头交谈，并且露出惊异神色。财务科科长老是“哟，哟，哟”地说出声来。陈正东瞪他一眼，他连忙低下头去。副所长介绍完评估结果，才谈起最近评估业务新的精神，说是参考当地价格，把有账无物的，损坏的，不再用的，折旧的一概不计。最后结果是矿总资产 8500 万元。众人面面相觑，如果减去安置费用

5000万，这就是说有人出资3000万便可以购买了，太便宜了。他估计低评了，但低评到什么程度心中无数。还想听他介绍明细，副所长竟合上了摊在面前的本子。会场内一片沉寂，陈正东看要冷场，便介绍说评估机构连春节也没有休息，半个多月井上井下跑遍了，对账查实物十分辛苦，这个结果是客观真实的，看来大家也是满意的。

财务科科长怯声问道："不知评估得全吗？"

副所长言辞干脆："从原始记录到实物一件一件全部到位，不然提前五天就干完了。"

膳食科薛科长朗声道："应该有明细吧。"几个人同时帮衬，"是的，应该有明细。"

陈正东板着脸说："有的，都在我那儿，可以去查嘛。"

一是无具体实物比较，二是都明白在这种场合质疑凶多吉少，便都安静下来。接着冯希泉讲话，他冷着脸，看不出喜怒哀乐，他只是礼貌性地称赞评估机构发扬连续作战的精神，在如此短的十几天搞出了结果，突然转脸问副所长："这只是草稿吧？"

副所长看看陈正东，陈正东目视前方，眼神中空空的，只好说："基本上算是定下来了。"

"再细致些吧。"冯希泉要求道。副所长无言地笑笑，轻轻点头。

何自知心脏开始发紧。明明是一亿多的资产评估为八千多万，这预示着几千万国有资产将会合法地流入个人腰包，明目张胆，道貌岸然啊。他明白了，报纸上多次报道的国有资产流失，就是这样流失的呀。不知为何，走访中见到的贫困户生活惨状浮现在眼前，他掐了一下虎口，又狠狠地拧了一下大腿，左右看看，大家都平静下来了，心想，修炼的功夫真是很深了。

陈正东在作会议小结，他一句也没有听清。愤懑间又想到秦师傅遗体进火化炉了吧，就要化作一缕青烟了；一个人就这样从世界上消失了，偶尔还会有几个人想起他或谈起他。他忽然看见陈正东站起身道："就这样吧。"冯希泉合上笔记本对办公室主任道："《会议纪要》

按原来规定办。”

原来规定，《会议纪要》须党政领导合签才能下发的。

何自知看到冯希泉绷紧的脸，知道他和陈正东在改制上的矛盾已经公开化了。他上次谈起职代会的事，何自知听出他是在撺掇他利用职代会来制约改制。因为人员分流安置方案是要在职代会上讨论通过的。这个方案不通过，改制就不合法。何自知决定找他谈谈。

何自知仍像往常那样随人群一起下楼，到某个办公室谈点事，然后悄悄上楼来。他不愿意让矿长知道他去找书记了，也不愿意让书记知道他去找矿长了。有时在走廊里有人向他打招呼，只要不是上级，他就无言地点头微笑。他也知道这样太窝囊，却也是没有办法的事。走廊里没有人注意到他。他敲敲冯希泉的门，无人应声，推一推，推不动。估计冯希泉出去了，便回到办公室。再给冯希泉办公室打电话，冯希泉接电话了，何自知说有工作要汇报，冯希泉问要紧吗，何自知说反正很重要。冯希泉说你半小时后来吧。半小时后何自知打过去电话，冯希泉说你下午来吧。下午一上班何自知就赶紧去了，他担心的是《会议纪要》别签发了。敲开冯希泉办公室，却见财务科老会计石会计正按着计算器计算什么，石会计见他进来就要走，冯希泉对他说：“把那几项核实一下，千万千万不能有差错。”

何自知坐下，两人面对面，互相看看，竟都笑了。冯希泉道：“你汇报工作就是汇报笑？”何自知道：“我这笑是苦笑。你呢？”冯希泉道：“我是急笑。有事直说吧。”何自知把他的忧虑说了。冯希泉说到底少评多少要由专业人员讲话，咱们都是瞎猜。要在自己的岗位上发挥作用，以实际行动促进改制工作健康发展，现在发展还可以，关键是健康二字。要在大是大非面前敢于讲话，不然到时候遭众人唾骂呀。何自知佩服他早已胸有成竹一时竟无话可说。问起会议纪要，冯希泉一撩手道：“成历史了。”何自知便知道他不会签发了。

有人敲门，冯希泉道：“推。”敲门人一探头，关上门走了。何自知估计来人也是来反映情况的，便告辞了。冯希泉又说：“要及时了解职工思想状况，要维护职工权益，做不好你工会要挨板子的。”何自知准备采取问卷调查的方式，了解职工思想状况，回工会的路上想好了几个题目，如你认为我矿改制后效益提高？下降？差不多。改制后职工收入提高？下降？差不多。改制形式国有控股？矿领导控股？全民入股？好。等。他已经了解到，政工人员对改制不积极，技术人员对改制十分赞成，工人则看结算工龄而定。他估计要有一番动荡了。

八

天上飘下大朵大朵的雪花，几天来阴冷潮湿，民间所谓的温雪天气。果然从上午开始下雪了。几片雪花沾在一起降下，甚是肥厚，晶莹。静静装扮着褐色的矿山。

机电科工会主席赵金锋冒着大雪跑进工会小院，用肩膀撞开何自知办公室，边拍打头发和肩膀上的雪花边说：“还是这里暖和。”

何自知正陷入沉思。几天来，资产评估的结果像一块砖头堵在心口窝，一边是那么多职工生活在贫困线以下，一边是大量国有资产流入个人腰包。他想到以前生产队的瞒产私分，把瞒下来的粮食私分了。甚至还不如那个，私分，本队人人有利，而少评的资产流入的是极少数人的腰包。从财务人员惊异的神色估计，至少少评三四千万元，这太刺人了。无动于衷就真是蔫巴人了。自己的去向也是问题呢。改制后再来一个人员重组，签三年合同，谁都知道这类合同是靠不住的。自己这工会主席怕也当到头了。再说还有个分流安置，定下年龄段一刀切，自己凶多吉少呢。冯希泉已把这事挑明了，当然他有他的用意和企图，但改制后自己的去向问题是真实存在的。何自知在提醒自己慎重的同时，琢磨稳安的进攻方法，最好像冯希泉那样，找个人替他做他要做的事。正这样想着，赵金锋闯进门来。

赵金锋高大魁梧，大碗喝酒大块吃肉，拔河比赛有他把绳头，机电科准赢。春节前他还质问为什么今年取消拔河项目了，何自知说你参加棋牌比赛吧，赵金锋说脑子笨，记不住牌。这人出名的直性子、炮筒子，敢于为工人说话。因为文化所限，抓住一件事，谁也跟他说不清，缠得科长直甩手。他为朋友两肋插刀，工人中威信甚高。领导本不让他当工会主席，差额选举连候选人也不是，竟高票当选。他更认为为工人说话这条路走对了。其实何自知也不喜欢他，甚至有几分怕他。他认准的理不拐弯，非要按他说的办才行，嗓门儿又高，说是锻工出身，嗓门儿是工作中练出来的。

“何，何，何主席，我，我咨询个事儿。”赵金锋有点口吃。何自知瞅瞅他，道：“问个事不完了，还‘咨询’呢。”赵金锋不在乎他的抢白：“你说咱矿资产评高了好还是评低了好？”何自知一时竟未反应过来：“你说是什么事吧。”赵金锋说：“改制不是要资产评估吗，小汪说评高了好，我说评低了好，他不服哩，叫我拎脖领子摔多远，不是他跑得快我没撵上，我就拉他来让你教育教育他。”

何自知诧异他问的竟是这个，一下子来了兴趣：“你认为评低了好，为什么呢？”

“明摆着少交税嘛。”

何自知心想真是踏破铁鞋无觅处，这不送到眼前了？便拉他坐下，问道：“支持你的人多还是支持他的人多？”

“一半半，差不多。”

“这个和纳税扯不上，两码事。改制企业要进行资产评估，有多少资产就设多少股份。一个矿家底一个亿多，通过什么手段评成了3000万，领导或是什么人就用3000万买了一亿多的资产。跟乡里瞒产私分差不多。”

赵金锋一拍大腿：“那我说错了。”

“那小汪也没说对。评少了就是咱矿贱卖了。就是这个意思吧，说细了你也弄不清。你回去跟工人作作解释。”

“工人一听还不气炸了？”

“解释政策是你工会主席的职责范围。”

“几千万呢，比拿棍子短路还狠。我得带人找冯希泉和陈正东说理去。”

“有问题应该反映。保卫国家财产嘛。那年你爹为了保卫国家财产牺牲了，让人敬重哪。”

20年前，赵金锋的父亲下夜班回家，路过财务科，发现窃贼正撬保险柜，于是敲门恫吓窃贼出来。他老人家也是不善用脑之人，你悄悄报警不就行了？窃贼冲出门捅他一刀，窃贼溜了，他被抬到医院不治身亡。

何自知道：“你怕学不来你爹那颗红心。”

“谁说的，我这就带人去。”

“我就不管你什么时候去了。你来咨询理论问题，我只好这样解释。你办事要用脑子，别误解了我的意思。”

“那还是人嘛。”

这几日群众的反应越来越激烈了。他是从自己被误认为侵吞国家财产的人挨骂看出来的。一次他下班去洗澡，天黑蒙蒙的，一人迎面走来，骂了一声：“这些黑心狼，钱越多越不得好死。”另一人说起段子：“站在办公楼往外看，个个都是穷光蛋；站在办公楼往里看，个个都是贪污犯。”何自知心里说，你骂吧，我才不心惊哩，我顶多占了几个烧纸钱，吃几顿不要钱的饭。澡堂里雾气腾腾，看不清面貌，一个细嗓音：“这富得真快，眨眼间就成百万富翁。”一个粗嗓音：“白手拿鱼算什么本事。”一个外地口音：“这才是本事，国家政策允许的。”细嗓音：“政策一开始从未考虑周全过，都是出了问题再补漏洞，等补上漏洞人家早卷款外逃了。”粗嗓音发出干咳声，就都不作声了。

井下宽宽巷道的墙壁上，采煤面掘进头铁梁木柱上，向来是民间发泄情绪的场所。这几日出现歪歪扭扭的粉笔字：资本家黑心狼；侵吞国家资产断子绝孙；有用淫亵的语言谩骂陈正东、冯希泉的。

这一天，何自知正要给标牌店打电话定做职代会代表的胸牌，陈正东来电话，气冲冲质问他为什么不借给保卫科照相机。何自知无意中又卷入了一场纠纷。

原来，陈正东在井下看到侮辱他的标语口号，用手套去擦，字迹虽然模糊了，但仍能看出字样。他从井下打电话给保卫科于科长，让他们立即下井拍照追查。于科长答应了。他上井后问拍照效果如何，于科长说没借到照相机。他问你们科的照相机呢，回答上次农民闹事不是让抢走了吗，打几次报告要买你不批。他又厉声问："你让抢走几个了？三个了！怎么那么好抢？先借工会的。"便摔了电话。

其实，于科长是有意怠慢他，因为这个命令不是冯希泉下的。于科长自顾说："老何那人傲慢得很，根本不把保卫科当回事，我借不来。"其实电话已断线了。他只好打电话给工会，说是借照相机用用。何自知便问他用几天，干什么用，于科长故意说你借不借吧，我的任务保密。何自知因为职代会要用便没借。两个小时过去了，陈正东却来电话向他发火。

何自知道："他不说干什么用，用几天，职代会快开了，到时候……这样吧，你让他来人拿走。"一会儿，于科长来电话说不仅借照相机，而且要借照相的人一起下井。何自知说你那不是保密的吗？于科长说你不借就算了。便再无消息。何自知知道他又是采取放任不管的伎俩了。要是以往他会向陈正东汇报事情新的变化，开脱自己：这次心一横，把照相机交给小刘说，保卫科来借别忘记让写个条，便躲出去了。

何自知走了好长一段路仍未想好往哪儿去，来到办公楼，便决定向冯希泉作个解释，毕竟他和于科长是亲家。刚要敲冯希泉的门，只听陈正东道：

"无怪乎他们对诬蔑改制的言论是这态度，原来你是这个看法！"

"正东，"冯希泉在私下场合向来直呼其名，有亲切的含义，也是居高临下的姿态，“这话就差了，你说照了不一定要处理，不处理照了干什么？这是自取其辱，会引来更多麻烦。”

“这股风要刹一刹吧。”

“当然要刹，一定要刹。但不能刹过头，过头了适得其反。主要开展正面教育。要我说，保卫科正是维护了你的权威呢。”

何自知连忙下楼。去哪儿呢？他忽然想到去找赵金锋。

赵金锋自那天走后，如泥牛入海，音讯全无。根本没有他带人去矿上评理的消息。他想其中必有原因。

再说那天赵金锋气咻咻回到车间，一群人正围着汽油桶改做的火炉取暖，半个火炉和半截烟囱烧得通红，有人往上面撩水，水珠发出“噗、噗”脆响，冒起串串热气。小汪手撑条凳慢慢站起，准备溜之大吉。赵金锋倒爽快：“小汪，那事我说错了，你也没说对，两不找了。”有人让他说说其中的道理，他张张口竟不知从哪说起。因为刚才听得似懂非懂，这时更糊涂。但也不能不说，支吾道：“资产是改制用的，评估要不高不低，低了对领导有好处，就是贱卖了。”

有人讽刺道：“刚才还明白，让你说得倒糊涂了。”

“就是这样嘛，矿领导只花3000万就把咱矿买走了。”

“只花3000万？”人们听明白了。有人抬头看看厂房。有人往炉膛里填一铲煤。“娘的，省这些炭干啥。”有人叹息工人又要沦为奴隶了，有人反问当奴隶又有啥法子。有人立即气愤地大声嚷道：“没到时候，到时候掀了他个狗日的。”赵金锋抓住时机道：“这就找他们说理去。”

“去，要去都去，都不能充孬。”明显底气不足。

有人默不作声，有人说着泄气话，有人拿起肥皂去洗手，一会儿火炉边只剩下几个唉声叹气的人。

那天赵金锋真的到办公楼转了转，觉得自己很孤立。在走廊碰上陈正东，便道：“陈矿长，听说咱矿资产评低了，这不合适吧。”陈正东没有放慢脚步道：“找改制办去。”

他闷闷不乐地回到家，一边喝着闷酒一边说着矿上的事。妻子不感兴趣，反而责怪他多管闲事。妻子瓦刀脸，个子高高的，身板儿薄薄的，十分瘦弱。自与他结婚后就逆来顺受，今天竟然教训他，更加令他心烦意乱。一掌推过去，妻子立足不稳，连退几步，到墙根也没刹住，倒在墙根号啕大哭。赵金锋一拍桌子，忽然见妻子扭曲着腰，双手撑地起不来了。他知道坏事了，妻子腰椎间盘突出的病又犯了。一犯病就要卧床十天半月，自己伺候她吧。

何自知推门进来，手里提着礼品，几个包装盒很是华丽，却轻飘飘的。他先关心地询问病情，批评赵金锋："你那一掌多大劲，跟熊掌样，她受得了？"赵金锋点头嘿嘿憨笑。妻子说："我疼点不要紧，只要他别出去惹事。"何自知才了解到事情的原委，替赵金锋解释道："他是工人领袖，就是要维护职工利益。应该支持他。"出门对他说，"退无退路了，这道线一破，割头骟蛋随人家便了。"

九

何自知从赵金锋家出来，看看时间接近下班，便关上手机回家了。鹿云凤诧异道："这么早，出什么事了吧。"何自知故意道："以后每天都回来这么早了。""你……"鹿云凤竟当了真。又见他嘴角勾出一丝笑纹，嗔怪地瞪他一眼，"吓死我了，我以为你让撤了呢。""撤了好，无官一身轻，省得过憋屈日子了。"鹿云凤道："多少年都忍过来了，再忍几年就退休了。"何自知往沙发上一躺："能正常退休就好喽。""改制了也不能不让退休吧。你是工会主席，很多工作靠你替领导做呢。"何自知心里说，是要做群众工作，替谁做还不能给你说哩。

鹿云凤去厨房做饭，何自知打开电视，调了几个频道也没有可看的。这时听到敲门声，并传来呼唤"小凤"的声音，他知道是岳父来了。岳父是他插队时的房东。当年三个小伙子在鹿庄借住在鹿家，鹿家家境相对比较优越，一溜五间瓦房，还有一辆全村唯一的自行车。岳父有打绳的手艺，自行车是他挣钱的工具。那辆自行车虽然无链瓦缺泥瓦，他当作宝贝谁也借不去的。当年的铁姑娘队队长鹿云凤，高挑的身材，容貌比一般城里姑娘还俊俏几分，还能在大会上说上第一条、第二条，何自知都自愧弗如。那年头城里姑娘爱找军人，乡下姑娘瞄着插队知青，不过成功率很低。当地是大蒜之乡，姑娘也爱吃大蒜，庄里宣传队排练完，一屋蒜味久久不散。知青不喜欢这味道。何况许多知青有了意中人，乡下姑娘插不进来。何自知和鹿云凤谈上恋爱，竟是因为那辆自行车。

春天的一个夜晚，邻村一位知青给何自知捎来口信：母亲病危。当夜无车。30 里路外的车站，上午、下午各有一班车路过家乡小镇。青年人劳累了一天，第二天起晚了，只好借房东的自行车。借了自行车还要有人从车站骑回来，鹿云凤自告奋勇，两人便出发了。鹿云凤开始坐在后座上，碰上颠簸路就用胳膊搂着他的腰，插队两年他从未和房东姑娘这样接触过。后来鹿云凤怕他累着，两人换了个个儿。到车站她未马上离开，而是陪他说了一阵话。以前都是礼节性的，那天谈到家庭、亲情、孝心等问题，两人都发觉能谈到一起。何自知上车她塞给他 20 元钱。当时的 20 元能办一桌像样的酒席，不知她是怎么省下来的。

母亲已是弥留之际，看到他土头土脑，喃喃道："你什么时候找上媳妇我才能合眼。"何自知道："娘，我找好了，今天就是她送我到车站的。"母亲说："好，成了家，你那脾气要改改了。"没多久母亲就咽了气。何自知心想，不是那辆自行车，就见不到母亲最后一面了。

也许那次的亲密接触碰撞出火花，也许为了承诺母亲病榻前的话，他回村后再见到鹿云凤，感觉便异样了。他发现她有许多长处。

她勤快，会体贴人，比多数农村姑娘知情达理，模样也俊俏，初中文化并不比他差。但是她爹坚决反对。他看出这个城里小伙子脾气太躁，几句话不合辙就瞪眼发脾气，怕他像村里每发脾气就打老婆的二柱。女儿说："他说了，能改。"爹摇摇头说，山好移性难改呀。其实，鹿云凤把爹的担忧说了，何自知当时说的是："我的脾气就这样，但是我心眼儿好。不行就算了。"后来何自知回城了，他果真心眼儿好，把鹿云凤带回家，不像他的同学，把农村姑娘肚子搞大了还不认账。

岳父背着蛇皮袋，从凸起处能看出是大蒜。何自知做出要接的样子，岳父早把口袋从肩上一溜，稳稳地放下了。鹿云凤从厨房过来，笑问爹坐的哪班车，爹回答记不准哪班了，车多了，招手就停。何自知想起插队时行路的艰难。岳父自从看女儿生活很好，女婿当了干部，有几次开车回家，他脸上添了光彩，对自己早先的做法有了歉意，便越发对何自知好，女儿女婿偶尔有点小争论，也是向着女婿。鹿云凤嗔怪说你何自知早把我爹收买了。

岳父坐下，问道："今晚没到外面吃饭？"原来，鹿云凤说他天天在外吃饭，不回家吃饭。其中有责备，也有夸耀和显摆的成分。

何自知道："顿顿吃还得了，烦着呢。"

"不让吃了？"

"酒伤身体，说是今晚不喝了，你老人家一来，只好再喝了。"说着从碗柜里拿出一瓶五粮春。

岳父喝了几杯称赞道："这酒好，不刚，得20多块一瓶吧。"

鹿云凤夸张地说："二十多？快一百了。"

岳父几杯酒下肚，便说："我来问你个事，你城里干部能说得清。"事情很简单，村里的砖瓦厂是村干部承包的，暗中他们又入股在邻村办了个坯料厂，专进这儿的坯子。坯子价高，加上吃喝、白条，几年就把砖瓦厂搞亏了。工人开不上钱，干部都发了，买汽车，盖小楼。找到乡里，找谁谁推，他们除了磨不推，什么都推。村民急得要咬人。岳父问道："他们说你见多识广，就没法了？"

何自知道："是不太好办，这种事多了。"岳父一拍大腿："真的没法子了？"

何自知笑道："办法倒有，不过不太好学。"

岳父笑道："我说你行嘛。只要有办法，再难学也能学会，你说吧。"

"让他们去投靠，村干部吃肉，他们能喝点汤。"何自知说完自己也笑了。

不料岳父正色道："不行，这法都用了，先有几个人去投靠，还行，都去投靠了，哪有那么多汤？"

何自知本是玩笑话，听罢岳父的话，隐隐感到一丝悲哀。心想，老百姓连这条路都走绝了，还有什么路呢？

有人敲门。鹿云凤拉开门，隔壁住的人事科科长走进来。何自知忙邀他喝酒。人事科科长却让他去接冯书记的电话。何自知估计不是照相机的事就是去喝酒。冯希泉的大嗓门儿："快来光明酒楼。"何自知道："这都几点了，我吃过了，唉，怎么没在外招？"冯希泉道："外招的科长都在这儿呢，饭后酒古来有。"突然压低声音，"最后了，还不疯一疯？改制完就没人跟你疯了。"

连喝酒加唱歌，何自知到夜12点才回到家。鹿云凤在等他。对他说，爹来有个任务呢，是村长派他来买20吨内价煤。何自知糊涂了："他不是和村民要告村长吗，他是哪部分的？"鹿云凤解释说，爹确实是村长派来的，村民知道他来，附带捎来的问题。何自知笑了："这样好，就要这么干，两头不得罪。煤刚涨价，怕不好批。"鹿云凤道："按你的位子批不来，说了爹也不信。"何自知想，这干部当上了还不能下来哩。

十

在毫无征兆的情况下，星期五下午在工会宣传栏贴出了职工安置分流方案。

当日下午 3 点，临时召开了改制领导小组紧急会议。陈正东就该方案做了说明。人们关心的是结算年龄的划分。陈正东宣布：正科级 52 岁，副科级 50 岁，男工 48 岁，井下工 44 岁，女工 40 岁。凡是圈内划进来的人，一律按文件规定进行经济补偿，俗称结算回家，今后不再与矿山有任何关系。

举座哗然。小组成员也没有想到改革力度如此之大，悄悄地盘算自己的和亲属的年龄。何自知嘴唇一抿，知道自己还有两年干头，妻子不在册，连补偿资格也不具备。有人提出是否都延长三年，并陈述这个年龄正是有经验作贡献的时候，陈正东表示可以考虑，并说这个方案要经职代会通过。谁知会一散就贴出来了，他在会上只是搪塞一下众人的意见。

职工关心的莫过于自己的命运，他们看文件也只看这几行内容，依然是对照自己对照爱人对照兄弟姐妹。有人长吁一口气，自嘲还有几年干的，有的当时就大骂不休。天很快就黑了，还有人拿着手电筒来看。第二天就是双休日，仍有不少人骑车来看。文件上先有人批了“放屁”二字，又有人觉得不解气，在“放”字后面加个“狗”字。到星期一上班时，再有人来看，却被撕掉了。

自资产评估后原煤产量就持续减产，公布人员安置分流方案又开始大幅度减产。陈正东对此淡淡一笑，他重点抓好瓦斯排放和防排水，他知道一旦出现重大事故自己就完了。他明白保护职工生命更是保护了自己的道理。尽管区长不断催促工人多干，但是已经超龄或接近超龄的工人已经明目张胆地休息了。休息就找个安全处，下最后几个井出了工伤冤枉就大了。

干活中一个工人扶棚梁，一走神，竟颠倒了斧头，齐刷刷剁下两根手指。鲜血直流，掉在煤块上的手指在抽搐。工友连忙拾起断指送他去医院。路上，工友道："这样能不结算吧？"伤员叹口气："不结算也就值了。"

这儿、那儿接连出了几起要不了命却能报上工伤的事故，伤员都是将要结算的人!

有人怀疑工人自残，向陈正东建议是否延长结算年龄。陈正东道："我调查了，都是意外事故。延长到多少？延长到那个年龄段的人就不用这个法子了？"

有的机关人员悄悄地转移资料，甚至把水文地质资料及工程记录也转移了。这类资料涉及施工安全和职工生命安全，拿回家如同废纸。矿山不要他们了，他们还要矿山干什么呢？有人当作大事反映给陈正东，陈正东淡淡一笑："拿就拿吧，我都有。"

有人私下传播消息，说是每个单位有两个机动名额，领导认为工作离不了谁，谁就能留下。都知道离了谁地球照样转，主要看关系。于是往领导那里跑。领导对送礼的十分害怕，解释没有这方面的消息。礼品绝不敢收。送礼人更是着急，认为自己不在干部的考虑之内，反复诉说家庭困难程度，就差下跪了。更多的人请干部喝酒。为排时间争红了脸。都知道酒里有内容的；干部不敢应邀，实在躲不过便提二斤酒去，不论结果如何，这二斤酒抵了。

工会只有老曹一人过线。对于老曹结算回家，何自知却不知如何评论矿上划定的结算年龄。老曹的工作以前还可以，这两年却吊儿郎当，后来听说他和镇园林局的朋友合伙做花木生意。平时说他他不理不睬，因他占个位子年轻人进不来，他 48 岁生日刚过，结算了正好去做生意。说真话，确实结算年龄偏低，四十几岁的人，在哪儿都不显老，咋就容不下他们呢？

“老何，订方案时摸底了吗？”老曹还没回家就改口了。

何自知如实回答：“没有哇。”

“怎么这么巧定到我这个年龄，瞄准打的是吧。”何自知道：“你是什么意思？”

老曹的话有来由。工会的人对他有意见，原因是他在领导面前太无足轻重。额外的利益他争不来，应有的利益有的也保不住。比如科室分类涉及奖金问题，别的矿工会是二类科室，他们是三类，每人每月少上百元呢。评先进等涉及职工切身利益的事总是比人少。前几年分房实行打分制，工会评先进竟少了一个名额，先进加分。搞得老曹没有分到房，老曹到现在还有气。他们在何自知面前没少嘟囔，甚至走路办事弄出声响来。其实何自知也不断反映他们的困难，有一次他反映了，冯希泉捏着下巴沉吟道：“是这么个理，你再去给陈矿长说说。”他找到陈正东，话还没有说完，陈正东眼一瞪：“你先考虑考虑工会还打算不打算干。”他恼透了陈正东，却丝毫不敢得罪他。

“我骂坏种。房子没分上，结算倒摊上了，我怎么这么倒霉。”

“你在这儿骂不算英雄，到矿上骂才是好汉呢。”这时推门进来两个人，“你两人……”他顿时明白了。

“何主席，跟你干几年了，快干不成了。”两人齐声道。

这两人都是井下采煤一线工人，身材都不高，精瘦，都有点罗圈腿，但是脱去外衣你就会惊异地发现，他们像健美运动员般结实，是标准的精壮汉子。他们在低矮的采煤面如蛟龙出水般敏捷。两人是劳动竞赛的对手，分别带着一班人，以采煤面为舞台，掀起层层黑色的浪花，演出激动人心的活剧。双方联谊竞赛是何自知撮合的。当时他笑道：“一个王小义，一个买买提，年龄都是 36，个头差不离。就在采煤面比个高低，为矿山作贡献吧。”如今都是 45 了，便一同遇上了结算这件窝心事。

何自知叹口气：“我可以帮你们反映，你们也要自己说话，就拿着劳模证去，不然领导也不知你们的态度。”

“唉，劳模证有啥用，出过力的人了。这结算伤人心呢。我班有个人才入党，还没转正，哭着问我说‘班长，你介绍我入党了，上哪里去转正？’我说我也不知道。”

“有这种事？还真要向领导反映，为同志负责嘛。”

“不是闹事吧？”

“这怎么是闹事呢，正当地反映问题领导是很欢迎的。领导你两人都认识，给你们戴过花、敬过酒呢。”

两个劳模被他劝走了。不知为何，两个劳模带头上访的事不胫而走。于是，谁也没有想到的事情发生了。

事情是由两位劳模反映问题引起的。他俩在去办公楼的路上碰上几个人，互相打了招呼，别人习惯性地问他们去哪儿，他们如实回答了。许多人正在盼着出现这样的领头人，于是“劳模带头上访”便传开了。接下来必然是上访的、看热闹的、趁火打劫的蜂拥而至。而这次上访队伍壮大的缘由却是矿山的女人们。

矿山是男人的天下，粗犷、豪放是黑太阳世界的主基调。汉子们可以赤身裸体在井下干活，可以袒胸露乳蹲在食堂石凳上喝酒。如果谁被说是“娘们儿”，他就抬不起头了。女人在矿山的岗位少得可怜。机关科室凤毛麟角，多数在食堂、灯房、洗衣房等处。这次结算年龄划得很低，许多女工要结算回家。早有人暗中串联去反映情况，可是人心不齐。她们听到有人带头去了，纷纷放下手中的活计，三五结伴而来。路上她们故意虚张声势，希图招兵买马壮大队伍。闻讯者有的打手机调兵，有的骑车去工房叫人。两位劳模正心情激动地向冯希泉诉说着自己的遭遇，楼梯口已是吵嚷声一片，一阵踢踏脚步声，紧接着办公室的门被推开了，进来一群穿着旧花褂代替窑衣、戴套袖的女工们。顿时屋里叽叽喳喳声一片。

冯希泉早就意识到，一旦安置分流方案公示，日子不会平静的。他也认为结算年龄太低，认为分别推迟三年才合适。他私下和陈正东谈了，陈正东说道：“阵痛，阵痛，改革就是利益调整，这样才能放下包袱轻装上阵。”冯希泉把自己的想法向局领导反映了，局领导竟支持陈正东，并告诫他要当改革的促进派，这几天他都是到办公室转转就离开，害怕接待上访的，刚才正准备走掉，先是两位劳模打头，后是女工助阵。此刻一屋女人都在说话，争着诉说自己的困难和控诉狠心的领导，听不清一个完整的句子。办公室主任边往屋里挤边说：“不要影响领导办公。”立即有人回击：“办公？办私呢。”“你坐得稳稳的，我们却要回家了。”“你哈巴狗窝尾巴回你窝里去吧。”一阵奚落谩骂。

冯希泉感到心情莫名的紧张。群情如此激奋他还是第一次见到。他知道这次群众上访不是以前的单打独斗，他们所遭遇的也不是工资、奖金问题，而是涉及他们的财产和生命的致命问题。他马上意识到必须离开办公室，便吩咐办公室主任打开会议室，让陈正东等领导加上何自知都来听听群众意见。

会议室的门很快打开了。冯希泉挤出门来，走廊里已经站满了人，楼梯每层台阶也站着人，人群对他产生了震慑力。会议室在走廊尽头，顶多能坐二十多人。他关上办公室的门，领着众人走进会议室，不一会儿，七位矿领导来了三位，加上何自知，分别坐定。办公室主任低声对他说：“陈矿长去市里了。”冯希泉一愣：“他干什么去了，也不打个招呼。”“说是调一批设备的事。”冯希泉果断道：“把这儿情况告诉他，让他马上回来。”

会议室里，围着会议桌一排椅子，靠墙一排椅子，上访人先靠墙坐，后排坐满了才肯坐到前排来。冯希泉先说了开场白，既有听取大家意见的意思，也有批评擅自脱离岗位的意思。再让大家发言，有反映工伤的，有反映户口和身份证年龄不一致的，都是反映结算年龄太低。冯希泉说我们都记录了，大家先回去，我们一定认真研究。可能工人早就商量好了，坚持要听答复，不答复夜里都不走。走廊里和会议室里逐渐安静下来，冯希泉却担心它像一只伏在地上的猛虎，随时有跃起的可能。

冯希泉要去厕所，他刚站起，一群人便拦住他。冯希泉说我马上回来。几个女工便说我们跟着你。一个倒戴工作帽的男人，不知从哪儿拿来一只红色塑料盆，说："你就用这个，姑娘们都闭上眼吧。"引起哄堂大笑。有人出面为冯希泉说好话，说冯书记还是向着工人的。冯希泉进厕所关上门，先打了手机，低声说行动要快。然后一身轻松地回到会议室。此刻却见到拥进来几十个身穿井下窑衣的下井工人。

群众上访的消息是送饭工带到井下的。风传说领导正在办公楼登记，登记上的就不结算。有人怀疑其真实性，好心人便劝他们上井看看，别错过机会。他们不知道的是，此时五里外的王大庄，二十多辆拖拉机和农用三轮车，每辆车上坐着几位老人、妇女，顶着刺骨寒风向石井矿开来。也在此刻，陈正东磨磨蹭蹭从市里往回赶。

陈正东和冯希泉也是同样的心理，尽量避免和群众接触。离矿门好远便看见拖拉机堵住了矿门。扎头巾的妇女和戴"一把撸"线帽的男人抄起手靠着拖拉机，静静地站着，像雕塑一样沉默。陈正东打电话给办公室主任，问道："这不是农民闹事吗，咋说是工人呢。"听完办公室主任的解释，他吃了一惊，意识到这不是简单的巧合，说不定里面有更深层次的阴谋，"你告诉冯书记，我在这儿接待农民，一时过不去了。"

以前都是他让冯希泉接待农民上访，反正农民为的是一个"钱"字，冯希泉没有财权，即使他答应了也兑现不了，落个里外不是。他估计到农民是为一笔青苗费而来，周旋一下象征性地给一点就行。而工人提出的问题则难办。此时冯希泉却在心里冷笑，你这次碰上大难题了，农民谈的不仅是青苗赔偿问题，主要是职工结算后空下的岗位由农民顶替的问题。陈正东以前是有这个打算，这样可以降低成本。但是此时万万不能谈，这时谈了，他陈正东还是人？

十一

何自知陪着领导接待上访群众，不要他表态，无须他汇报，只记录情况而已，心情是轻松的。但是当看到人越聚越多，连下井工人也参与进来了，就是说有的单位停产或半停产了，群情激奋，他忐忑不安了。事情是由两位劳模反映情况引起的，那两位劳模是他唆使来的，如果顺线追查，把自己扯进去，后果不堪设想。那两位劳模可能有了不祥的感觉，早没了踪影，他暗暗赞许这个明智之举。他又作最坏的设想，即使追查起来我也有话对付，让劳模向领导反映情况错在哪里？其实，世间许多话都可作多种解释的。说话人的真正用意隐藏在多种表达方式中，同一句话，不同的口气，意思可能截然不同。又想到，能出多大事？大不了把工会主席撤了，比 48 岁回家，还多干两年哩。最坏的结果不过如此，便释然了。

工人渐渐平静下来，他们在和干部探讨延长结算时间的问题。延长几年？二年？三年？他们知道市里许多单位已经破产了，更多的单位定下的内部退养的年龄低得令人咋舌了，有人尖刻地说，就差定个男 20，女 18 了。他们还能奢望什么呢？何自知希望听到关于国有资产流失的话题，遗憾的是连一句都没有。刚才倒是有人提了个开头，立即被众人打断了：“咱管不了那事，只说自己的事。”

已是无话可说，这时传来农民闹事的消息。有人愤愤谴责，农民又不结算，也来凑热闹；怕是要来洗澡吃不要钱的饭了吧。农民往往找个理由便来矿上闹，工人对他们的行为早就看不惯了。

中午时分，谁也不愿离去。偶尔有人动员个别女工回去，因为有上学的孩子要吃饭。她们轻轻摇头，眼内已是满含泪水。有的妻子给男人送饭来了，也有丈夫给妻子送饭来了。从怀里抽出饭盒，打开，饭菜冒出腾腾热气和香味。有一位工人竟端来一碗菜提来一瓶酒，几个人站成一圈，喝口酒用手指捏点菜。

这时，楼下有人高喊："楼上的听着，今天都不走，今天不答复明天上局里去上访。"

冯希泉听到了便对身边的群众解释道："不是我不想答复，这个问题要领导议一议吧，陈矿长让农民围着回不来。"

有人自告奋勇，一扬手："跟上几个人把陈矿长解救出来。"

为首的是赵金锋。几个人紧紧裤带随他而去。

保卫科小会议室里，陈正东正和王村长谈判。王村长四十多岁，中等身材，红光满面，双腮饱满，腮上满是红丝丝。他穿着褐色人字呢大衣，通红的领带露在毛衣外面，直拖到裆间。脚蹬灰扑扑的大头棉鞋，装束滑稽可笑。陈正东多次领教过他的酒量，真称得上是斤半二斤扶墙走，三斤以上墙走我不走。

"又是青苗事，前几天不是电话说好了吗，五月份再谈，你又带这么多人来……"

王村长双手插在大衣里，来回踱步："你听我解释，村里水渠工程干到半截没钱了，村民窝在家里没事干呢。"

"没事干就来闹事？何必呢，两三个人来说说也行，兴师动众！"

"你陈矿长是好说话的人吗？我带几个人来，只能喝场酒空手回去。"

陈正东道："我这段时间太忙了，回头我让会计打去五万。"

王村长大叫："五万？五万乘以几？你不乘以十也得乘以八。"他说翻脸就翻脸。

陈正东口气强硬："乘以几？不除以几就是看你的面子了。"

相持片刻，王村长软了口气："钱的事先放一放，你反正一时还升不到中央去。几十个小伙子没事干呢，你以前吐过口的，让他们下井挖炭。现在你矿空出位子了。"

陈正东一愣："你？现在不谈这事。工人还没结算呢。"

“先签个协议，结算完就上。”

“不行，这协议一签，工人不把我吃了？”

“你协议不签，钱也不给，你陈正东撅腚朝天是有眼无珠了。你就不出矿门了？”

陈正东大叫：“你不要威胁我，我是合法公民，受法律保护，我现在就去你村转一转。”他佯装出门，却被赵金锋几个工人拦住了。

赵金锋道：“陈矿长，工人都饿着肚子等你呢。”而王村长误认为这是陈正东的金蝉脱壳计，这种事他见得多了，连喝酒也是这样，他应付两杯，接完电话就溜之大吉。

“不行，他不能走，几件事还没解决呢。”王村长对着工人嚷道。

陈正东也不想走，但是为了避免工人激火，故意装着要跟工人走。几个农民拦住他，陈正东就势坐回原处，赵金锋大吼道：“我们面临结算回家，饭碗叫他砸了，我们向他要饭的！”

王村长幸灾乐祸的样子：“你们不回家我们还不来谈这事呢。”

赵金锋疑惑不解：“你们谈什么？”

王村长道：“我们就谈劳务输出的事。”

陈正东连忙否认：“他完全是胡说八道。”

赵金锋几个人愣愣地看看陈正东，又看看王村长，在想应该相信谁。他们不了解王村长，只是风闻他好来矿吃喝，过节时来拿纪念品。而这个陈正东是不能相信的，他失信于民的事太多了。大会上的反腐倡廉报告、关心群众的演讲，他说得多了，只是老鼠不听猫念经。王村长气愤地一拍桌子，大叫：“好，你们谈吧，谈完了我们把位子让给你们。”走到门口转回身，“让给他们！”

陈正东一下子惊呆了，好一阵子才醒悟过来，一把抓住王村长领带，吼道：“你要对你的话负责！”当着他的面给县公安局靳局长打了电话，说王大庄村长王玉才组织村民闹事，并且煽动工人闹事。靳局长表示马上派人来处理。王村长从未见过他这般神态，心里有些恐慌，那些关于来接班的话是随口说的，带有故意惹陈正东生气的动机。他哪里知道工人把岗位看得如此之重，那真是浩瀚大海里的一块救命木板呢，便拿出在社会上混的无赖嘴脸："你陈正东原来是不是这样说的，有机会考虑安排村民。"看陈正东不作声，"工人要腾出位置，我提前来打个招呼有什么错？你心里有鬼。"

陈正东被他一通诡辩唬得一愣："今天根本没谈这个事，你必须向职工说明真相。"

此时赵金锋几个人已经回到办公楼，众人七嘴八舌问为什么陈正东不来，赵金锋气愤地说："你们猜他正和农民谈什么，谈咱们回家让他们来上岗。"这无异于往火堆里泼油，本已疲惫不堪的群众头顶响起惊雷，蹲着的坐着的纷纷跃起，举起拳头高声叫骂，几个女工嘤嘤哭出声来，几个娘们儿大骂矿上八辈子没做好事，积德积出这么个矿长。

有人绝望地用手掌击打墙壁，发出啪啪脆响，待稍有安静，冯希泉虎起脸问道："你说的是不是真的？"

赵金锋脸一板："这还有假？一块去的人可做证。"

冯希泉连连摇头没有作声。众人都看出他不赞成这样做，有人央求道："冯书记，你可要管管这件事。""冯书记，何主席，你们原来也都是工人哪。原来都是相依为命的，现在咋弄成这样了？"刚收敛的哭声又起，手掌击墙的声音相伴，甚是悲壮。冯希泉朗声道："是要开会商议一下。"

矿门口，县公安局靳局长带着治安民警来了，农民老远听到警笛声，有几分紧张。民警用脚蹬着拖拉机轮胎："这是谁的？开走。"没有应声，民警环顾四周，"不开走我可要开走了，到那时不交足罚款是开不回来的。"这时，陈正东和王村长从保卫科出来，靳局长对王村长道："二哥，先叫你的人把车开走。"王村长知道此行目的达到了，便对村民道："回家转。暖壶，蒜瓣儿呢？"叫暖壶的小伙子回答："蒜瓣儿洗澡去了。"王村长命令道："你先给开到路边。"向陈正东啪地一抱拳，"后会有期。"陈正东哭笑不得，心里骂道："啥玩意儿。”靳局长忙说道：“二哥，让他们走，你不走。”一指陈正东，“让他管饭。”

这时，陈正东正接冯希泉的电话：“这边还没有处理完，我回不去，这样吧，让他们到工会小院，选几个代表，其余人回去。”

冯希泉合上电话，对大家说道：“天快黑了，选几个代表谈事，其余人该回家的回家，该上班的上班，这样好不好？”见众人不作声，一指赵金锋：“你招呼一下选几个代表，咱们到工会去。”

工人推来让去，谁都不肯当代表。有人大声嚷道：“要去大家一块去，都是代表。”冯希泉暗想此事不会有结果了。

事出有因。几年来，关于奖金、关于下井津贴、关于下岗分流、关于女工卫生费等问题，没少闹过纠纷。人们集中起来向领导反映，领导也是让他们选出代表来谈。事后他们发现，有的事谈是谈成了，可是谈判代表屡屡被穿小鞋，或被借故处理。例如下岗分流，谈完不少人上岗了，几个谈判代表都没有上岗。上岗的人却不管你的事了。谈判代表失去了大多数，自己便变成了极少数，变成了百分之几。所以当赵金锋在机电科动员工人上访时，工人们也是说要去都去。这次选不出代表，大家就都在办公楼静候着，希望以严整的阵势威慑领导或是感动领导。

冬天天黑得快，刚才还是乌蒙蒙的，眨眼间已是灯光满地了。机关人员上午就回家了，下午见上访的未走，便连办公室也未进。整座大楼只有走廊亮着灯，大家都累了，时间销蚀了他们的锐气。每层楼梯都坐满了人，他们抄着手，头夹在裆间，可怜兮兮的样子。有人坐累了，把硬纸摊开，睡下了。静静地祈盼领导能在此时出现在他们中间，他们会把满腹委屈向他们倾诉。这时谁在低声吟唱：“团结就是力量，团结就是力量……”忽然许多人随着哼唱，歌声低沉有力。几个年龄大的竟唱起了“抬头望见北斗星，心中想念毛泽东……”歌声婉转凄凉，夹带着哭泣声。

冯希泉和矿领导心里酸酸的，不忍心听下去了，他们离开了办公楼，谁也没有拦阻他们。地上的残雪未化尽，他们不由得打了个寒噤。月光如水银泻地，抬头望见皓月当空，天轮上一盏红灯一明一灭，黑魅魅的矸石山像垂暮老者注视着矿山，注视着办公楼内发生的一切。何自知对冯希泉道："让食堂给他们送点热面条吧。"冯希泉道："你看着办吧。另外，你今晚不能离开，把工会空调都打开，敞开大门让他们去。"打电话给陈正东，他在接待靳局长、王村长和民警，话筒里传出轻歌曼舞声。陈正东低声道："你身边没有上访人吧，你来吧，靳局长等你一会儿了。"电话里又传出靳局长的喊叫声："三哥，三哥，你的老乡让我赶走了，你不生气吧，赶紧来喝几杯。"能听出他的舌头发硬。冯希泉说道："我的老乡不是你的老乡？得罪老乡看你死了往哪里埋？""革命公墓八宝山。你快来。""我正吃着呢。"冯希泉不待回话，便合上手机，深深叹了一口气。

上访事件虎头蛇尾，结束得有些滑稽。第二天机关人员上班时，只见硬纸满地，墙上留有窑衣的污渍，地板上留下块块痰迹，楼梯栏杆、门口棉帘上留下鼻涕痕迹。有人边清扫边骂："这个素质早就该结算回家。"陈正东问工人什么时候走的，何自知答道："大约凌晨两点钟，先是有人冻得受不了，出去找水喝，接着又有人跟着出去喝水。后来呼地一下子都站起来，百十个人彼此不再相顾，逃命一般向门口拥去，像是谁跑得慢谁就遭到结算一样；楼梯口挤倒几个人。这就是眼下的群众，银样镴枪头嘛。"何自知读过几本古书。

陈正东嘿嘿笑道："群众还不就是这样吗。谁让他是群众呢？"

"这样的群众一盘散沙，发动起来难了。"

陈正东警觉地问道："你发动群众干什么？"

何自知自觉失言，解释道："我是说当年闹革命发动群众之难可想而知了。"

陈正东无言地放下了电话。

十二

会议通知下发了，七届二次职代会将于两天后召开，会议日程半天。

陈正东放下打给何自知的电话，便去找冯希泉，说："鉴于当前的生产和政治形势，职代会不能再拖了，要采取快刀斩乱麻的方式，审议改制方案和通过职工安置分流方案，上报后组织实施。"

冯希泉关上门道："我看可以，但是有一点要明确，三千多万股权如何设置？这件事一直未议，咱俩先叽咕叽咕大体方案。"

陈正东坐下来，笑道："我也正想和你谈这个问题。你往上跑了，跑几次，找的谁我都清楚，领导大体给你怎么许的愿，我也知道。领导也面临改制后安定的问题嘛。名为3500万，实际上有500万是虚的，我看领导班子60%，1800万，中层骨干1200万。"

"那500万怎么回事，缩水了？"其实，冯希泉是明知故问。他知道这500万的去向。

陈正东笑道："你知我知，不说行不？"

冯希泉："不说可以，有人问时咱俩要统一口径做好解释工作。"

陈正东不当一回事的口气："不会有人站起来问的。"

"撒谎也要有个准备。就说是评估机构的计算失误。还要明确这1800万如何分配。"

陈正东瞪着冯希泉："副职每人100万，去掉了500万，就只有1300了。"他迟疑地盯牢冯希泉，冯希泉鼓励他说下去："你大胆说。"陈正东继续说："行政是生产安全第一责任者，你看出了问题都是处理行政负责人，行政负责人理应持大股，我900你……"

冯希泉打断他的话："不行，你可以比我多一点，我600你700。"

陈正东坚持道："你说的也不行，我900你400。其实有些事我也不去追究了，例如星光大酒店……"

冯希泉并不理睬他的话，自顾解释道："我不是要那几个钱，差距过大对思想政治工作不利，也是对这项工作的不尊重。我不是为个人争，而是为这项工作争。我不会放弃这条原则的。你挣大钱的日子长着呢。这样吧，你如果以后认为我这个老大哥工作配合不力就说一声，我好早有准备，我可以走人，但是600万股权不转让，像你送出去的500万干股一样持着。这要在方案中写明。还有入股的方式，是以贷款方式，即使按三分之一配股价我也拿不出这么多现金，你能拿出来但是你可能不愿拿。"

陈正东苦笑道："我也拿不出来。"

紧接着两人就以上方面达成一致意见：职代会的筹备会、主席团会当日上午开；评议干部和干部收入议程不进行了；通过方案和决议的方式为鼓掌通过。两人都发现，自两人搭班子以来，对方从未像这次这么好说话。两人都笑了，说起了轻松话，冯希泉说："你早就这么盘算好了，你如愿以偿了。"陈正东说："你原来准备的是另一套方案吧。"冯希泉嘿嘿笑了。

紧接着召开党委会，何自知一听就傻眼了。

何自知知道，实际上改制方案和职工安置分流方案在工人心目中是绝对不相等的。职代会在处理这两个方案上也有所不同。对改制方案只提到审议，而职工安置分流方案需要讨论通过，上级考虑到了职工利益。这就是说职工安置方案获得通过，职代会就圆满完成了任务，改制就可以进行到下一步程序。反之亦然。而国有资产是否流失，取决于安置方案是否被通过。对通过的方式进行修改，可谓一个高招，连职工代表举手的权利也不给，鼓掌通过可以作多种解释呀。职工代表的作用越来越被轻视，两年来就免去了干部评议和干部收入公示的议程，有谁提出过异议？陈正东有次喝醉酒失口说："职工代表是骡子的……"他从来都把职代会当作形式走过场的。国有资产就要合法进入个人腰包了，何自知心有不甘。

“怕准备不出来。”他想推迟会议，然后再想其他办法。

“有什么难的，你说说看。”陈正东说道。何自知看着冯希泉扳起手指头：“文件材料要印一百多份，还……”

“会议不发材料。”陈正东打断他的话。

何自知一愣，仍看着冯希泉：“这文件政策性强，不发怎么审议？”

“听听就行。”陈正东答道。

何自知面朝陈正东：“会堂从夏天‘三防’时堆放水泥黄沙还没清理……”

“不用这个会场了，我给镇政府说了，租他们的会场。”冯希泉打断他的话。

何自知十分沮丧，故意把身体往椅背上一靠：“工会可轻松了。”

冯希泉说道：“会标、茶水由镇政府提供，你们落实会场布置情况，下发会议通知，会议照相就行了。”

何自知不明白冯希泉今天是这个态度，是不是他们两人私下达成了某种协议了呢？果真如此的话，职代会达到维权的目的就难了，便说道：“我还是认为会议应该发材料，做不到人手一份，最起码一个代表组要有两份。”

冯希泉道：“那就每个代表组发一份，会后收回。”

陈正东补充道：“让改制办印吧。”

何自知道：“好，领导对工会关心呢。还有一件事，发通知的时候连会议补贴一块儿发下去吧，好让大家专心开会。”

陈正东称赞道：“这个做法好。”

何自知心中暗想，也只有这个办法了。他要在本次会议应到多少人，实到多少人，符合或不符合法定人数上做文章了。

上级文件规定，审议通过职工安置方案，要有三分之二以上的职工代表同意。何自知原来寄希望于工人通过上访等方式会奋起保护国有资产，他失望了，群众的注意力不在这上面。安置方案激怒了一部分人，但是，流产的上访事件定会成为矿山历史上的笑谈，他曾经憧憬愤怒的工人冲击职代会会场，闹得无法表决，进而变相地保护了国有资产。他已经彻底地失去了信心。他以前听说过某单位开职代会不足法定人数，会议只好延期的事。他准备一边发会议通知，一边劝阻代表罢会。干这种事对他这个会议组织者来说甚为滑稽。近八十位代表，最少要动员二十几人罢会，时间太紧张了。他安慰自己，谋事在人成事在天了。

散会后，何自知小跑着回到办公室，立即召集全体人员开会，没待人员到齐就布置任务。小刘、老罗发会议通知和补贴，老曹准备签到簿和代表证，小许准备席卡和督促会场布置。小刘问："有的领了钱不去开会怎么办？"何自知道："随他便。你再征求矿办、改制办，报一下列席人员、工会的都写上。"列席人员也有会议补贴。匆匆安排完，便带着小许骑车来到镇政府，找到政府办主任说明来意，政府办主任说："我正忙着，你们稍等半小时。"何自知央求道："兄弟你抽点空吧，我有急事呢。"政府办主任只好陪他们到会场，会场内桌椅凌乱，一地水果、瓜子皮，能看出日前开过茶话会。何自知交代后天上午准时开会，会标内容由小许提供，其余你们干，各项条件要达到会议要求，并嘱咐小许有急事才能打他手机。

何自知骑着车子还在想先去动员谁，谁最能响应他的罢会号召。大门保安大叫让他下车，他没有理睬。他感到难就难在代表多是中层干部，他们的结算年龄已经有所放宽。于是决定把靠近结算年龄二三年的人也扩大进来。

进了矿门直奔膳食科去找赵伶。偌大的操作间空空荡荡，几个女工坐在一边聊天，一个女工正在做花卷，正是赵伶。她年龄已过40，面临着结算回家，却只有她任劳任怨。他走到跟前她也未发觉。低声叫道：

"小赵。"

赵伶正一边工作一边想着结算回家的窝心事，她一愣，微笑着点点头算是回答。

何自知因为时间紧，所以长话短说："对于结算回家你有什么想法？"

"有啥法，走就走呗。"

"想不走继续干吗？"

"你有办法？"赵伶惊喜道。

何自知压低声音："只有一个办法，罢会的人多了，不到法定人数就无法开会，当然就无法通过那个方案，逼迫他们修改方案，你后天就不要开会了。"

"你们不找？"老实人老实地问。

"咋笨呢，你答应去半路溜了，或是扯个谎。千万千万要保密。"

何自知匆匆离去，却迎面碰上陶萍。原来早有多嘴的女工告诉她说："何主席来找你。"陶萍问："他说来找我了？"女工反问道："他来不找你还找谁呢？"看来他俩不一般的关系开始有了传闻。陶萍问他来干什么，他支吾着没有说出个所以然来便蹬车而去。忽然又跳下车问道："薛科长在不在？"他的慌张样子让陶萍生疑，手一指："在他办公室。"

何自知推门就进，见薛科长正把抽屉拉出很长翻找东西，便笑道："看来真要结算回家了。"

薛科长连忙推上抽屉："吓我一跳。"他比何自知还大一岁，按方案规定明年就要回家了。何自知不便直来直去，便开几句玩笑："你是找小姐照片还是清理受贿存折？"接着问道："你对结算年龄有什么看法？"

"结就结吧，早就不想干这个受气的官了。"

何自知这才知道找错了人。陶萍是副科长，但是在矿领导甚至在何自知眼中比他这个正科长重要，他早有意见，气得工作不愿干，哪知正中领导下怀，干脆就不找他。结算年龄一公布，他更认为是冲着他来的。何自知心想已经来了就问问吧："职代会后天就……"

“我根本就不去。”薛科长打断他的话。

何自知一阵惊喜，往实里敲敲：“我派人来请你。”

“我明天就去市里。”

时间过得飞快，上午两个多小时找了六个人，五人表示罢会，一人犹豫地说：“我先去领了补贴，就说岳母有病。”何自知让会议补贴提前发，为的是防这一手；他知道工人为了这区区100元钱，极有可能毁了他的大计，便说：“补贴下午就发。”那人笑了：“行了，我听你的。”中午他在食堂买了两个馒头一碗大锅菜，边吃边盯着门口。利用吃饭机会又动员了两个人。一位不是目标的代表向他打招呼，这人离结算年龄差七八年呢，他放他过去了，忽然想到他妻子已到结算年龄了，应该把这类人也列为目标的。这样目标就宽裕多了。于是追上去，在路边，那人说：“行，我领了补贴就说带老丈人去看病。”何自知笑了：“你们这些家伙是说明孝心呢，还是咒岳父岳母死呢？”那人一吐舌头转身走了。

第二天下午何自知去检查会场布置情况，检查出几处缺陷，让他们改了。他暗笑自己明里把会场布置得无可挑剔，暗里却破坏会议，人的两面性哪。两天来他马不停蹄地动员罢会，已经动员了28人了，加上三个工伤和长期病假，如果这些人都罢会，会议是不到法定人数了。但是他不敢保证其中有由于种种原因背弃承诺的人。为了留有余地，他决定再动员一两个人。这样他敲响了陶萍的家门。

门打开了，一股热气迎面扑来。陶萍身披棉睡衣，趿着棉拖鞋笑脸相迎。她在空调屋里只穿毛衣，胸前两只乳房甚是肥硕，像是在突突地跳动。她美丽的大眼睛射出疑惑的光。

“你从哪儿来，身上一股凉气。”

何自知还是在五六年前来过这里。那时她丈夫还没有在井下牺牲，两口子设家宴款待他。他搓着手又搓搓耳朵：“孩子睡了？”

陶萍点点头，悄声问道：“你还没吃饭吧？”何自知这才想起中午只喝了一碗稀饭，晚饭没有吃，便说：“下碗挂面吧。”

何自知的名单里没有陶萍。一是她距结算还差十多年，痛痒不在身上。二是害怕影响她的进步，他不愿她受到可能的牵连。陶萍端来油炸花生米和在微波炉里加热的火腿肠，折身打开酒柜，柔声问道："喝红的喝白的？"又自问自答，"红的吧，这有一瓶宁夏枸杞红。"两只大眼睛扑闪扑闪看着他，含情脉脉的。

何自知心旌摇曳，一时有些慌乱，说道："屋里真热。"

陶萍过来扯住他的棉袄袖口："脱了吧，我也陪你喝几杯。几年了，你也没来过，这酒都等你四五年了。"

何自知稍稍定下神来："忙哪，你也知道的。"

陶萍声音轻轻的："都是借口，你的心不在这儿。"

屋里一阵沉默，挂钟有节奏地响着，甚是清脆。灯光柔柔的，蓬松的鸭绒被掀开一只角，双人床对面电视机正播放一部言情剧。他忽然听到有人啜泣，抬头看见陶萍已是泪流满面，她那双大眼睛里含着饱满的泪水，睫毛一扑闪便滚落两串晶莹的泪珠。何自知从未遇见过这种事，完全没有了主张。愣了一会儿去卫生间拿来毛巾递给她。她不接，何自知便一只手托着她滚烫的脸，一边替她擦拭滚烫的泪。突然，陶萍抓住他的手，缓缓地站了起来，站在何自知面前，忘情地注视着他，她呼吸急促，胸脯起伏。何自知心乱如麻，注视着她姣好的面容，她皮肤如此细腻、柔嫩，有弹性，富有朝气，真像红苹果，有吞下去的欲望。这样对视着，他一下把她揽在怀里，陶萍抱住他宽宽的胸膛，身躯蠕动着，脸颊在他粗糙的脸上摩擦着。这是两人的第一次，都觉得十分美好。

"自知别走。"

何自知犹豫着，侧耳谛听，似乎听到门外有轻微的响动，是门外有人还是她女儿被惊动了？他心中只有一个念头：今晚不能出事。说道："明天吧。"

"不嘛。"

"明天一定。"

何自知不敢在此再停留片刻，轻轻掰开她的手，穿上棉袄，仓皇逃向春寒料峭的夜色。

十三

何自知做了一夜乱七八糟的梦、早上起床仍觉得头脑昏昏沉沉。他依稀记得抱住陶萍赤裸的身体，温柔乡中甚是甜蜜。梦境是在略带凉意的秋雨中，他和陶萍从雨中跑来，钻入旷野中高粱秸搭起的人字形棚下，陶萍脱去淋湿的小褂，他看见她洁白的身体和饱满的乳房，积聚长久的力量爆发了。忽然一阵狂风把高粱棚刮倒了，两人仓皇逃命。他醒来却记起这是他和妻子鹿云凤的一段浪漫经历。黑夜中他为自己昨晚的胆怯而懊悔，老鼠般的举动定会伤所有女人的心。好不容易睡着了，他又梦见了职代会。人坐了满满一会场，甚至连窗台上都站着人。台上在唱一出古装戏。忽然又开会，陈正东在做报告，台下又是按表决器又是鼓掌，真可谓雷鸣般的掌声，以致把他惊醒。醒来看是刮起了大风。这不是个好兆头，他这样想。恍惚记起听说梦有反正，只是记不清上半夜为反还是下半夜为反，也不知上半夜和下半夜的分界线是几点。此时已是五点十分，他不敢睡了，他要好好儿想想开会细节。

鼓掌通过真是一种可以任意解释的表决方式，此计甚妙。自己成功的关键与否在于到会人员的多少，不排除有人对他阳奉阴违，现在谁不拣好听话说呢？可以相信，只要到会人数够了，方案就通过了，这是没有办法的事。唯有一点，自己不要被出卖就谢天谢地了。

妻子鹿云凤已经起床做饭，传来岳父的咳嗽声。他洗漱完毕就吃饭，想着今天是不平凡的一天啊。他走出门，一阵狂风袭来，他被呛得身子一抖，感觉到心里有些不踏实。一种不祥的感觉袭上心头，折回身，向妻子招招手。

“让爹上午就走吧，记住，上午。”

“你……那炭还没买呢。”

“过几天我批完给他送去。”说完深情地看看妻子，折过身向会场走去。

会场笼罩在一片神秘的气氛中。往日在矿上开会，矿内大街要有几幅过街标语，会堂门头要挂大红灯笼，门厅处有十面彩旗装点气氛。这几年时兴气球和充气彩门，去年矿山也搞了。会前时刻播放着《步步高》《喜洋洋》之类的喜庆乐曲。何自知很重视分内事。有人私下说职代会隆重热烈地走形式。本届职代会在镇政府办公楼一角的中型会议室召开，进镇政府要验证，矿保卫科派人协助验证。进了政府大院，只见几位工会工作人员站在拐弯处充作路标，真像进了迷宫一般。会场外无任何标志，会场内只有毡绒背景上贴着“石井煤矿七届二次职工代表大会”的会标。

何自知最早来到会场，他的位子在主席台前排左侧边上。他把皮包放在位子上，过去打开墙角的柜式空调，便巡视会场，看有无遗漏处。看着简陋的会场，想着简单的议程，他问自己，这真是最后一次职代会？看样子像呢，真的有些日薄西山气息奄奄寿终正寝的样子了。这时又想到，当初他是从推迟会期的目的提出会场需要清理的，没想到正像人家一伙的了。自己就是不提，他们也打算在这儿开呢，陈正东不当回事，冯希泉肯定想到了，他向来是谨慎的。

开始有人走进会场了。他们进来就埋怨：“何主席，怎么想起在这儿开会，进门像审贼似的。”

何自知说道：“咱矿会堂有水泥、沙子。”

另一个人问：“没有什么其他意思吧？”

“能有什么意思？”何自知笑着反问。

“反正你们心里不踏实，把工人群众都当成什么了？工人早就寒心了，还干冲击会场的事？你们不当回事，群众早当嬉里意了。”

代表先是零零散散地来，后来三三两两地来，不多会儿来了三十多人，他忽然看见昨天他通知的一个人也来了，那人看见他便躲到别人身后去了。这是一个不好的开头，于是他的心一紧。幸好多通知了两个人。好在来了四十多人只发现一个背信弃义者。矿领导都来了，他便回到座位上，看到会场稀稀落落的与会者，心中涌上来从未体会到的快感。

开会时间就要到了，会场内还是这么多的人，他的阴谋几乎就要成功了。对面墙壁上挂钟的分针在缓慢地走着，已经到了开会时间了，已经过了开会时间了。突然，他的心脏一抖，猛然意识到自己犯了一个致命的错误：这儿不是世界体育比赛的赛场，误时作弃权处理；这个会议的主动权在领导们手里。你按游戏规则进攻，他们可以不按游戏规则应对。他们既然能够改变议程，如果不到法定人数，他们完全可以把今天的会说是预备会的。或是采取其他补救办法的。他正这样想着，他没有想到的可怕的事情发生了。

“老何你过来。”冯希泉向他一招手。何自知走过去，“会议通知都送到了？”何自知道：“没落一家，有记录。”“为什么来人这么少？”冯希泉脸色十分难看。何自知看着会场：“是不是没有找到会场，或是有事来不了？”冯希泉打断他的话：“行了，你回去吧。”似乎藏着一句话没有说出口，“这是你在捣鬼。”他又是一招手，脸色阴沉的陈正东走过去，两人商量了一下，又和几位矿领导说了什么，冯希泉传达了会议紧急通知：

“各代表组组长注意，立即通知你组未到人员，到会代表中的结算年龄作如下变动，原是副科的按正科待遇，一般人员推迟三年。立即通知。”

何自知一下子被击蒙了，他万未料到他们会出此阴招。真是找准了工人的软肋，给予他致命的一击。他知道只要通知到具体人，他们是抵挡不住这个诱惑的，任何其他利益在这个面前也会黯然失色的。他也知道自己将面临什么。果然，悲壮的一幕出现了。不一会儿，几个人大汗淋漓地冲进了会场，有的手里拿着帽子，有的胳膊携着棉袄，有的一瘸一拐，进门就坐下了，有一人甚至拿着钓鱼竿儿跑进来的，进门就喊："我再出去锁车！"何自知双眼迷离神情恍惚起来，心里想着，口中不由得念叨出声："又来了一个，嘿嘿，又来了一个……"

会议已经到了法定人数，陈正东急令关上会场大门。何自知马上明白了他的意图，还有二十多人未来到啊，不由得声嘶力竭地大喊一声：

"关不得呀！"

陈正东大喝道："关上！会议已到法定人数，现在开会！"

会议进入了正常程序，何自知脑子里一片空白，心脏一阵阵抽搐，会议内容一句也未入耳。他凝神谛听着，努力从嘈杂声中分辨着，他仿佛听到有人喊门，不顾一切地冲下主席台，跑过会场，把大门打开，眼前是迷蒙的人影，他已经分辨不出来人的面孔了，喃喃道："你们来了，来了好啊。"迟到的代表向他投去疑惑的目光。

他不知道的是还有16个人没有到会，其中有机电科工会主席赵金锋，膳食科女工赵伶，秦师傅大儿子玉柱，病魔缠身的好友张大库……这么多的人未通知到，他将无颜面对他们，他将面临灾难性的后果。

十四

可怜人儿何自知，头重脚轻地回到办公室，对已经过去的一切，醉酒一般迷迷糊糊。事先设想了几种结果，竟完全没有把这种结果考虑进去，真可谓智者千虑必有一失了。他换了几把钥匙才把门打开，门也没关，任凭狂风吹入。他端坐在办公桌后，目光前射，木雕泥塑一般。恍惚看见有人在门口一闪，不见了，接着出现几个人影，门被外面的人关上了，室内霎时一片漆黑。他陷入极端的痛苦之中。几十年忍气吞声地干工作，从未大胆地发表过自己的意见，只有这一次实在看不下去了，才由着性子，干了一次自己想干的事，竟出现如此后果。撤职是可以预料到的，因罢会而失去延期结算机会的人，他是无法交代的。人们如此看重这只饭碗，领导没有给砸掉，你却给敲掉了，他们的愤怒也是可以预料到的。明天，就在明天，他将迎来这个可怕的局面。他仿佛看见他们目眦欲裂振臂呐喊的样子，仿佛听见他们在大骂："你是对我们好吗，你是在害我们！"

天黑下来了，外面的脚步声稀少了。他明白自己应该干什么了。拉亮电灯，找出一张纸，想着还有什么后事需要交代。他一生清白光明磊落，一切都是透明的，无可交代了。儿子性子太犟，这是他所担忧的，劝他改改？人之将死，其言也善呀。想落笔写字，突然把纸撕得粉碎，抛向空中。昨晚的一幕倏忽浮上脑海，喃喃道："萍萍，我的好萍萍，你自知哥对不起你了。"他产生了再听听她那摄人心魄的磁性嗓音的欲望，这是他告别这个世界的最后享受。手机打通了却未接听。他不知道此刻她正和冯希泉、陈正东在光明酒楼庆祝职代会胜利闭幕。悠扬的乐曲遮盖了微弱的电话铃声。他环顾办公室，工作了二十几年的场所竟有些陌生。他突然看见书柜上面崭新的窑衣，仿佛看见秦师傅身着窑衣，微笑着，像迎接他入矿一样在迎接他……

第二天一早，罢会的职代会代表，竟结伴来到工会，他们带着满腔怒火，要何自知承担责任。

一小时后，工会小刘接到矿办电话，要何自知到党委听取关于他停职检查的决定。

又过了一小时，冯希泉送陶萍来到工会，她接替了何自知的工作，任工会主席。

下午，何自知失踪的消息传遍了矿山。鹿云凤找遍亲戚朋友及他可能会去的地方，均无结果，依据他宁折不弯的刚性，已知大事不好。只有鹿云凤知道他，还没有修炼到家。

第三天中午，一位在矿西塌陷区放鸭子的农民，发现了一具尸体，慌张地报警。派出所派人把尸体打捞上来，便有人认出了这是何自知，只见他身穿崭新的窑衣。通知矿上来人，便离开了现场。得知他的死讯，矿山人议论纷纷：

许多工人说：“好好儿的工会主席干着是了，比我们强多了，偏要戳马蜂窝。”

罢会人说：“他临死害我们一家伙，老天有眼。”

冯希泉说：“这人好糊涂，当了工会主席就以为工会是他的了，职工代表就听他的了？”

陈正东说：“能屈能伸，算条汉子，尽管是条窝囊汉子。告别仪式我去。找找陶萍，去他家烧纸。嗯，就不送花圈了。”

陶萍取代了何自知，代表矿领导去他家吊唁。面对何自知遗像，凝视良久，深深地三鞠躬。回到家伏在床上，痛哭失声。

2002 年 5 月，石井矿成功改制，现领导班子成员分别担任不同职务。

2003 年，原煤生产同比增长 37%。2004 年，原煤生产同比增长 51%。

2005 年 2 月 28 日，凌晨 1 时 24 分，也就是距七届二次职代会召开三周年纪念日差三天，105 工作面发生特大瓦斯爆炸事故，47 名矿工遇难。董事长陈正东逃至境外，公安部门发出了通缉令。

原载《北京文学》（原创版）2007 年第 2 期

荣获神华杯·第六届全国煤矿文学乌金奖（2005—2009）

国家订单

王十月

终于，李想这一天对小老板提出了辞呈。小老板坐在租屋的旧沙发上，眼睛盯着电视里吴小莉那职业的微笑，沉默许久。他想说什么来着，想说一说李想的诺言？说一说让李想再帮帮他？可他终究什么也没有说。他理解李想，并不责怪他。李想有自己的生活，没有理由被绑死在他这辆眼看就要倾覆的破车上。

小老板说，工资的事，过几天好吗，赖查理……

小老板说到赖查理，说不下去了。他不止一次用赖查理来搪塞工人，说赖查理就要来了，赖查理一来就有钱了，工厂也就度过困难期了，弄得全厂的工人都知道有个赖查理，知道他是工厂的救星。可是这个赖查理，已许久没法联系上了。连小老板自己都对赖查理的到来失去了信心。可他又觉得赖查理不是那样的人，这几年的交往，赖查理给他的印象不坏。不过话又说回来，这世道，人心隔肚皮，谁又敢保证小老板看人没看走眼呢。

李想的鼻子一酸，他太理解小老板的心情了，毕竟是多年的朋友了。他差点就改变了主意。小老板待他不薄，可以说从来就未曾把他当属下看待，说是亲如兄弟也不过分。可是想到身怀六甲的妻子，想到周城那边催得急，想到到处都要花钱，他狠下了心，说，我做到月底吧。工资不急，你现在需要用钱。

刘梅快要生了吧。小老板还是盯着电视屏幕。

八个月了。李想说。

小老板问到了刘梅，李想就知道，小老板再难，也会在刘梅生产之前把工资给他的。从家里来的时候，刘梅反复对他说，一定要提钱，半年的工资，趁他还拿得出来，再过一段时间他破产了，杀他无肉剐他无皮，他想给也没的给了。李想嗯嗯地答应着。刘梅说，别拉不下面子。李想说我知道。刘梅说，有什么不好说的，欠债还钱，他欠你的工资，不好意思的是他。李想说，我知道。刘梅说，你就说我要生孩子了，缺钱用。李想说，我知道了。

小老板已欠下了供应商不少的货款了。最要命的是，工人的工资也欠了四个月。开始的时候，小老板还对工人信誓旦旦，说赖查理很快就可能结清货款的，到时把工资一次性算给大家。可是一个月过去了，又一个月过去了，赖查理杳如黄鹤，工资只有一拖再拖。和工人交涉的重担，就落在了李想的肩上。李想对工人们动之以情，晓之以理，但还是不停有工人在辞工。辞工当然要结工资，不结算工资就要告到劳动站去，再不行就喊打喊杀的，现在的工人，也不好糊弄了，不像李想和小老板当初出门打工时那样，人为刀俎，我为鱼肉，现在的工人，对付起老板来，办法一套一套的。小老板倒不怕那些供货商，却怕这些工人。终还是有工人离开了，厉害的角色，自然拿到了工资，次一点的，打一张欠条，还有老实一点的，干脆拍拍屁股走人。小老板一天无数遍拨打赖查理的电话，电话从来没有接通过。

李想说，我知道，这时候我不该走。谁都可以走，我不该走。可是……

小老板张了张嘴，嗓子里像有鸡毛一样，痒。干咳着，终于咳出几个字：大家都不容易。

还说什么呢。但小老板多少是有些失望的，李想一走，等于少了他的一条胳膊，他的局面将更加难以应付，倒闭是迟早的事。只是，小老板终究是不甘心，他在等着奇迹出现。十年前，小老板背着一个破蛇皮袋离开故乡，那是一个清晨，天刚蒙蒙亮，初春的风，吹在脸上，像小刀子在割。路两边，都是湖，湖睡在梦中，那么宁静，他的脚步声，惊醒了一两只狗子，狗子就叫了起来，狗子一叫，公鸡也开始叫，村庄起伏着一片鸡犬之声。小老板在那一刻停下了脚步，回望家门，家里的灯还亮着。他在心底里发下了誓言，一定要发财，当老板，衣锦还乡。出门打工，小老板吃过许多的苦，受过许多的难。这些，都不提了罢，小老板从来没有埋怨过生活，也没有恨过生活给他的苦，乡里人有一句话，“吃得苦中苦，方为人上人”。他一直在寻找机会，先是当工人，当技术工，跑业务。终于有机会了，他有了自己的业务网，特别是赖查理的出现，改变了他的生活。他有了自己的制衣厂，十几号人七八条枪，一路这么走过来，终于有了一定的规模。他打过工，知道打工的苦，待工人不坏。他对工人说，将来工厂发展大了，我不会亏待大家。他是这样说的，也当真是这样想的。

小老板盯着电视画面，思绪却飞得很远。李想想再说一些抱歉的话，但觉得这样的话说出来就显得虚伪，显得多余，也就不再说什么。两个男人，就这样一言不发，盯着电视画面发呆。他们没有想到，此刻，在遥远的大洋彼岸，正在发生一件惊天动地的事情，这件事，改变了世界。

就在李想觉得自己该走了时，凤凰台的电视画面，出现奇怪的一幕：大洋彼岸，美利坚合众国那著名的双子座大楼，那无数好莱坞影片中出现的标志建筑，此刻却像是两个大烟囱，在冒着滚滚浓烟。两位心事重重的中国男人，在这一刻都呆住了，他们忘记了自己正面临的困境。很快他们就明白了事情的原委。李想跳了起来，尖叫着，打电话通知自己的朋友。李想还拨通了妻子刘梅的电话，只说了一句话，赶快看凤凰台。挂了，又拨了周城的手机，也还是那一句，快看凤凰台。周城的手机信号似乎有问题，声音断断续续的，问，看什么？你说看什么？李想高声说，快看凤凰台。周城这一次听清了，说他在外面谈很重要的事情呢。周城问凤凰台有什么好看的，李想说，别问那么多了，赶快打开电视机看凤凰台，不然你会后悔的。小老板很冷漠地看着李想，嘴角甚至泛起了一丝冷笑。他想到了那封信，没有署名，但措辞很强硬，限他三天之内把工人的工资发了，否则，后果自负。随信一起的，还有一把水果刀。刀很锋利，闪着寒光。信肯定是他厂子里的工人写的，但是谁写的，小老板不知道。他本来是想和李想谈一谈这封信的，没想到李想提出了辞职，这让小老板的心里多少生了些许的疑惑。理论上来说，厂里所有的员工，都有可能写这封信，所有的员工，当然就包括了李想。看着李想，小老板又觉得，这写信的人不可能是李想。怎么说，他也算得上是李想的恩人，李想不至于如此恩将仇报。

又一架飞机撞向了大楼，画面给了尖叫着的惊慌的人群，给了五角大楼，给了白宫，给了一面在风中飘扬的星条旗……李想再一次尖叫了起来。李想还想说什么，但这一次李想觉出了不对劲，小老板的眉头皱了起来，有些悲哀地说了一句，不知要死多少人。小老板的话一出口，李想一时语塞。和小老板分手的时候，沉默的格局还是因为这事件的发生而打破。他们交流了对于这次事件的感慨，也共同关心了大楼里有没有中国人，关心了这次事件中死亡的人的数字，然后道别，一切都显得有些陌生而漠然了。

李想回到家，问刘梅有没有看过凤凰台。

刘梅说，跟小老板说了没有？

李想说，说了。

刘梅说，小老板生气了吧？

李想说，倒也没有生气，不过他心里肯定不好受。在我们最难的时候，是小老板帮了我们，现在他有了难，我却要辞职，总觉得有点不厚道。

刘梅说，你不会对他说我要生了吗？再说了，这些年来，你为他打工，没有白天黑夜，也帮了他不少，算是报恩了。

李想说，话虽这么讲，可心里总是难受的。你没有看凤凰台吗？

刘梅说，看了，小老板没有说多久给你结工资吗？

李想说，没想到，美国的双子楼被炸了。

刘梅说别在这里打马虎眼了，肯定是没有谈工资的事吧，你呀你，我就知道你这人，把面子看得比什么都重要，说几句话会死人？

李想就把头低了下去，像一个做错了事的孩子，说，我答应了，做到月底。

嘁！刘梅冷笑一声，月底，你们厂还能做到月底？

李想不再说话。本来他是想和刘梅谈一谈美国双子楼被炸的事，现在却一点谈兴都没有了。洗了正准备睡呢，周城的电话打来了，问李想和老板谈得怎么样了，什么时候辞职了跟他一起干。李想说谈了，月底就离开小老板。李想问周城，看凤凰台了没有。周城说没有看，说他今天晚上和一个美国基金会的代表在谈判，合同都签好了。咱们要发财了，周城说，晚上有活动吗？

李想说，都几点钟了，还活动？

周城说，嫂子怀了几个月，憋坏了吧。出来，我请客，帮你把那戒给破了。

李想还想说什么，周城已说了声西子足疗馆见，把电话挂了。

这么晚了还往外跑，刘梅自然是一脸的不高兴。何况是跟周城跑，刘梅更加不高兴。

刘梅一直觉得周城这人不踏实，虚头巴脑，咋咋呼呼的，又爱吹牛。担心李想跟他在一起学坏，还担心他吃亏。刘梅说真想不通，周城怎么那么大的能耐，名利双收。可是想到老公将来跟了周城，赚的钱要比跟了小老板多，也就不怎么反对了。

到了足疗馆，周城一脸喜色，在那里和咨客聊天。见李想到了，便问李想，是按摩还是洗脚。李想说洗脚。周城说，那就洗脚吧，下次一定要帮你破戒。李想笑笑说他早就没有戒可破了。要了房间，咨客问周城有没有熟悉的技师，周城叫了三十八号，又指着李想说帮他叫个漂亮点的小妹。咨客笑盈盈地答应了，不一会儿回来，对周城说对不起老板，三十八号出钟了，您再叫一位吧。周城说那你随便安排吧。

等候技师时，周城神秘地对李想说，我那事成了。

李想问什么事。周城说就上次对你说的那事，从现在起，我免费为打工者打官司了，免费，你知道吗，一分钱也不收。老子再也不用担心那些打工仔赢了官司不给钱了。

说话间，技师来了。给李想洗脚的技师长得不错，而给周城洗脚的技师，却是一位大嫂。李想嘴角泛过一丝笑，望了周城一眼，周城皱了皱眉头，朝李想摇了摇头，长叹一声，哎呀，命苦呀。也不同技师说话，只是对李想说，我今天跟那假美国佬把合同签了，我只管打官司，所有的律师费都由老美出。接下来我这里肯定忙不过来，缺一个又能干又放心的帮手，你最好快点过来。

李想说没有办法，做人不能太绝情，当年我被治安队抓，差点就送收容所了，是小老板帮了我。李想又不无担心地问周城，拿美国人的钱，会不会有什么问题。

周城笑了，说，你呀你，这也是为打工者做一件大好事，名利双收，你就放心吧。

从洗脚城出来的时候，已是凌晨了。路过海华工业区前的十字路口时，就看见前面围了一圈人。李想一个激灵，说，妈的，又是查暂住证的。把手摸向了口袋，身份证暂住证都在。多年前，他刚来南方，工作没有找到，手中的钱又花光了，屋漏偏遭连阴雨，晚上又被治安队抓了。他就是那时认识小老板的。那时的小老板还没有当老板，在工厂里打工。萍水相逢的小老板帮他出了一百五十块的罚款，让他免了收容之苦，还把他介绍进了他们厂做工。从此，开始了他们长达八年的友谊。小老板从厂里出来创业，李想也跟了出来。想到自己今天向小老板提出辞职，想到小老板的工厂已是风雨飘摇，想到当初自己被小老板帮助时说过的话：今后您要有用得着我李想的地方，我赴汤蹈火都在所不惜。李想禁不住一声长叹。南国的风，带着咸腥的海的气息扑面而来。街道两旁那高大的大王椰，在风中沙沙沙地响。李想突然觉得内心凄惶莫名。

一群治安员围着两个人，一会儿让他们蹲下，一会儿让他们把手举起来。他们现在对李想和周城不感兴趣。李想却差不多患了治安员综合征，见了治安员腿就发软。现在他唯一想做的就是快点离开这是非之地，却发现不见了周城，回头望，见周城在看热闹。李想等了一会儿，见周城似乎没打算离开，想一想，把身份证、暂住证拿出来再确认了一遍，才走过去，说周城你干吗哩，你……呀！张怀恩？！李想看见，那被治安员折腾的居然是厂里的车衣工张怀恩。

张怀恩正举着双手，在同治安员辩解，说他手中的刀子，当真是削水果的，不是用来行凶的。说着就激动了起来，手开始比画着。

举起来，举好。一治安员指着他的手。张怀恩的手又老老实实举好。那治安员仍觉不解恨，在张怀恩的小腿上来了一脚。张怀恩痛得跳了起来。

丢雷个嗨。治安员骂，对张怀恩的辩解很是愤怒，一口认定张怀恩手里的刀子是用来行凶的。

张怀恩正在百口莫辩，突然听见有人叫他的名字，原来是厂里的经理李想，那兴奋无异于溺水的人抓住了一根浮木，喊了一声李经理，对治安员说，他是我们厂的经理，他可以证明我是好人的。

治安员把注意力转移到了李想和周城的身上，目光像锐利的刀子，把李想从头到脚刮了一遍，又把周城从头到脚刮了一遍。然后指着李想，说，暂住证，身份证。

李想迅速把证件递给了治安员。治安员看了一眼，还给了他。指着周城要看证件。周城却没有把证件交给他们看的意思，只是慢条斯理地说，你们是哪个派出所的，把你的证件给我看看。

这简直是在太岁头上动土。治安员天天查看别人的证件，大约从来没有被人查看过证件，一下子倒愣住。又拿目光刮周城，就没有先前那么锐利了。心里有些虚，不知道周城是何方神圣。周城看出了治安员的心思，冷笑了一声，说，你们为什么要打他？谁给你们的权力？

治安员之一说，他带着刀子。

张怀恩说，是水果刀，用来削水果的。

治安员之二说，水果刀就不能行凶了？

周城说，真是好笑，带了水果刀就会行凶吗？那我说你是强奸犯。

我怎么是强奸犯?

你有强奸的工具呀。周城说。

周围的人都哄地笑了起来。

治安员闹了个大黑脸,被周城这么一唬,有点蒙了。眼前这人,看穿着也不像是什么了不起的大人物,哪有大人物深更半夜在街上闲溜达的呢,慢慢有些回过神来了。首先回过神来的,大约是治安员头目,他指着周城说,丢雷个晦,你在这里装什么大头鸟,你干吗的,身份证,暂住证!

周城不慌不忙,从腰上取下手机,说,问我是谁?是让李世贤来告诉你们,还是让黄标告诉你们?

周城说的李世贤,是这城市的公安局局长,黄标,就是这片区的派出所所长。周城报出了这两个人的名字,治安员头目再一次慌了。周城把手机递给那治安员头目,说,要不要给李世贤打个电话让他为我证明身份?

治安员头目慌忙说,对不起对不起,您讲笑了。

周城见好就收,说,你们这么晚出来执法,也很辛苦,可是你们要文明执法,看见他手中有刀子,拦住盘问,都是对的,说明你们工作很认真。可你们怎么能动手打人呢?打人就是你们的不对了。治安队伍这么辛苦保一方平安,为什么老百姓还这样恨你们呢?还是你们的执法态度有问题啊。

治安员头目低头垂手,像一个犯了错的小学生,连声说是是是,下次注意。挥手让手下的治安员放了张怀恩。张怀恩千恩万谢。李想说,这么晚了出来瞎转悠什么呢,你又不是刚出门打工的,出来就算了,还带一把刀子。快点回厂里去吧。张怀恩又谢了李想,说李经理,要不是您,我今晚就惨了。

车衣工张怀恩并不知道,刚才跟着李经理的,并不是什么大人物,不过是一个专帮打工者们打官司的律师罢了。他更不会想到,和李经理在一起的那个大人物，根本就不认识什么公安局局长和派出所所长。他不过是看准了治安员的心态，诈了他们一把。他要是知道了，当时怕是吓得都走不动了。

这个晚上经历的一切，对车衣工张怀恩来说，是一个警示信号，他得认真想一想下面的路该如何走了。回到工厂，睡在铁架床上，张怀恩的手脚还在发软。如果不是李经理他们赶到，他坚持不了几分钟，就会如实招供了。

张怀恩想到了另外的一把刀子，还有和刀子放在一起的那封信。几个月没有发工资了，工友们陆续在离开，许多人都没有拿到工资。张怀恩不想找劳动站，他早就听说，小老板被一个叫赖查理的香港佬骗了，几十万的货款都没有要到。就算到劳动站去告，小老板也拿不出钱来发工资了。何况，天地良心，他张怀恩跟了小老板也有三年了，小老板待他们这些工人当真不错。张怀恩也不想把事情弄大，他只是想吓唬一下小老板，然后要到自己的工钱。

晚上，他去未婚妻打工的厂子，两人在厂外面的香蕉林里亲热了半天，打算十月一日国庆节就回家结婚。说到回家结婚之前，无论如何要把工资拿到手。未婚妻劝他，好好跟老板说，把要结婚的事说清楚，也许老板会把工资结了呢。再说了，你的身体一直不大好，要早点去医院检查检查。张怀恩摇摇头，苦笑，说，小老板人是不错的，他要拿得出钱来，也不会拖我们这么久的工资了。又说，我没什么病，不过就是有点贫血，结婚了你天天给我做好吃的就行了。未婚妻偎在张怀恩的怀里，无限幸福，说，结婚了我们在外面租个房子，我天天给你煲汤，把你养得胖胖的。

张怀恩并没有告诉未婚妻关于刀子的事。未婚妻抱着他时，碰到了那把水果刀，吓了一跳。张怀恩说，没什么，用来防身的。

未婚妻就不说话。上个月，他们俩也是在这厂外的香蕉林里亲热，结果被几个烂仔抢了，抢了钱不说，那烂仔还摸了未婚妻的胸。当时的张怀恩，没有做出任何的反抗。未婚妻倒没有责怪张怀恩，张怀恩却感到极度的愧疚，说他不是男人。未婚妻说，我只要你好，平平安安的。你要真和他们打起来了，有个三长两短，我也不想活了。话是这么说，张怀恩的心里却更加难受，总觉得自己不算个男人，连自己的女人都保护不了。当张怀恩说他的刀子是用来防身时，未婚妻沉默了一会儿说，以后别带刀子了，带了刀子更危险。也是在那时，张怀恩听到了一个让他又喜又忧的事，未婚妻怀了他的骨肉。当真让他又是欢喜又是惶恐。

张怀恩决定，用温和的方法去向小老板要工资。他要对小老板说他的未婚妻，说他未来的孩子，当然，还可以编造一下，比如说家里有一个八十岁，不，七十岁的老母，有一个正在读高中，明年就要考大学的妹妹，我张怀恩一家人的幸福，都寄托在小老板您的身上。实在不行了，就算给小老板下跪也是可以的。然而第二天，小老板并没有来工厂。张怀恩找到了老板娘，老板娘说要工资你去找老板。张怀恩说，那老板去哪儿了？老板娘说，我还在找他呢。看着老板娘火药一样，仿佛一触就要爆炸，张怀恩退出了办公室，见文员李兰朝他吐舌头做鬼脸，便凑过去，用嘴努老板娘的办公室，问怎么回事。李兰小声说，和老板吵架了，早上在办公室里哭呢。

这一天，张怀恩带来的消息，像一股暗流，在工人中引起了不小的骚动。

老板不见了！

连老板娘都不知道老板去哪里了。

老板会不会跑掉了？要是跑掉了，我们这些人就惨了，四个月的工资呢。

工人去找经理李想，问经理，老板是不是跑了。李想安慰大家，说怎么可能呢，怎么会跑呢，老板不可能跑的，他有这个厂在这里，还有这么多的设备，跑得了和尚跑得了庙？工厂不过暂时遇到了一些小困难，赖查理马上就要来了，赖查理一来，大家的工资都有的发了，一分钱都不会少你们的。再说了，我不也还欠着工资吗，你们欠四个月，我还欠了六个月呢，张怀恩你说是不是这个理？

张怀恩昨晚才受了李想的恩惠，现在没有理由不站在李想的这一边帮他说说话，张怀恩于是对工人们说，李经理说得有道理。老板可能是帮我们弄钱去了哩，我打工十年，干过七八间厂，在这个厂干了三年，这个老板是最好的了。

工人们的从众心理是比较强的，有人说老板跑了，就人心惶惶，觉得老板真的跑了；有人说老板不可能跑，大家一听，又觉得在理，老板要跑早就跑了，还会等到今天？

小老板的确没有跑，跑到哪里去呢，这厂子是他的命，是他的心血，他怎么会抛下呢。只是他现在觉得很累，前所未有的累。昨天晚上，和妻子吵了一架，心情坏到了极点。他现在只想找一个安安静静的，没人知道的地方，好好地睡一觉，积蓄力量。和妻子吵架后，小老板离开了家，给阿蓝打了电话。问阿蓝晚上有空没有。阿蓝说有空。小老板就去了阿蓝那儿。阿蓝一见小老板，就偎在了他的怀里，紧紧抱着他。小老板轻抚着阿蓝的长发，说，我有点饿，给我做点吃的吧。

阿蓝烧得一手好菜。小老板每次来这儿，阿蓝都会下厨烧上几个小老板爱吃的菜。

阿蓝说，看你的脸色很差，我给你放点热水，你泡个澡吧。

小老板说好，倒在阿蓝的床上休息。小老板每次一倒在阿蓝的床上，就觉得瞌睡，倒下就能睡着，而且还睡得格外香。就像现在，他睡在了阿蓝的床上，就像到了一个温暖宁静的港湾，工厂里的烦心事，都仿佛与他无关了，他现在只想好好地享受这温馨的时刻。阿蓝在浴室里放好了水来叫小老板时，房间里已响起了轻微的鼾声。

阿蓝不忍心叫醒他，下厨房去做菜。做好了菜，看小老板还在睡，阿蓝就坐在床边，看着小老板。

不知为何，阿蓝觉得自己是渐渐喜欢上这小老板了，这种喜欢是危险的，她知道这不同于一般的感情，也不同于她对其他客人的感情。这些年来，她就在这里安了个窝，接待一些熟悉的客人。遇上喜欢的男人还会为他们炒两个菜。也有客人提出过把她包起来，她只是笑。她似乎是喜欢上了现在的这种生活，为那些事业小有成就，却又心灵孤独的男人们，营造一个家的氛围，做他们临时的妻子。可是小老板出现后，阿蓝的心有些乱了，她开始减少和其他客人交往。小老板并没有给过她多少的钱，只是每次会送给她一些小礼物，这礼物有的比较值钱，有的不值钱。但这些对于阿蓝来说，似乎都是无价的。有时阿蓝也想，这个平时总显得心事重重的男人，到底有什么样的魅力，让她心乱如此。想来想去，阿蓝觉得，是小老板的真实。小老板在阿蓝面前，从来不掩饰自己的内心，也不掩饰他的困窘。不像有的男人，一来就对她吹嘘又赚了多少钱，说要和老婆离了婚娶她。小老板却总对她说，不能一个人一直这样下去，碰到合适的，就嫁了。他情愿那时和她做一个朋友。说他的生意遇到了困难，但一切都会过去的。说他喜欢到这里来，是喜欢这里有家的感觉，可以让他忘了那许多的烦恼。难道只是这些吗？阿蓝自己也不清楚，于是只能对自己说，人的感情，当真是很奇妙很复杂的。

小老板猛地醒了，看着阿蓝，笑，说，我又睡着了。每次来你这里，都有睡不完的瞌睡。

阿蓝说，饭好了，吃饭吧。

于是他们吃饭。吃完饭，小老板洗了个热水澡。抱着阿蓝，做爱。小老板做爱总是很小心，像在抚摩一尊绝品的瓷器。然而这一次，小老板一反常态了，风狂雨骤的。小老板喊，阿蓝啊阿蓝，阿蓝啊……小老板居然哭了。但小老板没有让眼泪泛滥，泪刚出来，便被他止住。小老板仔细地抚摩着阿蓝细瓷一样的肌肤，说，阿蓝，我恐怕是最后一次来你这里了。阿蓝抱着他，拿手指抚摩着他的胸肌，不问为什么。小老板说他的工厂这次真的坚持不下去了，他明天回去，就宣布破产。把厂里的东西卖了给工人发工资，欠供货商的钱，那就只有欠着了。小老板说他反正是死猪不怕开水烫，只是对不起阿蓝，有钱的时候，为什么没有想着多帮帮她。

这个晚上，小老板睡得格外香，连梦都没有做一个。次日，拥别阿蓝的时候，他把腕上那块戴了五年的手表脱下来，作为给阿蓝最后的留念。

小老板回到了工厂。现在他的内心很平静，他做好了坦然面对这一切的准备。工人见到老板回厂了，都长长地吁了一口气。老板果然没有跑。老板没有跑，大家的心也就安了。张怀恩的心却并没有安妥下来。小老板刚坐回办公室，张怀恩就去找他了。小老板很客气地让张怀恩坐下。张怀恩站着。小老板说，你坐吧，坐下说。张怀恩很拘束地坐下。小老板抽开了抽屉，里面静静地躺着一封信，还有一把闪亮的刀子。信上的每一个字，其实都像是一把刀子，一刀一刀，扎在小老板的心头。可是现在，爱也好恨也好，这一切似乎意义都不大了。小老板把抽屉合上，平静地盯着张怀恩。张怀恩被小老板盯得有点发毛了，惶恐地低下了头，恨不得把头都低到两条腿中间了。

怀恩，有什么事，你说。小老板说话和风细雨，但这和风细雨里，却透着疲惫与失望。

张怀恩想好了许多的话，可是一下子，居然一句都说不出来了。脸涨得通红，过了好一会儿才说，老板，我要回家结婚了。

小老板笑了笑，露出一口好看的牙。这么多年来，小老板保持了许多美好的品德，不抽烟，不喝酒。三十有五了，身体一点也没有发福。

恭喜你。到时要给我派喜糖哦。我还得给你包个红包的。又说，日子定好了吗？

定好了，就在国庆节。张怀恩的眼四处游走，就是不敢看小老板的眼。

哦，我知道了。工资的事你放心，我会尽快发给你的。你看，我厂里还有那么多设备，那么多布料，怎么说也能卖点钱，发工人的工资还是够的。

张怀恩没有想到，事情会是如此简单。他甚至还没有来得及说他未婚妻肚子里的孩子，没有说他那虚构的七十岁的老母亲，还有那凭空造出来的读高中的妹妹，更没来得及说他的贫血。这样一来，张怀恩反倒觉得有点空落落的感觉，仿佛攥足了劲，一拳打出去，却打在了棉花上。

还有事吗？小老板问。

张怀恩站了起来，突然说，我，要做爸爸了。说完脸更红了。

小老板笑得很开心，说，那是双喜临门了。我得包一个大点的红包。

张怀恩说，老板，那……我走了。

走到门口时，张怀恩又站住了。

小老板说，还有什么事吗？

我……张怀恩差一点就对老板说，对不起，那封信是我写的，还有那把刀。然而张怀恩没有说，只是突然冲小老板鞠了一个躬。

张怀恩离开后，小老板又拉开了抽屉，拿出那把锋利的刀子，眯着眼睛看着。电话响了起来，他不想去接。可是电话铃声响得很固执。小老板看着电话机，突然觉得这些年的创业生活，当真像是梦。他想起了多年前，他离开故乡的那个清晨。小老板拿起了电话，突然像被人在屁股上扎了一刀一样，蹦了起来。

赖查理！小老板的声音很古怪，说不清是愤怒还是激动。

赖查理，你在哪里？你可把我害苦了！小老板的手都在发抖了。

赖查理没有说话，让小老板发脾气。等小老板的脾气发得差不多了，才说，骂够了吧，骂够了，给个大单你做。

大单？小老板苦笑了一下，真正的大单，赖查理是不会给他做的。给他做的，要么是工价很低，别的厂不愿接，要么是要货急，像催命一样，别的厂不想接。但就是这些鸡零狗碎的订单，让小老板一步步走到了如今。可以说是成也赖查理，败也赖查理。

赖查理不是老外，是个香港人，多年以前，他也只是一家港资制衣厂的高管。那时小老板打工的厂和他打工的港资厂有业务往来。两人打交道多了，赖查理就鼓动小老板投资办一个小厂子，他呢，也绕开了老板，把自己接到的一些小的订单下给小老板做。小老板的制衣厂壮大的同时，赖查理的贸易公司也做得顺风顺水了。但有了制衣方面的单，他总还是想着小老板的。

小老板没有追问赖查理这几个月为何不见了，连公司的电话也打不通。赖查理也没有去解释。在这江湖上，各人有各人的混法，只要赖查理来了就好了。赖查理来了！这个消息像风一样，在小老板的制衣厂里吹遍了。每个员工的心都被吹皱了，九月的南方的酷热，也被这一阵风吹散了。赖查理果然是小老板的救星，小老板的救星就是百十号工人的救星。打工者和老板，看似对立的两个阶层，其实又是紧密的利益相关者，是拴在一条绳上的两个蚂蚱。用老祖宗的话说，这叫大河涨水小河满，大河落水小河干。当然，理是这个理，实际上却是，大河涨水了，小河会不会满倒是不一定的，大河落水了，首先干涸的却肯定是小河。

赖查理带来了欠小老板的部分货款，外加一个大订单。用赖查理的话说，这可不是一般的订单，这是国家订单，而且不是一般的国家订单，是美国的国家订单。你要感到荣幸哦。

赖查理说的所谓美国国家订单，是生产二十万面美国国旗。

赖查理实话实说，他接的订单是一百万面星条旗，这样的单，本来是不会给小老板分一杯羹的。一是看在小老板的忠厚本分，二来呢，这批货也实在要得太急了些。这才匀出了二十万面的单给小老板。二十万面星条旗，五天交货。

小老板听说一百万面星条旗时，微微一笑。和赖查理打了这么多年交道，他太了解赖查理了，人不坏，也有信誉，就是爱吹点牛，用现在流行的话说，是喜欢忽悠。他说什么一百万面星条旗，估计也就是那二十万面。

不就是二十万面旗子吗？五天交货，一点问题都没有。小老板说得斩钉截铁。

赖查理狐疑地看着小老板，说，二十万面，你真能按期交货？

小老板说，我们也不是一年两年的朋友了，这么多年，我什么时候说过大话？只是，怕是要加班加点了。你这一消失就是两个月，弄得我的工人天天去劳动站告我的状。我的那些货款……

赖查理说，阎王少了小鬼的钱？

小老板笑，说那是那是。又说，工人不拿钱不肯开工，加两个班时间长一点，早把我告劳动站去了。

赖查理说，你还怕劳动站？你这当老板的，从来不都是和劳动站串通一气的吗。

小老板说，我要有这样的关系，还怕工人告我？

赖查理说，这倒是实话。你放心让工人加班吧，劳动站那边小意思啦，我一个电话就摆平了。

赖查理来了。小老板头上的乌云一下子就散了。当天就把欠工人的工资给发了，厂里又加了菜。也对工人们托了话，离开了，又想回来的工人，随时欢迎。辞了工，还没有走的，最好留下来别走了。接下来的货工价那可是前所未有的高，保证大家一天能挣上六十块。车衣工张怀恩拿到四个月的工钱后，做出的第一个决定就是继续留在厂里。

小老板现在想的是李想的去留问题。突然之间，工厂又死里逃生了，而且眼看着有了大的发展机遇。这让小老板的内心起了波澜，表面上，似乎风平浪静，可内心的波澜，却可以说波涛汹涌了。这一次的困难，让小老板对世事看透了许多。比如他的妻子。小老板和她结婚这么多年来，妻子对他是百依百顺的，从未逆过他的意思。可这次，他差点翻船了，妻子呢，果真能够和他共患难吗？夫妻本是同林鸟，大难临头各自飞。这话说得还真有那么点意思。还比如李想，不就是半年的工资没有发吗？用得着这样？辞职？笑话！这就是把我当兄弟一样看的人吗？小老板忽然冷笑了一声，觉得他真该感谢赖查理失踪了两个月，是这件事让他看清了许多。

人逢喜事精神爽，小老板突然有了点想唱几句的冲动。但他没有唱，只是闭着眼，吹了几声口哨。想到接下了这么大又这么急的订单，现在如何少得了李想，小老板决定和李想谈一谈，好好安抚他，挽留他，最起码也让他死心塌地把这批货赶完。小老板把李想叫到了办公室，给李想倒了茶。小老板的目光盯在了李想的脸上，他没有意识到自己目光中流露出的得意。而这得意，像一把锋利的刀，将他和李想之间的裂缝切得更大了。

李想说，老板，您找我什么事？

小老板把李想的辞职书拿了出来，推到李想的面前，说，这个，你拿回去。

又从抽屉里拿出一沓钱，一万元，轻轻地推到了李想的面前，说，这个，是你的奖金。

小老板说，我不怪你，一点也没有怪你的意思。我只是希望你不要再提什么辞职的事了。

李想把辞职书和钱推回给了小老板，说，你现在渡过难关了，我的心里也好受一些了，不然我会因为辞职感到良心不安的。只是，好马不吃回头草，决定的事，我不想再改了。你放心，我答应了做到月底，说话算数。在这里做一天，就会尽全力的。

李想这话说得很有分寸，这话一出口，就注定了两人之间，裂痕真的越来越大了。李想的话说得很有水平，意思是，你小老板的心思我懂，不就是担心这批货赶不出来吗？你是怕我李想在这里混日子哩，我李想可不是那种人！

小老板把那辞职书收起来，钱还是推给了李想，说，人各有志，我这里是太小了，你是个有能力的人，应该谋个更有发展前途的位置，我也不强留。这个你收下，刘梅不是马上要生孩子了吗？在这里生孩子，可得不少的钱花。我也不说是奖金了，算是我给未来侄子的见面礼。

李想咧开嘴，笑，有些苦涩。但他还是把钱收下了。小老板这样说，他没有理由拒绝。其实，从赖查理出现的那一刻起，李想就有点后悔了。他意识到，他的辞职是个错误的选择，倒不是因为他舍不得这个职业，他只是觉得，要是再坚持几天，等赖查理来了，等小老板过了这难关再辞职，那该是多么美好的一件事啊。那么，他们的友谊，就会持续下去。可是木已成舟。他本来是觉得有些内疚的，走进小老板的办公室时，他都还在内疚，可是当小老板用那种得意的目光看着他时，那种内疚感一下子就消失得无影无踪了。那一瞬间，李想的心情是复杂的，由内疚到失落，再到坦然。他突然觉得他再也不欠小老板什么了，之所以决定帮小老板把这批货赶完，一是自己承诺过做到月底，二是要让小老板欠他一个情。

两人的心情变化，都是一瞬间的事。但两人都是聪明人，都感觉到了，他们的友谊，已蒙上了尘。片刻的尴尬之后，小老板就开始谈工作了，问李想，二十万面旗，五天时间能不能赶出来。李想说，肯定不能，加点班，十万面没问题。

没有办法吗？马上招人呢。小老板问。

李想说，就算是满员，也不可能按时交货。

小老板说，你有办法的。李想说，没有办法，能有什么办法呢？除非……

小老板眼睛一亮，问李想除非什么。李想摇了摇头，说不可能的。小老板说你还没有说呢，怎么知道可不可能呢？

李想说，我算了一下，如果满员，按我们的工人正常的进度，最少要十二天才能交货。现在只有五天的时间，除非外发一部分给别的厂加工。

外发？绝对不行。小老板说得很坚决。他好不容易才等到这么一个单，订货方要货急，才给出了这么高的价，做好这一单，他的工厂就真的可以起死回生了。

李想苦笑，摇了摇头。要是在过去，他肯定会说服小老板，告诉他人不可能一口吃成个胖子，有时不该是自己的财也别强求。要是在过去，他说了这样的话，小老板也多半会接受的。可这半年来，小老板被钱逼得快疯了，哪里还能把到嘴的肥肉拱手让给别人？现在的李想，要是再这样劝小老板，小老板还听得进去吗？李想认为小老板是听不进去的了，因此他也不再劝小老板了。只是说，那就只有加班，拼命地加班。反正只是五天时间，大不了大家五天不合眼。

李想这话说得还是带点刺的，他觉得他有义务提醒一下小老板，人哪里能五天不睡觉呢。可是小老板没有想到这一层，却兴奋了起来，说，对，做完这一单，给工人放几天假，让他们好好睡几天。你看电视里，抗洪抢险，官兵不也是几天几夜不睡觉吗，人的潜能是无限的。把工人的伙食搞好一点，李想你给工人打打气，鼓鼓劲。

抗洪抢险？李想的嘴咧了咧。他想说这怎么能和抗洪抢险相提并论？但又觉得这样的话还是不说为好，只是拿眼睛看着小老板，觉得小老板突然变得陌生了起来。

李想去安排生产了。小老板想了想，又让文员把张怀恩叫来了。张怀恩再一次紧张地站在了小老板面前。这一次，他看见了小老板桌子上放着的那封信，还有那把刀子。张怀恩的手脚一下子就软了。小老板笑了笑，走到张怀恩的身边，拍了拍张怀恩的肩膀，将五百块钱塞进了张怀恩的口袋里。张怀恩说，老板，您这……小老板说，你马上要结婚了，又要做爸爸，双喜临门，可你决定留在厂里，这让我很感动。这个，是我的一点心意。张怀恩又看了一眼桌子上的信和刀，手脚还是没有劲。小老板说，你的技术很好，我一直想着让你做个主管，协助李经理把生产抓上去，我看现在是时候了。你去吧，一会儿我让文员出一个通告，把你当主管的事在厂里宣布一下。对了，这批货很紧，五天要做出十天的货，厂里好多工人都是你的老乡，你帮我带好这个头。小老板说着，又在张怀恩的肩膀上拍了拍，说，你下去吧。

张怀恩满心欢喜，诚惶诚恐地下去了。主管这个位置张怀恩不是没有梦想过，不是有句俗话，叫不想当将军的士兵不是好士兵吗？在这家厂子里，论技术，张怀恩算不上是最好的，可是论人缘，他是最好的，厂里好多工人都是他的老乡。从老板的办公室出来，张怀恩再看这车间，看面临的工作时，心境一下子大不一样了。他觉得他对这厂子有了责任，他不再只是一个车衣工，把自己的货做好，尽可能多地车衣，多挣工钱。并不是每个打工者都有机会当主管的，现在机会来了，就看自己能不能把握住了。当了主管，从此就不用天天坐在车位前，不要命地车衣了。当了主管，吃的住的还有工资都会不一样了。张怀恩突然觉得，这一切来得太突然了，来得那么不真实。他又想到了老板桌子上的那封信，还有那把刀。老板要是知道，这信是我张怀恩所写，这刀是我张怀恩所寄，会怎么想呢？这样一想，张怀恩就后悔得要死，觉得自己干了一件天大的蠢事。重要的是，这事他干得并不隐秘，他对另外的一个老乡讲过了，当时讲时，他是很得意的。现在，这老乡，成了一个危险的存在了。好在老乡关系和他不错，大不了当了主管，在工作上照顾他一点。

回到车位上时，张怀恩有一点心不在焉。老乡问他，怀恩，怎么啦？老板叫你去干吗了？张怀恩一惊，说，没干吗，没干吗，就是问我结婚的事。老板真是好呢，你看我一个打工仔，结个婚，他还那么关心。老乡说，我也觉得我们老板人不错。张怀恩说，前一段时间，老板遇到了困难，厂子差一点就倒闭了，你知道那天我去找老板辞职，老板怎么说吗？老乡问怎么说。张怀恩说，老板说，回去告诉大家，让大家放心，我厂子就算倒闭了，卖设备卖原料，也要把工人的工钱都发了。老板说他也是打过工的，知道打工人不容易呢，哪里就能差工人的钱呢。老乡说，也是。张怀恩又说，所以，这一次老板遇到了好机会，听说这批货很紧，五天一定要交货，老板对我们好，我们也要帮帮老板呢。说到这里，张怀恩觉得自己说得太多了一点，便不再说话，只是埋了头车衣，把电车踩得飞快。

中午快要下班时，车间里的喇叭响了起来，宣布了对张怀恩的任命。老乡们都向张怀恩表示了热烈的祝贺。吃饭的时候，张怀恩拿着饭碗去员工窗口打饭，工友们就笑，说张主管，你还在这里打饭呀，去那边，和老板一起吃小灶呀。张怀恩憨笑，还是挤在员工队伍里，眼却不时地望着干部吃饭的小房间。老乡们把他从队伍里挤了出来，说，别在这里装啦，快点过去吧。张怀恩被挤了出来，他便去队伍的后面排队。李想刚好从车间过来，说，张主管，你怎么在这里排队，去那边吃吧。

张怀恩跟着李想去了。小老板和干部们一起坐着，见张怀恩去了，其他的干部站了起来，给张怀恩挪椅子。小老板说，怀恩你现在是主管了，要负起主管的责任来。有李经理带着你。当务之急，是把工人的积极性调动起来，加班加点，把这批货赶出来。大家有困难没有？干部们都表了态，说没困难。小老板说，怀恩，你呢，有什么困难就说。张怀恩说，没有困难。小老板笑，说，困难是有的，但大家要想办法克服困难，战胜困难，再苦再难也就是五天时间，赶完这批货，我请全厂员工去大鹏湾海边玩一趟，游泳，晒太阳，吃烧烤，怎么样？干部们齐声叫好。

小老板去了员工的饭堂，中午的伙食，明显比平时要好了许多。小老板又把加完了班放三天假，带大家去海边玩，去游泳、烧烤的事说了。员工们的情绪也都调动了起来。

张怀恩猛地做了主管，有点不知所措，跟在李想的后面转了两圈，不知道该做什么，就又坐回到自己的位置忙碌起来。小老板看在眼里，并没有说什么，嘴角泛起了微微的笑。

小老板把该安排的事都安排妥当了，突然发觉，做了这么多年的生意，这一次，他才真正像一个生意人了，他学会了驭人之术。他觉得自己都有些陌生，这陌生让他觉出了一点点的危险，但转念一想，又觉得这是一种进步。

生意人嘛！小老板坐在办公室里，听着车间里的电车在轰鸣，心里像六月天喝了冰水一样，舒畅极了。他想起了阿蓝。他想给阿蓝打个电话，想一想，还是没有打。现在不是儿女情长的时候。打开了电视机，看电视。电视里还在播着九月十一日晚上的那个恐怖的画面。那曾经雄视世界的双子座倒塌了。消防队队员还在紧张地进行全力搜救，希望能从废墟中找出生还者。小老板第一次发现，现在的世界，没有什么事件是孤立的，比如这次发生在大洋彼岸的恐怖袭击，几天前，他何曾想到这样的一次恐怖袭击，会改变他的命运呢。在国难面前，美国人的爱国热情，出现了前所未有的高涨，家家户户都在门口悬挂着国旗，表示他们对国家的热爱。这时他们才发现，在美国国内，居然找不到生产国旗的工厂，突然涌现的对国旗的大量需求，竟成了他小老板的企业死而复生的机会。现在，小老板看着这电视画面时，心情就比往日复杂了许多。他走到窗口，盯着窗外，窗外是九月的南国，天空似乎有些异样，干涸了一个夏季的小镇，在骄阳的炙烤下，仿佛一揉就会散成粉末。小老板开始渴望一场雨的降临。

傍晚的时候，果真就下了一场久违的雨。这中国南方的小镇，在雨水的滋润下，顿时温和了起来。雨水洗净了布满尘灰的小镇的天空，小镇一下子新了起来，连路边的树也鲜活了，香蕉叶绿得肥硕温润，高大的大王椰的叶子在风中摇摆，发出沙沙的响。小老板让工人们早早吃过饭睡了。现在，他的工厂是万事俱备，只欠东风。赖查理给的消息是，最迟今晚，东风就到。当然，这东风并不是从东边吹来的风，而是在另外的一家印染厂里，正在加班加点印出来的制作星条旗的布料。布料一到，小老板一声令下，他手下的这百十号工人，加上他小老板，加上他的妻子，所有能上的都要上，他小老板的翻身仗，全在这五天了。只许成功，不许失败。

布料还没有到。天刚黑，工人们就奉命睡觉。睡不着也要睡，要抓紧时间睡。布料一到，再想睡也没得睡了。工厂里很安静，静得只有小老板不安的脚步声。布料迟到一分钟，就意味着他的工人要多加一分钟的班，意味着他多担一分钟的风险。小老板从未如此焦躁不安过，他是一个有着极好心理素质的人，从前，他自以为泰山崩于前也会面不改色，没想到，他的心理承受能力原来并没有想象中的好，二十万面星条旗，五天的时间，几乎就是他心理承受的极限了。谁说一口吃不成一个胖子，他咬着牙，恨不得一口把这世界咬住不放。

其实现在的小老板，完全也可以睡一会儿，闭目养神，或者好好欣赏一下这南方小镇的夜色。多美的南方小镇啊，多年前他初到南方时，就惊异于这里的美丽，那么多新奇的植物，那么多漂亮的霓虹。现在的小镇依然是美的，这小镇的雨水、街灯、雨水中静立的厂房、荔枝树、香蕉林，吹过小镇的风，这一切，因了夜色和雨水而显得意象朦胧。就在一天前，他在决定了放弃这间厂，决定向命运投降的时候，他是有这样的心境去欣赏小镇的美丽的。真怪，那一刻，他是那么从容，安宁，居然有了长长地松了一口气的感觉，有马拉松终于跑到了头的感觉。突然之间，命运来了一个急转弯，他反倒躁动不安了起来。夜终于是沉下去了。他站在雨水中，看着他打拼出来的事业，过了眼前这一关，他将有能力把自己的事业做出声色来，他将不会满足于只是做一点来料加工，跟在别人屁股后面吃点儿残汤剩饭。迟早有一天，他会拥有自己的品牌，有自己的设计师，自己的专卖店，把他的品牌时装卖到北京，卖到上海，卖到美国，卖到巴黎。那时，当他回望自己的来处，回望那个清晨，回望那个背着蛇皮袋离开故乡的穷酸少年时，将会有着怎样的感慨？这样想时，小老板有了一些醉酒的感觉。

送布料的车，是在凌晨一点来到的。那时，许多的工人，刚刚进入梦中。在送货的人卸车的时候，工人们都被从梦中叫醒。顿时，厂里就闹哄哄地热闹了起来。几个月来，做工都是断断续续，工人们也有好久没有这样加过班了，大家都显得有些兴奋。裁剪，车工，尾段，整烫，包装，所有的工人都行动了起来。裁剪房里刚把一批布裁好，就被运到了制衣车间。工人们差不多是一哄而上，一车布料，转眼就被瓜分掉了。张怀恩还在叫不要抢不要抢，可是工人们才不管这些，早一点抢到手，就意味着多车一些货，意味着多挣一些钱，这个时候，谁会把张怀恩的话当回事？张怀恩说，你们一下子车不了这么多，抢这么多干吗，分点别人做，分点别人做。笑话！抢到的货，就像到嘴的肉，哪里还会吐出来。这一点张怀恩比谁都清楚，他就是有名的抢货大王。现在他大声地叫着，其实也无非在显示存在，好让老板听见，他张怀恩不是没有起作用的，他是在安排生产的。

第二批货裁出来的时候，制衣车间里，基本上就变得有序了起来，差不多的工人都领到了货，有限的几位没有抢到的，在张怀恩的干涉下，也从别人那里匀来了一些。一面面的星条旗，随着电车的轰鸣，堆到了车位下面，每一个车位前面的塑料筐子里，很快就堆起了一个个红蓝相间的布堆，像一堆堆闪烁的星星。

小老板也没有闲着，充当起了搬运工，把车工车出来的星条旗记了数，送到尾段。尾段车间，说是车间，其实就是一间不到二十平米的小屋，七八个女工。她们平时主要的工作，就是剪剪线头，钉钉纽扣这一类最没有技术含量的工序，实在没事可做就去做卫生，帮一帮厨房。做工的，都是一些年近四十的阿姨，正规的工厂不好进，就只好进这种小厂混日子。平时她们的工作是最闲的，手上剪着线头嘴巴也不闲着，无非家长里短儿女情长，说说笑笑就把时间打发过去了。当然，她们的工资也是最低的。不过这一次，情况完全不同了，老板娘坐进了尾段车间，和这些妇人们一起剪起了线头，于是空气就显得有些沉闷。老板娘是一个话少的人，这些平时爱说爱笑的妇人们，也一下子都哑了声。

其实生产上的事，根本用不着小老板去操心，有李想安排着，就连他火线提拔的主管张怀恩，现在也显得有些多余，在车间里转了两圈，见老板、老板娘都在带头干了，哪里还闲得住，赶紧坐回自己的车位前当起了车工，手上的动作，比起平时来，更加轻快利索了。

在平时，车衣工们都是做完手上所有的货，才转到下一道工序。现在不一样了，每隔一段时间，小老板就从车间清点出一些货，送到下一道工序。尾段刚剪出来一点货，他又忙着送到了整烫车间。整烫房里，热气腾腾，两个小伙子，光着膀子，挥舞着蒸汽熨斗，干得热火朝天。

这一晚，相对闲一点的是李想，他没有像小老板那样去当搬运工，也没有像张怀恩一样去当车工。制衣厂里的活，从画版、裁剪、车衣直到包装，没有他干不来的。可是他不会去动手做这些。他的职责是负责全厂的生产，而不是一个车工或者包装工。在安排好了所有的工作之后，他发现了问题，车工、尾段、整烫和包装工的比例，是按生产服装搭配的，现在变成生产星条旗了，车工就显得多了，而整烫和尾段的工人，就显得人手不足了。这是一个不好办的问题，车衣工是技术工种，工资是这厂里最高的，现在要是把车衣工调过去剪线头、整烫，除非给他们加工价。可是给他们加了工价，原来做整烫做尾段的工人，当然有权要求同工同酬。涉及加工价，李想就没有权力了，去请示小老板，小老板很快地算了一下，随便加一点工价，这么多货算下来，也不是个小数目，说，这事你来想办法摆平。李想看着小老板，没有走。小老板说，还站在这里干吗，该干什么干什么去呀！李想不说话。小老板有些恼火，说，不会只给调岗的车工加工价？李想张了张嘴，想说什么。小老板说，不是你的钱，你不会心疼的。李想见小老板把话说到这份儿上了，便不再说什么，去叫了一些技术比较差的车工，说好了给他们每天多少钱的补贴，这才把他们调到了尾段、整烫和包装车间。又交代了，不要对其他工人说给他们补贴的事。安排好了这一切，现在生产次序基本上就顺了，李想就坐回了办公室，闭着眼睛养神。平时他是这样的，现在赶货了，他还是这样。这多少让小老板有一点点不高兴，他觉得李想这样做，还是因为他李想辞了工的缘故，是没有把工厂的事当成他李想的事一样看的缘故。小老板心里这样想，脸上却没有表现出来。他盘算着的是，在这一批货做完之后，到哪里请一个合适的人帮他管生产。张怀恩显然是不行的，张怀恩根本就不是一个当主管的料，就算他有这个能力，小老板也不会重用他的。那封信，那把刀，可是字字见血，刀刀入肉的，是小老板心头的痛。

第一个夜班时间过得格外地快，小老板一点也没有觉得困，吃早餐的时候，他走到了张怀恩的身边，拍了拍张怀恩的肩，说，你呀你，你晚上也在做车位呀。张怀恩咳了一下，又咳了一下，说，反正生产有李经理安排，货又要得这么急，我还是做车位的好。

小老板说，好好干，你做得好，我心里是有数的。你怎么了，怎么咳嗽了？

张怀恩说，没事，可能昨晚分货的时候出了汗，回了汗，有点感冒。

小老板说，不要紧吧，吃药了没有？

张怀恩说，没事的，没事的。

早餐时间被控制在了十五分钟以内。突然加了一个通宵，吃早餐的时候，工人们的脸上已经显出了疲惫。老板娘做到四点钟的时候，实在撑不住，回到办公室去睡觉了，这让小老板多少有一些不满。他认为妻子无论如何也该把这第一个夜熬到天亮的。熬不到天亮也就罢了，偏偏在站起来的时候，还打了个长长的哈欠，拿手擂着腰，说了一声实在受不了了，困死了，我去眯一会儿。她这一哈欠，带得那些妇人们都打起了哈欠。小老板本想去责怪一下她的，可是想一想，又觉得没有这个必要。他是一个关注细节的人，平时爱说的一句话是细节决定成败，又常爱说，从一件事看一个人的品行。现在，他从这个细节上，对这个跟了他多年的女人产生了深深的失望。他想起了阿蓝，要是阿蓝，会不会坚持到天亮呢？

早餐伙食不错，这是小老板专门交代了厨房的，在平时早餐标准的基础上，每个人多加两个煎蛋。体力是加班的保障。他不能让工人从这样的细节上，对加班产生抵触的情绪。

接下来的事情，一切都进行得很顺利。其间，赖查理来过厂里一次，在每个车间都看过了，又拆开了几箱已包装好的星条旗。小老板说，我办事你放心。赖查理走后，小老板又投入了生产中。他知道，现在工人的身体还吃得消，随着时间的推移，会越来越难的。他现在要给工人做一个表率。连老板都在加班，都没有睡觉，工人们也就无话可说了。其实这事说起来似乎很简单，可人毕竟是血肉之躯，不是铁打的，给他小老板加班，也不能等同于生死一线的抗洪抢险。这个白天还好，大家咬咬牙，也就坚持过去了。到了第二个晚上，小老板的本意，是要让工人再加一个通宵的。他一直在关注着出货的速度，现在生产理顺了，出货的速度却有了一些减缓。车衣工们的手脚，比起第一个晚上来，已慢下来了许多，个个瞪圆了眼睛，咬着嘴，一声不吭，手和脚的动作，显得有些机械。尾段车间那些话痨一样的妇人们，现在没有了老板娘的监管，一样说不出话来了，每个人的嘴唇都变得焦枯，脸色蜡黄，眼圈发灰，只听得见嚓嚓嚓嚓剪线头的声音。小老板进去走了一圈，想说一些给大家打气的话，可是他发现，他的嗓子里仿佛塞满了鸡毛，说起话来嘶嘶啦啦的，只说了一声大家辛苦了，坚持到底就是胜利，就什么也说不出来了。

到了晚上的十二点钟，李想终于是忍不住了，对小老板说，还是让工人休息一下吧。小老板望着李想，什么也没有说。吃夜宵的时候，工人们开始有些不满了，吃饭的速度明显变慢了。规定的十五分钟，结果吃了半个小时。有的工人先吃完了，回到车间，见其他工人还没有来，就趴到了车位上，抓紧时间眯一会儿。小老板吃得很快，十分钟就把饭吃完了。比小老板吃得还要快的，是张怀恩。小老板吃完饭回到车间时，张怀恩已经开始在那里车衣了。小老板以为张怀恩还没有去吃饭呢，说，怀恩，你怎么不去吃？张怀恩说，吃过了。小老板突然发觉，这两个夜班下来，张怀恩变了，变得苍老了，本来就巴掌宽的脸，更加瘦了，头发乱七八糟地蓬着，眼里布满了血丝，还时不时地咳嗽几声。这让小老板生出了一些内疚，也从心底里原谅了张怀恩。

我不会亏待你的。小老板说。这一次，他说的是真心话。他真的想过了，把这批货赶完了，要给张怀恩放一个月的婚假，是带薪的。他这样想了，也这样对张怀恩说了。说了之后，又去办公室，给张怀恩找了一点止咳的药。忙完了这些，小老板发现，工人们还在吃饭，断断续续上来的几个，也在趴着睡觉，一看时间，半个小时都过去了。小老板说，怀恩，你去食堂催一下，让吃饭的快一点。又走到那些趴在车位上的车工面前，把他们一个个拍起来，说，别睡了别睡了，打起精神来。

张怀恩到食堂。他觉得很为难，可是他必须完成任务。老板对他太好了，好得他把老板的事当成了自己的事，不，比自己的事还要重。张怀恩当然没有大声地对工人们说你们快点吃，他只是找了自己的老乡，一个一个地说，用的是几近哀求的口吻。他说没办法，老板让我来催你们，你们就算给我一个面子。老乡们还算给张怀恩面子。他们知道，就算不给张怀恩面子，胳膊拧不过大腿，他们还是得去加班的，顺水人情，不送白不送。老乡们一走，又带走了几个工人，其他在磨蹭的，见大势已去，就都慢腾腾地回到了车间。不一会儿，车间里又热闹了起来。空气中弥漫着一股焦煳的气味，那是机器长时间运转后发出的气味。空气明显干燥了起来。天亮了，又是一个艳阳天。太阳从窗子外射进来，照着工人们一张张疲惫而苍白的脸。

周城打电话给李想的时候，李想连说话的力气都快没有了。他特别困，特别想睡，恨不得找两根火柴棍把眼皮子撑起来。工人们手上有活在干，疲惫是疲惫，相对还没那么瞌睡。李想不一样，他不用做什么体力活，就是到各车间转转，只要屁股一挨着椅子，眼皮就一个劲儿地往下沉。几次就这样睡着了，又猛地惊醒了。他觉得他这样撑着是完全没有必要的，他这样做，只是不想给小老板一个口实，再难也就剩三天了，怎么样也要把这三天撑过去。周城给他电话时，他差不多是在梦游了。周城说，你小子干吗呢。李想说，上班，还能干吗。周城说，你是病了吗？怎么有气无力的。李想说，两个通宵没睡觉了，加班加得没有白天黑夜。周城说，咦，你们厂不是快倒闭了吗？李想说，倒不了啦，老板又接到了一个大单。加了两天两夜，还要加三天三夜。周城说，你开玩笑吧。李想说，没开玩笑，我哪儿还有心思跟你开玩笑。周城说，那就是你们老板在拿工人的性命开玩笑。李想说，他要这样开玩笑，我有什么办法。周城说，你去让工人休息，老板要是敢对你怎么样，我来帮你打官司。现在我拿着人家美国人的美元，正要办几件漂亮的、有影响的事呢。李想突然笑了起来，他想起工人们现在正在赶的货那些星条旗，想起过不了多久，那些星条旗就要飘扬在美国人民的窗口和屋顶。周城说你笑什么。李想说没什么，我赶完这批货就来跟你干了。挂了电话，想到要给刘梅一个电话。电话打过去，刘梅过了好一会儿才接。李想问刘梅好不好，说又加了一个通宵的班。刘梅说，这是把人不当人，你不会找个地方睡一会儿，管他那么多，反正做完这几天就要走人了。李想说算了吧，好人做到底。

李想终于还是没有把他的好人做到底。加班到第三天的晚上，别说工人，连小老板自己都撑不住了。他第十遍统计了装箱的数量，按这样的进度，按时交货是不成问题了，问题是，现在的进度是越来越慢了，小老板把能想到的办法都想到了。第三天的晚上，开始有工人不管不顾地睡觉了，在电车台上，在包装台上，或是趴在腿上，眯上眼打个盹儿，只要两眼一合，立马就能睡着。最先睡下的是尾段车间的几个年纪大点儿的妇人，毕竟年纪摆在那里，岁月不饶人。其实单是这一点，这些妇人们还没有集体罢工睡觉的胆，问题是，她们得知了，那些从成衣车间调来的车工们，和她们一样做尾段，一样加班，可是一个班要比她们生生多出了十五块钱。给你老板卖命也就罢了，出来打工，总是要加班的，又不是天天加班。可是同工不同酬，这样太欺负人了，太不把人当人看了。大家正愁找不到一个罢工休息的借口呢，现在借口有了，又是这样的特殊时刻，能拿老板一把，哪有不拿的道理。几个妇人开始叫了起来，也不知是谁先说的不干了，说不干就不干，倒在布堆上，也就是生产出来的星条旗上就睡。一个睡了，其他人也不甘落后，一分钟不到，就都睡得东倒西歪了。其时小老板实在困得不行，也在办公室里打了个盹儿，猛地醒了，一看时间，已是凌晨一时，慌忙到各车间看了一遍，还好，工人们都在有气无力地工作，来到尾段车间时，小老板的鼻子差点气歪了。小老板气得大叫，叫李想，可是叫不出声音来，嗓子已被什么塞住了一样，嘴唇也干裂得生疼。小老板不见李想的影子，就把妇人们一个个摇醒，摇起了这个倒下了那个，小老板又去叫张怀恩，让张怀恩来叫醒这些妇人们。妇人们终于是被摇醒了，却提出了要加工价，说老板太不讲良心了，一样的工作，一样的加班，凭什么从成衣车间调来的人一个班要多十五块，一天下来多三十块呢。小老板一时语塞，也没有了退路，只好说，你们先加班，工价的事好说。可是妇人们都在故意拖时间，说什么叫好说？到底一个班加多少钱。小老板实在没有精力和她们再浪费时间了，只好答应了她们的请求。把这事一处理完，已是一个小时过去了。小老板还是没有见到李想的影子，有人说看见李经理出去了。小老板打了李想的电话，通了，劈头盖脸一顿骂，哑着嗓子说你跑哪里去了，有你这样做事的吗？小老板骂得很难听，他实在是心急上火，被尾段的工人们这样一折腾，早就是火上浇油了。骂到后来，实在说不出话来了，只听李想在电话那端说，我是个人，我不是你的奴才，我老婆半夜突然肚子痛，要生了……你爱怎么样就怎么样，老子不侍候了。最后我给你个忠告，你这样不把工人当人，工人也不会把你当人的。说完把电话挂了。小老板愣了好几分钟，才回过神来，觉得自己是太过分了，人家老婆要生孩子了，那当真是天大的事，可是两人话赶话，都说到这份儿上了，什么情分也都被撕破了。头痛得要裂了一样，突然又听成衣车间里传来了吵闹声，接着闻到了一股焦煳味，小老板的背上顿时出了一身的汗。跑到成衣车间时，就看见工人在乱哄哄地扑火。是机车太长时间的运转，发热了，都冒火了，火星点着了布料。工人们一通乱扑，幸好没有酿成大祸。

张怀恩的话提醒了小老板，人可以不休息，机器却不能不休息，再这样干下去，机器越来越热，保不定还会着火。小老板睁着血红的眼，看着那扑灭了的火点，终于说，大家就地休息。现在是两点，六点钟上班。小老板还想说什么，有一半的工人就已趴在电车上睡着了。车间里顿时安静了下来。小老板回到办公室，给闹钟上了时间，抱着闹钟倒在了沙发上，还想想一点什么问题，脑子里却短了路，一分钟不到就睡过去了。

四个小时的睡眠，仿佛只是一眨眼的工夫。小老板连梦都没有做一个，突然听见了嘀嘀嘀的声音，好半天才猛地清醒过来，天亮了。小老板觉得浑身都没有劲，可是不行，他必须起来。小老板胡乱洗了把脸，觉得脑子清醒了许多，便去车间，工人们睡意正酣。张怀恩也睡了，窝在一堆布里。张怀恩的头发更乱了，胡楂子青乎乎的一片，脸色像纸一样，没有了一丝血色。小老板拿手去摸张怀恩的手，张怀恩的手是冰凉的，小老板的手触电一样地弹了回来，再看张怀恩，嘴张得老大，小老板把手放到了张怀恩的鼻孔前，这才放下心来。他有些不忍心叫醒他们，可是他必须叫醒他们。他觉得自己这一次真是欠他们太多了，可是又有什么办法，大家都不容易，打工不容易，当他这样的小老板也不容易，他终于是叫醒了张怀恩。张怀恩又一个个去叫醒了工人们，推醒了张三，又去摇醒李四。李四才摇醒，张三又倒下了。差不多用了半个小时，张怀恩急出了一身汗，才把工人们都叫醒了，胡乱洗脸，吃完早餐，已是上午的七点半。工人们睡了一觉，精神好了许多。生产进度也有了明显的提高。紧赶慢赶，在交货的最后期限，终于是把这一批货赶出来了。用不着老板吩咐，工人们以最快的速度把自己放倒在床上。

人当真是奇怪的动物，连续几天没有好好睡觉，以为这下可以一口气睡上三五天才解恨，可当真让你睡，睡了一个白天，又睡了一个黑夜，工人们都睡不着了。半夜三更的，宿舍里就有了叽叽喳喳的声音，东扯西拉的，最后扯到了大海，他们在等着小老板兑现诺言，带他们去海边玩。好多的工人，来南方打工都有七八年上十年了，却从来没有见过大海，没有去过海边。班终于加完了，加班的时候，在心里把小老板骂了何止一万遍，把他家所有的亲人都用最恶毒的言语问候过了，现在睡了一天一夜，大家精神了，把这加班的苦都忘了，觉得，小老板终究还是不错的，加了班还答应带大家去海边玩。何况这几天挣得的工资，相当于平时半个月的。出门打工，不就是为了挣钱吗。每个月来一次这样的加班才好呢。

小老板也决定实现他的诺言，带工人们去海边玩，还提议让工人们自己组织一下，到时候玩一些小游戏，把活动搞得丰富一点。至于李想，小老板觉得，现在他有必要给李想打一个电话，当时大家都不冷静。现在想一想，李想这些年来，帮他的真不少，也不知他老婆生了没有，生男生女。可是李想的电话一直打不通，小老板也就没有继续打了。

工人们都休息得精气神十足了，去海边玩的事，就可以实施了。老板决定亲自带队。临到出发了，小老板突然发觉不对劲，觉得少了点什么东西，在办公室里走了两圈，又站在窗口，看着窗外一日日少去的香蕉林，一日日多起来的厂房，还是没有想起来差了点什么。等工人们都上了车，小老板才突然想起来，这两天没有看见张怀恩。小老板让文员去宿舍找，文员去了一会儿回来了，说没有看见，宿舍里没有人，问了他的同室，都说前天都只顾了睡觉，没有人注意他，昨天到今天，都没有看见他，说他女朋友也在这镇上打工，怕是去他女朋友那里了。小老板笑，说你们要向张怀恩学习，他当真是铁打的呢，加了这么多天班，还有精神去女朋友那里继续加班，哪里像你们，加两天班，一个个鸦片鬼一样没精打采的。工人们都哄地笑了起来。小老板说，这次去海边玩，他不去，实在是有点可惜了。

小老板带员工去的地方叫大鹏湾。这地方远离市区，游客稀少，不像深圳的大小梅沙，去了那儿哪里是看海，分明是看人，人挤人，活受罪。大部分的工人，这是生平第一次见到大海，兴奋地尖叫着，小老板还在叫着说大家相互照顾，注意安全……好多的工人都已扑进海里。有些女工从未在人前穿过游泳衣的，扭捏着不敢下去。小老板就鼓励女工们勇敢一点。羞涩的女工们终究是抵挡不了大海的诱惑，试探着把自己交给了海。小老板大声鼓励那些未婚的男工们抓住这机会。小老板说他当年打工的时候，做梦都想有这样的机会。有工人就问老板，当年追老板娘是不是在海边。小老板说，想得美呀，我们那时天天加班，生怕被老板炒掉了，哪像你们现在，动不动就炒老板。工人说，你还没有说你是怎么追老板娘的呢。小老板笑，说这个你们要问老板娘，当年可是她主动追我的。老板娘不苟言笑，工人不敢去和她玩笑，就都笑着，戏水。看员工们玩得开心，小老板心里美滋滋的，一种说不出的成就感在他心里油然升起，自己一个农民的孩子，从打工仔做起，到现在，有这么多的工人，他给了他们工作，还能让他们享受这样的休假，想想都觉得自豪，觉得自己了不起。小老板觉得他是一个给别人带来了欢乐与幸福的人。晚上，租了帐篷，在沙滩上围成了一个圈。很亮的月光，银子一样，照在沙滩上，照在海面上。海显得无限辽阔幽深。小老板带头唱了一首歌，又宣布了要给员工们发奖金。小老板有些豪情满怀了，他第一次对员工们说起了他的梦想，小老板说，等咱们生产品牌时装了，大家的工价要提高很多，也没有这么累了，但是对工艺的要求会更高，这就要求大家苦练技术。小老板在为自己描绘未来的蓝图，也在为工人们描绘未来的蓝图。快乐的小老板，并没有忘记李想。李想没有能和他一起分享快乐，这多少让他觉得有些遗憾。

李想这两天的心情并不好。妻子那天晚上肚子痛，结果只是虚惊一场，送到医院住了一晚就出院了。休息了一个晚上，李想就睡不着了。躺在床上，细数了多年前小老板从治安员手中救出他到如今，天地良心，小老板待他不薄，如果说小老板这次对他言语上有些过分了，那么过去，小老板对他的好却是难以计数的。人总是这样的，别人对他九十九次的好，也抵不过一次的不好。李想把他的想法对刘梅说了。刘梅说，你呀你，终究不是个干大事的人。小老板对你的好，都是好在一些鸡毛蒜皮的小事上，好在嘴皮子上，这些年来，也没给你拿多高的工资，赚了大钱没说给你分一点，那么一点小恩小惠，就把你收买了？李想看着刘梅，觉得刘梅说得也有道理。做出的事，泼出的水，也没有什么好后悔的了。现在跟着周城好好干吧。总不能一直窝在小老板那芝麻大的厂里。这些年来，周城在南方很是折腾出了一些名气，专门帮打工者打官司，和那些断胳膊断腿的打工者打交道，赢得了一个打工律师的称号。交了许多媒体的朋友，也得罪了不少的地方势力。打工者们把他奉为救星，老板们视他为眼中钉肉中刺。

周城新搬了一处地方，办公室比之从前要漂亮了许多。见到李想来了，周城迎到了门口。李想坐下就问有什么工作要他做的。周城笑笑，说，不忙不忙，饮杯茶先。我这里有上好的铁观音，你品品看。周城的办公室里新添了一套茶具。周城不无得意地说，你看看这茶几，原木镂雕的，这壶，宜兴制壶名家的手笔。李想笑笑，说他不懂得茶道，喝茶只是牛饮，只是解渴。周城说，你过去在工厂里，一天到晚忙得尿湿鞋，现在到我这里，就用不着这样忙了。

李想也觉得，周城这里，和过去有了很大的区别。周城过去办公的地方，是巷子里的两套民房，一套用来办公，里面一张办公桌，几把椅子，实在有些寒酸。另一套是他的委托人住的，里面放了六七张高低床，一群因工伤致残的打工者，天天围在那里打纸牌。这些人可以说是周城的衣食父母。周城帮他们打官司，都是自己先垫付律师费，有时还要垫付生活费。不过官司打赢之后，他收取的代理费用，也就相对高一些。

怎么样，我这里有点新气象了吧。周城说。

周城很熟练地煮着茶，两个小巧的紫砂壶茶杯，在他的手指间转动，煮茶点茶的动作，娴熟专业。

你尝尝这茶，嗯，先含一小口，噙在舌根下面，对，就这样，在舌尖上打三个转，再慢慢喝下去，是不是很香？

李想学着品茶，果然，这茶品出了特殊的滋味。

周城说，同样是茶，看你怎么喝，会品的人，能品出独特的味道，不会品的人，就是你说的牛饮。

见李想一脸疑惑的样子，周城又给李想续上了茶，说，你是想问，我这里的那些打工仔都住哪里去了吧，呵呵，现在我不会胡乱接官司了。那些没良心的打工仔，说句缺德的话，断手断脚那是活该，我供他们吃供他们住，忙活了几个月，他们倒好，赢了官司拿了赔偿，立马人间蒸发。

李想说，这样的人毕竟是少数。

周城笑，说，那你就错了，这样的人是多数，这些年来，老老实实交费的，只有三分之一，要么一分不给，要么打一些折扣。不过现在好了，现在，咱不跟那些穷打工仔玩了，咱们挣美元。咱现在也不用什么官司都打了，要打就打有影响的。听着周城在这里天花乱坠地吹，李想突然觉得，他怕是跟周城也干不长久的。在这之前，他对周城这人是很尊敬的，觉得周城的身上有点侠士的风范，以一己之力、在为打工者争取着权益。他也亲见过因周城的介入打赢了官司拿到了赔款的打工者，给周城下跪，感激涕零。

李想这微妙的心理活动，并未能逃脱周城的眼。周城说，律师这个行当，只对委托人负责，同样的一桩工伤案，我的委托人要是老板，那我就得为老板争取最大的利益。这里面无关道德，为委托人负责，就是律师的职业道德。两人闲聊了一上午。下午有了案子，周城带李想去见当事人，调查取证。案情很清楚，打工者在厂里断了四根手指，工伤认定也没有问题。周城说，按说现在我是不会接这样的小案子了，打出来也没有影响。但这个官司里有一个值得关注的地方，就是这个伤者是在我们B镇的××厂受的伤，这个工厂，只是××公司的一个部门，相当于一个车间。公司的总部在浙江，伤者也是和浙江的总部签下的劳务合同。如果按事发地的赔偿标准，也就是我们B镇的标准，四根手指，也就是赔四万块钱。

李想说，一万块一根？

周城说，对，一万块一根。可是，这四根手指，到了浙江，就不是这个价了，一根手指，最少值这个数。周城伸出了五根手指，说，对，五万。四根手指，要赔二十万。我们现在要做的，就是争取帮委托人要到二十万。有难度，而且是前所未有的。不过，周城说，曾因为有难度，这个官司才有价值，才会成为社会的热点。

李想听周城这么一说，心里沉沉的。感觉周城说话看似有那么点玩世不恭，甚至他做事的出发点，也不那么纯洁，可对当事人来说，却是一件功德无量的好事，因此增加了跟着周城干的决心。而小老板，已经成为他生命中的一个过客。

从海边回来之后，小老板去了一次阿蓝那里。小老板的到来，让阿蓝多少有点意外。那一天的温存与诀别，让阿蓝以为小老板此去将不再回来。这些。她都习惯了。她只是有些恨自已，怎么就那么傻，怎么会对客人动了真情，怎么在小老板走后，自己竟然有了一些被掏空的感觉。小老板那天的神态，让她深感不安，她越想越觉得不对劲，觉得小老板会走一条傻路。她是害怕小老板有个三长两短，也担心着小老板的企业破产。看到小老板笑盈盈的样子，阿蓝悬着的心一下子就放下了。她知道，小老板渡过了难关。果然，小老板对她说了这几天命运的奇妙转变。小老板第一次像阿蓝的其他客人那样，在她面前，描绘起了他未来事业的蓝图。阿蓝为小老板绝处逢生而高兴。阿蓝依然要去做小老板喜欢吃的菜，小老板却抓住了阿蓝的手，说我现在不想吃饭，我想吃你。小老板和阿蓝做爱，觉得体内有着无限的力量，看着阿蓝幸福尖叫的样子，他第一次有了长久的、独自拥有这美丽女人的冲动。他说，不许你再跟别人。阿蓝说，不跟。他说，你是我一个人的。阿蓝说，我早就是你一个人的了。

工人的电话，是在小老板快要入睡时打来的。工人在电话里说，老板，张怀恩死了。

什么？张怀恩，死了？小老板略显吃惊，不过他并没有多想，只是问怎么回事，是出车祸还是……

不清楚。他死在车间里。我们在打扫车间时发现的。都臭了……

小老板这才觉出了事态的严重。张怀恩死了，小老板也是关心的，毕竟他是自己厂里的工人。可是张怀恩死在了车间里，那事态的性质就不一样了。小老板问了一声，报警了没有。工人说没有，发现了就给老板打电话了。小老板说先不要报警，等我回来了再说。

小老板回到厂里时，厂里已炸了窝。工人们凭自己的判断，给张怀恩的死定了性，累死的。工人们都这样说。张怀恩一定是加班加死的。小老板最害怕的，正是这一点。但这差不多就是事实，他无可否认。好在，张怀恩不是死在车位上的，而是死在堆着一些碎布料的墙角。那么说他是加班加死的，并没有直接的证据，谁能保证他不是突然发了什么病呢？想是这么想，小老板毕竟是心虚的。他一时也没有了对策。这事情来得太突然了，现在，他要做的，是处理张怀恩的后事。通知张怀恩的家人，火化，当然，少不了要付一些抚恤金的。小老板有些后悔了，早知会出这样的事，当初听了李想的话，把这货匀一部分出去做就好了。现在，他要果断处理好这件事，把大事化小，小事化了，不要把这事的影响扩大了。然而事情并没有往小老板设想的方向发展。一条人命，可不是儿戏。何况厂里有那么多张怀恩的老乡，老乡们首先发难了，这事不能这样草率处理，张怀恩的死因，要弄个水落石出。警察很快就来到了厂里。随着警察而来的，是记者。第二天，小老板就上了报：黑工厂！不良老板！小老板从来没有想过，他的名字会和这样的词紧密相连。然而事实正是如此，五天五夜只休息了四个小时，这是铁的事实。张怀恩因加班而累死，也是事实。

张怀恩的未婚妻来了。她并没有大声哭号。毕竟，她现在还没有和张怀恩结婚。张怀恩的父母，是在第二天赶到南方的。小老板亲自去火车站把张怀恩的父母接到了厂里。张怀恩的父母年纪不大，也就是五十来岁的样子。这让小老板多少又放心了一点。一路上，他都没有敢对张怀恩的父母说，他就是那个黑心烂肺不把工人当人的老板。

而张怀恩父母的沉默，出乎小老板的意料。他们没有哭。不过从他们红肿的双眼，可以想见，他们的眼泪早已流干了。甚至，张怀恩的父亲，还对老板能派车派人来接他们，表示了感谢。这让小老板的心又放宽了许多。二位老人都是善良之人，想必不会漫天要价。小老板问张怀恩的父母，吃过午饭没有。张怀恩的父亲说，吃不下。

小老板说，勉强也得吃一点，人死不能复生，二老要节哀。

小老板说，怀恩是个好孩子，工作负责，厂里刚升了他当主管。

张怀恩的父母只是听着，不说话。沉默得像两块石头。

小老板问张怀恩的父母，家里还有一些什么人，一年能有多少收入。张怀恩的父亲倒是一一回答了。

小老板问这些话，一是真心觉得对不起张怀恩，同时也在想着后事该如何处理。得知张怀恩的父母都是地道的农民，也没有什么背景，经济收入也很少，小老板对于将要支付的抚恤金，心里大小也有了一个数。

小老板把张怀恩的父母接到了早已为他们订好的宾馆。两位老人急着去厂里看儿子。小老板说，怀恩现在已不在厂里了，在殡仪馆。殡仪馆离这里还远，二老先吃点东西，休息一会儿再去看不迟。张怀恩的父母一切都听着小老板的指挥。中午饭很丰盛，小老板陪着。老人勉强吃了点，随小老板到殡仪馆，又看了张怀恩的遗体。老人还是没有哭，老人不哭，小老板的心里反而更不好受，也更没有底。从殡仪馆回到宾馆，张怀恩的未婚妻在门口候着，上前拉着张怀恩的母亲，叫了一声妈。张怀恩的母亲抱着张怀恩的未婚妻，叫了一声我苦命的儿，就瘫软在地上，哭得背过去了几次。这样又折腾了差不多两个小时，两位老人终于是平静了下来。现在，小老板开始提抚恤金的事了。张怀恩的父母说，这事要和老板谈。小老板说他就是这厂里的老板。这让张怀恩的父母感到很意外，大约是小老板的样子，与他们想象中的老板相差甚远吧，他们想象中的老板，大约是大腹便便，穿西装打领带，一口港台腔的。哪里想得到，老板会穿得这样朴素，又这样年轻，又这样单薄，对他们说话有礼有节，一点架子都没有。小老板还说，怀恩去了，从今往后，我就是二老的亲儿子。这样的话，哪里是一个老板说得出口的？他们的意识里，儿子的死，固然与加班有关，但也不能全怪老板，全厂那么多的工人，为何偏偏就是他们的儿子张怀恩累死了呢，还是他们儿子的身体弱啊。于是二位老人提出了要求，一是帮忙把儿子火化了，他们在这城里人生地不熟的，二是请老板帮他们买回家的火车票，至于抚恤金的事，请老板自己说给多少。小老板说出了一个让二位老人不曾想到的数额，七万元。对这二位农村老人来说，也算是一个天文数字了。二位老人觉得，老板提出了这个数字，多少是可以往上加一点的，商量了一下，提出要十万，小老板还了两万的价，给八万。张怀恩的父母没有什么异议。这事就算是这样了结了。小老板为自己又躲过了一劫而多少有些庆幸。当然，也觉得这样做，有些对不起张怀恩。觉得自己当真像报纸上说的那样，是个黑心老板。

当然，价钱的事商量好了，小老板说还是要写个书面协议，白纸黑字写清楚才行。小老板让二位老人在宾馆里先住着，他回厂里去准备要签的合约。又问了二位老人，是要现金，还是帮他们办一张卡存着。小老板建议还是办一张卡，八万元的现金，不小的一堆，拿在手上不安全。两位老人觉得还是现金靠谱一点，小老板表示理解，答应拿现金来。

小老板前脚刚离开宾馆，李想和周城后脚就到，和他们一起进来的，还有张怀恩的老乡，也是小老板厂里的工人。还有某报的记者，这些天一直在跟踪着这个案子，写了不少的报道。听老乡介绍了李想、周城和记者，张怀恩的父母紧张了起来，说没有想到他儿子的事，还惊动了你们这么多的大人物，说你们这里的人可真好，都好，都是好人，刚走的那个老板，也是个好人，只怪咱儿子命不强，遇上了这样的好老板，又提他当了官，却没有命来享受。

老乡问，叔，老板答应赔多少钱？

张怀恩的父母不肯说。八万块，不是小数目，说出来了不安全。

老乡说，叔，您还不相信我？这个律师是来帮您的，还有这记者，您知道不，记者见官大一级，什么事都敢管。

张怀恩的父母看着老乡，又看了看李想、周城和那记者，这才说老板答应赔八万块。

周城和李想交换了一下眼神。那记者在不停地拍照。老乡说，叔，您是被骗了呢。怀恩是咋死的？是累死的。知道不，做事断了一只手，厂里都要赔八万块，一条命呢，八万块就打发了？

一只手就赔八万？张怀恩的父母望着周城。周城点头。那，要赔多少合适？张怀恩的父亲问。

老乡抢着说，叔，您想想，一只手赔八万,一个身体当得多少只手？少说也要赔个一二百万。

张怀恩的父母不敢相信这老乡的话，也无法想象二百万是多大的一堆，不知道要了二百万怎么花，转过头看着李想。问李想，真能赔这么多？

李想不说话。他根本不想来，怎么说小老板和他也是多年的朋友，他觉得自己来办这事，不厚道，有点落井下石，有点恩将仇报。可是周城说这事一定要办，周城说当年还有人为江青当辩护律师呢，你说那律师就是坏人？这是职业道德。再说了，你们那老板，为富不仁，拿打工人的生命当儿戏，不该受到应有的惩罚？我们现在为弱势群体提供法律援助，只是希望还这社会一点公道，维护弱势者基本的人权，这又有什么不对？你在情和法这两个问题上拎不清，那就别指望吃律师这碗饭了。周城这样一说，李想无话可说。何况周城只是说去看看，看张怀恩的父母有没有需要帮忙的地方，也不一定就是要介入这场官司。没有想到，小老板会这样黑，拿区区八万块就想买张怀恩的一条命，就想把两位老人打发走，这让李想心里的不安减轻了许多。

周城接过了话，说，也不能这样来算，八万元肯定是个不人道的数字，他要付的抚恤金，肯定比这个数字多十倍。

八万的十倍是多少，那就是八十万。想到这个数字，张怀恩的父亲突然觉得无限悲伤，说了一声可怜我们家怀恩，眼泪就下来了，拿手背去揩，怎么也揩不净。弄得大家都沉默了，李想的心情，也沉重了起来，觉得他是有义务为二位老人讨要这笔赔款的。只是，小老板，能拿出这么多钱吗？只怕，到时他真的要倾家荡产了。一时间，心里是五味杂陈。

老乡说，叔，您也别哭了，再哭咱怀恩哥也不能活过来不是。咱们要多想想赔钱的事，不能让怀恩白死了。您看咱那老板，人家这是在骗你们呢，叔和婶来了，不让你们去厂里，也不让见别人，就是怕人多嘴杂。

听他们这样一说，张怀恩的父母就把见到小老板的前前后后都想了一遍，觉得这老乡说得在理，觉得这外面的世道，果然人心险恶，差一点就被这老板给蒙骗了。一时倒急了，害怕了起来，怕这老板说的八万块到时都不能到手。老乡说，叔，婶，你们不用怕，这不有他们吗？有律师，有记者帮您呢。周城也说，您二老只要委托我们来帮您打官司，余下的事，就由我们来办了。张怀恩的父母望着张怀恩的女朋友，问她这事怎么办。张怀恩的女朋友觉得周城他们说得有理。再说了，她现在还怀着张怀恩的孩子呢，她是很喜欢怀恩的，她甚至打算了，要把怀恩的孩子给生下来。那将来这孩子的成长，可得要花钱。她也问过了周律师，周律师说她肚子里的孩子是第一继承人呢。当然她现在还没有想太远，她还沉浸在悲伤之中，在犹豫之中。不过她是坚决赞成和小老板打官司的。有了怀恩女朋友这话，二位老人就听了周城的安排，当即搬出宾馆，换了个地方住下来。又立了委托书，余下的事，就由李想、周城经办了。

小老板这些天差不多是心力交瘁了。可是他不甘心就这样认输，命运在他快要崩溃的时候，突然给了他希望，他不相信，这希望破灭得这么快。他要做最后的努力。厂子被封了，他被人骂为黑心老板，甚至有人在厂门口候着，扬言要打死他，可是他不甘心就这样服输。如果八万块真的能把张怀恩的后事处理好，劳动局那里肯定是要罚一笔款的，但他还是有东山再起的希望。

小老板打印好了两份张怀恩后事处理的协议书，取了钱，匆匆赶到宾馆，却不见了张怀恩的父母。问服务员，说是被几个人接走了。一种不祥的预感顿时把他淹没。他转身往宾馆外跑，刚到大堂，撞见了候在门口的李想和周城。

你怎么在这里？小老板狐疑地盯着李想。

李想低下了头，不敢看小老板。

周城走了过来，说，我们在等您。受张秋山、李银芝，也就是你厂员工张怀恩的父母的委托，来全权处理张怀恩加班致死案的赔偿事宜。

周城把话说得简明扼要，并且一下子道出了利害和关键，给张怀恩的死定了性，加班致死。小老板的脸色一下子煞白，手脚一点力气也没有了。周城指着大堂一边的茶座，说，我们去那儿坐坐吧。小老板屁股落在椅子上，浑身还是没有力气，服务员端来了水，他居然没有力气把那杯水捧到嘴边，双手握着杯子，支撑着身体。过了一会儿，他看着李想，说，你，现在和他一伙？

李想低着头，无言以对。

周城说，您这样说就不对了，什么叫一伙？仿佛我们是打家劫舍的不法分子。李先生是我的助手，当然，我也知道，他过去是您厂里的经理，但这些纯属私人恩怨，与我们要谈的事无关。

小老板突然很冲动地站了起来，厉声说，说吧，你们想怎么样，要多少钱？把我这条命给你们总可以了吧。小老板的冲动，惹来了大堂里众多异样的目光。小老板也觉出了自己的失态，重又坐了下来，颓然道，说吧，你们想怎么样？周城说，不是我们想怎么样就怎么样的，也不是你想怎么样就怎么样的，一切按法律办事，你要了张怀恩的命，我们并不想要您的命。我们只是想为张怀恩讨个公道，为社会伸张正义。

小老板冷笑了一声，说，得了吧，说得那么冠冕堂皇，你不也是为了那些代理费吗。

周城正色道，您又错了，我们是在为二位老人提供法律援助，分文不取，打官司期间，二位老人的食宿都由我们负责。周城说罢，把二位老人的委托书递给了小老板，上面果然写得清清楚楚，是义务提供法律援助。小老板长叹了一声，说，那，你们就去告吧。这官司，你们想怎么打，就怎么打。

周城说，我们还是希望这事能通过协商解决的，能不上法庭，最好别上法庭。

小老板慢慢站了起来，说，没有什么好协商的。小老板又盯了李想一眼，说，早知如此，何必当初。我他妈当真是瞎了狗眼。说完无限悲愤地离开了酒店。

李想低下了头。小老板的话让他无地自容。小老板走后，李想对周城说，索赔八十万，是不是太多了一点。

李想现在当真是很难了。他知道小老板一路走来的艰辛，真不想这样将他逼上绝路，觉得这样太残忍了。然而，如果不打官司呢，对张怀恩的父母来说，对张怀恩的未婚妻来说，对他那还未出生的孩子来说，是不是又太残忍了？李想把他的想法对周城说了，希望周城手下留情，给小老板一条活路。

周城冷笑了一声，说，李想啊李想，没想到你这人是如此婆婆妈妈，你这叫什么，这叫妇人之仁，你这性格迟早会把你害了。我是不会给这样的黑心老板留后路的，要痛打落水狗，把他打死了再踏上一脚，要通过媒体，把这事做大，让全社会都知道，不顾工人死活，当黑心老板，下场就是这样的。

周城的话，让李想觉得背后直冒凉气。他真的在为小老板捏一把汗了。

小老板现在反而什么也不怕了。等着他的，无非破产。他突然觉得，这老天爷真会捉弄人，觉得这命运就像是一只猫，而他不过是一只老鼠，命中注定了是要被弄死，却不让他一下子死得痛快，却把他折磨得死去活来。小老板回到厂里，坐回办公室，办公室的桌子上还放着一面星条旗，他本来打算把这一面旗挂在样板室里，作为他工厂起死回生的见证，将来在工厂发展了时，作为昔日的荣耀来激励员工的。现在，他拿起了这面星条旗，苦笑了一下。办公桌上，还放着劳动局开出的整改通知和罚单，上面的那个数字，让小老板突然觉出了饿，饿得心里发慌。他把那星条旗拿在了手上，苦笑了一下。觉得这星条旗里，浮出了上帝慈悲的笑，那笑是如此宽广悲悯。

小老板有太多的后悔，其实命运是给了他机会的，可是他没有把握好。如果当时听了李想的话，略微把工人当人一点，拿出一部分星条旗外发加工，这一切，大约也就不会发生了。然而命运不可假设。小老板把自己关在了办公室里，坐了许久。他什么时候走出办公室的，也没有人知道。天快黑的时候，不知谁最先发现了，那高大的高压线铁架上，坐着一个人。大家以为，又是哪一家的老板黑心，拖欠了工人工资不给，于是工人要以死讨薪了。这年头，这样的事。大家见得多了。虽说是见得多了，但总还是有爱热闹的人，不一会儿，铁架下面就聚集了上百人。再过了一会儿，警察也来了。据说电力公司的人也来了，把这一片的电也切断了。警察拿着高音喇叭劝上面的人下来，说没有什么过不去的坎。上面的人却无动于衷。

高压线铁架上的人是小老板，小老板并不想死。他在办公室里坐到天快黑了，想在外面走一走，走到这大铁架下时，他突然产生了要爬上去的冲动。他真的只是想爬上去，爬得高高的，去俯瞰这个世界。他想知道，上帝在天上看人时，是一个什么样的视角。他希望能从另外的一个角度，把自己的命运看清，他就爬上去了，他果然从另外的一个视角看到了这个世界，突然觉出了人的渺小和可怜。下面聚集的人越来越多，他觉得这些人当真是很可笑。可是很快，他笑不出来了，他听到了他老婆的哭声，老婆在下面哭着喊着，劝他下来，说，大不了破产，破产了我们再去打工，有什么大不了的呢。小老板突然感觉一片温暖。他想到了阿蓝，阿蓝要是知道他现在在这高高的铁架上面，不知会说些什么。他这样想，就拿出了手机，打了阿蓝的电话。阿蓝接了电话，小老板说，你知道我在哪里给你打电话吗？阿蓝说不知道，在哪里？不会在我的门外吧。小老板说，我在高压线铁架上面，很高很高，往下望一眼，头都发晕。阿蓝尖声叫了起来，说你要干吗，你千万别干傻事。小老板说，什么叫傻事？阿蓝说，你不为自己想，也要为我想。小老板又看了一眼在高压线铁架下面哭喊着的他的妻子。

城市的夜色降临了。他看见，这小镇，灯火是那么灿烂，但有一片地方却是黑暗的，那是因为他的缘故，那里便成了黑暗的角落。小老板想他不要再待在上面了，要给那一片地方光明。这时他的电话却响了起来。是赖查理。赖查理在电话里说，他还需要十万面星条旗，不过这一次的时间更紧，赖查理问小老板，两天时间能不能交货。赖查理再一次说到了，这可是国家订单……

去他妈的国家订单！小老板突然激动了起来，把手机扔得远远的，引得底下的人群一阵骚动和惊呼。老板从口袋里摸出了那面星条旗的样板。国家订单！他苦笑了一下，把那面星条旗用劲扔了出去。星条旗像一只巨大的黑鸟，在这南中国小镇的夜空中掠过。

原载《人民文学》2008 年第 4 期

荣获第五届鲁迅文学奖中篇小说奖（2007—2009）

一日三餐

常　芳

一

唐光荣养了一只长着白眉毛的苍鹰。来了兴致，唐光荣早上出门时，就把它放在车上。唐光荣喜欢看它站立在车篷顶上，尤其喜欢摩托车跑起来时，风吹起苍鹰胸前那些灰白的羽毛。有时候，苍鹰就在快速流动的晨风里，在车篷顶上突然展开翅膀，像是一下子回到了辽阔的天空，在高高的云层里自由地展翅飞翔着。

唐光荣给留香说，鹰是世界上寿命最长的鸟类了，能活七十岁。

又说，它活到四十岁的时候，就会抓不稳猎物，飞行也会变得非常吃力。这个时候，它只有两种选择：一是等死，二是重生。只是选择重生的鹰，要经过一个十分痛苦的过程。在接下来的一百五十多天里，它又长又弯的喙要用力地去击打岩石，直到完全脱落后，长出新的。然后，再用长出的新喙将指甲一根一根地拔出来。新指甲长出来后，再将羽毛一片一片地拔掉。等新的羽毛长出来后，鹰就又可以重新翱翔在蓝天上了。

二

几只麻雀清脆的鸣啭从窗子的缝隙里钻进来时，留香已经醒了。但她依旧闭着眼睛，一直听到晨曦在几片树叶子上跳了几跳，才起了床，“哗啦”一声拉开了有些发污的白色窗帘，让树叶子上那些耀眼的晨曦一步跳跃到了她的身上。下岗之后，再也没有那些没完没了的夜班可以上了，留香现在每天早上都是这样听着晨曦的舞步起床的。

唐光荣早已经出门了。一年四季，他都比窗外的这些麻雀醒来得还要早，然后开着他那辆深红色的三轮摩托车，勤勤恳恳地到火车站边上候着拉客。如果运气好，天露熹微时，他就已经拉着一个或者两个客人，快速地闪过一棵一棵还在瞌睡的树木，穿行在那些宽宽窄窄的街道上了。

留香到街口上买了一份晚报，又到报摊对面去买了一袋豆浆和两个菜饼。报纸和菜饼都是给唐光荣买的。唐光荣开着他的摩托车只拉一个清早的客，每天都是回家来吃早饭。他至今不喜欢在路边的小食摊上吃东西。他习惯一边吃着早餐，一边看着报纸，还像原来在工厂里上班时一样。

就早上买报纸这件事，留香曾经说过唐光荣几次。留香说：“你自己去买多好，等客的时候随手就翻着看了。拉了客，在路上还能和那些乘了一夜火车的客人，说说这里昨天都发生了哪些新鲜事。”

唐光荣说：“你以为等客是坐在厂子里开会？等客也和你原来纺纱一样，需要一心一意。我眼巴巴地在那里瞅着，还时常拉不上客人呢。”

唐光荣一说到开会这样的话，留香就会主动铩下羽翎，退下阵来。她不想去刺激唐光荣。他从一名有组织有依靠的工人，一夜变成了一粒散落的沙子后，自由是自由了，好像还可以在广阔的天地里随风飘扬。但他的下岗又是不一样的，他更像是一个人的老寒腿，是最怕受到寒风刺激的。

扫了眼桌子上那只小房子形状的石英钟，留香草草地喝掉了袋子里的豆浆，然后简单地收拾了一下，提起录音机放到前车筐里，推上自行车开始往外走。接下来她要骑上四十分钟的自行车，到英雄山广场上去教人跳舞。

马路上洒水车刚洒过了水，空气里飘浮着一股雨后淡淡的泥腥味。那些泥土的味道在清晨的微风里荡漾着荡漾着，就和路边树上一些青翠叶子散出来的气息凝结在了一起，变成了一丝一丝的甘洌，随着留香的呼吸进入了她的身体里。她喜欢清晨的这种神清气爽，风，树木，马路，路边的楼房，甚至路上的车辆和行人，一切都好像是在清凉的小河里漂洗过了。

留香愉快地蹬着自行车，看着马路上稀稀疏疏的车辆和行人，看着在清晨要比其他时候里显得宽阔许多的马路，心里又轻轻地哼起了一段舞曲。从去教人跳舞开始，只要是走在去跳舞的路上，留香总是要这样在心里哼上一段舞曲的。留香不仅自己哼，她还告诉那些跟着她学跳舞的女人："只要哼起了舞曲，心里就什么烦恼都不会有了。"

唐光荣去看过几次留香教人跳舞。有一次，留香在跳舞的间隙里又给一个女人说这句话，站在边上的唐光荣自然就听见了。回家的路上，唐光荣说："知道什么是穷乐和吗？"

留香知道唐光荣是什么意思，但还是故意说："你说什么是穷乐和？"

"当然就是你和那些跟着你学跳舞的女人了。"唐光荣说。

留香笑了笑，讽刺唐光荣说："你现在就知道一天三顿饭不饿肚子。"

唐光荣说："没有三顿饭，看看你还能跳动舞了，胳膊和腿脚恐怕也会抬不起来了。"

"腿脚跳不动了我就在心里跳。"留香继续笑着说，"跳舞可不是跟你看见的那个样，只是在那里用胳膊和腿脚比画。"

到了天桥下面，留香从自行车上跳下来，朝西边通往火车站的小街两旁张望了一下。唐光荣每天就是在这里等客的。

这是进出火车站的一条便道，街窄窄的，不足五米宽，大约二三百米长，极少有外来的客人走。外地人进出火车站不管打车还是乘坐公交车，都是要走火车站南边的两条进出路线。只有少数的当地人和一些误打误撞的外地人，进出车站才会打这里经过。因为火车站南边的两条路线都是不准机动三轮车进出和停留的，所以候着拉客的这些三轮摩托车，就都聚集在了这条小街的出口上，像给这条小街上缀了一串沉甸甸的坠子。

留香仔细地看了看，还是没在树下看到唐光荣和唐光荣那辆深红色的三轮摩托车。唐光荣和他的三轮车不在，就是唐光荣拉着客了。

唐光荣不在，留香还是对着那条小街笑了笑。

除了雨雪天不能去跳舞，其他的日子里，每天早晨走到这里，留香都是要这样从自行车上跳下来，往树下的三轮车队里张望一下，寻找着唐光荣和他的三轮车。如果唐光荣和他的三轮车在，留香就会对着唐光荣笑一笑，不管唐光荣看没看见她。如果唐光荣不在这里，自然就是唐光荣拉着客走了，留香也会笑一笑。她想不管唐光荣在或是不在，唐光荣早上是在这条小街上讨生活，这条小街总归是会看见她笑的。

当然看见留香笑的，还有那些和唐光荣一样守着三轮摩托车在那里候客的人。他们知道留香每天早上从桥下走过去，根本不是去工作，而是为了赶到英雄山去跳舞后，就都找到了新话题，抽空忙着和留香打招呼。说没想到唐光荣一个开破摩托车的下岗工人，家里居然还养着这么个迷恋跳舞的老婆。

唐光荣原来的同事大个子，和唐光荣一起二次下岗后，也跟着唐光荣在这里开三轮拉客。有一次他看见留香对着唐光荣笑，就笑着对着留香说："留香，你能不能每天早出一会儿门，来这里教我们跳一阵子，让我们在冬天等客的工夫里，也好跳着舞步暖暖手脚。"

留香说："我害怕你们学会了跳舞后，会把摩托车开得也像跳舞一样在原地转圈子。要是那样，就什么样的客人也不会跑到你们的摩托车上来了。你们天天拉空网，回头你们的老婆就会骂我害你们了。"

大个子说："我和唐科长都已经从面粉厂里下两次岗了，我们大不了再从这里下一次，再走一次狗屎运。"

留香瞅了眼唐光荣，然后对大个子说："我不能再和你白话下去了，再白话就要晚了。"

留香跳上了自行车，听见大个子在后面嘻嘻笑着对唐光荣说："唐科长，你老婆去英雄山跳舞，怎么弄得比那些明星走穴挣钱还积极。"

留香回过头去笑了笑，大声对唐光荣说："光荣，你拉客的时候路上小心点。"

唐光荣从来不愿意和人说起他下岗的事。偶尔地说起来，也会打着哈哈说那简直就是一个笑话。唐光荣说我从一个厂子里前后下了两次岗，还下得那么窝囊，能不是笑话？

下岗前，唐光荣曾经是面粉厂里的一名保卫科科长。说起下岗来，唐光荣说留香是纺纱车间的一名纺纱女工，下岗也下得像那些棉纱一样干干净净。只有他那岗，下得是要多窝囊就有多窝囊，几乎窝囊得让人说不出口来。

唐光荣第一次下岗时，是他们那个中外合资的面粉厂破了产，倒闭了。工厂破产倒闭了，不论原来是什么资的，都像俗话形容的树倒猢狲散那样，工人们理所当然地就跟在后面惶惶而散了。说他们的面粉厂是合资企业，是因为里面有三分之一的资金是新加坡的一家公司来注入的。有了外资血统，当然不论几分之几，那都是纯混血的中外合资企业，是一种看不见的冠冕。单是这个名头，就足够让人怦然心动的。唐光荣当初从造纸厂往面粉厂里去时，是花光了手里一大把的关系才进去的呢。但是，唐光荣头发梢上也没料想到，一个总投资两亿多人民币，风光无限的合资企业，居然也会说垮就垮，转眼变成了资不抵债的一个空壳壳。

下岗几个月后，唐光荣忽然听大个子说他们那个破了产的中外合资面粉厂，已经被原来的厂长盛大年用三百万买了去。仅仅三百万块钱，曾经投资两个亿的面粉厂，就转化成了盛大年个人的面粉厂？唐光荣怀疑完了这是个传言后，还是想不明白，觉得那个做决定拍卖面粉厂的人肯定是脑子出了毛病。要是脑子没毛病，都可以拿小脑去想一想了，那两个亿的家底子，可就是败坏在这个盛大年手里的！

唐光荣闷头想了一个月，脑子里还是一片糊涂。他就在一个下雨天里，骑上自行车，冒着大雨去了面粉厂门口。他想到那里去看看，到底有没有一个明白的答案写在厂门口那块小黑板上，跟过去厂子里通知大家开会和学习那样，一目了然地挂在那里。

骑着车子到了厂门口，唐光荣当然没有看见过去常挂在门口的那块小黑板，没有找到他想找的答案。但也有出人意料的结果，那就是他把丢失的工作突然给找回来了。并且，还重新当上了面粉厂的保卫科科长。

三

在大观园路口被红灯和一面摇摆的小黄旗子拦下来，留香正看着前面的红灯读秒，就听见兜里的手机在唱歌。掏出来一看号码，是唐光荣的姐姐唐娜。唐娜说我就在你对面的路口。留香往马路对面的路口找去，看见唐娜那辆银灰色的宝来车，也被一根看不见的绳子拦在了路口上。唐娜小声小气地说："伟大不是今天从澳大利亚回来吗，你怎么还去跳舞？"

唐娜一直不赞成留香去跳什么舞。她先是对唐光荣说，正经人家的女人，下了岗不琢磨着怎么去挣钱，谁没事了天天跑去跳舞？见唐光荣不作声，又说，我看见别人在那里教人跳舞都是收费的，教会一个三步四步，就能赚上五十块。你媳妇倒是好，雷锋啊，不光不赚钱，还要自己买上录音机搭上电池钱。

唐光荣当时想了半天，说你们单位好没有下岗，自然不知道人下了岗后的滋味。留香跳舞不单是跳舞，其实她是像喝药一样的，是为了治病。

什么病？唐娜说，要是跳舞能治病了，还要医院干什么使。

唐光荣说，有一些病医院里是治不了的。

后来留香从唐娜那里知道了唐光荣说的这些话，心里被唐光荣感动了好多天。那些天里她去跳舞，跳着跳着，心里就会积出一汪说不清楚来由的泪水。

留香从唐娜的车上收回目光来，笑着说："他们不是下午到吗?现在才是早晨，太阳才刚出来呢。"

"他们是下午到。但你总该先去帮着咱爸买点新鲜水果什么的，再收拾一下家里吧。你也看过韩国的电视剧，你看韩国人的家里，哪家不是干净得要命。"

"你放心，来得及。"留香说，"韩国人的家里就是新纺的纱一样干净，她现在跟着伟大到了中国，进了唐家的大门，不是也得先学会入乡随俗。再说了，咱们家就是再赶着重新装修一遍，也不一定就能收拾得像人家韩国家庭。"

留香不知道韩国的环境是不是像新纺的纱那样干净，但唐伟大在打给唐光荣的电话里说过，生活在澳大利亚的人，要是愿意，他们出门回来都是可以穿着鞋子直接上床睡觉的。当时唐光荣一边听着唐伟大的话，一边重复给家里人听。他最后给唐伟大总结父亲的话说：你要好好在那里待住，争取能拿到绿卡。你看看我们这里，就是上海和北京那样的大地方，人从外边回来，能穿着鞋子直接躺到床上去吗?不可能的事!

唐伟大是唐光荣的弟弟，大学毕业后先是到北京读了硕士研究生，后来就到山西的一个农业研究所工作了两年，前年被派到澳大利亚学习，在那里找了个韩国的媳妇。

唐伟大研究生毕业刚到了那家农业研究所时，唐娜知道了，说我们好几家子人供着他读研究生，他怎么就选择了那么个专业，搞什么不好，搞农业研究。唐光荣说搞农业研究怎么了，我们现在吃的大米都是那个叫袁隆平的人研究出来的。要不是他研究的杂交水稻，把水稻亩产提高到了上千斤，说不上我们现在还要一天里节约着少吃几粒米呢。人类可以没有楼住没有车开没有钱花，但是一定不能没有粮食吃。

留香没有想到唐娜会在对面的路口上看见自己。当然，如果唐娜不给她打电话，她同样是不会知道唐娜看见了自己的。留香走在路上从来不喜欢去东张西望，她的习惯是只看正在行走的这一侧路上的物体。留香的这个习惯在唐光荣给她发掘出来以前，她自己都不知道她还有这样的毛病。

那时候唐光荣还没下岗，他看见留香眼睛里看不见那些连绵不断的纱线后，天天闷在家里，人在一个月里就老去了三岁，像植物园里一只突然硬了壳的笋。

他们家紧靠着凤凰山花鸟市场，隔着一条日夜流着污水的工商河，一条街上是卖花鸟鱼虫破古董烂玉器的，另一条街上就是专门卖狗卖猫卖兔子的宠物市场。每逢周末这一天，你看吧，两条街上从早到晚都是熙熙攘攘的人群，路口的各种车辆更是拥挤得一塌糊涂。那个堵，让人看了都喘不过气来。没下岗前，留香和唐光荣都是有些讨厌这个市场的。有一次唐光荣和留香溜达着出来买花，看见一溜迎亲的婚车被堵在了路口上。等他们转了一大圈，提着买好的花走回来，发现婚车还趴在那里，那个新郎的眼睛都快急得长满绿青苔了。唐光荣看着留香，说这个新郎要是我，我就去把交警队和市政府都告了。市场是要有，但不能乱成这样一锅粥吧，进进出出的没有一条路可以畅通。这还结婚呢，要是周围哪户人家赶在星期天里失了火，等到消防车开过来，恐怕一座楼都烧光了。留香说我觉得最怕堵在这里的还不是消防车，而是那些要生孩子和突发了心脏病的人，他们若是被挤在这里，还不得生的要生在车上，病的要病死在车上。

留香下岗后，唐光荣突然就不觉得这个市场像以前那么让人讨厌了。在一个星期天里，唐光荣拽着留香出来看花赏鸟散心。在人群里挤着挤着，唐光荣忽然想，他们家挨着市场这么近，若是留香在星期天里也出来卖卖狗卖卖猫，卖卖狗粮猫粮狗笼子或者拴狗的绳子，平时就在家里侍弄侍弄它们，这样留香是不是就不会天天闷在家里头，继续一个月里老下去三岁了？

养狗养猫都是慢功夫，要等着它们产了仔才有的卖，但猫粮狗粮狗笼子和拴狗的绳子，批发市场里就有现成的。唐光荣和留香商量了一下，准备先去西市场里批发一些拴狗的绳子。

两个人骑着自行车，唐光荣一边走一边故意东拉西扯着，跟留香说话。走过市政府门口不远，唐光荣看着留香一直还在发暗的脸色，想逗她开开心，就说："你刚才有没有看见马路对面那个'飞燕'美容美体中心，那是我们厂长的老婆胡小粉开的。我真怀疑她是把面粉当作了珍珠粉，用水一搅和，就糊在了那些去做美容的女人脸上。他们的广告上说可以免费尝试，你喜欢不喜欢去做做，免费体验上一次，也让胡小粉糊你一脸白面糊。"

留香知道唐光荣是想让自己开心，就干着脸色笑了笑说："我只看见了市政府的大楼高耸在那里，看见了和我一样骑着车子匆匆往前赶路的人，还看见一个站在树下伸着耳朵辨别方向的盲人，就是没有看见那个胡小粉的美容院。我现在吃饭的碗都没有了，你居然还逗着我去做美容。那个胡小粉，你不是说过她是医生吗。"

"他们不是说头两次免费嘛，这医生开美容院才会有人相信呢。"唐光荣笑着说，"我今天才发现，原来你下岗后不光饭菜做得没有咸淡味道了，别的怪毛病也跟着多起来了？"

"什么怪毛病多起来了？"留香问。

"走路往一边看呀，"唐光荣说，"你看看你说的这一些：市政府大楼，和你一起骑车子往前赶的人，还有那个在树下听声音的盲人。你的一双眼睛是不是只盯住了路的这一边？"

留香说："我可能是想留下另一边的风景，在走回来的路上看。"

"要是回来时绕着别的路走呢，你可就看不见另一边的风光了。"唐光荣说，"你知道什么是'奇罐'减肥吗？奇是奇怪的奇，罐就是家里你插花的那种红陶罐子的罐。减一斤肉要一百块钱，这个胡小粉，也蛮会装猫变狗地糊弄人。"

“减一斤肉要一百块钱？”留香说，“不是‘奇罐’减肥，我看是那些去减肥的人都奇怪吧，都是有肉有鱼的日子过久了。我们小的时候，你看见过谁想方设法地去减过肥？是大家恨不得跑进肉店里去，抢一块肉来贴到自己身上去。”

停了一停，留香又说：“绕到另一条路上走了，那就安心地去看另一条路上的景物。想明白了，就会觉得每条路都有每条路自己的风光和看头。”

唐光荣说：“我夜里做梦，梦见咱们家里来了很多蝴蝶，我在梦里还一个劲儿地琢磨呢，家里也没添什么招蜂引蝶的花，怎么一下子就来了这么多蝴蝶。后来发现，你居然也变成了一只蝴蝶。我就想，从今天开始，我就不用担心你一夜之间会变成咬不动的老竹笋了。”

浓密的树荫铺满了街道，好像是街道在突然之间贴上了一层高深的看不透的背景。留香看着那些连成片的树荫，愣了愣，说：“你是说我变成张着翅膀起舞的蝴蝶了？”

“对呀。”唐光荣说，“难道谁还在梦里给了我另外一个老婆？”

“那我真的要去跳舞去。”留香说。

“跳吧。”唐光荣说，“只要你想跳，愿意跳，从今往后，你想怎么跳就怎么跳。”

“我现在就想跳。”留香说着，突然从车子上跳了下来。

“想跳就跳吧，”唐光荣也跟着从车子上跳了下来，笑着说，“反正大街这么宽。这么宽的大街，给你当当舞台应该还是可以的。”

四

这个早上唐光荣的生意特别好。清早一到火车站，街灯还被朦胧的夜色缠裹着，唐光荣就拉上了一位从火车上下来的客人，一路往南，过了八一立交桥，到了七里山。客人下了车，唐光荣掉转了车头还没走出十米，就拉上了一位要到火车站赶火车的客人。

现在城管管得紧，唐光荣他们这样拉客的三轮摩托车，平时是不敢往火车站以南的方向去的。他们只有在天刚透亮的时候，在城管们还没起床上班的空隙里，算好来回要花的时间，虱子似的贴着衣缝顺着针脚，在往南部去的空阔马路上悄悄地钻一个来回。

刚下火车的人因为坐了长时间的车，疲乏了，他们一般说明要去的位置，讲好了价钱，然后坐到车上就不爱说话了，任凭唐光荣拉着他们，轰轰隆隆地往他们指明的地方奔。但是要往火车站来的客人往往就不太一样了，他们说好了价钱，坐到车上后，或多或少地都会和唐光荣东拉西扯上几句。唐光荣拉客的原则一直是，客人喜欢和他说话，他就和客人客客气气地说话。客人不喜欢和他说话，他就谨慎地开着车，一心一意地往前跑。唐光荣从来不像大个子他们拉客时那样势利，看见穿着稍微体面一点或者面目上横一点的客人，就低眉顺眼着，从人到车到跑起来的速度里都透着谦卑；看见那些灰头土脸民工打扮的人呢，就把小市民的架子端得足足的，骂天骂地骂路骂人的咒骂声里，都会带着一种没有来头的霸道。在唐光荣的眼里，凡是坐他车的客人，个个都是上帝。

现在坐在唐光荣车上往火车站赶的是一个中年男人。他一坐到唐光荣的车上，就问唐光荣："老家是哪里的，来城里开几年三轮了？"

唐光荣不想说自己是下岗工人，也不想说别的，就简单地回答："三年了。"

"一天能挣多少钱？"中年客人说，"靠这个能不能养活老婆孩子？"

"我就干一个早上，不好说。多了能挣三十，少了能挣二十，还有一块钱也挣不来的时候。"唐光荣说。

中年客人说："那你还不如我收废品呢。我在这里承包了一个小区收废品，天天有干不完的活，一个月差不多能挣到几千块。废品收购站的人开玩笑说，我要是和那些当官的比比，现在的收入也相当于一个处级干部了。”

唐光荣笑了笑，说：“看来我今天的运气不错，给您这个处级干部当了回司机。”

“我要真是处级干部，你又给我当司机的话，那也牛气得很。”中年客人说，“你没听人说过嘛，在过去，宰相门口的看门狗都是三品。”

“是。有句话不是就说狗仗人势吗。”唐光荣附和着中年客人说。

到了火车站旁的便道上，唐光荣停下车，刚帮着中年客人把行李包拖下来，大个子就晃晃悠悠地凑到了跟前，说行啊唐科长，我这里还没开张呢，你这里来回都没空着。哎，你要是早回来两分钟，没准还会看见你老婆站在这里笑呢。

“狗屁科长。”唐光荣说，“狗嘴里从来都吐不出象牙来。”

“狗嘴里要是吐出象牙来，就不是狗嘴了。”大个子嬉笑着说。

中年客人拎起包来，看了看唐光荣，说：“真没看出来，你还是个科长？”

唐光荣看着中年客人笑了笑，说：“前一辈子的狗屁科长，哪里能和您这个处级干部比。”

现在，唐光荣最讨厌大个子还跟以前似的开口闭口地叫他唐科长。唐光荣觉得唐科长这个称呼对于他，简直无异于一顶耻辱的帽子。

得知面粉厂被盛大年买走后，唐光荣因为想弄明白原因，就冒雨骑着自行车到了面粉厂的门口。他在厂门口转到第三圈的时候，听见背后有车喇叭声，扭回头，就看见一辆崭新的宝马车正从街边的行道树下慢慢往厂门口拐了过来。地上有雨水，宝马车的车轮碾压在那些雨水上发出细细的嘶嘶声，真的像一匹骏马奔腾在开满鲜花的草原上，蹄下踏出的青草和鲜花的汁液声。

唐光荣不知道这是盛大年的车。

厂子没倒闭之前，盛大年是坐奥迪 A6 的。那时候唐光荣每天都要提醒保卫科的一帮人，无论他们是站在厂门口值班的，还是在厂区的路上巡逻的，只要盛大年的车出现在离他们十米远的地方，他们就必须停止身体其他的一切动作，挺胸收腹地站好，举起右手，用标准的军礼向盛大年和他的车敬礼。

盛大年是从部队转业回来的，他在一次开会的时候说拿破仑说过，不想当将军的士兵不是好士兵。他当兵的时候没想成为将军，但还是很愿意当团长的。看着一团的人，齐刷刷地给他一个人敬礼，心里的那种享受是任何东西和金钱都不能替代的。

开过会不久，厂办主任就找到唐光荣，示意他带领着保卫科的人，练习练习如何给厂长进出的车敬军礼。唐光荣就找到了区武装部里的一个同学，专门来给保卫科的人轮训了一个月，教他们如何正确地敬军礼。

保卫科的人给盛大年进出的车敬了一个月的礼后，盛大年就把唐光荣找了去。他拍拍唐光荣的肩膀，说你做得好，任何人带任何班子，只要拿出军队的管理模式来，就没有带不出好队伍的。

受到了盛大年的褒奖后，唐光荣就更加精益求精地要求保卫科的人了。他完全把他们当成了军人，并请求盛大年给他们统一配备了迷彩服电警棍。然后要求大家每天早上必须按照军事化的管理制度，喊着口号跑步，训练。门口值班人员和厂区巡逻人员手里的电警棍，一律不准挂在腰里或是随便握在手里，而是要像军人持枪一样，斜抱在胸前。

后来，盛大年看见唐光荣把保卫科训练得有模有样的，便要求全厂各部门都来学习保卫科，实行军事化管理。工人上下班，或是到食堂里就餐，一律都要列队，先唱革命歌曲。就是车间里交接班换岗，也是严格按照军队的要求，互相敬礼，换岗，再互相敬礼，然后转身，列队正步走开。

宝马车开到了唐光荣的跟前，唐光荣才随着车上的刮雨器，从它刮过的弧线里看见了盛大年。盛大年一直喜欢自己开车。

盛大年犹豫着似的停下车来，把玻璃落下了一条缝，看着唐光荣说：“你能冒着雨跑过来，说明你对面粉厂还很有感情。这样，你明天过来一趟吧，十点钟到原来的会议室来开会，还是回来做你的保卫科科长。”

唐光荣二次下岗，是在重新担任了保卫科科长的第二年。

春天里的一个晚上，盛大年带着情人从外地旅游回来，就被老婆胡小粉和她的母亲堵在了他的新家里。胡小粉和她母亲直接带着开锁的人，打开了盛大年新家的门。胡小粉和她的母亲先是打了盛大年的情人，然后一边抓着盛大年情人的头发，一边就咬住了盛大年护着情人的手腕。

盛大年的新家就在厂子后面的小区里，隔着一条马路。盛大年害怕胡小粉闹大了动静，被人报了警，招来了警察，就把电话打给了唐光荣，说你火速带个可靠的人，到我厂子后面的家里来。

听盛大年的声音，好像是家里进去了歹徒，他要被人绑架了。唐光荣不敢怠慢，火速带着大个子赶到了盛大年的家里。唐光荣给盛大年的这个家里搬运过一个鱼缸，知道地方。

进了盛大年的家，唐光荣才发现盛大年的家里并没有要绑架他的歹徒，只有三个厮打在一起的女人，在豪华的地板上扭打成一团。

盛大年看了看唐光荣，指着地上扭打成一团的女人，有些厌恶地说：“你把胡小粉和老太太给我弄走。”

唐光荣为难地看了看盛大年，没有立即动手。另外还有一个原因，就是他不知道该怎么去动手。另一个女人唐光荣虽然不认识，但他认识胡小粉和她的母亲。而且从胡小粉和她母亲的谩骂里，唐光荣已经听出了那个女人和盛大年的关系。

盛大年等了半分钟，见唐光荣还不动手，又说：“你是赶来看热闹的吗？还不快点把胡小粉给我弄走。”

“胡小粉是嫂子。”唐光荣含混地说，“我不敢对嫂子动手。”

这时候胡小粉忽然停止了和那个女人的厮打。胡小粉从地上爬起来，对唐光荣说："唐光荣你说得非常对，你不能对我动手。你现在要动手弄走的，是这个不要脸的货。"

盛大年说："唐光荣你怎么回事！你天天像军人一样带领着保卫科，不知道军人的天职就是服从命令吗。我现在让你弄走胡小粉，你听见没有？"

唐光荣上次来送鱼缸的时候，这个房子里还是空空的。现在，唐光荣看着盛大年家里的豪华摆设，看着又重新扭打在一起的两个女人，想着垮掉之前的工厂和那些下了岗的同事，心里忽然后悔重新回到这个工厂里来了。就在上个月，唐光荣还隐约地听说，盛大年是用他情人的名义，在青岛重新注册了一家新的面粉厂，把手里所有的客户都陆续转移走了，才把他们原来的面粉厂弄倒闭的。

唐光荣看了看那个和胡小粉继续扭打在一起的女人，猜测她或许就是和盛大年联合着把他们工厂弄倒闭的那个女人。而他唐光荣，却还天天带领着一帮兄弟，耀武扬威地给这个把他们的工厂都掏空了的流氓敬礼。

想到这里，唐光荣忽然有些悲壮起来。他声音里夹杂着一缕血丝说："我没有当过兵，从来都不是个真正的军人。所以，我现在也不能像军人那样，服从你的命令了。"

"那你现在就下岗走人。"盛大年先是愣了愣，然后挥了挥手，指着门口冷冷地吼道。

五

太阳刚升起来不久，亮光里还带着一抹毛茸茸的红粉色。留香喜欢这样柔和的光线。她在大海边看见过日出，看过海边的日出，城市的日出就显得少了些光芒万丈的辉煌，但它也更加像一个少女与心仪了很久的那个男孩子在陡然间撞了个满怀，空气中荡漾着的涟漪里，都是充满着羞涩和幸福感的。现在，那些新鲜的阳光打在街道上，树木上，自行车转动的车轮上，打在留香的头发和身体上，就如同有一支素描笔在勾勒着她的轮廓。如果从迎着阳光的侧面看过去，又会让人觉得她像一幅缓缓移动着的简单的剪贴画，在清晨凉爽而透明的微风里，被一种无形的力量牵动着，熠熠生辉地前进着。

留香看了一眼照射在车轮上的阳光，想象着现在可能会有谁已经比她早到了她们的舞场。她们的舞场说是舞场，其实就是几棵高大的杨树遮起来的一片空地。因为她们常年在那里跳舞，树下的场地早就被她们的舞步踩得有些像农村的打麦场了，油亮油亮地闪着一层釉黑的亮光。留香有时候跳得来劲了，就会和那些与她一起翩翩起舞的女人们说，就是在伦敦和巴黎那样时尚的地方，怕是也没有谁的舞厅能比我们这群女人的舞厅气派。

和留香一起跳舞的女人，基本上是下岗女工。她们大都是看见了留香挂在自行车把上那个免费学跳舞的纸牌子后，来跟着留香学跳舞的。也有一些是本来会跳的，她们走过来，看见留香的纸牌子后，就主动来和留香一起教那些想学跳舞的女人了。

唐光荣给留香做第二个免费学跳舞的纸牌子时，唐伟大正好出国前从北京回来。唐伟大在纸板上写完了字，然后看着唐光荣说："我哪天得去找个当记者的同学，让他采访采访我嫂子去，看看我嫂子提供的这份免费早餐，到底养活了多少个下岗女工。"

留香笑着说："你哥刚才还在说，跳舞要是能当馒头和面条吃，他们那个破面粉厂肯定会早倒闭上三年。"

"伟大这是在笑话你。"唐光荣说，"要是跳舞真能当饭吃，你恐怕连狗粮猫粮都不肯拿回来卖了，能从那里顶着星星跳到月亮出来。"

"你以为伟大像你一样庸俗，满脑子里除了馒头就是青菜面条。什么是差距，这就是中专生和研究生的差距。"留香看着唐伟大说，"伟大你可得好好帮我们开导开导唐果了，让他好好学习，将来也和你一样有出息，能出国。"

唐光荣笑了笑，说："你应该给伟大说，等他到了国外，应该先去帮你看看外国的女人要是下了岗，她们都会忙着干什么，是不是也天天早上去跳舞。"

留香不知道外国的女人下岗后是不是天天去跳舞，也不知道她们都在忙什么，但留香知道和她一起跳舞的那些下了岗的女人们，天天都是在忙什么。每天早上到了英雄山，留香把免费学跳舞的牌子挂到车把上后，打开录音机，和早到的女人们一边跳着舞，一边讨论着她们中的哪一个会在这个早晨里不能来。她们需要去批发市场里进货时，这个早上就不能脱开身子来跳舞了。但除了去进货的早上，其余的日子里，她们每天都是会按时按点到来的。就像留香说给唐光荣的那样，当早上的霞光穿过树木浓密的枝叶，洒进她们阔大的舞场时，她们就已经比在工厂里上班时还要准点，蝴蝶一样地在那里翩翩起舞了。

留香曾经把唐光荣说她们跳舞是在穷乐和的那些话，说给了和她一起跳舞的女人们听。她们听后，全都嘻嘻哈哈地笑着，说她们就喜欢这样来跳一会儿舞穷乐和上一阵，然后再鸟兽一样四散着，奔波着，用各种手段，各自去寻找能填口里果腹的食物。她们说虽然唐光荣说得很对，跳舞是不会跳饱肚皮的，但她们现在不去跳上一早上的舞，就是饭桌上的馒头和青菜吃得再饱，也会觉得肚子里一天都像是缺少了点什么东西。

留香到英雄山广场上去跳舞，唐光荣一次也没有真正反对过，并且在唐娜没油没盐地说留香一些风凉话的时候，唐光荣还能替她辩解上几句。但直到后来唐光荣跟她一样下了岗，留香仍然觉得女人的那些感觉和男人们还是不同的。在一些时候里，女人似乎更需要和命运相同的女人们凑在一起，用兔死狐悲那样的感觉去包扎和疗养她们受伤的创口。当然，这些都是留香在跳舞的过程里，慢慢地体会出来的。

和留香一起跳舞的女人们，她们除了一起跳舞，一起发泄情绪，一起互相安慰，她们还会慷慨地把各自不同的生存信息带了来。虽然她们相互介绍的工作不过就是去保险公司里卖保险，到安利公司的直销商店里拿了产品去推销，或是到一些人家里去做钟点工。还有就是白天卖望远镜，晚上在路边夜市里卖袜子睡衣发卡塑料制品和一些陶瓷杯子储钱罐什么的，都是些本小利薄的小生意。但是仅仅这些，留香就觉得异常满足了。觉得她们就像她曾经纺出来的那些洁白的纱，洁净，透明。

在卖狗粮猫粮之前，留香也卖过一些日子的望远镜，是一个跟着她学跳舞的女人带着她去卖的。那几个月里，早上跳完了舞，她们就从纪念碑的前面沿着台阶登上山，再从纪念碑的西面绕到山后，到英雄山的北门口去卖望远镜。望远镜是俄罗斯产的，据说还是一种军事望远镜，战场上用的，很高级，卖一架能挣几十块。如果运气好碰上一个不在乎钱不还价的主，那就能挣上百块。

那时候唐伟大还在北京读研究生。暑假里回来，唐光荣说暑假里望远镜的生意也许会特别好，就让唐伟大去帮着留香卖。

留香带着唐伟大一起到了英雄山，让他在舞场外等着她和那群女人跳完了舞，然后就带着他翻过山到了英雄山的北门口。

唐伟大学着留香的样子，从包里拿出一架望远镜举在手里。但是，他手里拿着望远镜一张望，发现附近就有七八个女人都像留香一样在卖这种望远镜。唐伟大看了一会儿，想起了北京地铁进出口上那些卖窃听器和发票的女人，心里突然有些哽咽了。在这之前，他一直还不知道，他这两年花的学费和生活费里，竟然有一部分是靠着留香这样卖望远镜换来的。

留香和唐伟大在英雄山的北门口站了一上午，又站了一下午，两个人一架望远镜也没有卖出去。晚上，唐伟大和唐光荣两个人喝酒，喝着喝着唐伟大就醉了。唐伟大端着啤酒杯和留香的水杯碰了碰，突然流着泪说嫂子你别再卖望远镜了行不行？你在那里站着卖望远镜，老是让我想起北京地铁站里那些卖窃听器和发票的人，我心里难受。

唐光荣说你难受什么，北京地铁站里那些卖窃听器的卖发票的都违法，没人说卖俄罗斯的这些望远镜也违法吧？虽然它是军事望远镜，但它不是军事秘密。

“可是我们在那里站了一整天，一架也没有卖出去。”唐伟大说。

“一天卖不出去怕什么。”留香猜出了唐伟大的意思，就笑着说，“我还有一天卖出去三架的时候呢。你以为卖东西就像我们去跳舞，拧开了音乐，随便扭扭胳膊扭扭腿就跳起来了。”

到英雄山跳舞之前，留香已经十几年没跳过了。唐光荣对留香说，他从来没有想到，他的一句玩笑话，竟然会勾起了留香跳舞的念头，而且一跳就像上了发条似的，停不下来了。

那次去西市场批发拴狗绳子的路上，留香从自行车上跳下来后，果真没有像唐光荣预料的那样，把手里的自行车一推，就在路上当街跳起舞来。但是，留香却坚决地不往西市场去了。她看着一脸嬉笑紧随着她从自行车上跳下来的唐光荣，又看了一眼法国梧桐树浓密的枝叶，眼睛里突然满含着泪水说：“我现在要到英雄山跳舞去。”

唐光荣看了留香半分钟，看出她真不像开玩笑的样子，就笑着摇了一下头，然后口气坚定地说：“好，我今天就陪着老婆到英雄山跳舞去。”

唐光荣随着留香到了英雄山，留香跟在一群跳扇子舞的老太太后边学着跳了一支曲子，突然就走到一边捂着脸哭了。从下岗到来跳舞的这一个多月里，唐光荣第一次看见留香当着外人的面在哭。唐光荣站在一边，一直到留香哭够了，他才拍拍留香的肩膀，拉着留香的手上了英雄山山顶。

英雄山原本是一处烈士陵园，但战争的硝烟从人们的眼前消失了几十年后，这里就慢慢地变成了人们休闲的一个去处，整整一座山，山上山下，都被人们统称为英雄山广场。从早上到晚上，来这里消磨时光的大人孩子络绎不绝。天还不亮，吊嗓子和喊山的声音就已经在山上的树林子里，在那些枝叶间荡来荡去，此起彼伏了。再晚一些时候，跳各种舞蹈的，吹拉弹唱的，打太极的，打扑克的，踢毽子的，扔沙包的；看别人跳舞的，听人吹拉弹唱的，围着观看各式太极剑太极拳的，老老少少，像各种鸟儿一样，这里一群，那里一伙，占领了一片一片的树林子，一片一片的阳光和树荫。那些不看也不听热闹的，就拴一张吊床在两棵树之间，夏天里躲在树荫下纳凉，其他的日子里就在太阳光里暖暖地晒着，侧耳静听着细风在山峦的树木间和远处的墓碑间穿过后留下的肃静。

唐光荣一直认为留香是那种特别有舞蹈天赋的人。不管多么复杂的舞，跳起来难度多大，只要看别人跳上一遍，留香基本上就会了。没下岗前，纺纱厂里的人也都知道留香会跳舞，但是，她从来没有抛头露面地到舞台上去跳过。留香不喜欢纺纱，但她父亲和母亲都是纺纱厂的工人，所以她当时的路子也只有纺纱一条。因为不喜欢纺纱，刚进厂时，留香就木讷木讷的，和谁都不说话，纱断了时接线头的速度会比一只蝉蜕壳的速度还要慢。车间里的人看见了她，个个都叫她笨鸭子。后来留香被她们叫哭了，她就把手里接棉花条的小棍子往帽子里一插，说除了纺纱，你们谁跳舞能比我跳得好？你们中间要是有一个人比我跳得好，我就心甘情愿一辈子被你们叫作笨鸭子。

后来市纺织系统里搞文艺会演，厂里管宣传的人知道留香舞跳得好，就把她叫了去，让她带着一群女孩子去伴舞。留香想着那些再也不敢开口叫她笨鸭子的女同事，说我们是纺纱厂，又不是歌舞团，我的任务是每天来纺好纱，争做一名纺纱能手。

留香和唐光荣刚认识时，唐光荣并不知道她会跳舞。唐光荣第一次和她约会，不知道带着她去哪里好，就到了工人文化宫里，去看人家跳舞。他们进去后，坐在边上看了一会儿，唐光荣问留香会不会跳，要不要到舞池里去跳一会儿。留香摇摇头，说这些人哪里是在跳舞，只能算是听着音乐在散步。唐光荣说你这样说，就说明你会跳舞，你能不能下去跳给我看看？留香还是摇摇头，笑着说我只会看，不会跳。

唐光荣是在结婚之后，才见识了留香跳舞的。看着留香跳舞，唐光荣把眼睛都瞪圆了。他惊讶地看了留香一会儿，说留香你进纺纱厂之前是不是专门学过舞蹈？你真不该进纺纱厂，真应该到歌舞团里跳舞去。

六

每次看到站立在车篷顶上展开翅膀的苍鹰，唐光荣的心里都会觉得自己就是那只鹰。虽然眼下还没有找到一片更辽阔的天空去展翅飞翔，却时刻没有忘记展开翅膀，在流动的风里，在内心里，一遍一遍地重复着飞翔的动作。

大个子看见苍鹰站在唐光荣的车篷顶上展开翅膀时，也会走过来看一会儿，然后对唐光荣说："唐科长，你能不能不把你的鹰带了来。你肯定知道，很多客人坐你的车，都是因为看见了你车上的这只鹰，好奇。你的一只鹰，把我们的生意都给抢走了。"

唐光荣看一眼苍鹰，说："宠物市场里什么鸟都有，眼红你也弄一只带着去。"

"现在当然是什么鸟都有。"大个子嘟囔着说，"要不是有盛大年那样的烂鸟把面粉厂弄倒闭了，我和你怎么会在这里开着破三轮车拉客。"

大个子是跟着唐光荣一起二次上岗的，也是跟着唐光荣一起二次下岗的。那次盛大年叫唐光荣带个人去帮他弄走老婆胡小粉时，唐光荣就是带着大个子去的。大个子一直是唐光荣的铁哥们，唐光荣重新回面粉厂里上班后，就又把他带回了保卫科里。所以，那天他们到了盛大年的家里，大个子看见唐光荣不动手去拖胡小粉和她母亲，他也就站在一边没动手。后来盛大年挥着手赶唐光荣走，吼完了唐光荣，又对愣在那里的大个子吼道："还不一块滚蛋，等着领赏呢！"

大个子跟着唐光荣从盛大年的家里出来后，在路上说唐光荣："我现在可是又跟着你二次下岗了。这是不是真像一出戏里唱的，是成也萧何，败也萧何？"

"除了萧何，你还知道谁？"唐光荣说，"这么下岗说起来是下得有点窝囊，但现在知道盛大年是什么东西了，我们就应该为这次下岗感到自豪，感到欢天喜地。要是还继续留在这里，为这个丧了良心的狗东西看家把门，我们真就活成窝囊废了。"

"我们现在是不当窝囊废了，但问题是，我们手里吃饭的破碗又没了。"大个子说。

"全世界下岗的人多着呢，都不活了？"唐光荣说，"老天连瞎了眼的雀鸟都不会让它们饿死，一棵草还能让它开花结籽，他会饿死我们两个七尺高的男人。"

大个子说："不好说。你现在和我高谈阔论这些好像没有什么用，我又不是联合国的秘书长，会请你去给全世界那些下了岗的人搞演讲。后来你演讲得好了，就能把你当作国际专家请到国外去，和你弟弟伟大似的。"

"知道什么是匹夫不可夺志吗？"唐光荣说，"我们现在就是匹夫不可夺志。古人还讲究冻死迎风站，饿死不伸手呢。"

"算你是个有种的匹夫。"大个子说，"那你现在先给我说说，我们明天到什么地方找饭吃去。我老婆可不像你老婆，我老婆要是明天睁开眼知道我又下岗了，她真不给我做饭吃。"

唐光荣说："这么大一个城市，东西起码五十里长，南北也有四十里宽，哪里没有活干。不想花力气，不嫌挣钱少，就去帮着交通部门维持秩序，到路口上去摇小黄旗。舍得花力气活就更多了，现在到处都是建筑工地，盖楼，修路，挖沟，哪里都需要劳动力。"

"你能不能再给我找点别的出路。"大个子说，"上一次下岗，你好像指给我的就是这些。结果是我跟着你给人打了几个月的杂。"

“那你想干什么？当市长？”唐光荣突然笑着说。

大个子说：“市长是干不了。但是当个盛大年那样的烂鸟厂长，估计还是能干了。”

“那倒也未必。”唐光荣说，“败家的本事看着好像谁都能学会。但他能丧心病狂地把我们原来的厂子弄倒闭了，最后再转手弄成自己的，就说明他是有点本事的，而且本事还不小。”

“狗屁本事。”大个子说，“不就是先把厂子里原来的客户都转移走了，然后再把厂子拖垮掉。”

唐光荣又笑了笑，说：“我们现在又下岗了，不用再回厂子里上班了，现在去哪里？不如找个地方喝杯啤酒去。”

大个子说：“哪里还有心思喝啤酒，自行车还在厂子里呢。”

“那就喝完酒再回来骑。”唐光荣说，“不光有自行车，盛大年还欠着我们工资呢。就是你个子高，这次天塌下来也有我和你一起顶着。”

唐光荣和大个子在春天温暖的夜晚里一前一后地走着。他们走过了一棵一棵的法国梧桐树，这些树在夜晚看似明亮的灯光里，仍然不能让人像白天一样，清楚地看见它们的青枝绿叶。然后，他们走过了面粉厂的大门。走过面粉厂的大门时，他们故意看也没往里面看一眼，就大摇大摆地走了过去。最后，他们又横穿过了两条马路，坐在了一个喝扎啤的小摊子上。

喝到第三杯啤酒时，他们看见了停在旁边的一辆三轮摩托车。唐光荣和大个子碰了下杯子，说：“我们现在买不起出租车，但是肯定能买得起三轮摩托车了。明天，我们就去买辆三轮摩托车，开着三轮摩托车拉客去。”

“这个主意还算凑合。”大个子说，“我们在盛大年的厂子里巡逻也是走路，如果去弄辆三轮车，我们就算是一边给这个城市巡着逻，一边看着景致，就把饭钱挣进口袋里了。而且，还不用天天给盛大年和他那辆狗日的宝马车敬礼了。”

每天早上拉完客，接近九点钟的光景，唐光荣就会回到家里，翻着报纸吃过早饭，然后再到销售彩票的投注站里去。坐到彩票机前的椅子上，唐光荣习惯一边欣赏着他亲手绘制的各类彩票中奖号码分布图，一边等待那些盼望着天上掉馅饼的人来买彩票。

虽然天天守着彩票机，但唐光荣自己没有买过一注彩票。他从来不奢望自己靠什么好运气一夜暴富。唐光荣说要是都去靠好运气活着了，还有谁靠双手的力气去吃饭。

彩票投注站是唐光荣第二次下岗后，花两万块钱从别人手里兑来的。唐娜回家听父亲说唐光荣兑了一家彩票投注站，立马就到了唐光荣的投注站里。投注站里只有唐光荣和留香两个人坐在那里，留香在门口的阳光里看报纸，唐光荣手里握着支红色的笔，正仰着头，往墙上张贴的中奖号码分布图里填彩票中心昨天晚上摇出来的中奖号码。

唐娜走到门口，看着留香手里的报纸说："很滋润的小日子呀。看着报纸，晒着春天暖洋洋的红太阳，就缺少一杯上好的明前茶在一边冒热气了。"

"我们正等着你给送一盒这样的好茶来呢。"唐光荣说，"这么好的天气，浓的淡的花都开了，你们单位怎么没组织着游山看水赏花去。"

"山水有什么好看头，"唐娜说，"到处都是乱哄哄的人群，脚比花比草都多。"

唐娜站在号码分布图前看着图上一片红色的数字，又说："真不明白你们两个人是怎么想的，叫你们去炒股票吧，说翻了天你们都不动心。现在却拿出两万块钱来，弄这么个破投注站。你们以为靠着卖几注彩票，真能挣出多少大钱来。好像我让你们去炒股，是往火坑里带你们。你们就不会动脑子想想，有我在那里盯着呢，能让你们瞎买吗。别人想花钱从我这里买一些这样的信息去，挖空脑门子还买不走呢。"

“我们是不想让你因为我们，随便就泄露了你们的商业秘密。”唐光荣说。

“我看你们是怕我成了吃钱的狮子，把你们拿出来的钱一口就给吞没了。”

“我们不是这个意思。”留香说，“光荣觉得股市里的风险都是看不见摸不着的，我们手里就那么一点积蓄，万一它哪天跌了，就把唐果将来上学的钱都扔进去了。”

“你们怎么就不看看，现在我投进去的钱哪个盘不是十倍八倍地在涨，在不停地打着滚翻转，转得你们不敢眨眼睛呢。”

“我们还是觉得流着汗水挣来的钱踏实。”唐光荣说，“人人都想去赚不花力气的钱，就没人想想，不花力气的那些钱都是从哪里来的，是顺着雨水从天上流下来的？”

“你就在这里一根筋吧。”唐娜说，“来买彩票的人多吗？”

唐光荣说：“还行吧。加上我早上拉三轮，反正有多少钱就过多少钱的日子。”

“你倒容易满足。”唐娜撇着嘴笑了笑说。

“这叫知足常乐。”唐光荣说，“你炒股票挣了那么多钱，还不买注彩票支持支持我们国家的福利事业？”

“有买彩票的钱，我不如直接支援了你。”唐娜说，“我可不想让手里的钱在你的机器里变成一张一张的纸，一注彩票你能提回几分钱。”

“提多提少都不碍事，我们又不想天天吃海参。”唐光荣说，“想吃海参的时候，我就带着留香唐果到你们家里串门去。”

唐娜看着留香，笑着说：“我以为光荣的眼里只会认杂粮和青菜了呢，原来还知道海参鲍鱼是好东西。”

“你以为我下岗后就变成头猪了。”唐光荣说，“过日子是怕比较，比起你们这些能自己买车还能时不时吃吃海参的人来，我们日子是差，天天清水白菜。比比李嘉诚就更不用活了，可能都会去跳楼。但要是跟旁边住在公共厕所里那两口子比，我和留香肯定就幸福得像内蒙古大草原一样无边无际了，日子里不缺花也不缺草。伟大说过，奥地利的总理下了班，还四处去给人家修烟囱赚钱呢。”

唐光荣说的公共厕所就在不远处，走过彩票投注站旁边的两间外贸服装店，拐过角去就是。住在里面的两口子是从乡下来的，原来在厕所的对面租了间平房住着，平常捎带着卖点宠物用品、卷烟、矿泉水、蟑螂药之类的营生。还弄了部公共电话。从春天开始到秋天这段日子里，还会在门口摆上一个破冰柜，一桶啤酒，加上卖雪糕和啤酒。有停下来进厕所的路人，就收两毛钱，然后一早一晚清理清理厕所。后来这一片搞拆迁，旧平房都拆了，他们索性就挤进了两间厕所中间夹着的那个小间里，就是原来放置清洁用品和卖手纸的地方。

每次去厕所，唐光荣都会惊讶一遍人类的创造性和适应性。那么狭小的一个空间里，他们不仅人住进去了，居然还能把他们的小杂货店也搬了进去。

留香刚下岗时，人在一个月里就瘦了十斤。唐光荣带着她到宠物市场里转悠着去看那些狗和猫散心，每次走到那座公共厕所跟前，唐光荣都会对留香说，看看他们，你就不会觉得下岗是什么可怕的事了。你想想，至少我们还有自己的几间房子住着，等将来旧房改造了，我们不用花钱，还能住上新楼房。

后来唐光荣也下了岗，有一次他们从厕所门前走，留香就笑着说唐光荣，现在我们俩都下岗了，除了那两间房子，我们已经没有什么是可以和他们比的了吧？就是房子，人家在乡下也是有的，并且还比我们多块庄稼地。

唐光荣说谁说没得比了，我的老婆天天去跳舞，他的老婆就没有天天去跳舞。

留香看着唐光荣，说我明天就叫上那个女人跳舞去，回头看看你还有什么可以和他们比。

唐光荣说你这个人是不是要活得和唐娜两口子一样庸俗了。要是没有参照物，你怎么知道一个物体是在运动着的。你就是叫上那个女人去跳舞了，这个世界上总还是会有另外一些不同的人物，不停地变换着，来做我的参照物。你忘了，我们可是一个有着十三亿人口的超级大国。

七

同样一条路，不同的人怀揣着不同的心思走起来，它的长度也许是会不一样的。以此类推，那么不同的季节和不同的天气，这些也可能会影响一条路的长度的。这样说来，留香每天从靠近黄河的标山，走过人群喧嚣车辆拥堵的长途汽车站，走过神经线一般汇织交错的火车站，然后从大纬二路的北端，梭子似的穿过经一路，经二路，一直穿过经十一路，一路南行，最终到达英雄山，这一条固定的路线，其实每天的长度也就不一样了。

但是，所有这一些，都很少影响到留香每天第一个到达她们的舞场。到了舞场，她支好自行车，然后就是站在舞场的边上，默默地盯着舞场看一会儿。其实她也不是特别清楚自己在看什么，只是每次都这样，看一会儿舞场，再仰着头看一会儿遮蔽着舞场上空的树冠，好像不看心里就不踏实似的。

这是留香来跳舞后养成的一个新的习惯。如同她不能确切地说出自己从前的那些习惯都是怎么养成的一样，她现在依旧不能界定这个习惯是在哪一天里生出来的。她只是知道，她喜欢看被她们的舞步踩得无比瓷实的舞场，它安静地，无声无息地容纳着她们的舞步，让她们这群曾经无比失意的女人在它的胸怀里摇曳生花。每个人，都仿佛在这里重新获得了一次艳丽无比的绽放，享受着一朵花在阳光里的荣耀。她还喜欢树冠上那些纵横相印的枝枝叶叶，哪怕就是一枚最柔弱的叶子，它们也能够承风受雨。有很多次，留香看见暴风雨后的叶子依然在阳光里欢快地起着舞，好像树下起舞的她们，她的眼睛里不由得就漫上一层湿润。

在这里跳了七年的舞，就是说明她已经下岗七年了。七年里，留香的内心和睡梦里出现频率最高的，仍然是她在车间里纺纱时的情景。她在机器前来回地穿梭着，眼睛穿过那些雪花一样飞扬着的棉絮，在机器的轰鸣声里，盯着一台一台的纺纱机。偶尔地，她就会停下步子来，从白色的帽子和黑色的头发间取下那根细小的棍子，飞速地缠裹在柔软的棉花里，把断了的棉花条接上。然后，再继续迈动步子，在机器前来回地走着。留香觉得纺纱女工的形体之所以都是优美的，就是因为她们总是要不停地来回运动着。她们在纺纱机前走来走去，方寸之地，实际上一年里是要走上几万里路的。有时候车间里的工友们走疼了膝盖和脚后跟，就会发着牢骚，说她们跑动起来忙碌着去接纱头的时候，奔跑起来的速度都要赶上一只青藏高原上的藏羚羊了。留香说美得你们，还藏羚羊呢，我们至多是高原上一群习惯不停地长途跋涉的野驴。留香在电视上看过，野驴跋涉了几天几夜后，即便是遇到了一片茂盛的水草，它们至多吃上几个小时，就会毅然地放弃掉这些水草，再去开始新一轮的跋涉。在人类看来，野驴的这些习惯可能是莫名其妙的。但是，人类又怎么会知道，野驴是停不下来的，跋涉才是野驴的一切。

刚进纺纱厂时，留香是不喜欢纺纱这份工作，甚至是讨厌它的。但是在众人的面前跳过舞后，慢慢地，她就开始喜欢那些洁白的棉花和细细的纱了。留香把满眼睛里的棉花想象成天上白色的云彩，把那些飞扬的棉絮想象成了飞舞的雪花。白色的云彩和起舞的雪花，都是留香喜欢的，她觉得它们像优美的诗句一样充满了遐想和浪漫。而对于那些细细的、日夜都纺不到尽头的纱，留香喜欢把它们想象成一个人的爱情。这样想的时候，留香已经开始和唐光荣谈恋爱了。她觉得一个人的爱情，是要像这些日夜纺不完的纱一样，是要用一辈子的时间细细去纺的。

只是那个时候，留香从来没有想到过，在后来的某一天里，她眼前那些连绵不断、好像永远也没有尽头的纱，会突然断掉。而她亦不是像母亲，是在衰老之后，以光荣退休的方式依依惜别着，作别那些纱的。她呢，她是亲眼看着那些纺纱机永远地安静了下来，亲自看着那些纱，永远地从她眼睛里扯断消失的。她的手里，只剩下了一根为断纱接续棉花条的细小的棍子。这是那些永远消失的纱，留给她的唯一的纪念。

让留香怀念纺纱的，还有春天里那些漫天飞扬的杨絮。每年春天里，留香骑着车子走在来跳舞的路上，或者在舞场里跳着舞，看见那些杨絮被春风从枝头上吹起来，在半空中漫漫地飘舞着，飘进她的视线里，她就会抑制不住地去怀念一阵纺纱厂的日子。

如果不是下岗，留香在别人眼里可能就是那种一辈子也没有任何喜好的女人了。纺纱，做家务，除去这两样，她好像什么也不会做。连逛街都不会。女人喜欢谈论的香水，喜欢研究的涂脂抹粉，喜欢比较的时尚衣服和鞋子，她一样也不关心。除了穿衣吃饭睡觉纺纱这些事情，她似乎不知道生活中还有哪些消费和消遣的东西是属于女人的。上完了一个班，她从车间里走出来，就是去车棚里推出车子来，然后骑上车子回到家里去。至多是绕到菜市场里面，买上把青菜带回家。

日复一日，十几年下来，就连车间里那些曾经嘲笑留香是不会纺纱的笨鸭子，而后又被留香跳的舞惊得目瞪口呆的工友们，都已经忘记了她还会跳舞这档子事。

在唐光荣的家里呢，他们结婚后的这十几年里，除了唐光荣，也再没有任何一个人知道留香是会跳舞的，还跳得那么专业。

去年过年时，唐光荣看着留香里里外外地忙活，头发都乱了，就和她开玩笑说："你知道什么是鱼找鱼虾配虾吗，你和我就是。"

留香说在你眼里我们是鱼呢还是虾？

"不管是鱼是虾，反正神仙手里的那条红线没给我们牵错了。"唐光荣说，“你从来不喜欢女人们都喜欢的那一套花哨东西，我也没有男人们打牌下棋的那一些臭毛病，我们这些年的日子，才过得不起火不冒烟的。要是你有你的鱼道，我有我的虾道，各不相让，我们下岗后的这几年，日子里恐怕就要天天枪炮火药地起战争了。”

唐光荣说完，留香就笑了一笑，说：“现在知道赞美老婆了？唐娜不是一直都在嘲笑你，说你把全天下最没有品位、最不懂生活情调的一个女人娶回了家吗。”

“唐娜那是狗屁不懂。”唐光荣说，“她会做饭还是会洗衣，她除了会在那里指手画脚，连个面条都煮不熟，更不用说做出一桌子丰盛的菜了。”

“那人家几口子也没饿死。不但没饿死，还活得红光满面的。”留香说。

“要不是阴差阳错地找了个部队老干部的儿子，沾着老爷子的光，家里一直有保姆伺候着，你看看他们饿死饿不死。”唐光荣说。

“你不是刚说完鱼和虾吗。”留香说。

“虽然都是鱼和虾，但鱼和鱼虾和虾也是不一样的。我们这样的鱼和虾是生长在小水塘里的，可唐娜他们那样的鱼和虾，天生就是要在大江大洋里，在一个五彩缤纷的世界里生活的。就是在没有月亮的夜里，只有几颗星星在头顶上闪烁时，我们的小水塘里一片漆黑，但他们仅仅靠着身上那些鳞会发光的，也会把他们的日子照耀得色彩斑斓。”

唐光荣看了看留香，忽然笑着说：“我们家里已经有一个舞蹈家了，现在这是又要出一个哲学家还是诗人？”

“我们家里现在只有两个下岗工人。”留香说。

唐光荣知道留香这句酸溜溜的话是在学他的父亲。

他的父亲秋天里过生日时喝多了酒，端着酒杯看了一会儿唐光荣，突然有些伤怀地说，咱们家里就数着你最受难为了。两个人前脚后脚都下了岗，一个开三轮卖彩票，一个靠着卖狗粮猫粮，从狗粮猫粮里讨口食。我是担心，哪一天里再跟前两年非典时那样，没有人养猫养狗了，你们还把狗粮猫粮卖给谁去。你那三轮也是，你在前面跑着，说不定什么时候就被城管从后头瞄上了，你看报纸上报道的那些城管，哪有一个是体恤老百姓难处的。卖彩票这个行当就更不用说了，有钱人谁天天花大把大把的钱在那一张纸上下赌注。别人不说，你什么时候见你姐买过。我给你们算了算，单靠着零零星星卖出去的那几张彩票，恐怕连赁房子的钱都赚不回来。

唐光荣姐弟三人，姐姐唐娜一直是他们家里的骄傲。唐娜原先是在区法院研究室里工作，后来看出股市又要红火起来，就瞅准时机，从法院调到证券公司里去当了一名副总。唐娜进入证券公司后不久，股市行情真的又像火山爆发一样，温度蹿得比那些流淌的岩浆还要高了。这样，他们除了工资收入和各种名目的分红一年接一年的水涨船高，最大的收益还是靠着得天独厚的内部信息资源炒的那些股票。好像是暗河一样无声无息的，他们每个人的口袋就都被花花绿绿的票子胀破了。至于弟弟唐伟大，自然就更不用说了，单凭着他去了国外这一条，现在就已经给全家人的脸上都镶了钻石贴了金子。

当时唐光荣也喝了一些酒，正想着自己在盛大年手下混的那些年。那些年，他带领着保卫科的人给盛大年和盛大年的车行的那些效忠的礼，想想，真是要多愚蠢就有多愚蠢，蠢得他想起来就会喘不动气。唐光荣把杯里的酒端起来一饮而尽，然后看着父亲，说我可是一直记得我刚进造纸厂时，您给我说的那些话，您说造纸厂里的气味是不好闻，但这世上有千样的活，就得有千样的人去干，有千样的劳苦，就得有千样的人去受，您和我妈就是当了一辈子的环卫工。您还说，雪狐为了潜近猎物，它会把身子放低到令人看不清它身体的轮廓。

唐光荣看着父亲笑了笑，又说，您那时候在研究什么《黄帝内经》，您说现在的人都变得急躁了，呼吸就比《黄帝内经》里说得快了一半。您说人要学会心平气和，学会慢呼吸，呼吸一次最好能花掉六秒钟的时间。您说《黄帝内经》里说“志闲而少欲，心安则不惧”。

您还说人人都想去当官，去体体面面地坐轿子，但那轿子总还是要有人去抬才能走。所以，现在老天就给您公平了一下，它让您的一个儿子一个女儿坐了轿子，就来让您的一个儿子去受劳苦了。

唐光荣一说完，他的父亲就放下酒杯笑了起来，说你这么一说，倒好像是唐娜和伟大夺了你的福分似的。

可不是吗，唐光荣说，您知道我从小就爱睡懒觉，他们肯定就是在那时候，趁着我睡懒觉的空，把我的那份福分给偷走了，然后两个人找个墙角偷偷地平分了。结果唐娜分去了我的财伟大分去了我的学问。

八

唐光荣不会摔跤，但他喜欢在星期天的早上到英雄山广场上去，和几个练习摔跤的人一起练上一阵子掷沙包。沙包里是铁砂子，差不多二十斤重，八九个男人在那里围成一个圆圈，呼呼啦啦地抡起来传递着，仿佛沙包一路都在暗暗地挟带着流动的风声。所以在很多时候里，他们手手相传递的好像根本不是沙包，而是一团低低呼啸着的风声。不光围观他们的人，就是他们自己，也经常会觉得有一点小小的壮观。

他们掷沙包不像其他那些锻炼身体的人，每天都来。他们每周只固定在星期天上午来。当然地点也是固定的，就在半山腰上，在通往纪念碑和墓园的路上。从他们掷沙包的位置往北走，山顶上就是毛泽东题字的人民英雄纪念碑。留香前几年卖望远镜的时候，每天跳完了舞就是要经过纪念碑的下方，然后下山走到英雄山的北门口，在那里来回游荡着巡逻似的卖望远镜。往南走稍远一点的地方，往山下去就是那一大片安息着烈士们的墓园了。墓园那一边，一般只有清明节中小学生们来扫墓的时候，才会有些热闹。另外就是花开得浓密的时节，蝴蝶蜜蜂还有蚂蚁多了起来，各种鸟儿和昆虫也多了，它们在花丛草木间进进出出，起起落落，吵吵嚷嚷着，才真正给那里平添了一些生趣，好像那个世界陡然间活了起来。更多的时候，即便有一些行人从墓园边的路上走过，至多也就是将目光往墓碑上落一落。那样的目光，跟不经意吹过墓碑的一些风并没有任何区别，吹过也就吹过了，心里并没有荡起的涟漪。

掷过了沙包，唐光荣就会顺着台阶走下来，耳朵里听着一句两句票友们有韵有致的唱腔，或者乐师手里一声声从天边而来的胡琴声，一阵或散漫或骤急总之是几种器乐混合在一起的杂乐声，走到树林里一个小酒摊前，找一个空闲的位子坐下来。有相熟的人，或者是大个子随他一起来了，他们就多扯几句闲话，慢慢地喝一杯闲酒。没有相熟的人，大个子也没来，唐光荣就坐得时间短一点，几口喝掉杯子里的酒，往回走。

一年四季，唐光荣坐在那里只要一杯酒，从来不多要。也不要下酒的花生。春夏秋季是一大杯子的啤酒，新鲜的趵突泉扎啤，杯口上是一层雪白的啤酒花。冬天则是一小瓶北京二锅头，二两半的，用一个小杯子倒出来，也是满满的一杯子。酒摊子是一个独臂老人摆的，他的一只胳膊就是在济南战役时被打掉的。他给坐到他摊子上喝酒的人说，他的酒，一半是给墓园里那些老战友喝的。“他们也都老了，腿脚不灵了，头发也和我一样白了。”他说。

除了啤酒和小瓶的二锅头，老人配的下酒菜从年头到年尾都是花生。要么是水煮的花生仁，要么就是水煮的带壳花生果。最多是在夏秋时节，多上一份盐水毛豆。有时候，唐光荣坐在那里喝着酒，看着独臂老人坐在那里垂着一只胳膊打盹，或者看见坐在旁边的一些老人从他们随身带着的布兜子里拿出几颗山楂、一个苹果，或者一根黄瓜，摆在酒杯边上下酒，唐光荣看着他们的淡定，再看看他们一头的白头发，也会把酒喝得慢一点。

距离唐光荣喝酒的摊子不远处，往西隔着一片黄栌树，一片毛白杨，一条南北方向的路，就是留香带着一群女人跳舞的地方。

大多数时候里，唐光荣掷完沙包，再喝过一杯酒，留香她们早就散了。留香一般不等着唐光荣一起往回走。她跳完了舞，要紧赶着回到凤凰山宠物市场里卖猫粮狗粮。因为每个星期天都是生意最好的一天。这一天，这个城市几乎所有喜欢养猫养狗的男男女女，都会从各个角落拥出来，潮水似的赶到这里来，看猫看狗，当然也连带着买一些狗粮猫粮回去。

这两年，唐伟大一直在电话里给唐光荣说，他回国之后，第一件事情就是要给唐光荣和留香重新找一条挣钱的新路子。“我肯定不会让你们靠着卖什么望远镜，靠着开三轮卖猫粮狗粮过下半辈子的。”唐伟大说。

唐伟大在电话里这样说的时候，唐光荣从来都只是笑一笑，然后说你在外边干好你该干的事情，把自己操心好就行了。我们就是一瓢清水过日子，也是在自己家的门口。

唐光荣帮着留香往小包装袋里分装狗粮时，一边干着活，忍不住就把唐伟大的意思说给了留香听，留香手里拿着一袋狗粮看了一会儿，说：“伟大去了国外，跟原先那个伟大也不一样了。”

“不一样是肯定的。要是还一样，他干吗飞机轮船地跑到那么远的国外去。”唐光荣说，“他还是没忘了跟着你去卖望远镜的事，电话里说过好几次。估计是那件事把他的脸面给弄伤了。”

留香说：“他不是说过，哪个国家的总理下了班还去给人家修烟囱赚钱吗。人家总理都能去修烟囱，我们一个平头百姓卖卖望远镜卖卖猫粮狗粮就丢人了？”

“那是奥地利的总理。”唐光荣说，“他就是去修烟囱也还是总理。”

“你的意思是，伟大要是将来当上总理，他就有可能再跟着我去卖望远镜卖狗粮猫粮，还有可能跟着你去开三轮拉客了？”留香说。

“这个问题你得亲自去问伟大。”唐光荣说，“你刚才还说他去了国外，就跟以前不一样了。估计他现在的一些心思，我们已经琢磨不出来了。”

留香笑了笑，说：“和我一起跳舞的谭大姐说过一句话，我一直觉得特别好。”

“还有什么话能比你们看着摇晃的树叶子跳舞好？”唐光荣说，“谭大姐是哪一个，是不是最胖的那一个？你好像说过，她丈夫靠着修高速公路挣了几个钱，就和她离婚了。”

“就是她。”留香说，“她说这世上探花郎有探花郎的百般烦忧，卖油郎也有卖油郎的百般欢喜。牡丹是花，狗尾巴草也一样是花。”

“细想想，这话是有点意思。”唐光荣说，“看着她好像很笨拙，明白的道理却不少。”

留香说：“还有更精彩的呢。她说人这一辈子无论怎么活，都千万不能用两个脑袋活着。”

“用两个脑袋活着？”唐光荣想人要是活得必须用两个脑袋来活着了，真就不是有百般的烦忧了，那会是千般万般的烦忧。就像那个胡小粉，自己是医生，又开着美容院，狗日的盛大年还当着面粉厂的老总，日子按说是要风有风要雨有雨要彩虹就有彩虹的。但是你看她一眼，不用多看第二眼，就能知道她活得有多少烦忧了。

每次到西市场里去给留香进货，唐光荣来回路过胡小粉的“飞燕”美容美体中心，都会想起她和盛大年的情人厮打成一团时的那个情景。胡小粉本来是很高挑的，胖瘦也适中，但是那天晚上，唐光荣发现她好像已经瘦小得让人都惨不忍睹了。她整个的人，就好像是一块冰糕，忽然被一个看不见的嘴巴吸来吸去的，三口两口就融化掉了一圈，变得要形没形要样没样了。还有她说话的声音，原来她的声音是很圆润的，里面仿佛还带有一种果冻的弹性。但是那天晚上，她的声音竟然就像晒干的鱼刺一样，扎得人浑身的汗毛都在拼命地跳动。

但是从离开面粉厂到现在，胡小粉鱼刺一样的声音，和盛大年在那天晚上对着唐光荣发出的那声低吼，唐光荣一直都没给留香说过。

尽管唐光荣知道，胡小粉的鱼刺，还有盛大年的吼叫，这些都已经对留香跳舞的心情构不成任何破坏了。

九

夏天的太阳一跃上树冠，热浪马上就搭着树梢滑下来了。留香踩着一片浓荫走到录音机跟前，一边换着录音带，一边瞅了眼手机上的时间，估计唐光荣这会儿应该往家里走了。

伟大今天要带着韩国的老婆从澳大利亚回来，唐光荣昨天就说这两天不出去拉客了。但清晨醒来到了平常出门的点，唐光荣还是开着车走了。留香早上起了床，看见他把那只苍鹰也带上了。唐光荣只有在心情特别好的时候，才会把他的鹰带上。

苍鹰是唐光荣从黄河边上捡回来的。那次唐光荣拉了两个客人去看黄河，到了大坝上，客人下了车，唐光荣就顺着河岸绕了一段路，才开始往回返。经过一片灌木丛时，唐光荣无意间往一片灌木丛的边上扫了一眼，就在那里看见了它。唐光荣在花鸟市场里看见过卖苍鹰的，一看见它的白眉毛和胸前的灰白羽毛，就认出了它是一只苍鹰。

开始，唐光荣没想去捉住它。他停下车来，是想仔细地看看它。唐光荣不慌不忙地往它跟前走了走，停下，又走了走，看见它还在那里不动，就猜测它肯定是受了伤，飞不起来了。等唐光荣到了它的近前，苍鹰突然打开了左边的一只翅膀，和唐光荣对视起来，唐光荣才看清它右边的翅膀的确是受了伤。

唐光荣蹲在那里和它对视了一会儿，说："我不会伤害你，你的翅膀受了伤，飞不动了，我带着你去给你的翅膀疗伤。你要是不让我带走你，你就只有在这里等死了。"

唐光荣一直说他和这只苍鹰是有缘分的。他把受伤的苍鹰带回家，给它治好了翅膀上的伤后，本来想把它放了。它的翅膀好了后，食量也跟着增大了，一天能吃半只兔子。唐光荣给留香说，咱们可没有那么多剩余的钱，天天去买兔子养一只鹰玩。

唐光荣第一次准备放苍鹰走的时候，是被儿子唐果拦住了。唐果那些日子里放了学，回到家里第一件事就是跑过去抚摩苍鹰的羽毛，给它喂食。留香说唐果稀罕它，就让它在家里再住几天吧，好几个月都养了，也不差几只兔子钱了。

但让唐光荣没有想到的是，一个星期后，等他和唐果带着苍鹰到了黄河边的一片树林子里，解开它脚上的细链子，在唐果恋恋不舍的目光里把它放走的时候，它只在半空中盘旋了一圈，就又飞回来落到了唐光荣的车篷顶上。接下来，唐光荣又放了它两次，它两次都还是这样，在半空中盘旋一圈两圈后飞下来，依然落在车篷顶上。

唐光荣看了看苍鹰，又看了看唐果，笑着说这回好了，它不走，你往后的零花钱没有了，我们一家人要吃的肉，也要变成兔子肉，每天蹦蹦跳跳地跳进它的嘴里了。

当然后来的结果是，唐光荣每次兴致上来了带着苍鹰出门去拉客，他这一天的生意都会出奇地好。就如同大个子说的那样，客人们看见了唐光荣车上的鹰，一好奇，就走到唐光荣的车跟前去了。

留香想着唐光荣，给录音机换好带子，按下了按键，音乐声还没张开翅膀从喇叭里飞出来呢，唐光荣的电话居然就到了。

唐光荣说："刚才被警察逮住了，车又被他们扣去了。"

留香看着一棵杨树粗大的影子，说："你是不是又跑到不该跑的路上去了？扣就扣了吧，下午找找人交上点罚款，就开回来了。"

说完，忽然想起了鹰。早上，唐光荣是带着苍鹰出门的。留香忙问："鹰呢？鹰没有被他们看上，也一起扣了去吧？"

"鹰在我的肩膀上站着呢。"唐光荣说，"你跳舞吧。我们要回家吃早饭了。"

原载《上海文学》2009年第4期

老工人谢瑶环

武　歆

一

送谢瑶环“上路”的那天正好是大暑，空气潮湿而闷热。晚上亲属们聚集在谢家楼下逼仄脏乱的空地上，看上去有二十多人，或站或蹲，都在挥汗如雨，每个人尽可能地挥舞着手里的物件，比如报纸、手绢、餐巾纸等驱热招风，但即使这样，还是能感到身边的人散发出的灼热的体气。谢瑶环的同事一个都没有来，他退休已经二十七年了，大概他的同事好友早都“走”了。可是再往过去说，似乎几十年的时间里，我也没见过谢瑶环的同事来过家里，中年以后的谢瑶环，似乎很少与人来往，几乎就没有一个好友和一个亲近的同事。

空地上摆着纸人纸马，做工精巧，非常逼真，要是平日里谢瑶环散步时看见这些东西，一定会停下来，饶有兴趣地仔细查看。他是一个极聪明的人，心灵手巧，还爱对所有不明白的事情耐心琢磨，说不定他会找出一些毛病，或是学习一点儿扎彩技巧。

纸马的背上还有一个彩色纸褡裢，刚才我看见知事人朝里面放了一把大盐粒。我颇感好奇，想问放大盐粒是什么说法，可是一转脸，知事人就带着几个人忙活别的事去了，眨眼就没了机会。后来知事人再次出现，庄重地分给每个人一根香，喊着我们大家都排好队，举着燃香，两个抬着纸人纸马的小伙子走在最前面，然后是身强力壮的年轻人抬着几个花圈，再后面就是我们亲属了。队伍排列好，开始在小区里转悠起来。明天谢瑶环就要火化了，今天的仪式就是“送路”。其实，这样的习俗还是农耕社会的产物，相信过去是在夜深人静的村子外的野地里游走，而现在，改在了生活气息浓厚的楼群间穿行，显得不伦不类，非常滑稽，看上去只是一种象征意味了。

因为才晚上十点多，加之天热，所以楼群间还有好多乘凉的人。大家看着我们，交头接耳地说着什么，但我从他们身边走过时，听不见任何声音，好像他们的嘴巴离我很遥远，但我依旧能猜想出一二，一定是关于谢瑶环生前的一些事情，特别是他的死亡方式，如今已经传遍了附近的街头巷尾，一片啧啧的赞叹声。毕竟谢瑶环在这里住了三十多年，也算是一个众所周知的老人儿了。

我们举着香火走着，知事人在前面高声说着一些莫名其妙的阴阳话，那一刻我真是感到，仿佛身在阴阳交界处，身体发飘，似乎马上要飞起来。后来队伍就在楼群外的街道上停住了，纸人纸马还有花圈被堆放在街道中间，我们都跪在地上，作磕头状。知事人将纸人纸马还有花圈点着了，立刻火光冲天。周围还有许多砂锅摊，一些时尚男女正在喝啤酒吃羊肉串，他们好像不为所动，只是抬头看了看，随后继续亲热地说笑喝酒，调情打逗。

我跪在地上，旁边正好就是步行道。一对男女正在吃砂锅，女孩子穿着非常暴露，身上的衣服加在一起，绝对超不过二两重，好闻的香水味儿扑面而来。前面知事人带人用木棍儿猛砸纸人纸马和花圈，好烧得透彻，同时大声说着什么，但是我没听见，只是在看着那个漂亮女孩子洁净清爽的白脚丫儿。这时，前面突然传过来剧烈爆裂声，听亲属们说，那是大盐粒遇火发出的声音。我抬起头，没看前面，只是借机又看了一眼那个女孩子。

火势很快转暗，纸人纸马和花圈毕竟外强中干，架不住火势。知事人喊我们起来。我起身时，再次下意识地看了一眼那个女孩子。妻子推了我一把，大声在我后面说，别看了，这可是给你爹送路。她的话，引起亲属们对我的侧目。我也被震了一下，惭愧地快步朝前走，走到知事人边时，突然愣头愣脑地问他，现在去哪儿？知事人笑起来，大手一挥，说，去哪儿？回家，回阳间来了。

我怔了一下。

谢瑶环是我父亲。原来，刚才的“送路”，已经送他到阴间去了。可是，送他到阴间的，一定是他的魂灵。因为他的肉体还在阳间。我不知道这古老的“送路”民间习俗，为何要把亡人的灵魂和身体生硬地分开。

回到楼上，肉体的谢瑶环还躺在屋中央的床板上。他的肚子已经有点鼓胀。屋里的空调一直没有关过，我又悄悄地给降低了一度。要是谢瑶环现在醒来，知道空调的温度是十九度，而且已经昼夜运转了两天两夜，他会疯了，肯定会立刻坐起来，脸色铁青着，毫不留情，马上关掉电源的。他平时对电、水和煤气万分关注，会随时关掉，绝不浪费。可是现在不行了，他睡得太死了，已经顾不上了。

我坐在了他的身边，静静地看着他没有了灵魂的肉体。

二

谢瑶环是一个老工人。“老工人”就像深嵌进他肉体里的一个符号，或是他身体上不可或缺的一个零件，已经完好无损地陪伴他走完了一生。他非常认同“老工人”这个身份，并为此自豪、骄傲，至死不渝。

谢瑶环真切感到“工人”这个称号的伟大，当然是在中华人民共和国成立以后。那时他疯狂地追逐这个称号，为了得到工人这个称号，在一九五六年开始“公私合营”时，他甚至做过一件不是很光明磊落的事情。

在此之前，他还算不上一名真正的工人，那时候他在一家小鞋铺里绱鞋。而那个小鞋铺，加掌柜的，才不过四个人。谢瑶环想到工厂上班，做一名穿工作服的工人，于是在一九五六年的冬季里，兴奋异常，本来他最怕冻耳朵，可是那个冬天竟连棉帽子都不戴了，脑袋上蓬勃着热气，棉袄也不系上，就那样敞着怀，任冷风吹着胸膛。他寻找所有机会，四处打听，什么时候能进大工厂。当然结果令他大失所望。原来，小作坊要想“合营”进大工厂里，必须有十五个人以上的规模才能被合营接收。

鞋铺掌柜的对他的积极态度非常反感。掌柜的可不想把自己的家产，平白无故地交上去，不仅没了财产，还要莫名其妙地让别人给自己发工资。“那一定是昏了头！”老掌柜在举起手就能摸着屋顶的小屋里，大声喊叫着。

可是谢瑶环已经看清了形势，“公私合营”是大势所趋，早进比晚进要好，因为他听说北京的老字号“同仁堂”已经给国家了，还有四川的“猪鬃大王”，把驰名中外的“虎牌”商标，也全都交给国家了。毛主席说了，只要资本家接受社会主义改造，国家大力欢迎。

谢瑶环在街上看见许多手工业者和私营工商业主把“合营”后的大牌子挂在大门上，然后敲锣打鼓，兴高采烈地举着毛主席像去游行。面对那些感人的场面，他心急如焚，开始琢磨自己的命运和相应的对策了。

谢瑶环没有文化，除了会写自己的名字，一个字都不认识，但这并不妨碍他审时度势。他对时局的变化，有着非凡的洞察力，能迅捷地捕捉到该如何前行。

我曾听他讲过一件解放前夕的事。

一九四九年出关南下的“四野”部队打到他所居住的城市，由于该市外围地堡众多而坚固，还有上百万枚地雷布守，再加之守城军士誓死顽抗，已经围城一个月了，但还没打进城里，但城里的地下党已经里应外合，因此天天晚上天空飞信号弹、响大炮。

当时谢瑶环揽了一个活儿，给一个外乡人缝纫面口袋。他会踏缝纫机，那时候他不仅会绱鞋，还会扎鞋帮子，心灵手巧，就靠这“扎、拽、缝”的手艺，硬是养活了一大家子的人。可当时院里有势力、干“跑合”（经纪人）的冯八爷指着那个外乡人说，我看你是“八路”。那个外乡人不着急不着慌地说，你看我是八路，那就是八路吧。冯八爷大喊道，哪有生意人天天晚上来的，一定是八路，我给你抓起来，送到局子里。外乡人依旧不着慌地说，我就是一个生意人，白天忙，只有晚上有空，你抓我做啥呢？后来谢瑶环就向冯八爷求情，说现在响大炮，找个活儿不容易，一家老小就靠这点钱买棒子面了。后来冯八爷松了口，但还留一口，告诫外乡人，以后不许晚上来。谢瑶环替那个外乡人应下来。那个相貌平平的外乡人真好像做大生意的，似乎有无尽的粮食等待装口袋，所以天天抱一摞布来，嘱咐谢瑶环，只要是快就中，越快越好。于是谢瑶环一夜一夜地不睡觉，扎一个如此松散的面口袋竟给三毛钱，还是提前给钱，这是一个天上掉馅饼的肥活儿呀。

后来“四野”解放了城市，那个外乡人在两个挎着盒子枪的战士护卫下，来看谢瑶环，原来外乡人是一个很有级别的地下党。外乡人握谢瑶环的手说，感谢你呀老谢，你知道吗，你扎的面口袋那是给部队战士做的军装呀。原来，完好的布匹无法运到城外，只能以面口袋的形状运出城，然后再拆开漂染做军装。谢瑶环做出如梦初醒的样子，张着嘴巴，好长时间都没合上。外乡人拍着他的肩膀，笑个不停。随后外乡人说，那个姓冯的，是不是平常欺负你，我去教训他。谢瑶环表示谢意，马上阻拦住，说你教训完他，你走了，我怎么办呀，算了，饶他吧。后来外乡人走了，临走时说，老谢呀，你是个好人。走到院外，又返回来，老谢呀，是不是跟我走？干革命？谢瑶环把头摇得像拨浪鼓，我这老婆孩子一大堆，哪里走得了？外乡人笑了笑，非常理解地拍了拍谢瑶环的肩膀，扭身走了。

我问父亲，当时知道那个外乡人的身份吗？父亲谢瑶环抿了一口酒，笑起来，怎么不知道，他扎的那是面口袋吗？好大的个儿，能装三百斤的粮食，谁扛得动呀？真正的生意人怎么能这样？谢瑶环说这话时，非常得意的神情，而且目光狡黠，他说所以我扎得马虎，针眼大，轻轻一用力，就能撕开，这样我又能省线省时，解放军拆时又能省力。

我说你怎么能赚解放军的钱？他反问我，不赚钱，怎么能养活你们这一帮崽子？接着谢瑶环继续得意，说，当年解放军攻进城了，我是那条胡同里第一个打开大门迎接解放军的人。当时冯八爷大喊着不让我开门，我就冲他高喊，解放了！解放了！

谢瑶环非常具体地说，没有共产党，就没有我谢瑶环，只有解放了，冯八爷他才不敢欺负我，过去他家四个灯泡，我们家才一个灯泡，可是却要和他们家平分灯费。解放第二天，冯八爷就主动找我说，我们以后就按灯头计算灯费吧。我说那好吧，这样算，公平。冯八爷低着头说，是呀，公平。谢瑶环忽然流着泪，对我慷慨激昂地说，没有共产党，我去哪里找公平呀！扯淡，我敢跟冯八爷找公平？！

一九四九年的那次经验，或者说是谢瑶环与生俱来的判断能力，让他打定了主意，在一九五六年的一片敲锣打鼓的热情高涨的岁月里，一定要把自己“合营”进去，当工人，当一名真正的工人。工农当家做主嘛，怎么能不当工人？

后来，机会来了。一家国营橡胶杂品厂搞合营，许多做小买卖的小作坊都合进去了。谢瑶环问人家，我们是绱鞋的，没有技术，能成吗？人家说没有技术没关系，我们教，只要你们那里够上十五个人，符合条件，就能合营进来当工人，人家最后又补充说，我们这个厂子可是大国营呀。

谢瑶环回来后，找到掌柜的，再一次讲了这件事。新的形势，已经让掌柜的感到“合营”是最好的出路了，但还是苦着脸说，可是我们……才有四个人，怎么合？谢瑶环把这段时间在外面听到、看到的情况真诚地讲给掌柜的，说是现在好多小作坊都自己合并起来，这样不就能凑够人数了吗？掌柜的愣怔了一下，一双牛眼，慌张地眨个不停。谢瑶环安慰他说，国家也知道这种情况，但国家理解我们，我们是去建设新中国，不是去做坏事的，是去走社会主义道路的，对不对？掌柜的惊讶地问谢瑶环，你小子是咋搞得这么明白的？谢瑶环答非所问，说，掌柜的，你同意了？好吧，那我就去找人联合了。

谢瑶环——这个十六岁从乡下来到城市学徒绱鞋的不识字的乡下青年，在一九五六年巨大的社会变革面前，表现出了与他身份和二十三岁的年龄极不相称的成熟。原来他早已瞄准了三家鞋铺，并有了非常过密的联系，所以很快就与那三家鞋铺的人一拍即合，按人头一数，原来是十四个人，还差一个人。谢瑶环说不对呀，我早就算清了，怎么少一个人了？有一家掌柜的，说他们铺子里有个人，前天回了乡下。

就差一个人，怎么办？再马上去找，显然来不及了。但谢瑶环不费吹灰之力就有了办法，他灵机一动，找了胡同口早点铺的双亲早亡的小高，问小高想不想当工人？比谢瑶环小两岁的小高，一边拿着大铁勺给人盛着豆浆，一边无动于衷地说，谁要是不想当工人，谁是小狗。谢瑶环说，这件事我给你办。小高说，你一个侉子（北方话，指外乡人）能有那么大的本事？谢瑶环说，你就等着吧。没想到，侉子谢瑶环最后真给小高办进了橡胶杂品厂，原因很简单，四个鞋铺的掌柜，都以为小高是另外铺子上的人，再加上当时火红的气氛，乱哄哄的，人人都是昏头涨脑的，谁也顾不上去追问，十五个人最后一批被合营进了国营橡胶杂品厂。

谢瑶环终于如愿以偿，当上了穿工作服的工人。临进工厂那天，谢瑶环左右看了看，压低声音，对小高说，你的这件事，谁也不能告诉。还陷在美梦里的小高流着眼泪说，你是我的恩人，你说啥我就听啥，绝不会给你找麻烦的，以后你就是我大哥，谢大哥。说完就想跪地磕头，被谢瑶环一把拉起来，赶紧帮他把膝盖上的尘土用火红的鸡毛掸子给打扫干净。

后来小高还是给谢瑶环大哥送了一斤大米作为酬谢。谢瑶环走出屋，在院里看了看，尤其是看了看冯八爷的屋，当时正是秋季的晌午，一派慵懒，寂静无声，一个人都没有。回到屋里，谢瑶环收下了小高的大米。那是谢瑶环第一次收礼，多少年之后他和我说起这件事时，还是非常得意的样子——昂着头，微微笑着，额头上掠过一抹亮光。

三

我一直认为父亲是一个非常复杂的人。他总是在我认为他是一个好人时，凸显出狡猾诡诈的一面，而在我认为他是一个很有心计的人时，他的脸上又呈露出非常令人感动的笑容。

谢瑶环让我对他的判断左右为难。

谢瑶环所在的工厂远离市区，他蹬着省吃俭用买下的“红旗”牌自行车，要用一个半钟头的时间才能到达厂子。至今我还记得，上夜班，他晚上八点从家里走，那时候我已经钻进了被窝里，和姐姐们躺在床上，听着外面呼呼作响的北风，对外面充满了恐惧的想象。父亲穿上大棉袄，戴上棉帽子，戴上棉手套，侧耳听了听风向，说今天是顶风。然后含上一块糖，笑着对我这个谢家的宝贝儿子说，早点睡觉。然后又快乐地说，我这块糖在嘴里化没了时，正好就到厂子里了，我算过，一块糖的融化时间是一个半小时，当然不能总用舌头去舔，要把它压在舌头底下，这样化得慢，甜味长又长。说完，谢瑶环笑容可掬地无所畏惧地推门走了出去。就在他推开门的瞬间，一股冷风蹿进我家平房里，风还把我家糊着窗纸的窗户刮得呼呼响。那一刻，我觉得谢瑶环是一个最令人动容的父亲。他转身离去的瞬间背影，永远定格在我童年的记忆里，经久不衰。

谢瑶环上班，从来没有请过假，就是病了也要坚持上班，他身体非常好，似乎也很少得病。当时为了多挣钱，他主动要求到谁都不愿意去的炭黑车间，那里脏，但是补助高，工资也高，可是因为炭黑侵蚀力非常强，不容易洗掉，所以凡在炭黑车间上班的人，在厂子里属于另类，被暗地里称为“小二黑”。炭黑工有单独的澡堂子，因没人敢与他们同浴，只要有一个炭黑工下了水池子，池水立刻就像墨染了一样变成一池黑水。他们去食堂吃饭，所有人都躲着他们，怕给了一身洗不掉的顽固的黑色。

所以在我童年的记忆里，总感觉父亲黑乎乎的，很像是一个大街上拾捡破烂的人，为此有同学到家里来找我，我总会到院门口去迎接，免得看见我的父亲。许多时候，我总是犯糊涂，不能理解父亲身上、脸上的黑，其实那是为了让我们生活得更好一些。

后来谢瑶环告诉我，炭黑太厉害了，就是用碱性极强的肥皂洗上三遍，还是会洗不干净的，所以最后干活时，他就把脸用布整个都蒙住，只露出两只眼，仿佛蒙面大盗一样。这样虽说好了，但还是会有黑色顽强地渗进来，坚固地黏附在皮肤上。最可怕的是，眼圈会比别处更黑一些，像是熊猫一样，遭到好多人取笑，最后干脆什么都不蒙了，任其自然。

谢瑶环说，为了多挣钱，黑就黑吧，再说我都有五个孩子了，怕什么。

谢瑶环的工厂生活充满了快乐和忧愁。有的是我目睹，也有的是他亲口对我说的。

比如快乐，谢瑶环上班前，能看出来整个人是兴奋的，像是饥饿的野兽见了食物，一副跃跃欲试的样子。我亲眼看见，上班前一个小时，他就开始紧张地准备了，他仔细地擦着自行车，然后上油，然后打气，还要拿小扳子拧一拧车上重要的螺丝，最后戴上白色线手套，把装有两个大号饭盒的“人造革”皮包挎在车把上，精神抖擞地骑上车，哼着《东方红》走了。他爱惜所有帮助他上班的物件。比如自行车，万分珍爱，下雨时把自行车推进窄小的屋里，挂在墙上。还有饭盒，永远都擦得锃光瓦亮。白色线手套，也总是洗得一尘不染。他把去上班，似乎当作去聆听一场高雅的音乐会，兴致盎然。尽管这是我心中的比喻，但他那样的快乐面貌，我永远都不能理解。上世纪八十年代时，我也进了工厂，当了工人，却懒得上班，总是泡病假，请事假，尤其冬天上班时，听着外面的风声，早上一次次起来，又一次次躺下，就是不想去，但最后还是在谢瑶环一遍又一遍的叫嚣声中，嘟囔着起来去上班。谢瑶环仿佛是一个把幼鹰残酷推出巢穴的老鹰，在上班问题上，没有一点磋商的余地，哪怕后来他心疼地倾尽所有积蓄，为我买了一辆摩托车，也要逼我去上班。为了让我每天准时上班，他费尽了心血，天天晚上把闹表上好，当时他已经退休了，但为了他唯一的儿子，也和我一样每天五点就在惊恐的闹铃声中起床。

在我的记忆里，上班是父亲生活中最快乐的事情，他挂在嘴边上的一句话就是，新社会好呀，能有班上，多好呀。

在我小的时候，我曾经跟随谢瑶环去过一次他挚爱的工厂。我记得他是上“正常班”带我去的，也就是早上八点上班，晚上五点下班。那是他很短暂的“正常班”经历，因为大部分的日子里都是“三班倒”。当时我坐在他自行车的横梁上，头顶正好蹭在谢瑶环的下巴上。我感觉那是一条很远很远的路，到后来路边上都出现了庄稼地，还出现了马粪、猪还有身上脏兮兮的狗。现在想起来当时的情景，似乎还能感到自行车的横梁把我的屁股硌得火烧火燎的疼。后来我们“流”进了工厂里，如今我只记得谢瑶环的工厂里的几个场景了：第一个场景是，当快到厂门口时，我激动得都要喊起来了，因为我从来没有见过那么多骑自行车的人，那条宽阔的长街上，黑压压的一片，每辆自行车几乎就是紧挨着行进。自行车的铃声震耳欲聋、响彻云霄，就像浩荡的大水一样，“流”进了高大壮观的大门里。第二个场景是，谢瑶环的工厂里，就像大花园一样，到处都是树木，厂道比我们家所住的胡同不知要宽上多少。厂道上的大卡车，也是我见到的最大的汽车。那天，我在厂子里玩了一天，就像游园一样高兴，还捉了蜻蜓、知了、青蛙。那时我终于懂得了谢瑶环为什么那样热爱上班，为什么要当工人。在回来的路上，谢瑶环问我工厂好不好？我说好。他高兴地说，长大了，当工人吧。随后用他的大手，使劲儿地摸了摸我的脑瓜顶。最后又补充了一句，是男人，就得当工人！当大国营里的工人！

但谢瑶环快乐的工厂生活，也有烦恼。在关于加入工会之事，就让他费尽了心思。多少年以后，他曾亲口跟我说过，入工会之事是他工厂生活中遇到的第一件棘手之事。

当时工会刚成立时，不是所有人都能入的，就像入党一样艰难，要审查出身，还要表现积极，工作突出。加入了工会，意味着能参加许多会议，能知道工厂的一些重要事情，在一些重大的事情上，还有一定的发言权。最主要的一点，是从心理上有了安全感，成为厂子里的真正的主人。

当时加入工会的最重要的一个环节，是要有一个强有力的介绍人。谢瑶环渴望加入工会，他开始寻找那个“强有力的”介绍人，最后把目光落在了张大个身上。

张大个是工会的宣传委员，也是一个来自山东农村的单身汉，谢瑶环以同乡的名义把张大个请到了家里。我记得那是除了小高，父亲亲近的第二个同事。张大个和小高，是他早期生活中的两个最重要的同事。

张大个第一次上我们家来吃饭时，我母亲给他做了四个菜，有拌白菜心，炸花生，炒鸡蛋，还有粉肠。父亲也第一次不是在年节里，把一瓶高粱白酒摆在了小饭桌上。那时我还不知道，这只是张大个来我家吃饭的序曲。在以后一年的时间里，张大个平均一周要来两次，每次来都要吃饭喝酒，他盘腿坐在炕头上，高大健壮的身子把我们家九平米的小屋充填得满满当当。他一边喝着酒，一边高谈阔论，同时还不住地将身子探出炕外，把黄痰响亮地吐在地上一个铺着炉灰的簸箕里。

张大个说话的内容，我当然记不清了，但长大后，还是能深刻记住当时一两句关于他吹嘘自己的话，比如他用浓重的山东话吹嘘说，我领导十万人游行，谁不听我的？后来我疑问父亲，张伯伯有这样大的本事，能领导十万人？父亲笑着说，哪是他领导的，他就是走在队伍边上，带大家喊过几次口号，还不光他一个人带喊口号，好几个人领头呢。我问那是什么样的游行，父亲说，庆祝工会成立。最后补充说，没有十万人，连一万人都没有，也就是几百人，可不管怎么说，张大个是工会的人呀。

现在我回想起来谢瑶环的神情，还是能看出来当时他对加入工会是如何神往。当然我无法理解当时的情形了，为了加入工会，非常吝啬的谢瑶环不惜供张大个在家里吃喝了一年，甚至容许张大个调戏他的老婆。

我母亲梁银花是东北人，却有着南方人的温柔，我印象中母亲的形象就是埋头干活儿，侍候全家人，夜晚不睡觉，整夜地做布活儿，给我们姐弟几个缝补衣服。

张大个坐在炕头上，谢瑶环坐在炕边上，梁银花站在地上，给炕上的两个男人盛饭、倒水、递牙签，还有时趁着张大个情绪激昂时，偷偷拿小煤铲给那鲜亮的黄痰盖上一点灰。眼睛看见脏东西，比触摸到脏东西，更感觉脏上万倍。后来有一次张大个死活不上炕里坐，他说蜷着腿，肚子实在不舒服，就改坐在了外面。不知他的这个举动，是有意还是无意，反正离梁银花亲近了许多。于是张大个总是借机触摸梁银花的手，我看见过好多次，我姐姐也看见过。比我大六岁的三姐，跟比我大八岁的二姐悄悄说，张伯伯怎么摸咱妈的手呢？摸时还拿眼睛看咱妈，像个流氓。

非正常的景象，总能深刻印记在孩子的心中，就像长在心中的树，随着年龄而长高、壮大。心大了，“树”也大了。后来随着年龄的增长，那种非正常的场景被无限地放大。现在想起来，我不知道谢瑶环怎么能容忍这些，而且是当着自己的面？谢瑶环是个坚忍的人，为了达到自己的目的，可以忍受一切，包括屈辱。

我想要是张大个没有把谢瑶环介绍进工会，谢瑶环一定会杀了他。因为在那段时间里，谢瑶环经常无缘无故地发脾气，打我们屁股时，下手特别狠，还咬着牙。有一次当我从饭桌上偷拿花生米时，谢瑶环竟当着张大个的面，打了我一个耳光，声音嘹亮。梁银花说打孩子怎么下黑手？谢瑶环大吼一声，滚你妈蛋去！

后来，张大个有十几天没来我家，再来我家时，我就听到了谢瑶环入了工会的喜讯。我猜想，后来张大个发现，假如再不介绍谢瑶环加入工会，一定会酿出血案。所以赶紧鸣锣收兵，带着猥亵的乐趣，独自品味去了。

而谢瑶环怀中揣着红皮本的工会证，将自己工人阶级的身份完全巩固住了。

后来，张大个再也没有到我家来吃过饭，有一次赶到饭口时来过，但谢瑶环只字不提吃饭的事。我们姐弟几个轮番进屋，用目光告诉父亲，该吃饭了。因为没有父亲的命令，我们谁也不敢把小饭桌摆上，更不敢提“吃”字。但父亲始终一言不发。最后张大个实在没有脸面再耗下去了，终于站起来，灰溜溜地走了。在迈出屋门时，强壮的身材，忽然就弯了下去，样子非常难看。

父亲这时才高喊了一句，吃饭。

现在想起来，那“吃饭”两个字震耳欲聋，即使张大个走到胡同口也都能听得见。

谢瑶环终于当着自己的老婆孩子，狠狠地羞辱了张大个。

四

假如以为谢瑶环是一个工于心计、想捞个一官半职的人，那绝对是个错误。在后来的日子里，他曾有数次机会可以走上领导岗位，但他都坚决地放弃了。

他在厂里上夜校，可是只上了两年，就不再上了。车间主任找他谈心，让他要求进步，而进步的第一步，就是要有文化，并暗示他，组织上要培养他，所以夜校必须坚持上完，还有可能的话，再接着安排他去学习，提高政治思想觉悟。但谢瑶环说，我已经能读报纸了，会写好多字了，还会加减乘除，够用了，车间主任给他做思想工作，但他不听，说啥也不上夜校了，最后车间主任非常惋惜地说，多好的机会呀。随之放弃了劝说工作。

再有一次，他被评为“红管家”。原因就是车间里有许多废弃的扫帚，本来该扔掉了，但谢瑶环把它们收好，经过一番捆绑收拾，继续使用。还有工人们用废的手套，用烂的工作服，穿烂的工作鞋等等，总之一切要扔掉的东西，经过谢瑶环的再修理，都能再重新使上一段时间，为此他被评为“红管家”。《工人报》的记者都来采访他，还在报上登了他的大照片，厂长看了非常高兴，指示车间主任把谢瑶环列为党员发展对象，还找了两个介绍人，经常找他谈心，并鼓励他写入党申请书。

这一次，车间主任以为谢瑶环一定会感动得热泪盈眶，第二天就会写好入党申请书，但是过了一个星期，谢瑶环好像什么事都没有发生一样，没有写一字一句，这让车间主任和两个介绍人大为不解。找到他谈心，谢瑶环很平静地说，我只是做了一点小事，离入党远着呢，以后再说吧。开始几个人以为他是谦虚，后来发现，他就是找托词，不想入党进步。车间主任再次找他，经过一番谈心，又一次更为惋惜地说，多好的机会呀，真是可惜呀，捉摸不透你是怎么想的。最后看了他好半天，又气又恨地走开了。

关于这个问题——那年他有病，我领他看病时，不仅要排着老长的队伍，药费还不能全部报销，我说，您要是领导干部，那该多好呀，为什么当初有条件进步，您却放弃呢？谢瑶环说，工人阶级，当了领导，那还叫工人阶级吗？我哈哈大笑，说，领导工人的人，那也是工人阶级。谢瑶环固执地说，一个不干活儿的人，能称工人阶级？我笑得直不起腰来，动作和笑声惹得看病的人停住脚步看我。我说，知识分子也是工人阶级，您明白吗？谢瑶环说，你说得不对，坐办公室的人，不穿工作服的人，不干体力活的人，也能称作工人？笑话！

我和父亲的争论，引来好几个手拿药单子的人在旁边倾听，然后像是观看汉代人、唐代人一样，看了我们一会儿，撇着大嘴和小嘴，小声议论着离开，去收费口排队交费去了。

父亲谢瑶环热爱“工人”，他觉得世上最好的职业就是工人了，他有自己的逻辑推理，只有干活累，才能睡得好，最后才能吃得香，人来到世上，不就是为了糊口吗？这是谢瑶环认定的人生最好的境界，为了这个职业，他不仅需要一个“工会证”保佑，还为此失掉了走上领导岗位的机会，所以在他的一生中，他调动了自己所有的智慧，力保自己的“工人”称谓的永远。为此，他活得小心谨慎。

但谢瑶环还是迎来了“四清运动”。

从一九六三年到一九六五年的“四清运动”，是谢瑶环经历的人生中的第一个动荡。所谓“四清”，谢瑶环曾经非常清晰地给我解释，就是“清账目、清仓库、清财物、清工分”。

橡胶杂品厂，此时已经改名叫“红旗橡胶厂”，谢瑶环的工种还是炭黑工。红旗橡胶厂进行“四清运动”的方式，和全国其他工厂、农村一样，自己坦白或是互相揭发，看一看有谁拿过厂里的东西。很快炭黑车间，乃至全厂，揪出了一个个偷拿厂里财物的人，炭黑车间几乎无人幸免，无论是互相揭发出来的，还是自己坦白的，都多少有问题。很快有人盯上了“红管家”谢瑶环，并且有人在工作组那里“告发”谢瑶环，说他如何如何。但就在工作组还没找他谈话时，谢瑶环主动找工作组来了，谢瑶环沉痛地说，我对不起共产党，对不起毛主席，我曾经拿过车间里的东西。工作组大吃一惊，赫赫有名的“红管家”谢瑶环也做过这事？看来“四清运动”非常及时呀。几个工作组成员互相看了看，打开本子，拿起笔，严肃地让谢瑶环坐下来。谢瑶环开门见山，说曾经拿过一个废扫帚回家。工作组人员冷下来，问他真的只拿过一把废扫帚吗？谢瑶环说，这还不够吗？拿一个废扫帚和拿一百把、一千把好扫帚是一样性质的问题。工作组成员都愣了，又都同意地点点头。接下来的时间，就是谢瑶环痛心疾首地批判自己，说自己辜负了新社会的培养等一系列严重的“辜负”。

谢瑶环只是拿过一个废扫帚的事情震惊了许多人，都不相信，但又似乎不能不信，最后工作组找炭黑车间的每个工人调查，试图发现蛛丝马迹，许多工人回忆得脑袋瓜子都疼了，回忆得要蹦起来了，还是没有想起什么时候谢瑶环拿过什么东西。

谢瑶环对我说，在“四清”之前，没有思想觉悟的工人从厂里往家里拿东西，是一件非常普遍的事，可以说是公开的秘密。刚开始是独自拿，到后来几个人合伙一起拿，谁要是不拿，似乎就是一个脑子不正常的人。

我问，您真的没拿过其他东西？只拿过一把废扫帚？

谢瑶环非常肯定地说，不是，我拿过很多东西，我可能是我们炭黑车间偷东西最多的工人，一个最坏的工人。

谢瑶环在我的惊愕中接着说下去。谢瑶环说他从车间往家里拿东西时，从来没有让人看过，从来没跟别人说过。就是大家都拿，后来连小组长都心疼地命令他拿时，他都没拿过。小组长曾经叹了一大口气，说，老谢呀，你怎么就这样胆小呢？

谢瑶环还有一个习惯，不仅自己当着别人面不拿东西，就是别人拿东西时，他也会背过身去，从来不看，给别人留下方便的同时，也给自己留下一个广阔的生存空间。

谢瑶环说，要想人不知，除非己莫为。其实这句话说得不完全对。随后，又非常怪异地笑着说，啥叫秘密？就是只有自己知道，而且不能说出去。

我想谢瑶环要是有文化的话，可能还会总结出更加富有哲理的语言。没有文化，限制了他向理论方向发展，也真的阻碍了他总结出更多的人生哲理。

我忽然发现，谢瑶环的笑容，我好像见过，后来想了好长时间才想起来，那是他在跟我讲述当年给解放军缝纫面口袋时绽开的得意的笑容。谢瑶环很狡诈，而且狡诈得充满理论。尽管他是我的父亲，但我还会在心底里这样说。我对他真的是刮目相看了。但他对我说，我这样做，还不就是为了你们几个崽子？

谢瑶环安然地渡过“四清运动”，没有受到任何伤害。他的那些当初肆无忌惮偷拿厂子里物件的同事们，都或多或少地受到惩罚，给以后的日子带来了麻烦。而谢瑶环则一身干净地开始迎接后来的挑战。

我越来越熟悉谢瑶环，但又越来越不能理解他、捉摸不透他。

五

最初，谢瑶环在我心目中是一个很坚硬的人。尽管他对我们几个孩子并没有整天冷着一张脸，或是我们犯错误时狠狠地打我们的屁股。他很少打我们，有时还会温暖地看着我们，与我们说话，但即使这样，我们姐弟几人还是非常惧怕他。

我感觉他是一个冰冷的人，因为他与我母亲梁银花，似乎从来没有说笑过。一个男人对老婆是这样，同时他对别的女人也是这样，在我的记忆里，谢瑶环从来没有与女人直视着眼睛说过话，与胡同里的女人路遇，他都是微微点头，然后低头错过，一副君子气派。

一个和自己老婆从来不说笑的男人，给孩子的印象，似乎就是冰冷。

但是，后来的一次醉酒，却让谢瑶环的冰冷形象彻底坍塌。我不知道那是他压抑许久之后的爆发，还是他真的醉了，说了彻头彻尾的胡话。

那还是我上班后发生的事。我赚了第一个月的工资，把钱全给了他，同时还给他买了一瓶五块钱的大曲酒。要知道我只有十三块钱的工资。谢瑶环看着酒，还有我的工资条，还有剩下的八块钱。他忽然说，我们爷俩把这瓶酒全喝了。

我作为家中唯一的男性，在十八岁时，和父亲第一次喝了酒，我们俩都喝得一塌糊涂，胡说八道。

那天母亲带着我的姐姐们，浩浩荡荡地全都去了姥姥家。父亲学着梁银花的样子，炸了花生米，炒了鸡蛋，拌了白菜心，还买了粉肠。

就是在那次喝酒中，谢瑶环跟我说起了他的感情生活。他说得断断续续，毫无章法，但我听得非常完整。

谢瑶环遇到的第一个女人，是他在乡下的邻居谢二嫂。谢二嫂比谢瑶环年长两岁，嫁过门时才十八岁，是一个大眼睛、红脸庞的高个女人。谢二哥比谢二嫂矮半头，过去总是萎在家里，可是结婚后，谢二哥却忽然总不在家里待了，经常出去帮人打短工。家里只有一个瘫痪婆婆，谢二嫂非常能干，喂猪、养鸡，还要照顾婆婆，不管冬天还是夏天，她总是绾着袖子，露出充满活力的两条胳膊。谢二嫂见到谢瑶环时，总笑着一张脸，有时还会给他吃的。谢瑶环还愿意到谢二嫂家的院子里玩。有一次谢瑶环帮谢二嫂和泥垒猪圈，弄得谢瑶环一身的泥，谢二嫂给他打来一盆水，让他在灶房里洗一洗。谢瑶环脱光了膀子，正在洗着时，谢二嫂从后面猛地抱住了他。当时谢瑶环以为二嫂是跟他逗着玩呢，可是马上觉得不对劲，他听到了二嫂颤抖的喘气声，她把他抱得紧紧的，他身上的水和她身上的汗，完全纠缠在一起。后来二嫂把他扑在了地上，解他的腰带，谢瑶环吓傻了，挣脱开，大喊着，疯一样地跑出去。他逢人就说，二嫂疯了，要解我的裤带！后来全村的人都知道这件事，最后谢二嫂没有了脸面，一头扎了井。后来人们才知道，谢二哥没有男人的功能。

我的祖父母生了十个孩子，死了八个，只剩下我父亲和我姑姑两个人。我祖父母说他命硬，不仅他和妹妹一起克死了那八个兄弟姐妹，而且还以惊人的奇迹，向所有人显示了他的生命力——有一次他发高烧，没有钱治病，硬是在土炕上烧了十二天，仿佛火人一样，距离他十步开外，都能感到灼人的气息。后来十三岁的他在奄奄一息马上就要被人抬走埋了时，忽然站了起来，疯狂地喝了半缸凉水，一边喝一边尿，臊臭味冲天而起，最后竟然完全退烧了，像是刚从遥远的地方回来，对着围着他的一群人笑个不停。村里人都把他看作奇人。但谢二嫂之死，还是让他感到了巨大的压力，一夜间突然长大的谢瑶环在村里再也待不下去了，一天早上，他偷偷地离开了小村庄，去投奔在城里的表哥了。

谢瑶环的男女之事的启蒙，竟源于一场惨痛的死难。这让他从此对女人退避三舍。但后来，他还是遇到了另一个对他死缠烂打的女人。那个女人是鞋铺掌柜的女儿。

他来到城里的第一年，在一家规模浩大的鞋铺学徒，那是一个两进两出的大院子，有学徒工二十个人，正式工人十几个，每天出鞋上百双，供七家鞋店，而且品种齐全，涉猎男女鞋、童鞋和老年鞋。

谢瑶环来到的第一天，就被掌柜的十六岁的二丫头看上了。此后梳着一条大辫子的二丫头没事就到前院来，出来进去的，眼睛不时地飞瞟谢瑶环；还经常甩头，辫梢上的红头绳像鸟儿一样在谢瑶环眼前飞扬。

数月后掌柜的找到谢瑶环，屈尊地拐弯抹角地向谢瑶环说明意思。二丫头已经害了相思病，非要嫁给谢瑶环，否则就让父亲给她收尸，且还不是完整的尸。掌柜的宠爱二丫头，知道这丫头啥事都会做出来，只好与谢瑶环谈判，并且表示他要是答应这门亲事，将来给他立门户，有自己的铺子，有自己的徒弟。谢瑶环完全惊住了。年轻时的谢瑶环长相英俊，皮肤白，身体好，还有一种与众不同的诱惑的眼神，而且格外聪明，不管什么事情，只要看几遍就会做了，心灵手巧。可当时掌柜的以为这个乡下孩子会高兴得颤抖着说不出话来，会跪在地上，满眼热泪地磕头，但是谢瑶环短暂地激动过后，却冷静地说，不想高攀二小姐，只想把技艺学好。掌柜的在气愤之余却又更加欣赏谢瑶环，认为他将来肯定有大出息，于是更加认定了要把女儿嫁给他，同时也认为等一等是好事，再给他机会磨炼。但二丫头等不及，恨不得快点和谢瑶环成双成对，为此整日吵闹。其实谢瑶环所谓的不想高攀，实际上就是推辞，他没有文化，却知道婚事应该门当户对，知道如果按照掌柜的所说去做了，未必幸福，私下里只想学好手艺后远走高飞。但是此时辛辣的二丫头做出了一件事，让谢瑶环只得离开。二丫头也像谢二嫂一样，在一个寂静的午后，把谢瑶环骗进后院，抱住不放，乱摸谢瑶环的全身，正好被掌柜的家人看见，慌乱中喊叫起来，于是很快满院风雨，掌柜的脸挂不住，只得让谢瑶环走人。但是祸之福所倚，正因为谢瑶环离开了，也丧失了将来另立门户的可能，所以解放后他没有成为资本家，在“文化大革命”到来后，以老工人的卓越姿态，安然处世，笑看人生。

那天父亲的醉酒之言，让我感到了父亲内心的狂飙，后来我还想再问他什么，譬如问一问他和梁银花的故事，他们是怎样相识的，怎样走到一起的，为什么从没有看到过他们在一起说过话……可是父亲已经无法再讲话了，酣然入睡。

第二天醒酒后，他又变回了原来的状态，好像他从来没有跟我喝过酒一样。他又是父亲，我又是儿子了。

六

“文化大革命”时，红旗橡胶厂改叫“反帝橡胶厂”，谢瑶环还是炭黑工。当各种造反组织开始在厂里风起云涌地高喊革命口号时，谢瑶环却选择了躲避。在那些狂热的时日里，我一边快乐地跑到大街上，和小伙伴们看批斗会，跟在游行队伍后面奔跑，一边回到家，奇怪地看着父亲把门帘拉严了，大汗淋漓地绱鞋挣钱。谢瑶环的形象，真像那首我在课本里学的鲁迅先生的诗，破帽遮颜过闹市，漏船载酒泛中流，躲进小楼成一统，管他春夏和秋冬。

但我还是不明白，父亲为什么不关心革命？要知道，他是全胡同第一个把家里的花瓶砸碎、把小金鱼倒进下水道、把墙上唯一的一张山水画撕掉的人，可是他怎么做完了这一切，却没有了革命的下文？

这种情况我糊涂，小高叔也糊涂，所以很多年没有上过我家的小高在一个黄昏时刻，戴着红袖章踏进了我家的门。但我更觉得，小高就好像是我内心里面派来的一个差使，在替我询问父亲谢瑶环，解除我心中的疑团。

从谢瑶环和小高的对话中，已经十二岁的我知道小高已是一个响当当的人物，在厂子里，好像比最初的张大个张伯伯还要有影响。因为我听见父亲喊他“高队长”。我尽管不知道小高是怎样的一个队长，但从谢瑶环脸上谦逊的笑容中，还有小高不再叫“谢大哥”而是喊“老谢”的转变中，多少明白了小高的地位。

小高与张大个不一样，尽管黄昏时刻登门，但他不吃我们家的饭，可也不让谢瑶环吃饭，他一手拎着两个板凳，一手拉着谢瑶环，走到胡同口，两个人坐下来，面对着暮色将至的天空，面对着举着火把游行的革命队伍，耐心地讲着掏心窝子的话。我在他们旁边玩耍，这样就听到了一些只言片语，其中小高问得最多的一句话就是老谢呀你怎么不参加造反派。谢瑶环一脸诚恳地说，高队长，我没有文化，家里一帮孩子，没时间呀。小高严肃地批评他思想有问题。谢瑶环低头不语，就是呐喊的游行队伍火光冲天地从眼前走过，他也没有抬头。

两个人这样方式的谈话持续了十几天，后来小高急了，朝谢瑶环大喊道，你是一个反革命！谢瑶环还是不说话，却从口袋里掏出毛主席语录，独自念起来，念着念着，竟掉起了眼泪，而且还自言自语，我那可怜的爹和娘呀，怎么就被地主给逼死了呢？共产党万岁，毛主席万岁。

小高愣了，一时不知该说什么，站了一会儿，一下子把板凳踢倒，气哼哼地走了。谢瑶环见小高走远了，拎起板凳，拉着我的小手，跑着回家吃饭去了。那天晚上，他吃得特别多，喝了三大碗粥，流了许多汗，像是水洗了一样，我看见他头上的汗珠儿都滴进了碗里。同时我还听见他小声地自言自语，不干活儿闹革命，那我还是工人吗？那还叫工人吗？

在那些日子里，我发现已近中年的父亲苍老了许多，他总是目光迷离，一副不知所措的神情，眺望着远方。而且他的手上总有伤，胶布贴满了十个手指头，看上去像是一个从擂台上下来的失败者。我猜想他一定是绱鞋时经常走神，不小心才扎伤了手指头。父亲绱鞋时的手劲儿特别大，鞋绳子被他拽得“嘣嘣”响，仿佛大提琴发出的声音。因此他手上的伤口，一定很深，说不定扎到了骨头上。因为我看见他拿东西时，脸上掠过压抑疼痛的表情。

我不知道父亲哪来的那么多业务，不知道他给谁绱的鞋，也不知道一双鞋能收多少钱。只是看见他从夏季干到了冬季，干得双手伤痕累累。

谢瑶环本以为自己还会像“四清”时一样安然走过，但他还是想错了。在小高的发动下，车间里发动了一场对谢瑶环的批判。几个人手举“红宝书”，把谢瑶环围在中间，一边高呼口号，一边批他思想落后，不加入造反组织，没有紧跟毛主席。起先谢瑶环倒不争辩，只是一句话不说，平视远方，最后问急了，就一个劲儿检讨，批判会后转身接着去干活，他以为这样就能敷衍过去。但他错了，小高告诉他，现在已经停产闹革命了。谢瑶环没闹明白，对小高说，你们停产了，我没停产，还得干活呢。小高用手指着谢瑶环的耳朵喊，你听听，还有声音吗？谢瑶环侧耳一听，果然机器声轰鸣的工厂，眼下已经鸦雀无声。谢瑶环不相信工人不干活了，于是他像一只疯狂的兔子跑出会场，他跑进一个车间，又跑进一个车间，再跑进一个车间，真的停产了，一个人都没有，只有因为他跑动起来带起的尘埃。他一屁股坐在了地上，他不相信自己的眼睛，也不相信自己的耳朵，怎么会突然停产了呢？一个工人不干活了，那还是工人吗？谢瑶环又重新跑进一个个车间，把眼睛再次睁大，摸墙壁摸机器摸大地，希望刚才看到的不是真的，是不存在的梦境。

小高已经追了过来，把谢瑶环逼到一个大树下，让他马上表态。谢瑶环还是不说话，小高忽然抬起手，抡圆了，狠狠地给了谢瑶环一个大耳光，然后骂了一句脏话，扭身昂着头，气宇轩昂地走了。谢瑶环的嘴角上流出了血，他没有擦，站了好半天，又走进车间，他望着遍地的灰尘，慢慢地蹲在地上，这时才像孩子一样“呜呜”地哭起来。

工人谢瑶环，在停产闹革命的那段时间里，感到了生活的无望，身为一个工人，却不能干活，那还是工人吗？他一遍遍地问自己。有一天晚上，生性固执的他竟差一点做出令他悔恨终生的一件事。

那天晚上，大家正在学习毛主席语录，同时也正在等待“最高指示”的发布，好去敲锣打鼓地游行。心情郁闷的谢瑶环说是撒尿，走出了屋子。可是来到大树下，他却怎么也撒不出来了。他一个人站在树下，听着周围各种小虫的鸣叫，望着黑夜，忽然万念俱灰。就在这时，他抬头看见不远处一棵树上正在飘着一根布带子。这根布带子是前天一个被批斗的资本家实在顶不住了，把自己吊在上面，后来革命组织把这个自绝人民的坏人给运走了，但布带子还留在那里，没有人顾得给解下来，现在仿佛黑夜里的一声召唤。其实那个所谓的资本家，谢瑶环认识，也就是“公私合营”前的一个小企业主，只是生意越做越大，自己一时忙不过来，就雇了几个工人，其实他自己也是跟着干活的，甚至不比工人干得少。当年谢瑶环要是娶了鞋铺掌柜的女儿，有了自己的家业，再雇几个工人，解放后评定出身成分时，他就也是资本家了。但是解放了，让他没有成为资本家。

当时谢瑶环走到那棵树下，用手拽了拽黑布带子，感觉还很结实，他就想把自己也系上去。就在他开始四处寻找东西当板凳时，大屋子里发出了震耳欲聋的呼喊声，好多人都冲出来高呼“万岁”，原来毛主席的“最高指示”发布了，谢瑶环忙不迭地跑向大屋子，和大家一起游行去了。后来谢瑶环对我说，他感激毛主席，那天晚上要是没有“最高指示”，他就也上吊了，早成了死鬼。

后来解放军“支左”进了工厂，开始恢复生产，谢瑶环干起了活儿，这才将情绪安定下来。

据我多少年以后知道，谢瑶环最终没有参加任何造反组织，承受了巨大的心理压力。后来小高成为“三种人”被审查，传说他当时在一次夜晚的武斗中，用一个盛饭的大铁勺把一个工人打成了脑震荡，导致那个工人终身瘫痪，最后臭气熏天地死在了床上。原先在早点铺整日用铁勺给人盛豆浆、盛豆腐脑的小高，最后还是倒霉在了吃饭的家伙上，但他也算是回归了本行。但有一点需要说明的是，后来谢瑶环冒着欺骗组织的危险，主动揭发了自己在“公私合营”时把小高领进工厂之事。尽管当时没有人追究这件事，但他还是四处诉说，请求组织给他处分，请求组织开除小高的厂籍，那阵子谢瑶环已经变得不可思议，逢人就讲，见人就说，仿佛一个工人祥林嫂。他奇怪的行动遭到许多人的不解，甚至有人开始怀疑他的脑子有问题。后来厂里领导对他说，公私合营的事，那不是个事儿，早都过去了，至于开除厂籍这件事，厂里会按照正常程序进行的，老谢呀你就不用管了，你就安心工作吧。

我以为谢瑶环是怕把自己牵连进去，所以主动坦白，争取宽大。但后来发现不是这样，他愤恨地对我说，那家伙从根底上讲，就不是工人坯子，他哪是工人？他怎么可能会是工人？他就是一个卖豆浆的！操！

我这才明白，谢瑶环是要剥夺小高的工人身份，认为小高披着一张工人的皮，是给工人称号抹黑！

我不知道“文革”时谢瑶环是承受了怎样大的压力而安然无恙的。但有一点肯定，那时候，是他秘密绱鞋挣钱最多的一个阶段。

他还是那句亘古不变的话，不挣钱，怎么养活你们这帮崽子？

确如他所说，我们姐弟五人，在最困难的年代，只靠父亲一个人挣钱养家时，我们的穿戴上也从来都是整齐干净的，从没有寒酸过。

七

父亲是一只老鹰，永远用他宽阔的翅膀来保护着我们。比如三年自然灾害时，他只要回家，就躺在床上一动不动，只喝水，不吃饭，刚开始，我们以为父亲累了，后来每天都这样，我们就奇怪了，因为父亲是一个永远在干活儿的人，只要不干活儿，他就无所依靠，慌作一团。后来过了很多年，母亲告诉我们，你们的父亲是用睡觉来节省粮食，好让他的孩子们能多吃一口。父亲告诉我们，当时他根本睡不着，只是闭着眼，因为饥饿的人，是无法睡得着的。

父亲对我们疼爱，但也非常“残酷”。我的两个姐姐，就是他亲手把她们送走“上山下乡”的。他亲自到派出所把她们的户口注销，亲自给她们钉了木箱，亲自把木箱用麻绳捆好托运，亲自给她们打背包，亲自送到车站，车站上有欢送的锣鼓队，他从一个敲大鼓的人手里一把抢过鼓槌儿，狠劲地敲着，他用鼓声来回敬女儿的眼泪。每年过春节她们回来，只要一到规定的时间，他就赶她们走，一天也不让多待。就像后来大风天大雪天命令我去上班一样，毫不留情。

不要以为父亲是一个对我们倍加关心的人，他除了那句“不挣钱，怎么养活你们这帮崽子”的名言，在我的记忆里，晚年之前的他，就从来没有与我们姐弟五人心平气和地谈心过，更没有与我们安静地说过一会儿话。在此之前我说过，谢瑶环不仅和我们这样如此陌生，和我们的母亲也是这样，从来没看见过他和我母亲热情地说过话。母亲去世前，在医院里曾跟我的姐姐说过，谢瑶环是把她骗了来的。至于怎样的骗，母亲没有说，但还是透露了一点细节。

母亲说，刚过门时，她是对生活充满信心的。屋里不大，但都是红木家具，用什么有什么，锅碗瓢盆都有，米柜里甚至还有一口袋亮闪闪的大米。可是结婚七天后，家里完全变了样子，隔几天就会有几个人上门来，那些人就像谢瑶环一样，都是一句话不说，今天搬走一个柜子，明天搬走一个桌子，到最后连床都搬走了。谢瑶环对惊讶得眼珠子都要掉下来的梁银花说，这屋里的东西都是借的，我的全部家当，就是三张床板。说着面带微笑地拍了拍那三张薄床板，然后走出屋，从外面搬进来几块青砖，三下五除二就把床铺搭起来了。最初母亲以为外面的那一摞砖头是下雨时院里的垫砖，没想到竟是家里床铺的床腿。母亲脸色惨白、声音颤抖着问新婚丈夫谢瑶环，那米是……借的吗？谢瑶环头也不抬地说也是借的，随后面无表情地说，所以我们得省着吃，只有过年时才可以动。

母亲闭眼前，对我姐姐们说，那个老东西（谢瑶环）太坏了！大骗子！说完，突然像鸟一样“哦儿”了一声，随即就没了气，但是两眼还睁着，谁也给她合不上，一直到火化场，眼睛都没闭上，好像临终前的那句话还没有说完。

我和姐姐们都不明白父亲为什么要这样对待母亲，如何也想不明白，也不知道他们是怎样结合的，双方又是为何这样冷漠。

这个谜团在我母亲梁银花去世十年后，我才终于从谢瑶环言谈话语中捕捉到蛛丝马迹，我隐约猜知，谢瑶环对梁银花不好，是因为梁银花不是处女的缘故，所以竟由此记恨了她一辈子，用感情的冷漠来报仇。

我不知道梁银花在谢瑶环之前，还曾有过什么情史，但通过这件事，也使我看出来，谢瑶环其实是一个追求完美的人。他对女人这样，对自己是这样，对日常生活是这样，甚至对人生也是这样。

也有可能，正是因为梁银花的不完美，使得他对生活的要求更高了，但也由此他活得更累了。

八

上世纪八十年代初，谢瑶环退休后，还继续在又重新改了名字、叫“大华橡胶厂”的厂里“补差”。但不是在车间里，是在锅炉房里烧锅炉。那时候他当然不知道，他竟烧了七年锅炉，更没有想到，后来张大个也来“补差”，和他倒班烧水。

谢瑶环兢兢业业地工作，甚至比正式上班时还要敬业，每天都是提前十五分钟到厂里，做好各种准备后，正好到点上班。谢瑶环接的是张大个的班，张大个对于他的提前来到已经习以为常，后来干脆提前十五分钟就把衣服换好了，等他一来，张大个打声招呼、提着包就像弹簧一样走了。有一次谢瑶环的自行车没了气，又赶上下小雨，推着车走了好远，才找到一个修车的，最后紧赶慢赶，到厂里时正好准点，没想到张大个竟然和他发了脾气，说老谢你怎么迟到呢？从来没有见过你这样对待工作不负责的人，然后二话不说，提起包，气哼哼地走了。谢瑶环倒没有生气，对着张大个的背影笑了笑，接着干活。

烧锅炉是一个磨性子的工作，最需要的就是专心，不仅要经常注意里面水量变化，还要不断添煤，总保持水是沸开着的，这样什么时候打水，都不会因为正在烧着而等待。

谢瑶环烧的水，永远是开着的，为此他得到了所有打水人的一致赞扬。要知道，他是给干部们烧的水。厂子太大了，有好几个喝水的小锅炉，谢瑶环烧的锅炉是在后区，在后区办公的，都是各科室的干部。

因为谢瑶环的勤奋和认真，立刻把张大个和另一个烧水的老刘给比下去了。张大个和老刘当班时，干部们经常碰上水不开的时候，这样干部们或是在一边等着，或是只好把水瓶放在旁边，先去干别的，过一会儿再来看一眼，开了再打，没开再等。而到谢瑶环当班时，这种情况绝对没有，不管什么时候来，水管里永远向上冒着热气。时间一长，干部们就很自然地随便议论，这样也就反映到了后勤科科长那里，后勤科科长回想，好像是这样的情况，并在表扬谢瑶环时，得知了谢师傅的勤快。原来谢师傅注意烧水时间，他添加凉水时，避开打水高峰，在大家中午休息时或是刚上班集中打完水后，开始添水加煤。后勤科科长非常高兴，后来就婉转地批评了张大个和老刘，表示这是一件很简单的事情，只要对工作上心，爱这份工作，很容易就能做到这一点，并要他们向谢师傅学习。老刘和谢瑶环并不熟，不能说什么，只是交接班时，给谢瑶环冷脸子看。可是张大个不干了，向谢瑶环发难，说你姓谢的为了给领导表现，给他和老刘上“眼药”，谢瑶环听了，也不还嘴，只是嘿嘿笑两声，扭头推起小车，去运煤了。后来没过多久，后勤科把嚣张的张大个给辞退了，老刘见状，急忙改正，勤恳工作，终于留了下来。张大个临走时，给谢瑶环甩下一句话，你是一个老奸巨猾的家伙，表面憨厚，心里可是坏透了，我玩不过你，我服你了。

这件事，在后来有一次聊天时，谢瑶环跟我讲起来，说他是真没有要把张大个挤走的想法，张大个完全误会了他，不过……谢瑶环停顿了一下，笑了笑说，不过……挤走了，也就挤走了，那种人不在我身边，也还好呀。

谢瑶环的好名声在干部们中间广为传颂，所有人看见他，都热情地向他打招呼。谢瑶环的工作也是干得心情愉快，但是没想到一个月之后，曾经“我玩不过你，我服你”的张大个又杀回来了，而且自打张大个回来后，他突然发现过去对他总是笑容可掬的后勤科科长，像是完全变了一个人，开始总是用挑剔的目光来看他，无中生有。

有一次后勤科科长吃完饭，突然拿着一个水杯来沏茶，那会儿谢瑶环刚添加完凉水、加完煤，后勤科科长非常固执地偏要沏茶，当然茶叶无法沏开，于是科长指着浮在上面的茶叶说，老谢，你是怎么了？让我说你什么好呢？不要大家表扬你，你就骄傲，你要虚心听取意见嘛，我问你，水为什么不开？为什么？谢瑶环完全愣住了，但还是耐心向他解释，可是后勤科科长根本不听，接着批评，像是大人教育小孩子的口气。脸皮儿极薄的谢瑶环就怕别人说他工作懈怠，而且他已经觉出来，科长这是故意找碴儿，就愤怒地和科长争吵起来，越说越有气，而且声音越发洪亮，很快好多人都来了，以为出了什么事。科长似乎就是为了让谢瑶环着急，就是为了招呼更多人过来围看，于是他不紧不慢地指着茶杯，带有表演性质地非常委屈地对大家说，我就是问了一句水开了吗，谢师傅就跟我发起火来了。说完，举着漂浮着茶叶的水杯，一个劲儿地摇头、叹息。谢瑶环气得说不出话来，情绪更加激动，嘴里发出怪叫声，像一只斗鸡一样朝前冲。大家都用怪异的目光看着他，感觉平日里温和友善的谢师傅，好像忽然疯了一样。谢瑶环恶狠狠地向前逼着，科长委屈地向后退着，就在这时，谢瑶环感觉心口疼，像是有刀子扎进来，他恶狠狠地骂了一句，然后就晕倒了，什么都不知道了。

病好了的谢瑶环终于回家休息去了，当然补差工作也顺理成章地丢掉了。后来他才知道，张大个给后勤科科长送了礼，两条“大前门”香烟，一瓶“刘伶醉”白酒，不仅重新补了差，还生生地把谢瑶环给挤走了。谢瑶环知道情况后，流着泪自言自语，社会怎么变成这样了？怎么遍地小人？

谢瑶环正在家中苦闷时，我正好和同事跳完家庭舞会回来，我把正放着邓丽君歌曲《小城故事多》的单卡录音机放在桌上，把带着标签的“蛤蟆镜”摘下来，在屋里像将军一样来回走着，对着镜子，从正面、从侧面、从后面多方面欣赏着我的一尺二裤腿的“喇叭裤”，谢瑶环看着我，突然站起来，一步冲到桌前，把我的“蛤蟆镜”丢垃圾一样，一下子就给扔到了窗外，大喊了一句，中国怎么变成了资本主义呀？！随后孩子似的号啕大哭。我在他的哭声中，像一支响箭一样，带着声音射到了门外，不管不顾地去营救我的眼镜了。但是眼镜已经被他摔得七零八碎。

如今回想起来，我觉得父亲谢瑶环的老去，就是从那时开始的。他开始看不懂生活，看不懂他的孩子，也更看不懂他心爱的工厂，当然还有看不懂工厂里的人。他曾经说过，这样的工厂，不去也就罢了，没什么稀罕的。

他不再补差以后，每天一早一晚地开始锻炼身体，他一句话都不说，总是默默无语，用肢体语言表示着他的存在。他吃得很少，三顿合为两顿，最后并成一顿，但身体越来越结实，没一点赘肉，精瘦如干，他从我的身边走过去，好像带着一股冷风。

后来又过了几年，这期间我根本没有注意他，谈恋爱、上“夜大”，整天忙得手脚不够用，似乎把他给遗忘了。

重新开始注意他，是有一次我陪他一起回厂清算破产补助。本来他不想去的，他掉着眼泪跟我说，好好的一个厂子，怎么就破产了呢？我跟他解释，现在好多重型国企，都面临着这个问题，不仅是你的厂子，比你们厂子更大的工厂也有破产的，有的厂房改成了饭馆，也有的改成了洗浴中心。可是他根本听不进去。后来我告诉他，所谓破产，不是没人管你了，而且从今以后社会给你发放养老保险，也就是说由过去厂里给你发退休金，现在改成国家了。你不去厂里办理手续，以后怎么能领钱呢？最后在我苦口婆心劝说之下，他才终于答应去厂里办理手续。

那次陪父亲回厂，我也感到惊讶，记得工厂大门前的那条路，当年人潮涌动、自行车铃声响彻云霄，那是何等的壮观景象呀，眼下真的变成童年的梦境了。如今那条路不仅变得短促、狭窄，而且坑洼不平，前天下的一场大雨，两天过后还有积水，路两旁都是一人多高的茁壮的蒿草，放眼望去，似乎像是走进了《聊斋》里哪个书生家里闹鬼的废弃后花园。

我和谢瑶环每人一双泥脚地站到大门前，望着已经没有了厂牌的破损的大门，我以为谢瑶环会悲伤地哭起来，但是没有，他只是眼睛里充满了茫然，还有无助的伤情。我相信，那时候谢瑶环可能已经有些小脑萎缩了，因为他对外界的反应，越来越迟缓。

我跟在他的后面，在厂子里转了转，他望着空地上已经长了杂草的机器，还有孤单冷寂的大烟囱，低着头，坐在了一块石头上，用脚来回蹭地上的土，还用手捡起一个小石子，像小孩子一样兴致盎然地把玩。就这样坐了好半天，最后才喘了一口大气，慢慢地站起来，对我说，我们办手续去吧。

排着长队，办完了复杂的核对手续，下午回到家。大约七天之后，他得了一场大病，脑后下腔血管出血，住进了医院的观察室，处于半昏迷状态。我以为他因此会离开我们，没想到在输了十天液之后，他竟然好了，原来出血的脑血管竟自动愈合了。

在医院里，有一天清晨，他望着窗外的蓝天白云，突然问我一个问题，问他们的那个橡胶厂还能重新生产吗？我说要是“合资”的话，注入新的资金，还有可能重新恢复生产。随后我向他讲了什么叫

“合资”，还有一旦“合资”后的种种情况，并以我们厂本来也要“黄菜”了，后来和法国一家公司合资后，重新死而复生的实例，给他做了清晰的说明。他听后，满意地点点头，重新望着窗外，过了一会儿，又突然问我，要是工厂“合资”重新生产后，他的养老金能不能还放回工厂里发。我说那可不能了。他认真地问我为什么不能。我刚要解释这个极为简单的问题——因为当时“合资”这个词已经变成一个非常时髦的词和时髦的行动，就连酱菜厂都想合资——护士进来给他量试体温和血压，他一边配合着护士，一边语无伦次地问我，我是工人，可是工资……工厂不给发，国家给发，这是怎么回事呀？那我还是工人吗？还算工人阶级吗？

漂亮明媚的小护士听不懂他说什么，声音温柔但又用不失命令的口气对他说，老大爷，别讲话，深呼吸。

那年，谢瑶环像是一个“局外人”。

九

谢瑶环在经过一段时期的沉默不语之后，逐渐开朗乐观起来，现在想一想，还是和他惦念的工厂有关。那年，在破产了多年的大华橡胶厂的旧址，又建了一个新厂，是中美合资的轮胎厂。尽管厂名中没有了“橡胶”两个字，但是谢瑶环说轮胎也是用橡胶做的呀，再有，本来这个厂子和谢瑶环没有任何关系，但因为是在原址，所以谢瑶环还是固执地把它当作自己的厂子。我真的相信他已经糊涂了，他天天在跟自己作战，脑子里有两个意念在互相缠绕，一会儿这个打败那一个，一会儿那一个又打败这一个。

谢瑶环曾经自己去过一次原厂，回来跟我说，厂大门很漂亮，就是不知道里面怎么样，本来他想进去，可是费尽了口舌，保安就是不让进，而且还威胁他，要是再无理取闹，就打110报警了。最后他只好站在外面朝里眺望。他告诉我，里面到处都是绿树，看起来环境还是不错的，同时车来车往的，生产也应该可以。谢瑶环还说，美中不足的是，厂名里有“美国”的“美”，不过还好，“美”字在“中”字后面，况且还在括号里，就凑合吧。从那以后，隔一段时间，谢瑶环就倒两次公交车，到厂子去看一看，虽说只是在大门外面观看，但他回来也是很高兴的样子，有时还要喝两盅酒，喝酒时摇头晃脑地哼几声京剧。

还有一件事我忘讲了，就是关于我父亲的名字。祖父酷爱听戏，什么戏都喜欢听，只要能有调儿的，他就要跟着哼上几声，他渴望看戏，但是没钱进园子里听，只是盼着四乡八里的哪个财主有了大好事，请戏班子来唱，那样他就能一饱耳福了。但这样的日子总是很少，就像见到大米白面的日子一样少。

在祖母怀我父亲时，有一天村子里突然来了几个外乡人，还带着一个瘦弱的半大小子，他们穿得破衣烂衫，满脸灰尘，说着鼻音很重的关中方言。他们比画着，说了好半天，村上人才听明白，原来他们是唱曲的，因躲避贼人陷害，离开关中，一路逃奔，最后流落到这里。他们想给村人唱曲，讨口饭吃，然后继续前行。祖父兴奋异常，拿了家中仅有的一点玉米面，给他们煮粥喝，让他们唱曲。几个流浪艺人喝足了粥，拿出破箱子里的小铜碗，一边敲，一边唱。经他们告知，祖父这才知道，他们唱的是非常有名的关中“碗碗腔”，曲名叫《女巡按》。刚才那个脏兮兮的半大小子，经过一番描眉打眼，竟成了一个漂亮的俊秀女子。

祖父被碗碗腔剧中那个半大小子的俊美扮相所迷醉，假如没有人提前告知的话，根本看不出来是男扮女装的。随着剧情的进展，祖父也知道了这个半大小子所演的女巡按角色，叫“谢瑶环”。祖父激动不已，听完曲，回到家，手舞足蹈地指着我祖母的肚子，红头涨脸地说，奶奶的，是男是女，都取“谢瑶环”这个名字了，奶奶的！

谢瑶环的这个名字，在“文革”时，也曾有过麻烦。“文革”前，根据碗碗腔《女巡按》改编的京剧《谢瑶环》已经红遍大江南北，无人不晓。所以“文革”时，有人说他的名字本身就是“四旧”，小高就这样当面慷慨激昂地说过。当时许多名字有“四旧”特征的人都改了名字，改成了什么“卫东”“永红”或是其他革命象征意义非常明显而又浓厚的名字。但谢瑶环硬是没改，他说名字就是名字，有什么了？我是工人，我爹是农民，我爷爷也是农民，三代红，你们说吧，怎么办？谢瑶环用答非所问的方法硬是挺了过来，没有改动一个字。

我也不知道父亲为什么喜欢“谢瑶环”这个带有明显戏文的名字，真是不知道他为什么舍不得改掉。同时也为他的坚持而感到迷惑不解，他似乎总是出其不意地坚持或无所谓，总让我觉得他像谜语一样，就那么真实地悬挂在我的面前，让我一辈子猜谜，却又无法破解。

父亲不光舍不得改名字，还舍不得花钱进园子。他一次都没进过剧场听戏，更没有看过与他名字一样精彩的《谢瑶环》的演出。他不知道戏台上的谢瑶环是一个什么样子，他与戏台上的谢瑶环擦肩而过——竟错过了一生的机会。

后来，父亲就听收音机，再后来听半导体。所以到了晚年，父亲养成了一个习惯，每天睡觉前，都要把半导体放在枕头边上，听上两段儿戏曲再睡去。

最后，父亲的死去，就是在听戏曲的过程中离开人世的。

那天早上，我去父亲家，看他还没有起来，就坐在旁边等他一会儿，可是等了半天，也没有丝毫的动静，这才发现他已经“走”了。当时他脸上的皱纹都是弯曲的，是带着笑容的。半导体就在他的耳边，还没有关，那是一个戏曲台，从早到晚都是戏曲节目，可能是新换了电池，一晚上没关机，竟没有耗尽电池，正在兴致勃勃地唱着《谢瑶环》：“来了我衷心报国的谢瑶环，自从奉旨出宫院，誓要与三吴的百姓惩贪婪……”

谢瑶环听着戏曲离开人间的事情，后来让周围的老邻居们赞叹不已，都非常羡慕他，说他有福气，没受一点罪就“走”了。因此，他幸福的死亡方式被传诵了很久，成为他的一个人生招牌。

谢瑶环说过，人可以富，也可以穷，但一定要活得体面，要有尊严。

他生前有一次在街上偶遇小高。中风后遗症的小高坐在轮椅上，由他粗壮高大的农村老婆推着遛弯儿。二人碰见时，他没有认出小高，但小高先认出了他，抬着一条木僵的胳膊，嘴角里冒着白沫子，“啊啊”地喊他。在小高声音的提示下，他低下头，也终于认出来，但是没有搭理他，而是朝他笑了笑，转身走了。他听见小高的老婆用浓重的乡音大声数落小高，小高照例还是“啊啊”地回应。谢瑶环没有回头，他不想看见形象是那样糟糕的小高。

谢瑶环回家后，跟我说起这件事，大意是，像小高那样，还活着什么？要是他也那样坐在轮椅上，早就不活了，说不准会找个没人的地方一头撞死，更不会去和熟人主动打招呼，小高真是一个没脸皮的人。

晚年的谢瑶环，除了晚上听戏曲广播的乐趣，白天还有一个乐趣，就是把能找到的各种颜色的废布条用缝纫机拼扎在一起，起先我也不知道他想干什么，没有去问。后来才知道，他想做一面彩色旗帜，等他死后，挂在楼上。

等他真的死后，我收拾他的遗物时，发现了柜子后面的那面彩色的旗帜。哪里是旗子呀，叠放起来的样子，大约将近两米高，要是完全展开的话，巨大得可以把他生前住的楼房完全覆盖并且包裹住，即使那样，大概也还会富余一些。

面对比我高出了许多的叠放整齐的旗帜，我完全惊呆了，不明白谢瑶环做出这样大的旗帜，想要表明什么。是无聊之作，还是有意为之，我已经无法知道。死去了的谢瑶环，还是留给我一个永远的谜。

谢瑶环被火化那天，我目睹了全部过程。当烈火在他身上熊熊燃烧时，他的身子向上跳了一下，我想那一刻，一定是三天前送走的灵魂又回到了他的身上，与他完整合一了。直到这时，我好像才明白，古老的“送路”习俗，不过是把人的灵魂放在前面，让灵魂引领肉体前行。

那天，在从火化场回来的路上，我老婆终于跟我提出了离婚。我们结婚二十年，争吵了二十年，她对我的一言一行全都看不惯，用她的话说，怎么看，怎么别扭。

我说，能不能过段时间？我父亲不是刚走吗？

没想到，她却说，正是你爹的走，才让我下了这个决心。

她说，你是工人，你爹也是工人，可是你跟你爹比，差远了。

我说，就为这个，你跟我离婚？她说，也不全是。

我说，那还有什么？那就一定嫌我是个工人，不是“大款”，没有钱，过穷日子，对不对？

她一句话不说了，只是看着我，目光中带着不屑还有一丝嘲讽，她突然转过身，快步朝前走去。那一刻，我忽然发现，她走路的姿态，和我去世的母亲非常相像，她要是再年长的话，肯定更会一模一样。

原载《中国作家》2010年第7期

追随天梯的旅程

鬼　金

一

我的心已为噩梦缠绕

我要仰面朝天躺下，让黑暗充作我的睡房……

——波德莱尔《一日终了》

一阵尖锐的闹钟铃声扎进了朱河的梦中。朱河猛地一激灵，连忙睁开眼睛。屋子里黑乎乎的，他还不能适应。闹钟仍在叫着，颤颤的声音让他的心脏有些不舒服。他在黑暗中伸手去够那个可恶的闹钟，盲目地抓着，没抓到，倒把闹钟碰到了地上。朱河听到玻璃碎裂的声音，心里一惊，连忙打开台灯。他发现闹钟支离破碎地躺在地上，两个指针竟然弯曲了。他心疼地看着，心想，明天还要买一个了。他在心里责怪自己的莽撞。十几块钱就这样报销了。空荡荡的屋子里，他竟然感到了恐慌。因为，他不知道现在几点了。刚才闹钟响的时候，是十一点，现在……他悚然，赶快穿上衣服，蹬上鞋，就跑出屋。在路上，他看见前面有个行人，连忙问，几点了？那个人怪怪地看着他，没搭理他。他开始小跑起来，心里更没底了。他想，今晚可能会迟到，可能会被老杆子数落了，还要扣二十块钱。他后悔，肠子都要悔青了。他后悔不该把闹钟碰到地上。他匆匆地跑着。路灯下，跑动的身影像一个纸片。他是一个很瘦弱的人。

以前跟父母住在一起的时候，都是母亲给他看着时间，到时候就提前叫他起来，然后吃饭，再去上夜班。自从有了对象，他就决定搬出去住。这样有很多方便，对吧。可是对象栾玲也倒班，在炼钢厂。当他一个人的时候，夜班的时间掌握上就很成问题。他都晚了好几次了，在班组被点名批评，还被扣了钱。栾玲给他买了那个闹钟，刚开始的时候，他真的不敢睡得太沉，还好，那闹钟很准时地叫他，再也没迟到过。没想到今天闹钟被他摔坏了。他杀死了时间。他这样想着，脚步飞快，像安了轮子。“嘶——”轮子刹住，到厂门口的时候，掏出智能卡，刷了一下，刷卡机“嘣”的一声。这一声说明他来了，进入了轧钢厂的网络监控。他伸着脖子想看看门卫室的钟，可是门卫室里黑洞洞的，什么都看不见。他只好开动脚下的轮子，继续奔跑，紧跑慢跑，还是晚了十分钟。

班长老杆子狠狠地用眼睛剜了他一眼说：“怎么？又在家忙活了啊？你这体格，不能老这样，悠着点。”

朱河知道老杆子说的话是什么意思，他没有反驳。他不喜欢老杆子这个人。这是老杆子心情好，才说这样的玩笑话，要是他心情不好的时候就会骂人。老杆子的口头语就是：你娘个腿的怎么怎么的。

朱河没搭理老杆子，赶忙去换工作服。在他转身的一瞬间，老杆子说：“你娘个腿的，这个月晚几回了，明天就给你报到工段去，扣死你个狗日的。”

朱河也没含糊，瞪着眼睛，看着老杆子说：“滚你妈的，你爱怎么地怎么地。你有能耐就叫我下岗，他妈的，这驴操的工作，你以为我愿意干啊？要不是为了一口饭，我才懒得看你个狗日的脸色呢！你以为你是谁，这工厂是你家开的啊？要是你家开的话，八抬大轿请我来我都不来！”

也许是摔碎闹钟的原因，朱河的气很不顺。

这些粗话，也是朱河在近两年才无意中学会的。以前他说粗话都脸红。近朱者赤，近墨者黑，就是这个道理，对付什么样的人，就要用什么样的方法。对付老杆子这样的人就得这样。要不，他不知道马王爷三只眼。

老杆子被噎了一下，不吭声了，拎着他的大茶缸子去打水了。

朱河换完工作服，点了根烟，坐下来，心里面还堵堵的。可能有两个原因，一个是那闹钟的事，另一个就是老杆子。他狠狠地吸了一口，然后喷出来，仿佛把心里的郁闷都喷出来了。

这时候，关师傅从下面上来，看见朱河还在生气的样子说："河子，没必要的，老杆子就那德行，一张不饶人的嘴巴。"

关师傅是全班最老的师傅。他的话多少对朱河有些作用。朱河说："没啥，我也说过头了。"

关师傅说："年轻人，理解，我年轻的时候也像你这样，可能比你还厉害，像一个犟驴，欢蹦乱跳的。"

朱河想跟关师傅解释一下他迟到的原因是那个闹钟，可他没有开口。他递给关师傅烟卷，关师傅摆了摆手说，我抽那个没劲。关师傅的老旱烟是出名的，抽一口能顶一个跟头。关师傅看上去有些疲惫，眯缝着眼睛，像在打盹，又像在琢磨事。以前他可从来不这样，一到夜班，他都两只眼睛睁得像铜铃似的。朱河看着，心想，看来他真的是老了，尤其是那一脸的褶子。一个在轧钢厂干了快四十年的人，就这样，快退休了，全部的青春年华都献给了工厂，也即将油枯灯灭了。朱河这样想，心头一沉。难道这也将是我个人的命运吗？朱河又点了根烟。老杆子打水回来，朱河就像没这个人似的。老杆子也没说话，一口口地喝着他的茶水。

磨钢工"小鼻涕"跑上来找天车。朱河看着"小鼻涕"说："给你哥上烟，听说你小子考上了夜大。""小鼻涕"笑着说："朱哥，你的信息很灵通啊。""小鼻涕"连忙拿烟，没先给朱河，而是先递给了老杆子一根。朱河白了"小鼻涕"一眼。老杆子说话了，"'小鼻涕'，我看你不是去学习，是去泡姑娘吧？""小鼻涕"就笑，说："还是马师傅厉害，一眼就看出我'小鼻涕'的真面目了，有那点意思。"朱河磨蹭着，在拖延时间。夜班在朱河心里就是地狱，尽管厂房里灯光通明，像白天，可是在他心里，仍旧如同炼狱一般煎熬着。"小鼻涕"

连推带拉哀求着才把朱河拉下去，在楼梯上，“小鼻涕”掏出一盒七匹狼说：“朱哥，这是孝敬你的。”朱河笑了笑说：“你小子还不赖，还知道孝敬你朱哥啊。”“朱哥，在这个轧钢厂里，我觉得就你跟我还贴心，我不孝敬你孝敬谁，实话跟你说，我去上学就是混个文凭，你看我们厂那些有点文凭的都混得人模狗样的，我心里不服，再加上前不久我舅家的哥哥当上公司的科长，我有了文凭可能就有门，以后不用再干这天天吃灰的破活了。”朱河的手在“小鼻涕”的脑壳上弹了一个脑嘣说：“好好学，‘小鼻涕’。”“小鼻涕”感动地看着朱河，点了点头。

朱河爬上天车，一吊吊地给“小鼻涕”他们干着活，等架子上的钢堆得差不多了，朱河倚在椅子上点了根烟，看着下面砂轮在磨着钢材，钢花四溅。朦朦胧胧中，那些穿着蓝色工作服的磨钢工看上去像是炼狱里的囚徒，犹如梦境。

二十米高的天车上，朱河冥想着，想也是白想，也是瞎想，但人很多时候就是靠念想活着，不是吗?

二

朱河迷糊了一会儿，还做了个梦，梦见那个摔碎的闹钟，飞舞着向他冲过来，两个指针像剪刀扎进他的大脑，开始“咔咔”地剪着，从里面豁开，一分为二地从脑门开始向下剪着。他整个人在那把剪刀的动作中变成了两半，一半坐在天车上，另一半在半空中飞着。那些阿拉伯数字像一群媚气的小女人围绕着他飞翔的那一半身体，翩翩起舞。

剪刀“咔咔”的声音变得巨大起来，剪刀也变得庞大起来。“咔咔”向着那些钢筋混凝土结构的厂房冲过去，“咔咔”地动作着。那些网状的钢架结构的屋顶在渐渐地明亮起来，露出一片天空，一片五颜六色的天空，一片色彩绚烂的天空。他飞翔的那一半身体，开始飞上去，就像教堂穹顶上的画面。就在这个时候，一只嗜血的夜鸟扇动着巨大的翅膀，俯冲下来，把飞翔的那一半身体吃进肚子里。天空消失了。黑暗，天空仍旧被凝重的黑暗黏滞着。剪刀试着剪了几下，丝毫无损。一道白光闪过，只听“当”的一声，剪刀被击落在地，扎在钢筋混凝土的地面上，竖立着，像一个巨人。那些阿拉伯数字也像一群小妖精散落在地面上，垂头丧气地耷拉着脑袋。竖立的剪刀像一个墓碑。

下面干活的那些工人惊呆了，跑过来几个愣头青，推着，拉着，拽着，剪刀岿然不动。“小鼻涕”开始喊着“天车……天车……把这个怪东西吊起来。”

坐在天车里的另一半朱河开动天车，把钩头放下去，“小鼻涕”挂上钢丝绳，朱河开始起钩，只见那把剪刀就像生了根似的，朱河把手柄给到最大一档，才从地里面把它拔出来，竟然是血淋淋的。那些阿拉伯数字看着血淋淋的剪刀，嘤嘤地哭泣着……

“天车……天车……”是“小鼻涕”的喊声。

朱河从梦中惊醒，眨了几下生涩的眼皮，身体还有些疼，心里空空荡荡的。他摸了摸身体，梦，一个诡异的梦。他活动了一下僵直的脖子，看见“小鼻涕”在下面挥着手，喊着，在喊他干活了。他按下送电开关，开始操作起来，但两个眼皮仍旧在上下打架，吧嗒吧嗒的，忽闭忽开。一个工人竟然毛毛愣愣地钻进朱河吊着的一吊十几吨的钢铁下面，他吓出了一身冷汗，整个人马上就精神了。他后怕地看着那个工人，停下车，把头伸出窗外，大声谩骂：“你瞎了啊，没看见我吊的钢开过来吗？再不小心，砸死你个狗日的……”那个工人没敢吭声，“小鼻涕”挥着手，示意朱河别说了，朱河也就不骂了，继续干起来。他困，很困，非常困。这是他胃病后的第二个夜班，身体真的有些熬不住了，酸疼不说，整个身体几乎要散架了。他咬牙坚持着，熬着时间，心里盼望天快亮起来。本来在白天他睡了一觉，但还是不行，就是缺觉。因为胃出血，他在家休息了半个多月，患病的身体在刚刚痊愈后，仍旧显得虚弱。

三

凌晨两点多钟，朱河正在车上干活，只见老杆子大声地喊着，咋咋呼呼的。他没搭理，还在搬动着手柄干活。没想到老杆子拉了几个下面干活的工人，冲到他们休息的小楼上。

怎么了？朱河问着自己。一定是出事了。出事了！

朱河停下天车，从梯子口跑下去，看见下面干活的人就问："怎么了？怎么了？"范脖子说："可能关师傅出事了。"朱河小跑着回到休息室，只见关师傅一动不动地躺在椅子上，面色苍白，像一个死人。老杆子麻爪了，急得团团转，脸上爬上了恐惧的表情。"小鼻涕"和其他工友站在旁边，大眼瞪小眼不敢说话。朱河问："怎么回事？关师傅这是咋了？"老杆子说："我在喝水的时候，突然关师傅扑腾一声，就栽倒在椅子上，我喊他他也不吭声。"朱河看了看关师傅说："赶快送医院吧。"老杆子怕担事的样子说："要不要先通知大班主任？"朱河瞪着眼睛说："要通知赶快通知啊，还傻愣着干什么。"老杆子战战兢兢去打电话。没想到，领导那边也推诿着，很怕担责任。朱河气愤地说："操他妈的，不用管他们，我们先把关师傅送医院吧。"他说着，看了看周围的人，一眼瞄到了"小鼻涕"，他说："'小鼻涕'，你不是有手机嘛，赶快挂120，叫医院来车，我们赶紧把关师傅抬到厂门口。大家都别站着，把门板摘下来，把关师傅放上去。"在朱河带领下，大家动起手来，轻手轻脚的，像是很怕惊动熟睡了似的关师傅。有人小声地说着，"关师傅也是的，厂子让内退就退了，这么大岁数，还在厂子里靠着干什么？"另一个人说："内退要少挣很多钱，一个月少一千多块钱，再说，关师傅那个不省心的儿子，他能退吗？毕竟企业的钱好挣一些。”“小鼻涕”竟然没给医院打电话，他眼睛瞪着朱河。朱河问：“怎么了？”“小鼻涕”说：“我害怕。”“怕个鸟啊？现在人都要死了，你怕个鸟啊！”“120来了，厂里会以为发生了大事，将来的责任我担不起。”朱河说：“我操你妈，将来有事我担着。”朱河嚷嚷着，“大家听好了，将来厂子怪罪下来，我朱河担着，现在你们给我把关师傅抬到厂门口。”

大班主任苟二走进来，大家散开。苟二说，不能打120。朱河眼睛血红地说：“怎么不能？”“打了，公司知道了，这个月我们的安全奖就全没了。”朱河想骂人，还是尽力控制着说：“那你说怎么办？要是关师傅死在了厂里更是大事。”苟二看着关师傅说：“大家还是抬着，把他送到医院去吧。”他指了指“小鼻涕”他们说：“你们留下四个人，还有朱河，你们去，剩下的人继续回去干活，不能耽误生产。”朱河瞪着苟二说：“医院那么远，总得拿些打车的钱吧？我的钱都在澡堂子里了。”大家你看我，我看你，都说，我的也是。老杆子颤抖着，从衣兜里拿出一百块钱说：“我这有一百，这事毕竟发生在厂里，到时候大家做证，要给我报销。”朱河抓过钱说：“都什么时候了，你还这样抠抠戚戚的。”几个人抬着关师傅，像急行军般冲出厂房，冲进黑暗中。

天空上，星星们像一个个小洞，无法窥视到天空后面的任何东西。

路过厂区一个凉亭的时候，只见里面的水泥圆桌上，两个人影叠在一起，发出春天的叫声。

四

医院里，关师傅经过抢救，活过来了。朱河等几个人看着关师傅苍白的脸，笑了笑。不知道谁通知了关师傅的家属，他的女儿和老婆子来了。老婆子一进病房，就大声号哭起来，看上去很夸张。她疯疯癫癫的，说话语无伦次。关师傅的女儿拉着老婆子说："爸没事的……"

同事们看到关师傅的家属来了，都走出医院。"小鼻涕"看着朱河说："我们还回厂里吗？"朱河说："你们愿意回去你们回去吧，我不回去了。""小鼻涕"说："不回去，会被旷工处理的。"朱河说："随他妈的便。"

"小鼻涕"领着几个工人回去了。朱河一个人从医院出来，四月的夜风有些冷，吹在脸上。他竖起工作服的衣领，两只胳膊抱在胸前，沿着青草湖走着。漆黑的湖面像一面巨大的镜子。他在湖边的长椅上坐下来，看着湖面的漆黑，整个人的感觉也变得黑暗下来，像他内心的绝望。青草湖近年来被轧钢厂排进很多污水，镇上的人什么东西都往里面扔，已经成了肮脏的湖，散发着腥臭味。朱河翕动着鼻翼，竟然多少有些喜欢那腥臭味。那是腐烂的气味。腐烂，像他的身体，在某种强劲的意识中淹没，即将腐烂了。他摸出一根烟，点燃了，目光注视着湖面，仿佛看见一个人在湖面上行走，很轻盈地行走，然后突然沉了进去，连挣扎都没有，没有。

一个人影走过来，坐在了朱河的身边。那人竟然穿了件军大衣。朱河看不清那人的脸。朱河挪了挪身体，他厌恶这个突然出现的人，或者说，有些恐惧，但他还不想离开，不想让那人感觉到他的恐惧。那人划亮一根火柴，也点了根烟。朱河透过火光，看清了。

他竟然是王来喜。朱河认出了他，也就不那么恐惧了。这么晚了，在这里遇上王来喜不是意外，因为王来喜精神有些问题。在青草湖镇这个屁大点的小地方，差不多所有的人都认识王来喜，都知道王来喜是精神有问题的人，他以前在轧钢厂工作过，是天车工。

朱河认识王来喜的时候，也是在夜班。那天，他刚干完活，正在天车里迷糊着，突然听见有人大声唱着《大海航行靠舵手》。他愣了，吓了一跳。下面干活的工人顺着歌声看去，大声叫起来，王来喜在天车上，王来喜在天车上……

朱河爬到天车上，只见一个中年男人正在天车走桥上，手舞足蹈地唱着歌。这时候，有人把老杆子叫来了。老杆子对朱河喊："朱河，你赶快把他弄下来，别让他跳下来了！"这个中年男人是一个秃头，两只眼睛溜圆溜圆的，像牛眼珠子。

朱河问："你是谁？"

那个人也问："你是谁？"

朱河说："我叫朱河，你是干什么？干吗跑到我的天车上来？"

那个人说："我……我……你说什么？这是你的天车吗？这是我的，我的。你是后来的吧？你还不知道吧？我叫王来喜，你打听打听，没有不认识我的，都知道我是开这台天车的。"

朱河这才知道他叫王来喜，以前也是天车工。

朱河问："你上来干什么？"

王来喜说："我检查检查，看看极限是否失灵了，看看钢丝绳断没断股，你要知道开车前检查是很重要的，要不，会出大事的，出大事的！"

朱河说："你现在站在天车上，要是我不知道你在上面，你摔下去不是更大的事吗？！"

王来喜目光呆滞地看着朱河，低下了头。

朱河说："你赶快下去，别影响我干活。"

王来喜赖皮地说："我不，我不，我还要好好检查检查。"

朱河说："你检查个屁，我都检查过了，你赶快给我下去，小心我揍你！"

王来喜目光怯怯地看着朱河，赖在那里不动。

下面的老杆子喊着："朱河，赶快把他弄下来，他是一个疯子，别让他从上面跳下来了……"

朱河说："你下不下去？你不下去的话，我可要……"说着举起了拳头。

王来喜一屁股坐下，说："这是我的车，我要检查，要检查，要不会扣钱的，会出大事的。"

朱河说："赶快给我滚蛋！"说着，上前揪着王来喜的衣服。

王来喜竟然哭了，呜呜的，像风声吹进朱河的心里。王来喜几乎哀求地说："求求你，再给我五分钟的检查时间，我不会耽误干活的，不会的。"他变得语无伦次起来。

朱河看着王来喜可怜的样子，动了恻隐之心。没想到，王来喜像模像样地站起来，四处看着，甚至一个小螺丝，他也会摸摸，看看是否松动。突然，他抓住栏杆，骑在栏杆上，冲着下面喊："同志们，你们好，我是王来喜，是轧钢厂的天车工，把你们的主任叫来，他要是还叫我下岗的话，我他妈的就从这上面跳下去，跳下去……我以我血……"

朱河吓了一跳，心想，这人真是疯子。他连忙一个箭步冲上去，紧紧地抱住王来喜，嘴里骂着，"你个疯子！"

王来喜狡辩说："我不是疯子，不是！"一边说着，一边呜呜地哭起来。

后来朱河知道，王来喜因为开天车出了事，下岗了，整个人就变得疯疯癫癫的。

王来喜可能看清了朱河穿的工作服，问："你是轧钢厂的吧？"

朱河说："是的。"他没提自己是轧钢厂的天车工，怕那样会刺激王来喜。

王来喜骂道："他妈的轧钢厂，你看你这身衣服像什么？简直就像是囚衣，你以为你是什么？你就是轧钢厂的囚徒。"

朱河没吭声，站起来想走。王来喜拉住他问："现在轧钢厂还好吗？"朱河仍旧没吭声。他挣开王来喜的手，走了。只听身后的王来喜还在不停地谩骂着。那骂声夹杂在青草湖的腥臭味之中，发出子弹般"嗒嗒"的声音，让朱河感到很不舒服。朱河仍旧对王来喜的那句

“轧钢厂的囚徒”耿耿于怀，这是什么？这是诗。也许充满诗性生活的人，都是有问题的，王来喜是一个，他自己也是。

五

朱河离开青草湖，顺着大街走着，路过青草堂书屋的时候，他站住了。只见门上贴了张白纸，上面写着：精神已死，书屋关闭。朱河平时常常来这家书屋买书，从上技校的时候开始，他就喜欢买书。那些现代派的诗歌、小说，几乎买全了，都是在这家书屋买的。他很喜欢书屋的品位，还有那个中年老板。老板叫刀手。他曾问过老板，为什么叫这个名字？这不像是真名。老板说，我喜欢，我就这么叫。老板的回答很特别。朱河和刀手成了朋友。有什么好书到了，刀手就推荐给朱河。在今天这般凄冷的凌晨，朱河看到书屋关闭的消息，心里黯然了一下，像堵了一块冰，那股子凉意荡及全身。尤其是刀手的留言：精神已死，书屋关闭。

朱河还是试探着敲了敲门，敲了很长时间，没有人开门。他心想，看来刀手是真的离开了。刀手以前就说过要离开的，因为这个小镇是一个精神荒芜的小镇，书籍对小镇上的人来说简直就是废纸，再加上房租很贵，只能赔钱。朱河怔怔地站了一会儿，慢慢地，脚步沉重地离开了。

是的，春天来了，所有的树都将长出叶子。可是，朱河丝毫没有感觉到春天的气息。沉寂、黑暗，是朱河喜欢的氛围。夜晚的世界是干净的世界，是比较清醒的世界。他慢慢地走着，走过土城路，拐过邮局大厦，在钟楼前站了一会儿，只见前面是“帝国烧烤”排档。那里仍灯火通明，烟熏火燎，有几桌人仍在喝酒喧哗着。朱河想绕道离开，可是，酒勾引住他。他想一个人喝酒，对，就喝一点儿。他的欲望膨胀着，让脚步向“帝国烧烤”走去。闻到烤肉的香味，还真的饿了。饿是一个空荡荡的感觉。栾玲上二班走的时候，给他弄了点吃的，告诉他，要是饿的时候，自己热热。他在电脑前写东西，也没回答。栾玲还说，今天晚上，她不回来了，要回她妈家去。栾玲简单化了妆，就去上班了。他晚上八点多钟，困了就睡了。现在真的饿了，再说，早上和栾玲搞了一次，相当于跑了五千米，又上了半个三班。

他要了一串羊肉串，两串羊腰子，两串鸡脖子，怕不够吃，又要了两块钱豆腐皮，外加两瓶啤酒。在等烤串上来的时候，他不时翕动鼻翼，让肉香先占据他的胃，满足一下。本来，他想找偏点儿的地方，可是没有，只好在过道旁找了一个座位。前面几桌的人大声喧哗着，划拳，吆喝。朱河厌恶地皱了皱眉头，恨不得找棉花把耳朵堵上。很快，两串鸡脖子上来了，朱河没用杯子，而是用牙把啤酒瓶盖起开了，对瓶吹了一口，然后，慢慢啃着鸡脖子，每一个细小的骨节都在他的嘴里滤过一遍，咂巴着。

这时候，一个女孩晃晃悠悠从他身边走过，一看就是喝多了。她一只手扶住朱河的桌子，歉意地笑了。朱河看了一眼，想发作，可是，女孩长得很顺眼，他就没发火，仍低头吃着。没想到，女孩“哇”的一口，喷了，喷了一桌。

朱河猛地站起来喝道：“你他妈的，怎么回事？！”

女孩眯着醉眼，歉意地笑了笑说：“对不起，对不起。”

朱河说：“对不起就行了吗？！你喷了我一桌，还叫我怎么吃？！”

女孩尴尬了一下，瞪起眼睛问：“那你想怎么样？”

这句话把朱河问傻了，是继续坐下去，还是走人？他犹疑了一下，眼睛剜了一下女孩，女孩正虎视眈眈地看着他。突然，女孩大声喊叫起来，你是朱河，你是朱河！

朱河愣住了，仔细打量她。不认识。真的不认识。女孩说：“你不认识我了吗？我是小妖啊。”朱河摇了摇头说：“我不认识叫小妖的。”

女孩坐了下来，看着朱河说：“他妈的，你什么记性，你再看看我，能不能想起来。”

朱河看着女孩，怎么都想不起来曾经认识这个人。他站起来，离开座位，想走。可是女孩竟然拉住朱河的衣角，较劲地问：“你真的不记得我是谁了吗？你真的不认识我了吗？”

朱河说：“真的不认识。”他勉强走了几步，躲开女孩呕吐的那张桌子，找到另一个座位坐下来，女孩也跟着坐下来。朱河打量着女孩问：“你到底想干什么？我真的不认识你。再说我也没有钱，我的钱刚够吃一顿烧烤的，没看见吗？这身轧钢厂的囚衣，我像有钱的主吗？”他开始喜欢王来喜说的那句“轧钢厂的囚徒”，越咂摸越有味道。女孩不再问朱河认不认识的问题，开始纠缠另一句话，“你不知道我是谁吗？我是谁？我是谁？”朱河急眼了，“你是谁关我屁事！”女孩侧着身子又呕了一口，抬起脸的时候，眼睛里闪着泪水的亮光。朱河跟二肥子他们去嫖过，也见识过小镇上干那营生的女人，但怎么感觉眼前的女孩不像，难道自己被人家认出来了吗？朱河有些恐惧，再次站起来。女孩一把抓住他的手说：“别走。”朱河气哼哼地说：“你到底想干什么？我真的不认识你。”“你可以不认识我，但我认识你。”“认识我怎么的？你能把我怎么着？”朱河想，就跟二肥子去嫖过一次，而且也给了钱啊。朱河挣脱开女孩的手，坐了下来。今天我还不走了，倒要看看这个女孩想干什么，干什么我都奉陪到底。这样想着，他的心被钳了一下，竟然想到在书里看到的死神，难道？他恐惧地看着女孩。世界上有喝醉的死神吗？死神应该是冷静的、幽深的，穿着肃穆的。他冷笑了一声，嘲笑自己的神经质。

小妖说：“我叫姚霞，我们是一个技校一个班的，他们给我起的外号叫小妖，你想起来了吗？我只上了半年，我爸找人让我当兵去了。你还是那样，喜欢一个人独来独往，知道班里的女生当年叫你什么吗？叫你独行侠。其实我当时也顶瞧不起你的，你老实巴交的，除了上课偷看课外书，学习也一般。可是，有件事叫我另眼相看。”

朱河瞪大眼睛说：“什么？噢……我想起你了，我们班是有你这么一个人，不过，你咋咋呼呼的，我也没瞧得起你。当年啊……嘿嘿……”朱河傻笑着，又说：“你刚才说是什么事让你另眼相看我了？”

小妖诡笑着说：“流氓。”

朱河说：“什么？流氓？”

小妖说：“是的，就是流氓。”

朱河怔怔地看着小妖，不明白是怎么回事，过去的记忆几乎让他抹掉了。他说：“流氓也不错，但我想我不是那种衣冠禽兽的流氓，我还算是有点正义感的流氓。我不下流，不卑鄙。”

小妖笑了，说：“你急什么啊？我又没说你是流氓。”朱河傻笑着。小妖看着朱河说：“你傻笑得很可爱。”

这时候，吃烧烤的客人尖叫起来。朱河转过头，只见一只鸽子在他们的头上飞着。那是一只准备杀死烤着吃的鸽子，因为服务员的大意，竟然飞了。疯狂的人们喊叫着，“抓住它，抓住它！我就烤这只了。”甚至有人说：“我抓住了，是不是白给我吃。”有的人站到桌子上，有的人拿起啤酒瓶子作势砸向空中。鸽子惊慌地扇动着翅膀，似乎迷失方向，在人们头顶盘旋。狰狞的面孔，疯狂的喊叫声使“帝国烧烤”仿佛变成了猎场。有个人躲在角落里，手指钩成手枪状，嘴里发出打枪的声音。无论那些人怎么叫嚣，但毕竟没有枪，也没有翅膀。如果有翅膀的话，他们会变成凶猛的鹰隼，会的。朱河的心悬到了嗓子眼。鸽子从他的头顶飞过，一片羽毛轻飘飘地落下来。一个人叫嚣着指着朱河喊：“你傻逼啊！那鸽子刚从你头顶飞过，伸手就能抓到。”朱河站起来回了一句：“你才傻逼呢！”那人没敢吭声。

鸽子盘旋着，飞进了黑暗之中。“帝国烧烤”渐渐安静下来。

朱河捡起那根落在桌子上的羽毛，轻轻吹着。小妖看着他。他突然想起来，问：“你刚才说的流氓是怎么回事？”

小妖说：“记得有一次我们班去爬平顶山，在山上，我们女生遇到了流氓，还是你挺身而出啊，没想到平时你老实巴交的，还那么厉害，把那个流氓打得屁滚尿流。从那次，我就对你另眼相看了。”

朱河哈哈地笑着说：“不会吧，你不会暗恋上我了吧？”

小妖噘着小嘴唇说：“暗恋又怎么的？”

朱河说：“我们就不是一个阶级的，我是什么阶级，你是什么阶级？再说了，我们不是一种人。”

小妖生气了，瞪着朱河说：“怎么就不是一个阶级了？怎么就不是一种人了。你是什么人？”

朱河被问住了，怔了一下说：“我是什么人？我是什么人？”他不知道怎么回答这个问题。

小妖说：“你是一个高尚的人，一个纯粹的人，一个有道德的人，一个脱离了低级趣味的人，一个有益于人民的人。”说完就笑了。朱河也笑了。

六

“帝国烧烤”烟气蒙蒙，火光闪烁，俨然一幅地狱的景象，透着阴森。还好，有灯光，灯光是温暖的，是人间的。

小妖眼中的朱河看上去就像一个孩子，顽皮，但沉着，常常激动。朱河吹羽毛的瞬间定格在她的脑海里，变得光彩熠熠，让她心跳。小妖说：“你怎么穿着工作服出来吃烧烤啊？”朱河说：“班里的一个工人出了点事，我送他去医院，不想回去继续上班，就走到这里来了，想一个人喝点酒。”小妖说：“真不好意思，都因为我，来，我请客，你想吃什么？我陪你喝，你不介意吧。”朱河看了看小妖问：“你还能喝吗？”“能，怎么不能？我就这样，你也不见得能喝过我，你信不信？”“信。”小妖喊过服务员，又要了一堆烤串和五瓶啤酒。朱河看了眼啤酒说：“我只能喝一瓶，胃不好，犯病刚好，本来不能喝的，但我想喝点，想，哪怕一点点。”“随意，不勉强。”

两个人边喝边说。朱河知道小妖退伍后也分配在轧钢厂上班，不过是在机关里，是“机关人”。这多少让朱河心里有些抵触，像砂纸。还好，小妖丝毫没有架子。小妖说：“我上班也有几年了，怎么就不知道我们竟然在一个厂呢。”朱河讥讽地说：“你是‘机关人’，怎么会知道底下干活的，再说，你知道有什么用？我一个劳动人民跟你没法挨上边。”“你还是那么极端。”“极端吗？极端总比麻木强吧？你说‘一个工人’是说好听了，为国家作贡献，勤勤恳恳，说不好听的，就是为生存，劳而得食。生存在今天是残酷的。赤裸的。难道不是吗？太多的人因此失去了很多，他们沉迷在麻将中，性苦闷中，喝酒中，像机器一样，我不喜欢那样，不喜欢！”“没想到你还一套一套的呢！”朱河笑了笑，喝了口啤酒，慢慢咽着，他感受那些液体到达刚刚愈合的胃里的感觉。他说：“不过今天我真的就想喝酒，但不是沉迷。庸常的生活有意思吗？都说平平淡淡才是真，但真在哪里？我还是喜欢适当地给内心一些小波澜，嘿嘿。”朱河傻笑着。生存的人是肉体，精神是人的灵魂。它们一静一动，合而为一才好。

酒上头，朱河有些激动，说：“你知道吗，刚才我在青草湖边碰到我们厂以前的一个天车工，他因为出了事，下岗了，你知道，他说我们是什么吗？他说我们是轧钢厂的囚徒，囚徒是什么？就像犯人，犯人，你知道吗？看看，我这一身工作服像什么？像不像囚衣，要是再印上编号，给我们剃光头，我想就是了，哈哈。有些像卡夫卡的小说，如果印上编号，我们将失去我们的名字，而是以符号的形式存在。假如说我是8015号的话，你会知道是我吗？真他妈的卡夫卡。”朱河自言自语说了这么多，令小妖目瞪口呆，心里充满担忧。

小妖说：“你喝多了。”

朱河说：“没多，多了吗？真的多了吗？你在机关里像笼子里的动物一样养尊处优，从来没听过这样的话，刺耳吧？”他傻笑着，让小妖感觉面前的这个男人，陡峻、凌厉、阴郁、愤怒、悲观，又不乏热情。她拿起酒杯说：“为我们今天的相遇，干一杯。”两个人举起杯，一饮而尽。

朱河眼睛看着小妖，突然问："你不会是叛徒吧？"

小妖也瞪起眼睛，"什么意思？"

"没什么意思。"

"我知道你的意思，但你不能把周围的人都当成你的敌人吧？你需要朋友，不能孤立于人群之外。不是吗？"

朱河不吭声了。小妖的话像坚硬的铁，砸在他心上。他用牙又起开一瓶啤酒，"喝。"可是，小妖仿佛听到的不是"喝"，而是一声公兽般的嘶吼，凌厉而凄凉，带着回声。她的心里一凛，疼爱的目光落在朱河的脸上。她企图像一只母兽，在某种意识上，靠近这个人。一个忤逆的人。

七

一列火车呼啸着从离"帝国烧烤"几十米远的铁路上开过时，整个烧烤摊都颤动起来。一些人的面孔从车窗显现出来，模糊的。一个人好像还从车窗伸出头来喊着"傻逼"。相信这句话朱河听到了，但他没有什么反应，或者说反应不大。因为喝多了，尽管他控制着，控制着，还是没控制住，桌上的五瓶啤酒空了。他大着舌头喊："服务员，服务员，再来五瓶。"小妖瞪大眼睛看着朱河问："你还能喝吗？""能，怎么不能？！""你不是说你胃病刚好吗？""不去管它，这酒要是喝顺溜了，想不喝都不行，来，喝，怎么？你屁了吗？你不是说你很能喝吗？""喝就喝，谁怕谁，姑奶奶喝酒还没怕过谁。"

也许是酒让朱河的情绪膨胀起来，让他的身体也跟着膨胀起来，变得通体透明，犹如一盏巨大的人形灯具，端坐在黑暗之中。是愤然的，区别于旁人。他甚至觉得有一丝快乐在闪光，是的。

朱河看着小妖，她不知道什么时候，竟然把外衣脱了，只穿着黑色的背心，胸前鼓鼓的，随着身体的颤动，乳房像小钟摆一般晃着。小妖发现朱河在看她，连忙问："你看什么呢？"朱河傻笑着，指了指，说："肉。"小妖咧着嘴笑，露出洁白的牙齿，牙齿上甚至闪着星光。小妖说："你流氓。"说完就哈哈笑起来，笑得前仰后合。朱河也笑了。他真正明白了"坚硬"的反义词是"柔软"。或者说，相对于她生活的另一面也是柔软的。这个匪夷所思的想法令他很满意。他仰脖喝了一杯酒，透过小妖的身体看见对面那些贪婪的食客们，丑态百出。

突然，一群怒气冲冲的人从民族大街冲过来，直奔烧烤摊。他们挥舞着刀，对着一个桌上的人就是一通乱砍。一个人倒在地上，一个后背挨了一刀，其他几个连忙蹲到桌子底下。烧烤摊上的人尖叫着，四处逃散。那伙人手里的刀子闪闪发亮。他们踢翻桌子，揪起一个胖子，像拖着死猪，出了"帝国烧烤"。拿刀的那伙人中有一个朱河认识。那人外号叫"二骨碌"，以前也是轧钢厂的工人，看上去他是领头的。只听他一边拖着胖子一边骂："你妈逼，叫你欺负我姐，现在我就捉你回去给我姐赔罪，你以为你是轧钢厂的一个小屁科长，就能……"

"二骨碌"还在轧钢厂干的时候，朱河和他接触不多，只听说他是个愣子，敢打敢杀，常常跟领导干架，后来被开除了。

小妖吓坏了，躲到朱河身边，贴着他坐着。

"帝国烧烤"都乱了。老板出来打圆场说，今天出了点意外，如果大家不介意的话，请继续。小妖还是坐不住了，拉着朱河说："我们走吧……"小妖的手柔柔的软，朱河被电了一下，浑身麻酥酥的。如果说朱河是一块坚硬的合金钢的话，那么小妖就是一个退火炉，让他由里到外变得柔软起来。他拉着小妖的手，两个人逃离了"帝国烧烤"。可以说，因为酒，他们的脚下都像踩了棉花似的。小妖醉醺醺地问："你不回去继续上班了吗？"朱河大着舌头喃喃着，"今天不去了，不想去了。""那我们到青草湖边坐一会儿吧，我不想回家。"朱河看了看四周说："这附近有个地方，是轧钢厂的工业公园，我们去那儿吧。"

两个人穿过一个小区，越过铁道，到了工业公园。夜晚的公园透着阴森，他们找到椅子坐下。小妖好奇地看着四周。十二生肖的雕像，一个50年代的火车头，几个钢模具，一架飞机模型，还有一个人物雕像。小妖问："那个人物雕像是谁？"模糊中朱河看不清楚。他站起来，走过去，一只手抚摩着冰冷的石头雕像。这时候小妖也跟过来。雕像有些面目全非，脸上的五官几乎不全了，鼻子没了，眼睛被人抠了，两只耳朵不翼而飞，嘴唇也只剩下半个。朱河说："这是轧钢厂前几届的厂长，叫马多多，这个工业公园就是他的杰作，本来他打算建一座巨大的轧钢厂公墓，完全是轧钢厂的结构，每个死去的工人的骨灰都放在他们工作过的机器旁边。或者说公园就是一个幽灵的轧钢厂。"小妖毛骨悚然地挽着他说："别讲了，怪瘆人的。"朱河仿佛没听见小妖的话，继续说："还好，这个计划没有通过，他就提议建了这么个工业公园，把自己的雕像竖在这里。"小妖紧紧地挽着朱河，拉着他，离开了马多多的石头雕像。朱河转身吐了一口唾沫在马多多的脸上，愤愤地说："你知道吗？就是这个家伙把我们轧钢厂糟蹋得不行了，把一部分车间卖了，一部分工人被弄回家了。"

黑暗中，小妖依偎在朱河的肩膀上。朱河搂着小妖，亲吻着，然后躺在椅子上。坚硬的朱河在进入小妖的柔软之中后，整个人又一次变得柔软了。在柔软中，朱河看到了光，看到了光亮的世界。光亮的世界，风和日丽，白云朵朵。朱河在小妖身上，再次看到马多多的雕像静静地站立在那里。他闭上了眼睛，怔了一下，动作变得缓慢。小妖问："怎么了？""没怎么。"朱河的动作猛烈起来，耳边仿佛听到阵阵机器的轰鸣。小妖说："你弄疼我了。"朱河根本没有听见，洪水奔流般地涌进小妖的身体里，就像一架机器开进了她的身体，直抵柔软。小妖再次说："你弄疼我了。"朱河气喘吁吁地说："对不起……"

小妖蜷缩在朱河的怀里说："这个时候，你还敢说你是一个高尚的人，一个纯粹的人，一个有道德的人，一个脱离了低级趣味的人，一个有益于人民的人。"

朱河愣了一下，嘿嘿地傻笑着问："肉体与这些有关系吗？"

小妖说："难道你认为我们仅仅是肉体吗？"朱河不吭声了。

八

朱河带小妖回家，没想到刚打开门，就看见栾玲坐在那里吃饭。朱河怔了一下问："你怎么回来了？"栾玲看见小妖醉醺醺地挽着朱河，像被蝎子蜇了一下，连忙站起来，几乎是喊叫着，"她是谁？！"朱河的脑子转动得很慢，但还能编谎话，尽管他不擅长编造谎言，或者说这是他鄙视的事，但为了不伤害栾玲，他还是说："我刚下班，在路上遇到的，是我技校的同学，现在在机关财务科。'机关人'。"朱河强调了一句，表示他对"机关人"的蔑视。小妖仍旧醉醺醺的，醉眼蒙眬地看着栾玲，问朱河："她是谁？""是我女朋友。"小妖笑了笑，向栾玲问好。栾玲怔在那里，不知所措了一小会儿，就把小妖扶到沙发上，给她倒了杯水。小妖倚在沙发上，睡着了。栾玲看着朱河问："你把她带回家打算干什么？""没想干什么。""没想干什么，为什么带回来？！""你别不讲理，难道我带她回来就想干什么吗？！""你就是想干什么！"朱河气哼哼地说："随便你怎么想，你认为我们是你想的那样，你就那么认为，我不想解释。"栾玲呜呜地哭着，像一头受伤的野兽。朱河有些不耐烦地说："你哭什么？有必要吗？本来我不打算说，我不是那样的人，我是什么样的人，相信在一起这么长时间，你也了解我，我没必要隐藏什么，真的没必要，实话告诉你，我们刚才在工业花园已经……我要送她回家，可是她赖着，要跟我回来，我能怎么样？你看着办吧？如果想提出分手的话，我也没意见。”栾玲泪流满面地说：“朱河，你不是人！”朱河没有吭声。栾玲摔上门，走了，临出门时还说了一句：“朱河，你不是人，算我瞎了眼，看上你。”朱河冷笑着说：“你走了就别回来。”

栾玲摔上门，但她并没有走，而是坐在院里的椅子上，呜呜哭着，耳朵捕捉着屋子里的声音。

屋子里，朱河大声地喊着，“小妖，你他妈的给我起来，给我滚蛋，滚蛋！”

小妖问：“怎么了？”

朱河说：“你起来，滚蛋！”

小妖看着朱河，朱河像变了一个人似的。“你诈什么尸啊？”她晃晃地站起来说，“走就走呗，你发那么大脾气干吗？你后悔刚才我们……”

“你滚，你滚。”

小妖走出来，看见栾玲在院子里哭，她一下子清醒了很多，没再说什么，走了。

朱河坐在屋子里抽烟，门开着，他看见栾玲的身影。他没动，就坐在那里抽烟。院子里除了栾玲，再就是一片黑暗，而且，栾玲笼罩在黑暗之中。

突然，朱河的手机响了。他看了看，是老杆子的号码，本来不想接，但电话响个不停，他只能气哼哼地接听了。没想到，电话里老杆子劈头盖脸地骂着，“你他妈的龟儿子，跑哪去了？！还不快回来，关师傅死了，厂子下来检查了，你他妈的快点回来！”

朱河的脑子里“嗡”的一声，整个脑袋都大了。“关师傅死了……关师傅死了……”他喃喃着，整个身体一下子没了力气，怔怔地坐在那里。他觉得胸里闷得厉害，就像什么东西堵在里面。他张开嘴“啊……啊……”地吼叫着，眼泪滑落下来，悲号声震得脸上的眼泪像一颗颗子弹，飞溅着，落进黑暗之中。他哭声响亮。可以说，他是第二次这样哭，也许积压在心里的东西猛地涌起，让他真正地号哭一回，也为自己哭一回。关师傅的死只是引信，在这一瞬间，引爆了深藏在他心里很多年的炸药。第一次这样哭，是上班一年多的时候。有一天，他坐在天车里，突然椅子带电，他就像电影里坐电椅的犯人那样哆嗦，全身抽搐。然后，他从椅子上滚落，浑身无力，趴在驾驶室的地上，过了很长时间才缓过来，大脑里一片空白，心脏憋闷得难受。他连忙从天车上爬下来，跟老杆子说了声："我被电过了，我回家了。"老杆子看他面色苍白的样子说："回去休息一下吧。"朱河晃晃悠悠地走出厂区，乘出租车回到家。他在楼下的小卖部，买了两瓶啤酒，爬上楼，躲在阳台上，一边喝着酒，一边呜呜地哭起来。哭，哭，哭，内心空荡荡的。

朱河犹豫着，洗了脸。他看见栾玲还在院子里，坐在椅子上好像睡着了，他没搭理她。朱河打了出租车回到车间，天已经彻底亮了，白了，可以看见车间里铺天盖地飞舞的灰尘。车间里已经乱得像一锅粥了。朱河被老杆子一顿臭骂，没吭声，仿佛突然变成了哑巴。上级机关下来的人问了老杆子一些情况，老杆子脸色吓得惨白，哆嗦着回答。苟二跑前跑后的，被损得像个孙子似的，"机关人"还问他，怎么当时不报告，他支支吾吾说不出个所以然来。"机关人"走后，老杆子把气都撒到朱河身上。生产不能停，朱河躲在天车上干活，直到下班才下来。车间领导说要开会，一个又臭又长的会，朱河根本没听进去。从车间出来，老杆子对班组里的人说："车间通知了，下班后我们开天车的人都去体检，凡是有病的，什么高血压、糖尿病，都不能上车操作。"关师傅的徒弟问："班长，我没病，我想去看我师傅。"老杆子说："你怎么就知道你没病？你师傅看上去还没病呢。车间通知了，我们必须去体检，没听懂我的话吗？如果不想干了，就别去体检。"小徒弟含着泪，抹着红肿的眼睛，哽咽着，没再说话。朱河搂着他的肩膀，走向澡堂子。

老杆子脱衣服洗澡的时候还在抱怨，今年的年终奖是泡汤了，班长津贴也完蛋了，这个"老罐头"有病怎么还上班呢？这不是把我们大家都害了吗？你倒好，死了，也许还能落个工伤，弄个十几万，我看你就是成心的……

朱河听着实在气不过，说："你妈的老杆子，你给我闭上你的×嘴。"老杆子翻愣着眼睛看了看朱河，嘎巴了几下嘴，却没出声。他拿着毛巾和香皂，光不溜秋地钻进澡池里，那晃动着的阴囊，像一个口袋。

朱河他们洗完澡先去医院体检，然后去了殡仪馆。从殡仪馆回来，朱河坐在屋子里发呆，直到日光从窗子上照进来，落在他的脸上，他睡着了。

九

栾玲还是走了，走的时候，把一张做人流的单子扔给朱河。朱河愣了愣，看着，钝痛了一下。那单子说明什么？说明一个生命，是的，一个生命灰飞烟灭了。那一刻，朱河仿佛感觉到一双婴儿的眼睛在盯视他。他低着头说："不走不行吗？""都是你把我们的爱情搞砸了，我必须走，必须！"朱河不吭声。栾玲说："单子你看了，手术费和营养费一共五百多块钱，你给我。"朱河再次钝痛了一下。他犹豫着掏出钱包，拿出钱，递给栾玲说："对不起……"栾玲眼含着泪，把钱揣起来，拎起包走了。朱河看着她的背影走出家门，渐渐模糊成一个黑色的点。这个点让他的心哗然起来。但，能怎么样？朱河不知道。他蜷缩在沙发上，感觉全身的力气在一点点地消失。他看见那个摔碎的闹钟，两个指针弯曲着纠缠在一起。他伸过手，把闹钟拿在手里，狠狠地摔在地上，摔了个稀巴烂。

他们相爱的日子是多么美妙，他们骑着自行车，去河里游泳，去野外爬山，一起去看电影，一起去参加刀手的书屋举行的诗歌朗诵会。第一次亲吻栾玲，是在望溪公园里的一棵松树下面。他第一次摸了她，她的乳房，还有……

那时候，朱河技校刚毕业，才上班半年。那时候，他对轧钢厂的情感就像对栾玲的情感一样，是生机勃勃、蠢蠢欲动的。他是一个充满激情和梦想的青年，可是后来一切都不一样了。他的心像轧钢厂的钢块一样，变得坚硬。很多人都说，朱河进了轧钢厂后像变了一个人似的。那段时间，他用业余时间开始阅读，写作，梦想的空间变得更加庞大，也更加痛苦。栾玲常常对他念叨着他的同学都当上科长了，还有的进了机关，可是朱河还在开天车。有一次栾玲开玩笑地说，看来你是要一辈子开天车了。朱河气急了，吼叫着说，就开一辈子了怎么的？你不愿意跟我就滚蛋！你可以去找比我强的人。栾玲哭了，说，我不是开玩笑吗？朱河闷闷地不吭声。

现在，一切，都过去了。

栾玲走了，离开了他。栾玲的离开并没有带走他的噩梦。轧钢厂的噩梦，就像一个女人怀着的怪胎，才刚刚开始。

"小鼻涕"过来了，两个人喝了点酒。"小鼻涕"说："不能多喝，喝多了叫班长看出来，算酒后上岗，要扣工钱的。"朱河说："瞧你这个德行，怕什么怕？""我倒不是怕，主要是个人的安全重要，如果命没了，什么都是狗屁。"朱河在"小鼻涕"的脸上抹了一把说："你小子出息了，竟然能说出这种话了。""小鼻涕"傻笑着说："轧钢厂也是卧虎藏龙的地方，你朱哥就是一个，可是又怎么样？谁会重用你呢？没有关系，没有钱，你就是龙你也得给我蜷着，是虎你也得给我趴着。轧钢厂就是这样一个吃人饭不拉人屎的地方。等大专毕业证下来，我一定要逃出去，做人也要做人上人。"朱河眯着眼睛看着"小鼻涕"，说："你小子有出息，将来你朱哥就等着借你的光呢。""小鼻涕"嘿嘿傻笑着，说："这是酒话，我是真的喝多了，这话也就跟你朱哥才能说说，跟别人那是对牛弹琴。对了，朱哥，昨天我去厂机关办事，一个叫姚霞的女孩问起你，我看她好像对你有意思。你们是怎么认识的？我舅家的哥哥说，姚霞有些背景，你要是跟她好上了，下半辈子就不要开天车了。”朱河端起酒杯喝了一口酒，没有说话。“小鼻涕”说：“别喝了，我说姚霞的事情呢，你怎么不说话。”“说个屁，你让我去巴结她吗？我宁可一辈子开天车，也不会去巴结谁的。”“我不是那个意思，我是说你可以通过姚霞找找人，换一个工作也好，这一天起五更爬半夜的，简直不是人干的。你就说，机器坏了还有人修理，可我们要是生个病了什么的，还要自己掏钱上医院，还要开病假。你没瞧见那些坐机关的人吗？晚来早走的，谁说什么了，也没看见谁扣钱了。你看我们，晚个十几分钟也要扣钱。还有，他们家里有个大事小情的歇十天半个月的，也照常开工资，我们行吗？”朱河瞪了“小鼻涕”一眼说：“你不是来找我喝酒的，你是来找我发牢骚的。”“小鼻涕”连忙说：“不是，不是。”“不是个屁，你不是发牢骚是什么？”“小鼻涕”不温不火地说：“难道我说的不是现实吗？”“现实是个屁。不说了，喝酒。”“不喝了，反正我跟你透露了消息，你不用，我不管。朱哥，我真的希望你出人头地，在轧钢厂我看好你，也就我们两个人对脾气，我是从哥们的角度跟你说的，你要是拿我当哥们的话，就听我一句。还有，你的脾气也应该改改了，不能太倔，要圆滑一些，我知道这样很假，但我们要装，装大尾巴狼。那句话怎么说的，叫什么忍辱负重，对吧，我们就应该那样。”

朱河想发火，但没有。听了“小鼻涕”的话，他觉得心情沉甸甸的，像一团挥之不去的黑暗堵在心里。“小鼻涕”说的这些朱河都明白，甚至比“小鼻涕”还明白，但他还是不能去面对，不能。

十

夜晚的厂房被灯光伪装成白天。朱河在天车上操作着，突然天车不动了。他关了开关，爬到车上，打开配电盘看了看，只见里面冒出烟气，是刺鼻的电线烧焦的气味。朱河用手扇了扇，眯着眼睛查看，终于发现几根烧焦的电线。他爬下车，告诉老杆子，车坏了，找人来修。老杆子连忙给电工打电话。

朱河坐在休息室里点了根烟。这时候手机响了，是栾玲的二姐打来的。还没等他说话，对方就劈头盖脸地一顿臭骂。说朱河是流氓，是下流痞子，玩弄她家栾玲的感情。反正什么难听的话她都说出来了。朱河无言以对，他不想说什么，也不想解释。挂断电话后，朱河就像从下水道里爬出来似的，浑身都湿漉漉的，散发着臭味。那一刻，他心里暂存的对栾玲的一丝感情被删除了，就像打电脑，对着全选的页面，他按了一下空格。是的，空格。现在，一切成为空白。

因为天车坏了，下面的活停了下来。“小鼻涕”跑上来，看着朱河嬉皮笑脸的，挨着坐下。这个“小鼻涕”让朱河感觉到陌生。朱河说：“笑个鸡巴？别挨着我，你那一身的埋汰劳动服别把我的衣服也弄埋汰了，离我远点。”“小鼻涕”没说话，往旁边挪了挪。他递给朱河一支烟，朱河没要。他又向老杆子扔了一支。老杆子弯腰接住，点着了。他逗趣地对“小鼻涕”说：“你妈和你爸种你的时候，一定是在冬天，要不你怎么鼻涕拉碴的。”“小鼻涕”笑着说：“老杆子，你还别说，这事我还真问我爸了，我爸给我一个耳光，然后笑了笑说，是在冬天，而且是在雪地上。怎么样？老杆子你满意了吧？我明天回家再问问，就说你老杆子让我问的，你猜我爸会说什么？他一定会说，干的是你媳妇。哈哈。”“小鼻涕”笑了。老杆子意识到钻进了“小鼻涕”的套里，连声骂着，“你个小兔崽子，也长弯弯肠子了，学会骂人了。”“都是跟你老杆子学的，你以后还要多多教我，你是师傅。”朱河在一旁也笑了。“小鼻涕”拿出手机，对朱河说：“我新买的，刚从别人那传了一首汪峰的《晚安北京》，很好听，你听听。”瞬间，汪峰的嘶喊声仿佛涌进朱河的血液，他整个人顿时变得伤感起来。晚安，所有孤独的人……

老杆子说：“有什么好听的，瞎喊乱叫的。”“小鼻涕”说：“你不懂。”“我懂有个屁用，你快去看看天车修好没有，要不苟二又要叫了，别明天捅到厂调度室，到时候够我们喝一壶的。”“小鼻涕”好像没听见老杆子的话，还在问朱河：“好听吗？”朱河沉浸在歌声中，点着头说：“不错，这人的歌我喜欢。”“还有一首《觉醒》也不错，他在歌里唱‘理想是个屁’，很有意思。我传给你吧，你快打开蓝牙。”老杆子走出屋去，站在平台上看了看，又走进来对朱河说：“天车修好了，你上去看看。”朱河说：“等会儿。”老杆子生气了说：“等什么等，你们是来干活的，不是来听歌的，要听回家听去。”朱河白了老杆子一眼，想刺老杆子一句，却只动了动嘴唇，没说。“小鼻涕”拉着朱河说：“下班我给你传，我们下去干活吧，这个月我们班又要倒数第一了，奖金是要泡汤了。”朱河跟着“小鼻涕”走出休息室，从楼梯下来，他们看见楼下围了一群人。“小鼻涕”一惊一乍地说：“又咋的了？”

只见人群中，两个女人跪在地上烧纸。朱河看清楚了，那是关师傅的女儿和老婆子。只见关师傅的女儿眼泪汪汪的，老婆子抽泣着。老杆子跑过来说：“不能在这里烧纸，你们赶快走。这里又不是火葬场。”关师傅的老婆子看了老杆子一眼说：“那上你家去烧吗？”她继续跪在地上，朝火焰中扔着黄纸。跳跃的火苗照亮着她湿漉漉的脸，看上去让人瘆得慌。

有人分开人群，大声喊着，“不能在这里烧纸，这里是工厂。”顺着声音看去，只见来了一个中年人，个子不高，胖墩墩的，腆着大肚子。他是厂长，今晚值班，可能是谁给他打电话了，要不他不会出现在这里。他一边喊着，一边揪住关师傅的老婆子，还对旁边的人说，看什么，都去干活去。人们稀稀拉拉地走了，朱河没有动。没有天车，就是有再大的力气也搬不动那些钢铁。“小鼻涕”拉了拉朱河说，上车吧。

厂长一揪住关师傅的老婆子，老婆子就放声大哭起来，喊着，“我家老头在轧钢厂干了快一辈子了，现在死了，我来烧几张纸给他招魂，你们也不让。他是在你们厂里犯病死的，你们说我该不该来这里烧纸，该不该给他招魂？他干了一辈子，他的魂大部分也在轧钢厂了，我不把他的魂招回去，他入土能瞑目吗？”厂长说：“那也不能在这里烧纸。”老婆子号哭着，喊着，“老关头啊！你就这么死了，你在这里干了一辈子，现在你死了，我来把你的魂招回去他们都不让，你要是在天有灵的话，就显显灵啊！”厂长连忙吩咐老杆子：“你叫几个人把她给我弄走，弄不走的话，我撤你的职。”老杆子犹豫了，看着跳跃的火苗，有些战战兢兢。厂长看老杆子哆嗦着，说：“你没听到我的话吗？”“听到了，听到了。”老杆子叫朱河，“你过来，你过来帮我。”朱河没有动。厂长看了看这个年轻人，吼叫道：“叫你过来，你没听见吗？”朱河看了厂长一眼，说：“听见了，但是我不会按你说的去做。我也是人，你也是人，要是死的是你的亲人呢？你会怎么样？”厂长说：“你怎么说话呢？”“我就这么说话。”这时候，苟二钻了过来，冲着厂长点头哈腰地说：“厂长你来了……”厂长看见苟二，说：“你赶快把这个老太太给我轰走，不能让她在厂里烧纸。”他一边说着，一边用脚把烧着的纸踩灭。苟二上来就拽老婆子，没想到，老婆子立刻就给了苟二一个嘴巴。苟二说：“你怎么打人？看在你是一个老人的份儿上，我不跟你一般见识，你快点走吧。”“不把我老头的魂带回去，我不会走的！”“那我可就不客气了……”苟二和厂长一起架着老婆子，老婆子哭号着，蹬着双腿，哭声让人的心一抽一抽的，揪揪着。关师傅的女儿在一边还在点纸，嘴里喊着，爹，你跟我们回家，跟我们回家。老婆子像杀猪似的叫着，挣扎着。朱河眼睁睁看着，他仿佛看到火光中关师傅愤怒的脸。他冲上去说：“你们放开她，放开她。”说着拽住苟二。苟二说：“你要干什么？”“我叫你放开，你没听见吗？”苟二看了看厂长说：“厂长，你看……”厂长看了看朱河说：“你滚一边去，还想不想干了？知道你现在是干什么吗？你是在扰乱人心，知道吗？！”老婆子仍在喊叫着，救救我，救救我。朱河紧紧地握着拳头，手臂上的肌肉颤动着，身体里的血液被愤怒烧着了，他猛地一拳打在厂长的脸上，只见血从厂长的鼻子里流了出来。周围的人都吓呆了，有人小声地说着，朱河竟然打了厂长。“小鼻涕”拉着朱河说：“别管了，别管了。”朱河甩开“小鼻涕”，“你滚一边去，没你的事。”“小鼻涕”还不放手，朱河转身给他一脚，把他踢得一趔趄。老婆子从苟二和厂长的手里挣脱，几乎是爬着回到火堆旁。没想到，苟二竟然对着老婆子的身子踢了一脚，老婆子翻了一个个儿，又迅速翻过来，她继续爬着、疯疯癫癫地说：“你们谁都别想阻止我把我老头的魂招回去，谁都别想。”朱河看着，眼泪唰的一下流了出来。朱河冲过去，一下子就把苟二撂倒在地。苟二呻吟着，看着厂长。厂长抹着鲜血淋漓的脸，对朱河说：“有你好看的，我一定要把你送进去，今天，今天，我就砸了你的饭碗，叫你在监狱里待上一段时间，叫你也知道知道什么叫王法，还反了你呢？”他说话的时候也是哆嗦着的。有的工人责备朱河不应该打厂长，再怎么说，人家也是厂长。老婆子伸着双臂护着燃烧的火堆，嘴里呼唤着关师傅的名字。

“小鼻涕”从地上爬起来，贴着朱河，小声地说：“这回你可惹祸了，赶快给厂长道歉，说不定厂长会原谅你的。要不你可就惨了，你的工作可能真的就没了，上三年技校，为了啥？还不是为了这个工作吗？”“小鼻涕”推了朱河一把。朱河站在那里，一动没动。火焰呼呼的声音，仿佛让朱河听到关师傅的哭声。火光在慢慢熄灭，关师傅的女儿拉起母亲，两个人轻轻地走了。老婆子还不停回头看着熄灭的火堆，嘴里喃喃着，“老头子，我们走了，你就跟着我们，我们给你开道。”

关师傅的女儿和老婆子走了，让人们长长出了一口气。老杆子连忙拿来扫帚和铁锹，打扫着地上的纸灰。苟二从地上爬起来，躲在厂长的身后，看着朱河。有一个工人不知道什么时候，弄湿了手巾，递给厂长。只见厂长擦着脸上的血，说：“散了吧，散了吧，该干活干活去。”厂长走了，苟二跟着也走了。老杆子看了眼朱河，骂道：“你他妈的有能耐啊，还打起厂长来了，还傻站着干什么？赶快过去给厂长道个歉啊！对了，我兜里有一千块钱，是给你嫂子交住院费的，你先拿去，也许厂长会……”老杆子的手伸进兜里。“我不要。”老杆子打了他一下说：“那你的工作不要了吗？！”朱河没吭声。老杆子对着朱河的屁股踢了一脚，说：“都他妈的说我是倔驴，没想到你比我还驴。都什么年代了，横是不行的，要真的横，你去干黑社会啊，干吗在工厂里混日子呢，挣俩钱刚够一家老小吃饭。再说了，现在找工作多难啊！”老杆子说着，拿着钱，向厂长办公室小跑过去。

第二天，白班。警察来了，带走了朱河。当班的工人都眼睁睁地看着朱河被警察戴上手铐。他们的目光仿佛被手铐凉了一下，人也变得惊恐起来。朱河看着那些工人，还有他熟悉的厂房，想到王来喜说的“轧钢厂的囚徒”。没想到，自己成为名副其实的囚徒了。没想到，自己就这么以囚徒的身份离开了轧钢厂。他面带冷笑，看见人群里一些嘲笑的脸孔，还有他们的牙齿。“小鼻涕”也站在人群中，他眼泪巴巴地看着朱河，走过来，说：“朱哥，你保重，我会去看你的。”朱河想抬起手做最后的告别，可是手铐……

走出车间，刺眼的阳光晃动着，朱河眯了一下眼睛，过了几秒钟才适应。他被推上警车。朱河看着警车外面的厂区，还有那个多年前遗留下来的一个大烟囱，上面写着“工人阶级万岁！”朱河身体里的血液哗然沸腾了。但，接着，一股深刻的悲凉淹没了他。眼前，一切变得模糊。

……噢，他肯定一切不是一场幻觉，不是。

十一

四月快结束了，天渐渐热起来。朱河被带到派出所，铐到暖气管上。好像很多警察都这么干，电视里、电影里，也不知道是谁模仿谁。朱河蹲在那里，坐不下，也站不起来。那个带他回来的警察拿起桌上的水杯，大口喝着水。朱河觉得喉咙干了，他咽了口唾沫，更加干了，又咽了口唾沫，感觉身体里的水分都随着喉咙蒸发了。他盯着警察手里的水杯，看见水从警察的嘴角流淌出来。朱河的舌尖在口腔里跳着，它仿佛在喊叫着，渴，我渴。他呼吸着空气，渴望从空气中呼吸到一丝的湿润，可是，空气也是干燥的。他感觉到嗓子眼里有些咸。他紧闭着嘴，忍着。

派出所里进进出出的人很多，也有刚被押回来的，被带到另一个房间。朱河似乎听到打骂的声音，他警惕着，汗毛簌簌。他看见窗台上一盆蔷薇花鲜艳地开着，翕动一下鼻子，竟然嗅到了，嗅到了香味，是的，香味。他还看到花茎上尖尖的刺，向上生长着，仿佛要刺破空气。在花茎中间竟然有一张小小的蜘蛛网，上面有一个黑点，朱河相信那是一只蜘蛛。让他惊呆的是，一只麻雀蹲在窗台上，突然，麻雀飞起来，尖尖的喙啄向蜘蛛，然后像射出的箭一般蹿上天空。朱河张大嘴，看着麻雀消失不见了，在他撤回目光的时候，看见一个人从窗外经过，好像是从别的屋子出来的。

那个人竟然是刀手！

只见刀手腆着胸脯，西装笔挺的，头发往后背着，脚上的皮鞋锃明瓦亮。

朱河禁不住喊："刀手……"

只见刀手向这边看了看，没看到朱河，因为朱河蹲在地上。朱河又喊了一声。刀手走过来，向窗户里张望，终于看到了朱河。这时警察呵斥道："喊什么喊？！"朱河闭上嘴，看到刀手站在窗外，那目光就像见到了兄弟，久违的兄弟。朱河只觉得眼窝一热，鼻子一酸。

"朱河……"刀手激动地喊着。

朱河看了看警察，没敢答声。

刀手走进来，和警察打招呼，看上去好像是老熟人了。警察指了指朱河问："你认识这个人啊？"

刀手说："开书店的时候，认识的一个哥们。怎么？他犯了什么事吗？”

警察说：“他把他们轧钢厂的厂长打了，人家报案了，我们只好……其实这样的事我们也不想管，但是那个厂长的电话打到上面了……”

刀手给警察递了支烟，点着，然后走到朱河的身边，转身对警察说：“能不能把手铐打开？这样太难受了。”

警察说：“看你的面子，我只能把他从暖气管子上解开，但还得铐着。”

朱河从地上站起来，两条腿酸麻酸麻的，他蹬了两下腿，看着刀手问：“你怎么也来这里了？我看你那个书屋关了，你还挺能整的，什么精神已死，书屋关闭。我还以为你离开青草湖镇了呢。没想到你又出现了，我们却在这个地方见面了。”

刀手笑了笑说：“难道精神没死吗？现在谁还看书，书现在是什么？是垃圾。”他说话仍旧是那么激愤，这是朱河喜欢的。刀手继续说：“既然精神死了，我只好另谋出路了，总不能饿死吧？再说了，我又不是像尼采说的那样的超人，我要活着。经过思考，我想，现在人们更多沉迷于肉体的享乐，不是吗？所以，现在我贩卖肉体。”

朱河愣了，看着刀手。他想，刀手就是这么聪明的人，也是一个极端的人，在思考中能顺应时代。可是，他朱河还做不到，他还是喜欢意气用事，做事还像一个孩子。

刀手问了朱河怎么回事，对朱河说：“这里的警察我都认识，看能不能通融一下，要是罚款的话，我能帮着交上。”刀手转身走到警察跟前，说了他的意思。可是警察说：“他们厂长说了，一定要他进去，你也不想想，一个厂长会缺钱吗？”

刀手有些沮丧地说：“那就没有别的办法吗？”

警察说：“现在是比关系，不是钱的问题，你知道吗？”

刀手无话可说了。

刀手对朱河说：“没什么，不就是进去待几天嘛，到时候哥哥开车去接你，让你风风光光地出来。”

朱河说：“谢谢，你就不用操心了，没事，我还没在里面待过呢，正好进去体验一下。”这一刻，他想到了牢房、囚徒、光头、罪人……

刀手看了看手表说：“兄弟，我还有事，先走了。改天等你出来，哥哥一定让你开开荤，哥哥那里的女人有的是。”

朱河看着刀手的背影，感觉到一丝安慰，一丝坚硬。他还不想改变自己。

朱河问警察：“什么时候送我去看守所啊？”警察说：“你小子还着急了啊？”

朱河笑了笑说：“是有点儿着急了。”

警察说：“还没遇到过你这样的呢。”

朱河说：“其实，我一直感觉我都是囚犯，只是地方不一样，但我更想去真正的牢房里体验一下。”

警察用异样的目光看着朱河说：“你小子有病，而且病得不轻。”

朱河嘿嘿地笑了。

这时候进来几个警察，他们气喘吁吁的，看上去十分疲惫，一进屋就找水喝，还一边骂道：“他妈的，让一个疯子折腾了半天。”

看押朱河的警察问：“怎么回事？”

“一个疯子不知道从什么地方弄了一包雷管，爬到轧钢厂的厂房顶上，说要炸了轧钢厂。这个疯子已经折腾我们好几回了，他每次要去炸轧钢厂的时候，都给我们打电话，我们只好过去……”

朱河相信他们说的那个疯子一定是王来喜。

一个刚喝完水的警察看到朱河，问：“看什么看，赶快给我蹲下！你是怎么进来的？”

朱河犹豫了一下，蹲在地上。

看押朱河的警察说：“他也是轧钢厂的，这小子打了厂长，而且上面有话，要让他进去待几天，是那个厂长的意思。”

“轧钢厂的事真多，我看那个厂长不是什么好东西。我家的一个亲戚也是轧钢厂的，几天前在上班的时候犯病了，现在死了，厂方说连比较工伤都不算。真他妈的！”

十二

傍晚的时候，光线迷迷蒙蒙照在朱河的脸上。

从光线中走出来一个人，她是小妖。

小妖把朱河从派出所里领出来。她看上去仿佛变了一个人，穿着一身合体的牛仔装，看上去那么安静肃穆，甚至还透着一丝雅致和忧伤。小妖的形象让朱河有一种早晨呼吸新鲜空气的感觉。两个人走出派出所，小妖竟然一下子挽住了朱河的胳膊。朱河动了一下，没有挣脱。

小妖说：“是‘小鼻涕’给我打了电话，才知道你出事了，你怎么这么傻啊？！”

朱河争辩说：“你不知道当时的情况，不然你也会那么做的，是人都会那么做。”

小妖说：“那也不能打人，何况还是厂长。”

朱河说：“厂长怎么了？厂长就不能打了吗？”

小妖说：“我不跟你争辩这个问题，现在我把你弄出来了，你好好在轧钢厂干吧。”

朱河说：“你什么意思？是让我感谢你吗？”

小妖说：“我不是那个意思。”

朱河说：“那你什么意思？”

小妖沉默了一会儿说：“我喜欢上你了。”

朱河就像被雷电击了一下，怔怔地站住了。他仔细打量着小妖，目光就像是一支画笔，在小妖的身上一下下地描着。他还想说什么，但没有说。

两个人走到青草湖边的时候，朱河突然说：“你是说你喜欢上一个轧钢厂开天车的笨蛋吗？”

小妖说：“不是笨蛋，是坏蛋。”

回到轧钢厂后，朱河几乎一声不吭。每天除了工作，剩下的时候，他都躲在天车里看书，或者睡觉。他越来越把生活分得很清楚，轧钢厂的生存生活和个人的精神生活。

有一天，小妖打电话让他参加天车比武大赛，他对小妖说，不想参加。小妖说：“这是一个机会，也许你以后就不用开天车了，换一个别的什么工作。你就去参加吧。”朱河妥协了。

在天车比武的那天，来了很多人。轮到朱河上车比试的时候，他慢慢地走上梯子，站在梯子口，等着车上的选手下来。站在二十几米的梯子上，朱河看着下面。人群中，他竟然恍惚看到了关师傅的影子，心里咯噔一下，只觉得一阵眩晕，整个人像大鸟一般从高空坠落下来……

医院病房内，小妖红肿着眼睛，看着人事不省的朱河。除了呼吸，他现在只是一个靠药物维持的肉体。他的灵魂好像出门旅游去了。

小妖的心被硌得狠狠地疼了一下，又疼了一下，眼泪从她白皙晶莹的脸上滑落。她看着网状的输液管子，长长地叹息了一声，伸过手，虽然她的手在颤抖，很绵软，但她还是下狠心，揪掉了那些管子。

病房内，静静的，静静的……

小妖的目光从朱河的身上，延伸着爬向窗外，

向更高的天空爬去，就仿佛天空中有一架梯子。

原载《上海文学》2010年第11期

荣获第七届辽宁文学奖中篇小说奖（2011）

双 河

班 宇

一

半夜十一点，李闯给我打来电话，那边声音很吵，成分复杂，有说话声、碰杯的声音，还有隐约的歌声，彼此相距遥远，混成一片空荡的背景，他大概尚未意识到电话已经接通，还在与别人交谈，语气惊叹，但具体在讲什么却听不清，其间又夹着许多刻意的笑声。我接起来后，也没有说话，待到那边声音稍微降低一些，我听见李闯在喊，喂，喂，操，喂。我说，在呢。李闯说，没睡觉吧。我说，没。李闯说，我一合计你就没睡。我说，啥事儿。李闯问，你妈最近身体咋样。我说，在我妹家，其他方面还可以，就是腿脚不太方便，上下楼费劲。这时，那边的声音又小了一些，不再那么嘈杂，他好像从包间里走出来，但信号又变得很差，时断时续，我费了很大力气才听清楚，他是在问我周五有什么安排。我想了想说，继续改改小说，暂无其他事宜。李闯说，还写呢啊。我不知道该怎么回答。然后他马上又接一句，早上跟我去爬山，聚一聚，在山上住一宿。我本能地想要拒绝，说出一句不了吧，但接下来，由于还没想好借口，便卡在这里。李闯说，不啥啊不。我说，啊。李闯说，出去转一转，还有周亮，三人行。我说，周亮也去啊。李闯说，去啊，你也得去，那边我有客户安排。我说，啊。李闯说，到时我开车去接你。我说，我再想想。李闯说，不用想，定准了，我回去继续喝酒。我说，行吧，我需要带啥不。李闯说，啥也不用，你把自己带好就行。

放下电话后，我又继续写了一会儿小说。然后躺在椅子上回忆，我从北京回来之后，基本没上过班，与外界几无交集，所以这些年来，也很少有机会郊游。我之前在北京一家出版公司任职，干编辑，做过几本养生书，市场反响颇佳，但回沈阳就不太行，完全没有这个行业，也去保健品公司写过几天文案，给电台节目宣传用，属于低级行骗，夸大疗效，良心不安，另外报酬也可怜，索性就守在家里写小说，偶尔也接些媒体评论稿件，自己对付着过，好在母亲身体尚可，家里没太大负担。我能想起来的上一次郊游，还是在北京时，跟同事去的怀柔，好山好水，吊桥摇晃，虫鸣如波涛，在天地之间回荡，令人出神，夜间每家饭店都在烤鳟鱼，当地特色，将鱼剖成两半，再铺展开，吃的时候，我总能想起一部美国小说里的描述，说它们接近于一种珍贵而又聪明的金属。

想着想着，就又睡着了，睁开眼睛时，已是半夜两点，外面风声很大，我起身洗漱，准备回床上睡觉，随手翻看手机，发现十二点多的时候，赵昭给我发过信息，让我去看望女儿。我想了想，没有回，事实上，我始终不太愿意面对这个事情，负担较重，我跟女儿已经数年未见，必然有些生疏，再加上生活费最近也没有给过，赵昭虽然不提，但总归有些过意不去，多年以来，我认为自己没有尽到做父亲的责任。

我与前妻赵昭于二〇一一年和平分手，当时女儿言言只有五岁，离婚之后，她带着女儿去上海生活，投奔其兄，寄人篱下，刚开始时，过得十分不易，艰辛尝遍，我那阵也竭力相助，内心焦急，掏出全部积蓄，甚至想过卖掉房子，但被赵昭拦住，说再忍一忍，离都离了，总这样也不合适。后来她逐渐步入正轨，工作认真、勤奋（其性格所致），不久后便可独当一面。她在一家外资公司任职，待遇尚可，几年前我去看过她们一次，当时是跟一家影视公司谈剧本改编，结果也没有成，赵昭那时十分忙碌，终日加班，跟我电话沟通，只闻其声，不见其人，但却工作生活两不耽误，开始筹划在苏州买房，以解决言言的上学问题。

如今，言言已经小学毕业，再开学就要读初中，样貌变化也很大，偶尔思索，便不得不慨叹时光流逝之迅疾。离婚后，我有段时间过得胆战心惊，三十几岁的单身生活，再加上旁人危言耸听，夜晚被孤寂重新包围之类，我的确有些恐惧，但几个月后，便放松一些，甚至十分适应，这种不以激情与责任作为向导的生活，仿佛更符合我的观念，不仅不觉时间漫长，反而相当紧促，每日行程安排得十分满（并非刻意，但确实每天都有事情要处理），写作事业谈不上突飞猛进，但也常有新作问世。这时，我逐渐确认，事实上，我是一个非常自律的人，对于许多事情都有规划，也沉得住气，能去推进，日拱一卒，不期速成。最开始发现这点时，我简直不敢相信，但许多年过去后，我真的就这样坚持下来，这让我有时不得不回忆起跟赵昭在一起生活的那段时间，到底是怎么回事呢，一切仿佛都搅在一起，生活混杂无序，几近无解，不可调和，问题出在哪里，是我的还是她的，但又都不像，因为在平日里，我们是朋友们公认的好人，遇事冷静，处理得当，谦卑而理智，所以就更令人费解。至于离婚后赵昭的个人生活，我很少询问，她也从不主动跟我讲，不过通过我们共同的朋友，也就是周亮，我得知她换过几任男友，目前这位相处稳定，是她从前公司的重要客户，上海本地人，比她大近十岁，风度翩翩，条件中上，有过婚史，子女在海外，两人相处已有一年多的时间，我衷心愿她幸福，生活美满。甚至默默许诺，在她得到幸福之前，我是不会先迈出那一步的。

二

没睡几个小时，我便醒来，随着年龄增长，睡眠越来越差，起床之后，我简单吃一口早饭，然后去楼下的市场买菜，这些年来，我逐渐养成自己做饭的习惯，今天准备多买一些，给我妹送去，我母亲退休之后，一直由她照顾，任劳任怨，我心存感激，帮不上太多忙，只能偶尔尽绵薄之力。在摊位前挑排骨的时候，人碰我的胳膊，我转头一看，刘菲朝着我笑，我有点不好意思，说，也来买菜？刘菲说，嗯。我说，肋扇不错，颜色好，新鲜。刘菲说，现在挺会挑啊你。我说，没办法，与时俱进。刘菲说，你妈身体咋样。一时间我又有点恍惚，不知为何最近好像所有人都在关心我母亲的身体情况，只好又回答一遍，在我妹家，其他方面还可以，就是腿脚不太方便，上下楼费劲。刘菲说，那还行，把你解放出来了。我说，谈不上，一会儿准备过去看看。刘菲说，帮我向老太太问好。我说，行。买好排骨后，我跟着她一起出门，点了支烟，也给她递去一支，她问我，赵昭最近回来没有。我说，很久都没回来了，据说在上海过得不错。刘菲说，混上海滩，浪奔浪流，滔滔江水永不休，有出息。我说，比我肯定是强。刘菲说，这有啥可比的，你还没上班呢。我说，没有，十周年整，没上过班。刘菲笑着看我，说道，也是个劲儿啊。我说，实在没法出去，啥也不会。刘菲说，都说人不能待着，容易待废，但我看你还行啊。我说，是，我能待住，不然呢，没法出去又待不住，那就只有死路一条了。刘菲说，吓唬我呢。我说，没，你儿子回来了啊。刘菲说，没，还在他爸那里。我说，那你买这么多菜。刘菲说，今天请客，在商场上班的朋友都来聚会，我们轮着招待，你也过来呗。我说，不了，不了，你们好好喝。

与刘菲告别之后，我直奔我妹家。敲了几下门，我妈帮我开的，家里只有她一人在。我问妹妹去哪里了。我母亲说，也不知道，很早就出门了。我挽起袖子，将排骨剁好小块，菜也洗净分类，归放在冰箱里，眼看要到中午，我妹还没回来，我妈提议煮面条吃，我又切菜炝锅，排油烟机不太好使，声音很大，嗡嗡直响，但又吸不走烟，屋内都是炸葱花的味道，很久不散。

吃饭时，我跟我妈说，刚才见到刘菲了，跟你问好呢。我妈说，她怎么样啊。我说，气色不错，还在商场里卖货。我妈说，见出息啊，咋没跳舞去呢。我说，妈，多大岁数了都，早就不跳了吧。我妈说，就看不上她，跟她爸一样，没正形儿。我说，她爸都没多少年了，你还老提啥。我妈说，一九九〇年，她爸第一批，申请停薪留职，说要去开发海南岛，消失两年半，媳妇孩子扔家里，结果呢。我说，结果又咋的了。我妈说，去佳木斯跟人搞破鞋。我说，你别乱讲。我妈说，证据确凿，后来有段时间，还偷摸把刘菲带过去了，她妈急了，喊来俩哥哥，大王二王，配件六厂的，听说前因后果，提着刀连夜去佳木斯，吓得他尿一炕，扔下女儿跳窗户跑掉，听说后来追到三江口，江风浩荡，他纵身一跃，岸上的人都傻了，大王二王无可奈何，掉头返回，但不大一会儿，他又在远处冒出头来，游至对岸，老王八犊子，命还挺大，人品归人品，能力归能力，她爸水性是好，这没得说，家以前住大伙房水库附近。我说，你咋不说他是龙王三太子呢。我妈说，别他妈放屁。我说，都是传言，也没人亲见，提它有啥意思。我妈说，刘菲的命也不好，从小折腾到大，婚姻事业，都让人发愁。我说，你愁啥，跟你有啥关系。我妈说，说到点子上了，我就怕跟我有关系呢，听老院儿的邻居说，她离了之后，你俩还有过一段儿啊。我说，你可别听人胡扯，听啥就是啥，这毛病能不能改一改。我妈说，有则改之，无则加勉。我说，退休多少年了，在家别当干部，行不，再教育我，以后不过来了。我妈顿了一顿，又问，言言最近有消息吗？我低着头说，没有。我妈叹了口气。

饭后，我洗毕碗筷，我妈回屋午睡，我提着自己的菜，下楼往家里走。路上想着我妈说的话，我跟刘菲确实有过比较暧昧的时期，但也是很久之前，刚离婚不久时，有一段接触比较频繁，主要原因是住得比较近，都在变压器厂家属院里，年龄相仿，从小父母就认识，抬头不见低头见。那阵子有人要跟她合伙在学校门口开书店，向我咨询建议，我劝她说，一没经验二没渠道，很难做成而且这行利薄，押款厉害，见不到钱。刘菲转而投资服装，从那之后，我们偶尔一起吃饭喝酒，她的酒量不错，比我要好，几次酒后我也有过一些冲动，但始终没有更进一步的接触，对于处理这种关系，我并不擅长，甚至还会觉得疲惫，无力应对那些情感纠缠。每每克制住欲望后，我都会暗自庆幸一番，好不容易维持住目前的状态，如非不得已，我是不太愿意打破的。刘菲有一阵子比较上心，还来家里给我做过饭，饭后谈心事，但看态度冷淡，无意回应，便也作罢。

之后没过多久，我便看见刘菲跟另一位壮年男子出双入对。皮肤黑，比我高大，行动矫健，总骑着摩托车驮她，车身很旧，常年被泥水覆盖，噪声也大，突突突突，像机关枪。他们经常半夜回来，噪声响彻楼宇，邻居们有些非议。我对此倒没什么看法，刘菲有跟任何人交往的自由，我无权干涉，况且我们从未正式在一起，所以也谈不上失去。只是那辆摩托车，我在家里都能听出来，刚打着火时，排气管声音异常，随后发动机温度升高，声音也有不规律的变调，我很想提醒他们，一定要记得去检查气门间隙，这种情况一般是间隙过大，若时间一长，导致气门松动，造成缸顶变形，那就不太好处理了。我爸刚下岗那几年，家开过摩托车维修店，这方面我还是有一些常识的。但还没来得及说，那位男子便又消失不见了，只剩刘菲独自一人，来来回回，行色匆匆。我知道她在东湖市场有个摊位，售卖童装，生意不错，一次她还问我女儿多高，想送件衣服，我想了半天，横起手掌，在半空中切割出一个位置，对她说，也许这么高。她撇撇嘴，转身走掉，只剩我一人坐下来，目光平视，望着那个虚拟的高度，感觉过往时间忽至眼前，正在凝成一道未知的深渊。

三

回到家后，我烧水沏茶，躺在椅子上看书，没翻几页，便昏昏沉沉地睡过去。下午三点半，电话铃声将我吵醒，我闭着眼睛接起来，对面是赵昭的声音，干脆，坚定，不带任何情绪，她跟我说，给你发信息，你没回。我说，啊，没看见。赵昭说，明天十一点，去接言言。我说，啥。赵昭说，别装没听见，我要出国，我哥也没在上海，言言正好假期，回沈阳跟你待几天。我一下子精神了，翻身站到地上，说，咋不提前说呢。赵昭说，提前说了，你没回，你有事是咋的，协调一下。我想了想说，倒也没。赵昭说，那你陪好言言，一个多礼拜，到时给我送回来，原封不动。我说，好，好。挂掉电话，我愣在原地数分钟，内心紧张，想准备一下，却不知从何做起。

多年以来，我一直住在父母当年分的宿舍里，套间，五十多平方，一大一小两间屋子，我平时住在小屋里，大屋用来当书房，比较乱，报刊书籍越堆越多，全部整理一遍，肯定是来不及的。我在心中默默规划，先将小屋的床单、被罩和窗帘等放到洗衣机里，清洗一番，从柜底找到一套全新的，还是卡通图案，拆开铺好，准备给言言住。又在大屋里辟出一块地方，摆开折叠沙发，放好台灯，从今晚起，我便睡在这里。另外，衣物碗碟等也需整理，我本以为自己过得井井有条，收拾时才发现，到处都是一层灰，死角无数，我累得满头大汗。全部做好后，已经是晚上九点多，饭还没来得及吃，我便打算下楼喝瓶啤酒，另外顺路再去买些零食和生活用品。

刚在饭店坐稳，便听见隔壁包间动静很大，相互劝酒，还有争吵声，我本无意关注，只想赶紧吃完回去休息，但啤酒刚喝一半，忽然看见刘菲从包间里跑出来，一闪而过，进入洗手间，回来时脚步放慢，眯着眼睛向我这边看。我跟她打声招呼，她发现后，一屁股坐到我对面，又起开一瓶啤酒，然后跟我说，几个菜啊，自己喝。我说，随便吃一口，懒得做饭，你们又续一顿。刘菲说，是，家里没酒了，非得出来接着喝。我说，挺有量，第几瓶了。刘菲低着头，没有说话，眼神发直。我说，别喝太多，不好，物极必反。刘菲还是没说话。我接着说，你去劝劝他们，差不多就行了，都早点回去休息。刘菲凝望着我，眼神迷离，开口说道，在家喝了二两白的、四瓶啤的，出来之后，又买一瓶红的，分了半杯，刚才是第三瓶啤酒，现在还没喝完。我说，厉害，海量。刘菲笑着摆摆手，然后忽然抬眼，对我说道，你吃完没，走，不管他们，爱喝喝去吧，你送我先回家。我将刘菲送到楼下，一路上，她的话很多，但毫无头绪，我听不懂，提到的人也都不认识，没想到，服装市场的人际关系还挺复杂。在楼门口，我咳嗽一声，感应灯亮起来，我看她迈步不成问题，便告别说，明天女儿要回来，得去买点东西。刘菲很惊讶，说道，白天没听你说啊。我说，我也是下午得到的消息，措手不及。刘菲推了我一把，说，高兴坏了吧。我说，那谈不上，倒是挺紧张，很多年没当过爸了，怕当不好。刘菲又拍拍我说，那有啥当不好的，你看看我儿子他爸，或者我爸，是咋当咋有理，我看你怎么也比他们强啊。

四

我提前很长时间来到机场，出出进进，心绪不宁，在外面抽去小半盒烟，心里总在推测接下来几天可能出现的种种状况，以及应对方式。言言拖着箱子出现在面前时，我手里的烟还没掐灭，风一吹，弹出去的烟灰又落回到衣服上，有点狼狈。她比我想象之中要高一些，背双肩包，梳着短发，衣服上有浪花的图案，下身则是一条棕色背带裤，脸上挂着一点生硬的笑容，但很快便又收回去。她没说话，静静地等我撣掉灰尘，然后问我，啥时候走。我说，再等一下，于是连忙去窗口，买回两张机场大巴的车票。车很快就要开动，我替她提着背包，又将她的拉杆箱放到底下，跟她上车并排而坐，这一路上，她一直没说话，我更紧张，手心出汗，不知说啥好。大巴车从高速下来后，我的情绪稍微缓和，问她，早上几点出发，那边天气如何，家到机场多久，乘坐何种交通工具前往，是否吃过早饭，旅程共计几个小时，午饭想吃什么。她一一作答，但绝不多说一句。到后来，我又不知该说点什么，便问她，背包是在哪里买的，质量很结实。她转过头来看着我，不解地问，你真的关心这个么。

按照计划，我们先回家放一下东西，晚上去我妹家吃饭。言言到家之后，皱着眉头环视一圈，指着小屋内的床，跟我说，我是睡这里吗？我不太明白她是什么意思，但还是点了点头。言言说，我今年多大，你还记得吧。我略有迟疑地说，记得。言言说，这床单上有只熊，你知道吧。我说，知道。言言说，那没事了。我退出房间，又倚在门口，说，实在不喜欢，我再给你买一套，或者也可以陪你住宾馆。言言说，我只想确认一下，你知道这件事，仅此而已，没有进一步要求，明白了吗？

我们之间遭遇的第一个问题是称呼，这点我事先有所考虑。让言言管我叫爸，估计很难说出口，我也听不惯，但也不能老以语气词称呼，显得没有礼貌。去我妈家的路上，我主动提出并试图化解掉这个问题，我说，想来想去，觉得你可以管我叫老班。她听我陈述半天缘由，只回应了一个字，哦。

我妈见到言言非常高兴，她一直很想念孙女，但为了照顾我的情绪，平时也很少提。言言一改冷漠态度，与奶奶十分亲近，抱着脖子说话，家长里短，聊了半天，毫无生疏之感。我妈前几年旅游，行至上海时，她们曾见过一次，双方又谈起上次见面时的情景，以及之后的各种变化。我妹在厨房里做饭，我去打下手，煎炒烹炸，忙活半天。晚餐极为丰盛，满桌硬菜，但言言并未吃几口，只是不停地喝饮料，席间她绘声绘色讲述在校的一些经历，逗得大家都很开心。饭后，我们聚在一起看电视吃水果，八点左右，我觉得时间差不多了，便带着言言离开，刚一出门，她的脸色立马沉下来，变得很快，与我无话可讲。天气不错，我提议走路回家，言言嘴上没有反驳，却在行动上体现出来，拒过马路，自己站在路旁打车，我走到路中央，只好又退回来，站在她身边，等待出租车的到来。我们默默站在路边，向前伸出手去，等了几分钟，远远有空车灯在闪，我松了口气，想起以前读过的一首诗的名字：出租车总在绝望时开来。这一次我的体会很深刻。

到家之后，言言没有直接回卧室，而是在书房转了几圈，上下浏览，然后指着沙发问我说，你睡这里啊。我说，对。言言撇撇嘴，没说话，又从书架上抽出两本书，向我举手示意，要带回房间去看，我没看清是什么书，但仍点点头，然后问她，这几天有什么想去的地方吗？言言说，没有。我说，那有什么想吃的吗？言言说，也没有。我还想继续问，言言却说，你就当我不存在，可以吗？不用这么麻烦，我待几天就走。

五

李闯第一遍给我打电话时，我没有接到，正在厨房里忙着给裹好淀粉的茄子过油，满头冒汗，很担心失手。菜端上桌后，言言尝了两口，好像还挺满意，我也放松下来，开了一罐啤酒，边喝边看电视，午间在放一部译制片，机器人当管家，会聊天，还会做家务，长得跟垃圾桶有点像。演到一半时，言言忽然跟我说，刚才好像有个你的电话。我打开手机一看，是李闯打来的，立即给他拨回去。李闯大概在办公室里，说话声音很小，跟我说，明天礼拜五了啊。我一头雾水，回复他，对啊，今天礼拜四，明天礼拜五。李闯说，没忘吧，早上去接你。我这才想起来他说的事情，连忙说，我不去了，言言回来了。李闯说，谁。我说，我女儿回来了。李闯说，孩子又归你了啊。我说，没有，假期来玩几天。李闯说，那行，正好，明天一起去，欣赏风景。我说，那等我问问她的想法。李闯说，定了，明天早上，七点半到你家楼下，收拾好等我。

挂掉电话后，我问言言，明天一起去爬山，有兴趣吗？言言说，什么山？我说，不知道叫什么山。言言说，不太想去。我说，去吧，好不容易回来一次，不能成天在家待着。我本来没抱很大希望，觉得很难劝动，回来的这两天里，她始终不太愿意跟我沟通，每天不是玩手机，就是躲在屋里看书，除了跟我去过一次超市，没再出过门。出乎意料的是，她想了想后，竟然答应了，说去也行，省得她妈回去问每天都做啥时，答不上来。我听后很高兴，放下筷子，立刻规划起来，定闹表，准备出行物品，问她都需要什么，下午我好去买。言言则毫无回应，目不转睛地看电影，我一边收拾东西，一边陪她看，别的印象没有，故事情节好像挺俗，机器人渴望拥有情感，进而成为人类的一员，这点我就十分不解，它到底有什么想不开的呢？

言言起得比我还要早，行李收拾得也很快，动作麻利，我们提前下楼，等了十几分钟，李闯才驾车赶到，车里放着二十年前流行的老歌，他跟着哼唱，爱你越久我越被动，有点跑调，却很投入。周亮坐在副驾驶的位置，我和言言坐在后排，打过招呼后，周亮问我们是否吃过早饭，然后递来点心与牛奶，言言没接，我也不想吃，便放在座椅后面，伴着歌声，我们一行四人向着山峰进发。言言昨晚大概没睡好，在车上补觉，周亮则不住地回头看，边看边低声对我说，她跟赵昭，还是有几分相似啊，眉眼之间。我说，跟我不像么？周亮又回头看一眼，然后摇摇头，说，不太像，比你强。

我们在服务区休整两次，到达山脚下时，已近中午，我们简单吃些快餐，便准备开始登山。虽然这里尚未开发完备，游客却也不少，李闯和周亮走在前面，背着大包，看着相当专业，精神抖擞，步伐有力，我和言言跟在后面，阳光刺眼，新铺的石阶似乎还留有粉末的印迹。在两侧的树荫之下，到处都是合影的人们，林中还有空白的石碑，倒伏在地上，像是要为此景题词。

大概一个多小时后，我们停下来歇息，李闯开始打电话联系朋友，他之前提过，有位客户在山间造了一间庭院，吃喝玩乐，一应俱全，目前是试营业阶段，今天晚上我们将会住在那里。我和言言靠在栏杆上，向山下望，葱绿之间，有一道灰白的印迹，仿佛被雷电劈开的伤痕，那是我们行过的路径，如一段阶梯，开拓盘旋，不断向上，也像一道溪流，倾泻奔腾，不断向下。言言在我身边，我却想起彼时的赵昭，那时我们刚结婚不久，有一次同去海边，风吹万物，浪花北游，其余记忆却是混沌一片，旋绕于墨色的天空，但在这里，一切十分清晰，山势平缓，如同空白之页，云是凝聚，人像大地或者植被，随风而去，向四方笔直伸展，淹没在所有事物的起点里。

言言拿出相机拍照片，我在她的背后，看着风景一点一点缩进屏幕里，变得不再真切。周亮走过来，搂住我的肩膀，跟言言说，来，给我俩合个影。我有点不自然，推脱开，周亮却已经摆好姿势，笑容自信，言言转过身来，调整位置，按下快门，然后盯着屏幕，点了点头，像是在宣告这场游戏的终结。李闯挂掉电话，迎着山风，对我们喊，还以为还有多远呢，再往上爬，最多二十分钟，到达目的地。

李闯朋友的庭院相当别致，木质结构，仿古造型，整体格局较为接近古装影视剧里的后院，荷叶占据池塘，环境清幽，只是油漆味道有些重。我们被安排到各不相邻的三间屋内，我与言言住在南面的一间，我们进入室内，发现里面的装饰又很现代，各类电器一应俱全，十分便捷。言言忙着充电，整理照片，我放下东西后，走回院中，连抽两支烟，天空飘起小雨来，风很凉，我有点后悔没有提醒言言多带一件衣服来。

休息过后，已近黄昏，李闯朋友喊我们去吃饭，餐厅已经摆上一桌好菜，我们推门进入时，发现桌边除了李闯的朋友，还有三位陌生的女性，呈三角形分列，跟我们挥手打招呼，态度热情。我觉得这种场景很不合适，便拽了一下李闯的胳膊，李闯反应机敏，马上跑到朋友那边，一番耳语过后，两位女性借故离开，只剩一位。李闯的朋友介绍说，这位是苗苗，目前这边的负责人，今天来陪大家喝一杯，欢迎诸位来访，请多提宝贵意见。

李闯对周亮与我进行一番介绍，苗苗忽然对我的职业很感兴趣，我解释说自己没写过什么像样的作品，但她好像根本没听我的话，只是自顾自地说着，她自己也写过一些，诗歌和散文之类，登过校报，有一定反响。我不知道该说什么好，只好敷衍地说，不错，加油，继续努力。我能感受到言言在一边盯着我，但我不敢扭头去看她的表情。

那天的酒喝得很快，一杯又一杯，李闯朋友与苗苗都很会劝，场面话很足，我不太适应，总想借机溜走，却三番五次被拦下来，苗苗仍然就着文学话题不依不饶，不断地向我阐述她看过的某本书，以及对作者的一些主观感受。遗憾的是，她读过的那些书，我都没看过，也不了解，跟我完全不属于一个写作领域，但几杯酒下肚后，评判是十分轻易的，我越坐越沉稳，精神亢奋，声音激动，开始逐一拆解那些改头换面的文字把戏，并无数次重申自己的文学观点，灯光半明半暗，我甚至觉得自己飞起来一点点，滞在半空，俯视着晚餐以及桌旁的人们。李闯不住地向他的朋友夸赞我，周亮也在一旁附和。苗苗的一句话，重新将我拉回地面，她说，班老师，谈了这么多，能给我们讲讲你的作品吗？

六

所有人都望向我，我定了定神，觉得诧异，不知大家从何时开始如此关注文学。我又喝下一杯酒说，那我就随便讲一讲，目前正在写的这个中篇小说，暂定名为双河。苗苗插嘴说，霜冷长河，是不是，余秋雨的一本书，我高中时看过。我说，不是，单双的双。苗苗说，那你直接说两条河不就完了。我不知道该怎么解释。周亮皱起眉头在一旁说，你先听他讲完。

我说，故事大概分成三个章节，各自分部叙述。第一部分，主角是我自己，姓班，但要年轻一些，故事发生在九十年代末的冬天。开篇是我去接崔大勇出拘留所，崔大勇骑摩托车肇事被拘，此人无家无业，留的是我的联系方式，崔大勇比我大十几岁，是我父亲在工厂里的徒弟，我父亲走后，多年以来，对我家一直帮助很多，其条件并不富裕，也未成家，勉强维持生活，但为人热忱，坦率，实心实意，此前他去外地打工，消失过一段时间，被释后无处可去，我便说可暂住我家里。

次日，刘菲的姑姑忽然来找我，说侄女联系不上，报案只管登记，没有下文，央求我帮着去找一找。我与刘菲是多年同学，家住前后楼，平日关系较好，她对外宣称是在具城卖货，其实主要靠跳舞为生，在亚洲宾馆的黑灯区，十元两曲。我与崔大勇去其工作场所等地寻找，皆无所获。我忽然想起上一次见到刘菲，是在菜市场里，她买完菜后，又要去旁边的教堂，还邀我一起，我并无兴趣，将其拒绝，刘菲看起来有些失望。圣诞节这天，我与崔大勇来到教堂里，此处正在举办会演，歌曲舞蹈，纷沓而至，我坐在后排，听得极为困倦，直到深夜里的最后一曲，有人弹起风琴，悠扬而伤感，我恍惚看见刘菲戴着毛线帽子，踮着脚尖，在人群里唱歌。演出结束之后，我和崔大勇出门去追刘菲，见她与弹风琴的中年人并行，打了个出租车离去，我跟崔大勇骑着摩托跟在后面，那天的雪很大，几乎看不清前路。

大概开了半个多小时，我发现他们的终点是火车站，两人下车后迅速进入，并消失在候车室里，我们没买票，进不去站台。我跟崔大勇说，我先去买两张最近的车次，混进去看看，问问刘菲到底什么情况。崔大勇同意。我买票回来后，却没找到崔大勇。我只身进入站台，火车已经驶来，只有刘菲一人在此等候。我上前喊她，她转过头来，扫过一眼，便继续往车上走，火车开动，眼看着一节节车厢逐渐远去，消失在黑暗的前方。我有些失落，从车站走出来，发现崔大勇和摩托车都不在了，只好独自往家走。大雪掩埋掉我的足迹。

众人听得都很认真，屋内安静，我反而有些不适应。我缓了缓，继续讲道，这是第一章的大致内容，当然还会有一些细节，会交代一点背景之类，总体来说，故事线索大致就是这样。苗苗说，感觉其中有很多谜团。我说，对，往后会一点一点解开。苗苗问，刘菲去的是哪里呢？我说，佳木斯。苗苗说，佳木斯有什么故事呢。我说，那是第二章的内容。

我继续往下讲，这一部分，叙述人是刘菲，她不是沈阳人，老家是黑龙江鹤岗，读小学的时候，跟父亲搬来沈阳，投奔姑姑，她的母亲死于某次事故，刚来沈阳后的一段时间，她很不习惯，一切都不熟悉，也总被欺负，少有同学帮助，但我是其中之一，也就是第一章的主角，他们同读一所小学，初中之后，二人分道扬镳，但仍住在同一楼区，变压器厂宿舍，在刘菲姑姑的安排之下，她的父亲刘宁作为技术员，在变压器厂上班，勤劳规矩，为人热忱，口碑相当不错。小学毕业那年，出了一件事情，我的父亲在刘宁家中死去，这件事情对于我和刘菲的打击都很大，当时有一种传言，说是我的母亲与刘宁有情感纠葛，被父亲得知，上门讨问说法，结果被害，但当时警察的判定是自杀，刘宁从此消失。刘菲跟姑姑一起生活，初中毕业后，便进入社会工作，自力更生，不给姑姑增加负担，但又无其他技能，开始在家具城卖货，但性格又比较倔，不太顺利，后来去做舞女，两个月前，她在舞厅遇见消失数年的父亲刘宁，刘宁变化很大，他服刑数年，目前在教堂工作，想要弥补过失，请求刘菲随他离开此处，往佳木斯，重新开始生活，刘菲犹豫很久，最终决意跟随父亲回归北方。圣诞会演结束后，二人来到车站，准备离开沈阳，其间刘宁说要去上厕所，但一去未归，火车驶来，菲独自离开，旅程空空荡荡。她在佳木斯过完整个冬天，不能说过得多好，但也不坏，唯一的遗憾是，佳木斯人不爱跳舞。

我越往后讲，越没有气力，故事往往就是这样，讲起来平淡，写出来反而会好一些，我看见李闯已经打起哈欠，但又迅速地捂住嘴，起早开车，抵达后又爬山，疲劳程度可想而知。周亮的眉头仍未舒展，面容严峻，仿佛有所思。言言坐在我身边，无比安静，我叙述的某些时刻，甚至感觉不到她的存在。讲完这部分后，我说道，没什么意思，大概就是这么个情节，后面还没有想好。李闯说，挺好，佳木斯我去过两次，很快乐的城市。周亮提了一杯，说，我一听，感觉这故事的背后还有故事啊。我与其干杯，然后说，瞎设计的情节，还没动几笔。苗苗转向我，问道，班老师，讲了半天，你这篇小说也只有一条河啊，不够数，名字不好，前后不对应。我说，那你取个名字。她撩撩头发，然后对我说，可以叫，佳木斯，今夜请将我遗忘。

七

晚上九点，李闯洗了下脸，回来后精神重新振奋起来，话极多，我说时间不早了，先带言言回房休息，周亮也说今天比较疲惫，想早点睡。酒局行将结束，李闯朋友拉着我们去打牌，并让苗苗作陪，我与周亮先后拒绝，唯有李闯不好推托，跟着前往另一间房。我拎着两瓶水，跟言言往房间里走，从饭厅回到住处，需要经过一道长廊，下午到这里时，我并未多加留意，这里大多是人造景观，比较造作，没什么意趣，但夜间在此经过，又是另一番感受，庭院两侧立着许多水缸，仿佛用以承接雨水，青苔掩映其间，沉潜而悠远。院内潮湿，步行经过，居然有身处水畔的感觉，风将雨的气息吹到半空里，四周幽深，空旷之处有回声荡漾，言言走在前面，我侧身在后，默默观察。这几天我一直在进行回忆与对比，言言的哪些行为习惯跟我接近，哪些又比较像赵昭，却一无所获，我几乎不能在她身上看见我们的痕迹，然后我又想将她与同龄者做比，却发现在我的近期生活经验里，与这个年龄层并未有过接触，不知其所思所想，更是无从对比。

言言说，像。我说，什么？言言说，好像左边有一条河，右边也有一条。我说，是吧。言言说，后来呢。我说，什么。言言说，你那个小说不是有三个章节么。我说，第三部分还没想好。言言说，大概讲讲。我说，不讲了，到点儿了，回去睡觉。言言说，能睡着吗？我没有回答。言言说，你的小说都是这样么，没有结局。我有点惊讶，如同反射一般，连忙说道，第一我不想跟你谈故事情节或者结尾，我知道的已经都写出来，没写明白的地方，那就是我也不清楚，第二我也不想跟你谈文学技法，那些术语都是写完再往上套的，生拉硬拽，没什么价值。言言站住，侧着脑袋跟我说，你紧张啥。我松了口气，也觉出自己反应过度，便不再说话。言言抬手指了一下长廊的台阶，跟我说，坐一会儿，好不容易。我虽然不明白她说的不容易确切指的是什么，但仍跟在她身边坐下来，吹着晚风，抬头凝望，我看见天空在向远处展开，仿佛有无尽的寂静呼之欲出，要将我们围拢。

言言说，讲个大概，第三部分。我想了想，问她，你说主角是谁呢。言言说，想不出来，也许是第一章里主角的父母，或者刘菲她爸，叫什么来着，刘宁。我说，你这么一说，我还要再想想，本来这部分的主角是崔大勇，他十八岁入厂，成为父亲的徒弟，车工，手也挺巧，不久便出徒，一九九七年，厂内提倡减员增效，领导说，你们师徒二人，只能留一个，另外一个必须下岗，自己看着办，父亲考虑到崔大勇的家庭条件，有生病卧床的母亲，便主动提出下岗，让厂里将崔大勇留下。

父亲下岗之后，在楼下开一间摩托车修理店，维持生计，也兼配钥匙，干点零活，没有电动机器，父亲便用锉刀一点一点磨，方法原始。崔大勇仍在变压器厂上班，感念恩情，时常来看望师父。这几年里，父亲性格有所变化，与母亲的关系变得很差，并开始嗜酒，以罐头瓶子打来散白酒，下酒菜是螺丝钉蘸着红梅酱油，一嗦一下午，醉酒成为常态，日日狼狈昏沉，睁不开眼，像在大雨之中。有一次，崔大勇前来看望，父亲从抽屉里拿出几张图纸，让崔大勇去车几个零件，崔大勇看了半天，展开几遍又再合上，吞吞吐吐。父亲见其犹豫，便直说，要做一把钢珠枪，用途不用你管，你不用怕，牵扯不到你，我没求过你什么事情，就这一件，最近务必做好，做不出来，以后也不用来了。崔大勇回家之后，辗转反侧，不能入眠，前思后想，下定决心，利用加班时间，在后半夜里车出数个零件，他将这些零件放在铝饭盒里，驮在自行车后座上带出工厂。几日之后，却传来师父的死讯，他前来送丧，内心大恸。

崔大勇早先在教堂里，一眼便认出技术员刘宁，路上紧随其后，我去买票时，他缩紧身体，低头混入站台，不断向刘宁靠近。他们等待火车的到来，雪将光线遮蔽，黑夜降临，刘宁半眯着眼，觉出被东西毙住，半侧过身，扫去一眼，不见脸庞，只见一道道呼出的白气，急促而朦胧，又迅速消散。他低声说道，兄弟，不是地方。崔大勇说，跟我走，我有地方。刘宁上前几步，贴着刘菲的耳朵说，去个厕所，忽然想方便一下。刘菲转过身去，见他跟着崔大勇从站台往外走，雪花像帷幕一般，在刘菲的眼前缓缓下降。他们一直走到外面，摩托停在路边，崔大勇拉刘宁上车，在雪里行进半个小时，将他拉到浑河岸边。

几处浮冰在河上，落雪不化，有鸟夜行，一白一黑。二人站在河边，望向对岸。崔大勇说，认识我不。刘宁摇头。崔大勇说，再想想。刘宁说，想不起来，但能猜个大概，我在沈阳，总共就那么点事儿。崔大勇说，给你提个醒，我师父是在你家死的。刘宁说，你是他徒弟。崔大勇说，对，枪你见过吧，我帮他做的，他要去崩你，本来我要去帮他，但那天慢了一步，这些年每次想起来，都挺后悔，枪当时做了两把，我的藏在修理部仓库，前天我又找出来，今天终于跟你见面，晚了十几年，这都是命，该认就得认。

刘宁说，照着脑袋来，要是瞄不准，我帮你指挥。崔大勇说，嘴挺硬。刘宁说，但话要说清楚，你师父当天喝醉，过来找我，说话前言不接后语，毫无逻辑，装的，想讹一笔钱，当时他病了，挺重，但家里谁也没有讲。崔大勇说，这我知道，我跟着去医院查的。刘宁说，我反复解释，你师父后来说，本来也没想要我命，但是我运气好，他运气不好，我说，理解，要钱没有，但酒管够，我下楼买酒，上来跟他一起喝，俩人一斤半，一滴没剩，我说，哥，今天差不多了，回家睡觉，明天早上起来，你要是想不开，我还陪你。他扑通一跪，跟我讲，不愿意醒，就想死，不给任何人增加负担。然后扔过来一串钥匙，跟我说，今天你让我死，那是功德一件，我要是死不了，刘宁，你现在去我的修理部瞅一眼，进门左边角柜，最短的那把，开第二个抽屉，里面都是钥匙，各家各户的，你数数，一共多少把，我没说话，他继续说，谁来配钥匙，其实我都锉出来两把，手心暗藏一把，自己留着，几门几户，都标得清清楚楚，另外我还有别的东西，别忘了我是干啥的，刘宁，你是外来户，这个事情你来做，合适，我的这个病长在脑子里，恶化之后，怕控制不了自己。我跟他说，这忙我帮不了，算是犯罪，你也冷静一下，我出去换两瓶啤酒，咱们漱一漱口，你在这等我，对了，哥，屋里有我自制的颈椎治疗仪，我脖子不好，以前落下的毛病，每天都得用一会儿，调节一下，但最近有时用，不太方便，时松时紧，你手巧帮我看看，怎么改造为好。

崔大勇说，那你去修理部没有。刘宁说，我出门时，顺手把他扔过来的钥匙揣在兜里，连跑带颠，去了趟修理部，拉开抽屉，情况属实，钥匙一排一排串起来，规整有序，像部队，柄上绑着白胶带，几楼几号，是谁家，记得一清二楚，我推上抽屉，出了门，下午喝酒是真难受，风还大，我坐在道边，有点想吐，抽了几支烟缓缓，清醒一些，又拎着啤酒回家，打开门后，发现他吊死在里屋，治疗仪帮了点忙，我心里有准备，但还是怕，坐在地上，直冒冷汗，自己喝了半瓶酒，然后我翻了翻兜，发现了你做的东西，工艺挺糙，但粗中有细，拎着有点分量，不错，让人觉得可靠。我洗了把脸，清醒清醒，将它夹在一摞衣服里，收好行李揣上钱，连夜坐车回到鹤岗，办点我自己的事情，具体是什么，你不用多问，本来之前我也要回去，但有了这东西，仿佛帮我下了个决心，虽然后来没用上，但也挺好，不然今天还出不来。崔大勇说，故事编得挺好，我差点就要信了。刘宁说，信不信在于你，我不干涉，说多也没用，我就最后几句，后来我在凌源二监打的罪，刚开始受不了，处处委屈，也想过死，后来就不想了，有位同住的狱友，会背《圣经》，从早到晚，都能讲下来半本，头头是道，声若洪钟，开始我很反感，听不进去，后来有时听听，觉得也有几分道理。有一次，我问他，像我们这样的，神还能管么，他说，一管到底，神自有选择，有些事情他让鸽子去做，有时他也差遣乌鸦去做，乌鸦贪婪，叼着食物不放，神就让它去叼回饼和肉，这说明神不仅使用洁净的人，也将使用我们这些不洁净的人。这话以前不懂，但总能梦见自己在河边，飞鸟行过，河水上涨，影子下沉，刚才你骑着摩托载我至此，我下来一看，心里就亮堂了，原来今天就是神使用我的日子。

八

我从卫生间出来后，发现言言仍未入睡，捧本旧书迎着台灯看，光线昏暗，读起来想必也很吃力，我缓缓将书从她的手里抽离，示意让她睡觉，她闭上眼睛，翻了个身背对着我，我将台灯关掉，躺在床上，酒精的作用正逐步衰减，头脑愈发清醒。山间无光，黑暗极为沉重，覆盖在我们的上方。

我的心绪颇为不宁。一方面是因为刚才叙述的这篇小说，其实我已经想了很久，但依照以往经验，我心中大致有数，既然故事讲述得如此清晰，那么往往也就不必再写了，几乎是不可能写好的，我从来都不是一位缜密规划再逐步实施类型的作者，将写作这种玄妙的智力活动当作项目施工进行分解，于我而言，多少会丧失一些趣味，所以整个故事到今晚为止，言言也许是唯一的读者，这没有什么了不起，我也能接受，并不觉遗憾，所有关于它的疑问可以告一段落。我也放松些，不必为填补其中的一个缺陷，再去完善说辞、牵引线索、编造情节，而这些混搅在一起，盘根错节，相互浸没，又会构成新的缺陷，最终落入往复的黑洞之中。今夜的讲述使我避免了这样的遭遇。

另一方面，在这样一个普通的山中夜晚，我竟然非常想念刘菲，当然，并不是小说里的虚构角色，而是我的那位朋友，不可否认的是，二者的形象在某一时刻是重合的，交错之后，又逐渐分离，互为映像，在时间里游荡，在讲述的过程中，有时我竟也十分恍惚，将对于这位虚构角色的情感转移到我的那位朋友身上，这是十分隐秘的经验，难以启齿，也没办法解释，我极力想要将二者分开，却无济于事。我睡着之后，这种情绪在梦中仍然缠绕着我，如同刚刚洗净的果实，不小心掉落在地上，无人再去拾起，唯有声声叹息，但尘土与水会将其抚养，它以光的速度重新生长，并再次来到我的面前。

第二天早上，外面的流水声将我唤醒，言言比我起来得要早，并且已经洗漱完毕，说要出去透口气，在院里等我。我躺在床上，抽了支烟，又将东西收拾好，出去与她会合。周亮正跟言言聊天，我打过招呼，然后问言言，睡得如何。言言说，不怎么好，打雷下雨，早上还有鸟儿叫。我说，我怎么没听见。周亮偷笑着说，你能听见啥啊，从来睡得都很死。我看看言言，言言朝着我点点头，证明情况属实，我更加困惑，不过地面上确实是湿的，缸里的水位仿佛也略有升高。

我与言言、周亮共同吃过早饭，李闯还未起床，他昨天应该睡得比较晚。我提议在山中随便走走，雨后空气清新，言言说没睡好，要继续回房休息，于是我跟周亮二人出门，从后面出去，走上一条小路，继续向上攀登。

不到半个小时，便走到尽头，虽然距山顶还有一段路程，但已无台阶，向上只有一条土路，曲折隐藏在树丛之间，愈发狭窄，一眼望不到深处，淡蓝色的雾气笼罩其间。周亮问我，还走么。我说，去看一看，时间还早。周亮点点头，我们继续向前进发，但没走几步，便又被巨石拦住，我们推测，这些巨石应是后来搬运至此，要做成某个景观。周亮坐在石头上，对我说，时间太快了，很多年就这么过去了。我说，什么意思。周亮说，还记得吗？高中毕业之后，你、我和赵昭，也爬过一次山。我想了想，说，印象不深。周亮说，北镇附近的一座山，当时也没有完全开发好，但奇峰怪石无数，景色不错，山很难爬，相当陡峭，有的地方几乎是直上直下，必须相互携扶，手脚并用。我说，二十多年前的事情，完全记不得了，我们爬上去了吗？周亮停顿了一下，然后对我说，你只爬到一半，在瀑布对面等我们，看管行李，我和赵昭轻装上阵，最终爬到山顶。

这时，我的电话响了起来，是李闯打过来的，问过我们的情况后，他告诉我，自己已经醒来，并且马上要去吃早饭，让我们回去收拾一下，准备下山回家。挂掉电话后，我对周亮说，李闯起床了，喊我们回去呢。周亮站起身来，拍拍裤子，对我说，你真的什么都不记得了吗？

九

郊游归来后，我与言言的相处向前迈进一大步，彼此逐渐熟悉，交流愈发平顺。短暂的几天时间里，我们甚至结成一个小小的同盟，她偶尔会跟我抱怨赵昭对她的管理，从学习到生活，各个层面，无微不至，表面上开明，思想前卫，态度豁达，但也令她时有窒息之感。最开始只是简短几句，听不出情绪，仿佛是在对我进行试探，得知我也持相似态度，并曾深受其苦后，她虽然没有明确表示同情，但与我之间的隔阂一点一点消失了。

每天饭后（基本是我做饭，她虽在南方长大，但好像更习惯于北方饮食），我们一起去附近散步，从院门出发，向东步行约十五分钟，会到达工人村之腹地，此处曾是一派欣欣向荣的景象，如今略显失色，我给她指着几个昔日的雕塑，两只梅花鹿，其中一只已经非常残破，我说，在你小的时候，我们曾在这里合影，照片我还留着，其中一张是我抱着你，另一张是你骑在鹿的背上，向我招手。言言没有说话，走过去仔细端详那两只鹿，我站在她的身后，看她踏上台阶，趁她不注意，想再拍几张照片。她抚着鹿角，猛然回望，我只好收起手机，若无其事地向旁边走去，买回两根雪糕，在天黑之前，我们迅速将其吃完，手里拎着雪糕棍儿走了很远。

向西步行约十五分钟，便是一道铁路，我跟言言说，从前它是作为分界线存在，每次经过火车，道口放下栏杆，两侧的车都要停下来，等待很久，有时是十几分钟，警报声一直在响，到后来却忽然停止，栏杆重新抬起，并没有火车过去，所有人便都很失望，有首歌里唱过类似情绪，长长的站台，漫长的等待，只有出发的爱，没有我归来的爱。此时，我们贴着侧面的护栏站立，等待火车的经过，已经驶过两趟，非常长，车厢难以计数，天色将晚，壮阔的深蓝光芒投向我们，不断迫近，我提议回家，言言说想要再等一趟。很快，警报声便又响起来。我贴过头去，小声问她，你有男朋友吗？她目视前方，反问我一句，你和我妈为啥离的婚呢，然后顿了一下，转过头来，又补充一句，你是不是也想说，情况很复杂，说来话长啊。我说，你妈是这么说的吧。她说，对。我说，那我不能这么说了。她说，也不是。我说，你想得到什么样的答案呢。她说，其实你也不是非得讲，这些事情我并没有那么关心，就好像刚才你问我的一样，你也没那么关心。我说，那好，就先不讲。她说，我之所以要问，就是怀疑你也根本不知道为啥离的，就像当年也不知道为啥要结婚。我一时语塞，不知如何解释。言言叹了口气，如同安慰一般，又对我说，唉，但是放心吧，我没有要怪你们的意思。

我不知道她或者同龄者，对类似问题到底有何种程度的思考（这几天的接触，将我固有概念完全打破，我发现自己远不能将她作为晚辈来相处，她对待部分事物的态度虽不能算是成熟，却总在我的意料之外）。从我的角度来讲，我和赵昭之间，要说一点留恋都没有，厌恶透顶，那倒是真不至于，毕竟我们性格都没有那么强硬，但正是这种相互的妥协与软弱，造成这种无法挽回的局面。回想起共同生活那几年，我如身在泥河，污淖重重，四下无人，晦暗而孤独，外物不能使我有任何亲近之感，妻女也不行。赵昭想必也是如此，尤其是在女儿出生之后。我们很少发生争吵，但彼此冷漠，视若不见，这便更令人绝望，争吵意味着我们还在拼搏，奋力拯救彼此，但那时我们真是无话可说，这种分裂持续了很长时间。有段日子里，我脑子里始终盘旋着格林厄姆·格林的那句名言，一个人出生以后唯一要考虑的问题就是如何比降临人世更干净、更利落地离开人世。我并非要践行，而是单纯地对这句话进行推演，在不可知的内心深处沉思，循环往复。直至有天清晨，醒来之后，我们在床上又躺了很长时间，言言在一边哭得很凶，而我们谁都没有去管。我半闭着眼睛，在哭声里，却感受到窗外季节的行进，它掠过灰暗的天空侧翼，发出隆隆巨响，扑面袭来，仿佛要吞噬掉光线、房间与我；远处的河流在融化，浮冰被运至瀑布的尽头，从高处下落，激荡山谷。在噪声与回声之间，我听见赵昭说，我有点事情，想跟你商量。我说，什么都不用讲，什么都不用，不需要的，赵昭，我们不需要的。

十

有必要说一下我和刘菲的事情。我将言言送走之后，生活恢复常态。随后一段时间里，为了摆脱之前的某种想法，我开始与刘菲频繁联系，我认为她或许是突围的关键人物。我邀她共同饮酒，她起先觉得莫名其妙，后来也接纳了，其时，她也来过我家数次，我做几道不错的菜，吃得相当愉快，关系进展较为顺利。甚至在她去外地进货时，我还在商场帮她守过几天摊位，虽然并不太擅长，市场嘈杂，人流密集，令人厌烦，但我劝说自己，也要去逐渐适应，总要有所付出。

这一段的交往也使我发现，我对刘菲并不十分了解，在我从前的印象里，她颇有几分风情，来者不拒，开朗乐观，不拘小节。但实际接触时，我发现她的内在性格跟外表差别很大，经常会露出小动物一样的警惕眼神，其心思缜密，对他人情感的细枝末节也能照顾得到，反应迅速且得体，她在经营童装生意的同时，还有几项其他投资，对于未来很有规划，这些都令我感到意外，相比之下，我过得简直是浑浑噩噩，一塌糊涂。

我努力向她所期望看到的方向转变，振作精神，每日固定时间写作，颇有规律地进行阅读和锻炼身体，深秋时节，我还带着她去爬过一次山，经过我在夏天时曾住的院落，发现里面好像已经无人打理，山门紧闭，灰尘遍布，如同一座破败的寺庙，日落风起时，我们沿原路返回。

登山过后几日，我正式向刘菲提出，想要开始这段关系，她却将我拒绝，我很不解，追问原因，她也没有说清，大致意思是，要是放在几年之前，也许有机会，是可以在一起的，但现在不行了，那段时间过去了，既无法追回，也不能重现。我对此十分不解，到底是怎么过去的呢？过去的又是些什么呢？到底是什么主宰着我与刘菲之间的关系？想不明白。被拒之后，我非常失落，偶尔街上与刘菲碰见，她对我客气得不像话，像是对待那些来买衣服的顾客，仿佛在我们之间，从未有过那些亲密的时刻，无论是写作还是生活，有很长一段时间，我都处于停滞状态。

一次酒后，冲动之下，我给赵昭打去电话，告诉她说，我想去南方生活一段时间，准备多陪陪言言，以弥补逝去的时光。赵昭在电话那边笑了起来，说道，你是不是还想说，她走之后，你的心里仿佛像漏了一个大洞，呼呼灌着西北风啊。我没有说话。只一瞬间，赵昭便收起她的嘲讽语气，面庞严肃，语调冷淡，对我说，这些事情你没必要跟我讲，自己决定，如果当我是朋友，咨询意见，那么我的建议是，你不要来。我还是没有说话。赵昭说，对了，言言对你的印象还不错，回来后提过你两次，如果我这么说，你能好过一些的话。

我仍准备动身前往南方，临走之前，约李闯和周亮来为我饯行。我们在一家烧烤店吃到很晚，每个人都喝了十几瓶啤酒（不太寻常，通常是我和李闯喝得较多，周亮对酒极为克制），酒后，李闯提议去洗浴中心，连洗带住宿，享受最后的好时光。于是我们打了一辆出租车，李闯坐在前面指路，我和周亮坐在后排，其间，周亮并没有说话，但将他那一侧的车窗完全摇了下来，风猛烈地灌入，噪声很大，我一下子精神起来，紧抱双臂，挺直身躯。周亮转头望向我，一字一句地对我说，我离婚了。

十一

李闯与我是初中好友，他成绩一般，没读高中，毕业后去技校待了两年，然后买了个专科文凭，在社会上摸爬滚打，从事过许多行业，为人义气，能有今日小小成就，全凭昔日友人协助，此外，他也娶到一位家境不错的妻子。周亮则是我介绍给李闯认识的。我与周亮、赵昭是高中同学，他们二人同桌，我坐在后面，平日交谈较多，关系不错，时常一起出行，进而结成同盟。周亮在高中时，对赵昭颇有些好感，举止显著，心思外露。赵昭虽不接受，但也没有拒绝，态度暧昧，我当时对赵昭没有任何想法，但她却很依赖我，大概是由于我的存在是对二者关系的一种制衡。高考之后，周亮发挥失常，去南方读书，学习法律，进入另一片天地，而我和赵昭则考入北京院校，从此来往较为密切。

有一年寒假里，周亮来我爸的修理部找我，言辞激烈，如同拷问，想知道我与赵昭的关系进展到什么地步，我不是很愿意讲，因为其实还什么都没做，只是牵手吃饭而已，没有实质性接触。周亮打听出来之后，仿佛吃下一颗定心丸，大度地告诉我，不要着急，这种事情，或早或晚嘛。然后摇晃着离开，志得意满，与来时判若两人，我对这一幕印象很深。

这些年里，周亮总有机会出差去上海，并且常与赵昭见面。要是说我对他与赵昭之间的关系没产生过怀疑，对不起，那是不可能的。多年以来，周亮始终充当知心好友的角色，甚至可以说，他对我们二人的秘密了如指掌，而以我对他的了解，只要有乘虚而入的机会，他也一定是不会放过的。

每隔一段时间，周亮都会向我通报赵昭的境况，我既很想知道她的这些消息（必须说明的是，我对赵昭已经没有任何感情了，这种关切完全出自一位普通朋友的友爱之心，以及作为小说作者天然的好奇），但同时并不想从周亮的口中听到，所以内心十分矛盾。这次出行后，我得到的信息是，周亮虽然经常与赵昭见面，但言言不知道这个事情，他与言言也没见过面，从无接触，这仿佛也在印证着另一些事情的存在。

我对周亮的态度也很复杂，一方面来说，结识几十年来，他没有做过任何伤害过我的事情（至少我没有证据去证明），反而关爱有加，嘘寒问暖，在我最需要帮助的时候，也的确伸过手来；另一方面，在这几十年里，我却被他造成的这种温暖的阴影所笼罩，无论在读书时，还是在毕业之后，结婚又离婚，失业或者写作，这种阴影始终逼迫着我，有时我甚至会想要躲起来，却又无处藏身。这点说出来的话，许多人恐怕都不太能理解，但我也没法进一步解释了。

上面提到，我与言言回家之后，相处得比较愉快，在一起也探讨许多事情，彼此竟然产生一些父女之间的亲密感，这让我很意外。她要离开时，我竟十分不舍，决定买张机票，将她护送回去，以便能跟她多待一段时间。我回顾从前，对于她在幼年时的那次离别，我已毫无印象，完全不记得是在何种场景之下将她们送走的。

出发之前，我给言言和赵昭买了一些礼物，同时也有给赵昭男友的，按照我的预想，礼物会经由赵昭之手转交，说是言言帮忙带回来的，这样也许会留下一些好印象。言言盯着行李箱里面成堆的礼物，跟我说，老班，适可而止。我说，啥意思。她说，过犹不及。我说，我发现你这毛病好几天了，四个字儿的话能不能少说一些，显得特别装，不好。言言说，但你小说里的人物都是这么说话的，我是跟你学的啊。听到这里，我忽然鼻子一酸，险些落下眼泪，不知说什么好。恰好此时，飞机开始在跑道上滑行，巨大的轰鸣声代替我进行回应。在几万米的高空里，光芒刺眼，言言坐在靠窗的位置睡着了，我看着她熟睡的脸庞，真切地感受到了这些年里失去的那些时间。

在此时，我本来应该做一个小小的决定，但那个念头只是一闪，便立即被我打消了。取而代之，反复盘旋在我脑中的，则是另一个可怕的想法，刚才也提过一点。那便是，我忽然意识到，多年以来，我所了解的关于赵昭的私人生活，可能完全是周亮编造出来的（我在与言言偶尔聊天时，发现有些事件对不上，她毫不知情，并且也从未听说过母亲结交过男友），换句话说，我怀疑周亮在我的世界里重新塑造出来一个远方的赵昭。而这个形象，与现实中的赵昭，并不完全相符。进而，我联想到的是，这些年来，我个人史上的许多重大时刻，诸如学业、工作或者婚姻等，在关键节点上，好像周亮都有参与，他的声音尖锐、激昂并且坚定，支持也好，反对也罢，总是有办法使我屈从于他的选择。也就是说，我仿佛一直在被周亮挟持着去生活，他或许才是我人生的隐秘驱力，想到这里，我有些不寒而栗，不敢再继续往下想了。

十二

当天，我和赵昭从民政局办完离婚手续出来，共进一顿午餐，啤酒冰凉，我喝得畅快，一杯又一杯，看得出来，赵昭的心情也不坏，胃口不错。这顿饭我们吃了很久，仿佛只要不结账，就还不算是彻底分别。喝到后来，我有些醉，问她，当时是哪一个瞬间，让你决定要嫁给我。赵昭反问我，你觉得呢。我说，应该是有一次醉酒，你带我回到住处，半夜口渴，醒来喝水，然后你也一直没睡着，那间屋子没拉窗帘，映着外面的星星，我们做了一次。赵昭说，你说话小声一点。我说，做完之后，我半闭着眼睛，给你背了首我写的诗。赵昭说，事情记得，但不是这个瞬间。

我说，那是哪个呢？赵昭想了想，说，记不起来了。我说，也许根本没有那样的一刻。赵昭说，那首诗，怎么说的来着，我还想再听一遍。我把烟掐灭，眼睛望向窗外，午后的阳光如漫溢出来的时间，缓缓流经我们两人，我忽然觉得自由无比，像从前的无数次那样，熟练地背诵出来。

不能失去我
海里的一粒谷
十二柄鲸在餐桌上轮流看守

不能失去我
冰里的一滴火
十二轮象在词典里巡回搜索

不能失去我
比针还细的钥匙
一枚针孔就能闯入一头飓风

不能失去我
有人念起名字
像念着所有语言里唯一的诗

而我不能写诗
心里填满干粮
生活是一场蝗灾

不能失去啊，不能失去我
轻轻勾住天空的
玻璃耳朵

原载《青年作家》2019年第1期
荣获第十届“茅台杯”《小说选刊》年度大奖中篇小说奖（2019）

红骆驼

王　松

1

顾莎早晨醒来时，愣了愣，不知是不是晚了。房间里漆黑一团，但这漆黑也许是因为拉着厚厚的窗帘。顾莎睡觉不习惯拉窗帘，这会让她失去时间概念，这种感觉就像坐在云端的飞机上，没有参照物，也就无法确定位置。但芳妈不是这样，芳妈无论白天还是晚上，睡觉必须把窗帘拉得严严的。不过芳妈的这个习惯在家里还行，到医院就不行了。上次在医院，虽然顾莎费了很大劲，赔了很多笑脸，且跟人家反复强调，钱不是问题，最后才总算安排了一个单人病房，但小护士还是对芳妈这样整天拉着窗帘有意见。倒不是光线太暗，不方便输液或别的操作，光线暗可以开灯，可大白天拉着窗帘，搞得像个黑洞，再清爽的病房也会让人觉着邋遢。但芳妈一向是个固执的人，她的固执不表现在嘴上。小护士每次提意见，她都很认真地听，也频频点头，似乎这些意见都听懂了，也接受。可窗帘该拉着还是照样拉着，就算小护士给拉开了，前脚走，她宁愿自己下床，摇着轮椅过去，也要把窗帘再重新拉上。

顾莎抓过床头的手机看了看，吓了一跳。昨晚把手机闹钟设置在6点，可手机竟然没响。这时已经6点半了。心里一下有些来气，这就是拉着窗帘的结果，否则即使手机不响，窗子外面亮了，也不会睡过头。接着就发现，芳妈已经起了，正摇着轮椅不慌不忙地收拾自己的行李。顾莎的行李倒不用收拾，从家里带来的行李箱，基本没动。

顾莎起来看了一眼墙上的挂钟，对芳妈说，半小时后出发。

芳妈没回头，也没应声，摇着轮椅进卫生间了。芳妈还能站，只是走路费劲，平时行动要靠轮椅。但去卫生间从来不用任何人帮忙，连护工也不用，每次还要把门锁上。护工为这事在电话里跟顾莎说了几次，万一她在卫生间里摔了怎么办，责任就很难说清楚了。不过顾莎观察过，芳妈用卫生间，从轮椅坐到马桶上，竟然有自己的一套动作，不仅灵活，也很熟练。关键是芳妈的固执，顾莎知道，跟她说也是白说，也就懒得说了。

顾莎用最快的速度把东西收拾好。这时卫生间的门开了，芳妈摇着轮椅出来。顾莎进去匆匆洗漱了一下。她这些年没有化妆的习惯，在高校工作，女老师不允许打扮得花枝招展，也就一直素面。这时手机响了，是芳妈的手机。顾莎从卫生间出来时，芳妈刚把手机挂掉，一边朝门口摇着轮椅说，他来了，下楼吧。说着，已经开门出去了。

顾莎拉着两个四轮行李箱出来。刚到电梯口，电梯门开了，郁叔从电梯里出来，先把芳妈的轮椅推进电梯，又来帮顾莎把两个行李箱弄进去。郁叔叫郁书田，是芳妈在医院的同事。虽然是1939年生人，按说比芳妈还大一岁，可看着比芳妈年轻。其实也不是年轻，主要是强壮，男人一强壮就显得很有活力。不过郁叔曾偷偷对顾莎说，你芳妈是这几年病了，一下子就显老了，你别不爱听，她年轻时，可比你漂亮。

郁叔的奔驰车就停在楼下的花坛旁边，这辆车是红色的。当初郁叔有一辆黑色的奥迪A4。芳妈只随口说了一句，奥迪的车顶矮，坐在里面不舒服。没过多久，郁叔就换了这辆奔驰。郁叔换车时曾问过芳妈，什么颜色好？芳妈又随口说，还是红色好看。于是郁叔就买了这款红色的奔驰。按说郁叔虽然只是个普通的胸内科主任，可现在的主任医生收入都很可观，郁叔却不知怎么回事，经济上好像并不宽裕。后来顾莎才听说，郁叔为了买这辆红色的奔驰车，把一套住了二十几年的三居室卖了，换了一套小两居，而且地方也偏远了。

顾莎在车上给女儿打了个电话。女儿马上要高考了，正在最后冲刺。但顾莎没直接打给女儿，打的是丁睿的手机。丁睿果然在家，正给女儿做早餐。他在电话里乐呵呵地说，放心吧，女儿状态很好，昨天模考结果出来了，还是中等偏上，成绩很稳定，一会儿吃完早饭就去学校。顾莎这才放心了。挂断电话，又看了看手表。从芳妈这里到机场，开车一般要一小时。但这时正是早高峰，时间就不敢保证了。郁叔虽是80岁的人了，但开车不仅技术好，路也熟，遇到堵车就钻胡同、走小街，这样就还是按预定时间赶到了机场。

刚才从家里出来时，郁叔已把芳妈的轮椅留下了。这时，他先从后备厢里拎下两个行李箱，又拿出一个折叠式的轮椅。这种轮椅跟芳妈在家里用的不太一样，严格地说，应该叫病理车，打开后，病人坐上去能当轮椅用，后面有两个扶手，也可以推着走。郁叔打开病理车，扶着芳妈坐上去，又看看她问，你们两人行吗？我在机场买机票，现在还来得及。

芳妈说，你回吧。

说完习惯性地用两手转了一下车轮。但这是病理车，转着有些费劲。

郁叔叹口气，回头对顾莎说，你等一下，我去存车。

说完，就开着车转下弯道，去地下停车场了。

芳妈摇着轮椅，径直朝航站楼走去。顾莎赶紧拉着两个行李箱追过来说，先等一下，等等郁叔。芳妈好像没听见，继续往里走。进了航站楼的门口是一个下坡，芳妈干脆不用摇了，让轮椅自己溜下去。顾莎手忙脚乱地顾着两个箱子，好不容易追上芳妈，一把拉住她的轮椅，但另一个箱子又跑了，连忙又去抓那个箱子。等拖回来时，芳妈已经不管不顾地往前走了。这一下顾莎真急了，扑过来抓住轮椅的扶手说，你就不能等等吗？

芳妈慢慢回过头，看看顾莎。顾莎说，一会儿郁叔来了，去哪儿找咱？

芳妈说，我已经告诉他了，让他回去。

顾莎说，可他不是没回去吗？

顾莎的这句话已经冲出了嗓子眼儿，可到了嘴里，还是竭力又把声音压了压。她知道，这是在机场，不是在家里。前一天晚上，郁叔就在电话里跟她说了，芳妈是你母亲，这些年了，她的脾气你知道，这次出去，尽量别拗着她，她现在这脾气，也是让病磨的。

但顾莎的心里明白，母亲这样，还不仅是病的事。

顾莎把两个行李箱拢在一起，推到旁边一个不碍事的地方，又把芳妈的轮椅推过来。这时郁叔满头大汗地来了。郁叔冲顾莎做了个手势，就推着两个箱子朝值机柜台那边走。

办好登机手续，行李也托运了，顾莎的手里只剩了一个背囊、一个提袋。背囊里是自己手使的东西，提袋里装的是芳妈随身用的东西。郁叔推着芳妈的轮椅，一直送到机场安检入口，又拿出几块巧克力，放到顾莎拎着的提袋里，说，她如果又低血糖了，就给她吃一块。说完，拍了拍芳妈的肩膀，又冲顾莎说，如果有事，可以随时——

说着做了个打电话的手势，就转身走了。

芳妈突然叫了一声，等等。

郁叔站住了，慢慢转过身。

芳妈说，你，注意身体。

郁叔有些奇怪地看看芳妈。

芳妈又朝他看了一眼，就摇着轮椅朝安检口里去了。

2

顾莎5岁时，把母亲叫芳姨。顾莎是在姥爷家长大的。姥爷家在天津，在顾莎的记忆里，是卫生系统的一个宿舍大院，院里有几栋青灰色的宿舍楼，种满高大的白杨树，到了夏天，繁茂的枝叶遮天蔽日，很凉快。顾莎第一次见母亲是在一个下午，当时姥姥正开会，让局里的一个同事去幼儿园把她接回来。一进家，看到一个年轻的漂亮女人，好像从没见过。替姥姥接顾莎的是一个50多岁的女人，姓陈，顾莎平时叫陈姥姥。陈姥姥一见这个漂亮阿姨，叫了一声，小芳啊，你回来了？顾莎在幼儿园，很懂礼貌，见了年轻的女人就叫阿姨，又听陈姥姥叫她小芳，就懂事地也叫了一声，芳姨。陈姥姥一听就笑了，说，怎么叫芳姨，这是你妈啊！但顾莎已经叫了芳姨，好像改不过口，这以后就叫芳妈妈。再后来，就叫成了芳妈。

芳妈那次回来，只住了几天就走了。走的时候，抱住顾莎哭了，但顾莎没哭。顾莎也不明白，芳妈为什么要哭。顾莎只听说，芳妈是在一个很远的地方工作，那里到处是沙漠和戈壁。至于沙漠和戈壁是什么，顾莎就不知道了。当时芳妈抱着她，只喃喃地重复一句话，等着妈妈，等着妈妈，妈妈会回来的，一定会回来的。

果然，到顾莎上小学时，芳妈就回来了。芳妈是带着很多东西回来的，看样子真的不走了。芳妈一见顾莎就抱着她，一边亲一边说，这次芳妈不走了，再也不走了。但当时，顾莎问了芳妈一句话，这也是她唯一的这样问，后来再也没问过。

她问，爸爸呢？

其实这个问题一直让顾莎奇怪。从在幼儿园时就一直是这样，每到下午，别的小朋友都有妈妈来接，或者是爸爸，唯独她，只有姥姥和姥爷。现在芳妈回来了，可是爸爸为什么没回来呢？当时顾莎这样问了，芳妈的脸上本来挂着泪，可这泪在脸上正流着，一下就停住了。芳妈慢慢回过头，看看姥姥，又看看姥爷。姥爷没说话，只摇头叹了口气，就转身回书房去了。这天夜里，顾莎听见芳妈和姥爷在书房里说话，声音很大，后来好像还吵起来了。当时芳妈好像说了一句，我的事，不用你操心了，我既然已这样决定，就不后悔，以后的事，我自己会尽快想办法。说完，姥爷书房的门砰的一响，接着就是一阵噔噔的脚步声。

果然，几天以后，芳妈就从姥爷家搬出去了。再后来，把顾莎也接走了。

飞机在云层的上面飞着，像飘浮在一团一团的泡沫上。

顾莎的耳膜很敏感，飞机的飞行高度稍有变化就会觉出来。这时已经感觉到，飞机开始下降了。偏远的航线就是这样，由于乘客少，航班一般不会直飞，都要在中途经停或转机。但经停和转机还不是一回事。经停只是停一下，中途过站的乘客下去一下再上来，带上在这里登机的乘客，就可以继续飞往目的地。转机就不行了，要正式下飞机，提出行李，然后再重新办理另一架航班的登机手续。这就有一个问题，倘前一次航班延误了，这转机的后一次航班也许就赶不上了。况且顾莎还要照顾坐轮椅的芳妈，如果再去提行李，重新办登机，就太麻烦了。所以顾莎特意选了这个航班，中途只在清阳经停一下。

芳妈坐在旁边靠走道的座位，这样上下轮椅可以方便一些。这时她歪在座位上，闭着眼，似乎在打瞌睡。在顾莎的记忆里，芳妈一向是个精力充沛的人，似乎从没说过累。直到60多岁了，还能一天做两台手术。可是5年前突然中风了，幸好在医院工作，虽有颅内出血，但发现及时，抢救也及时。不过这以后，精神就远不如从前了，经常说着说着话，就睡着了，性格也像变了个人，平时沉默寡言，即使坐在轮椅上，也总闭着眼，不知是在瞌睡，还是在想什么事。这时机舱里已在广播，继续飞往目的地的乘客请带上随身的贵重物品下飞机，在候机厅休息大约半小时，再重新登机就可以继续飞往最后的目的地。

飞机落地，停稳，顾莎带了随身的背囊和提袋，用轮椅推着芳妈下了飞机。走在廊桥上时，手机响了。顾莎拿出手机看了一眼，是云姨。想了想，把电话按掉了。

清阳是个中型城市，机场很小。来到航站楼，中途过站的乘客已经很少了。顾莎把芳妈的轮椅推到一个角落。本来觉得这里清净，不料刚把轮椅停下，就听旁边的一对年轻人在大声说话。说话的是个女孩儿，挺漂亮，两个眼角尖尖的，还有些微微上翘，说话的声音也好听，是标准的普通话。她好像在埋怨那个男孩儿，无论做什么事，从来不和她商量。又说，为什么这么大的事，直到临近才告诉她，让她措手不及。这女孩儿一边说着，脸涨得通红，一只手伸出来，不停地在男孩儿的面前翻来翻去，看样子很生气。男孩儿的头发乱糟糟的，似乎没用梳子梳过，只用手随便抓了抓。戴着一副黑框眼镜，镜框不大，镜片是树脂的，但看得出度数很深。他拿着手机，一直低头在专心致志地看着，一声不吭。顾莎看见了，他好像在看一篇什么文章。女孩儿这样说着好像终于忍不住了，一把夺过他的手机。她显然是想把这个手机摔到地上，但手扬起来的一瞬，男孩儿抬头看看她。女孩儿立刻迟疑了，愣了愣，手一下子落下来，把手机往男孩儿的怀里一扔就坐在旁边，用手捂住脸一下一下地喘气，看样子是哭了。顾莎在飞机上就注意到了这对年轻人。芳妈有轮椅，办登机时，顾莎特意要了经济舱第一排的座位，这样空间可以大一些。这对年轻人是坐在第二排，在顾莎的侧后面。机舱提供餐饮时，这女孩儿不吃，也不喝，一直抱着自己的一个精致的小包包，歪着头坐在座位上。男孩儿劝她，如果不吃东西，就喝一点矿泉水。女孩儿声音很大地说，不喝！不喝！我什么也不想喝！这才引起顾莎的注意，回头朝他们看了看。男孩儿的食欲似乎很好，也许是赌气，一下子把自己和女孩儿的两份快餐都吃了。顾莎看着他们，心里觉得好笑。她看出来，这女孩儿怀里抱的是个“香奈儿”的小包包。这种奢侈品牌的“小香包儿”，价格可想而知。又想，现在的女孩儿都是这种脾气，也难为这些男孩子了。

这时，男孩儿怀里的手机响了。男孩儿立刻拿起手机接听电话。顾莎这才想起来，自己还没给云姨回电话。于是对芳妈说，去一下洗手间，就起身匆匆朝前面走去。

顾莎来到一个拐角，回头瞥一眼，确信看不到芳妈了，才拿出手机。云姨在电话里的声音还是那么平静，是一种湿润的平静，像溪水流到石头上的声音。顾莎一直感到奇怪，云姨在戈壁滩那样干燥的地方声音怎么会这样湿润。云姨在电话里说，我正担心呢，算时间，你们该到清阳了，刚才打电话，也通了，说明你们确实已经落地，可你没接电话，没事吧？

顾莎说，您放心吧，没事，飞机也没延误，刚才问过了，四点四十分，准时到。

云姨似乎松了口气，说，延误也没关系，不用急，大不了我等一会儿，没事的。

顾莎想说谢谢，但话到嘴边，只说了一句，您不用到机场太早。就把电话挂了。

顾莎回来时，远远看见芳妈正朝这边看着，似乎在审视。顾莎感到不太自在，心里也有些撮火。但来到近前，还是竭力把火往下压了压。

芳妈盯着她，问，你刚才，去哪儿了？

顾莎觉得，这个问题没必要回答。但还是把两手来回抹了一下，似乎刚洗过手，嘴上说，这种小机场的条件就是不行，洗手间连抽纸也没有。

芳妈没说话，仍然一下一下地看着顾莎。

顾莎让芳妈看得更不自在了，扭身坐在旁边。

芳妈又问，刚才下飞机时，谁给你打电话了？

顾莎歪过头，很认真地看看芳妈。她想说，我已经是四十多岁的人了，谁给我打电话，还有必要都向您汇报吗？但这话还是没说出来。只看了一眼芳妈，没吭声。

芳妈问，你刚才，是去给吴云打电话了？

又问，下飞机时，是她来的电话？

顾莎没直接回答，说，我现在想知道的是，到了那边下飞机，您打算怎么办？

芳妈平静地说，搭出租车，去市里的酒店。

顾莎问，然后呢?

芳妈说，明天包一辆车，去矿区。

顾莎说，您当年在那边工作过，应该比我清楚，矿区是包辆车就能进去的吗?

芳妈闭上眼，不说话了。

这时登机口在广播，让过站的乘客登机。

顾莎推起芳妈的轮椅，朝登机口走去。

3

顾莎没见过云姨。虽然芳妈从没说过，但顾莎猜测，芳妈应该也没见过。

顾莎知道有云姨这个人是在高中毕业时，正准备高考。当时因为一件偶然的事，那天下午，顾莎去医院给芳妈送巧克力。芳妈经常低血糖，据她自己说，是家族遗传，当初她母亲，也就是顾莎的姥姥也是这样。所以每次有手术，倘赶在吃饭时间，别的医生护士可以坚持一下，芳妈不行，上手术台时总要带几块巧克力。那天是把巧克力忘在了家里，顾莎发现了，就赶紧给送到医院来。一进医院大门，收发室的曹大爷知道她是顾芳主任的女儿，就出来叫住她，说又有顾主任的汇款单。当时顾莎感觉到了，曹大爷的眼神有些异样。接过汇款单一看，果然吓了一跳，这竟然是一张 2 万元的汇款单。在 20 世纪 90 年代初，2 万元还是一笔巨款。其实在此之前，顾莎就知道，这些年每到月初，都会有人给芳妈寄钱来。以往也有这样的时候，顾莎偶尔来医院，收发室的曹大爷有汇款单就随手交给她，但一般都是一百元左右。顾莎每次拿了汇款单，回去交给芳妈，从不问这是谁寄来的。芳妈也不说，似乎这是个不言而喻的事。当然，也的确不言而喻。汇款单上有详细的汇款人姓名地址，从地址看，这钱显然是来自戈壁滩的深处，汇款人的名字叫潘大兴。尽管芳妈从没提过潘大兴这个人，但顾莎还记得，芳妈当年也曾在戈壁滩上工作过，后来回来了，那么留在戈壁滩上的人可能是谁，也就不言而喻了。顾莎只在很小的时候问过芳妈一次，爸爸在哪儿？后来就再也不问了。不是她不想问，也不是芳妈不准她问，退一步说，就算芳妈真的不准她问，如果她想问也照样可以问。她只是从芳妈和姥爷的关系感觉到，这应该是一件一两句话很难说清楚的事，既然很难说清楚，也就干脆不让芳妈说了。后来，顾莎偶然听姥姥在单位的同事陈姥姥说，自己小的时候曾叫潘莎，叫顾莎是随了芳妈的姓，也是后来才改的。但陈姥姥当时是说漏了嘴，顾莎再追问，陈姥姥就死活不肯再说了。

这以后，顾莎也就明白是怎么回事了。

但这一次，顾莎在把这张 2 万元的汇款单交给芳妈之前，还是偷偷做了一件事。她按这汇款单上留的地址，给那边的“114 查号台”打了一个电话。这个叫潘大兴的汇款人留的是一个职业技术学校的地址。

顾莎通过“114 查号台”，找到这个学校的电话号码，就给这个叫潘大兴的人打过去。但对方接电话的人说，学校是这个学校，不过没有潘大兴这么个人。顾莎一听就奇怪了，说不对啊，这个汇款单上留的地址，就是这个学校，汇款人也确实写的是潘大兴，怎么会没有这个人呢？顾莎一说汇款的事，对方问，你是哪儿？

顾莎说，这是天津的长途电话。

对方立刻说，你等一下。

一会儿，电话里换了一个女人的声音，问，你要找潘大兴？

顾莎说，是。

这女人问，你有什么事？

这时，顾莎已经彻底糊涂了。听这个女人的口气，她应该知道潘大兴。可刚才接电话的人说，这个学校没有潘大兴这个人，那现在的这女人又是谁呢？但顾莎的反应也很快，她没再追问这女人是谁，而是先告诉对方，自已叫顾莎。

对方一听哦了一声。显然，她知道顾莎这个名字。

顾莎又说，潘大兴这次汇的2万元，我收到了。

对方又哦了一声。

顾莎这才问，您不会，就是潘大兴吧？

顾莎是故意这样问的。她当然知道，这女人不可能是潘大兴。

果然，对方说，我叫吴云。

顾莎又问，这次，潘大兴怎么寄这么多钱？

吴云说，哦，潘老师说，你今年高中毕业，应该上大学了。

顾莎听了喉咙一热，哽了一下。她意识到，自己这些年的猜测，终于得到印证了。她现在总算知道，这个这些年一直寄钱，叫潘大兴的人到底是谁了。她本来还想再问一问关于潘大兴的情况，或者，如果方便的话，跟他通一下电话。但吴云似乎还有事，只在电话里说了一句，让顾莎认真准备功课，争取考一个好学校，就把电话匆匆挂了。

这次和云姨通电话，尽管顾莎没问，云姨也没说，但顾莎明白了，也许是潘大兴工作忙，走不开，这些年，一直都是云姨在替他往这边寄钱，所以留的才是这个学校的地址。

这以后，顾莎过了很长时间才知道，其实芳妈早已知道吴云。顾莎想，芳妈知道吴云，应该有几种可能。首先，芳妈毕竟在那边工作过，对那边的情况知道一些。虽然顾莎跟吴云通电话时，从声音判断，她当时应该只有三十多岁，如果这样算，芳妈当年在那边工作时，这个叫吴云的女人应该还没去。当然，这里还有一个原因，顾莎听出吴云说话好像是江浙一带的口音，这就说明，她应该也是调到那边去工作的；不过芳妈还是能大致猜出，吴云在那边跟潘大兴是什么关系。此外还有一种可能，或许芳妈也已给那边打过电话。当然，如果芳妈打电话，就不会先按汇款单上的地址查电话号码了，她应该有别的办法。不过不管怎么说，顾莎感觉到了，虽然芳妈已知道那边有吴云这个人，也从来没提起过，但显然，她对这个女人很反感。说反感似乎还不太准确，应该是有些本能的抵触。

也正因如此，这次顾莎并没告诉芳妈，到了那边，云姨会在机场接机。顾莎没告诉芳妈，是不想再让她生气。这个春天，芳妈的身体状况急转直下。本来这些年病情已经稳定，虽然肢体有些障碍，行动相对迟缓，但思维仍很敏捷，反应也好像比过去更快了。可今年一开春又出了问题，据芳妈自己说，先有些头晕，接着又感到半身麻木。去医院看了，大夫说，从核磁的片子看，是又有腔梗。这个堵塞本来不太严重，但对于顾芳主任就是另一回事了，她毕竟患过脑出血，这就雪上加霜了。果然，这次腔梗之后，芳妈就基本只能靠轮椅了，精神也明显大不如前，经常说着话就睡着了。就在一个月前的一个上午，顾莎正在学校给学生上课。本来学校有规定，上课时间，无论教师还是学生，都要把手机关掉。但顾莎对学院领导说，母亲有病，且跟前只有护工照顾，说不准哪一会儿就会出状况。学院领导这才特批，准许她上课时开着手机。果然，一个上午，顾莎正讲课，电话就突然打进来。当时顾莎一看是芳妈护工的电话，心里立刻一紧。她知道，如果没有特殊情况，护工不会在这个时候来电话。她顾不上跟底下的学生解释，赶紧拿起手机。护工在电话里说，芳妈突然昏迷了，她已按顾莎事先交代的，叫了 120 救护车，把芳妈送到了医院。她现在正在医院里，医生要见家属，让顾莎赶紧过去。顾莎一听，不等下课就赶紧来到医院。芳妈这次又是血管堵了，但堵的不是脑血管，而是心血管。医生说，幸好来得及时，暂时没有生命危险了，但后面的情况不好说。顾莎明白，如果这次是心血管，那芳妈的麻烦就大了，于是索性跟学校请了假。

芳妈在医院住了一个月，总算回家了。但让顾莎没想到的是，芳妈回家几天以后，一个下午，突然给顾莎打来电话，当时顾莎正在系里开会。芳妈在电话里说，有个事，想跟顾莎说一下。她说的不是跟顾莎商量一下，而是要跟她说一下，这说明，她已经决定了。顾莎问，很急吗？芳妈说，说急也不急。顾莎说，如果不急，就晚上再说，正开会。

芳妈立刻说，说不急，也急。

顾莎只好说，那您就说吧。

芳妈说，我想，回去看看。

顾莎问，回哪儿？

芳妈说，矿区。

顾莎明白了。芳妈说过，她当年在戈壁滩上工作的那个地方，叫“矿区”。其实当地并没有矿，只是这样的叫法。顾莎想不出来，芳妈在这个时候，怎么会突然想起要去那个地方。但她知道芳妈的脾气，如果她说什么事，尤其是决定要做什么，一定是经过认真考虑的。而且自从她生病以后，也许是脑血管病变的缘故，变得更固执了。

于是想了想，问，您觉得，您的身体允许吗？

芳妈说，没什么不允许。

顾莎只好说，好吧。

4

乘客都已登机了。

刚才在清阳下了一些乘客，又上了一些新乘客。但下的比上的多，机舱里的乘客就更显得稀稀落落。这时机舱的舱门已经关闭，但还没有要起飞的意思。几个空姐面带微笑地托着小盘子走来走去，用纸杯给乘客送矿泉水。顾莎知道，这是航空公司惯用的伎俩。按有关规定，如果不是特殊原因，航班延误达到一定时限，乘客可以提出索赔。于是有的航空公司就想出这种对策，明知这次航班延误了，还若无其事地让乘客按时登机，然后坐在飞机上等。但在候机厅等和在飞机上等就不是一个概念了。在候机厅等是延误，机舱里等则可以理解为等候起飞。这样无论等多长时间，只要不起飞的理由充分，也就可以不计算在延误的时间内。

果然，在飞机上等了将近一个小时，机舱里开始广播，说目的地的机场由于天气原因，不具备起降条件，要等候多长时间还无法确定，请乘客仍带上随身的贵重物品，先下飞机，在候机厅等候通知。顾莎起身打开行李舱，正要拿背囊和提袋，一回头，见芳妈已经自己坐上轮椅朝机舱门去了。顾莎连忙提了背囊和提袋追过去。就在她伸手要抓轮椅的扶手时，轮椅已经出了舱门。从舱门到廊桥，中间有几厘米的高度差，虽然只是几厘米，轮椅还是往下跳了一下。此时芳妈的两只手都在车轮上，身体没有支撑，立刻晃了晃。但这一晃也就失去了重心，眼看着整个轮椅朝一边歪过去，幸好站在舱门的一个空姐手疾眼快，扑过去一把扶住轮椅。这时顾莎也赶过来，连忙扔下背囊和提袋抓住轮椅的扶手。但芳妈没回头，两手用力一扳轮椅的轮子，轮椅就沿着廊桥的坡道溜下去了。顾莎赶紧又抓起地上的背囊和提袋追过去。芳妈的轮椅沿坡道溜到头，终于停住了。再往前就是上坡的坡道了，芳妈用力扳了几下轮椅的轮子，没扳动，轮椅只在原地来回动了下，这时顾莎才气喘吁吁地赶过来。顾莎再也忍不住了，冲到芳妈面前，瞪着她嚷起来，您，到底想怎么样？！

芳妈仰起头，看看她。

顾莎又嚷道，您到底要干什么？！

芳妈说，我，没想干什么。

顾芳说，去矿区，是您自己要去的，没人逼您！

芳妈不说话了。

顾莎这时看到，几个空姐正站在机舱的舱门口朝这边看着。但她已顾不上脸面，心里憋着的火气一下子都冲了出来。她站在芳妈的跟前说，如果您不想去了，我们可以回去！说着掏出手机，我现在就可以买回去的机票，您也不用再这样，我已经受够了！

顾莎嚷着，突然停住了。她从芳妈的眼里，看到了一丝软弱，还不是软弱，似乎目光渐渐暗下去，是一种怯懦，说怯懦还不准确，似乎是在央求。在顾莎的记忆里，从小到大，芳妈一直很强势。她还从没见过芳妈这样的眼神。

她叹口气，推起轮椅。朝候机大厅去了。

5

飞机再次起飞已是两个小时以后。虽然夏天天长，但在天津，这个时间的太阳应该已变成金黄色，有了黄昏的意思。而此时在飞机上，从舷窗看出去，外面的阳光仍很强烈，连云朵也泛着耀眼的银白色。芳妈知道，此时飞机已进入河西走廊的上空。这边的空气不仅纯净，也很干燥，所以能见度极好，紫外线也很强烈。当年她刚到这里时，最先感到的，就是这里的空气跟天津截然不同。芳妈对空气中的湿度很敏感。但来西北之前，自己并不知道。她决定来西北时也没考虑过这个问题。当年潘大兴一说，她只想了一下就同意一起去了。不过当时，父亲还是提醒了她。父亲搞了几十年临床，在医院是著名的呼吸科主任。尽管母亲一听她要和潘大兴一起去西北，坚决不同意，但父亲很支持。父亲说，咱们国家的核工业总要有人去搞，如果你不去，他也不去，大家都不去，这件事就没人做了。但父亲又说，西北的戈壁滩我去过，那地方的年平均降水量只有一百多毫米，可蒸发量将近两千毫米，这么干燥的地方，你如果去，要有心理准备。当时的芳妈听了还不太明白。她从小学到中学，一直到读医科大学，外地也去过一些地方，但都是和同学一起出去玩儿，西北这样的地方还从没去过，所以对父亲说的这些，也就没有一点概念。她问父亲，空气干燥怎么了？父亲说，你是在天津长大的，天津是半海洋气候，这边的空气湿度和南方比起来虽不算大，可跟西北地区，尤其是戈壁滩上相比就大多了。父亲说，人的呼吸道一旦适应了一定的空气湿度，稍有改变，就可能出问题，我是担心你到了那边不习惯。但当时的芳妈只顾兴奋了，她跟潘大兴要去的这个地方，不是谁想去都能去的，还要经过各方面极严格的审查，据说比参军的要求还高。顾芳的审查通过了，这不是容易的事。而且一同去西北工作的，还有潘大兴的几个同学，这一来大家也就更被一种共同的荣誉感激动起来。父亲对她说，只要你有心理准备就行，和大兴一起去，我也放心，我看出来了，这孩子将来肯定有大出息。

顾芳和潘大兴是在医院认识的。顾芳受父亲影响，在医科大学学的也是临床，当时正在市里的一家医院实习。潘大兴和几个同学来医院体检。其时潘大兴已报名去西北，要经过体检。潘大兴是扬州人，本来是在哈尔滨工业大学读书。当时哈工大和天津的一所大学有个联合项目，最后一年，学生就来这边一边学习一边实习，最后就在这边毕业。也就在这时，遇到了去西北工作这件事，于是潘大兴立刻报了名。顾芳在医院里第一次见到潘大兴时，就注意到他了。潘大兴的身材有些瘦，窄脸，再戴一副黑方框眼镜就显得有些夸张。当时是几个报了名的同学一起来医院体检，因为兴奋，大家都在不停地说话。只有潘大兴，一直默默地坐在旁边。女孩子一般都这样，越是爱说话的男孩儿越不以为意，反倒是安安静静的，往往更会引起注意。当时顾芳负责的是内科体检。潘大兴躺到诊床上，顾芳用手轻轻按压他的腹部。可这一压，不知怎么潘大兴放了一个又粗又闷的屁。顾芳是学医的，又已是实习大夫，当然不在意这些。潘大兴却不行了，本来就不爱说话，脸一下就扭过去，不敢再看顾芳。直到从诊床上下来，脸还一直像块红布。顾芳心里觉得好笑，但脸上没带出来。她知道，如果自己说什么，这个年轻人肯定就更不好意思了。不过顾芳在按压潘大兴的腹部时，感到左下腹好像有一个硬块，于是对他说，去约个时间，做一个腹部 B 超，进一步检查一下。当时潘大兴一听立刻有些紧张。他紧张，倒不是担心自己有什么病，而是如果有病，也许就去不成西北了。顾芳也看出来了，就安慰他说，估计不会有事，但既然是体检，总不能马虎。

这次体检的最后结果，潘大兴果然没事，身体很健康。顾芳直到后来仍想不明白，自己和潘大兴的关系怎么会进展得那么快。在20世纪60年代初，年轻人恋爱是一件很大的事，一般都需要一个相当漫长的过程，短则一两年，长的甚至要几年。但顾芳从认识潘大兴到跟他确定关系，只用了不到一个月时间。顾芳的母亲对这样的恋爱速度表示怀疑。顾芳的母亲在卫生局工作，是办公室主任。她提醒顾芳，这么短的时间就确定恋爱关系，是不是太草率了？但顾芳的父亲不这么看。顾芳的父亲认为，男女恋爱的本质是志向和情感，彼此的志向需要相互了解，感情需要发展，只要了解了，感情也发展到一定程度，确定恋爱关系也就顺理成章，这跟时间长短没有必然的关系，有的夫妻一辈子生活在一起，彼此还没有真正了解，这样的时间长度又有什么意义呢？显然，顾芳的父亲对他们的恋爱表示支持。

但顾芳很快就遇到一个问题。当初潘大兴和几个同学来医院体检，由于特殊原因，并没说出这次体检的真正目的，不光顾芳不知道，连医院方面也不清楚。但潘大兴和顾芳一确立恋爱关系就不行了。上级从一开始就对潘大兴几个人提出要求，如果有了恋爱对象，且确立了关系，一定要报告，因为这关系到去那边工作的问题。于是终于有一天，潘大兴跟顾芳摊牌了。顾芳一听就傻了。她没想到，事情竟然会是这样。潘大兴的态度很明确，他已下定决心，要去那边工作。他对顾芳说，他确实很爱她，但如果让他在顾芳和去那边工作二者之间选择，他只能选择后者。他这样说完，对顾芳说，对不起。

顾芳看着潘大兴，一下也没了主意。

其实事情往往就是这样，也许经过漫长的交往，感情未必会有多深，反倒是这种所谓的“闪电式恋爱”，情感的张力却很大。也正是这种张力，让顾芳更不知所措了。这时潘大兴告诉她，他和她的关系只有两条路，要么，她跟他一起走，顾芳是学医的，那边肯定也需要；要么，他们就只好就此分手了。但是，潘大兴又说，即使顾芳同意和他一起走，也不是说走就能走的。潘大兴告诉她，他这次要去的是一个极特殊的地方，现在还不能告诉她，虽然条件很艰苦，甚至比想象的还要艰苦，但也不是随便谁都可以去的，各方面的要求很严苛。潘大兴说，他这次来医院体检时，各方面的指标和标准，顾芳应该能感觉到。

顾芳一听就明白了。潘大兴他们几个人来医院体检时，对他们身体的要求，和一般的标准确乎不太一样。但医院领导只是交代，这是政治任务。

顾芳想了一夜。第二天对潘大兴说，

我决定了，跟你走。

…………

机舱里又开始广播，飞机已经在下降，预计半小时后在阳关机场降落。芳妈一下清醒过来。但想了想，又觉得刚才好像并没睡着。最近经常这样，好像清醒和睡梦总是搅在一起，或来回交替，搞得脑子有些混乱，不知究竟是睡着还是醒着。这时，芳妈慢慢转过头，朝舷窗外面看去。一片云朵翻卷着，正在蓝天的深处飘浮。她忽然想起一句话，风来浪也白头。她想，浪尚且能白头，何况是云，云尚且也能白头，更何况是过去的日子。

6

顾莎从机场出来，第一眼见到云姨时，一下判断不出她的年龄。云姨看上去很精干，束着头发，上身穿一件浅底碎花的衬衣，袖子是挽起来的。但顾莎之前和云姨通电话时，已听她说过，她是 1982 年毕业的大学生，毕业后就来这边工作，倘这样算，应该也有 60 多岁了。可看着还是不像，脸上没一点皱纹，只是由于这边的紫外线强，肤色有些发红。

顾莎是推着芳妈的轮椅出来的。云姨立刻就迎了过来，确定这就是她们母女。芳妈见到云姨，并没显出意外。顾莎想，看来自己估计对了，也许她们两人确实从未见过面，但看得出来，彼此应该早就知道对方。芳妈坐在轮椅上，先是慢慢仰起头，眯起眼，很认真地打量了一下云姨，然后才慢慢伸出手说，你好，我是顾芳。云姨很大方，跟芳妈握了一下手，然后回头对顾莎说，你去取行李吧，车在停车场，咱们先去招待所，都安排好了。

芳妈朝左右看看，问，潘大兴呢？他怎么没来？

云姨哦了一声说，明天，到矿区就见到他了。

这时顾莎已取出了行李。云姨拉着两个行李箱，顾莎推着芳妈的轮椅，就朝停车场来。

开车的司机是个二十几岁的年轻人，人挺机灵，也麻利，过来接过两个行李箱，放到汽车的后备厢，又拿了几瓶矿泉水放到车上。顾莎从他和云姨说话听出来，好像是当地口音。他坐回到车上回头说了一句，扣好安全带，然后就把车开动了。

这是个不大的城市，很干净。但显然，应该经常有扬沙，如果仔细看，路边还有一缕一缕细细的黄沙。路上，郁叔的电话又打过来了。顾莎一接电话赶紧道歉，说飞机延误了，在清阳机场经停时本来已上了飞机，又让下来了，来来回回等了两个多小时，所以到这边就晚了，还没顾上打电话报平安。郁叔在电话里说，到了就好，打了几次电话，都关机，还一直奇怪，怎么飞了这么久。又问，芳妈没事吧，接下来怎么安排？顾莎说，她没事，挺好，这边的事都安排好了，已经在去招待所的路上。明天去矿区，据说离市区一百多公里，不到两小时的车程。郁叔听了，似乎松了口气，又说，照顾好她，随时联系吧。就把电话挂了。

招待所在一条林荫路的尽头，环境很幽静。这显然是矿区的内部招待所，虽不像星级酒店那样讲究，但挺干净，房间里的陈设也很舒适。云姨先帮顾莎安顿了一下，说，给你们母女要了一个房间，如果想分开睡，我可以再去开一个房间。

顾莎说，就一个房间吧。

云姨立刻明白了，点头说，也好。

这时，外面传来吵嚷声，是旁边的房间。顾莎听出来了，又是那对年轻人。在清阳机场经停时，他们就一直在吵架，后来上了飞机，虽然不吵了，那女孩儿还在赌气。飞机刚起飞不久，空姐给乘客每人送一瓶矿泉水。送到这女孩儿的面前时，她不看，也不接。男孩儿只好替她接过来，放到她面前的小桌板上。但这女孩儿伸手一划拉，就把这瓶矿泉水划拉到了地上。矿泉水骨碌到顾莎的脚下，顾莎替她捡起来，男孩儿赶紧道谢，伸手接过去了。不过到阳关机场下飞机以后，就再也没见到他们。没想到，他们也住进了这个招待所，看来也是要去矿区的。这时，只听那个男孩儿大声说，我已经跟你说过了！说过了！你不想来没关系，你可以回去！我并没逼你留下！接着就是那个女孩儿的哭声。

云姨听了笑笑说，等一下。

说完就出去了。

云姨显然是去了那边的房间。她一过去，那边立刻就没声音了。过了一会儿，云姨回来了。云姨先对顾莎做了个手势，意思是她先打个电话。然后就拿出手机拨通电话。云姨好像是给民航售票处打电话，说订一张明天回兰州的机票，先说了姓名，叫陈偌偌，又说了一串身份证的号码。然后说，机票只订，先不出票，具体什么时候出，听她的电话。

说完挂断电话，又冲顾莎笑笑说，可以理解。

顾莎这时已明白是怎么回事了，也笑了一下说，我们是一个航班来的。

云姨说，我知道，兰州到这里，每天只有一个航班。

这个房间是一间半，里面的一间是卧室，两张单人床，外面还有半间小客厅，放着一张书桌和一对简单的沙发椅，有些像套间。芳妈进来后就一直坐在轮椅上，始终没说话。顾莎这时才注意到，她似乎已在轮椅上睡着了。云姨过来，想叫醒她，让她去床上休息。顾莎摆摆手，意思是不必。又做了个手势，就和云姨来到外面的小客厅，回手轻轻关上门。云姨这才说，旁边房间的这对年轻人，也是来矿区工作的，男的叫成林，女的叫陈偌偌，都是今年刚毕业的硕士生，据说还都是高才生，用今天的话说叫学霸，本来他们两人已说好，要一起继续读博，结果被咱们矿区选中了。不过，看样子两人的意见不一致，成林想来这边工作，可这个叫陈偌偌的女孩还想读博，好像不喜欢这个地方。顾莎听了笑笑说，人各有志，这个女孩儿不想来，回去就是了，也没必要这样吵。

云姨摇头说，如果事情这么简单，就好办了。

顾莎听了，看看云姨。

云姨叹口气，咱都是过来人，这些年，这种事也见得多了，这里边，还牵扯着感情啊。说着就站起来，你也休息吧，我明天一早来接你们，去矿区还要走一段路。

顾莎送云姨出来，这时开车的年轻人已经把车等在门口。云姨指指这年轻人，对顾莎说，他姓秦，你叫他小秦就行，也是咱矿区上的，一会儿他送了我，还回来，今晚也让他住在招待所，就在你们旁边的房间，万一晚上有什么事，去叫他就行。

这个叫小秦的年轻人在车上冲顾莎笑笑。顾莎也冲他笑了笑。

这时，顾莎突然问云姨，您和我父亲，很熟吗？

云姨飞快地看了顾莎一眼，沉一下说，我们，是多年的同事。

顾莎又问，他是个什么样的人？

云姨又看一眼顾莎，反问，你妈妈没和你说过吗？

顾莎说，她这些年，从没提过他。

云姨说，明天，你就能见到他了。

顾莎说，我现在想跟他通个电话，方便吗？

云姨又沉了一下，说，还是明天吧。

7

芳妈是这天夜里发病的。

顾莎这些年有个习惯，一换地方，夜里就会失眠。所以每次去外地参加学术会议，都要带着安眠药。但这次出来不行，是陪着芳妈，她担心吃了安眠药，万一夜里芳妈有什么事，自己醒不了。所以这个晚上，明知无法入睡，也一直坚持着不吃安眠药。夜里 11 点左右，顾莎还在看书，听到芳妈在旁边的床上呻吟了一声。顾莎先以为芳妈是在做梦，但立刻就感觉不对了，芳妈似乎想翻身，又翻不过来，动了几下就一声接一声地呻吟起来。顾莎赶紧放下手里的书起来，凑到芳妈的床前，只见芳妈脸色苍白，一只手抓着胸口，牙关紧咬，已经说不出话了。顾莎这时还算冷静，想了一下，立刻拨打了当地的“120”急救电话。然后想了想，又去旁边的房间叫小秦。小秦立刻出来了，一听是这事，问要不要开车送医院。顾莎说，先看急救车吧，尽量用他们的车，车上会有急救措施，万一不能及时来，再开咱们的车。正说着，急救车已经到了，跟车来的大夫初步诊断，是心梗，然后就送到了市人民医院。顾莎看着芳妈被推进急救室，心里才稍稍安定下来。小秦也跟着急救车来了，这时告诉顾莎，他已给云姨打了电话，云姨马上就过来。顾莎一见把大家都惊动了，有些过意不去，对小秦说，一到医院就不怕了，这里有大夫，你回去休息吧，明天还要开车赶路。

小秦说，我留下吧，你们在这里人生地不熟，万一有事，我可以去。

顾莎说，那就辛苦你了。又问，听口音，你是当地人？

小秦说，就算是吧。

顾莎一听笑了，怎么叫就算是？

小秦说，我父母都是湖北人，当年大学毕业一起来矿区的，我是在这儿出生的。说着憨憨地一笑，又有几分自豪地说，我们这样的人，在这里叫“核二代”，现在也在矿区。

顾莎明白了，点点头说，你们真了不起。

小秦又一笑，我们没什么了不起的，吴工他们那些人，才真的了不起。

顾莎知道，他说的吴工是指云姨，又问，吴工的孩子，也是核二代吗？

小秦说，吴工没有孩子。

顾莎一愣，她没结婚吗？

小秦告诉顾莎，当年吴工大学毕业来这边工作，和当地一个职业技术学校的老师结婚了。后来这个老师生病去世了，她就一直一个人生活。这时顾莎才明白，当初云姨替潘大兴汇款，为什么一直把汇款人的地址留的是职业技术学校。看来，她还住在这个学校的宿舍。

一会儿，云姨到了。云姨和医院的医生认识，先去问了一下情况，回来对顾莎说，芳妈的情况不太好，确诊就是心梗，医生说，她的心梗本来是陈旧的，大概白天路上劳累，也许，还有情绪的因素，就又有了发展。说着，又看了顾莎一眼，这次，你不该让她来。

顾莎说，是她自己突然决定的。

正说话，一个年轻的大夫出来，招了下手说，哪位是家属，进来一下，病人有话要说。顾莎听了看看云姨。云姨说，你进去吧，我在这里等你。

顾莎就跟着大夫进来了。

芳妈躺在床上，见顾莎进来了，平静地说，我没事。

顾莎点头说，没事就好。

芳妈说，你去跟你的云姨说一下，明天，我们还按原计划，去矿区。

顾莎注意到了，芳妈在说云姨时，说的是“你的云姨”。顾莎当然明白芳妈的意思，不过这时，她不想再跟她计较。她看看芳妈，问，您现在这样子，还能去吗？

芳妈说，听我的。

旁边的年轻大夫立刻说，您现在，不能动。

芳妈看着顾莎，又说，听我的。

芳妈的声音有些虚弱，但听得出来，不光平静，也不容改变。她喘了一口气，又说，你去跟你的云姨商量吧，不管怎样，明天，我一定要去。

顾莎只好出来，把芳妈的话对云姨说了。

云姨似乎对芳妈的固执并不奇怪，想想说，你等一下。

说完就又去找大夫了。

顾莎看着云姨走远了，才拿出手机。刚才来医院的路上，郁叔曾打来电话，但当时顾莎没顾上接。这时，她又把电话打过去。郁叔立刻就接听了。这时已是凌晨一点，郁叔竟然还没睡，显然，一直在等电话，顾莎的心里有些感动。这些年，郁叔一直在她和芳妈的生活里。顾莎小的时候，只知道郁叔是芳妈在医院的同事。既然是同事，偶尔家里有什么事，过来帮一下忙也很正常。但后来，顾莎渐渐大了才意识到，这件事好像没这么简单。顾莎偶尔去医院，听别人说过，郁叔曾有过一个妻子，后来病故了，郁叔这些年也就一直一个人生活。再后来，顾莎大学毕业，跟丁睿结婚了，这件事的不太正常才一点一点显现出来。丁睿是安徽人，天津大学毕业，是典型的“理工男”。“理工男”最大的特点就是智商高，情商低，遇事只会直着想，有一是一有二是二，脑子不会拐弯儿。他来顾莎的家里几次，都遇到了郁叔，一次是帮家里通下水道，还有一次是在卫生间安装晾衣架，另外几次来干什么就记不得了。后来丁睿就问顾莎，这个郁叔，跟你妈是什么关系？当时顾莎被这样一问，心里挺烦，横他一眼说，是我妈的同事，有问题吗？丁睿当然不知顾莎心烦，又愣头愣脑地问，一个同事，怎么总来你家？丁睿当时这样问，已经应了天津街上的一句俗话，哪把壶不开单提哪把壶。本来郁叔经常出现在顾莎的家里，邻居都已习以为常，顾莎也觉得没什么不对劲。可这时丁睿突然把这个问题直杵杵地提出来，也就一下子让人觉得还真有点不对劲了。接着，丁睿就又说了一句更不合宜，也不是他这个身份应该说的话，他问顾莎，这个郁叔，是不是在追你妈？当时顾莎让丁睿这样傻里傻气地一问，气得无语了。她明白，也就只有丁睿这种人，才能问出这种话。于是看着他，说，我们天津有句话，你听说过吗？

丁睿问，什么话？

顾莎说，找抽。

顾莎的这句话已经说得明白得不能再明白了，如果丁睿再不懂，那就不是情商低的问题了，应该连智商也值得怀疑了。这以后，丁睿果然没再跟顾莎提这件事。但顾莎让丁睿这样一问，本来是早已习以为常的事，这以后，心里反倒开始疑惑起来。她几次想问芳妈，对郁叔这个人，究竟是怎么想的？但她这些年已经知道，芳妈是个很有主见的人，用姥姥当年的话说，你妈这人太有主意了。所以，顾莎也就明白，可能问芳妈，也是白问。

顾莎一听郁叔接听电话，就问，您刚才打过电话？

郁叔说，是，这个晚上，我总觉着哪儿有点不对劲。

顾莎问，怎么了？

郁叔说，不知道，好像心里总发慌。

顾莎说，您是不是担心我妈了？

郁叔突然问，你现在，在哪儿？

顾莎这才意识到，这时已是夜里一点了，自己还这样打电话，显然不太正常。但她不想把芳妈突然发病的事告诉郁叔，郁叔毕竟也是八十岁的人了，虽然还在医院应诊，也带学生，但这个年纪心里已经装不下事。这边的事告诉他，他帮不上任何忙，只会跟着担心。于是想了一下说，我正收拾东西，马上就休息了，太晚了，您也休息吧。说完，就把电话挂了。

8

汽车在戈壁滩上的高速公路上飞驰。

戈壁滩已不是当年的戈壁滩了。顾芳坐在车上，看着窗外的景色，有些不敢相信，这就是几十年前工作和生活的地方。一眼望去，已经看不出是戈壁，大地被茂密的树木和各种植物覆盖着，一片生机盎然。顾芳还记得，当年和潘大兴来这里时，下了绿皮火车，来迎接的卡车也是这样在戈壁滩上走着，她就已经傻了。她做梦也想不到，在这个世界上竟然还有这么荒凉的地方：一眼望不到边的荒滩上，除了碎石和黄沙，几乎什么也看不到。没有树，也没有草，只有一种一蓬一蓬的针叶植物。她后来才知道，这种植物叫骆驼草，学名叫骆驼刺，是荒滩上特有的也是唯一的一种植物。因为只有骆驼才吃，所以得名。那时戈壁滩上根本没有路，后面的车只能跟着前面领路的车小心翼翼地试探着走，但又不能轧前面的车辙。当地人把戈壁滩叫“硬壳儿路”，意思是，极偶尔的下一场雨，荒滩上松软的沙石就会板结。这样年长日久，也就在地表结了一层硬硬的壳儿。汽车开在上面，一般不会有问题。但后面的车倘跟着前面的车辙再轧上去，一旦把这层硬壳儿轧破，车轮就会陷下去，这就有麻烦了，无论怎样踩油门，车轮都只会打着空转越陷越深。那天，顾芳和潘大兴几个人乘坐的卡车就这样陷在了路上。那是一辆军用卡车，车上除了顾芳和潘大兴几个年轻人，还有几个已在这里工作了一段时间的工程师，车上还拉了一些设备。由于车上有刚来的年轻人，矿区来迎接的领导为保险起见，就让这辆车跟在领路车的后面，另外两辆车则跟在这辆车的后面。但在半路，他们的这辆车还是陷住了。起初只是陷住前面的一个车轮，后来打着空转越陷越深，另一个车轮渐渐也陷进去了。前面领路的车开回来，拴上绳索往外拖拽，结果领路那辆车也陷住了。再后来，跟在后面的两辆卡车开到前面，同时拖拽。这样一直忙到半夜，才总算把这一前一后两辆卡车都拖出来了。戈壁滩上一到夜里漆黑一团，除去微弱的星光，什么也看不见。在这样的地方白天行车都没把握，夜里就更不能走了。大家只好就地露宿，等天亮再走。这时顾芳才听说，这荒滩上还有狼。她一下更紧张了，一步也不敢离开潘大兴。但潘大兴和几个一起来的同学这时却很兴奋，坐在火堆跟前一边说笑，还唱起歌来。潘大兴也是典型的“理工男”性格，来之前，就已查阅了这边的地况地貌和自然环境的相关资料，已经有充分的心理准备。知道来这边会经常在露天做饭，他不知从哪儿找了一只行军锅，这次也一起带来了。这时，他这只行军锅果然派上了用场，架在火堆上，正好可以为大家煮饭。这是顾芳来戈壁滩的第一个晚上，就这样在荒野上度过一夜。她这时才明白，这里跟她来之前想象的完全不是一回事。她以为这里就像在电影上看到的，到处红旗招展，歌声飞扬，机器轰鸣，火花四溅，一片热火朝天的场面。可是这个晚上，她坐在火堆跟前，周围伸手不见五指，远处的黑暗里只有野物的嗥叫。

来到矿区的第二天，领导就跟潘大兴和顾芳谈话，是不是该尽快结婚，这样在生活上也方便一些。其实来之前，潘大兴已有这个意思，但又不好直说，只是吞吞吐吐地暗示了顾芳几次。可顾芳还是把事情想得简单了，她没料到这里是这样的环境和条件，本以为既然确立了恋爱关系，结婚只是迟早的事，况且毕竟是一辈子的大事，不能这样仓促，想等到了这边稳定下来，再举行婚礼也不迟。可这时才明白，现在，结婚这件事的意义已不仅是一辈子的大事，还是一个非常现实，而且直接关系到在这里生活是否方便的问题。这种时候，这样的环境和条件，自然也就什么都讲不起了。潘大兴当然更没意见。于是也就这样结婚了。

婚礼是在露天举行的。当时条件差，矿区的食物经常跟不上，有时甚至要去采来骆驼草的草籽和粮食掺在一起，蒸饽饽或熬粥。但婚礼这天，大家特意去荒滩上打了一只黄羊，还有人拿出一直舍不得喝的白酒。这时矿区的基础建设还没完全搞起来，只有简易的窝棚，帐篷也有限，很多人干脆就睡在露天。大家开玩笑说，这才真正是天当被，地当床。但矿区领导照顾顾芳和潘大兴，特意分给他们一个不露天，也相对严实一些的窝棚。

事后，顾芳对潘大兴说，她怎么也没想到，他们的婚礼是这样举行的。

9

戈壁滩上的高速公路很漂亮，在阳光的照射下像一条蜿蜒的带子。汽车在路上飞驰着，偶尔越过几辆拉运物资的重型卡车。顾莎凑到芳妈身边，问，要不要喝水？

芳妈把目光从车窗外收回来，摇了摇头。

云姨对前面开车的小秦说，车开得慢一点。

芳妈说，没关系，我感觉很好。

云姨说，是啊，现在有了高速公路，比过去便利多了。

顾莎朝车窗外看着，说，这戈壁滩，跟我想象的不一样，植被很好啊。

云姨笑笑说，过去可不是这样，芳妈应该还记得，那时是寸草不生啊。

顾莎听了看看云姨。她发现，云姨也知道“芳妈”这个称呼。

芳妈歪在座位上，闭着眼，不知是睡着了，还是在想事。

云姨说，那时候，我们每人拿着一根 1.2 米长的木棍，在这戈壁滩上横着放一下，再竖着放一下，然后挖个 1.2 米见方、1.2 米深的坑，取出沙石，再填进黄土，这样栽一棵树。

顾莎睁大眼问，这些树，就是这样栽的？

云姨说，是啊，就是这样栽的。

这时，坐在后面的两个年轻人小声嘀咕了一句。顾莎听见了，是那个叫陈偌偌的女孩儿，她好像说，想去厕所。云姨也听见了，回头说，我们前面就要下高速了。

早晨临出发时，云姨对顾莎说，那对年轻人今天也要进矿区，正好顺路把他们带过去。云姨笑笑说，她已经都为他们安排好了，那个叫成林的男孩儿要去矿区报到，叫陈偌偌的女孩儿已经决定了，还是回去也已为她买好了机票。成林先去报到，然后再跟车回来，去机场送陈偌偌。但这个叫陈偌偌的女孩儿又说，既然来了，就去矿区看一看。

这时芳妈睁开眼，回头朝那个叫陈偌偌的女孩儿看了一眼。

芳妈这时坐在车上，感觉自己的身体轻飘飘的，这种轻飘飘的感觉还从来没有过。自从几年前中风，后来又心梗，就感觉身体一天比一天沉，还不仅是重量的沉，心情也沉。郁书田说，这种沉的感觉大家都会有，是因为年龄，到了这个年龄，都会觉得越来越沉。但她并不同意这个说法，郁书田只是胸内科的主任，说心脏的事可以，别的就是外行了。

这时，芳妈感觉自己就像一只鸟，飞在这片戈壁滩的上空。这个地方，她看着有些熟悉，却又有些陌生了。她在心里算了一下，自己离开这里多少年了。而自从离开这里，她就再没跟潘大兴见过面。不光是不想见，是想见也没机会再见了——相隔太远了！

事情是发生在她和潘大兴结婚的十几年以后。在这十几年里，矿区也发生了很大变化，修了铁路，盖起厂房，大家也有了初步像样的宿舍。但她和潘大兴一直没要孩子，他们没要孩子并不是不想要，而是都明白，这样的环境和条件不允许。现在十几年过去了，两人都已三十大几。她想，这件事不能再这样拖下去了。也就在这时，她接到通知，要去北京学习。这次学习是与核工业有关的特殊医疗职业培训，要半年时间。她事后想，其实后来的问题，也就出在这培训的半年。当时去北京培训，由于大家都是来自环境艰苦的地方，上级领导就特意把各方面的条件都安排得很好，但也就是这个好，一下出了问题。她在戈壁滩上工作生活了十几年，已经习惯了那边的环境和条件，如果没有来北京学习这半年，本来已不觉得什么，完全可以一直这样工作和生活下去。可到了北京，这样住半年，当初在家里的生活，尤其从小到大的各方面习惯，一下子就又都回忆起来。于是学习结束，再回到矿区，也就又不适应了。尽管如此，毕竟已在这里十几年，如果咬一咬牙也还能继续待下去。问题是就在这时，她发现自己怀孕了。这一来就觉得，这是个需要考虑一下的问题了。

她不想让自己的孩子生在戈壁滩上，更不想让孩子在这样的环境里长大。这时她的母亲，也就是顾莎的姥姥一得到消息，坚持让她回天津去生产。她在临动身时，跟潘大兴很认真地谈了一次，但这次的谈话很不愉快。潘大兴当时一心扑在工作上，经常几天不回来。一听她提出这样的想法，感到很意外，也不理解。他说，这些年大家都在这里结婚，在这里生孩子，怎么别人的孩子可以，咱们的孩子就不可以呢？她这时已下定决心，于是耐着性子说，不是不可以，如果一定要在这里把孩子生下来，让孩子在这里长大，当然也可以，但问题是，她不想这样。她说，咱们来这里已经十几年，把一生中最好也最宝贵的一段时间都给了这里，人的一辈子能有几个十几年？应该已经可以了，我不想让咱们的孩子继续在这里，如果他（她）将来大了，也想来这里，那是他（她）自己的事，但至少现在，我不想这样。

她这次跟潘大兴说得很坚决。

其实这十几年里，她已经很多次跟潘大兴流露出这样的想法。她觉得自从来这里，吃了这么多的苦，已经对得起这里的工作了。她当年从医科大学毕业，本来想的是，既然学了临床，将来就要做一个像父亲那样经验丰富的临床专家。可自从来到这里，她知道，当初的想法已经不现实了。她为了这里已经放弃了自己的人生目标，她不想让自己的孩子将来再这样。但她每次这样说，潘大兴都不接她的话茬。她知道潘大兴的脾气，潘大兴年轻时是“理工男”的性格，这种性格到中年，就会变成一种固执，也就是俗话说的一根筋，或者叫一条道儿跑到黑。可是这次不一样了，过去潘大兴要拉着她顾芳一条道儿跑到黑，她也就跟着他跑，既然当年决定跟他来这里，只能认头。但这次不行了，这次已不是她一个人的事了，也不是她和潘大兴两个人的事，还有了孩子，这就是三个人的事了。

于是，虽然这次的谈话没有任何结果，她还是先回天津生孩子去了。当时她就已经对自己和潘大兴的关系有了预感。但毕竟在一起这么多年，对潘大兴的感情很深，所以还想给自己，也给潘大兴一个机会。所以生了孩子之后，她就又回到了戈壁滩来。但那次回家，见自己亲生的女儿竟然不认识自己，竟然叫自己“芳姨”，她的心就碎了，就明白，在这里，她再也坚持不了多久了。

她临走时对潘大兴说，祝你幸福，你也祝我和孩子幸福吧。

10

汽车下了高速公路，向西一转，开上一条很窄的林荫道。顾莎没想到，在戈壁滩上竟然会有这样一条枝叶繁茂、浓荫郁郁的小路。两边的树枝伸展着交织在一起，朝远处看去就像一条绿茵茵的长廊。刚才下高速时，顾莎听云姨对小秦说，先去英雄塔。

这时顾莎想，现在要去的地方，大概就是英雄塔了。

果然，汽车又开了一段路，前面出现一个宽阔的广场。车停了下来。云姨对芳妈说，您就不用下去了，在车上看一看就行了。又回头对后面的成林和陈偌偌说，你们下来吧。

芳妈指指轮椅，对顾莎说，我要下去。

云姨看看芳妈，又看看顾莎。

顾莎说，那就下去吧。

这是一座灰色花岗岩的纪念塔。在纪念塔的前面，还矗立着一面巨大的国旗造型雕塑。芳妈从车上下来，坐在轮椅上，并没过来，只是远远地朝这边看着。云姨说，这座英雄塔的塔高是19.58米，寓意这片矿区，当初是在1958年建立的。说着，回头看了看成林和陈偌偌。

这时，两个年轻人拉着手过来，仰起头朝英雄塔看着。

云姨在英雄塔的前面站了一会儿，说，上车吧。

汽车又开动了。这时顾莎终于忍不住了，问云姨，我们，现在去见他？

云姨点头说，是。

汽车又向前开了一段，朝旁边一拐，开上一条笔直的水泥路。又开了一会儿，来到一个公园。车停下来，顾莎下来朝四周看看，发现这不是公园，是一个陵园。

她立刻睁大眼，回头看着云姨。

云姨看一眼坐在轮椅上的芳妈，转身朝前面走去。

顾莎推着轮椅，跟在后面。

一条很窄的小路。路边长满了骆驼草。但看得出来，这些骆驼草显然不是野生的，而是有人特意在这里栽种的。顾莎知道，这种骆驼草看着不起眼，其实是一种很神奇的植物。它在地表只有小小的一蓬，可是下面的根系却扎得极深，而且会向四周蔓延，能有几米甚至十几米。来到一座墓碑跟前，云姨站住了。这时，顾莎看清了，墓碑上镌刻着几个大字，“潘大兴同志之墓”。下面还有一行竖着的小字：“1992年敬立”。

芳妈回头看看云姨，问，他是，1992年去世的？

云姨点头说，是。

顾莎在心里回想了一下，那是自己要高考，父亲突然让云姨寄来2万元钱的前一年。接着就明白了，父亲直到临去世，心里还记着，他的女儿第二年就要高考了。

她终于忍不住了，眼泪流了下来。

云姨说，他是个不要命的人。那次是反应堆突然出故障，他下去维修。按规定，人在下面最多只能停留4小时，可他一连待了二十几个小时，直到排除了故障，就这样……

云姨没再说下去。

这时，成林和陈偌偌从后面走过来。

芳妈对云姨说，你带他们去吧，我想在这里待一会儿。

云姨就带着两个年轻人走了。走了几步，又回来，从背包里掏出一个东西交给顾莎。顾莎接到手里看了看，这是一块光滑圆润的深红色石头。再仔细看，竟然像一只骆驼，健壮的四肢，睁大的两眼，都清晰可见。云姨说，这种石头叫“沙漠漆”，只有这里的戈壁滩上才有，本来已经极为罕见，不知潘老师是怎么找到的。

顾莎拿在手里，仔细看着。

云姨又说，他临终时交代我，有一天你来了，就在他的墓前，把它交给你。

云姨说完，回头对两个年轻人说，我们走吧。

两个年轻人又朝墓碑看了一眼，就跟着云姨走了。

顾莎慢慢回过头，看着墓碑，喃喃地叫了一声，爸。

此时，芳妈正把轮椅朝墓碑的跟前摇过去……

原载《四川文学》2019年第8期

荣获第八届鲁迅文学奖中篇小说奖（2018—2021）

图书在版编目（CIP）数据

中国百年工业文学大系：中篇小说卷Ⅲ / 樊洛平主编.
-- 北京：中国工人出版社，2025. 5.
ISBN 978-7-5008-8576-4

Ⅰ. I211

中国国家版本馆CIP数据核字第2025PR7993号

中国百年工业文学大系：中篇小说卷Ⅲ

出 版 人 董 宽
责任编辑 李 骁
责任校对 张 彦
责任印制 黄 丽
出版发行 中国工人出版社
地　　址 北京市东城区鼓楼外大街45号　邮编：100120
网　　址 http：//www.wp-china.com
电　　话 （010）62005043（总编室）　62005039（印制管理中心）
（010）62379038（社科文艺分社）
发行热线 （010）82029051　62383056
经　　销 各地书店
印　　刷 北京印刷集团有限责任公司
开　　本 880毫米×1230毫米　1/32
印　　张 25.375
字　　数 530千字
版　　次 2025年6月第1版　2025年6月第1次印刷
定　　价 128.00元
